# 单 身 狗

[上]

夜神翼——著

四川文艺出版社

**图书在版编目（CIP）数据**

单身狗 / 夜神翼著. -- 成都：四川文艺出版社，
2018.10
ISBN 978-7-5411-5147-7

Ⅰ.单… Ⅱ.①夜… Ⅲ.①长篇小说－中国－当代
Ⅳ.①I247.5

中国版本图书馆CIP数据核字（2018）第222672号

DANSHEN GOU
# 单身狗

夜神翼　著

责任编辑　　彭　炜
封面设计　　赵海月
内文设计　　史小燕
责任校对　　蓝　海
责任印制　　唐　茵

出版发行　　四川文艺出版社（成都市槐树街2号）
网　　址　　www.scwys.com
电　　话　　028-86259287（发行部）　　028-86259303（编辑部）
传　　真　　028-86259306

邮购地址　　成都市槐树街2号四川文艺出版社邮购部　　610031
印　　刷　　四川五洲彩印有限责任公司
成品尺寸　　145mm×210mm　　1/32
印　　张　　17.5　　　　　　　　字　　数　　490千
版　　次　　2018年10月第一版　　印　　次　　2018年10月第一次印刷
书　　号　　ISBN 978-7-5411-5147-7
定　　价　　59.80元（全二册）

有人找到了爱情，却迷失了自我；

有人独善其身，却依然在寻找真爱……

而结束你单身命运的他（她），

也许就在下一个转角．

# 目录

## 1. 举报他

　　成都IFS，陈曦抱着熟睡的万星星匆匆走进电梯，身后跟着华韵出版社编辑王芸。

　　王芸帮她提着偌大的提包和书袋，忍不住感叹："陈老师，你太辛苦了，一个人带着孩子还要工作，真应该请个助理，你的书那么畅销，收入那么高，你又不是请不起。"

　　"呵呵，是想请个助理，一直没找到合适的。"陈曦用一只手臂抱着万星星，腾出一只手来拿包，"把包给我吧，我自己开车回去。"

　　"别别别，你好好抱着孩子，我送你去停车场。"王芸连忙说，"不急这一时半会儿。"

　　"那好吧，正好顺道送你回酒店。"陈曦按了负四楼，对王芸说，"车钥匙在最外面那一格里面。"

　　"好。"王芸帮她拿出车钥匙，再次感叹，"我认识的那些女强人，虽然事业做得好，但是都没有时间照顾家庭，再有些就是专职家庭主妇，完全没有自己的事业。像你这样事业做得好，又一个人带着孩子生活的真是少之又少。"

　　陈曦微微一笑，接过车钥匙打开车门，将熟睡的万星星抱到车后座的安全座椅上，为她系上安全带，再将布娃娃垫在她怀里，让她睡得舒服点。

　　王芸忍不住问："陈老师，冒昧地问一句，星星的爸爸呢？从来没有听你提起过他……"

"他工作比较忙。"陈曦正准备坐进驾驶室,忽然看到一道熟悉的身影……

一米七的个子,身形偏瘦,戴着一副眼镜,斯斯文文的样子,可不就是星星的爸爸万彬吗?

他和一个年轻女孩从电梯出来,两人有说有笑往一辆奥迪A4L走去,看起来十分亲密。

陈曦僵住了,他说他忙,忙得昏天暗地,公司离家只有十公里,他却一个月都回不了一趟家,现在这是在干什么?

"陈老师,你怎么了?"

王芸的声音打断了陈曦的思绪,陈曦回过神来,奥迪A4L刚好从面前开过去,她慌忙转过身去,避开万彬的视线。

"你没事吧?"王芸发现陈曦的脸色不对劲。

"没事。"陈曦扯了扯嘴角,歉疚地说,"实在对不起,王芸,我忽然想起还有一些重要事情需要去办,恐怕不能送你回酒店了。"

"没关系没关系。"王芸连忙说,"我住的地方离这里很近,步行回去就行了,你赶紧带孩子回去休息吧。"

"好,那回头联系。"

陈曦上车坐到驾驶室。

王芸提醒:"陈老师,您明天记得把身份证复印件扫描过来,这样我们的合同就生效了。"

"行。"陈曦启动车,跟着刚才万彬离开的方向追过去。

她倒要看看,他到底在忙些什么。

车子开出停车场没多久就被堵住了,好像有人在IFS大厦楼下求婚,一大群年轻男女围在那里跳街舞,还有人在弹电吉他,现场气氛十分浪漫,引来很多路人围观。

看着这情景,陈曦忍不住叹了一口气,想起当初跟万彬裸婚,什么都没有,就这么背井离乡跟着他来了成都,一切从零开始,辛辛苦苦建立起一个家，可是现在，只有她一个人守在家里……

一个人，又当爹又当妈，家里家外地忙碌着，而他，除了每个月那三千块的生活费之外，什么都不管。

这样的状态已经快要两年了，她麻木了，也累了。

眼看着万彬乘坐的车就要开走，陈曦急忙按车喇叭，拥堵的人群终于挪开了点位置，她趁着缝隙，开车追上去。

万彬不会开车，那辆车应该是那个女孩的。

这个时候是上班时间，昨天晚上万彬跟万星星聊视频电话的时候说店里非常忙，他每天忙得晕头转向，饭都没时间吃，孩子还说："爸爸辛苦了！"

现在看到这一幕，陈曦只觉得可笑，这简直就是讽刺。

陈曦拿到驾照也就两年，车开得很老实，从来不加塞超车，可是今天为了能够追上万彬，她已经顾不了那么多了，加快车速，见缝插针地追赶。

那女孩的车技并不太好，陈曦要跟踪他们并不难。

转了半个小时，那辆车在一家火锅店门口停下，万彬和那个女孩下车，有说有笑地进了火锅店。

陈曦把车停在附近，坐在车上守着，足足两个小时，他们才从火锅店出来，这次不是他们两个人，而是七八个人，一起去了对面的KTV……

陈曦盯着万彬的背影，想起他在电话里说，他忙得吃饭的时间都没有，上厕所都要百米冲刺，现在倒好，逛街吃火锅KTV，一条龙，稍后是不是还要来个大保健？

陈曦看了看后视镜里的万星星，她睡得正沉，完全不知道发生了什么事。

当小孩子真好，不知愁滋味。

陈曦扫了一眼附近的商铺，用软件叫了两个汉堡两杯饮料，让他们送到车上，然后，她就坐在车上吃汉堡，继续等万彬。

她就想知道他每天到底在干什么……

一等就等了一个半小时，万星星动了动，哭着喊道："妈妈。"

陈曦哄了哄万星星，启动车离开，虽然她很想抓到万彬的罪证，但不能委屈孩子。

车子刚刚开出去，陈曦就看见万彬和那个女人从楼道出来了，女孩满面春风，半个身体都倚在万彬身上，万彬欲拒还迎的，眼睛东张西望，似乎有些心虚，或者是，他的第六感在提醒他，他的老婆孩子就在附近盯着他。

那女人踮起脚尖亲了万彬一下，然后嬉笑着跟他一起上车了……

后面的剧情，陈曦没有兴趣看下去，开车调头离去，只是在红绿灯路口，她打开车窗，对路边的交警招招手，笑眯眯地说："警察同志，我举报有人酒驾！"

"谁？"警察耸耸鼻子闻了闻，没有酒味。

"白色奥迪A4L，车牌号是川A38438，就在前边川西坝子火锅店门口，很快就会开过来了。"

陈曦记住了那辆车的车牌号，谁叫它那么好记呢。

她亲眼看到那个女孩上车坐到驾驶位上，下楼的时候满面春风，肯定喝了酒，举报她醉驾合理合法，没有任何不妥。

不过这么短的距离，应该不会出事，就当是一个小小教训罢了。

万彬跟在她身边，免不了要受些折腾。

想到他俩今晚要在警局度过，陈曦就觉得很解气。

## 2. 爆脾气

"你怎么知道他们很快就要开过来？"警察疑惑地问。

"这里是单行道，他们不开过来，难道还要逆行不成！"陈曦勾唇一笑，"警察同志，记得秉公执法！不用谢了，再见。"

关上车窗，陈曦一只手掌控方向盘，腾出另一只手给万彬打电话，电话无人接听，但是很快，万彬回了一条微信："在忙，什么事？"

"星星问你什么时候回家。"陈曦用语音问。

"最近特别忙，过阵子再说吧。"

看到万彬的回复，想到他现在陪在另一个女孩身边，陈曦的唇边扬起了嘲讽的冷笑……

算起来快有两年了，自从万彬开始做生意之后就不怎么回家，有时候一个月回一次，有时候两个月回一次，回去最多住一晚，也是一个人睡小房间打游戏。

他俩之间几乎是无话可说，也没有任何精神和身体的交流。

这应该算分居，还是算什么？

陈曦不知道。

她只知道，万彬对她和孩子几乎是不管不问，就算不回家也没有几个电话。

确切地来说，他对陈曦，对这个家来说，已经没有任何存在的意义。

除了每个月给的那三千块钱的生活费之外！

这样的生活，似乎更像离异之后按时给抚养费的模式吧？

现在网上很流行一句话，离异式婚姻，大概就是说的他们！

这两年，陈曦每天早起晚睡，家里孩子工作连轴转，喘口气的时间都没有，也就没有时间空虚寂寞冷、矫情做作烦。

可是这一次，她开始正式审视她和万彬之间的关系，也是第N次动了离婚的念头。

然而真正让陈曦决定要离婚的是三天后……

万星星患急性肠胃炎，上吐下泻，十分严重，而陈曦这几天又来例假，循例痛经期。

陈曦给万彬打电话，他没有接，也没有回电话，她只好撑着难受的身体带万星星去医院。

成都最近暴雨连连，每天都要来一场，这种天气出行很不方便。

陈曦背着背包，一手抱着万星星，一手撑着伞，忍着腹痛跑到车旁，打开车门将星星塞了进去，然后上车坐到驾驶室。

雨下得很大，雨刮器开到最快，视线依然模糊。

陈曦打开导航，开着车去就近的妇女儿童医院。

"妈妈，我肚子好疼……"万星星在后座上有气无力地哭诉，"好难受。"

"叫你不要吃冰淇淋，偏不听，躲在厨房吃了三盒，肚子不痛才怪。"

陈曦又气又急，看着孩子这个样子，她心里十分难受，同时也气恼万星星的不听话。

"人家肚子疼，你还骂人家。"万星星更是委屈，"你又不陪我，天天就知道写书写书。"

"我不写书拿什么养你？这是我的工作。"陈曦怒喝。

万星星小嘴一撇，眼泪就掉出来了，委屈的低泣，却没有哭得太大声，小脸苍白，十分可怜。

陈曦从后视镜里看着她，心里很愧疚也很心疼，同时，腹部传来的绞痛让她浑身冒冷汗，握着方向盘的手都在发抖。

"叮铃铃——"万彬的电话终于回过来了，陈曦接通电话，气恼地怒吼："万彬，你还知道打过来？我还以为你死了！"

陈曦的脾气就是这样，发起火来天崩地裂。

"你又怎么了？"万彬不耐烦地问，"天天发脾气，烦不烦？"

"我天天发脾气？"陈曦更加火冒三丈，"这个家你有管过吗？这日子你到底还过不过了？"

"神经病！"万彬直接挂断电话。

"王八蛋！"陈曦气得将手机甩出去。

万星星"哇"的一声大哭起来，哭得浑身发抖。

"别哭了。"陈曦十分烦躁，"他不管算了，妈妈带你去医院，没有他，妈妈一样可以照顾好你。"

"我好难受……"万星星说完这句话，"噗"的一声就吐了，后座上到处都是充满异味的白色呕吐物。

陈曦急了，回头问她："星星，你还好吗？我们马上就到医院，妈妈带你去看医……"

"砰——"

陈曦的话还没有说完，车子就被一辆企图超车的计程车从右侧撞到。

"喂，你会不会开车啊。"计程车里下来一个成都本地人，操着标准的成都口音扯着喉咙破口大骂，"女司机开车就是神戳戳的，明明看到我的车开过来还不晓得让一哈。"

"妈妈，妈妈……"万星星在后座哭得更伤心。

"给妈妈三分钟，妈妈很快就会处理好！"

陈曦开门下车，在大雨中指着自己的挡风玻璃对那司机说，"我有行车记录仪，这是谁的责任，大家心知肚明，现在我赶着去医院，不要你赔了，就这样吧。"

"什么不要我赔偿？你个瓜婆娘。"那司机凶神恶煞地吼道，"明明是你的错，你还敢说怪我？我给你说，你今天不给钱就别想走。"

"找麻烦是吧？"陈曦的耐心已经快要没有了，"那我现在报警。"

她想要回车里拿手机……

"你报啊！"那司机冷笑道，"报警没三四个小时搞不定，到那时候你娃娃都要病死了。"

听到最后这句话，陈曦的怒火一下子就从脚底板冲上脑门儿，打开车门，从工具箱里掏出一把铁锤握在手上，大步向那司机冲过去："王八蛋，你敢咒我孩子？你以为我好欺负是不是？"

话音刚落，她就挥着铁锤向那人砸过去……

那司机吓傻了，慌忙躲避，铁锤重重砸在计程车的挡风玻璃上，"砰"的一声，挡风玻璃马上就裂开了。

陈曦继续砸，不停地砸："让你欺负我，让你欺负我——"

"喂，你别乱来，你他妈疯了？"司机想要阻止陈曦。

陈曦挥着铁锤就袭向他，他马上闪开。

"他妈的遇到一个疯婆子。"司机惊慌失措，拿着手机乱按，"你给我等着，我要报警，报警……"

"报啊，让警察知道你剐花别人的车还敲诈勒索。"陈曦指着司机吼道，"我车上有行车记录仪，刚才这些全部拍下来了。"

司机停下动作，犹豫不决。

陈曦从钱包里拿出一沓钱甩在他脸上："你说是我弄坏了你的车，我怎么能白白让你冤枉？这些钱赔你的玻璃，好狗不挡道，滚开！"

## 3. 道德婊

那司机连忙在雨中捡钱，其他的也就顾不上计较了。

陈曦拿着铁锤回到车上，将车子倒退一点，迅速开离。

车里，万星星吐完之后稍微好了一点点，指着陈曦的手说："妈妈，你的手流血了。"

"没关系，妈妈不疼。"

陈曦看了一眼自己的手，应该是刚才砸玻璃的时候弄伤的，感觉不到什么疼痛。这些年，万彬带给她最大的影响，大概就是让她学会了坚强，无论发生什么事情都能够独立面对。

上次开车去云南自驾游，苏娆给她买了这把铁锤防身，她以为除了砸核桃之外不会有什么作用，没想到现在还是派上用场了！

不要脸的遇到不要命的，当然是后者更狠！

医院永远都是最不好停车的地方，陈曦的车子在医院停车场门口被保安拦住："没有车位了，自己再找位置吧。"

万星星的脸色十分难看，陈曦已经等不及了，拿着手机下车，对着那保安拍了一张照片。

"喂，你干什么？我是按照规矩办事，我又没做错什么，你别以为你拍下来传到网上去，我就会放你进去……"

保安的话还没有说完就安静了，陈曦从皮夹里抽出三百块钱，和车钥匙一起塞到他手上："我孩子急性肠胃炎，得马上看急诊，你帮我找个位置把车停好，这些钱就是你的！刚才拍照是为了取证，如果车出了问题，我会拿着这张照片报警。"

说着，陈曦就抱起万星星下了车，冒着雨冲进医院。

那个保安怔怔地看着她的背影，愣了好一会儿，终于反应过来，马上去帮她停车。

虽然医院里面没有停车位，但是周围小区还是有的，病人家属自己去找的话会浪费很多时间，也不一定能找到，这就耽误了病人的治疗。但是保安对这一片都熟悉，用不了几分钟就能够完成的事情，轻轻松松就赚了三百块，何乐而不为。

更何况，守门的保安不止他一个，也不会耽误工作。

"妈妈，你又乱花钱。"

"没关系，回头多写几千字就赚回来了，这也是一种解决问题的方法。如果你的病情拖严重了，妈妈损失的远远不止这些钱。"

"嗯，我会乖乖的，不打扰你工作。"

"乖！"

诊断结果出来了，万星星是急性肠胃炎，需要住院七天。

安顿好万星星，坐在病床旁的陈曦这才发现自己被雨淋得身体冰凉，浑身难受。

这时苏娆刚好给她打来电话说排课的事情，听到护士叫号的声音，马上问："你在医院？谁生病了？"

"星星生病了。"陈曦有气无力地说，"我姨妈来了，有些不舒服。"

"你有痛经的老毛病，肯定不舒服。在哪家医院？我过来一趟。"

"就你家附近的妇女儿童医院。"

"我晕，你到我这边也不跟我说一声，我要是不问你，你也不打算说是不是？"

"行了，你要来就快点吧，帮我看着星星，我淋了雨，衣服全湿了，想换件衣服。"

"好好好，我马上来。"

苏娆是万星星的钢琴老师，也是陈曦多年的好友。

她们两人的性格完全是两种极端，很多观念都不同，但是很奇怪，居然还能够成为好朋友。

陈曦习惯了什么事情都靠自己，天塌下来都是自己顶着，从来不主动向人寻求帮助；而苏娆擅于利用所有资源服务自己，遇到一点点事情就在朋友圈呼天喊地，寻求帮助。

陈曦勤奋上进，拼命工作，照顾家庭，做什么事情都力求完美；而苏娆贪图享乐，不求上进，却也能让自己的小日子过得有滋有味。

两个人的性格天壤之别，谁也不会变成另一个人，有时候还会暗讽几句对方，但心里却默默羡慕着对方，因为对方过着自己想要却又做不到的生活。

苏娆就是一个话痨，一来就叽叽喳喳说个不停，来来去去数落着万彬的不是，说他对陈曦母女不管不顾，又责备陈曦遇到什么事情都喜欢自己担着，不叫他分担。

陈曦懒得跟她说，自顾自地忙碌。

苏娆见她没反应，又继续唠叨："我告诉你，一个女人太强了，是不会有男人喜欢的。万彬为什么不回家？就是因为他已经习惯你一个人撑起这个家，你都把所有事情都做完了，他还回来干吗？你遇到事情都不找他，他还有什么存在的价值？"

旁边的护士忍不住说："男人不都喜欢这样的贤内助吗？老婆把家

管好，他才能安心在外面奋斗呀。"

"关键是她不仅把家都管好了，赚的钱还比老公多，她老公在她面前会自卑的。"苏娆有些激动，"她样样都比男人强，男人在这个家找不到存在感，还回什么家？"

"呃……"那护士愣住了，"不会吧，一个女人既要带孩子又要处理家务，还怎么工作赚钱？即使有个悠闲的工作也不可能比男人赚得多呀。"

"她可不是一般女人，她是……"

"吃东西。"陈曦将一根香蕉塞进苏娆嘴里，不让她再继续说下去。

"呜……"苏娆的嘴巴被堵住，终于不能再唠叨。

那护士笑了笑，给万星星输好液，拿着东西离开了。

陈曦收拾好万星星的脏衣服，对苏娆说："你在这里帮我守一会儿，我回家拿点东西。"

"要拿什么？我去给你买。"苏娆好不容易才把香蕉咽下去。

"星星的衣服用品，还有我的电脑。"陈曦替沉睡的万星星盖好被子，"要住院七天呢，我的新书在网上连载，每天都要更新的。"

"好吧，你快点，星星醒了要找你的。"

"知道了。"

"那我先走了。"陈曦拿着包包准备离开，苏娆又急忙拦住她，晃了晃自己的右手，"有没有发现什么东西闪亮亮？"

"什么？"陈曦愣了一下，才看到她右手无名指上的钻戒，"你那个什么皓来着，向你求婚了？"

"哎呀，林皓。"苏娆有些气恼，"亏你还是我好闺蜜，居然连我男朋友的名字都记不清楚。"

"就因为是闺蜜，才不需要记清楚你男朋友的名字。"陈曦勾唇一笑，"再说了，你一个月换一次男朋友，我哪里记得那么多？"

"你这个人就是这样，老是一本正经的讽刺人，道德婊，懒得跟你说，快去吧。"

"拜！"

## 4. 家暴报警

陈曦匆匆忙忙赶回家，收拾好了东西，准备赶往医院，这时候，万彬开门回来了，随手把钥匙甩在桌子上，有气无力地说："给我倒杯水。"

陈曦本想发怒，却又发现他的脸色不对劲，冷冷地问："你怎么了？"

"牙疼。"万彬眉头紧皱，一脸不悦地说，"我天天在外面累死累活，你从来不关心我，一打电话就发脾气，我生病了你都不知道，你怎么当老婆的？"

"呵！"陈曦冷冷地笑了，心中千头万绪，最后却只化为一句话，"万彬，我们离婚吧！"

"你说什么？"万彬简直不敢相信自己的耳朵，他怀疑自己是不是听错了。

"我说离婚！"

陈曦的脾气就是这样，只要决定了一件事，就要尽快做到。

她当即就从网上下载了一份离婚协议书修改好，打印出来，签好自己的名字，然后交给万彬："你看看，如果没有什么问题的话，麻烦你在上面签个字。"

这一切，不过五分钟的事情。

"陈曦，你发什么神经？"万彬十分震惊，"好好的离什么婚？我什么时候说过要跟你离婚了？"

"你没说过，是我要离！"陈曦很平静，也很坚定，"我们已经分居两年，就算走法律程序也可以判离！"

"我不离！"万彬非常愤怒，"你真是写书写疯了，一天到晚发神经，我在外面辛苦工作挣钱养家，你不仅不关心我，我一回来还要离婚？"

"我看你是弄错了，就凭你那三千块钱的生活费，根本就养不了家。"陈曦嘲讽的冷笑，"这个家，一直都是我在养。房子是我买的，车是我买的，孩子是我照顾的，家里大大小小所有东西都是我置办的，你那点儿钱，充其量就是抚养费而已。"

"你他妈的嘴真贱！"

万彬气得怒火中烧，冲上去就给了陈曦一个耳光。

陈曦被打得一个踉跄，摔倒在地上。

万彬毫无愧疚，指着陈曦怒骂："你还敢说什么家是你养的，什么房子你买的，车是你买的，那还不是因为我天天在外面累死累活地工作，正因为我在外面赚钱来养着这个家，你赚的钱一分钱都不用拿出来，所以才能存起来买房子买车……"

陈曦没有跟他吵，从地上爬起来拿手机自拍。

"你干什么？"万彬错愕地看着她，他怀疑她被打傻了。

陈曦将自己被打得红肿的脸拍照发给早已联系好的离婚律师欧阳风华，然后打110……

"陈曦，你干什么？"万彬发现她打电话报警，马上抢夺她的手机，"你想报警抓我？你这个歹毒的女人。"

陈曦即使再彪悍，力气也不如男人，手机被抢走，她气疯了，冲到厨房拿起一把菜刀就向万彬冲了出来。

"你要干什么？你这个疯女人。"万彬吓傻了，惶惶后退。

"手机还给我。"

陈曦挥着菜刀冲过去，万彬吓得把手机丢在地上。

陈曦捡起手机，准备拨电话，却发现手机早就拨通了110，一直都在通话中……

"喂，喂，有人在听吗？"

"在。这里有人家暴，我要报警。"

"陈曦，你不要乱说。"

万彬又想冲过来抢手机，陈曦扬起菜刀，满脸狰狞，他吓得脸色发白，不敢上前。

"地址是蜀辉路……"

"好的，请您保持通信畅通并保护好自身安全，我们的警官马上就来。要不要帮您叫救护车。"

"要，我要验伤。"

"好。"

挂了电话，陈曦准备给医院的苏娆打电话，门外忽然传来敲门声。

"这么快就到了？"万彬十分紧张，再次对陈曦破口大骂，"你这个恶毒的女人，你报警抓我，你要毁了我，我不会放过你的。"

"你动手打我，难道就不恶毒？"陈曦居然笑了，笑得很冷很冷，"万彬，你是不是太可笑了？"

"那还不是因为你嘴贱？"万彬怒喝，"你现在马上打电话撤警，告诉他们不需要出警，否则我不会放过你。"

"我真想看看，你要怎么不放过我。"陈曦打开门，"警察已经来了……"

"嗨，曦姐，我给小星星带了好多礼物。"

一个活跃的声音传来，门外站着一个身材高挑，充满青春活力，年轻漂亮的女孩，穿一件黑底印金色骷髅的吊带背心，一条超短牛仔短裤，怀里抱着一个一人高的小黄人公仔，门边放着一个大大的行李箱。

她叫韩佳佳，四川大学的学生，去年陈曦通过一个教授朋友联系上她，聘请她来给万星星当家教老师，可惜很快就被陈曦给辞退了。

陈曦怀疑韩佳佳是一个冒牌大学生，她连小学二年级的题目都搞不定，万星星的题，她很多都不会做，作文也写得极差，根本就不适合当家教老师。

她下载作业帮软件帮万星星解题，遇到作业多的时候直接帮万星星把作业给做了。

陈曦发现时十分恼怒，当场就要把她给辞了，可是万星星喜欢她，再加上那天晚上，她要出去谈事情，所以就让韩佳佳帮她临时看着万星星。

没想到她刚走没多久，韩佳佳就带着万星星出去吃冰淇淋，害得万星星患了急性肠胃炎，她急坏了，背着万星星跑了两公里路去诊所看病。

因为没有医药费，向来嚣张跋扈的韩佳佳放下尊严给刚刚吵架的男友打电话，电话是一个女孩接到的，原来她的男友在跟别的女孩约会。

韩佳佳一气之下跟男朋友分手，把手机抵在诊所给星星当医药费。

通过这件事，陈曦发现她虽然有很多毛病，但是善良尽职，很有责任心，所以两人渐渐成为朋友。不过陈曦没有让她继续给万星星当家教，而是让万星星上了专业的托管班。

韩佳佳找到了工作，放假的时候就过来陈曦家里住几天，一来陈曦家里舒适宽敞，不用挤宿舍；二来也可以帮着陈曦照顾万星星。

不过她每次来都会提前打电话，今晚实在有些突然。

"佳佳？"陈曦眉头一皱，"你怎么来了？"

"我被炒鱿鱼了，没地方住，所以……嘿嘿……"韩佳佳有些不好意思，"曦姐，你是不是不方便？要是不方便，我就……"

"刚才是谁报警？"这时，两个警察从电梯出来。

## 5. 丑陋的嘴脸

"是我。"陈曦把菜刀放在鞋柜上，"请进！"

"怎么会有警察？"韩佳佳惊愕的睁大眼睛，"曦姐，发生什么事了？家里遭贼了？"

"别怕别怕，有我在！"韩佳佳手忙脚乱地在背包里找防狼喷雾。

陈曦没有理会韩佳佳的话，指着万彬对警察说："就是这个人。"

"怎么回事？"警察走进来，严厉的质问，"是你打人？"

"我没有。"万彬决口否认。

陈曦从心里鄙视这个男人，敢做不敢当，在外面懦弱无能，回到家里装大爷，真是可笑可悲。

她也在心里嘲讽自己，当初到底为什么会眼瞎看上他？

"怎么回事？"警察开始盘问。

"他家暴。"陈曦指着自己的脸，"这里就是证据。"

"是她先动手的。"万彬反咬一口，指着陈曦说，"她还拿着菜刀想砍我，你看，就在鞋柜上。"

"这菜刀是你拿出来的？"警察没收那把菜刀。

"是我拿出来的，但我是为了防身。"陈曦直言不讳地说，"我总不能坐以待毙，让他继续打下去。可是我没动他一根头发，只是不让他靠近而已。"

"放屁，要不是我小心防备，早就被你砍死了。"万彬十分激动，"你还有脸报警？该报警的人是我。警察，我要告她家暴，难道你们就只保护女人，不保护男人吗？"

"没说不保护男人，凡是公民都会得到保护。"警察严肃地说，"你说她家暴，她动手打你了？"

"她像个疯子一样拿着菜刀威胁我，还不算是家暴？"万彬说得理直气壮。

"那她脸上红肿的地方是你打的吗？"警察又问。

万彬眼神闪烁，沉默不语。

"问你呢，是不是你打的？"警察冷喝。

"是她先拿菜刀威胁我，我逼不得已才动手的。"万彬脱口而出。

听到这些话，陈曦惊呆了，她不敢相信眼前这个厚颜无耻的男人就是与她同床共枕十多年的男人……

她曾经以为她很了解他，现在才发现眼前的男人是那么陌生。

"是这样吗？"警察问陈曦。

"不是。"陈曦很平静，"是他先打我，我才拿菜刀防身。如果真的是我先拿刀威胁他，我还能挨打吗？他又怎么可能毫发无损？"

那两个警察对视一眼，比较相信陈曦的话。

"你们不要听她乱说，她写小说的，编故事很有一套。"万彬大喊。

"你说她先动手，那你身上有伤吗？"警察质问万彬。

"她拿菜刀就是威胁到了我的人身安全，我动手也是为了自保。"万彬很会为自己狡辩。

"行了，全都跟我去警局。"警察做个手势。

"不用去警局了，这是家事，不用麻烦你们。"万彬急忙改口，"我们是夫妻，吵吵闹闹很正常。"

"那就要看报警的人是否接受。"警察看着陈曦，"你的意见呢？"

"我当然……"

"等一下等一下。"韩佳佳跑进来激动地追问，"曦姐，我大概看明白了，这个是星星的爸爸？他对你家暴了？"

"佳佳，你先出去……"陈曦觉得很难堪。

"你他妈的王八蛋。"韩佳佳冲过去就要打万彬，"打女人的禽兽！"

"喂，住手。"一个警察马上拉住韩佳佳。

"你们看你们看。"万彬马上找到理由，指着韩佳佳和陈曦说，"这两个泼妇当着你的面就敢动手，你们还不相信我……"

"砰——"

万彬的话还没有说完就被韩佳佳丢过去的防狼喷雾给砸中了，他"啊"的惨叫一声，捂着额头，然后，有血缓缓溢出来……

那两个警察先是愣了一下，然后马上把韩佳佳控制起来。

陈曦紧紧闭上眼睛，感到无比的心塞，真是不怕神一样的对手，就怕猪一样的队友。

她忍辱负重这么久，没还手没吵闹，还拍照留证，不就是为了能够备案，走正常程序跟万彬离婚吗？

本来她是受害方，现在可好，万彬成受害者了。

三个人一起被带到警局，折腾了一个晚上。

　　万彬一脸受害者的模样，在警局尽数陈曦是如何的强势霸道泼辣神经质，自己在这个家是如何如何的受压迫受残害，还说陈曦的朋友全都是性格扭曲的变态，极端分子，比如韩佳佳。

　　陈曦很早就录完了口供，给苏娆发了几条短信之后就坐着看着万彬，听他说这些话，她的心里毫无波澜，只是觉得可笑，然后，一直并不是那么坚定的信念在这晚完完全全地坚定下来。

　　她要离婚，必须离！

　　"现在你要起诉那个女孩吗？"警察问。

　　"这就要看她的表现了。"万彬冷冷盯着陈曦，"陈曦，你现在跪下向我道歉，我可以饶你朋友一次。"

　　"曦姐不要……"韩佳佳大喊。

　　"你起诉吧。"陈曦站起来，无比的平静与冷漠，"每个人都应该为自己所做的一切付出代价。"

　　"呃……"大家都愣住了，没想到陈曦是这么的冷酷。

　　韩佳佳早就知道陈曦为人处事比较理性，但也没想到理性到这个程度，她是不会让陈曦为她受委屈，但也没想到陈曦会这么说。

　　"不过有一样东西，我忘了给警察同志看了。"陈曦把手机递给负责的警察，"因为平时就我一个人带着孩子生活，而我有时候有事要出去一会儿，留着孩子一个人在家不放心，所以就在家里安装了摄像头，直接连接手机，我在附近谈事情也可以随时通过手机软件看到她在家里的状况。今晚发生的这一切，刚好也被拍到了，你们可以看看，到底是谁家暴。"

　　听到这些话，万彬傻眼了，他万万没有想到陈曦居然还有这一招。

　　警察马上接过手机查看，另一个警察问："你有这个，为什么不早点儿给我？"

　　"我就想看看他要怎么演。"陈曦的唇角勾起嘲讽的弧度，悲哀地看着万彬，"你撒谎撒得连自己都信了。"

"你，你居然在家里安装摄像头。"万彬慌了，口不择言地说，"警察，她这么做是违法的吧？她在我家里安装摄像头没有经过我的同意。"

## 6. 离 婚

"这也是她的家，她有权做主。"负责记录的年轻警察已经是相当鄙视万彬了，"你老婆一个人带着孩子生活，为了保护孩子的安全居然还要在自己家里安装摄像头，你作为一个丈夫一个父亲尽到职责了吗？还有脸质问人家？"

这一次，万彬好像有些惭愧，解释道："我工作比较忙，她比较闲……"

"工作忙就可以不回家？"警察教训，"你知道一个女人带孩子有多辛苦吗？我们家都是两个老人加上我老婆三个人一起带孩子……"

"警察先生，您弄错了。"陈曦认真地纠正，"我从来没有靠他养家。事实上，我的工作也很忙，只是时间稍微自由一点而已，但我从来没以此为借口就不管家不管孩子。更何况，我们家里每个月的开支，他只出一半……"

"我出一半怎么了？"万彬理直气壮地说，"这也是你的家，你不该养家吗？现在你们不都说男女平等吗？那你就应该出一半的家用，这不是很合理吗？"

"家用让女人出一半，那家务你怎么不做一半？孩子你怎么不管一半？"陈曦恼怒地质问，"你既要女人跟你分担一半的经济压力，又要女人承担所有家务家事，这就是你所谓的男女平等？"

"你他妈根本就不是个男人。"韩佳佳怒骂。

"你给我闭嘴。"万彬对她吼道。

"你闭嘴。"年轻警察指着他警告，"她们骂得没有错，你真不是个男人。"

"你作为公职人员，说这样的话，我可以投诉你。"万彬十分恼怒，觉得所有人都在针对他。

"你去投诉，我就没见到你这么无耻的男人……"

"算了算了。"旁边的同事劝那个年轻的警察，"你就不要掺和了，公事公办就好。"

"不像话。"年轻警察十分愤怒。

旁边警察把他支开，自己来处理这个案子。

"叮铃铃……"这时，陈曦的手机响了，是苏娆打过来的，她接起电话……

"苏娆。"

"陈曦，你是不是出什么事了？刚才跟我说有事要晚一点来医院，这都快午夜一点了，你怎么还没过来？"

"我很快过来，抱歉，你先帮我看着星星。"

"你没事吧？"

"没事。"

"星星这边有我，你别担心，有事要跟我说，别自己兜着。"

"知道。"

挂断电话，陈曦对警察说："警察同志，我的口供已经录完了吧？我可以走了吗？"

"等一下。"万彬急忙问，"你刚才跟谁讲电话？我回去的时候星星好像不在家，你把她放哪里了？"

"你到现在才发现她不在家？"陈曦觉得他很可笑，"从你回家到现在都多久了？你都没发现你女儿不见了？"

"你别废话，到底怎么回事。"万彬焦急地追问。

"她在医院。"说起孩子，陈曦有些伤感，"急性肠胃炎。"

"怎么又是急性肠胃炎？"万彬脸色大变，气恼地怒骂，"之前好像就有这毛病，说了要注意要注意，你怎么还是这么不小心？你是不是又让她吃冰的了？你怎么照顾孩子的？"

"你问我怎么照顾孩子？你他妈照顾过一天吗？"陈曦一下子就爆炸了，激动得浑身发抖，"经济开支要我分担一半，家事家务我全包，孩子我一个人带，生病了你还要骂我，你把我当什么了？你的全职用人？保姆？还是你妈？"

"算了算了，我懒得跟你吵。"万彬厌烦地挥手，"星星现在在哪里？谁照顾她？"

"有人照顾她，我不像你，不管发生什么事，我都会把她安置好。"陈曦强忍着眼泪，哽咽地说，"万彬，我们离婚吧，我不想跟你闹，但是，我们真的不能在一起生活了。"

"我不离。"万彬低着头，大概说起孩子，他也有些愧疚吧。

"不离你还这样对人家。"那个年轻的警察已经看到了他打人的视频，气恼地怒喝，"不仅打老婆，还反过来诬陷自己老婆，我真没见过你这么不要脸的男人。"

"你冲我吼什么吼？"万彬对待陈曦的事情上，还是那么理直气壮，"男人打老婆不是天经地义的吗？你们就没有打过老婆吗？"

"你……"那警察很不可思议，"这种话你都说得出口。"

"前面还有。"陈曦指着手机，"上个月八号他回来也对我动手了，当时孩子也在，我可以翻出来给你们看。"

"喂！"万彬马上阻止，"陈曦，你够了，有什么事回家再说，不要在这里丢人现眼。"

"到底是谁在丢人现眼？"陈曦觉得很可笑，"万彬，你说我为什么会拿菜刀出来防身？不都是被你逼的？"

"你不要说得这么夸张。"万彬还在狡辩，"我只不过是情绪上来了控制不住自己，打了你一巴掌而已，又不是打得多狠，这也算家暴？"

"呵……"陈曦冷冷地笑了，眼泪也终于流出来。

这些年，她从来都是打掉牙往肚子里吞，这些事情她一直瞒着、藏着，不敢让任何人知道，因为她爱面子，她要脸，可是今晚，她全都豁出去了。

现在和万彬的争吵如同将她剥光了暴露在众目睽睽之下，他那些自以为是理直气壮的言论，反而让她这个受害人感到无地自容。

不仅仅是那些不堪的过去，还有自己当初所选择的男人的这般素质教养，都让她感到自己很可悲……

"王八蛋，你他妈真不是人。"

韩佳佳激动地往这边冲，扑腾着要打人，两个女警紧紧拽着她。

"就凭你这些话，足以证明你不尊重女性，对我当事人是一种极大的侮辱，你不仅不负责任，还家暴，这个婚，你离定了！"

这时，一个清冷的声音传来……

大家都抬头看去，一个身材高挑、衣着性感时尚的女人大步从外面走进来……

她一手拿着手机和保时捷车钥匙，另一只手拿着最新版的LV手包，一头时尚飞扬的红色短发，穿着性感撩人的黑色超短裙，踩着三寸高的恨天高，画着冷魅妖娆的妆容，还带着有金属质感的夸张首饰，一身酒气。

陈曦抹掉眼泪，对匆匆赶来的欧阳风华说："欧阳律师，这里交给你了，我现在得马上回医院。"

## 7. 不能离

"放心。"欧阳风华点头道，"你开车过来了吗？"

"没有。"陈曦摇头。

"那开我的车去吧，免得再回家拿车。"欧阳风华把保时捷车钥匙丢给陈曦，"不过我叫的代驾已经走了，你还OK吗？"

"没问题。"陈曦穿上外套，指着韩佳佳说，"这是我朋友，跟这件事扯上了关系，我刚从在电话里简单跟你说过，麻烦你一起处理。"

"OK。"欧阳风华点头。

陈曦叮嘱韩佳佳："佳佳，有欧阳律师在，你别怕，一切听她的，别再冲动！"

"我知道了，曦姐，对不起，给你添麻烦了。"

"别这么说，是我连累了你，我先去医院，这边处理完了，欧阳律师会带你一起来找我。"

"好！"

欧阳风华瞟了一眼韩佳佳，将自己的名片递给警察："我是欧阳风华，胜天律师事务所的法人，陈曦是我的当事人，接下来的事情由我来全权处理！"

"你是律师？"

那几个警察都用一种疑惑的目光打量着欧阳风华，这性感妖娆的女人明明就是刚从夜店窜出来的热辣野猫，居然是律师？

"怎么？律师就不能有私生活？我接到当事人的电话就马上赶过来了，来不及卸妆。"

欧阳风华摘下火红色的假发，随手甩在垃圾桶里，指着万彬公事公办地说："我劝你还是干脆一点儿跟陈曦离婚，闹上法庭谁都不好看。"

"我不离！"

"现在离不离已经由不得你了……"

陈曦最后听到的就是这句话，她之前就向欧阳风华询问过离婚的事情。

欧阳风华很坦白地告诉她，她和万彬虽然两年没有过夫妻生活，平时基本上也没有生活在一起，但万彬时不时还要回家住几天，所以这种情况不能算是分居。即使他们没有睡在一个房间，也不能算证据，除非家里有成年子女可以证明这一点。可万星星还是个孩子，她根本不能出庭做证。

基于他们之前的状况，如果要起诉离婚的话，法庭一定会庭外调解，让他们考虑半年，半年之后再重新提出诉讼才会有七成机会判离。

当时陈曦就觉得这样太折腾了，对她和孩子都是一种折磨。

以万彬的个性，一旦她起诉，那半年时间，他是不会让她好过的，他会对她纠缠不休，想尽一切办法让她打消离婚的念头，就算她意志坚定，那种生活也是一种煎熬。

她每天的生活都是在争分夺秒，一点意外都出不得，而且她还要保持一个平静的心态，要不然写不出东西。

但是现在不一样了，因为家暴事件立了案，陈曦起诉离婚就能很快判离……

走出警局，陈曦深深地叹了一口气，心里十分压抑，她知道她和万彬的婚姻已经走到尽头，也知道自己很快就要解脱了，可是她没有想到会以这样的方式结束。

这两年，她曾经好几次跟万彬提出离婚，可万彬死活不同意，与此同时，他也没有做出什么改变去挽回这段婚姻，更别说照顾这个家，什么都没有做过……

陈曦考虑到孩子的成长，一拖再拖，始终没有狠下心来，可是今天发生的一切，算是将这个导火线彻底点燃了。

她再也无法忍受了。

陈曦开着欧阳风华的车来到医院，半夜时分，医院的停车位都空出来了，那个白天收了她三百块钱停车费的保安看到她换了一辆保时捷，眼睛都直了。

保安准备去指挥她倒车，她打开车窗挥手示意："我自己可以，靠边。"

"哦哦。"那个保安连忙退到一边去。

陈曦倒好车，拿着东西匆匆往住院部走去。

那个保安看着她的背影，由衷地感叹："女人有钱就是任性！"

陈曦从电梯出来，远远就听见万星星的哭声，她的心都揪紧了，焦急地跑进了病房："星星！"

　　"陈曦，你终于来了，我都快要急死了。"苏娆欣喜若狂，"星星哭了好久，我怎么哄都哄不好，你再不来，我也要哭了。"

　　"妈妈……"万星星从床上挣扎着爬起来。

　　"星星。"陈曦一把抱住万星星，愧疚地道歉，"对不起，妈妈有点儿事情回家耽搁了。"

　　"我还以为你不要我了。"万星星在陈曦怀里哭得很伤心。

　　"傻瓜，妈妈怎么可能不要你。无论发生什么事，妈妈都不会离开你。"陈曦亲吻着万星星的额头，"宝贝饿了么？吃东西了没有？"

　　"我叫外卖送了粥过来，星星吃了一点。"苏娆盯着陈曦红肿的脸，脸色大变，"你的脸怎么了？该不会是……"

　　"没事。"陈曦向她使眼色，示意她不要说。

　　苏娆大概知道是怎么回事，心里很不好受，借口去了洗手间。

　　陈曦哄万星星睡觉，万星星本来就累，之前是妈妈不在身边没有安全感，现在抱着陈曦的手臂，不一会儿就睡着了。

　　陈曦侧躺在床上，轻轻拍着万星星的肩膀。

　　苏娆从洗手间出来，压抑着激动的心情，轻声问："他又打你了？"

　　陈曦也有挨不住的时候，上次她跟万彬吵架的时候也是月经期，原本就痛经，再加上情绪刺激，导致她发高烧，孩子没有人带，她只好求助苏娆。

　　所以苏娆知道很多陈曦的事情……

　　"今晚闹到警局了！"陈曦把今晚发生的事情讲给苏娆听……

　　听到整件事情的经过，苏娆气得浑身发抖，激动地说："那个王八蛋，居然又对你动手，他妈的太不是东西了。"

　　"你小声点儿。"陈曦轻声提醒。

　　苏娆看看熟睡的万星星，强忍住激动的心情，低声说："这次你一定要好好收拾他。"

"这次肯定要离婚的。"陈曦扬了扬唇角，"我刚才不是已经跟你说了吗？我请律师了。"

"你真的要离婚？"苏娆一谈起这个话题就改变了态度，"你考虑清楚了吗？夫妻哪有不打不闹的？不都是床头打架床尾和吗？为什么非要离婚这么严重呢？你们离婚了，星星怎么办？"

"他都这样对我了，你觉得我们还能过得下去？"陈曦感到无语。

"你别生气，我只是表达我的观点。"苏娆叹了一口气，"因为我是单亲家庭长大的，我很小的时候我爸妈就离婚了，我很理解那种感受，所以我是觉得，要么不结婚，要么结了就不要离，打死都不能离！"

## 8. 发朋友圈

"关于这个问题，我们已经讨论过很多次了。我始终认为，一个随时濒临破碎的家庭对孩子造成的伤害比起单亲身家庭还要严重，我和万彬的婚姻已经走到了尽头，我不觉得离婚有什么不对。"陈曦不想说下去。

"可是……"

"苏娆。"陈曦打断苏娆的话，疲惫地说，"每个人都有自己的选择，我们俩看法不同，你就不要再劝我了。"

"好吧。"苏娆叹了一口气，不知道说什么才好。

"你回去吧。"陈曦真诚地感谢，"今天辛苦你了。"

"你一个人能行吗？"苏娆不放心，"姨妈还痛不痛，好些了没有？我看你什么都没带……"

"我明天让钟点工帮我把东西拿过来。"陈曦打断她的话，"你都已经熬了一晚上，明天还有课，先回去休息吧。"

"好吧。"苏娆点点头，"那我先走了。"

"嗯。"陈曦送她出去，走到门口的时候，想起一个重要问题，于是提醒她，"对了，我的事情你不要说出去，你知道我不喜欢外人知道我的隐私。"

"我知道，放心吧。"苏娆点点头。

陈曦送走苏娆，回头看着熟睡的万星星，心里开始计划以后的生活。

以后出差或者采风的话，孩子该怎么办？家里那个每天过来打扫卫生外加做一顿饭的钟点工要不要改成全天的？这样接触熟悉之后，万一她有事不在，钟点工就可以帮她照顾星星……

一系列的问题在陈曦脑海里闪过，她叹了一口气，靠在陪护床上，想着这些年的生活，不由得苦笑，如果换成两年前发生这样的事情，她一定会痛哭流涕，可是现在，她遇到事情第一时间想的是接下来的生活应该如何安排。

她根本就没有时间悲春伤秋，缅怀过去，更没有精力痛哭流涕。

生活不是电视剧，不是遇到什么事都会有贵人相助，有白马王子全天无休随叫随到，为你奔走忙碌，解决所有问题……

每个人都有自己的生活，不到万不得已的时候不要轻易麻烦人家，她能依靠的只有自己，所以，她必须要为自己和孩子想好今后的路该怎么走。

苏娆离开医院就给男朋友林皓打电话，林皓在睡梦中被吵醒，迷迷糊糊地听着苏娆激动地讲述今晚发生的一切，"嗯"了几声，然后就没有反应了。

苏娆气恼地骂了几句，挂断电话，倾诉欲没有得到释放，心里很是压抑，忍不住发了一条朋友圈："今晚注定无眠，化身为正义使者解救闺蜜于水火之中。她是一个事业有成，独立坚强的女人，也许正因为太好强，婚姻反而不幸福。孩子躺在医院输液，两口子居然打架闹到了警局，还准备离婚，唉，不知道说什么好，现在心情很复杂，既心疼她，又感慨婚姻不易，我都有些恐婚了。"

编辑完这些话，苏娆还配了一张图，是她在医院拍的万星星扎针的手。

发出去的时候，她特地屏蔽了陈曦，怕陈曦责骂她。

现在已经凌晨四点了，居然还有两个人回复，有一个人评论说"你这个朋友太不成熟了，孩子在医院，怎么也应该先照顾孩子，怎么能跟老公打架，还闹到警局？那孩子怎么办？"

另一个人回复："你说的该不会是陈曦吧？"

苏娆马上跟后面这个朋友私聊，因为在步行回家，打字不方便，她干脆用语音，将今晚的事情一股脑儿全都倒了出去……

那人听得十分震惊，两人你一言我一语地讨论得十分激烈……

苏娆的倾诉欲终于得到缓解，心里舒坦多了。

陈曦今晚淋了雨，再加上情绪不稳定，痛经更加严重，腹部疼痛不已。

这一晚上她都没睡好，十分难受。

早晨万星星醒了，看到陈曦不舒服，拿起陈曦的手机要给万彬打电话。

陈曦马上阻止："别打，你爸爸没空。"

"可是我看到有几个未接来电是爸爸打来的。"万星星说。

陈曦翻看记录，的确有好几个未接来电，除了万彬之外，还有欧阳风华和韩佳佳的，昨晚在警局，她把手机换成静音了，所以没有听见。

她马上回电话给欧阳风华："欧阳律师。"

"打你电话没有人接，韩佳佳说你应该在妇女儿童医院，我们已经到医院楼下了。"

"没错，儿科住院部六楼36床。"

"马上上来。"

"好。"

"妈妈，谁要来？"万星星马上问。

家里平时只有陈曦和万星星两个人，十分冷清，万星星很高兴有人来看望她。

"佳佳姐姐和另外一个阿姨。"陈曦给她换衣服，"起床刷牙洗脸吧，妈妈叫了外卖，等会儿就有早餐吃了。"

"妈妈不回电话给爸爸吗？"万星星巴巴地望着她。

"你想爸爸了？"陈曦心疼地抚摸着万星星的头发。

"不是。我就是怕他有事找你。"万星星虽然才七岁，但是情商很高，她知道陈曦跟万彬感情不好，见面就吵架，所以不敢正面回答。

"你去刷牙洗脸，我给他回电话。"陈曦扶着万星星下床，把牙具毛巾递给她。

"哦。"万星星拿着东西去了洗手间。

陈曦回电话给万彬，电话很久才接通，电话那头的万彬睡意蒙眬地"喂"了一声。

"打电话给我什么事？"陈曦冰冷冰地问。

万彬顿了一下，瞌睡醒了："星星呢？"

"不是跟你说了吗？在医院。"陈曦心里燃着一团怒火，发生这样的事情，他倒是睡得着。

"我是问哪个医院，哪个病房，我要过来。"

"你过来也好，正好我想回去休息一下。"

"你回去？你回去谁照顾星星？"万彬反应很大。

"你呀。你过来难道就不照顾她吗？"

"你这不是废话吗？我什么时候照顾过孩子？我过去也是看看她，陪陪她，吃什么喝什么穿什么之类的，还得你来做。"

"那你就不要过来了。"

陈曦直接挂断电话。

万彬已经习惯性把她当成全职保姆了，直到现在还死性不改，真是可笑……

## 9. 公告天下

"曦姐！"韩佳佳抱着大大的小黄人飞奔跑进病房，"曦姐，我告诉你，这个欧阳律师可厉害了，把你老公降得一愣一愣的……"

"嘘……"陈曦做了个手势，示意她不要说了。

韩佳佳这才意识到万星星在，急忙改口："星星呢，我给她带了好多东西。"

"在洗手间。"陈曦指了指洗手间。

"星星，佳佳姐姐来看你了。"韩佳佳丢下包包，抱着小黄人跑去洗手间找万星星。

"你脸色很不好。"欧阳风华皱眉看着陈曦，"昨晚没睡？"

"身体有些不舒服，不过没什么大事。"陈曦微微一笑，"怎么样？事情办得还顺利吧？"

"我办事，你放心。"欧阳风华说话向来简洁，"我只问你一句，是不是铁了心要离婚。"

"是。"陈曦十分坚定，"必须离！"

"那就行了，一切交给我。"欧阳风华认真地说，"不过你要做好心理准备，财产方面，你恐怕会有一些损失，毕竟你在婚后赚得比他多，按照婚姻法，这些财产都是要平分的。"

"我知道，我有心理准备。"陈曦叹了一口气，"主要是孩子的抚养权。"

"抚养权应该没问题。"欧阳风华说，"按照我的经验，七成应该会判给你，毕竟孩子一直是由你带着，又是个女孩。"

"我不管几成概率，我是一定要抚养权。"陈曦的态度十分坚定。

"好，我尽力。"欧阳风华点头。

"车钥匙还给你。"陈曦把保时捷车钥匙还给欧阳风华，"就停在楼下。"

"有没有什么需要我帮忙的？"欧阳风华接过车钥匙，怜悯地看着她，"如果有需要……"

"别用这种眼神看着我。"陈曦扬起唇角，"比起你手上那些被男人扫地出门的女人，我应该算是幸福多了，要知道，现在是我把男人扫地出门！"

"我就喜欢你这样的个性。"欧阳风华拍拍她的肩膀，"相信我，过了这个坎儿，你会过得更好！"

"嗯，我有这个自信。"陈曦笑了。

"妈妈！"万星星从洗手间出来，看到了欧阳风华，"这个阿姨好像小魔仙里的黑女巫呀。"

"哈哈哈……"韩佳佳大笑。

"星星，没礼貌。"陈曦连忙呵斥。

欧阳风华倒是一点儿都不生气，走过去摸摸万星星的头发，笑眯眯地说："阿姨今天的装扮就是小魔仙里的黑女巫呀，本来还有一头红色的假发的，戴上就更像了。"

"阿姨是在演舞台剧吗？"万星星好奇地问。

"阿姨是去参加化装舞会。"欧阳风华笑着点头，"下次阿姨带你去，你可以演小魔仙。"

"好啊好啊。"万星星非常高兴。

"阿姨有事要先走了，下次带你去玩。"

"阿姨再见。"

欧阳风华走了。

外卖送来早餐，韩佳佳喂万星星吃了早餐，陪她在床上玩拼图。

陈曦很不舒服，躺在陪护床上休息，手机忽然收到好几条微信，她原本不想理会，又有电话打进来，她不得不接听电话："喂！"

"星星妈妈，你跟星星爸爸吵架闹离婚了？"电话那头是万星星同学云云的妈妈白倩。

"什么？"陈曦愣住了，这件事怎么会传到她那里？

"苏老师发了朋友圈，我一眼就看出来照片上输液的孩子是星星。"白倩有些激动，"我知道苏老师跟你是好朋友，她昨天晚上发朋友圈说一个好闺蜜的孩子生病住院，自己还跟老公吵架闹到了警局，还要离婚，这人是你吗？"

"是的。"陈曦并不否认。

"啊？真的是你？"白倩十分震惊，"那星星……"

"星星生病了，我在医院照顾她。"陈曦打断白倩平静地说，"云云妈，这件事麻烦你帮我保密。"

"我倒是想保密，不过苏老师都发朋友圈了，估计知道的人也不少，她朋友圈认识你的人恐怕不止我一个吧？"

"我知道了，谢谢。"

挂断电话，陈曦又打开微信，刚才那些微信全都是她和苏娆的共同朋友发来慰问，基本都已经知道苏娆那条朋友圈里说的人就是她。

陈曦简直无语了，她早就知道苏娆的毛病就是关不住话，所以每次有点什么事，她都再三叮嘱不要说出去。

苏娆这次可能还真没有到处"说"，她是直接发朋友圈昭告天下。

"哎呀，曦姐……"韩佳佳忽然尖叫，"你那个朋友苏娆把你的事情发朋友圈了，我手机昨晚没电，刚充好电开机就看到了，天啦，一百多条回复呢……"

"佳佳姐，什么事呀？"万星星问。

"没什么没什么……"韩佳佳连忙转移话题。

"星星，妈妈是怎么告诉你的？"陈曦皱起眉头，严肃地说，"大人有些事情，小孩子是不应该过问的。"

万星星嘟着小嘴，一脸委屈的样子，却又不敢问。

"佳佳，你帮我……"

"陈曦我来了，快帮我提提东西，你看我给你买了好多……"

一个响亮的声音传来，打断了陈曦的话。

"哎哟，苏娆你来了。"韩佳佳反应十分激烈，"你是不是把曦姐那件事给发朋友圈了？"

"啊，我……"苏娆的脸嗖的一下就红了，不知所措地站在那里。

"买这么多东西干什么？"陈曦倒是很平静，走过去接过她手上的东西，"过来坐。"

"陈曦，你听我解释，那件事……"苏娆嘴上说着要解释，可是说到一半就哽住了，不知道怎么说下去。

"算了。"陈曦无奈地苦笑，"我早就知道你的性格，还是把秘密告诉你，这是我的问题。"

"对不起啊，我刚才已经删掉了。"苏娆很愧疚，"好多人来问我，我知道错了，我……"

"行了。"陈曦拍拍她的肩膀，"这件事过去了，不用再提了。谢谢你给我买这么多东西。"

苏娆看着陈曦脸色残留的红肿，心里很是愧疚。

韩佳佳有些气恼，但是陈曦都不计较了，她也不好说什么。

## 10. 韩叔叔

"星星，你看我给你买了什么。"苏娆将自己买来的东西摆放在柜子上，"全都是你喜欢吃的，有水果、有酸奶，还有各种各样的零食……"

"苏苏阿姨，我肠胃炎，不能吃零食。"

万星星并不喜欢苏娆，在她手下学钢琴也学得懒散。

陈曦已经打算给她换钢琴老师了。

"好吧，那就给你妈妈吃。"苏娆笑了笑，"韩佳佳，你也可以吃。"

"算了吧，我怕吃了你的东西，要被你拍照发朋友圈。"韩佳佳向来快言快语，对于看不惯的事情从来就不留情面。

"你什么意思？"苏娆十分气恼，"陈曦都不怪我，你在这里冷嘲热讽的干什么？有病吧？"

"谁有病？"韩佳佳毫不示弱地反击，"你把人家隐私发朋友圈就没病吗？曦姐把你当朋友才告诉你，你就这样对她？"

"我……"

"好了。"陈曦打断苏娆的话，皱眉低喝，"这里是病房，你们吵什么呢？"

"陈曦，不是我说你……"苏娆酸溜溜地说，"你老是收留这种混吃混喝的人迟早要出事的。"

"苏娆，你他妈说谁混吃混喝呢？"

韩佳佳一下子就炸了，将手中削到一半的苹果向苏娆砸过去。

"妈的，你敢打我……"

"够了！"陈曦凌然怒喝，"全都给我出去！"

两个人都消停了，苏娆见陈曦生气了，马上逃之夭夭："我今天跟林皓约好了要去见他父母，先走了。"

说着，她撒腿就跑……

"小贱人，跑得真快，看我下次怎么收拾她。"韩佳佳气得面红耳赤。

"别理她，她说话就这样。"陈曦软下语气，"佳佳，你昨晚一夜没睡，要不找个地方休息一下吧。我给你订个房间。"

"不用。"韩佳佳连忙说，"曦姐，我经常打游戏都打通宵的，一夜没睡不算什么，我精神好着呢，而且我也喜欢陪星星玩。倒是你，身体这么不舒服，应该去休息一下。"

"是啊，妈妈，有佳佳姐姐陪我，你可以在旁边睡一会儿。"万星星也心疼妈妈。

"那好吧。"陈曦很不舒服，"佳佳，你在这里帮我陪陪星星，我回家洗个澡，拿几件衣服过来，顺便把读者之前给我寄的姜母茶拿过来，我实在是难受。"

"你赶紧去吧。"韩佳佳很懂事，"这里有我，你不用担心。"

"好。"陈曦从钱包里拿出一沓钱给韩佳佳，"如果需要花钱的话……"

"不用不用，我有钱。"韩佳佳打开自己的布包，拿出两捆百元大钞，笑眯眯地说，"你看。"

"哪里来的？"陈曦错愕地问。

"我叔叔给的。"韩佳佳啃了一口苹果，"上次你见过，他来你家楼下接我那次。"

"你是说那个帅大叔？"陈曦有点印象，"叫什么风来着？"

"韩风！"韩佳佳嘻嘻地笑，"你居然连他的名字都不记得了，他对你印象可深了，一直问我要你的微信，我都没给他。"

"不要给！"陈曦叮嘱，"我先走了，尽量早点回来。"

"好。"

陈曦走到门口的时候，韩佳佳的手机响了，她接听电话，喊了陈曦一声，陈曦回头瞟了一眼，没有留意，快步离开了。

从电梯出来，陈曦低着头，不小心撞到了一个人，抬头一看，有些眼熟。

"陈曦是吧？我是韩风，佳佳的叔叔。"

眼前的男人衣着朴素，简约低调，个子不高，但是斯文干净，有一种中年男人的沉稳内敛。

陈曦愣了一下才缓过神来："哦，是你啊，你好。"

"我早上给佳佳打电话，她说你在医院，我很担心，就直接过来了，刚才又打电话，她说你下来了，让我顺道送你回家。"韩风不知道为什么，有些紧张，"我的车就停在外面，我，我送你吧？"

"不用，我已经叫了车。"陈曦客气地拒绝，"我准备回去拿东西，你是来找佳佳的吗？她正在帮我照顾女儿，要不我上去吧，让她下来见你。"

"不是的，我不着急见她，你不是要回去吗？我可以先送你回家，然后等你拿好东西一起过来……"

"为什么？"陈曦打断韩风的话。

"啊？"韩风错愕地看着她，不知道该怎么回答她的问题。

"我跟您……好像不是很熟，为什么要送我？多麻烦？"陈曦不想让他觉得自己没有礼貌，特地用了敬称，还笑了笑，"我还是上去叫佳佳下来吧。"

"不不不，不用了……"韩风紧张得话都说不清楚，"算了，我还是走吧。"

"啊？"陈曦愣住了。

"抱歉，再见。"韩风低着头离开。

陈曦忽然觉得自己有些无理，或许他只是顺道想要送一送她而已，她何必这样拒人于千里之外？好像防贼一样防着人家。

苏娆说她防范心太重，好像是这么回事。

不过陈曦并不觉得自己在这个时候防范心重是什么坏事，一个快要离婚的女人，最好离其他异性远一点。

陈曦快步走出去，上了自己叫的专车。

车子开出去，陈曦无意中看见一辆保时捷卡宴，咖啡色的大蛤蟆从旁边开过去，开车的人正是韩风！

陈曦的朋友有一个保时捷车队，她对这款车很熟悉，如果这辆车是他自己的，说明他应该是个有钱人。

难怪随随便便就给韩佳佳两万块零花钱！

陈曦的手机响了，是韩佳佳打来的，她接听电话："佳佳。"

"曦姐，见到我叔叔了吗？"韩佳佳的语气有些兴奋，似乎在期待八卦的样子。

"你亲叔叔?"陈曦淡淡地问。

"我爸的亲堂弟,是一个很出名的编剧,从部队出来之后就专门写军事题材的影视剧本,我觉得跟你应该很谈得来,都是文化人……"

"你想做什么?"陈曦打断她的话,严肃地说,"佳佳,我还没离婚,就算离了也不着急找男人,还有,我不喜欢开这种玩笑。"

"不是不是,我没别的意思,就是他过来找我,我说要不就顺道送你一程……"

"不用。我已经上了自己叫的专车,以后别搞这种事了,我一会儿就回来。"

"好吧。"

## 11. 究竟是谁错了


陈曦在楼下仰望家里的窗户,确定没有灯光,才踏实地上楼。

她住的房子在三楼,坐北朝南正对中庭,小区绿化很好,茂密的枝叶挡住窗户,遮挡了光线,屋子里很昏暗,所以白天也要开灯。如果万彬在家里,灯就会开着。她希望他不在。她不想再跟他打一场,再闹到警局去。

打开家门,一片昏暗,家里乱糟糟的,还保持着昨天的模样。陈曦在房间看了看,万彬果然不在家。

她洗澡洗头,换了一身干净的衣服,收拾好行李准备去医院,就在这个时候,门开了,万彬提着一袋子东西走进来,精神状态很不好。

"星星怎么样了?"万彬有气无力地问。

"需要住院一个星期。"陈曦看到他袋子里装的是药。

"我牙痛,痛得厉害。"万彬坐在沙发上,疲惫不堪地说,"昨天晚上还发烧了。"

陈曦没有理他，准备离开。

"陈曦。"万彬叫住她，"我不想离婚。"

"这件事没有什么好商量的，必须离。"陈曦十分冷漠。

"你是不是外面有人了？"万彬今天出奇的平静，"这两年我没有碰你，而且经常没有回家，你耐不住寂寞，在外面找了男人，所以要离婚对不对？"

"神经病！"陈曦觉得很可笑。

万彬盯着她好一会儿，叹了一口气："看来是我多虑了，你这种女人，根本就不屑于依靠男人，怎么可能会有外遇。你要离婚是因为瞧不起我吧。"

陈曦不想跟他说下去，准备离开。

"你不要急着走。"万彬再次叫住她，"我们谈谈。"

"有什么好谈的？"陈曦冷笑着问，"你说什么都不可能改变我的决心。"

"我知道，你现在厉害了，名利双收，可以请律师来威胁我。"万彬抬目看着她，"你想离婚可以，开个价！"

"什么？"陈曦以为自己听错了。

"你不是要离婚吗？"万彬一改刚才的疲惫乏力，音量高了起来，"我看你这几年赚了不少钱吧，这些都是夫妻共同财产，我都有份的，把你所有的银行卡摆出来算算总账，看看你到底可以分给我多少钱，要是让我满意的话……"

他没有继续说下去，而是冷冷地笑，"你要知道，坚持要离婚的那个人一定是要有所牺牲的，你舍得牺牲吗？"

"万彬，你可真够无耻的。"

陈曦简直不敢相信自己的耳朵，不敢相信这样没有下限的话居然会从自己同床共枕十几年的人口中说出来，十几年了，她怎么就没有发现万彬是这样的卑鄙无耻！

"我无耻？"万彬悲凉地笑了，好像自己是全世界最可怜的人，"这么多年，我从来没有用过你一分钱，我赚的钱全都拿出来养家，你的钱就存起来买车买房，还到处跟别人说这些是你买的，真是可笑，如果没有我养家，供你吃供你穿，你能存起钱买这些东西吗？

"我以前的银行卡不都是放在你这里吗？你想怎么花就怎么花，我有说过一句话吗？我今年是没给你多少钱，一个月三千，我知道你嫌少了，那是因为我要向你学习，我也要存钱，到我想要做生意的时候可以拿出本钱，我不想问你要钱被你鄙视，不想别人说我靠老婆，我更不想一辈子都翻不了身，一辈子都给人打工，一辈子都被你踩在脚下。

"你说我不回家，可你有没有想过我为什么不回家？因为这个家对我来说根本就没有任何意义。你跟人说这房子是你买的，车是你买的，你有没有考虑过我的感受？我宁愿打车都不愿意坐你的车，我住在这房子里都觉得憋屈，我他妈的住的到底是谁的家？

"我一回家就要看你的脸色，你一天到晚摆着一张臭脸给谁看？我在外面累死累活，回到家没有一点儿温暖，我还回来干什么？

"陈曦你是一个极度自私的女人，你根本就不懂男人，不了解男人的感受，从来不顾及我的尊严，我的面子，什么时候都要骑到我头上，在我面前永远都是一副趾高气扬的样子，我真是受够你了！

"你一天到晚抱怨我，说我不温柔不体贴，你温柔你体贴了吗？你说我不顾家，说你自己很累，真是好笑了，哪个女人结婚不用带孩子？不用做家务？别的女人没你做得好吗？我姐姐一个人带两个孩子，还要在工厂里上班，老公回到家，她把茶端到他手上，拖鞋拿到他面前，那样的家，男人才愿意回去！

"我呢？我得到的是什么样的待遇？我他妈就是你赚钱的工具，天天在外面累死累活，赚了工资全都交给你，你还要嫌少，回到家就给我脸色看，还说我不帮忙干家务，不带孩子，老子把这些事情干完了，还要你干什么？

"我昨晚一夜没睡，想着我这些年的生活，他妈的简直连狗都不如……"

万彬说着说着就哭了，哭得很伤心，仿佛他才是这个世界上最可怜最委屈的人。

陈曦一句话都没有说，静静地听他发泄，说出心里积压许久的委屈，她大概是真的不了解男人，她从来都不知道，原来这些年万彬觉得自己受了这么多委屈，过得这么压抑这么辛苦。

或许，男人也有男人的无奈吧。

他在外面工作累了，回到家也想有一个温柔乡，希望女人给他端茶倒水，给他拿拖鞋。可是自己每天既要工作又要料理家务，还要照顾孩子，真的很辛苦，所以当男人回家的时候就希望他能够为自己分担，面对男人的懒散麻木，她会抱怨会唠叨会气恼。

然后就会有吵架有矛盾……

女人觉得自己为男人生孩子，将所有时间精力青春都奉献给这个家，奉献给他，而他除了工作赚钱之外什么都不管，这不公平；可男人却觉得自己原本潇潇洒洒，忽然就多了这么多负担，要养家养孩子养老婆，回到家还要照顾老婆孩子的感受，看老婆的脸色，他活得没有自我，这也不公平；所以说，站在万彬的角度，他也觉得自己很委屈。

到底是谁错了？

## 12. 最后的谈判

到底是谁错了？

陈曦已经分不清了……

或许都没有错，是生活的压力让他们都无法承受。

毕竟男人都渴望自由，他们没有经历过女人十月怀胎的辛苦，更无法想象分娩的痛苦，也就没有那种强烈的家庭责任感和归属感。

或许他们在面对生活压力，感情压力的时候，也曾经懊悔当初不应该享受那一刹那的快感，背负这么沉重的责任，就像五指山一样，压得他们喘不过气来……

又或许刚开始都是真心相爱，真心想要白头偕老，想要成立一个家庭，只是后来价值观的偏离，成长步伐不一样造成了隔阂。

毕竟陈曦事业稳定，现在是获取收获的时候，而万彬还在为工作拼命奋进，不过可悲可叹的是，他奋进的目标居然是超过她！

陈曦隐约记得很早之前有亲戚在家族聚会的时候问他们房子买的多少钱，多大的面积，车子又是什么牌子之类的问题，万彬答不上来，陈曦就一一作答了。

亲戚笑话万彬一问三不知，陈曦随口说了一句："他当然不知道，这些都是我去买的。"

陈曦没有想到，就因为自己这样无心的一句话，成为万彬心里的一根刺。

所以昨晚她说出那句话的时候，他就爆发了。

这大概是身为男人仅有的一点儿自尊，或者说是自卑吧。

不过回头想想，陈曦好像真的很少顾忌万彬的感受，他说她瞧不起他，她并没有这样的想法，但是无形之中，似乎真的有这样的行为表现，让他越来越自卑。

所以他才不想回家，他们之间的距离才会越来越远……

不管这几年，陈曦熬得有多么辛苦，不管她是不是全心全意为这个家付出，不管万彬是不是有很多问题，但陈曦还是在检讨自己。

一段关系的破裂，不仅仅是一个人的责任，肯定两个人都有问题，只能说万彬的责任多一些，而她，也有不可推卸的责任。

想到这里，陈曦忽然就觉得没有那么愤怒，没有那么怨恨了，她深深地叹了一口气，平静地说："很抱歉，我没有做一个好妻子，以后也不可能做到你想要的样子，既然你过得这么辛苦这么压抑这么委屈，那就离婚吧！"

"既然你知道自己的问题，那就改啊，我可以给你机会。"万彬马上说，"只要你改掉你那些臭毛病，我们还是回到从前那样。"

"呵呵……"陈曦笑了，她真的觉得很好笑，万彬总是说出一些雷语，以前她觉得这是坦诚直接不做作，现在觉得是没情商，而且不懂得感恩，不懂得检讨自己。

到了这个时候，她依然感恩他的付出，依然自我检讨，可他没有，他看到的全都是别人的错误，看不到自己的错。

"我改不了，无药可救的。"陈曦忍住笑，平静地说，"我得去医院了，有什么事我的律师会跟你谈。"

"你真的要离婚？非离不可？"万彬不甘心地问。

"对。"陈曦点头，态度坚定，"非离不可！"

"好，我知道我斗不过你……"万彬十分沮丧，"但是有一件事，你别忘了，如果真要离婚，你会损失惨重，我怎么也要分你一半财产。你的房子车子，还有那些私房钱，全都有我的一半。"

"律师会处理的。"陈曦不想再谈下去，转身离开……

"还有一件事。"万彬急忙说，"最后一件事。"

陈曦顿住脚步，回头看着他："说吧。"

"你的律师发来我和一个女性朋友出去吃饭唱歌的视频，好像，好像有些亲密，我想跟你解释一下，我跟那个女的什么都没有发生过，你不要被你律师给骗了，她是想赚你的律师费，所以编造出来……"

"那个视频是我给她的。"陈曦打断他的话，"从我的行车记录仪里截取出来的视频片段。"

"你说什么？"万彬完全怔住了。

"我亲眼所见，还会有错吗？"陈曦觉得很可笑，"我都没有提这件事，你倒是主动提出来了。"

"难怪那天我总觉得有人在盯着我，原来真的是你。"万彬激动起来，"你跟踪我？"

"我这么忙，哪有时间跟踪你？"陈曦摊了摊手，"不过就是碰巧遇到罢了，然后就跟着去看看你每天到底在忙些什么。"

"陈曦，你真卑鄙。"万彬怒火中烧，"你早就算计好了是不是？先是收集证据，然后诱导我打你，马上报警留案底，你就可以顺利甩掉我了，还找来律师搞出这么多事，就是想把我扫地出门。"

"你的思想到底有多么阴暗？"陈曦都要惊呆了，"什么诱导你打我，这种话你都说得出口？"

"你不要跟我装……"

"算了，万彬。"陈曦不想跟他吵下去，"现在我们俩身体都不舒服，孩子还在医院，我不想跟你吵，没有任何意义，你愿意怎么想就怎么想。离婚的事情，我已经交给律师了。"

"可是我没有出轨。"万彬十分激动，"我可以发誓，如果我万彬做过任何对不起你陈曦的事情，就让我出门被车撞死。"

"那那个女人是怎么回事？"陈曦随口问。

"她是我的客户，让我去陪她吃饭唱歌，我总不能不去吧，我不想丢掉这份生意，但我没有跟她怎么样，我没有碰过她。"万彬急切地解释，"陈曦，你应该知道，我这个人敢作敢当，要是做了，我没必要否认。"

"好。"陈曦点头，"我相信你。"

"你不是相信我，你是根本就不在乎。"万彬咬牙切齿地瞪着她，"不在乎我有没有出轨，不在乎我，要不然你当时就炸毛了，怎么会收集好证据就默默离开？我在你眼中，到底算什么？"

"万彬……"陈曦眉头一皱，"你说这些有意思吗？"

"没意思。"万彬的情绪又变得沮丧，"我自己都觉得没有意思，真的，你看看你这副冷若冰霜、高高在上、不可一世的样子，我在你眼中什么都不是，我他妈在你面前连起码的尊严都没了！"

"离婚就离婚，但是你记住，是我不要你，不是你甩了我，以后你在外面也必须这么说，还有，这房子装修的钱是我出的，月供我也出了一部分，加起来二十多万，我估计你还有一些私房钱，我不管那么多，你给我八十万现金，我就跟你协议离婚，要不然就法庭见！"

"好，成交！"

## 13. 离婚了

陈曦和万彬当天就去把手续给办了。

原来离婚根本就不像他们想象中那么复杂，民政局旁边就有专门打印的小店，小店包揽了所有手续，你只需要出示证件，他们就会帮你把所有需要的资料都准备好。

就连离婚协议书，他们都有专用的模板。

替换名字，证件号码修改一下，相关条件改动一下，一切就能搞定。

只是万彬在临办手续的时候接了个电话，然后突然提出来房子的所有权要归万星星所有，否则他就不离了。

打印店的老板跟他们解释说如果所有权归孩子所有，那么陈曦就只有居住权，没有所有权。

万彬着重强调，就算以后陈曦离了婚也不能让其他男人住在这套房子里，这套房子是要留给万星星的，不是她陈曦的。

陈曦惊呆了，不可思议地问他："为什么？这房子是我付首付买的，现在分割财产，虽然房子归我，但我要还清所有按揭尾款，还要付给你八十万。等于说你不仅仅拿回了你所付出的钱，还多分了我的财产，现在又提出这样过分的要求？你是不是太过分了？"

万彬理直气壮地说："我早就说过了，首先提出要离婚的那个人必须付出代价。还有，这些年，我供你吃供你穿，我所付出的财力精力还有青春，难道就这样算了吗？你不是口口声声爱孩子吗？为什么不能把房子给孩子？"

"那你呢？你家的拆迁房还有几套，你能把房子的所有权都给孩子吗？"陈曦反问。

"我没有抛弃你，是你抛弃我。"万彬义正词严，"你不要跟我说那么多了，总之你现在要么改所有权，要么给我加到一百万，否则这个婚你就不用离了。继续打官司，我不介意跟你纠缠个一年半载！"

"你真的……太可怕了！"

陈曦简直震惊得说不出话来，她真的无法理解这样蛮横无理的话到底是怎么从万彬嘴里说出来的，他怎么就能这么可笑？讲话完全不需要考虑逻辑道理，想怎么样就怎么样。

真是人至贱天下无敌！

最终，陈曦还是让人在离婚协议书上把八十万改成一百万！

这个婚总算是顺利离掉了，陈曦如释重负。

拿到离婚证的时候，万彬感慨万千："女人狠起心来真是很可怕，我都做到这样了，还是无法打消你离婚的念头！你这么爱钱如命的女人，居然宁愿把所有积蓄都给我都要坚持离婚，你一定是外面有人了，肯定是。"

"呵！"陈曦冷冷一笑，什么都没有说，转身就走了。

万彬马上跟上她："陈曦，我最后问你一句话，你为什么就这么坚持要跟我离婚？我想不通？"

"你想不通是因为你到现在都没有意识到自己的错误。"陈曦可笑地说，"走到这一步，你都不觉得自己哪里错了，这就是你最大的问题！"

"你不要跟我咬文嚼字，我听不懂……"

陈曦不想理他，上了车，他还在追着说："我只想告诉你，我之所以问你要那么多钱，逼你改房产所有权，都是想激怒你，让你打消离婚的念头。"

"这么说你并不是真的想要我的钱？"陈曦勾唇一笑，"那我就不用给了？"

"婚都已经离了，怎么能不给？"万彬倒是反应很快，"钱你必须要给我，但是你不准降低孩子的生活标准！"

陈曦不想再听下去了，关上车窗，启动车子开出去。

"你给我站住。"万彬在后面激动地怒吼，"你不要以为你离婚了就能过得更好，我告诉你，没有我，你不会好过的，你一个女人带着个孩子，会过得很艰难很辛苦……"

说到最后，他的声音居然哽咽了。

陈曦从后视镜里看着他，不免有些心酸，他为什么到现在还不明白？一个女人带着孩子生活的那种艰难辛苦，她一直都在经历，没有离婚之前就在经历。

就因为这样，她才坚持要离婚的！

她受够了这种单身式婚姻，不如就离了，变成真正的单身吧……

陈曦开着车疾驰而去……

从此以后，她就恢复单身了，没有任何一个男人可以套牢她。

她可以做自己想做的事情，不需要担心伤到男人的自尊心；她可以为自己的人生做主，不需要因为意见不合造成无尽的争吵和冷战。

她觉得，自己自由了！

陈曦笑了，笑着笑着就哭了，她感觉自己就像是被五指山压了五百年的孙猴子，终于摆脱了沉重的负担……

这么多年的婚姻、感情就此打上了句号。

回想起过去的种种往事，不堪回首。

也许正如万彬所说的，当初认识他的时候，她陈曦还是一个懵懂无知的女孩。

那时候的她无知，无能，无畏……

无知到分不清楚男人的好坏，不考虑家庭、性格等因素会给婚姻带来怎样的影响，因为一时的冲动就贸然决定跟他在一起；

无能到没有人生目标，没有特长，就是一个头脑简单的打工妹，不知道什么是理想，什么是生活；

无畏到因为爱情就背井离乡地跟着一个男人来到了成都。

岁月磨砺了人生，人都是会变的。

当初认识万彬的时候，陈曦什么都不是，但好在她纵使一无是处，却依然懂得上进，懂得学习，懂得努力……

仅凭着一腔热血步入网络文学，一点一滴地学习、积累，奋斗十年，终于拥有今天的成绩。

她的视野、眼光、心态、生活方式、价值观、人生观……全都在慢慢地发生变化。

从当初懵懂无知的女孩变成现在个性刚毅，坚强果断，且有能力有才气的女人！

而万彬却始终没有改变，他还像十几年前一样把无知无畏当成个性，把无赖无耻当作能力……

他们之间的距离早就拉开了，思想境界完全不在一条线上，在这种时候，他不懂得检讨自己，做出改变，还一味地逃避，弄得问题越来越多，越来越大。

陈曦想起欧阳风华的那句话："过了这个坎儿，你会过得更好！"

## 14. 星星之光

陈曦第一个打电话给欧阳风华。

作为律师，欧阳风华听到这个消息，并没有为自己少了一笔生意而感到惋惜，反而由衷地为陈曦感到高兴："陈曦，祝贺你，终于解脱了！"

"谢谢。"陈曦叹了一口气，"原本以为会跟你一起走进法院并肩作战，没想到这么快就解决了。我都没想到他会突然想通，答应协议离婚。"

"你们的协议条件是什么？"欧阳风华职业性地问，"孩子、房子、车子归谁？"

"都归我。我给他一百万！"陈曦说。

"给多了。"欧阳风华的语气沉下来，随即补充道，"按照情理来说是给多了，不过要是走法律程序，你所有的私房钱都算起来的话，估计也差不多吧。"

"我哪有那么多私房钱。"陈曦苦涩一笑，"我现在正犯愁呢，要想在房产证上删掉他的名字，就得一次性把按揭还清，算了算，除掉之前还掉的房贷之外，我还要还八十万房贷，再加上给万彬的一百万，我一共要拿出一百八十万出来，我根本就没有这么多钱。"

"那你还答应他？"欧阳风华马上问，"你现在手续都办完了？"

"办完了，我只想早点儿解脱。你知道吗，我前两个月签了两份合同，一个字都写不出来，再这么折腾下去，我都要废掉了。与其把时间精力耗费在这段已经破裂的婚姻上，还不如早点解脱，重新开始。等我收拾好心情开始投入创作，很快就能把这笔钱的空缺填补好。更何况，为了一点儿钱争来争去，闹得不好看，毕竟我也要考虑孩子的感受。再说了，我给他的钱远远超过他的付出，他以后肯定不好意思再纠缠我了。"

"你这么说也对。"欧阳风华由衷地赞叹，"舍小利顾大局，这个道理很多人都懂，但是真正做到的人却不多！陈曦，你是我见过难得的有才有情又有头脑的女人！"

"你就别高抬我了。"陈曦无奈地苦笑，"我也是没有办法！"

"既然都定了，就安心去走以后的路吧。"欧阳风华转移话题，"我不懂得怎么安慰人，不过，我觉得可以为你庆祝一下！"

"庆祝？"陈曦愣住了。

"是啊，离婚可是大事，你终于解脱了，经历一场大的转折，你的人生开始步入一个新的阶段，难道就不该庆祝吗？"

"这段话你怎么说得那么溜？该不会是对每一个离婚成功的当事人都这么说吧？"

"我向来公私分明，但我早就把你当成朋友了！你知道我这个人又高傲又孤僻，脾气还不是一般的臭，身边没什么朋友，不过我很欣赏你，也很难得我们俩这么投机！"

"谢谢你！欧阳风华！"陈曦由衷地感激，"可是官司不打了，你就没有律师费，我是不是应该补偿你……"

"不用。"欧阳风华打断她的话，"我比你有钱，不在乎一场官司！"

"哈哈哈……"

陈曦忍不住大笑，欧阳风华说话向来都是直来直去，从不多说一句废话，她真的很喜欢这样的个性，狂傲得有资本！

"今晚我来安排吧，你叫上你的朋友一起，我们为你庆祝，人生转折点，总得换一口新鲜空气！"

"暂时不用了，我还得去医院照顾孩子，而且我身体也不太舒服。"

"那这样，等你身体好些了，孩子安顿好了告诉我，我来安排。"

"好，谢谢。"

陈曦回到医院。

韩佳佳靠在床上教万星星玩王者荣耀，万星星玩得很起劲，两人激动兴奋的声音传出去，老远就能听见。

"手上扎着针呢，还玩游戏？"

陈曦面对万星星的时候，心里多少有些愧疚，一段婚姻的破灭不管是谁的错，孩子终究是无辜的，虽然以前万彬也不怎么管他们，但偶尔总还是要回来一趟。

现在他们离婚了，对于孩子来说意义就完全不一样了。

陈曦觉得很对不起孩子。

她不知道该怎么跟万星星说起这件事。

"不玩了不玩了。"韩佳佳收起手机，摸摸万星星的头发，"乖乖休息。"

"嗯。"万星星点头。

陈曦将一张卡递给韩佳佳："佳佳，我在奥特莱斯办了SPA的卡，你拿去做个SPA，休息一下。"

"吐偶，谢谢曦姐。"韩佳佳接过卡，"那里可以睡觉吃东西？"

"嗯。"陈曦点头，"就在医院后门附近，具体位置你导航，离医院一公里多，你步行过去就到了。"

"那我去了，谢谢曦姐！等我休息好了来跟你换班。"

"去吧！"

陈曦目送韩佳佳离开，回头看着万星星，想着该怎么跟孩子说离婚的事情。

万星星倒是先开口问："妈妈，你给爸爸回电话了吗？"

"回了。"陈曦看着孩子这么关心爸爸，更不知道该怎么开口。

"你们已经离婚了？"万星星忽然问。

"嗯？"陈曦愣住了，她完全没有想到孩子会主动问出这样的问题。

"对不起，我偷看了你的手机，我看到你和爸爸的微信聊天记录了。"万星星低着头，声音很小，"而且之前你们吵架的时候也提到这件事，我虽然在小房间，但是你们说的话，我都听见了。"

"星星，对不起……"除了这三个字，陈曦不知道该怎么说。

"妈妈，你最爱的人是谁？"万星星忽然问。

"当然是你！"陈曦毫不犹豫地回答。

"不对。"万星星摇头，"你最爱的人应该是你自己！"

"什么？"陈曦慌了，还以为孩子在为离婚的事情怨恨她，连忙解释，"星星，妈妈之所以这么做是因为……"

"我的意思是……"万星星打断陈曦的话，认真地说，"你只有好好爱自己，才能爱别人！所以，你最爱的人应该是你自己。"

"……"陈曦怔怔地看着万星星，脑海里一片空白，心里十分恐慌，她没想到孩子会说出这样的话，她不知道孩子心里在想着什么。

"妈妈，其实你不用担心我。"万星星扬起笑脸，故作轻松地说，"我们班有好几个同学的爸爸妈妈都离婚了，我看他们就过得挺好的，跟其他同学没有什么区别。虽然我不懂你和爸爸为什么要离婚，可是我看着你不开心，我也不开心，如果离婚能够让你开心，我不会有意见的！"

## 15. 女人们的反思


"星星，妈妈很抱歉……"陈曦紧紧抱着万星星，哽咽地说，"妈妈也想给你一个完整的家，可是……"

她的眼泪啪嗒啪嗒往下掉，没有办法说下去了。

其实在这之前，她曾想过很多很多话要跟万星星解释这种关系的改变。

道歉，讲道理，心理疏导，她都做过功课，可是真的到了这个时候，她一句话都说不出来。

她以为孩子还小，什么都不懂，其实她错了。

一个七岁的孩子，有同学，有朋友，有自己的生活圈子，她会观察，会感悟，她什么都明白……

"没关系，我有妈妈就好了。"万星星依然很平静，她没有哭。

陈曦紧紧抱着她，忍不住泪流满面，她死死咬着下唇，不想哭出声音，不想让孩子看见她流泪，她在万星星面前永远都是那个坚强勇敢的妈妈。

其实她早已习惯了坚强，在面临蛮横无理的肇事司机时，她没有丝毫的畏惧；面对无理取闹的万彬时，她没有半点退缩；面临生活压力的时候，她连眼睛都没有红一下……

可是现在面临万星星的懂事理解，她的泪水就像决堤的河岸，无法自控！

这一刻，她是惭愧的。

如果可以选择，她也希望能够跟万彬相爱相守一生一世，给孩子一个幸福美满的家庭，让她在这样的生活环境中成长，可是很多东西都不由得她来控制，感情说变就变了，距离不知不觉就拉远了。

她无法像有些女人那样守着死亡婚姻过一辈子，她不是那种需要依靠男人生活的女人，她不想当一个委曲求全、自怨自艾一生的女人！

她的眼里容不下沙子，她宁为玉碎不为瓦全，爱情一旦破灭了，就没有必要再死守婚姻了。

哪怕不要了，哪怕一个人，她也要把日子过好。

她会尽自己所能，给孩子最好的关怀，最好的疼爱……

也许现在需要用一段时间来适应这个关系的转变，但她相信将来孩子长大了，会理解她！

万星星看起来很平静，没有任何情绪上的波动。

晚上九点左右，韩佳佳过来跟陈曦换班，陈曦摸摸万星星的头发，温柔地说："妈妈回去休息一下，明天早上来陪你。"

"知道了。"万星星乖巧地点头，"妈妈你别担心我，有佳佳姐姐陪我呢。"

"好，那我先走了。"

陈曦跟韩佳佳叮嘱了几句就离开了，没想到会在楼下碰到苏娆。

苏娆提着一个保温盒，一边走路一边玩手机，差点跟陈曦撞到。

"你走路就别玩手机了。"陈曦皱眉，"上次摔得还不够吗？"

两个月之前，苏娆一边走路一边玩手机，摔了一跤，膝盖磨掉一大片皮，流了很多血，她在家里躺了三天才敢出门，还发朋友圈晒。

"你去哪儿？"苏娆收起手机，"我熬了蔬菜粥，正准备给星星送过去。"

"我准备回家休息，很累。"陈曦疲惫地捂着额头，"我先回去了。"

"你等等我。"苏娆拉着她，"我先把粥给星星送过去，然后下来跟你一起回家。"

"不用了吧，我……"

"电梯来了，等我啊。"

苏娆冲进了电梯，关门之前还一再叮嘱让陈曦等她。

陈曦没管她，直接去拿车，准备开车先走，没想到苏娆就赶过来了，陈曦没有办法，只好让她上了车。

一上车，苏娆就质问："你和万彬是不是已经离婚了？"

"嗯？"陈曦愣住了，"你怎么知道？"

"他告诉我的。"苏娆并没有一点儿惊讶，倒是有些感慨，"我打电话过去骂他，他居然没有像上次那样挂我电话，而是十分伤感，说你们已经离婚了。"

"你怎么知道他电话？"陈曦眉头紧皱，"上次是什么时候？你为什么给他打过电话？"

"就是他上次对你家暴的时候，你大姨妈高烧的那次。"苏娆噼里啪啦地说起来，"哎呀，你就不要再计较这个问题了，我又不是那种绿茶婊闺蜜要撬你老公，你这个家暴老公有什么好的？给我我都不要，我打他电话也是想为你出头。话又说回来，你们真的离了？什么条件？孩子，房子，车子归谁？"

"你一口气说这么多，我要怎么回应你？"

陈曦时常觉得苏娆就是个话痨，每次都叽叽喳喳说个不停，吵得要死了。

陈曦现在真的非常需要清静，简直有些不想理她。

"你回答我最后那个问题，我就不吵你了。"苏娆急切地追问，

"孩子，房子，车子归谁？"

"都归我。"陈曦回答。

"真的？太好了。"苏娆喜出望外，"我还生怕你离婚要离穷了，要是那样，我就没什么可以炫耀的啦，你都不知道，我每次出去都炫耀说我有一个富婆闺蜜，可长脸了。"

"我本来就不是什么富婆，以后不要出去炫耀。"陈曦补充，"现在更是离婚离穷了。"

"啊？"苏娆十分震惊，马上激动地质问，"怎么回事？你还答应他什么条件了？"

"你能保证不说出去？"陈曦冷眼瞟着她。

"保证保证，我发誓……"苏娆举起手发誓，"如果这次我再把你的秘密说出去就让我一辈子当单身狗！"

"你都要结婚了，发这个誓有用吗？"陈曦白了她一眼，"不过我还是告诉你吧，你的德性我太知道了，就是我不说，你也要到处打听，到时候弄得更麻烦。"

"嘿嘿，我真的不会说的，我发誓有效！"苏娆催促，"到底什么情况？你快点告诉我。"

"万彬要我补偿他一百万，然后，因为要进行产权修改，所以要一次性还清房子按揭贷款……"陈曦叹了一口气，"这一次，我是真的要掏空了，还不够，恐怕要想想办法。"

"我就知道他没那么好打发。"苏娆激动不已，"那个贱男人，他怎么那么无耻？别人离婚都是男人给女人钱，他倒好，居然问女人要钱，还要不要脸了？"

陈曦倒是很平静："这些年他赚的钱都花在家里了，他不赌不嫖不乱挥霍，尽心尽力养家，现在落得什么都没有，心里不平衡，想要问我要一笔补偿费，也算是情有可原吧。"

## 16. 公不公平

"你疯了吗？"苏娆激动地怒骂，"到这种时候你还为他着想，什么叫不赌不嫖不乱挥霍，尽心尽力养家？他家暴的事情你忘记了？他对你和星星不管不顾不负责任的事情你忘记了？你为了他背井离乡来到成都，这么多年跟娘家几乎没有什么来往，冒着生命危险生孩子，辛辛苦苦地为他操持一个家，他现在还挖空心思弄你的钱，这算是什么情有可原？"

陈曦淡淡一笑，平静地说："孩子不是他一个人的，也是我的，照顾孩子是我的责任；来到成都是我自己的选择，他又没拿刀架在我脖子上逼着我来；另外他对我和孩子不管不问，那是他的问题，我做好自己，尽到自己的责任就好了。至于家暴，他会受到应有的惩罚。"

"什么惩罚？"苏娆可笑地说，"惩罚就是留一个案底吗？警察没有拘留他，没有惩罚他，不过就是登个记罢了，还会对他怎么样？"

"有这个案底，我不就顺利离婚了吗？"陈曦依然很淡然。

"是啊，顺利离婚了，呵呵……"苏娆嘲讽地冷笑，"现在你一个女人拖着个孩子在他乡艰辛地生活，他呢？抛弃了你这个黄脸婆，不需要管孩子，还可以拿到一百万，随时都可以再找一个年轻漂亮的小姑娘。到底离婚是对谁的惩罚？"

"是我自己坚持要离婚的，这是我的选择。"陈曦看了苏娆一眼，发现她眼睛都红了，她知道苏娆是为自己打抱不平，轻声安抚道，"你别这样，我都不伤心。"

"我才不是为你这个没心没肺的人伤心，我是为那一百万伤心。"苏娆愤愤地瞪着陈曦，"你是脑子坏掉了还是失心疯了？居然答应给他一百万！你也不跟我商量一下，对付这种贱男人我最有办法了，我可以去帮你搞定的。"

"按照法律，这些婚后财产都是要平分的吗？"陈曦叹了一口气，"他是要得有点多，但我想早点解脱，所以……就这样吧。"

"陈曦，你就是太讲道理了。"苏娆有些激动，"你也不想想这样对你公平？这些年，你一个人照顾孩子，承担家务，这已经把所有家庭义务都做完了，他什么义务都没有尽到，换个角度去看，你扮演的是那些没有工作的专职家庭主妇的角色，现在离婚，他应该给你赔偿才对。凭什么你要反过来给他赔偿？凭什么？"

"那样的话，官司就有得打了。"陈曦苦涩一笑，"虽然从道义上来讲的确是这样没错，但是你我都知道，法律没有任何维护家庭主妇的条例，在法律意义上来说，不管家庭责任谁承担得多，谁承担得少，婚后财产都是要平分的。"

"所以说现在的婚姻法对女人不公平。"苏娆气得咬牙切齿，"女人为男人生儿育女，操持家务，还要辛苦工作分担一半的经济压力，最后赚到的钱还要分一半给老公，他妈的这是哪门子道理？"

"你这个想法太片面了。"陈曦笑道，"你换个角度想想，很多女人婚后什么都不做，有保姆有公公婆婆操持完一个家，男人在外面辛苦拼搏赚得财产也是要分她一半呀。"

"就算那个女人什么都没做，起码她也为男人生孩子了呀。"苏娆不服气，"生孩子可是要冒生命危险的，还要身材走形，掉头发，样子变丑，各种病痛各种辛苦。"

"孩子也是女人的，她也是为自己生孩子，不光是男人的。"陈曦耐着性子说，"你这么想，那是自己都把女人当成生育工具了。"

"什么屁话。"苏娆气不过，"那孩子为什么不跟女人姓？为什么要跟男人姓？"

"好了好了，我不跟你争了。"陈曦不想再说下去。

"什么叫不跟我争了？你是理亏心虚，说不过我。"苏娆怒气冲冲，"你以为我不知道，你心里一样觉得憋屈，一样觉得不公平，你就是好面子，在我面前逞强罢了！"

陈曦没有说话，心里却是五味翻腾，百般不是滋味。

她与苏娆虽然很多观念不一样，性格也是截然不同，但她不得不承认，其实苏娆才是所有朋友当中最了解她的那一个。

"陈曦，你真的太好强了，你要怎么才能明白，女人这样要吃亏的。"苏娆恨铁不成钢地说，"你一个人带着孩子，还要工作要养家，到底有多么辛苦，别人不知道，我还不了解吗？"

说到这里，她的声音哽咽了……

"你每天早上六七点钟就得起床送孩子上学，整个上午都忙着做家务，午餐随便应付一下，然后抓紧时间写稿子，三点钟就要去接孩子放学，辅导作业，陪伴孩子，到晚上孩子睡了你才能写作。这两年你每天的睡眠时间都没有超过六个小时，以前那么美的脸蛋，那么好的身材，现在呢？一脸的黄褐斑，皮肤松弛，腰腹上一圈游泳圈……"

"够了够了。"陈曦急忙打断苏娆的话，"你再这样说下去，我都要哭了。"

"你哭个屁啊，你看你还在笑，你的心是有多大？"苏娆倒是哭了，"一百万，我看你去哪里找，你把老本拿出来，车子卖了，恐怕也凑不齐这些钱。对了，你还要还房子贷款。天哪，你以后要怎么办……"

"别这样，我可以搞定的，别担心。"陈曦急了，她最怕看到别人哭了，本来受害者是她，现在倒是换成她来安慰苏娆，"其实我还是有点钱的，算起来，我也才差五十万而已。"

"五十万而已？"苏娆快要气死了，一边哭一边怒骂，"五十万你去哪里找？五十万我要赚一辈子的。你疯了吗？你为什么要答应那个贱男人？你不是请了律师吗？你的律师干什么去了？她为什么不给你出谋划策？"

陈曦头痛欲裂，她觉得自己原本平静的心被苏娆这么一搅，都有些乱了。

## 17. 眼泪滚烫

陈曦之前只想着尽快摆脱这段死亡婚姻，尽快解决问题，想着一百万是自己可以承受的数目，所以就答应了。

现在苏娆这么一说，她想想，好像确实不是那么容易。

她不喜欢向别人借钱，从来没有借过，也不习惯求助于人。

可是这两年她因为精力分散，写作时间越来越少，写作质量也没有得到提升，稿费有限，很难一下子筹到这么多钱。

然而她答应万彬是在三个月付清全款。

三个月，连房子按揭加上给万彬的一百万，她要一下子拿出一百八十万，的确是个大问题。

"算了，现在再怎么骂你都没有用了。"苏娆吸了吸鼻子，抹掉眼泪，拿出一张银行卡给陈曦，"这是我所有积蓄，你拿去吧，虽然有点少，但也是我的一片心意。"

"你居然还有积蓄？"陈曦十分意外，"有多少钱？"

认识这些年，苏娆就是个月光族，有时候遇到突发事情，还要问陈曦借钱救济，她现在能拿得出积蓄，真是太阳从西边出来了。

"一万二。"苏娆有些舍不得，"我存了好久的，想着结婚的时候给我妈，免得她以后一个人连个照应都没有，有点儿钱起码还能防身。"

"算了。"陈曦认真地说，"你拿去给阿姨吧！"

"不用了，你拿着吧。"苏娆把卡塞给陈曦，"我是真心给你的，这些年，你没少照顾我，现在你有难，我必须支持你。再说了，我快要结婚了，以后林皓会养我的，不像你无依无靠的。"

"感觉你每句话都透露着对我的怜悯和同情啊，呵呵。"陈曦笑起来，"女人最大的依靠是自己，不是男人！你放心，这么点问题难不倒我，我可以搞定的。再说了，我缺那么多钱，你这一万多块也帮不了什么忙，就不要费心了。"

"我就知道，你是嫌少。"苏娆不悦地说，"不要算了，我留着给星星买东西，你现在变成穷光蛋了，以后星星想吃什么零食，想买什么玩具，你都买不起，我可以给她买。"

"嗯，你想得真周到。"

陈曦轻轻地笑了，心情一下子就开朗起来。

虽然苏娆说话并不好听，但她的出发点都是为了她，让她很感动。

"不过从你的事情我吸取教训了。"苏娆忽然认真地说，"以前我谈男朋友从来不考虑财产问题，只要他们平时出去消费主动买单，然后在节假日送点小礼物给我，我就很开心。现在想想，我都要跟林皓结婚了，有些事情必须要防范于未然，免得以后落得你这样的下场。"

"你就别胡思乱想了。"陈曦严肃地提醒，"每个人的情况不一样，你又不会像我这样好强，你会撒娇会对付男人，吃不了亏的，别为了这么点儿事影响你们感情。"

"这倒是。"苏娆说起这个就十分得意，"我不会做饭，不会做家务，不会带孩子，也不会赚钱，更不会像你这样讲道理，倒给男人钱。在我的世界里，我自己的感受比道理更重要，我这样的女人才能活得快乐！还有啊……"

苏娆眉头一挑，很是嚣张地说，"要是我们两个人同时喜欢一个男人，那个男人肯定选我，不会选你，你信不信？"

"我们俩不会同时喜欢同一个男人的。"陈曦淡淡一笑，"我们品位不一样，接触的圈子也不一样！"

"你是想说你品位比我好，接触的圈子比我高？"苏娆的脸沉下来，"你不要得意，就算是这样又如何，没有男人喜欢你这种女人，老是一本正经的样子，谁想娶一块冰块回家？"

"OK，OK，你最有魅力行了吧？"

陈曦懒得跟她说,然而事实上,她也在思考苏娆的话。

苏娆身上有很多缺点,很多毛病,但她从来都不掩饰自己的问题,她甚至总把这些毛病当作个性,用她自己的话来说,她坏得直接,坏得明显,这也是一种坦率。

苏娆在任何时候都是先满足自己,取悦自己,从来不在乎世俗的眼光,不在意别人的看法,不在意所谓的道德伦理。

只要她开心就好,喜欢就好,天王老子都管不了她。

遇到喜欢的男人,她从来不吝啬撒娇示好,甚至主动出击,使出浑身解数引诱那个男人上钩,用她的话来说,爱情就是一种互相取悦的过程,如果你不舍得付出,怎么会有收获?

陈曦永远都做不到苏娆这样,但有时候,她却很羡慕苏娆,能够活得那样自我,不像她,一辈子过得循规蹈矩,勤勤恳恳,少了太多乐趣。

很多时候,陈曦都在想,如果自己不那么追求完美,对自己要求不要那么高,不要那么过于坚守原则,不要给自己设置那么多条条框框,故步自封,如果能够像苏娆这样自由随性,她是不是也可以过得快乐一些,轻松一些?

性格决定命运,这句话是对的!

陈曦回到家,万彬正好收拾了自己的东西准备离开。

两人碰面,气氛有些尴尬。

万彬眼睛红红的,有些伤感:"你有没有什么话想对我说?"

"说什么?"陈曦不知道他话里的意思。

"那笔钱,你拿得出来吗?"万彬低沉地问,"如果拿不出来……"

"我会想办法的。"陈曦打断他的话,"说好了三个月之内给你,我不会食言!"

"呵!"万彬冷冷一笑,提着行李箱就走了。

陈曦关门的时候看见万彬在忍着哭泣,她不禁心头一颤,居然有点难过。

万彬进了电梯，没有回头。

陈曦关上门，看着空荡荡的家，想起许多往事……

曾经她也是真的爱着他，用心经营这段婚姻，经营这个家，现在弄成这样，到底是为什么？她也不知道……

"叮铃！"手机收到微信。

陈曦打开手机查阅，是万彬发来的："如果你求一求我，哪怕是说一句服软的话，我都可以退让，即使你不给我这笔钱，我也不会把你怎么样。可是你没有！在你眼里，你的尊严，永远比我重要，比这个家重要！"

看到这句话，陈曦不知道该怎么回答，她走到窗边看着万彬，他拖着行李箱快步离开，似乎想要尽快脱离这个让他丢失自尊的家……

陈曦的眼角滑下一行眼泪，滚烫，滚烫……

## 18. 改头换面

离婚事件就这样告一段落，万彬想要在这个时候好好陪陪万星星，在征求万星星同意之后，出院那天，陈曦就让万彬把她接过去了。

陈曦终于可以休息几天，她的稿子已经断了很久，也不介意再断几天，关掉手机在家里连续睡了两天，睡得昏天暗地。

最后还是苏娆和韩佳佳过来敲门才把她吵醒，两人把门拍得惊天动地，引得旁边的住户都打开门探出头来查看。

陈曦穿着睡衣，迷迷糊糊地打开门："吵死了。"

苏娆和韩佳佳看到陈曦好端端的样子，不由得愣住了。

"陈曦，你没事吧？"苏娆拉着陈曦上下打量，"我们都以为你出事了。"

"是啊，我差点儿就要报警了。"韩佳佳夸张地说，"曦姐，你可别想不开啊。"

"什么乱七八糟的。"陈曦抓抓头发，懒洋洋地瘫在沙发上，"我就是太累了，好不容易清静几天，想休息一下。"

"你真是吓死我们了。"韩佳佳松了一口气。

"我早就说她不会有事的。"苏娆数着桌子上的外卖盒子，啧啧咋舌，"你看她过得多好，这两天吃的都是小龙虾、大闸蟹、火锅串串、烤肉，还开了一瓶红酒。这红酒是什么牌子？该不会是拉菲吧？"

"读者送的，不知道什么牌子。"陈曦打了个哈欠，"这两天我就是吃了睡，睡了吃，最感激的就是外卖，也不知道谁发明的，简直就是救世主。"

"曦姐你真的没事？我怎么觉得你离完婚之后话都变多了？"韩佳佳还是不放心，"你不要为钱的事情操心，我可以帮你想办法。"

"真没有。"陈曦起身往洗手间走去，"你们俩今天有空吧？"

"有空有空，我们陪你。"

苏娆一边说一边倒红酒，瓶子里就剩一点儿了，她倒在高脚玻璃杯里自拍发朋友圈，佯装成她的潇洒生活。

"欧阳风华说要为我庆祝，既然你们都有空，那就今天吧。"陈曦给欧阳风华打电话，"欧阳，嗯？我这两天都在睡觉。没事，我能有什么事。看到你的微信留言了，就今天吧，正好苏娆和佳佳都有空。"

"叫人？叫什么人？不用吧，就我们几个就好了。"

"好吧，我拉一个群，你们三个讨论，我去洗脸收拾了。"

挂断电话，陈曦将欧阳风华、苏娆、韩佳佳拉到一个群里。

"欧阳说要跟你们讨论一下聚会的安排，我去洗澡洗头发了，你们慢慢聊，冰箱里有吃的喝的，你们自己拿。"

"好咧，你去吧，我们知道自己照顾自己。"

"韩佳佳，你来帮我拍个全身照，快来。"

"有什么好拍的，不就是喝个红酒吗？又不是你喝的。"

"哎呀，拍张照片哪有那么多理由，想拍就拍，我看你就跟陈曦学得满嘴的道理。"

"真麻烦。"

"这边这边，我坐在钢琴前面，等会儿，我把酒瓶子拿着一起拍。"

"真是受不了你。"

"好了，可以了，记得用美颜哦。"

"知道了，啰唆。"

陈曦很久很久没有打扮了，她不会化妆，衣服都是简单的休闲装，因为要带孩子，怎么方便怎么穿。

苏娆和韩佳佳拖着她去做头发、买衣服、买化妆品、买配饰，陈曦一天就刷卡刷掉了上万块，心都疼了。

十年如一的挂面头变成了成熟优雅的大波浪，还染成了棕色，一件红色吊带长裙衬托得她大方高雅，还买了一套迪奥化妆品，当场化了个淡妆。

陈曦看着镜子里的自己，感到有些陌生，原来她打扮出来是这个样子的，有点不像自己。

"天啦，曦姐你打扮一下简直就是判若两人，太美太美了。"韩佳佳由衷地感叹，"你个子这么高，气质这么好，稍微打扮一下下，整个人就不一样了。"

"真羡慕你。"苏娆一脸的嫉妒，"虽然是平胸水桶腰，但胜在个子高，气质好，只要懂得扬长避短，马上就由黄脸婆变女神！"

"你有36D的大胸，那又怎么样？一米五六的个子，穿再高的高跟鞋也没气质。"韩佳佳鄙视地瞪着她，"还有，你脖子短，大象腿，不像曦姐，一双修长的美腿，随随便便往那儿一站，马上压你一筹。"

"喂，韩佳佳你崇拜陈曦也没必要踩我吧？"苏娆不服气，"我好歹比陈曦年轻五岁呢。"

"我还比你年轻五岁呢。"韩佳佳挑眉一笑，"比年龄你比得过我吗？"

"你……"

"你们俩别斗嘴了，让人笑话。"陈曦轻喝一声，随即感叹道，"要说身材颜值，我们几个当属佳佳最美了，足足比我小十岁，个子高挑，皮肤又好，年轻就是资本。"

"年轻有什么用，没大脑。"苏娆嘀咕。

"苏娆你……"

"别吵了。"陈曦拉了拉领口，"这个吊带裙子会不会太露了？我肩膀和手臂都是肉肉的，而且胳臂上还有肱二头肌……"

"你的大波浪长发已经把这些地方都遮住了，没关系的，要对自己有信心。"苏娆帮她整理裙子，"倒是你这腰腹真的要减一减了，你这个样子去坐地铁公交，估计有人会以为你是孕妇，给你让座。"

"噗！"陈曦笑出声，"有这么夸张？"

"这事我是赞成苏娆的。"韩佳佳难得跟苏娆同一阵线，"曦姐，你看你经常腰酸背痛，疲惫乏力，都是缺乏运动，还有你这腰腹都是职业病，天天坐着写稿子，一坐就是几个小时，这样下去身体会出问题的。"

"嗯，过几天去办健身卡。"陈曦点头，"就这件吧，我去买单！"

"刚才那件黑色的一起买了吧，显瘦。"苏娆跟在后面叽叽喳喳地说，"你都已经变成单身狗了，不把自己打扮漂亮一点儿，怎么吸引男人？"

"什么乱七八糟的？我才刚刚恢复自由，这就要吸引男人了？"

"我说你这顽冥不化的老思想什么时候能改改？我又没让你马上找男人嫁出去，只是让你改变自己，重新开始新的生活，让自己更有自信更有魅力，吸引男人是证明你的魅力……"

"好好好，买买买，别唠叨了。"

## 19. 单身狗

陈曦的车今天限号，她本想打个车过去，没想到韩佳佳叫来了司机叔叔韩风。

陈曦暗暗无语，却也不好当着人家的面说什么，更何况韩风也许是来接韩佳佳的，她若是推辞，岂不是显得自作多情了？

苏娆看到韩风的保时捷卡宴，眼睛都直了，兴奋地问东问西，然后直接坐到了副驾驶。

韩佳佳十分气恼，想要拉苏娆下来，陈曦却拦住韩佳佳，向她摇头，示意她不要计较。

韩风从后视镜里看着陈曦，欲言又止。

"韩风，你真的是韩佳佳的叔叔？"苏娆好奇地问。

"嗯。"韩风点头，"她爸爸是我堂哥。"

"这还是蛮亲的。"苏娆继续追问，"可是韩佳佳都已经二十四岁了，她爸爸怎么也有五十了吧，那你岂不是……"

"我80年的。"韩风认真回答，"我跟她爸爸年龄相差比较大。"

"噢！"苏娆恍然大悟，"这也正常，我姨妈也只比我大十几岁。80年的今年三十七岁，比陈曦大三岁，比我大八岁，呵呵，正是事业有成的时候。"

"原来陈曦是83年的？"韩风从后视镜里看着陈曦。

"嗯。"陈曦应了一声。

"是啊，我88年，比她小五岁。"苏娆完全无视韩佳佳吃人般的眼神，继续打探，"这车……是你自己的？"

"是啊。"韩风点头，"去年买的。"

"按揭吧？"苏娆颇是随意地说，"现在买车按揭方便，几乎没什么利息，我也准备去买一辆。"

"全款。"韩风随口回答。

"啊？"苏娆睁大眼睛，"全款这得多少钱？你这个是……中配还是……"

"高配加装了一些东西。"韩风倒是很有耐心，"办下来两百多万吧。"

"两百多万？"苏娆激动得心花怒放，"哇塞，厉害啊！"

"呵呵……"韩风笑了笑，从后视镜里看着陈曦，"我昨天看到你的书提交到我朋友公司了。"

"嗯？"陈曦愣了一下，"什么？"

"应该是你签约的网站提交上去的，跟我朋友的公司谈影视版权。"韩风微笑地说，"天娱影业，你知道吗？"

"知道。"陈曦想起来了，"的确是有这么一回事，你跟那家公司很熟？"

"关系还算不错。"韩风回答得很随意，"你那本书的影视推荐表是你自己做的还是网站编辑做的？"

"我自己。"陈曦说。

"那个推荐表不太合适，我建议你……"

"这个时候就不要谈公事了。"苏娆打断韩风的话，指着前面说，"那边有交警，小心开车。"

"对，你还是好好开车吧，有什么事等会儿再说。"陈曦也说。

"好。"韩风专注地开车。

"对了……"苏娆还没有安静一分钟就忍不住了，试探性地问，"韩风，你跟我们出来玩，你老婆不会有意见吧？"

陈曦尴尬地掩着脸，这女人，又来了。

"你不是叫我叔叔小心开车，不要聊天吗？自己还这么多话？"韩佳佳脸色一沉，心想真是个绿茶婊，这么快就来勾搭我叔叔了。

"我还没结婚呢。"韩风看着后视镜里的陈曦，自嘲地笑笑，"单身狗一个！"

"哇，你还是单身狗？那可是钻石王老五啦。"苏娆好像发现新大陆一样兴奋激动，"你是做什么工作的？"

"编剧。"韩风认真回答，"其实我以前跟陈曦一样，也是网络作家，前几年我的作品卖了影视版权，要开拍电视剧，我怕作品精髓被毁掉，就试着自己写剧本，写着写着就转成专业编剧了。"

"原来编剧收入这么高的？"苏娆看着韩风的目光变得敬佩仰慕，"那你是不是有很多电视剧电影上映？"

"有几部吧。"韩风淡淡回应了一句，又问，"陈曦，你的书之前有改编过影视的吗？或者是网络剧？"

"没有。"陈曦回答得很简洁。

"噢。"韩风有些失落，她似乎不想跟他多说。

"风叔，你对这方面比较有经验，多跟曦姐交流一下嘛。"韩佳佳趁机说，"她的书写得很好的，我都一直追着看，就是缺少机会，要是能够卖出影视改编权就好了。"

"我也看过她的书，确实蛮好的。"韩风建议，"只是要改编影视的话，需要一些技巧，我的意见是……"

"这些话题一下子聊不完的。"苏娆再次打断韩风的话，"在微信上慢慢聊嘛，如果陈曦有什么不懂的，还可以把文档发过去请教你。"

"我没有她的微信。"韩风这次算是正眼瞧了苏娆，眼里透着感激，"可以加吗？"

"当然可以。"苏娆挑眉一笑，打开微信二维码，"你先加我，我把她的微信号推送给你。"

"呃……"韩风愣了一下，拿起手机扫描，"记得推送。"

"没问题，我现在就弄。"苏娆顺利地加上了韩风，然后把陈曦的微信号推送给他。

韩风一只手开车，腾出一只手加陈曦："陈曦，我加你了！"

"哦。"陈曦瞪了苏娆一眼，拿起手机通过了韩风。

"苏娆，你套路可真深啊。"韩佳佳似笑非笑地说，"你不是快要结婚了吗？就这个月吧？"

"没有，前天已经分手了。"苏娆颇有深意地看着韩风，"我现在也是单身狗！"

"什么？"这一下，陈曦和韩佳佳都愣住了，"分手了？"

"是啊。"苏娆一脸不屑，"年轻男女谈恋爱，分手不是很正常吗？有什么大惊小怪的？"

"你不是要结婚了吗？戒指都收了，怎么突然就分手了？"陈曦觉得很不可思议。

"我从你的离婚事件中吸取教训。"苏娆摊了摊手，"那天从你家离开之后就去找林皓，跟他提出在新房房产证上加上我的名字，他不肯，所以我就分手了。"

"苏娆……"

"我还没说完呢。"苏娆打断陈曦的话，冷笑道，"他不仅不肯加我的名字，还让我出装修的费用，说就当是嫁妆，我真是呵呵了，我都没有要他们家的彩礼，他们居然还想要嫁妆？笑死人了，就凭老娘这姿色，这傲人的胸围，随随便便都能找到土豪好吧？还要他？"

说完这句话，苏娆就对着韩风挺了挺胸……

韩佳佳打了个寒战，起了一身的鸡皮疙瘩。

陈曦"扑哧"一声笑出来……

## 20. 单身狗聚会

苏娆从来都不曾为爱情停留，不为男人伤心。

陈曦认识她这么多年，她分手没有十次也有八次了，失恋的时候哭得死去活来，转眼就投入另一个男人的怀抱。

她这种拿得起放得下的能力，是陈曦一辈子都做不到的。

而且这一次都已经谈婚论嫁了，她分手居然还能这样洒脱，陈曦真是无法理解。

车子开进欧阳风华预定的私人会所，看着奢华的园林别墅，苏娆兴奋不已："天啊，这里太漂亮了，这是一片别墅区吧？"

"是一个私人会所，每一栋小别墅都是一家私房菜馆，可以用来聚餐或者开会，环境不错，最主要是菜品好吃，我之前来过。"

韩风把车子停下，马上有两个门童过来开车门："欢迎光临！"

三个女人下了车，苏娆忙着各种拍照。

陈曦见过大场面，早已见惯不怪了，可韩佳佳似乎也对这种场合很熟悉，并没有丝毫兴奋，陈曦想着她大概是跟着韩风一起来过吧。

"陈曦。"欧阳风华从别墅出来迎接。

陈曦抬头看着欧阳风华，不由得眼前一亮，欧阳风华穿了一身白色套装，深V衣领十分性感，时尚的短发整齐的梳理在脑后，淡妆红唇，知性而又不失女人味。

"欧阳律师真漂亮！"韩佳佳由衷地感叹。

"你这身衣服很贵吧？一看质地就很好。"苏娆上下打量着欧阳风华，一双眼睛闪闪发光，"天啦，你这手表是卡地亚的，手包是普拉达的……"

苏娆已经激动得快要说不出话来，亲昵地挽着欧阳风华的手，"陈曦，我要抛弃你了，我要跟欧阳律师当闺蜜！"

陈曦"呵呵"笑起来。

韩佳佳皱着眉，一脸鄙视："你要不要这么势利？太现实了吧？"

"韩佳佳……"

"她开玩笑的。"陈曦拉着韩佳佳，"我们进去吧。"

"嗯，请进。"欧阳风华抽出自己的手，走过来招呼陈曦，"第一次看到你化妆，好看。"

"她们拉着我去的。"陈曦有些不好意思，"第一次这么打扮，还真有点不习惯。"

"这打扮挺适合你。"欧阳风华对她笑笑，"不过我没想到你喜欢这样的裙子，我还买了一套衣服送给你，跟你这风格不太一样。"

"这么破费干什么。"陈曦有些愧疚，"我的官司没打成，害你白忙乎那么久，一分钱都没赚到，你还给我买东西。"

"你这么说就见外了。"欧阳风华十分严肃，"我可是把你当成好朋友，你却老是把我当律师。"

"就是就是，大家都是朋友，这么客气干什么？"苏娆看到桌子上的礼物袋子，马上冲过去打开盒子查看，"这是什么牌子的？光看包装就很上档次。"

"我朋友自己开的服装设计室，我在她那里定制的。"欧阳风华皱眉盯着苏娆的手，"我看陈曦的身材跟我差不多，就按照我的尺码订了一套。"

"我可比你胖多了。"陈曦有些错愕，"你看你多瘦，浑身上下没有一点儿赘肉，我都胖成什么样了。"

"你那不叫胖，那是缺乏运动导致的皮肉松弛，所以才会显胖。"欧阳风华一本正经地说，"只要你加强运动，身材很快就会恢复过来的。"

"陈曦，这衣服一看就很高档，你去试一试吧。"苏娆拿着衣服在自己身上比试，"人家欧阳律师一番好意，你就不要婆妈了。"

"不用了吧，我带回去试就好。"

陈曦走过去把衣服装好放在袋子里挂起来，她早就发现欧阳风华的脸色不太好，欧阳风华是一个严肃认真的人，对于一切不懂规矩的人和事都很讨厌。

她送给陈曦的礼物，陈曦自己还没有看，苏娆就这么拿起来评头论足，她很不高兴。

"好吧，我还真想看看你穿件衣服的样子。"苏娆丝毫没有察觉有什么不对劲，满脸羡慕地看着陈曦，"一定很好看！"

"估计要减一减肥才能穿进去。"陈曦对她笑笑，打圆场转移话题，"风华，你叫朋友了吗？"

"我叫了助理。"欧阳风华指着院子里忙着开红酒的男人，"唐笑！"

因为隔着玻璃墙，院子里的男人并没有察觉其他人都来了，打开红酒之后就在那里醒酒、沏茶、摆弄水果盘。

"就我们这些人吧？"陈曦扫了一眼周围。

"我叫了我表哥。"苏娆马上说，"我今天在群里跟欧阳律师说过了，对吧！"

"对。"欧阳风华点头，"欢迎！"

"挺好的，人多热闹。"陈曦说话的时候，韩风走了进来，手里还提着两大袋子东西。

"欧阳律师，这是我叔叔韩风。"韩佳佳给他们做介绍，"韩大叔，这就是我跟你说的曦姐的律师朋友欧阳风华！"

"你好，欢迎。"欧阳风华招呼。

"你好。"韩风礼貌地说，"这是我带来的礼物，也不知道女孩子聚会应该要买什么好，我家里都是酒，就带了一些过来。"

"别客气，我已经准备了红酒。"欧阳风华说，"大家一起玩就好，不用带礼物的。"

"已经拿来了，就收下吧。"韩风把酒放在桌子上，"今晚喝不完的话，你可以带回去喝。"

"是啊是啊。"韩佳佳连连附和，"听曦姐说你挺喜欢喝酒的，正好我叔叔也是个爱酒的人。"

"那好吧，谢谢。"欧阳风华打开一看，眉梢扬起来，"这全是好酒啊！"

"都是我珍藏的酒，不好不敢拿出来。"韩风并不善于言谈，有些拘谨，"有什么需要我帮忙的吗？"

"我助理在准备等会儿的露天晚会，音响一直弄不好，如果你会弄这个的话，可以去帮帮忙。"欧阳风华说。

"好的。"韩风点点头，对陈曦说了句"我去帮忙了"，然后往院子走去。

陈曦愣住了，不明白他为什么要跟自己交代。

"苏娆，你表哥什么时候到？我们要准备开饭了。"欧阳风华看了看手表。

"我打电话问问。"苏娆连忙到一边去打电话。

"陈曦，佳佳，过来吃点沙拉。"欧阳风华招呼着。

"好。"三人一边吃沙拉一边闲聊，韩佳佳忽然说："曦姐，你的手机好像一直在振动。"

"嗯？"陈曦拿出手机，果然有电话打进来，她接听电话："小七！"

"陈曦，听说你离婚了？真的假的？"电话那头的男人很激动。

"你怎么知道？"陈曦眉头一皱，她并没有告诉龙七这件事，一定是苏娆说的，这个女人果然靠不住。

"看来是真的。等了这么多年，我的机会终于来了！"龙七激动不已，"你现在在哪里？我马上来找你。"

"龙七！"陈曦低喝，"不要老是开这种乱七八糟的玩笑。"

"别废话了，快说你现在在哪里？"龙七追问。

"我跟几个女朋友聚会。"陈曦并不想告诉他，"你就不要来凑热闹了。"

"陈曦，你就这么对你的男闺蜜？有没有良心？"

"下次单独请你吃饭，不说了。"

"等一下等一下。"苏娆激动地走过来，"是龙七吗？你让他过来呀，网聊那么久，一直没有见过面，你的男闺蜜和女闺蜜总要见一见的嘛。"

"苏娆也在？快把地址发给我。"龙七在电话那头催促。

"真不合适，不说了。"陈曦直接挂断电话。

龙七是陈曦三年前在一家出版社的年会上认识的，他曾经出版过两本青春小说，后来觉得写小说太孤独，就跑去玩音乐，没想到还玩出了名堂，现在弄了个乐队，每天晚上在成都几个夜场串场唱歌，还出了唱片。

龙七长着一张偶像般的英俊面孔，一米八五的个子，嘻哈音乐玩得很溜，还会跳街舞，是很多年轻女孩梦想中的完美男友。但他生性风流，从来不为任何一个女孩停留，每天开着保时捷911流窜在成都的各大高校，换女友如换衣服，过着纨绔子弟的生活。

陈曦知道欧阳风华性格严谨，大概不会喜欢这样的人，担心他们会发生不愉快，所以不让他来。

"陈曦你真是的，龙七就是想过来玩玩，大家都是年轻人，热闹热闹怎么了？你为什么不让他来？"苏娆气恼地质问。

"如果是你朋友，可以让他一起来。"欧阳风华说，"反正我定了十个人的位置，现在才七个人。"

"他太闹腾了。"陈曦转移话题，"苏娆，你表哥来了吗？都六点四十了。"

"已经到了，我出去接他。"

苏娆出去接她表哥，一边走一边把这里的地址定位发给了龙七。


苏娆的表哥秦少辉个子不高，但长得还算帅气，留着清爽简单的卡尺头，白色T恤衫加牛仔裤，休闲鞋，看起来青春阳光的样子。

他看起来有些腼腆，苏娆作介绍的时候，他只是礼貌地微笑点头，没有握手，眼睛都不敢正眼看女士们。

"准备开饭了吗？"一个特别的声音传来。

"快了。"陈曦下意识地回头看去。

眼前的男人大概一米七二的个子，穿着一件酒红色的衬衣，黑色紧身裤，留着花轮头，戴着黑边眼镜，皮肤白嫩，样子算不上英俊，但是比较清秀。

"哇偶，这么多美女。"唐笑拿着偌大的醒酒器，手指翘成兰花指，一口上海普通话，"Boss，快点给我介绍一下。"

欧阳风华简单的介绍："陈曦，这是我助理唐笑，上海人！"

"唐笑，这就是我朋友陈曦，之前跟你提起过。这两位是她的朋友，苏娆，韩佳佳。"

"幸会幸会！"唐笑跟她们一一握手，大方自然，与秦少辉截然不同。

"哇！你的手比我的手还白嫩。"苏娆惊叹道，"指甲也是精心修剪过的，看来很懂得保养啊。"

"好眼光。"唐笑仿佛找到了知音，"我每天都要敷手膜的，当然，面膜和面部保养更是不可少。"

"现在的男人都这么注重保养吗？"韩佳佳上下打量着唐笑，"我经常懒得脸都不想洗，你一个大男人居然都已经开始做手膜了，让我情何以堪呀！"

"不管男人还是女人，都要懂得爱惜自己。"唐笑将醒酒器放在桌子上，"岁月无情，青春转瞬即逝，再不保养就老了。"

韩佳佳扯了扯唇角，没有说话。

"你说得太对了，我就很注重保养，可是在你面前就差远了。"苏娆倒是跟唐笑很有共同语言，"你平时是怎么保养的？教教我呗。"

"好啊，很荣幸。"唐笑十分高兴，"来，我们到那边去说。"

"走。"苏娆一下子就跟唐笑混熟了，两人坐在旁边沙发上交流保养经验，有说有笑，聊得不亦乐乎。

"苏娆可真行啊，随便什么男人都能找到共同话题。"韩佳佳忍不住感叹，"刚刚还跟我叔叔打得火热，现在又跟欧阳律师的助理聊上了。"

"这就叫社交能力。"陈曦勾唇一笑，"她不去跑业务真是可惜了。"

"嘿嘿，你说得对。"韩佳佳低笑，"我觉得她根本就不适合当钢琴老师，会带坏小朋友的。"

"她估计要转行了。"陈曦说到这个也有些无语，"我给她介绍的几个学生都不准备在她那里学了，现在她手上没几个学生。"

"她的心思完全不在教学上，整天就想着怎么钓金龟婿。"韩佳佳一脸鄙视，"把她表哥叫来了也不招呼人家，就跑去跟其他男人聊天，真是的！"

韩佳佳看看谈笑风生的苏娆跟唐笑，再看看坐在角落里的秦少辉，不免有些孤独，不过，韩佳佳发现他似乎在看着这边。

"曦姐，那个秦少辉好像在偷偷看你。"韩佳佳低声说。

"他是在看你。"陈曦借机走开去倒茶。

韩佳佳回头一看，秦少辉果然是在看她，发现她看过来了，他马上慌乱地移开目光。

韩佳佳觉得有趣，现在这样害羞的男人还真不多了。

"好了，准备吃饭，大家过来坐吧。"欧阳风华从厨房出来，跟秦少辉打了个招呼，然后招呼大家入席。

四女三男陆续入席，陈曦留意到一个细节，虽然唐笑刚才跟苏娆聊得火热，但是欧阳风华一出现，他的目光就全在她身上，快步走过去拉开上位的椅子等她入座，然后很自然地坐在她身边。

欧阳风华拍拍左手边的位置叫陈曦过去坐，陈曦刚刚入座，电话就响了，是龙七打来的，她只得先接电话："龙七！"

"哪一栋来着？"龙七问，"是不是门口停了一辆卡宴这栋？"

"什么？"陈曦愣住了，他该不会……

"看到了，苏娆发朋友圈的卡宴就是这辆，车牌号没错，我进来了。"

"喂，你……"

陈曦的话还没有说完，电话就挂断了，随即，外面传来象征性的敲门声，龙七推门而入！

一米八五的个子，英俊帅气的面孔丝毫不亚于一线明星，穿着一身白色紧身T恤衫，破洞牛仔裤，留着飞机头，两边剃出一串奇怪的文字。性感的肌肉在衣服里若隐若现，怀里抱着一大捧香槟色玫瑰，笑嘻嘻地跟大家打招呼："抱歉抱歉，打扰了，自我介绍一下，我是陈曦的哥们儿，我叫龙七！"

见大家都愣着，他又补充道："可能有点冒昧，不好意思啊，今晚这顿算我的，我来买单！"

"不用不用，陈曦的朋友就是我的朋友。"欧阳风华反应过来，连忙招呼，"请坐！"

"是啊，龙七，我们都欢迎你，快来坐。"苏娆急忙让秦少辉往那边移一个位置，好让自己旁边的位置腾出来，"我特地给你留了位置。"

"谢谢。"龙七看了她一眼，抱着玫瑰向陈曦走去，深情款款地说，"恭喜你回归自由！"

陈曦眉头紧皱，气恼地低喝："你搞什么？"

"你现在是单身了，我送花给你不是很正常吗？"龙七笑起来很好看，"快点收下，你总不能让我就这么站着，大家都这么看着吧？"

陈曦发现所有人都看着她，只得先收下花放在一边，回头看见龙七正在对她位置旁边的韩风说："兄弟，往那边挪一挪。"

韩风微微皱眉，显然心里不愿意，但还是好脾气地往旁边移动位置。

韩佳佳马上阻止韩风，指着苏娆旁边的位置，冷冷地对龙七说："那边有位置。"

"龙七，过来坐吧，我这边有位置。"苏娆的注意力已经完全投入在龙七身上，眼睛闪闪发光，这是她在其他男人身上都没有过的表现。

"我要挨着陈曦坐。"龙七直接搬一张椅子过来挤在陈曦和韩风中间，韩风只得再往旁边挪了挪。

欧阳风华将这一切都看在眼里，唇角勾起浅浅的弧度，看来陈曦还挺有魅力的。

"你怎么知道我在这里？"陈曦低声问龙七。

"想知道就一定能知道。"龙七暧昧地眨眨眼。

"苏娆告诉你的吧？"陈曦抬目盯着苏娆，肯定是她。

苏娆端起水杯喝水，一脸的心虚。

"兄弟一场，你要不要这么对我？"龙七压低声音说，"给我点儿面子行不行？"

陈曦也觉察到自己的态度有些过了，于是缓和气氛，跟大家介绍："这个是我朋友龙七，乐队主唱。"

"玩音乐的呀，怪不得形象这么好。"唐笑笑嘻嘻地看着龙七，"你这一到场，把所有女人的目光都吸引走了。"

"是啊是啊，龙七你真人比照片上还帅，太帅了。"苏娆十分兴奋，"早知道这样，我们应该早点见面的。"

"呵！"韩佳佳冷笑出声，"你可真是自来熟啊，对谁都是这么热情似火。"

全场气氛僵了一下，大家都有些尴尬。

苏娆前几分钟还对韩风含沙射影地暗示，后来跟唐笑聊得不亦乐乎，这会儿又对龙七热情似火，这桌上的四个男人除了她表哥秦少辉之外，全都被她动过心思。

别人也就算了，这龙七抱着玫瑰花过来向陈曦告白，还不够明显吗？她居然连这点儿分寸都没有。

韩佳佳对她这种行为很是鄙视。

"你说什么呢？"苏娆知道韩佳佳针对她，强忍着心中的怒火，挤出一丝笑容，"大家都是朋友，当然要热情一点儿啊，都闷着不说话有意思吗？那还聚什么会？"

"没错，大家都是朋友。"陈曦连忙打圆场，"好了，人都到齐了，吃饭吧。"

"你还没跟我介绍呢，这几位朋友是……你先别说，让我猜猜。"龙七指着欧阳风华，笑眯眯地说，"这位一定是风华绝代、万人敬仰的欧阳律师！"

"哈哈哈，是我是我。"欧阳风华难得开怀大笑，指了指旁边的唐笑，"这是我助手唐笑！"

"唐助理真是一表人才呀，我敬你一杯。"龙七向唐笑举杯。

"谢谢赞赏。"唐笑举杯回应，"随意！"

两人抿了一口酒，龙七往唐笑旁边数过去，直接向苏娆举杯敬酒："苏娆，初次见面，神交已久，谢谢你对我家陈曦的照顾，敬你一杯！"

"谢谢。"苏娆举杯一饮而尽，然后纠正地说，"你刚才这话不对呀，这陈曦怎么就成你们家的了？她也是我闺蜜。按照道理说，闺蜜的闺蜜也应该是闺蜜才对，所以呀，我们俩的关系也应该亲近。"

"对，都是自家兄弟。"龙七随口回应。

"怎么又成兄弟了……"

"这位兄弟叫什么名字？"没等苏娆说完，龙七就向秦少辉举杯，"初次见面，我先干为敬。"

"我叫秦少辉，苏娆的表哥，谢谢。"秦少辉举起杯跟着喝光了。

"不客气。"龙七给自己加了半杯酒，向韩佳佳举杯，"韩……佳佳，我们见过，上次星星生病的时候，我因为生气对你很没有礼貌，这次郑重向你道歉。"

那次韩佳佳带着万星星出去吃冰淇淋，害得万星星急性肠胃炎发作……龙七赶到医院的时候知道这么回事，当场把韩佳佳教训了一顿。

韩佳佳一句话都没有说，因为愧疚。

后来陈曦跟龙七解释了整件事的来龙去脉，龙七心里略感惭愧，觉得自己骂得有些凶了，不过从那以后他们再也没有见面，也没有机会道歉。

"那次是我的错，你骂我是应该的，不需要向我道歉！"韩佳佳向来爱恨分明，"不过你刚才对我叔叔没有礼貌，麻烦你向他道个歉！"

"这是你叔叔？"龙七一听是叔叔辈的人，马上眉开眼笑，"叔叔好，不好意思，刚才我太没有礼貌了，如果早知道是长辈，我肯定不会那样！"

"呃……"韩风十分尴尬，都不知道要不要举杯。

苏娆"扑哧"一声笑出来，她觉得龙七不仅擅长交际，还能在无形之中打压对手，真是厉害。

"龙七你怎么说话的呢？"韩佳佳气恼地怒喝，"我叔叔是80后，比你大不了多少。"

"我90年的。"龙七举杯问韩风，"不知道叔叔是哪年的？"

韩风眉头紧皱，表情有些僵硬。

"你不知道问人家年龄是很没有礼貌的事情吗？"陈曦连忙打圆场，"韩风比你大不了几岁，大家都是朋友，你叫名字就好了，别调皮捣乱！"

"遵命！"龙七对陈曦做了个行军礼的手势，然后对韩风说，"韩大哥，抱歉了，我先干为敬！"

随即，他就将杯中的酒一饮而尽……

"我是80年的，比陈曦大三岁。"韩风终于回答了龙七的问题。

"陈曦比我大七岁，女大七抱金鸡。"龙七挑眉一笑，"是吧？陈曦？"

"吃菜。"陈曦给他夹了一块鸡肉，想让他少说点话。

"龙七，你酒量不错啊！"唐笑赞叹，"下次喝酒有伴儿了。"

"想喝酒随时找我。"龙七十分豪爽，"成都所有知名酒吧的老板都是我哥们儿，随便你去哪个场子，报我名字都能打折！要是去了我驻场的酒吧，签单直接写我名字就得了。"

龙七是哈尔滨人，说着一口标准的东北话，总给人一种特别仗义的感觉。

"说好了，待会儿留个电话，加个微信。"

"什么待会儿，现在就加，来，我扫你！"

"好。"

"我也加一个吧，我平时没事也喜欢去酒吧玩。"欧阳风华难得愿意主动认识朋友。

"好啊好啊，一起！"

就这么几分钟时间，龙七已经跟所有人打成一片，包括向来严谨的欧阳风华！

龙七的到来，瞬间就将其他男人的风头都压了下去。

苏娆看着他的眼神越来越痴迷，目光一直没有离开过他。

秦少辉默默吃菜，不动声色地打量着韩佳佳。

韩佳佳很顾及韩风的感受，不时招呼他，跟他说话。

陈曦为了暖场，热心地招呼大家。

欧阳风华暗中观察，发现韩风的注意力一直都在陈曦身上，而龙七不一会儿就跟唐笑吹牛聊天去了。

苏娆借着给欧阳风华敬酒的机会跟龙七套近乎，龙七倒是很注意分寸，一直刻意跟她保持距离，还总是借机表明他对陈曦的真心。

苏娆刚开始一直忍着没有揭穿，后来实在忍不住就说了："你就不要装了，你不就是想在大家面前证明陈曦有魅力，故意给她制造热度吗？其实你跟陈曦一点儿男女之情都没有，上个星期，你还带着女朋友去陈曦家吃饭呢。"

"你怎么知道？"龙七脱口而出。

"星星告诉我的。"苏娆十分得意，"我给她买玩具，她就会老老实实交代所有有关于你的事情。"

"原来你有女朋友啊？"欧阳风华眉头一皱，"那还追陈曦？"

"早就分手了。"龙七马上申明，"我那些都是女性朋友，不是爱情关系。"

他把那个"性"字说得很重，强调那只是解决生理问题的朋友。

随即他又补充道："陈曦之前没离婚，我要是对她展开追求会对她造成困扰的，现在她离婚了，我也就无所顾忌了，以后不会再有其他女人入我的法眼。"

"省省吧你。"陈曦瞪着他，"你那一套别用在我身上，要不然兄弟都没得做。"

"我跟你说真的，你怎么就是不相信我呢？"龙七无奈地苦笑，"时间会证明，我对你的爱永远都不会改变!"

"废话怎么这么多？"陈曦给他夹了一块鸡翅，"吃你的东西。"

"好好好，为了你，我愿意做一个安静的美男子。"龙七很听陈曦的话。

苏娆回到座位上，故意说："陈曦，龙七挺好的，又高又帅，还这么有才华，反正你已经单身了，不如考虑考虑呗。"

"你怎么也跟着胡闹？我现在不考虑这些。"陈曦有些反感，刚刚离婚的她对于这种话题十分排斥。

"龙七这么完美，是个女人都会对他动心，难道你真的不喜欢他？"苏娆不依不饶地问。

"不喜欢。"陈曦有些烦躁，"我再说最后一遍，我刚刚离婚，不考虑这些事，你再说我要生气了。"

"好好好，不说了。"苏娆的目的已经达到，"既然你不喜欢龙七，那我就要对他下手了!"

"噗——"韩佳佳一口红酒喷出来，呛得不停地咳嗽。

"你是在开玩笑吗？"欧阳风华可笑地问，"你可是陈曦的闺蜜。"

"抢闺蜜男朋友这种事我苏娆是不会做的，可龙七不是陈曦的男朋友呀，而且陈曦也不喜欢龙七。"苏娆摊了摊手，"既然我和龙七都是单身男女，互相追求不是什么错吧？"

"的确没错。"唐笑是唯一一个支持苏娆的人，"永远追求真爱，没什么不对的!"

"网上老说我们90后三观不正，我看三观不正的不是90后，是绿茶婊。"韩佳佳义愤填膺。

"对，我就是绿茶婊，你这个道德婊也没好到哪里去。"苏娆扬起下巴，理直气壮。

韩风和秦少辉都很尴尬，沉默不语。

龙七眉头一皱，不出声，观察着陈曦的脸色。

陈曦淡淡地回答："我跟龙七就是哥们儿，没别的关系，也不会有。"

"那就好。"苏娆眉开眼笑，"大家都看到了，陈曦允许的，所以接下来如果我跟龙七发生什么，可不算违背朋友道义，你们不许指责我。"

龙七看了陈曦一眼，冷冷地问苏娆："你就这么自信？"

"精诚所至，金石为开！"苏娆暧昧地眨眨眼，"我们兴趣相投，爱好一致，是天生一对！"

"你跟哪个男人不是兴趣相投？爱好一致？"韩佳佳嘲讽地冷笑，"全天下的男人跟你都是天生一对。"

"韩佳佳，你够了……"

"佳佳，不要这么没礼貌。"陈曦低喝。

韩佳佳没有再说话，只是冷冷一笑，起身去了院子里："我去透透气。"

"我去陪着她。"韩风起身走过去。

气氛有些僵硬，这时，秦少辉接了个电话，对苏娆说："苏娆，你妈妈生病了，我们赶紧去医院吧。"

## 21. 防人之心不可无

"谁打来的电话？"苏娆继续吃菜，丝毫不为所动。

"我妈。"秦少辉凝重地说，"她在医院陪着呢。"

"既然大姨在医院，那就不用着急，吃完饭再去也不迟。"苏娆给自己倒了半杯红酒，慢慢品尝，"这酒真好喝。"

"可是……"

"别啰唆了，吃菜。"苏娆给秦少辉夹了一块鱼。

"你妈妈生病住院了，你居然还吃得下？"欧阳风华实在是看不惯苏娆。

"她嘴硬而已。"陈曦马上替苏娆解围，"你还是回去看看吧，阿姨年纪大了，身体不好，万一有什么事呢？"

"不会有什么问题的，如果有大问题，她早就给我打电话了。"苏娆不以为然。

"就算问题不大，生病了也需要有亲人在身边照顾。"陈曦的语气加重了，"不管怎么样，亲人才是最重要的。"

"知道了。"苏娆这才听了话，用餐巾擦擦嘴，扭头问秦少辉，"你开车来了吧？"

"开了。"秦少辉起身对大家说，"谢谢你们的招待，下次我请你们吃饭。"

"不用客气。"陈曦微笑地看着他，"你陪着苏娆，我也放心一些，好好开车。"

"好的，那我们先走了。"秦少辉跟大家打了招呼，然后就拉着苏娆往外走。

苏娆走到门口的时候，想起什么，回头对龙七说："你后天晚上在九眼桥演出是吧？我准时去看。"

随即，她对他莞尔一笑，这才离开……

龙七冷笑一声，扭头对陈曦说："你看你这么不稀罕我，人家对我可上心了，连我演出的场次都记得这么清楚。"

"所以我不喜欢让你参加我女朋友聚会，太招蜂引蝶了。"陈曦的声音很低，不想损了他的面子。

"嘿嘿，你吃醋了？"龙七挤眉弄眼地坏笑，"你怕我被别人抢走，所以想把我藏起来独自享用对不对？"

"你皮痒了是吧？"陈曦脸色一沉。

"好好好，不说了。"龙七耸了耸眉，继续吃东西。

"绿茶婊走了？"这时，韩佳佳和韩风走过来。

陈曦有些尴尬，韩佳佳说话也太难听了。

"走了。"龙七倒是回答得爽快，还颇为欣赏地看着韩佳佳，"韩佳佳，没想到你挺仗义的，处处维护陈曦。"

"那是当然。"韩佳佳没好气地说，"要是曦姐身边的朋友一个个都像苏娆那样，她什么时候被卖了都不知道。"

"佳佳就是孩子脾气，说话太直接了。"

陈曦温柔地看着韩佳佳，其实她心里明白，韩佳佳虽然年轻，但是为人正直善良，三观正确，讲原则有底线，而且非常仗义，是一个十分适合长期交往的朋友。

而苏娆从一开始就是为了利益才跟陈曦交朋友，只是两人相处的时间长，有了感情，而事实上，若是真的有什么事，苏娆大概并不会像韩佳佳那样仗义。

但陈曦很懂得感恩，这些年，她虽然在经济和人脉上给予苏娆很多帮助，但她家里每次有什么事，苏娆都是随叫随到。

陈曦一个人带着孩子在成都生活，经常会有一种孤立无助的感觉，即使她再坚强独立也有撑不住的时候，身边的朋友都有自己的生活，忙着各自的事情，只有苏娆时刻为她当后盾。

虽然客观的来讲是因为苏娆比其他人都要自由闲散，但是能有这份心已经很不容易了……

所以，即使苏娆有一些小毛病，陈曦都会包容她！

"我说得有错吗？"韩佳佳一提到苏娆就生气，"她见到有钱人就巴结，也不管跟你是什么关系，用各种手段勾搭人家，完全不考虑你的感受。还有，她明明知道龙七对你有意思，还勾引龙七，太无耻了。"

"佳佳！"陈曦耐心地劝导，"龙七和苏娆都是单身男女，她喜欢龙七也无可厚非，至于她巴结有钱人，可能是有些虚荣，但也是人之常情吧，人都想往高处走。"

"曦姐，你怎么总是护着她？"韩佳佳十分委屈。

"陈曦……"沉默许久的欧阳风华终于说话了，"我不喜欢在背后说三道四，但是苏娆这个人……的确不太可靠！"

陈曦沉默了，她就知道欧阳风华不会喜欢苏娆，她在检讨自己是不是不应该带着苏娆来参加今晚的聚会，弄得大家都这么排斥她。

"我就不说她那些素质问题了，跟你完全不是一个档次。至于龙七的事情，我也无法指责她，毕竟勇敢追求爱情确实不是什么错，明着来总比在暗地里玩花样要好，虽然我是做不出来这种事！可是她那种攀高枝儿的性格也太明显了，就这么一会儿，把几个男人的微信全都主动加上了，还跟唐笑打听我的喜好……呵呵……"

说到这里，欧阳风华冷冷地笑了："你大概还不知道吧？她早几天就已经加了我的微信，老是找我聊天，还说要请我吃饭，给我送礼物什么的。"

"什么时候？"陈曦很意外。

"就是你跟万彬闹到警局的第二天。"欧阳风华冷笑着说，"前一天晚上你开我的车去医院，她大概知道那是我的车，知道我有点钱，所以就来巴结我，至于她是怎么弄到我的电话号码……"

欧阳风华盯着陈曦的手机："她该不会知道你的手机解锁密码吧？"

"呃……好像真的知道。"陈曦之前出去参加活动的时候经常让苏娆作为助理身份陪同，开车的时候手机有来电，她不方便接听，于是让苏娆帮忙接听，也就是那个时候告诉了苏娆自己的手机解锁密码。

她觉得这不是什么大不了的事情，也不认为苏娆会对她做些什么。

"你连手机密码都告诉她？你真是太相信人了。"欧阳风华的眉头紧紧皱起来，郑重其事地提醒，"韩佳佳说得对，这样下去，你会吃亏的。"

"好了，我心里有数。"陈曦不想说太多，毕竟还有这么多人在，她在心里暗暗提醒自己回去修改密码，以后尽量少让苏娆参与自己的朋友圈。

就好像龙七，他一旦介入她的女性朋友圈，就会引发事端。

她现在觉得有时候还是应该设置一些防线，不要让朋友圈子里不同级别的人互相介入，这样太容易引发矛盾了。不过陈曦并不怀疑苏娆的人品，苏娆虽然有很多小毛病，但她不是坏人。

## 22. 真的爱你

"你有分寸就好。"欧阳风华也不多说，转移话题道，"大家不要影响心情，吃完饭就去花园，晚会照常进行。"

"我吃好了，去把彩灯和音乐打开。等下还有露天烧烤，你们少吃点。"唐笑说完就去了院子里。

"那我不吃了，等会儿吃烤肉。"韩佳佳放下餐具，起身跟着离开，"我去帮忙。"

"要开Party呀，正好我的吉他在车上，我去拿，等会儿让你们见识见识我的魅力。"龙七拿着车钥匙兴冲冲地跑出去了。

餐厅里只剩下韩风、陈曦和欧阳风华，韩风几次欲言又止，似乎有话要对陈曦说，欧阳风华觉察到了这个微妙的细节，借故去拿水果走开了。

"陈曦。"韩风终于开口了，"你有空把你作品的影视推荐表发给我，我可以帮你拿去推荐给熟悉的公司。"

"好啊，我今晚回去就发给你，先谢谢了。"陈曦感激地说，"如果推荐出去，我给你佣金。"

"呃……"韩风愣了一下，连忙表示，"不用不用，我只是帮朋友，又不是中介，要你的佣金干什么。"

陈曦十分认真："影视版权一旦卖出去，收益可不少，如果卖出去一本，我所有的经济问题都解决了，当然要好好谢谢你，给你佣金也是应该的。"

"你有经济问题？"韩风马上问，"怎么回事？"

"这个……"陈曦有些尴尬。

"不好意思，我可能有些冒昧了。"韩风意识到她并不想提。

"水果来了。"这时，欧阳风华端着一大盘水果走过来，韩风马上去帮忙，"我来吧，是要拿到院子里吗？"

"是的，谢谢。"

欧阳风华目送韩风离开，低声对陈曦说："韩风不错，对你挺上心的。"

"你怎么也开这种玩笑？"陈曦有些无奈，"我现在不想考虑这些。"

"我知道，你这个时候不想考虑这方面的问题。"欧阳风华十分老到，"从我的经验来看，正常人离婚之后都有一个自闭期，把自己封闭一段时间才能开始新的生活，一般女人的自闭期是三个月，也就是说，她们离婚三个月之后才会开始物色交往对象，像你这种保守派，大概需要六个月吧。"

"你怎么会有这些经验？"陈曦好笑地问，"你又没结过婚。"

"你忘了？我是律师，专打离婚官司的。"欧阳风华白了她一眼，"虽然我跟我的当事人都是公事公办，但互相留了微信，从他们的朋友圈就可以看出他们离婚后的感情生活。"

"也对。"陈曦点点头。

"你知道男人离婚之后的自闭期是多久吗？"欧阳风华挑眉一笑。

"多久？"陈曦很好奇。

"三天！"欧阳风华晃了晃三根手指头，"三天后就在朋友圈晒其他女人了。"

"呃……"陈曦懵了，"那是因为外遇离婚的吧？"

"外遇离婚的话，三天都等不及。"欧阳风华嘲讽地冷笑，"当然，这种三天就晒的，应该也是早就勾搭好的，只是没有显露出来罢了。"

"男人都这么快？"陈曦在想，今天已经是离婚两天了，明天万彬会不会在朋友圈晒其他女人？

"大部分都这样吧。"欧阳风华一副见惯不怪的样子，"当然也有例外的，不能一棍子打死！"

"也许跟你接触的圈子有关吧。"陈曦倒是很客观，"你说的那些都是打离婚官司的，既然都闹到那个分上，婚姻早就有问题了，所以离婚之后很快就会投入另一段感情。"

"难道协议离婚的就没有问题？"欧阳风华好笑地问，"难道你对万彬还有感情？"

"呃……"陈曦愣住了，这才想到自己刚才的话有些矛盾，想了想，她点头道，"我跟万彬是感情不和，但是没有第三者。说实话，我对他是早就没有感情了，离婚也不怎么伤心，就算会有一些难过，也是为了自己这十几年的青春。不过这次失败的婚姻已经让我心灰意冷，我暂时不想考虑这些事，等以后再说吧。"

"我知道。"欧阳风华认真地说，"虽然我跟你认识不久，但是很欣赏你的为人。不过我觉得你也不必太过于排斥那些对你有好感的男人，可以当朋友嘛。那个韩风我看挺不错的，为人沉稳内敛，还蛮适合你。龙七这小子虽然优秀，但玩性太大，跟你不合适。"

"嗯，我知道。"陈曦点点头，"我把龙七当弟弟看待，其实他对我也没有那层意思，就是喜欢开玩笑。"

"你心里有数就好。"欧阳风华拍拍她的肩膀，"走，去院子里。"

"好。"

别墅后面有很大一个花园，种了桂花树，树上挂满了七彩小灯，拉了一个很大的帷幕，音响里放着最近流行的《成都》。

皓月当空，星辰点点，微风徐徐，十分惬意。

唐笑和韩风在摆弄水果和香槟，两个服务员已经架好了烧烤架子，将食材往上摆放。

韩佳佳拿着话筒试唱，虽然五音不全，没有一个音调是对的，但也唱得不亦乐乎。

"不错嘛，都布置好了。"欧阳风华满意地笑了，"陈曦，你是麦霸，今晚看你表演了。"

"有专业选手在呢。"陈曦说话的时候，龙七正好拿着吉他跑进来，"开始了吗？开始了吗？"

"就等你了。"陈曦勾唇一笑

"我先去暖暖场，等会儿我们合唱。"龙七向她抛个媚眼，一个箭步跑过去，抢过韩佳佳的话筒发言，"陈曦，祝贺你恢复自由，下面这首歌送给你，代表我的心声。"

然后，他坐在高脚椅子上自弹自唱黄家驹的《真的爱你》！

        无法可修饰的一对手
        带出温暖永远在背后
        ……
        春风化雨暖透我的心
        一生眷顾无言地送赠
        是你多么温馨的目光
        教我坚毅望着前路
        叮嘱我跌倒不应放弃
        ……

## 23. 怎么撩妹

龙七跟陈曦认识的时候还是一个懵懂无知的少年，因为贪玩任性，学业并不好，在川音混日子，整天扑在网上，唯一的爱好就是看网络小说。后来他试着自己写，在网上有两本成绩不错的连载小说，还出版了，不过他是一个坐不住的孩子，没多久就觉得写小说太苦闷，于是又跑去玩音乐。他家里只是一个中产阶级，没有本钱供他玩，他就靠着写小说赚的稿费供养自己的梦想，跟几个同学合租房子，日子过得紧巴巴的。

那个时候，陈曦经常支援他，给他介绍一些短篇稿子，赚点外快当零花钱。知道四川人都喜欢吃，她时不时就会抽时间请他吃顿好的，还总是找个借口，比如今天签了新合同，今天大结局，今天开新书，今天灵感爆发，今天心情好，今天心情差……

反正她总会让他蹭饭蹭得心安理得……

他们之间的革命友谊就是蹭饭蹭出来的，感情都是在火锅里、串串里、小龙虾里一点一滴地积累起来。

每当龙七遇到什么开心的事情，总是第一个跟陈曦分享；当他迷茫无助的时候，也会找她这个知心姐姐倾诉，她总是会鼓励他，支持他……

所以，龙七对陈曦的感情正如歌词里所说的那样，带着感激，带着欣赏，友情以上，恋人未满。

"爱情未必有多深，但这份友谊却是难得的。"欧阳风华由衷地感叹，"这小子对你挺真诚！"

陈曦微微一笑，没有说话。

"下一首《海阔天空》到你了。"龙七向陈曦招手。

陈曦走过去跟龙七合唱黄家驹的励志歌曲《海阔天空》，一开口就已经惊艳全场。

韩风十分诧异："原来陈曦唱歌这么好听的？这么高的音都飙得上去，太专业了。"

"曦姐可强可柔，什么风格的歌都可以唱，厉害着呢。"韩佳佳一脸得意，"风叔，动心了吧？"

"呵呵……"韩风不好意思地笑笑。

"你要是真的喜欢曦姐，就要用心去追求。"韩佳佳低声说，"曦姐性格好，为人好，条件也优秀，现在单身了，大把的人追她，你要加把劲儿，太被动了可不行。"

"我不太会追女孩子。"韩风有些为难，"从来就没有追过。"

"我知道，都是别人追你嘛。"韩佳佳白了他一眼，"你现在有钱有名，大把的年轻女孩想要攀上你，可惜追你的你看不上，你看得上的又不想主动，老是放不下面子，一脸清高的样子，难怪到现在还是单身狗。"

"我倒不是清高……"韩风看着前面的陈曦，眼中涌动着复杂的思绪，"我只是不知道用什么样的方式才能获取女孩的芳心。而且，我总觉得爱情这种事应该是你情我愿吧，死缠烂打得来的爱情，真的是爱情吗？"

"不是叫你死缠烂打，是叫你主动一点儿。"韩佳佳急了，"哎呀，真是代沟，我发现跟你说话好辛苦。你要是能跟老韩学学就好了，你看他多会撩妹，现在家里那个跟我同年呢。"

"呵呵……"韩风说起这个就有话题了，"你老爸真的很厉害呀，找的女朋友一个比一个年轻，不过他这次可真的有些过了，你同学他也下得去手。"

"我还能说什么呢？人家楚妖精愿意。"韩佳佳想起那件事就咬牙切齿，"那个小贱人处心积虑地接近我，原来就是想勾引我老爸，真他妈无耻！"

"你就是为了这件事不回家？"韩风笑了笑，随即认真地说，"我看他也是玩玩而已，很快就玩腻了。而且他不管在外面怎么玩，对你这个宝贝女儿还是千依百顺的，你可是他的命！"

"这我相信。"韩佳佳嘲讽地冷笑，"可惜他要色不要命！"

"呃……"韩风无语了，"现在的年轻人牙尖嘴利，我真是跟不上你们的节奏。"

"不跟你说了，我去唱歌。"韩佳佳懒得理他，跑去跟陈曦、龙七他们一起唱歌。

唐笑拿了一罐啤酒给韩风，与他碰了一下，笑道："刚才我隐约听见你和韩佳佳的谈话了。先申明，不是偷听哈，这是公众场合，你们也没有遮掩。"

"呃……"韩风尴尬地摸摸鼻子，"你听见什么了？"

"关于撩妹呀。"唐笑笑眯眯地看着他，"韩佳佳年轻，不懂男人，我就比较了解，像你这样事业有成的中年男人，说实话，耐心有限，真心也有限，你们已经不太愿意付出精力去追求女人了，哪怕遇到再喜欢的，表示两次，如果对方没有那个意思，你就打退堂鼓了。"

"嗯，以前的确是这样。"韩风点点头，"不过这次……"

"这次认真了？"唐笑顺着韩风的眼神看过去，舞台上的陈曦风情万种，浑身上下好像会发光一样，充满了魅力。

"像陈曦这样的女人，还真不能用韩佳佳那种办法。"唐笑笑道。

"是吗？那要用什么办法？"韩风马上问。

"想知道啊？"唐笑挑眉一笑，"把这罐啤酒喝了。"

韩风倒也爽快，咕噜咕噜，一口气就喝光了一罐啤酒，擦擦嘴问："现在可以说了吧？"

"嘿嘿……"唐笑笑道，"像陈曦这样的女人需要用时间去陪伴，用耐心去感化，先是当朋友，慢慢赢得她的信任，等到她完全信任你了，你再去表白，肯定能行。"

"那我怎么知道她什么时候信任我？"韩风马上追问。

唐笑喝了一口啤酒，胸有成竹地说："陈曦是一个原则性很强的女人，她不会跟一个男人单独出去约会，除非对这个男人有好感。所以，如果哪天你单独约她，她同意了，那就是完全信任你了。"

韩风仔细酝酿着他的话，仿佛明白了些什么。

"加油吧，大叔！"唐笑拍拍韩风的肩膀，过去找欧阳风华了。

韩风看着舞台上的陈曦，美得不可方物，他在心里暗暗下定决心，一定要赢取陈曦的芳心……

# 24. 约 定

有龙七在，气氛总是很火爆，后来他唱几首嗨歌，几个人边唱边跳，玩得疯掉。

只有韩风例外，无论韩佳佳怎么拉他，唐笑怎么劝他，他都微笑拒绝，拿一瓶啤酒，坐在一边笑容可掬地看着他们嗨。

这个晚上陈曦玩得十分开心，这些年她就像一根被拉到极限的橡皮筋，绷得很紧很紧，再拉下去就会断掉，今晚她总算是放松了下来。

欧阳风华工作的时候一丝不苟，十分严谨，但是玩起来也很疯。

陈曦从前总是拘谨，现在也放开了，迷醉的灯光中，她脑海里不停回荡着这些年的种种往事，一件接一件，就像电影片段不停地闪现。

只是从前波涛涌动的情绪现在早已平静麻木，再也没有任何知觉。

那句话是谁说的？

再大的事故，到最后都会变成故事。

那段失败的婚姻已经翻篇了，在陈曦的人生留下深深的一笔，永远无法抹去，无法忘记，却也不会再影响她的生活。

群魔乱舞之后，一群人倒在露天沙发椅上喝酒聊天。

韩佳佳感叹地说："这年头对单身狗的伤害太大了，一年十二个月，不知道多少情人节，一到那些日子朋友圈就在撒狗粮，单身狗简直没法活了。"

"有那么多？"陈曦很好奇，"我知道就是一个二月十四，一个七夕。"

"多着呢，我就说一些比较热闹的吧。"韩佳佳扳着手指头数到，"二月十四号西方情人节，三月十四号白色情人节，五月二十号也被商家炒作成情人节，七月七日七夕情人节……"

"这些都是被商家炒作出来的。"欧阳风华摆摆手，"只有七夕是我们中国人的情人节，其他都是假的。"

"我们也有节日，双十一光棍节。"韩风难得开句玩笑。

"单身狗每天都是光棍节。"龙七脱口而出。

"哈哈哈……"大家哄堂大笑。

"要是陈曦接受我的告白，我下个月就可以过七夕了。"龙七挤眉弄眼的坏笑。

"同性不能相恋。"陈曦喝了一点儿红酒，微微有些醉了，"我们是好兄弟，好姐妹！"

"喂，我可是绝对的直男，不信你今晚试试。"龙七暧昧地凑过来。

"滚开。"韩佳佳马上挡住他，"别想占我曦姐的便宜。"

"怎么哪儿都有你？"龙七皱眉，"真讨厌。"

"你才讨厌呢。"韩佳佳愤愤地瞪着他。

"呵呵，佳佳，他跟陈曦闹着玩儿呢。"欧阳风华笑着说，"你这丫头真实诚。"

"佳佳是好孩子。"陈曦拍拍韩佳佳的手背，看了看时间，"差不多该散了吧，明天还要去川大讲课。"

"你去川大讲什么课？"龙七问。

"济南过来的培训团，想了解网络文学。"陈曦放下酒杯，"我去洗手间。"

"一起。"欧阳风华也站起来。

"我陪你们。"韩佳佳起身扶着陈曦。

"等一下。"唐笑忽然提议，"通常女人去洗手间之后就要散会了，所以在你们去之前，我有一个建议，今晚玩得这么开心，不如以后我们每个月都开一次单身狗聚会吧。"

"我附议！"龙七举手赞成。

"我也赞成。"韩风每次发言都很认真，"下次我选地方，我来买单！"

"我同意！"韩佳佳马上举手，"老干部虽然严谨，但是做事绝不含糊。"

"我没问题。"陈曦摊摊手。

"这主意不错，以后我们轮流做东。"欧阳风华点头，"选在每个月的第一个周六吧！"

"就这么定了！"

单身狗聚会就这么定了下来。

三个女人去洗手间，欧阳风华拉着陈曦说："有件事忘了提醒你，你那个朋友苏娆，她连自己亲生母亲的安危都不在乎，人品不行，你可一定要注意了。"

"我知道了。"陈曦迷糊地点头。

"还有啊。"欧阳风华扶着她的肩膀，郑重其事地提醒，"早点去把房产手续给办了，婚都离了，该分清楚的早点分清楚，以免夜长梦多。"

"嗯嗯。"陈曦连连点头，"我先出去了，这里闷得慌，出去透透气。"

"去吧。"欧阳风华洗手。

韩佳佳深深地感叹："有时候我觉得曦姐特别坚强独立，有时候又觉得她特别孤独无依……"

"她的坚强独立是被生活逼出来的。"欧阳风华苦涩一笑，"万彬总说她强势，其实她根本就不强势，她原本就是一个传统保守的小女人，如果遇到一个有担当的男人，她会是一个贤妻良母，可惜她遇到的是一个没有担当没有主心骨还不懂得感恩的男人，所以不得不逼着自己变坚强。"

"也是。"韩佳佳点头，"希望她以后遇到一个可以照顾她的好男人。"

"当一个人习惯了独立坚强之后，就不会轻易依赖别人了，陈曦的心结不容易打开，所以，我看她暂时应该不会进入下一段恋情，恐怕需要过渡一段时间吧。"欧阳风华拍拍韩佳佳的肩膀，挑眉一笑，"让你叔叔耐心点，别着急。"

　　"哈哈哈，你都看出来了。"韩佳佳大笑。

　　一群人都喝了酒，得叫代驾。

　　大家来到停车场才发现三辆车都是保时捷，韩风的咖啡色卡宴，欧阳风华的蓝色帕拉梅拉，龙七的白色911，三种风格代表三种不同的性格。

　　龙七拉着陈曦坐他的车，可是他的车只能坐两个人，加上代驾就没地方坐了。

　　所以陈曦还是坐了韩风的车，反正韩佳佳这两天住在她家里，明天还要充当她的助理，跟她一起去川大。

　　陈曦不胜酒力，喝一点点就会醉，现在面红耳赤，醉眼迷离，坐在后座上，倚靠着车窗闭目休息。

　　韩佳佳倒是清醒得很，一直在玩手机，冷笑道："苏娆真有意思，坐在风叔的车前盖上拍一张照片发朋友圈，说是她下一任男朋友的车，我估计她也坐在欧阳律师的车前盖上拍了一张照片留着下次发朋友圈。"

　　"她喜欢发朋友圈，随她去吧。"陈曦并不在意。

　　"发朋友圈就算了，凭什么说风叔是她下一任男朋友？"韩佳佳不服气，"风叔跟她才第一次见面，对她完全没有那层意思，她要不是曦姐你的朋友，谁会理她？还有啊，她真是见个男人都要勾搭，明明知道风叔对你有意思，还抢着坐副驾驶，抢着跟风叔加微信……"

　　"咳咳——"韩风干咳几声，韩佳佳才回过神来，想到自己刚才说漏了嘴，幸好陈曦醉得迷迷糊糊的，根本就没有在意她的话……

## 25. 被狗咬了

棕色蛤蟆停在小区门口，引来几个夜归年轻人羡慕嫉妒的目光。

陈曦的酒醒了一大半，韩风还是不放心她，想要送她和韩佳佳上楼，陈曦却果断拒绝了，一边走一边在包里摸钥匙。韩佳佳跟韩风挥手道别，快步跟上陈曦，两人一起进了小区。

女人的第六感很强，一个人是不是对你有意思，你是能够感觉出来的。陈曦知道韩风的心意，只不过，她刚刚离婚，还不想那么快步入另一段感情，她只想一个人好好静一静。

离婚后的日子很平静，陈曦的生活无非就是两点一线，学校，家里，每天除了照顾孩子就是写写稿子，不管人生发生了什么变化，生活总是要继续。

每个月，单身狗聚会都会准时召开，大家在一起谈笑风生，十分开心，也就只有每个月的这一天，陈曦的心情才能够完完全全地放松下来……

这天晚上，陈曦和欧阳风华一起去洗手间，欧阳风华悄悄地问："你应该走出封闭期了，怎么我觉得你还是像个木头一样？韩风每次聚会都向你献殷勤，你都无动于衷呢？"

"没感觉，以后再说吧。"陈曦简单地回答，"我今天眼皮老是跳，感觉会发生什么事。"

"别迷信了，走，去喝酒。"

陈曦的预感很灵，晚上回家的时候就出事了……

陈曦居住的小区交付于七年前，位于成都开发成熟的西边，临近金沙遗址博物馆，是一片风水宝地，素有富人区之称。

这里的住户并不全是土生土养的成都人，他们中的一些来自于四川其他地区，也有一些是外省人，因为工作原因留在成都，在这里安居乐业。

每到傍晚，小区附近的公园就会有很多带孩子的女人和遛狗的老人，还有一些跑跑闹闹的熊孩子，十分热闹。所以这小区最大的特点就是老人多、小孩多、狗多。

陈曦没有养宠物的习惯，但也不反感别人养宠物，只要管理好自家的宠物就好了，但是这个晚上，她第一次对某些养狗的住户产生了厌烦感。

小区绿化很好，公共区域到处都是树林，葱郁的树木遮挡了路灯，光线昏暗。陈曦刚走到单元楼下，树林里窜出一只狗，对着她的小腿狠狠咬上去。陈曦惊恐尖叫，慌乱地驱赶，可是这只狗死咬着她不放，韩佳佳飞起一脚就踢开了这只比特犬，没想到这个举动惹怒了比特犬的主人。

大约六十多岁的老太太拿着手电筒从单元楼里冲出来，指着韩佳佳破口大骂："你个瓜婆娘要死啦，居然敢踢我家贝贝，真是没人性没教养，你爸妈白生你一场，你不愧为人……"

老太太噼里啪啦骂了一大堆，简直不堪入耳。

陈曦气恼地跟老太太理论，说是她家的狗先咬了自己，韩佳佳为了救她才不得不这么做，可是老太太一句话都听不进去，继续骂人，一句比一句难听。

韩佳佳一句话都没跟老太太吵，冲过去对着那只狗又踢了一脚，那老太太气疯了，挥着手电筒就来打韩佳佳，陈曦马上挡在韩佳佳前面，手腕被老太太的手电筒给打伤了。

韩佳佳见陈曦受伤，更是愤怒，伸手就要推开老太太，还没有碰到老太太，老太太就倒在地上要死要活地打滚儿。

韩佳佳气疯了："你个老巫婆，你要不要脸了你！"

"别闹了。"陈曦拉着韩佳佳，回头对老太太说，"阿姨，这里有摄像头，是你家狗狗先咬的我，我腿都被咬伤了，半夜三更你不把狗拴好，由着狗在小区乱咬人，是你理亏在先，我朋友踢开你家狗是正当防卫，你要是再这么胡闹下去，我就报警，让警察来评评理，到时候恐怕你儿女还要责怪你。"

听了这些话，那老太太有些心虚，没再翻滚了，从地上坐起来继续骂："我家贝贝很乖的，你不惹它，它不会咬你，肯定是你先惹它。"

陈曦觉得这老太太简直不可理喻："我懒得跟你说，我都没要你赔偿，你看好自家的狗，不要再让它乱咬人了，如果再有下次，我可不会这么好说话。"

那老太太没有道理可讲，就开始乱骂："你个瓜婆娘，深更半夜打扮得花枝招展出去，肯定不是正经女人……"

"你个老妖怪，你再说一遍？"韩佳佳冲过去就要打老太太。

陈曦死命拽着她。

这时，两道手电筒光芒直射过来，巡逻的保安来了。

"自己起来吧，这么大把年纪了，你不要面子，你儿女还要面子。"陈曦丢下这句话，拽着韩佳佳上楼了。

"曦姐你拉我干什么？看我打不死那个老妖怪。"韩佳佳气得直哆嗦，"简直是奇葩，自己家的狗咬了人，不仅不道歉，还反过来骂人。"

"好了好了，别生气了。"陈曦安抚她，"我知道你委屈，可是你犯不着跟这种老人置气，她有的是时间跟你慢慢磨，你有时间跟她周旋吗？而且这种老人根本就不讲道理，你跟她说不清楚。"

"那也不能白白受伤啊。"韩佳佳十分恼怒，"是她家的狗咬了你，她一句道歉的话都没有，居然还敢骂人打人。"

"算了，明天自己去打个狂犬病预防针就好了。"陈曦拖着受伤的腿走出电梯，拿钥匙开门，"幸好咬得不是很严重，等会儿回去先消消毒。"

"曦姐，我真是不明白，你之前在外面很凶猛的，那种牛高马大、凶神恶煞的男人都不怕，为什么要怕这种老太婆？"韩佳佳很不服气。

"这不一样。"陈曦到处找消毒酒精，"在外面遇到的是突发事件，谁也不认识谁。可这是在家门口，低头不见抬头见，你惹到这种人，她天天给你添堵，更何况我不是一个人生活，我还有星星呢，万一她欺负我家星星怎么办？"

"她敢？"韩佳佳满脸怒意，"死老太婆，要是敢欺负星星，我跟她拼命。"

"你跟她拼命划得来吗？"陈曦笑了，"她都这么大把年纪了，还能活几年？你可是青春年少，正直花季，犯得着跟这种人斗气吗？"

"好啦好啦，你说什么就是什么。"韩佳佳叹了一口气，"反正你总有道理。我看看你的腿，要不要去医院？"

"不用，没事。"陈曦给自己处理伤口。

"天啦，都流血了还说没事？"韩佳佳看着两排牙印，吓得脸色都变了，"这必须打狂犬疫苗吧。"

"明天去打吧。"陈曦倒是没觉得有什么大不了的，"不过得先去川大，要不然来不及，好了，都十二点了，赶紧洗洗睡吧。"

"你的手呢？我看看。"韩佳佳拉着陈曦的手检查，右手手肘青了一大片，她气得咬牙切齿，"老巫婆，下手真狠！下次让我见到了，骂不死她。"

"你可千万别给我惹事了。"陈曦郑重其事地提醒，"家门口的人惹了后患无穷，多一事不如少一事。下次小心点就好了。"

"可是她家的狗狗那么喜欢咬人，万一要是咬到星星怎么办？"

"所以我明天早上会给物业打电话，让他们处理。"

"好吧！"

## 26. 小三去死

陈曦折腾到凌晨两点多才睡下，右边小腿两排狗牙印隐隐作痛。

早晨被闹钟吵醒，迅速起床洗漱换衣服，然后叫醒韩佳佳。

韩佳佳年轻皮肤好，底子好，画个口红就很显精神。

陈曦刚学会化妆，眼妆弄了好半天都不满意，最后还是韩佳佳帮她画的。

两人收拾好之后，匆匆忙忙地出门，韩佳佳去门口买包子豆浆，陈曦去车库拿车。

陈曦看着手表上的时间已经有些晚了，匆匆忙忙来到地下车库，想着早点走，可是当她看到自己的车，完全傻眼了……

车前盖上用红油漆写了几个大字"小三去死"！

陈曦眨眨眼，怀疑自己是不是看错了，或许，这不是自己的车？只是同款同色而已。

她的目光往下移，盯着车牌号，376，没错，的确是她的车，千真万确，没有任何错误。

车前盖上那几个红字清清楚楚，刺眼得很。

陈曦心里窝着一团火，但是她很明智，马上用手机拍照拍视频取证，接着打电话通知物业派保安过来，然后打电话报警……

再然后，打电话给韩佳佳，让她直接来车库；最后，她给负责接洽的川大老师打电话，说自己遇到突发事件，需要晚个十几分钟，表达了歉意，然后请他们调整时间。

物业保安和韩佳佳同时到达，看到陈曦的车，韩佳佳马上就爆炸了："这他妈谁干的？"

"陈小姐，你是不是得罪了什么人？"保安用一种异样的目光看着陈曦。

"你不用这么看着我，我不是小三。"陈曦严肃地说，"你们应该尽快调取摄像头，而不是在这里问我。"

"是的，我马上通知同事调取监控录像。"保安用对讲机通知办公室的同事。

"佳佳，我已经报警了，你留下来帮我处理一下，我把车子证件留给你。"陈曦把车钥匙、驾驶证、行驶证都交给韩佳佳，"如果警方需要提供购车单据，你可以去家里拿，就在我房间左边第一个柜子的抽屉里，专门用一个文件袋装着的，上面写了车子单据。"

"嗯嗯。"韩佳佳接过东西，"你还要赶着去上课吗？"

"已经答应人家了，不能爽约，课程都安排好了。"陈曦用软件叫了一辆专车，"这里就交给你了，有什么事给我打电话。记住，万事不要冲动。"

"我知道。"韩佳佳点头，"你放心吧，这点小事我能处理。"

"那我先走了。"陈曦拍拍她的肩膀，"辛苦了。"

"别客气，这个带着路上吃。"韩佳佳将刚买的早餐给了陈曦一份，"快去吧，别耽误上课。"

"好。"陈曦点点头，跟保安叮嘱了几句，然后匆匆离开。

专车上，陈曦还在想，到底是什么人搞出这样的事情？虽然这两年万彬不常回家，但是她也没有任何不正当的男女关系，甚至都没有私下单独跟异性朋友见过面。

哪怕是跟龙七一起出去吃饭，也是叫上了他乐队的朋友一起。

这么身家清白的人居然被人骂小三？

陈曦百思不得其解。

陈曦迟到了十分钟，但也算是顺利到达了川大，一堂课讲下来，掌声雷动，那些比她年纪还大的机关干部都对她赞不绝口，纷纷前来找她合影签名。

负责的导师彭靖让她填了酬劳单据，请她吃饭，她婉拒了，赶着时间打车回家，刚上车就给韩佳佳打电话："佳佳，情况怎么样？"

"物业说摄像头被气球挡住了，没有拍到任何画面，警察调查了一番，说是无法取证，不过现在已经录了口供，警察说等你回来还要过来一趟，走个程序。"

"那现在车呢？还在车库？"

"是啊，我刚从警局出来，还没来得及把车子开去处理呢。"

"傻瓜，怎么能自己处理？即使警局现在没有找到凶手，这件事也应该由物业负责，自己处理算是怎么回事？"

"啊？你的意思是让物业去处理？"韩佳佳不懂，"可是我看物业没有打算处理的意思呢。"

"这是他们应尽的责任，他们必须处理。"陈曦严肃地说，"你先别管了，等我回来。"

"好吧。"

陈曦回到家，带着韩佳佳一起去物业，直接找到物业经理，先是摆事实讲道理，然后翻出物业法，讲了半个小时，经理终于无话可说，陪着她一起把车子开到4S店处理车上的油漆，由物业买单。

等待的过程中，陈曦和韩佳佳在附近吃了个饭，下午三点把车子开走，直接去医院打狂犬疫苗。

晚上五点半回到家，陈曦已经十分疲惫，瘫倒在沙发上，等着韩佳佳叫外卖。

韩佳佳定好了外卖，喝了整整一瓶矿泉水，惊叹地说："曦姐，你真是太厉害了，今天要不是你，我都不知道还有物业法这一说，更不懂什么叫维权，我今天真是长见识了。"

"佳佳，你要记住了，像这样的事情必须要维权，不能马虎，这是原则问题。这跟昨天晚上被狗咬的事情不一样。人生有时候会遇到一些无奈的事情，比如说昨晚那个不讲道理的老太太，我不跟她据理力争不是因为我怕了她，而是因为这种人讲不通道理，如果我跟她继续周旋下去，将会浪费我更多时间和精力，得不偿失。相反，如果今天这件事我不让物业负责，将来我再次遇到类似的事情，将会蒙受更多不必要的损失，也会耗费我更多的时间精力！"

"嗯嗯，我懂了。"韩佳佳连连点头，"曦姐你的意思是看事情要考虑长远利益和大局。"

"差不多就是这个意思吧。"陈曦有些感慨，"总之有时候为人处世就是要知进知退，还有，做事不能太冲动，尽量理性思考问题。"

"我知道了。"韩佳佳笑了，"曦姐，你知道我为什么喜欢跟你一起吗？"

"为什么？"陈曦其实也很好奇，她从来没有问过韩佳佳的家庭情况，韩佳佳也不曾提起过，可她既然有一个身价不菲、出手阔绰的叔叔，即使真的是被炒鱿鱼了也不至于无家可归，为什么总是喜欢待在她这里？

## 27. 现代女人

"我从小就没有妈妈，也没有兄弟姐妹，我爸忙着做生意，很少在家，我就在一个冷冷清清的家庭中成长，从来没有感觉到家庭温暖，但是我在你这里却可以找到那种温暖……"

顿了顿，韩佳佳托着下巴，笑眯眯地看着陈曦，"还能学到很多东西，比如为人处世的道理，丰富的生活经验，坚强独立勇敢的个性，还有面对未来永远无所畏惧的信念……"

"你把我说得这么好，我都要飘起来了。"陈曦不好意思地笑笑，"佳佳，我把你当朋友，也当妹妹，我这里你喜欢住多久就住多久，我随时欢迎。不过你还年轻，现在应该找到正确的人生方向，有一份自己喜欢的工作，并且知道自己想要什么，想做什么，不要等到青春耗过了才去迷茫。"

说到这里，陈曦感慨万千——

"我像你这个年纪的时候也很迷茫，什么都不懂，只知道谈恋爱，把所有心思都放在爱情上，早早就跟万彬结婚了，可是婚姻的不如意让我备受打击，是星星让我学会了勇敢，我明白自己不能那样下去，必须要改变现状，好在我心里一直有一个梦想，从未放弃过，于是我给自己设定目标，然后拼了命地努力奋斗，一点点地实现，一点点地成长。

　　"如果我能够在二十几岁的年纪有现在这样成熟的心智，我的人生就会完全不一样，不仅仅是事业，还有爱情。你以前不是问过我吗？像我这样的人，为什么会跟万彬结婚？因为我跟他在一起的时候，什么都不是，什么都不懂，什么都不会。

　　"虽然现在这个社会什么都讲究公平公正，但人还是会分等级分阶层。物以类聚，人以群分，你是什么样的人，就会遇到什么样的人。那个时候的我不过就是一个小公司的前台接待员，所以我选男朋友就会选择公司业务员的万彬，我的眼光眼界有限，挑男人的本事也就那样。

　　"但是后来我开始奋发向上，一直在努力，在进步，然后我的眼界变了，身边接触的圈子也变了，我认识的朋友们全都是事业有成，他们的家庭观念和生活方式跟我不一样，我开始意识到我的婚姻家庭是有问题的，我不停地在进步，在改变，可惜万彬没有意识到这一点，他对于我的进步和改变很排斥，所以我们之间的矛盾越来越多……

　　"这就是我婚姻失败的原因，不是哪一个人的对与错，而是我们人生的路上步伐不一样了，就会产生问题。相反，如果我现在什么都不是，也许我不会对他有任何要求，我还是以前那个任劳任怨，唯唯诺诺的陈曦，即使万彬不回家，不负责任，脾气暴躁，我也不敢跟他离婚，我没有那个底气！"

　　"前面我都懂，最后这句话不太明白。"韩佳佳不解地问，"星星爸爸那样对你，你为什么不敢跟他离婚？就算事业不好也可以离婚啊。女人为什么要那么亏待自己？"

　　"中国的已婚女人分几种，第一种，有工作的，要一边忙于工作一边照顾孩子，就好像星星的一些同学家长，每天朝九晚五的工作，经常要开会加班，孩子下午放学之后得放在托管班做作业，等到六七点钟两口子下班了再赶着回来接孩子，生活过得辛苦忙碌，但是如果夫妻感情和睦，还是很充实很幸福。

"当然，这种稳定要建立在两人事业差距不大的情况下，如果男方事业做得特别好，就会面临很多诱惑，然后就会有第三者，这个时候，大多数女人都会选择忍气吞声。毕竟一般的上班族女性收入有限，现在在成都这样奔新一线城市养一个孩子开支有多大？一般女人根本就无法独自承受。

"当然也有勇敢的，比如我认识的一个朋友，她就是这样的情况，最后她选择离婚了，而且她有一对双胞胎，不过她父母退休了，可以帮她带孩子，还能在经济上资助她，她过得没有那么辛苦。但是她离婚四年都没能再婚，谁愿意娶一个拖家带口的女人？

"还有一个离婚的女朋友，她知道自己没有能力独自抚养孩子，所以干脆就放弃了孩子的抚养权，现在隔三岔五在朋友圈哭诉思念之情，后悔当初冲动离婚。

"第二种已婚女人是老公事业做得很好，她自己不用上班，也就是纯粹的家庭主妇，这样的女人不用说了，完全依附男人生活，哪怕男人在外面有外遇，只要没有回家逼宫，她们都是睁一只眼闭一只眼，头上长出一片森林也会笑着活下去。

"这种女人如果要离婚的话只有一种可能，就是老公把她扫地出门。她们的下场往往都是很凄惨的，重新回归社会从零开始学习工作，或者是随随便便再找一个男人嫁了，依附另一个男人生活，两条路都不好走。

"最厉害的就是第三种已婚女人，事业有成，比老公还厉害，在家庭地位中占有主导权，这样的情况下，如果她的老公顾家、有责任心、有担当、心态好，能够接受老婆比自己强，还能将家庭照顾得很好，那么他们也是可以和睦相处的，毕竟女人对家庭的忠诚度普遍比男人高。

"当然，如果这个男人像万彬那样，无法忍受老婆在事业上比自己更有成就，自尊心受不了，面子过不去，处处以老婆为对手做比较，然后还采取一些不恰当的处理方式，那么两个人肯定要出问题。

"而我自己，就是一个例子，但我就可以勇敢地离婚，因为我有足够的底气，有足够的能力可以自己抚养孩子，并且不让孩子的生活质量受到影响。

"随着时代的进步，女性的生存能力越来越强，社会地位越来越高，很多女人有着跟男人不相上下的工作能力，却还要面临生育的危险和负担，她们开始争取家庭地位和主导权。她们再也不用像过去那些时代的女人那么忍耐谦让。

"但……这仅仅只是一部分女人，一小部分女人！大部分女人的思想观念还是偏向传统保守，她们更愿意当一个相夫教子的贤妻良母，离婚在她们的世界里是禁词！

"所以，佳佳，你要想让自己过得有尊严有自由有选择权，不用为了生活而委屈自己，现在就要开始努力了，且不说闯出什么大事业吧，最起码也得有一份好工作，如果以后遇到优秀的男人，足可以与他匹配，万一生活有什么变故，你也可以依靠自己渡过难关，要知道，这个世界上没有所谓的救世主，只有你自己！"

## 28. 泼妇上门

这一夜，韩佳佳躺在床上辗转难眠，陈曦的话反复在她耳边回荡，让她内心波澜起伏，复杂难言。

以前从来没有人跟她讲过这些话，包括老韩。

她妈妈很早就因病去世，老韩忙着做生意，家里就是奶奶和保姆照顾她。

老韩一年到头都见不着几次，为了得到他的重视，韩佳佳总是制造一些顽劣事件引起他的关注，比如跟同学打架、旷课、骂老师……

再大一点儿，她就开始早恋，流连网吧，甚至彻夜不归。

在熟悉的人眼中，韩佳佳就是一个叛逆女孩，老韩那些朋友提起她就摇头，老韩自己也是很伤脑筋。老韩性格豪爽仗义，人缘很好，全国各地都有好友，可惜他跟自己的女儿就是处不好，父女俩一见面就是针尖对麦芒，一言不合就对吵，两人这关系僵化了很多年。

韩佳佳宁愿在外面露宿街头也不愿意回家。

当然，这与他的风流事件也脱不了干系，老韩这人别的都好，但是风流成性，从韩佳佳记事到现在，他身边的女朋友不知道换了多少个，恐怕连他自己都记不清楚了。

三个月前，他跟韩佳佳的同学好上了，先是小心翼翼地瞒着，生怕韩佳佳知道，可世界上没有不透风的墙，最后韩佳佳还是知道了，一气之下又离家出走，这次连手机号码也换了，直接跟老韩断了联系。

韩佳佳那天在派出所的时候接到了老韩的电话，老韩让她回家一趟，她质问他怎么知道她手机号码的，他还没回答，她就把他吼了一通，然后挂断电话。

所以这几天她心里一直堵着一口怨气没处撒。

后来陈曦跟她聊了很多，她心里感慨良多，十分感动。说实话从小到大她就是一个没有计划的人，想一出做一出，梦想虽然有，但是换了一个又一个，三岁想当画家，五岁想当科学家，十岁想当老师，十五岁想当明星……

长大后，倒是什么都不想了。

她的人生没有任何明确的目标，压根儿就不知道自己想做什么，想要什么，每天就是在混日子。

好在她继承了老韩家的优良传统，有最起码的善良正直，三观也正，所以才会有陈曦这样的良师益友愿意帮扶她，指导她。

陈曦回房之前还无比感慨地跟韩佳佳说："佳佳，我年轻的时候要是也有一个像我这样的人生导师，肯定会少走很多弯路。年轻人大多数都听不进父母的意见，对良师益友却是言听计从，你孺子可教，加油！"

韩佳佳把陈曦的话反复琢磨了一整个晚上，发誓要出去找工作，要成为像陈曦这样人格独立、经济独立、生活独立的人……

早晨陈曦被韩佳佳叫醒，迷迷糊糊听见她说："曦姐，我要出去一趟，风叔给我介绍了工作，我去面试。"

"好，去吧。"陈曦翻了个身继续睡。

"我不知道什么时候回来，到时候给你打电话。"

韩佳佳留下这句话就背着她的大包包走了。

电梯里，韩佳佳遇到一个打扮得性感妖娆的美女，踩着三寸高的高跟鞋，红色紧身窄裙包裹着完美的S形身材，拿着手机语音聊天，声音娇媚得快要滴下水来……

"我管他有没有老婆，只要对我好就行了，给我租一套房子，买一辆车，一个月两万生活费，各种消费卡给我办好，节假日都有名牌包包高跟鞋化妆品礼物，这就是我想要的生活。"

"这房子是他给我租的，两室一厅，欧式装修，家电用品应有尽有。"

"没问题，今晚我来请客，姐姐不在乎这点钱。"

"他不管我，他又不是天天回来，话说最近好几天都没来了，可能是家里的母老虎管得严吧。"

"是啊，那个母老虎真是想不开，现在都什么年代了？她居然还在乎这些。真是可笑！哪个男人有钱了不偷腥？他只找我一个已经算好的了，难道要天天在外面大保健才行吗？那多不卫生啊，搞不好惹了一身的病都不知道，哈哈哈……"

听到这些话，韩佳佳实在是无语了，这怎么也算是高档小区，居然还会有这样的女人住进来。

一大早就触霉头，真是恶心。

"叮！"电梯开了，"请让让"韩佳佳故意撞开那女人，大步走出去，女人气恼地皱眉"啥子素质嘛"。

韩佳佳上了公交车才想到一个问题，昨天陈曦的车被人用红油漆写了"小三去死"，该不会是针对这个女人，然后弄错了吧？

肯定是！

韩佳佳马上给陈曦打电话，可是没有人接，她只得用微信语音留言给陈曦，希望她醒来的时候听到消息，可以及时报物业处理。

陈曦睡到十点多才醒，头疼欲裂，浑身乏力，她硬撑着起床去洗手间，从镜子里看到自己煞白的脸色，意识到自己可能是生病了，找来温度计量了一下，显示39.5，果然是发烧了。

姨妈都已经走了，这几天也没有怎么样，不就是睡得晚了一些，作息有些乱，前几天星星住院那天淋了点雨嘛？怎么又发烧了？抵抗力真的很差。

陈曦摇摇头，不让自己胡思乱想，从冰箱里拿出万星星的冰冰退烧贴贴一张在额头上，喝了点水准备继续睡。

这时，外面传来猛烈的敲门声，"砰砰砰"的地动山摇。

"谁呀？"陈曦问。

"物业，快开门。"外面传来女人急切的声音。

陈曦觉得纳闷儿，物业怎么会是这样的态度？马上质问："物业哪位？报个名字我验证一下。"

"开门，快开门。"外面的人一点耐心都没有，直接开始吼，"快点把门打开，臭不要脸的小三，敢做还不敢认了？"

陈曦怔住了，什么鬼？

"还愣着干什么？把门给我撞开。"外面的女人怒吼。

"砰——"外面开始撞门。

陈曦意识到不对劲，马上去找手机报警，拿起手机才发现已经没电了，她急忙去找充电器充电，手机还没能开机，门就被人撞开了。

几个彪形妇女冲进来，提着一桶东西就往陈曦身上泼。

陈曦整个人都僵住了，这什么味道？

妈的，尿！

## 29. 捉奸军团

"啊——"陈曦抓狂地尖叫，快要气疯了。

"给我打，打死这个不要脸的贱货。"有人大吼一声，几个女人围过来就要打陈曦。

陈曦手忙脚乱地抓起桌上的剪刀防身："不要过来。"

那些女人早有准备，挥着棍子就冲过来，眼看陈曦就要吃亏，这时，一个女人忽然大喊："等一下，好像弄错了，不是她。"

"啊？"那些女人顿住了，"怎么回事？这也能弄错？"

一个大概四十多岁、胖得像球一样的女人从人群中走出来，仔细打量了陈曦一番，十分肯定地说："不是她！那个贱人比她妖艳多了。"

陈曦这会儿才反应过来："你们是不是找错人了？我清清白白，根本就不是什么小三。"

"你是胡梅的什么人？快叫胡梅出来。"球形女人凶巴巴地大喝。

"我根本就不认识你们说的什么胡梅。"陈曦十分愤怒，"你们肯定认错人，找错地方了，这是我家。"

"你家？"球形女人四处观望，看到墙上、钢琴上到处都是陈曦和万星星的亲子照片，她才半信半疑，"莫非真是弄错了地方？"

"没错啊，就是世纪豪庭7栋三单元404，杨海生养的小三就住在这里……"

"靠！"陈曦第一次骂脏话，"这是304，不是404！"

"304？"一个女人跑出去看门牌，急忙大喊，"真的是304，我们搞错了，楼上的才是那个小三。"

一群女人"咚咚咚"地跑去看门牌，确定是真的弄错之后，一溜烟儿就走了，连句道歉的话都没有。

陈曦呆若木鸡地怔在原地，脑子里一片空白，她怀疑自己是不是发烧烧糊涂产生幻觉了……

可是身上异样的味道在提醒她，这一切都是真实的！

一大早，她就被一群捉奸打小三的女人泼了一桶尿，还差点被人打，弄清楚真相之后她们就这样跑了！

陈曦浑身哆嗦，心里有一股熊熊怒火从脚底直冲脑海，不行，她不能就这么算了！

陈曦怒气冲冲地追出去……

那群女人已经捅开了404的门，在屋子里一阵搜罗，真正的小三半个人影儿都没有。

有人提议把家砸了，那个胖女人马上阻止："这房子是我家老杨租的，砸坏了还不得老杨赔钱？"

"他都这么对你了，你还替他心疼钱？"

"废话，他的钱不就是我的钱？还有啊，是这个女人勾搭老杨，老杨只是一时糊涂。"

"说得也是，说来说去都是小三惹的祸。"

"现在我们该怎么办？那个小三不在家。"

"我就在这里守着，等那个小贱人回来再好好收拾她。"

"好，我们都陪着你，等那贱人回来了，一定要把她剥光了再游街示众……"

一群人你一言我一语的商量对策，外面传来电梯开门声，她们马上就激动了："贱人回来了。"

几个女人跑出去抓人，看到电梯里出来的是陈曦，她们都愣住了："怎么又是你？"

"你们一大早给我泼尿，还弄坏我家的门，难道就这么算了？"陈曦怒火中烧。

"呃……"这帮女人自觉理亏，面面相觑，一语不发。

胖女人走上前来道歉："妹子，刚才气糊涂了，忘了跟你道歉，对不住了，大家都是女人，你体谅体谅我吧！"

"我体谅你？"陈曦指着狼狈不堪的自己，激动地说，"你把我弄成这样，还叫我体谅你？"

"大家都是女人，你应该理解我的感受啊。"胖女人居然一脸委屈，"我跟我老公白手起家创业，没日没夜地工作，现在好不容易生活好起来了，这个小贱人就来勾引他，千方百计骗他的钱，我要是收拾不了她，我这几十年就白活了……"

"关我屁事！"陈曦打断胖女人的话，"现在我要说的是你们误伤我的事，你要给我一个交代！"

"这个……"那胖女人想了想，从钱包里拿出一沓钱递给陈曦，"这里有一千块钱，算是给你的赔偿吧，你拿去洗个澡，换个锁芯……"

"你打算用钱来打发我？"陈曦的耐心已经快要用完了，拳头握得咯吱作响。

"我都已经道歉了，你还想怎么样？"胖女人开始有些不耐烦了，"嫌钱少是吧？"她又从包里抽了一叠钱出来递给陈曦，"两千，这总够了吧。"

"我给你两千块，你让我泼一桶尿试试？"陈曦激动地怒吼，"捉奸都能找错人，难怪你老公要出轨！"

"你说什么？你再给我说一遍？"胖女人一下子就炸了，气势汹汹地冲过来要打陈曦，"你欠揍是吧？"

"你敢动我一下试试？"

陈曦已经气疯了，准备豁出去跟这个疯婆子打一架，就在这时，电梯门开了，一个女人的尖叫声传来："陈曦，我来救你了。"

这声音……苏娆！

苏娆挥舞着一个拖把尖叫着冲过来，陈曦下意识地回头，脸被拖把给蹭了一下，还没回过神来，苏娆一拖把就将那胖女人给薅地上了。

顿时，耳边一片混乱，女人的尖叫声、吼骂声不绝于耳。

陈曦回过神来的时候，苏娆正挥舞着拖把猛烈扫荡，把那群女人打得连连后退，那个胖女人摔倒在地上半晌都没能爬起来，另外几个女人想要冲上去打苏娆，但是都被苏娆的拖把给打退了。

　　混乱之中，不知道是谁踩到了胖女人，胖女人痛得哇哇直叫。

　　陈曦在旁边想要过去帮忙，却根本就无法靠近，她连忙拿出手机给物业打电话，让他们先赶紧派人上来解决。

　　捉奸军团其中一个人跑进屋子拿了一个扫把过来跟苏娆对抗，苏娆很快就落入下风了，陈曦马上冲过去帮忙，一群女人打成一团……

## 30. 女人，女人


　　两个保安赶过来，一个拉着苏娆，一个挡着那群胖女人，可是双方都拦不住，就像抓了狂的野猪号叫着扑腾着，非要冲过去撕咬对方。

　　保安的脸上都被女人抓了好几条血痕，龇牙咧嘴地直叫唤，一个保安慌忙用对讲机叫帮手，不停地呼叫："快出人命了，快来人啊，快来人啊。"

　　不一会儿，四五个保安火急火燎地冲上来，终于阻止了这场恶战。

　　那群女人除了身上脸上被拖把弄脏之外，并没有受到太大伤害，反倒是先前去劝架的两个保安，脸上手上都被抓伤了，一道道血淋淋的指甲抓痕，皮都翻出来了。

　　那几个胖女人的指甲里还镶着皮屑。

　　保安控制住一群疯狂的女人，保安队长打电话报警，那个胖女人立即阻止："不要报警，女人打打架又不是什么大不了的事情，报警干什么？"

　　"你说不报警就不报警？"保安没好气地说，"你们一群人围攻人家两个人，还找上门来闹事，你们不是这里的住户吧？"

"不是。"陈曦马上将事情的经过告诉保安队长。

保安队长一听这些话，反而真的收起手机："原来是这样，那就不用报警了。"

陈曦睁大眼睛，怀疑自己是不是听错了，在他看来这样反而变成小事了？

"我说几句公道话。"那保安队长公事公办地说，"既然不是什么血海深仇，我建议就私下解决了吧。你们捉奸找错人，把人家的门弄坏了，这个必须得赔偿。"

"我没说不赔呀，我一开始就说赔钱给她，她不要，还羞辱我。"球形胖女人怒气冲冲地指着地上撒落的钱，"你看，地上这些都是我刚才给她的。"

"你先听我说完。"保安队长眉头紧皱，义愤填膺地说，"一大清早，你给人家泼一桶尿，且不说不卫生不吉利，你这可是对人莫大的侮辱，那要是放在我们老家，这是血海深仇，不共戴天的。"

"那现在不泼也泼了，你说该怎么办吧？"球形胖女人一脸的不耐烦，"总不能真的让她泼回来吧？冤冤相报何时了！"

"呵！"陈曦冷冷地笑，"大姐你可真有意思，现在你知道冤冤相报何时了？那还来找这个小三干什么？"

球形胖女人一听到这话就炸了："她抢我老公，我当然要来找她报仇了。"

"泼尿之仇比抢老公还狠。"苏娆怒骂，"就你这德行，你老公不出轨才奇怪了。"

"你个瓜婆娘，老娘撕烂你的嘴。"球形胖女人冲过来又要打苏娆，陈曦马上护在苏娆面前，而同时，那个保安队长也拦住了球形胖女人，"你不要乱来，再这样我真的要报警了。"

"你们就是想护着自己的业主。"那群胖女人你一言我一语的叫唤起来，"这两个女人一脸狐媚样，说不定也是哪个男人包养的小三。"

"没错，看起来就不是好人。"

"有其一就有其二，404已经确定是小三，304肯定也是。"

"你们应该好好查查这些女人的来历……"

"都给我闭嘴！"陈曦实在是听不下去了，直接拿起手机报警。

"喂，你干什么？"那胖女人马上冲过来抢手机。

"还是先不要报警了，你们听我说，听我说。"保安队长拽着胖女人，对陈曦说，"女人何苦为难女人呢，有话好好说嘛，你前几天才报了一次警，今天又报警，对你自己也不太好的。"

听到这句话，陈曦顿住了动作，说实话她其实也考虑到了这个问题，要不然早就报警了……

"这样吧，我给你们出个主意。"保安队长挡在中间，"让受害人提个条件，你们要是觉得可以就补偿给人家，这事情就了了。"

"私了是最好的啦。"胖女人已经意识到陈曦很难搞，有些让步，"你想要多少钱，你开个价。"

"我不要钱，我要你道歉！"陈曦怒喝。

"什么不要钱，等一下……"苏娆急忙冲上前来，补充道，"门砸坏了也是要花钱去修的，钱必须要陪，道歉也要。还有，不是普通一句对不起就算了，你们要有诚意，鞠躬道歉。"

"这里有你说话的份吗？你谁呀你？"那个胖女人凶神恶煞地大骂。

"她是我朋友，她的意思就是我的意思。"陈曦想起苏娆说她总是太过于讲道理，其实面对这样的人还是苏娆的解决方案比较明智。

"她们这个要求一点儿都不过分。"保安队长马上说，"你给人家造成那么大的伤害，赔钱外加道个歉，已经很合理了。"

那个球形胖女人跟她的同伴商量了一下，做出最后的妥协，赔偿两千块钱给陈曦修门，然后弯腰鞠躬给她道歉。

苏娆接过钱，扶着陈曦下楼，进电梯的时候，陈曦忽然感觉头晕目眩，眼前一黑，软软倒下……

"陈曦，陈曦——"苏娆惊恐的尖叫。

"喂！"几个保安慌忙冲过来，"快叫救护车。"

"不关我们的事啊，我们没有碰她。"

"是不是装的？"

"……"

苏娆给龙七打电话，龙七没有接，她马上在微信上哭着给他语音留言："龙七，你快点过来，陈曦被人打晕了。"

早上九点，向来黑白颠倒的龙七还在昏昏入睡，根本就没有看到微信，苏娆发视频通话，还是没有人接。

救护车快到医院了，他都没回电，苏娆心急如焚，马上给韩佳佳、欧阳风华分别打了一个电话。

韩佳佳的电话没有人接，欧阳风华的电话直接关机。

关键时刻一个人都找不到，苏娆都快要急疯了，这个时候她想起一个人，韩风，之前加了他的微信，现在终于派上用场了。

苏娆马上给韩风发视频通话，过了十几秒，韩风就接电话了，不过是把视频转换成语音，一副公事公办的语气："你好！"

"韩风，我是苏娆。"苏娆哭着说，"陈曦出事了，我一个帮手都找不到，韩佳佳和欧阳风华都联系不上，我实在不知道该找谁，你能不能来一趟医院？"

"出什么事了？哪家医院？我马上过来！"

## 31. 完美男人

韩风以最快的速度赶到医院，医生说陈曦是因为重感冒加高烧所以才会导致昏厥，需要输液两天再观察看看。

苏娆刚把情况跟韩风说清楚，陈曦就醒过来了，刚睁开眼睛就闹着要洗澡换衣服。

　　"你正在输液呢，等输完再洗澡吧。"苏娆急忙劝道，"而且你现在身体这么虚弱，站都站不稳，怎么洗澡？"

　　"一身都是尿，我都要吐了。"陈曦硬撑着起床。

　　"天啦，别乱动。"苏娆马上扶着陈曦，"你怎么这么固执呢？脏就脏呗，又不会少一块肉。"

　　"让她洗吧，她浑身不舒服，心里也不舒服。"韩风按了呼叫铃，"我让护士过来帮她把针头拔了，你帮她洗。"

　　"可是我没给她拿衣服，她洗了澡穿什么？"苏娆伤脑筋地问。

　　韩风看了看手表："医院附近就有一家西单商场，我去给她买衣服，一个小时之内回来。"

　　"可是洗发水沐浴露都没有。"苏娆还在犯愁。

　　"楼下超市有，我先去买回来。"韩风马上说，"不过这样时间就有些来不及了，你等我买回来再给她洗澡，先扶她躺下。"

　　"哦哦。"苏娆连忙扶着陈曦躺下。

　　这时候，护士走进来了，韩风正好往外走，拉着护士交代清楚情况，然后匆匆走了。

　　苏娆平时就没习惯照顾人，也不太懂得安排事情，刚才脑子乱成一团，现在韩风来了，她啥事都不用管，只等着他来安排就好，顿时就放下心来。

　　不一会儿，一个老太太来到病房，提着一袋子用品："你叫苏娆吗？这个是韩风叫我拿上来的。"

　　"啊？"苏娆愣住了。

　　这时，韩风打来电话："为了节省时间，我让一个病人家属把东西带上去，是个老太太，她现在应该到了吧？"

　　"到了。"苏娆马上接过老太太的东西，"谢谢阿姨。"

　　"不用谢。"老太太笑眯眯地扬了扬手上的红票子，"就这么点东西还给了我一百块，谢谢。"

"你给了老太太一百块？"苏娆马上问电话里的韩风。

"嗯。"韩风回应，"买了浴巾、洗发水、沐浴露等用品，医院超市的东西一般般，将就着用吧。现在药液应该输得差不多了，你让护士拔针，用医用胶布把针孔贴住，然后再给她洗澡，我去给她买衣服，很快回来。"

"好好好，我知道了。"

苏娆挂断电话，叫来护士拔针，然后扶陈曦去洗澡。

整个过程中，她至少感叹了几十遍韩风温柔细腻，体贴入微，绝对是一个完美好男人，还说他跟陈曦很相配。

陈曦一句话都没有说，她满脑子就是那桶尿，只想早点洗干净。

韩风办事真的很周到，陈曦刚刚洗完澡，他就回来了，让一个年轻的女护士提着一大袋衣物进来，自己就在外面候着。

小护士把东西递给苏娆，然后就在旁边铺床单。

苏娆把东西拿出来一看，居然还有一个吹风机，而那些衣服都是纯棉的家居服，还有一套内衣和一套护肤品，她由衷地感叹："这男人真是太周到了。"

"赶紧把衣服穿上吧。"苏娆拿着衣服往洗手间走，那小护士忽然想起什么，马上说，"对了，外面那个大哥说内衣可以用吹风机消毒，用热风多吹一下就好了。"

"好的，谢谢。"

苏娆折腾了好久，终于给陈曦穿好衣服，吹好头发，扶着陈曦从洗手间出来。

陈曦洗得干干净净，脸色终于好了一些。

"床单已经换好了，可以睡了。"刚才那小护士说，"还需要什么尽管跟我说，我去拿。"

"外面那个大叔给你钱了？"苏娆问。

"他请我来照顾陈曦姐姐。"小护士笑道。

"呃……"苏娆再次感慨，"这大叔真是完美得不可挑剔，陈曦，这样的男人你可千万不能放过呀。"

"这个时候就不要说这些了。"陈曦有气无力地说，"我真没这个心思，头痛。"

"好好好，不吵你了。"苏娆走过去打开房门，笑眯眯地对韩风说，"进来吧。"

"都好了？"韩风小心地站在门口，没敢进来。

"好了好了，快进来吧。"苏娆笑嘻嘻地邀请。

韩风走进来，轻声问："陈曦，你还好吗？"

"已经没事了。"陈曦有些不好意思，"这次真的要谢谢你了，特地跑过来，对了，你买东西花了多少钱？我微信转给你。"

"不用了，没多少钱。"韩风怜悯地看着她，"今天的事情我都听苏娆说了，刚才打电话给你的物业，让他们帮你看着家，如果有东西掉了他们要负责。然后也联系了修门的人，等会儿回去给你把这件事处理好，所以你不用担心家里的事。"

"天哪，你真是太好了。"苏娆由衷地感叹，"陈曦，你见过这么完美的男人吗？他真是太好了，做事情太周到了……"

"呵呵……"韩风不好意思地笑笑。

"你别胡说，弄得人家多尴尬。"陈曦嗔怪地瞪了苏娆一眼，扭头对韩风说，"你帮了我这么多忙，我已经很感激了，现在有物业帮我盯着，家里应该不会掉东西，其他的事情等我回去再处理吧，你就别麻烦了。"

"都是朋友，你不要跟我太见外了。"韩风十分认真，"你安心在这里休息，其他的事情交给我。"

"可是……"

"好了好了。"苏娆打圆场，"陈曦，你这样就不好了，人家韩风一个电话就赶过来，尽心尽力照顾你，你还对人家这么见外，简直不把人家当朋友。"

"我……"

"你别说话。"苏娆根本就不给陈曦说话的机会，"韩风，谢谢你啊，家里的事情就麻烦你了。"

"不用客气。"韩风微微一笑，"刚才急急忙忙的，有些事情还没顾上，我现在去给你们买点吃的。"

说着，韩风就往外走，刚打开门，一个人就急匆匆地跑过来，差点跟韩风撞上。

两人顿住脚步，定睛一看，都愣住了。

"你怎么在这里？"龙七眉头一皱。

"龙七？"韩风倒是很平静，他之前听到苏娆给龙七微信语音留言。

"陈曦怎么样？没事吧？"龙七心急如焚地问。

## 32. 兴趣相投

"没什么大碍……"韩风话还没说完，龙七就冲进了病房，看到躺在病床上的陈曦，心都痛了，"怎么搞成这样？苏娆说有一群肥婆把你打晕了？TMD，我要弄死那帮肥婆。"

"别闹。"陈曦听到这些话就头疼，"我是感冒发烧才晕倒的，没有挨打。"

"没有挨打？苏娆怎么说那群肥婆给你泼尿了？"龙七脱口而出。

旁边的小护士用一种异样的目光看着陈曦。

陈曦简直想找个地缝钻进去，这种奇耻大辱被人当众说出来，真是太丢脸了。

陈曦忽然想到一个重要问题，苏娆该不会……

"苏娆，你该不会又把我的事发朋友圈了吧？"陈曦急忙问。

"我，我是发了一条朋友圈，可我没有说明是你。"苏娆有些心虚。

"你……"陈曦无语了。

"这么难堪的事情你发朋友圈干什么呀？"龙七眉头紧皱，"以后陈曦还要不要见人了？"

"我也没说什么呀。"苏娆翻出手机给陈曦看，"我就是批判那群肥婆……"

"别废话了，赶紧删除。"龙七直接拿走手机把那条消息给删了，还责骂道，"你这人可真有意思，动不动就把别人的事情发朋友圈，你有尊重过陈曦的感受吗？"

苏娆一脸委屈，眼眶泛泪。

陈曦觉得自己可能有些敏感过头了，马上道歉："苏娆，对不起啊，我不是责骂你，我只是担心这件事传出去不太好。"

"本来就不好。"龙七没好气地说，"喜欢发朋友圈不是问题，但你要发就发自己的事情，怎么能随便把别人的事情公开？"

"你闭嘴。"陈曦皱眉低喝，随后愧疚地对苏娆说，"苏娆，今天多亏你奋不顾身地救我，一路陪着我，到现在都没能休息一下。你的伤没事吧？有没有让医生检查？"

"你现在才想起我了？"苏娆哽咽地说，"我一大早就跑去找你，知道你被人围攻，不顾一切地冲上去救你，可是你呢，就为了这么一点小事跟我发脾气。"

"我不是跟你发脾气，我只是……"

"陈曦，我知道你格调高，要求高，可你难道不觉得自己太矫情了吗？不就是发个朋友圈嘛，有什么大不了的，你有必要这么计较吗？"

"苏娆……"

"还有你的那些朋友，韩佳佳和欧阳风华，我觉得她们有点瞧不起我，你是不是认为她们那样的人才够资格当你朋友？可是你有事的时候她们在哪里？每一次还不是我来帮你？"

"苏娆……"

"算了，我不想说了。"苏娆根本不给陈曦说话的机会，冷言冷语地说，"你有两个男人照顾，我在这里也没有用，我先走了。"

随即，她拿着提包就走了……

陈曦看着她的背影，整个人都愣住了，苏娆这是怎么了？平时她可不是这么容易生气的人，莫非是因为龙七？

"她该不会真的喜欢上我了吧？"龙七皱着眉，"女人都很在意自己在心上人心中的印象，刚才我为了你的事情批评她，所以她伤心难过了？"

"如果是真的就麻烦了。"陈曦瞪着他，"喜欢上你这样的男人可不是好事。"

"呃……你这话说得，我对你不够好吗？"龙七准备坐下。

"你坐着干什么？赶紧去追上苏娆。"陈曦马上说，"她今天为了救我，一个人对抗六个肥婆，身上肯定有伤，也不知道有没有让医生检查。你帮我去问问，顺便解释一下刚才的事。"

"不用了吧？"龙七不想去。

"让你去你就去。"陈曦呵斥，"快点！"

"我去了谁照顾你？"龙七还是不动。

"我给陈曦请了护士。"韩风说了一句。

"大叔，你还没走啊？"龙七貌似客气地说，"今天谢谢你了，照顾我们家陈曦，改天我请你吃饭。"

"胡说什么呢？"陈曦眉头一皱，"赶紧去追苏娆，你再不去我要生气了。"

"好吧。"龙七很是无奈，"看在她奋不顾身救你的分上，我去！"

龙七深深地看着韩风，看似随意地说："我很快回来。"

韩风微微一笑，什么都没有说。

龙七走后，韩风问陈曦："你想吃点什么？"

"别麻烦了。"房间就只有他们两个人，陈曦有些不太自在。

"你真的很客气。"韩风苦笑，"我看你对龙七和苏娆他们都挺亲切的，怎么对我就这么疏远？我理解你对刚认识不久的异性朋友会有戒备心理，可我是佳佳的叔叔，人品肯定是能够保证的，希望你能相信我，把我当朋友。"

听到这些话，陈曦有些触动，韩风的性格真的很成熟，有什么想法会主动说出来沟通，这样的方式是她欣赏的，可是她不知道该说些什么，张了张嘴，只说了一句："抱歉！"

"呵呵……"韩风尴尬地笑笑。

"我想吃饺子。"陈曦忽然说，"叫外卖吧，我知道附近有一家钟水饺很不错。"

"好，我马上订餐。"韩风很高兴，陈曦愿意"麻烦"他，让他感到荣幸。

韩风弄了半天也没有弄好该怎么叫餐，陈曦直接用外卖软件叫了两份饺子和一些小吃，弄得韩风很不好意思："抱歉，我平时不怎么用这些软件。"

"这些都是常用软件啊。"陈曦随口说，"你平时不叫外卖吗？"

"有，但都是我助理安排，我不管这些生活琐事。我手机里面除了爱奇艺和微信之外，没有其他软件。"

"导航也没有？"

"没有，我自己就是活地图，四川境内没有我找不到的地方，没必要用导航，如果去了外地，也有兄弟们安排接待。"

"你好厉害，我就很路痴。"

两个人就这么打开了话匣子，还蛮有共同语言。

陈曦发现韩风跟她以往认识的人都不一样，他很有见识，知识面很广，最重要的是，陈曦现在才知道他们原来在同一个网站写东西，而他就是她曾经崇拜的偶像，只是后来改了名字……

两人兴趣相投，十分投缘。

## 33. 打抱不平

下午韩佳佳匆匆忙忙赶来医院，得知整个事情的经过，她气得抓狂，发誓一定要替陈曦报仇，好好收拾那帮肥婆。

韩风和陈曦都严肃地警告她不准冲动，韩风还劝韩佳佳回重庆一趟，说老韩身体出了点状况，这个时候特别需要有亲人在身边。

韩佳佳很震惊，急忙询问老韩出了什么事。

韩风只说老韩生病住院，具体情况并没有多说。

陈曦听到这些，连忙劝韩佳佳回家。

韩佳佳沉默片刻，终于点头答应，韩风当即就打电话让助理开车送她回去，她跟陈曦道别，叮嘱韩风要好好照顾陈曦，然后就匆匆离开了。

陈曦问韩风怎么不去，韩风说老韩的病情并不是特别严重，只是想女儿了，他回去也帮不上什么忙。

陈曦点头，他又补充了一句："而且你现在需要有人照顾……"

气氛顿时变得尴尬，陈曦的脸有些红了，韩风也有些不自然。

"咚咚！"外面传来敲门声，外卖员问："是你们叫的饺子吗？"

"对。"陈曦连忙回应。

韩风过去拿了饺子进来，想要扶陈曦坐起来吃，可是手伸出来却又僵在那里，不敢触碰她，反倒显得知所措。

陈曦撑着坐起来，虽然还有些头晕乏力，但比起之前已经感觉好多了。

"你，自己可以吗？"韩风小声问。

"没问题。"陈曦接过东西，刚准备吃，手机就响了，是欧阳风华打来的，她一只手接听电话，为了方便，开着免提，"风华！"

"我刚从法庭出来，你知道我上庭不能带手机的，现在才看到苏娆打来的未接来电和各种微信消息，情况好像很严重，你怎么样了？还好吗？"

"我没事，现在好好的，你别担心，先忙自己的。"

"我听你的声音应该是没有什么大碍，比我想象中要好多了。你在医院吗？身边有人照顾吗？"

"有。"陈曦脱口而出。

"谁照顾你？"

"呃……"陈曦看了韩风一眼，有些尴尬，避重就轻地回答，"刚才苏娆、佳佳、龙七都在，这会儿他们走了，韩风在这里。"

"韩大叔啊？他应该靠谱。"

"你别担心我，先忙自己的吧。"

"那行，我这个官司比较紧急，目前还真抽不出时间，我晚点儿跟你联系。"

"好。"

挂了电话，陈曦放下手机继续吃东西，韩风忍不住说："你真的需要人照顾，不然出了什么事，身边连个人都没有。"

"风华一直都比较忙，特别是工作日。"陈曦随口说，"平时佳佳和苏娆比较有空，我有什么事，她们都会照顾我。"

"她们也会有自己的事情，你看今天不是都不能陪着你吗？"

"这个很正常啊，每个人能够依靠的只有自己，不能老想着依靠别人。"陈曦对韩风笑了笑，"不过这次真的要谢谢你。"

"别跟我客气，其实……"

韩风看着她，在心里说"其实你可以依靠我"，但是想起唐笑的提醒，对陈曦不能操之过急，必须有耐心慢慢追求，于是把那句话咽了回去。

"嗯？你想说什么？"陈曦抬头看着韩风。

"没什么，我去给你倒杯水，你慢慢吃。"

"好，谢谢。"

韩风一整天都在医院照顾陈曦，两人有说不完的话题，似乎就这么一天的时间已经认识了好几年。

时间过得很快，不知不觉就到了晚上，隔壁床住进来一个病人，是个十四五岁的男孩，头发花白的母亲辛辛苦苦地照顾他，他却满脸厌烦，对母亲冷言冷语，呼来喝去。

陈曦看着心里很不舒服，韩风忍不住说那孩子："你妈妈这么辛苦地照顾你，你怎么还这样的态度？你生病不舒服也不能对妈妈发脾气啊。"

"关你屁事！"那男孩没好气地说。

"强强，你怎么这么没礼貌？"孩子的母亲呵斥他。

"我就这样。"男孩一副你奈我何的样子。

孩子母亲眉头紧皱，十分无奈，向韩风道歉："对不起，我这个孩子太没礼貌了，我代替他向你道歉。"

"没关系。"韩风十分同情这个女人，但也没再多说，回头跟陈曦对视一眼，两人戴上耳机一起用手机看电影。

整个晚上，那个母亲就是忙里忙外地照顾男孩，一会儿给他倒水喝，一会儿给他削水果，一会儿给他买盒饭，一会儿又要忙着跟出去办手续，稍微晚回来了一下，男孩就不停地冲她发脾气，不停地吼骂，还抓起柜子上的苹果砸他妈妈。

韩风眉头紧皱，有些看不下去。

陈曦心里也感到痛惜，却冷静地劝韩风："这男孩这样对他妈妈，恐怕是跟他的家庭教育有关，你管得了一时管不了一世，打抱不平恐怕还要落埋怨。"

"嗯。"韩风对陈曦笑笑，没再理会，继续看电视。

过了一会儿，一个男人怒气冲冲地走进来，一把拽起女人，指着她的鼻子破口大骂。

韩风和陈曦摘下耳机，听见男人用成都话骂道："老子在外面辛辛苦苦挣钱养家，你天天在家头啥子都不干，连个娃娃都照顾不好，害得我幺儿生病，你活起还有啥子用？"

女人低着头一句话也不说，男人更是火大："你是哑巴了嗦？说话撒。"

"我说啥子嘛，说啥子你都听不进去，还不如不说。"女人面无表情，可见早已麻木。

"你这个批婆娘真是找打！"男人挥手就给了女人一巴掌。

女人被打得撞在柜子上，男人还不解恨，还想动手，韩风一个箭步上前抓住男人的手腕："打女人算什么男人？"

"你是啥子人？这是我家事，不要多管闲事。"男人想要挣脱韩风的手，可是韩风的力气很大，男人怎么也挣脱不了。

韩风微一用力，男人痛得大声惨叫。

"放开他。"这个时候，那女人居然来推韩风。

韩风松开手，女人把男人护在身后，皱眉瞪着韩风："我又不认识你，你这是干什么？我们一家人争吵几句，你跑来凑什么热闹？"

"什么？"韩风简直不敢相信自己的耳朵。

"韩风你过来。"陈曦喊道。

韩风皱眉看了那女人一眼，回到陈曦身边，陈曦若有所指地说："别人家的事情就让他们自己解决吧，你打抱不平，别人却觉得你是多管闲事。"

"本来就是多管闲事。"那个男人怒喝，随即推了女人一把，"别的不会，招惹男人倒是有本事。"

## 34. 心里的温暖

"我要吃肯德基。"男孩对自己母亲吼道。

"你感冒了不能吃肯德基。"母亲小声说。

"我就要吃。"男孩怒喝。

"叫你买你就去买,哪来那么多废话?"男人也大吼。

母亲深深地叹了一口气,拿着包包往外走。

那男人又补充了一句:"给我烫一份冒菜,弄两罐啤酒,搞快点,别磨磨蹭蹭的。"

"知道了。"女人的后背微微有些驼,总是低着头,一副唯唯诺诺的样子,似乎她就是一个卑微的存在,永远见不得人。

陈曦看着她的背影,心里十分感慨,早几年万彬也喜欢对她呼来喝去,万星星也会跟着他学,后来陈曦渐渐有了经济能力,在家里说话硬朗了,地位自然也就发生了变化。

如果她没有跟万彬离婚,如果以后她的事业止步不前,而万彬事业发展起来,她的下场会不会像隔壁病床的女人那样?

想到这些,陈曦感到一阵后怕……

"陈曦,我看这里不太方便,你家里离医院近,要不晚上回家休息吧?白天过来输液就好,反正你今天已经输完液了。"

"可以这样吗?"陈曦愣愣地问。

"你好歹也是当妈的人了,居然连这个都不知道?"韩风笑笑,"我去找护士说一声。"

"好。"

韩风跟护士打了招呼,扶着陈曦下床,陈曦有些不好意思:"我自己可以走,没有那么严重。"

"好吧。"韩风跟在旁边,伸着手小心翼翼地护着陈曦,生怕她摔倒或碰着,但是始终保持礼貌的距离,没有触碰到她。

就是这么一个小小的动作,引来过往的路人侧目,一个年轻的女孩嗔怪地跟旁边的男友控诉:"你看看那个大叔对女朋友多温柔,你再看看你……"

"……"

陈曦回头,这才看到韩风护在她背后的手,他刚好抬头,两人四目相对，她心头一颤，慌乱地移开目光，他尴尬地解释："我怕你摔倒……"

陈曦低着头，没有说话，只是心中有些触动。

她已经很多很多年没有恋爱的感觉，她不知道心里那种热热紧紧的感觉是不是心动。

她唯一可以确定的是，如果现在韩风扶着她的手，她不会躲开！

韩风性格的确很细腻，打开车门，一手扶着陈曦，一手护在车门框上，生怕陈曦撞到头，等她坐好，他就把安全带拉过去，本来是想替她系上，又怕她反感他的亲近，于是递给她，看着她系好之后，他再绕到驾驶室那边上车。

傍晚七点，正是高峰期，车子里放着音乐，陈奕迅的《人来人往》。

韩风找了个话题："那天听你唱歌，很好听。"

"嗯，我唯一的业余爱好了。"陈曦笑笑。

"你唱粤语歌很标准。"

"以前在广州工作过。"

"啊？你以前还上过班？"

"是的，在那里认识的我前夫。"

"那你喜欢吃粤菜吗？"

"喜欢，除了川菜之外，我最喜欢的就是粤菜了。"

"我过几天要去香港参加新片的开机仪式，你可以跟我一起去玩几天。"

"我恐怕没有时间，过两天星星就回来了。"

"带她一起去呀，她不是暑假吗？正好去迪士尼转转。我叫上佳佳一起。"

"星星这个月要上补习班，下个月才能安排旅行。"

"好吧……"

陈曦感觉到了韩风的失落，她不禁在想，自己是不是太过于戒备？通过这几次的接触，她已经相信韩风的人品，就算是当朋友先接触着也

130

好，他都已经说叫上韩佳佳，一起去旅行不是很好吗？为什么她要这样排斥？

她心里有些茫然懊悔。

但是很快，她又坚定下来，她跟韩风认识的时间毕竟不长，有些东西只限于表面，还需要多多了解才行……

回到家里。

一个保安在门口守着，见陈曦回来了，马上找借口走了。

陈曦检查了一下，家里没有掉什么东西，可是门锁已经弄坏了，只能虚掩着，不能上锁，而且门框也有些变形。

韩风给换锁师傅打电话，催促他们早点过来。

陈曦看着乱成一团的家，眉头紧紧皱起来，准备动手收拾，韩风马上阻止："你就别乱动了，躺在沙发上睡一会儿，这些交给我。"

"可是……"

"如果你当我是朋友就别见外。"韩风十分认真。

"好吧。"陈曦靠在沙发上，裹着空调被，拿起手机看看微信，已经有几十条消息没有回复了，她开始一一回复。

韩风先是去厨房倒腾了一下，然后开始收拾屋子，忙里忙外的，十分娴熟，可见也是经常做家务。

陈曦拿着手机，却在默默地看着韩风，心里一股暖流涌上来。

这些年，万彬从来就没有做过家务，哪怕是她生病的时候，他也没有照顾过她，他对这个家来说就像一个过客。

虽然他是与她同床共枕十几年的夫妻，虽然这套房子也写了他的名字，但他从来就没有尽到主人翁的责任。

而此时此刻，刚刚相识几天的韩风却在尽心尽力地照顾陈曦，为她处理好一切。

陈曦写作常常需要研究人物性格和心里想法，对于人性也算是了解得很透彻了，现在，她不禁在想，韩风这么做到底因为他性格就是这么重情重义，愿意为朋友付出？还是因为他真的很喜欢她？

人与人之间的关系，有时候真的很奇妙。

不一会儿，换锁的师傅来了，看了看情况，跟韩风说门框变形有些严重，就算换了锁也不太安全，建议换一个门，但是因为这个尺寸比较特别，门得定做，最快也要明天下午才能拿过来。

韩风跟陈曦商量了一下，让师傅去准备，还叮嘱他要换一种瑞典的指纹密码锁，不要普通锁……

韩风似乎对这些很熟悉，门的尺寸材质款式，锁的品牌型号功能都了解得一清二楚，师傅称赞道："你一看就是内行人啊，放心，我一定按照你的意思给你最好的东西。"

"行，那就麻烦你了。"

## 35. 为她守候

师傅走后，韩风把门关上，还用一把椅子抵在门后，然后对陈曦说："粥煮好了，给你炒两个菜，晚上简单吃点。"

"啊？"陈曦根本就不知道韩风煮了粥，还准备给她做晚饭。

韩风在厨房忙碌起来，陈曦走过去，看到他在打鸡蛋，砧板上还放着切好的西红柿。

"你怎么起来了？去躺着吧。"韩风回头对她笑笑，"感冒了可不能受凉。"

"冰箱里好像没什么菜。"陈曦有些尴尬，"这几天星星不在家，我都没下厨。"

"还好，一盒鸡蛋，一个西红柿，一根黄瓜，还有小米椒和大蒜，已经足够弄两个小菜了。"韩风娴熟地做准备工作。

"没想到你还会做菜。"陈曦倚靠在冰箱上，静静地看着韩风。

"常年单身的男人必须得学会照顾自己，不然天天吃外卖，肠胃受不了的。"

"嗯。"陈曦看着韩风忙碌的背影，心里不禁有些动容，这几年，她没日没夜地忙碌，自己生病了就只能硬撑着，从来没有享受过被照顾的感觉，现在忽然有个人愿意为她做这些，让她十分感动，封闭许久的心微起涟漪。

很快，韩风就准备好了晚餐，陈曦坐在餐桌前，看着简单朴实的饭菜，心里暖洋洋的。

只是两个很简单的菜，谈不上什么手艺，但是在陈曦看来却是这些年她吃过最好吃的晚餐。

已经有多少年没有被人这样照顾了？

虽然她的原生家庭谈不上富裕，但结婚之前她在家里也是饭来张口、衣来伸手，不会做饭不会做家务，结婚之后倒是被逼得什么都会做了，顽强地承担起沉重的家庭责任，可惜她的付出从来就没有被认同过。

其实万彬最让人痛心的就是不懂得感恩，把陈曦的付出都当作理所当然，从来没有一句认同的话，也从未关心过她，所以陈曦才会越来越冷漠，渐渐地，什么都不愿意为他做了……

眼前这个男人，陈曦什么都不曾为他做过，他却在默默地照顾她，守护她，让她十分感动。

但是同时，陈曦也在心里提醒自己，每一段感情的开始都是美好的，缺点、矛盾、问题总是要在后面才会暴露出来，所以……她还是应该谨慎起见，不要太早投入感情。

想到这里，陈曦强行压制住内心的波澜，让自己变得平静下来。

韩风给陈曦夹菜，陈曦也只是轻声说谢谢，都没有抬头看他一眼。

他有些失落，不知道自己是不是哪里做得不够好。

吃完晚饭洗了碗，已经晚上十点了，孤男寡女夜深人静独处一室，气氛难免有些尴尬，陈曦鼓起勇气说："这么晚了，你回去吧，今天谢谢你。"

"门没有弄好，你一个人在家不安全。"韩风脱口而出。

陈曦心跳加速，他这意思……

"呃，我是说，你可以回房间休息，我在客厅帮你守着。"韩风马上解释，"我睡在沙发上，有什么风吹草动马上就会醒过来，毕竟是当过兵的人。"

"这怎么行？这不合适。"陈曦马上拒绝。

"呃……"韩风看到陈曦拒绝得如此干脆利落，态度很是坚决，也就没有再说什么，洗好碗就只好起身准备离开，"那我先走了，你拿一张椅子抵在门上，我去跟保安说一声，让他们多盯着这边。"

"好。路上小心。"

"别担心，有保安盯着，不会有事的，早点休息。"

"好的，晚安。"

陈曦送走韩风，心里踏实多了，刚才她真的有些紧张，她甚至在想，如果韩风坚持不走，她该怎么办？

虽然韩风完全是一个值得信赖的人，可她还是缺乏安全感，缺乏对人的信任，大概是刚刚经历一场失败的婚姻，所以有些患得患失吧。

这个时候，她不禁想起了欧阳风华说的那个离婚封闭期，也许再过一段时间，她就好了。

陈曦搬了一把实木椅子抵在门边，觉得还不够，又把钢琴椅搬过来挡住，重重防备，然后把所有灯都打开，电视也打开，想着这样的话，如果有贼来了，以为家里有人，也就不敢闯进来了。

可即便是这样，陈曦还是不敢去洗澡，也不敢睡觉，她拿了晾衣竿放在沙发边，还拿了一把铁锤放在触手可及的地方，然后才抱着枕头躺在沙发上。

其实她依然头晕眼花，浑身乏力，还有些疲惫，很想关灯睡觉，却又不敢。

手机叮铃一声收到微信，陈曦打开一看，正是韩风发来的："安心休息，别怕，你很安全。"

看到这句话，陈曦心里一阵触动，回复道："开车注意安全。"

"我知道！相信我，你非常安全，睡吧，别胡思乱想！"

"晚安。"

陈曦没有跟他多聊，怕耽误他开车，不知道是因为他发来的短信安抚了她，还是他给予她一种心理慰藉，她居然真的不再害怕了，渐渐入睡。

一夜无梦，早晨很早就醒过来，陈曦看着门前的椅子还好好的，没有半点儿被推动的痕迹，于是放下心来。肚子空空如也，起来洗漱，下楼去买早餐。

陈曦轻手轻脚地搬开椅子，打开家门准备出去，看见一道熟悉的身影在电梯前慌忙按着按钮，陈曦下意识地大喊："韩风！"

韩风背对着她，僵持在电梯按钮上的手不知所措，电梯门从顶楼下来，现在才终于打开，里面买菜的大妈问："进来吗？"

韩风摇头。

电梯门又关上，韩风尴尬得简直想找个地缝钻进去。

"这么早，你就过来了……"陈曦的话刚说完，看到门口地毯上的痕迹，她心里一惊，错愕地问，"你该不会……"

"我，我，我刚刚过来的。"韩风吞吞吐吐地说，"想看看你怎么样了，然后……"

"叮！"电梯开了，一个保安走出来对韩风说，"七栋三单元后面那辆棕色卡宴是你的吧？在那里停了一个晚上，把人家的车堵死了，麻烦你过去挪一下，业主要开车去上班。"

韩风捂着额头，原本想找个借口忽悠过去，没想到……

"你昨晚没走？"陈曦不敢置信，"你该不会在这里守了一夜吧？"

"咳咳，我，我先去挪车，顺便给你买早餐。"韩风逃也似的进了电梯。

"没错，他昨晚一直守在这里。我想着你家的门被弄坏了，上来巡视一下，正好看到他，差点把他当成贼了……"

"走了，那么多废话。"韩风把那个保安拽进电梯。

"做好事怎么不承认呢？不承认，姑娘怎么会知道你的心意？"

## 36. 打小三

　　电梯里，韩风黑着一张脸问保安："你怎么知道那辆车是我的？"

　　保安得意地挑着眉："我昨晚巡逻遇到你的时候，看到你拿着卡宴的车钥匙，所以就猜到那辆车是你的。"

　　"你们小区应该不止我一个人开卡宴吧？昨晚回来的时候我还看到一辆。"

　　"的确不止你一个人开卡宴，但是这么好的车，如果是业主的，肯定会有地下车库。临时停在路面上的就是你这种散户。"保安笑嘻嘻地凑过来，"你说我是不是很有观察力？"

　　韩风本来有些窝火，看保安这扬扬得意的样子，又没了脾气："嗯，有前途！"

　　"哈哈哈……"保安大笑。

　　陈曦心里波涛汹涌，复杂难言，韩风昨晚真的在门外守了她一晚上？真的吗？

　　她想着昨晚他走了没多久就给她发过两条微信——

　　"安心休息，别怕，你很安全。"

　　"相信我，你非常安全，睡吧，别胡思乱想！"

　　当时看到这两句话，陈曦心里就暖暖的，有一种莫名的安全感，可是现在想想，或许这种安全感并不是一种心理问题，而是有人在门外彻夜守护着她。

　　韩风很快就买了早餐上来，笑嘻嘻地招呼陈曦："我买了豆浆油条，还有包子稀饭，快来趁热吃。"

"你昨晚真的在门外守了一夜？是真的吗？"陈曦很想证实这个问题。

"这个不重要，来吃早餐吧。"韩风扯开话题，"我借用一下你的洗手间。"

然后他就去了洗手间……

后来陈曦还想追问，可韩风总是避开话题，没有正面回答。

再后来换门的人就来了，韩风跟着打下手，监工，忙里忙外的，没有顾得上跟陈曦聊天。

下午门锁就弄好了，实木门加上瑞士密码锁，加起来九千二，陈曦听到这个数目都惊呆了，韩风倒是很淡定，拿出手机准备付款，陈曦马上拦住他，自己用微信付了款。

换门锁的师傅对陈曦解释这套门锁有多么好，还叮嘱她将保修卡收好，如果有什么问题会有售后服务。

陈曦送走了师傅，将保修卡放起来，韩风有些不好意思地解释："抱歉，之前没有跟你商量就直接定了这种，我是觉得，家里用的东西就要用好一些的。况且这个关系你和孩子的安全，还是要用安全系数高的，要不然以后随便来几个人就能把门给踹开，多危险！"

"我知道。"陈曦微微一笑，"这个道理我懂，你看我家里的电器家具等用品都还不错。我只是没想到那把锁要那么贵。"

"这款锁比较好，我家里也用这种。"

韩风又跟陈曦详细讲解了一下使用方法，陈曦很快就掌握了。

这时候已经是傍晚五点，韩风接到一个电话，晚上有事，他得走了，可是他不放心，说要去给陈曦买点吃的放在家里，陈曦说刚才收到欧阳风华的微信，她马上要过来。

韩风没有多说什么，叮嘱陈曦记得吃药，然后就匆匆离开。

陈曦看着他走进电梯，脑子里还在想，昨晚他到底是不是真的在她家门口守了她一个晚上？

欧阳风华带来了在外面买的蔬菜粥、点心还有小菜，窝在沙发上看着陈曦吃东西："你这布艺沙发坐着真不舒服，我推荐一个牌子的沙发给你，性价比很高，不贵，你把沙发换了吧。"

"不用了，星星天天在沙发上跳来跳去，什么画画颜料都往沙发上抹，再好的沙发都会被她毁掉，还是等她长大了再换吧。"

"也对。"欧阳风华点点头，"对了，我让唐笑跟你们物业联系，调出那几个肥婆的资料，准备起诉她们。"

"不用了吧。"陈曦并不打算报仇，"昨天那事虽然窝火，但是人家已经道歉了，而且也做出了相应的赔偿，打官司挺麻烦的，我不想折腾。"

"亏得韩佳佳整天视你为偶像，说你坚强勇敢气势如虹屌炸天，其实你就是个怂包，都被人骑到头上撒尿了，你居然还能忍，你脑子没毛病吧你？"

欧阳风华向来快言快语，说话出口成章，妙语连珠。

"那不然呢？真要打官司？"陈曦白了她一眼，"你要想打就全权代理，反正我不出席。"

"你……"欧阳风华正要说话，楼下传来一阵喧闹声，好像是有人在吵架打架，她眉头一皱，"你们小区怎么这么乱？"

陈曦听着声音有些熟悉，走到阳台上去看，可不就是昨天那几个抓小三的胖女人！她们拉着一个打扮性感时尚的女人在单元楼下的花坛边大打出手，两个胖女人把那个女人按在地上扒衣服，已经脱得差不多了。

带头的女人，也就是那个正室已经打累了，在旁边咬牙切齿地指挥，恨不得把那小三给弄死，一群女人一边打一边咒骂，语言不堪入耳，现场触目惊心。

一群老头老太太在旁边围观，没有一个人上前劝解，还有人说打得好。

有一位老大爷说再打下去就要闹出人命了，他家老伴马上揪住他的耳朵尖声怒喝："你是心疼这狐狸精了吧？这种人也值得你同情？你是不是也想找个狐狸精？"

"没有没有……"

再也没有一个人敢为那个小三说话。

这时，一个中年男人带着几个保安匆匆赶过来救人，那个正室远远看到他就大喊："杨海生，这狐狸精我今天是收拾定了，你给我滚远一点……"

正室的话还没有说完，男人冲上去就狠狠给了她一个耳光，力气之大，打得这将近两百斤的女人浑身一震，旁边的人都惊呆了。

女人先是愣了一下，随即惊觉过来，大哭起来："杨海生，你他妈打我？你为了一个狐狸精打我？我跟你拼了……"

女人冲过去跟老公纠缠打起来，两个胖女人过来拉架："我们这是打小三，你们两口子打什么呀。"

楼下乱成一团，陈曦没有心思再看下去，关上窗户，转身回到客厅，心里却复杂难言，感慨万千……

## 37. 婚姻关系

"楼下那群疯婆子该不会就是那天围攻你的肥婆吧？"欧阳风华问。

"就是她们。"陈曦叹了一口气，"你看到了，也是可怜人，就不要告她了。"

"这种人不值得同情。"欧阳风华冷冷地说，"发现自己老公有外遇，要么忍，要么滚，打打闹闹有意思吗？你看现在的结果就是那个男人护着小三，当着众人的面对她大打出手，女人的脸都被她丢尽了。"

"确实可悲。"陈曦摇头叹息，"跟男人辛辛苦苦奋斗一辈子，现在生活好些了，男人却外遇。她呢？早就把男人当成唯一的精神支柱，所以才会不顾一切地保卫婚姻，保卫这个家！可惜她用错了方法，最后的结果不仅仅是得不偿失，还丧失了尊严！"

"没错。"欧阳风华老到地说，"以我的经验来看，这个男人很快就会跟她离婚的，最后还是便宜了那个小三。"

"幸好佳佳不在，要不然她又要对婚姻失望了。"陈曦摇头感叹，"最近她看到的都是负能量的东西。其实也有很多幸福的人，我刚收到朋友瓷婚庆典的邀请！"

"什么是瓷婚？"欧阳风华问。

"结婚二十年。他们夫妻感情很好的，十九岁就结婚了，趁着快要跨过四十的日子，举办个Party。"

"这有什么好羡慕的？"欧阳风华不屑一顾，"二十年婚姻，谁知道背后有多少辛酸苦辣？说不定两个人出轨都出成绿王八了。"

"你这人怎么全都是负能量？"陈曦皱眉，"你必须得相信，这个世界上也有美好的爱情和和谐的婚姻！"

"陈曦，你知道我最佩服你哪一点吗？"欧阳风华一脸认真地看着她，"无论遇到怎样的困境，遭遇多少挫折，你始终都能保持一种单纯善良的心态，始终愿意相信美好的事物，对未来充满希望，这一点我是无论如何都做不到的！"

"你怎么跟韩佳佳似的？"陈曦笑了，"前两天晚上，她也坐在你那个位置，一脸认真地称赞我，把我夸得像花儿一样。"

"我是说真的。"欧阳风华一本正经地说，"你看我当了几年离婚律师，见惯了婚姻关系中的尔虞我诈，早就已经不再相信爱情和婚姻了。你呢？亲身经历一个渣男，浪费十几年的青春，为他生孩子，为他操持一个家，累死累活，可他却从未承担起自己的责任，还对你家暴，逼得你不得不离婚，居然还倒给他一百万，现在又要一个人带着孩子在陌生城市生活。就这样的人间惨剧，你居然还相信爱情，相信婚姻？我真是服了你了！"

"搞半天你根本就不是在称赞我，而是在挖苦我啊。"陈曦笑了，"我以为你能理解我，没想到你跟苏娆一样，都觉得我吃大亏了。其实我自己真觉得没什么，虽然从情感的角度去看，我好像是牺牲很大，甚至在万彬面前我也说得很委屈很伤心，但人生的路都是自己选的，每个人都应该为自己的选择付出代价。更何况，我只是按照法律规定给他相应赔偿，这没什么问题！"

"像你这么想得开的女人已经不多见了。"欧阳风华叹了一口气，"其实我的客户里有不少事业有成的女强人，很多都比你有钱有能力，她们在离婚的时候也给前夫分了不少财产。可是一个个都怨气滔天，内心不平衡，对前夫百般羞辱，只有你心态平和。"

"这些都过去了。"陈曦微微一笑，"风华，这个世界上没有绝对的公平。很多时候，我们遇到困境，只能笑着面对！要不然能怎么办呢？如果我天天要死要活，痛哭流涕，你又该担心我了。"

"我才不会担心你呢。"欧阳风华白了她一眼，"如果你是那种女人，我压根儿就不会跟你成为好朋友！"

"所以我心态好，想得开，你又来打击我？"陈曦好笑地问，"那你到底想让我怎么样？"

"我这不是在跟你闲聊吗？"欧阳风华心疼地看着陈曦，"我看着那些肥婆的泼妇劲儿，那天没少折腾你吧？"

"已经过去了。"陈曦不想提这件事，"我反而觉得那个女人很可悲。现在很多关于打小三的新闻，让人唏嘘不已。何苦呢！"

"男人出轨成为常态，逼得原配像猛虎一样捍卫自己的婚姻，难道以后的婚姻都得靠暴力保护吗？这种女人最没出息了。要是换成我，直接离婚，打打闹闹有什么意思？"

"你倒是说得轻松。出轨的男人就像掉在屎上的钱。你有钱有能力，自然不稀罕；那些没钱没能力，或者一生只守护这一张钱的女人，不要说屎了，就算是油锅，她也会捡起来！"

"哈哈，这个形容好。不过有时候我真是搞不懂。你说女人柔弱一点儿嘛，家里没有地位，老公看不起，就要出轨；女人要是独立能干一些，男人又觉得没有存在感，还是要出问题。这婚后的女人到底要怎么做才能保住自己的家？"

"其实很简单。"陈曦淡淡地说，"夫妻同步就好了。"

"同步？"欧阳风华挑眉，"你是说两个人在事业上同步？"

"不仅仅是事业。"陈曦认真地说，"三观也要同步，如果能够兴趣相投、喜好相近就更好了。你看我那对瓷婚的朋友，他们两口子都是两百多斤的大胖子，资深吃货、驴友、网游迷。只要有时间，夫妻俩就开车自驾游，吃遍各地美食，游遍祖国大好河山。有时候一起打网游，还互相带队打排位。还有，他们俩在教育孩子这方面也是意见一致，如果其中一个人对孩子说太阳从西边出来的，另一个人也会说是。"

"啊？这样都行？"欧阳风华大跌眼镜。

"嗯。"陈曦笑着点头，"刚开始我也觉得奇怪，可是后来我发现他们的孩子活泼聪明，学习好，有礼貌，而且很爱笑！你知道吗？对孩子来说，父母关系和谐比任何知识教育都重要！"

## 38. 欧阳风华的往事

"嗯，这个你比我有发言权。"欧阳风华由衷地感叹，"有时候我真想像你一样，无论发生什么事都能对生活、对爱情充满期望，可惜我做不到。"

"你到底是受到多大的伤害？对爱情这么抗拒？"陈曦很好奇，"肯定不仅仅是职业原因。"

欧阳风华沉默了片刻，终于讲起她的事情……

"我是我爸爸一手带大的，很小的时候，我妈妈外遇，抛弃我和爸爸，我亲眼看着她拖着行李箱上了那个男人的车。当时我爸爸却对我说，妈妈只是选择了另一种生活方式，我们要祝福她。我居然就真的相信了，直到后来我看到他一个人偷偷躲在阳台上哭。一个顶天立地的男子汉哭得像个小孩，真让人心疼。"

顿了顿，欧阳风华苦涩一笑，继续说：

"如果只是这样，可能我也不至于这么排斥婚姻，可是那个女人走了两年又回来了，她在外面的那个男人抛弃了她，她无依无靠，又得了病，无家可归，所以只能回来跟我们过。

"我爸爸花光所有积蓄给她治病，把房子都卖了，那个女人不仅不知道感恩，还总是骂我爸爸窝囊废，当时我十三岁，看到她那样骂我爸，从心里痛恨她。等我爸把卖房子的钱都花光了，她就无法忍受病痛的折磨，跳楼死了……"

"啊！"陈曦十分震惊，她万万没有想到欧阳风华居然有这样的童年……

欧阳风华十分平静，就好像在讲述别人的故事："我们家的亲戚都说我爸是上辈子欠她的，真的是这样，我爸前半辈子都是为她而活，除了有个我，最后什么也没落着！"

"你爸爸很善良。"陈曦由衷地感慨，"他没有把夫妻之间的问题暴露在孩子面前，即使面对背叛，他对你的教育还是积极向上的，后来还选择以德报怨，真的很了不起。"

"是的，我爸爸是我见过最好的男人！"欧阳风华说起父亲满脸的骄傲。

"所以说，婚姻之中有问题的并不是只有男人，有些女人毒起来，比男人更狠。"陈曦感叹。

"你说对了。"欧阳风华十分赞同，"我打了这么多离婚官司，真是看到太多了，婚姻中出问题的还真不全是男人，起码四成离婚是因为女人出轨外遇，或者是败家，当然，过程很复杂，一时之间说不清楚。"

"嗯。"陈曦点点头，"我记得上次在你家看到全家福，感觉你一家人还挺和谐的呢。"

"那张照片上的是我爸爸和后妈。"欧阳风华补充道，"她跟我爸感情很好，对我也很好，说实话，我对她的感情比对我亲妈还亲。"

　　"这又说明了一个道理。"陈曦总结道，"不是每一个后妈都是坏人！"

　　"没错。"欧阳风华点点头，"我后妈嫁给我爸的时候，他还是一个普通酒店的厨子，也是我读高中之后，他的事业才飞速发展，先是当上了米其林的主厨，后来又在美国开了很多家餐厅。所以我才能出国留学，一回国就开这么大的律师事务所。"

　　"这样很好啊。"陈曦想不明白，"既然你爸爸和后妈的感情好，照理说你就不应该受到太大影响了。"

　　"可是我亲妈当年给我留下的阴影已经根深蒂固，永远都无法抹去了。"

　　"你都三十了，不可能没有谈过男朋友吧？"

　　"谈过，我的初恋男朋友，湖南人，我们是大学同学，刚开始两个人的感情好得不得了，可是没有两年就出问题了，我不善于解决情感问题，遇到那种情况就想分手，可他死活不肯，为了表示自己的深情，还把手指头给剁了，鲜血溅到我的眼睛里，那一刻，我真的很害怕，怕自己继承了我妈妈的劣根性，将来会变成她那样的坏女人……所以，我还是不要去祸害别人了。"

　　说到这里，欧阳风华悲凉地笑了，"我从来没有提起过这些事，要不是你今天问我，我也不打算说出来。"

　　"其实你根本就不用这么自责。"陈曦认真地说，"你那个初恋男朋友当时或许是真的很爱你，可是他既然做出这样极端的事情，就说明他是一个十分偏执的人，这样的人很危险，你分手是对的。"

　　"也许吧。"欧阳风华叹了一口气，这时，她的手机响了，看到来电显示，她的眉头皱起来，"陈曦你帮我接一下电话，就说我在跟客户谈事情，没有时间。"

　　"谁啊？"陈曦很好奇，她从来没有见到欧阳风华这个样子。

"我姑妈！"欧阳风华伤脑筋地说，"她老是操心我个人问题，给我在各大相亲网站都报了名，逼着我去相亲，我都快被她老人家给弄疯了。"

"懂了。"陈曦接听电话，谎称自己是欧阳风华的助理，找了个借口糊弄过去，但是欧阳风华的姑妈反复在电话里强调，让她今天一定要给她回电话。

陈曦连连应是，然后挂了电话。

欧阳风华松了一口气，却又愁眉不展："真是无语了，我爸妈一直在国外，倒是不管我这些问题，我姑妈却不依不饶的，非要用她那一套老思想来禁锢我。"

"老人家都这样。"陈曦笑道，"你也三十了，连个男朋友都没有，她肯定操心。"

"我是独身主义，你又不是不知道。"欧阳风华白了她一眼，"快帮我想想办法，老太太不依不饶的，我逃得了一时逃不了一世。"

"这还不简单？"陈曦随口说，"找个男人冒充男朋友回去见你姑妈，她就不会再烦你了。"

"我也想过，可是没有合适的人选啊。我姑妈是川大教授，眼睛犀利着呢，一般人都骗不了她。我身边除了客户之外，熟悉的就只有唐笑了，哪有合适的男人够资格冒充我男朋友。"

"冒充的还要够资格？你这规格够高啊，难怪单身狗。"

"当然，就算只是冒充的，也得配得上我。"

"哈哈哈……"

## 39. 这是我女朋友

陈曦的朋友董董的瓷婚Party在峨眉山一个五星级酒店举办，特地打电话给陈曦，欢迎她带朋友前去参加。

欧阳风华这两天刚好处理完一个案子，不想被姑妈缠着相亲，而且陈曦这两天感冒，开车不安全，所以欧阳风华去给她当司机。

欧阳风华的保时捷帕梅拉舒适度很高，陈曦坐在副驾驶上都快要睡着了，欧阳风华不停地接电话，除了工作上的事情之外，她姑妈也打来了电话。

欧阳风华实在是无奈，但还是得接听，一听到电话那头的声音，她就炸了："不会吧，姑妈，你居然交了五万块给世界佳缘，您是不是有钱没处花？"

"那些地方都是骗钱的你不知道吗？"

"什么正规大公司？什么高富帅？那些都是托，找来骗人的。"

"晕，您怎么不相信我呢？"

"好吧，我现在在开车，明天回去找您。"

挂了电话，欧阳风华气得脸色铁青："这老太太怎么想的？我都跟她说了我是单身主义，她就是不信，非要给我介绍对象，还交钱给相亲网站，我也是醉了。"

"真交钱了？"陈曦眉头紧皱，"看来老太太较真了，你得赶紧想办法解决。"

"怎么解决？"欧阳风华眉头紧皱，"真找个男人回去假冒男朋友？我上哪儿找去？再说了，真要是找到了，她又要催我结婚生孩子。"

"这个就需要一点技巧了。"陈曦打趣地说，"我昨天在网上看到一个段子，跟你这个情况还真有点像。"

"什么段子？快给我讲讲。"

"是这样的……"

陈曦给欧阳风华说了那个段子，欧阳风华兴奋不已，当即就将车子掉头："反正Party是晚上才开始，现在先带你去见见我姑妈。"

"什么意思？"

"这个段子给我启发了。"

"你该不会是想……"

"你就当是帮帮忙吧，本色出演就好，其他的事情我来处理。"

"喂喂喂，这可不行，臣妾做不到啊！"

"救人一命胜造七级浮屠，五万块对我来说不是多大的事儿，可是老太太如果知道自己被骗了，她会上吊的！你忍心看到我再失去一个亲人吗？"

"有这么夸张吗？"

"必须有啊。"

"你是律师，这种事对你来说应该不是什么难题吧？"

"那是当然！把律师证拍在他们桌子上，我就不信他们不退钱。当然，前提是得先说服老太太，要不然我也没办法。毕竟这种相亲网站都是正规注册，打着情感的招牌牟利，游走在法律边缘，不好处理。"

"可是那些托儿难道不属于诈骗？"

"托儿当然是诈骗的，但他们是情感诈骗，法律很难管理情感诈骗。"

"好吧，我懂了！"

欧阳风华十年驾龄，开车技术比陈曦高了不知道多少倍，二十分钟就到了欧阳姑妈家。

老太太以前是川大教授，退休之后在家养花喂鸟，打打麻将，跳跳广场舞，有时候跟老爷子出去度度假，日子过得悠闲自在，悠闲悠闲就是太闲，于是开始关注后辈们的生活。

老太太就一个儿子，早就结婚生子，按部就班的过日子，似乎没有什么可以操心的。

于是老太太就把眼光放在欧阳风华身上，在她眼中，一个三十岁的老姑娘，不结婚，不找男朋友，这就是不正常的，自己的亲侄女不正常，她怎么能袖手旁观呢？

必须要好好管管。

下午两点，老太太刚午睡起来，听到门铃声，打开家门看到欧阳风华，不由得喜出望外："华华，快进来。"

"姑妈，我带了个朋友过来。"欧阳风华搂着陈曦的肩膀走进来，先是跟老太太问候寒暄了一番，随即介绍道，"姑妈，这是我女朋友陈曦。"

"好，快坐，我去给你们切水果。"老太太热情地招呼，待反应过来，她又觉得怪怪的，"女朋友？"

"是啊。"欧阳风华单刀直入，毫不委婉，"其实我今天过来是有一件事想跟您说。"

"什么事？"老太太盯着欧阳风华的手，她一直亲密地搂着陈曦，一副男人的姿态，感觉怪怪的。

陈曦小鸟依人地靠在欧阳风华的怀里，两人之间的关系很复杂很奇怪。

"您不是一直问我为什么不找男朋友吗？"欧阳风华靠坐在沙发上，在陈曦额头上用力亲了一口，"其实我喜欢女人，这个就是我女朋友！"

"啊？"老太太整个人都惊呆了，好半晌才反应过来，"华华，你，你说什么？"

"姑妈，您知道，我十七岁就跟我爸去美国了，美国那边咱们中国不一样，对于感情这种事都比较开放。我呢，可能是天生的，也许是后天的……反正很早就发现自己跟别的女孩子不一样……"

欧阳风华观察着老太太的脸色，稍微放低音量，"我不喜欢男人，我喜欢女人……"

"你……"老太太脸色煞白，捂着心口瘫倒在沙发上，"不，不可能，不可能！"

欧阳风华乖乖闭嘴，小心翼翼地观察老太太的脸色："姑妈？您没事吧？"

陈曦心里忐忑不安，生怕老太太心脏病复发，血压升高……万一出点儿什么事可就麻烦了。

老太太颤抖着手端起茶杯，咕噜咕噜喝了几大口水，平复好自己的情绪，尽量平静地说："不可能，我不相信，你以前都谈过男朋友的，怎么可能是同性恋？你一定是嫌我烦，所以故意找个女孩过来骗我对不对？"

"您那么聪明，我骗得过您吗？"欧阳风华无奈地叹息，"其实您早就应该看出来的，您看，我的助手就是娘娘腔，我穿的衣服都是中性的，我从来不留长头发，从来不跟异性交朋友，这些都足以说明我的性取向……"

"别说了，别说了。"老太太细思极恐，忽然放声大哭，"华华，你，你怎么会这样啊！"

陈曦低着头，压根儿就不敢抬头看老太太。

欧阳风华倒是依然淡定自若，马上进入正题："姑妈，您把世界佳缘的合同拿给我，我去给您把钱要回来，别浪费了！还有，以后别再给我张罗相亲了……"

"呜呜……"老太太一边哭一边回房拿合同，步伐蹒跚，很是悲伤。

出门后，陈曦往欧阳风华胳臂上打了一巴掌，低喝："万一气病了怎么办？"

"放心，我姑妈身体好得很，没有心脏病，没有高血压，嘿嘿……"

## 40. 父母之情

欧阳风华做事向来雷厉风行，当下就拿着合同去世界佳缘的总部把钱给要回来了。

刚开始世界佳缘的人不肯退钱，欧阳风华直接把律师证往桌子上一拍，几条法律条例摆出来，合同漏洞挖出来，对方马上就把钱退给她了。陈曦平时算是比较强悍的，但是现在看到欧阳风华，才知道什么是人外有人，天外有天。

欧阳风华的强悍不仅仅在于她雷厉风行的个性、炉火纯青的专业技能，还有她对事物的把控能力。从她们在车上聊到这件事情到现在解决完所有问题，加起来就耽误了不到两个小时的时间。下午四点钟，欧阳风华把一切都处理好之后，马上开车赶去峨眉山。

陈曦由衷地赞叹："你太厉害了，这么快就解决了所有问题。"

"我做事情不喜欢拖拖拉拉，最好一次性搞定，你不也是这样？"欧阳风华打开天窗，让风吹进来。

"我处理外界的事可能会比较果断，但对家人和亲人就比较优柔寡断，没办法像你这样雷厉风行。我说你可真够行的，你就不怕你姑妈被你气出病来？"

"哪有那么不经吓的，我姑妈没有心脏病，老年人嘛，可能多少有点高血压，但也没那么夸张。再说了，我姑妈这个人我太了解了，她平时就很注重养生，说明她是一个怕死的人，而且她年轻的时候经历过很多很多的事情，包括当年我亲生母亲的事，她都是亲眼所见的，她不会被这么点儿小事情给吓到的。"

"这还是小事？"

"人生除了生死之外，没有大事。"

"可是你这种方式真的能行吗？能骗得了多久？"

"能骗多久是多久，我就想清静清静。再说了，等她过段时间反应过来，知道我是骗她的，她就会知道我这种抗拒的决心有多么坚决，也就不会再烦我了！"

"好吧，不过你姑妈应该会跟你父亲沟通这些事，到时候你要怎么跟你父亲交代？本来就只有你姑妈一个人催你，现在加上你父亲，恐怕问题会更麻烦……"

陈曦的话刚说完，欧阳风华的手机就响了，正是他父亲打过来的。

欧阳风华接听电话，直接开了免提："爸爸！"

"你在搞什么鬼？又撒谎骗你姑妈？"电话那头的欧阳爸爸并不是太急切太激动的语气，倒是很平静地质问。

"姑妈整天逼着我去相亲，今天还跑到世界佳缘交了五万块，加入一个什么高富帅相亲团，我身为律师，怎么能看到她上当受骗？当然要想个办法把钱给要回来。当然啦，同时也能让她打退堂鼓，不要再逼我去相亲了。"

"我就知道你这德行，可是你有没有想过，你要是把你姑妈气出病来该怎么办？"

"不会的，她老人家最多就是哭一场，不会有什么大碍的。再说了，她整天为我的事情操心，反而会得忧郁症，长痛不如短痛，一次性给解决了，我们都乐得清静！"

"行行行，你是律师，我说不过你。但是我警告你，以后不能再这么玩儿了，你要是真的觉得你姑妈唠叨就跟我讲，我去跟她沟通嘛。"

"你要是能沟通好就没这么麻烦了。算了，我不跟你说了，我开车呢，你跟妈妈还好吧？"

"我们挺好的，明天准备去丹麦玩几天。你不要再刺激你姑妈了，有空去看看她，她刚才打电话哭得可伤心了，还质问我怎么把你弄成这个样子，我哄了她一个小时，嘴都说干了。"

"她那思想顽固得很，我是说不通她的。"

"是啊，我倒是觉得无所谓，你喜欢男人女人是你的事情，你开心就好，不过要注意安全卫生哦！"

"噗——"正在喝水的陈曦一口水喷出来，呛得不停地咳嗽。

"怎么？你身边有人？"欧阳爸爸听到了陈曦的声音。

"我朋友，就是陈曦，我跟你提过。"

"你该不会是打开免提了吧？"欧阳爸爸有些尴尬，"会不会吓到她？"

"不会，刚才就是她冒充我女朋友骗姑妈。"欧阳风华故意问，

"对了，老欧，我要是真有这种取向，你会怎么样？该不会也像姑妈那样放声大哭？"

"我刚才都说了，你开心就好，注意安全！"

"哈哈哈……"欧阳风华大笑，"陈曦，你听见了？"

陈曦已经哑口无言，在她的认知里，上一辈对子女的婚姻和感情的问题都管得比较严，就算偶尔遇到一些比较开明的，也不会像欧阳爸爸这样开放。他居然还能接受女儿是同性恋？陈曦真是觉得不可思议，难道就因为一直在美国生活，思想比较Open？

挂断电话，欧阳风华得意地说："你看我爸是不是很开明？我这一辈子最庆幸的就是有这么好的一个父亲，无论我做什么他都支持我。当初我在国外也混得挺不错的，有一份很好的工作，自己一个人住一套公寓，偶尔周末回去看看他们。

"后来临时决定回国，你知道原因是什么吗？就因为我休假的时候想吃成都的火锅，于是第二天就买了票回来，发现成都现在发展得真的很不错，然后我就留下来了，所以大家都说成都就是一座来了就不想离开的城市。

"当时我姑妈也是劝了我好久，可我爸爸就全力支持我，帮我开了这家律师事务所，问都没有多问一句。这些年不管我做出什么样的决定，他都毫无理由地支持我。从来不会像其他长辈那样将自己的思想强加在我的身上。

"所以我和我爸沟通非常轻松，不管有什么想法，我都可以直接跟他讲，在他面前从来都不需要隐瞒、避讳什么。因为我知道，不管我发生什么，想做什么，他都会无条件支持我。"

"唉，我真的很羡慕你，我到现在都不知道该怎么跟我爸妈说我离婚的事情。当初我要跟万彬结婚的时候，我父母就不同意。就因为这样，这些年，我们来往得很少。现在我离婚，我都没有告诉他们，我倒是不介意他们打我骂我，但是他们两老可能会在家里吃不香睡不着，然后以泪洗面……"

## 41. 情逢对手

"我现在终于明白你和万彬的死亡婚姻为什么会拖那么久了，你在这种传统家庭中成长，自己的思想也是很传统很保守，对婚姻生活循规蹈矩，不到万不得已的时候，你都不会破釜沉舟。

"你所有的强悍坚强其实都是被生活逼迫出来的，当然，也是因为你这些年孜孜不倦地奋斗，整个人都提升了几个阶层，对生活有了新的见解，所以才不堪忍受那种错误的关系。

"而我就是真的无所畏惧、随心所欲，想做什么就做什么，从来没有什么顾忌。

"因为我有一个好父亲，有一个坚强的后盾，无论我做什么他都支持我，所以我不想结婚就不结婚，不想谈恋爱就可以不谈恋爱，哪怕我真的是同性恋，我爸也不会鄙视我。

"我这样的人就是活得没心没肺，甚至有些自私自利，但那有什么关系呢？人生短短几十年，就是要为自己而活。而你呢？做什么事情都要考虑周围人的感受，习惯性地忽略自己的感觉。

"为了保护自己、保护家人，你不得不像一头母狮子冲在前面。而我的坚强独立，则是我无所畏惧的个性，这就是我们两个人的区别。

"可是陈曦，我真的希望你能活得轻松点儿，为自己而活，不然真的太累了！"

陈曦笑了笑，没有说话，其实这些问题她又何尝不知道？

有时候她也觉得自己活得很累，太过于在意其他人的感受，就会被别人忽视感受。

有时候她很羡慕欧阳风华和苏娆，她们俩就从来不在意外界的评判，不在意其他人的眼光，所谓的道德伦理原则底线，从来都比不上她们自己的感受。

可惜陈曦永远都做不到这一点。

或许每个人都有自己的选择吧，虽然羡慕其他人的生活，虽然知道那样会更轻松更随意，但陈曦也无法改变，毕竟她是一个有责任的人，她有孩子，也有父母需要她的照顾，哪怕是累一点也无怨无悔。

两人一路开车来到峨眉山，赶到的时候已经是晚上六点半了。

陈曦的朋友董董在酒店门口等着她们，招呼两人先回房间洗漱一下，然后去宴会厅，晚宴已经开始了，全都是盛装打扮，围坐在圆桌边就餐，舞台上有人在跳街舞。

陈曦看到其中一个背影觉得有些眼熟，很像龙七，可是灯光昏暗，她并不能确定，宴会厅很多人，气氛十分热闹，她就没有多想，跟欧阳风华一起先入席。

这一桌都是女人，陈曦一个都不认识，女人们闲聊起来，话题离不开老公孩子，大家表面上各抒己见，其实都在暗中较劲儿，谁都想占领上风，在一群人当中产生优越感。

陈曦发现她们很少提到自己的工作，反而说到老公工作的比较多，仿佛老公在事业上的成就就是她们的成就，说来说去她们都一致认为做得好不如嫁得好。

女人即使有工作，也是为了这个家，为了男人而努力奋斗。

欧阳风华听得直翻白眼，随便吃了点东西就跟陈曦去了吧台，喝酒看演出，这个时候，街舞已经结束了，舞台上的灯光暗了下来，主持人宣布马上有重磅演出。

欧阳风华看了看手表，低声对陈曦说："差不多走了吧，没什么意思。"

"好。"陈曦也不想逗留，"我去跟董董打个招呼。"

"我陪你一起去，打完招呼我们就走。"

欧阳风华跟着陈曦一起去找董董，这时，台上响起了劲爆的音乐，陈曦扭头一看，台上灯光亮起，聚光灯下，龙七率领他的乐队在演奏。

然后，主人董董和她老公带着两个孩子一起上台跳舞，两个两百多斤的大胖子带着两个小胖子边跳边唱，虽然五音不全，但也跳得有模有样，一家人默契十足，整个宴会厅都洋溢着笑声。

气氛顿时燃起来，台下一片欢呼，所有人都在为他们欢呼鼓掌。

"这还有点儿意思。"欧阳风华顿住脚步，微笑地看着舞台，"从这里可以看出他们一家人是真的很幸福。"

"是啊，很羡慕。"陈曦由衷地感叹。

"哟，那不是龙七吗？"

"是他。"陈曦看着龙七，唇边扬起了温柔的弧度，龙七在舞台上仿佛会发光一样，身上有一种特别的魅力。

"我没看错吧？那是苏娆吗？"欧阳风华指着舞台惊呼。

陈曦顺着她手指的方向看过去，果然是苏娆，她穿着一身红裙子，打扮得十分妖娆养眼，站在舞台边挥舞着荧光棒为龙七欢呼喝彩，眼中满是崇拜仰慕的光芒。

"她怎么会在这里？"欧阳风华疑惑地问，"她也认识董董？"

"她不认识，龙七认识。"陈曦微微皱眉，"可能是龙七带她来的。"

"她该不会是真的在追龙七吧？"欧阳风华深深地看着陈曦，"你对龙七到底有没有感觉？"

"我对他就是兄妹知己，真没有男女之情。"陈曦认真地说，"说实话我不担心龙七，我担心苏娆，龙七是个花花公子，换女人如换衣服，就我知道的已经十几二十几个了，苏娆如果真的陷进去了，迟早会吃亏的。"

"这你就不要瞎操心了。"欧阳风华冷笑道，"我看苏娆和龙七是半斤八两，情逢对手，你说龙七换女人如换衣服，苏娆不也一样？就算他们之间真的发生什么，那也是她自己的选择，谈不上伤害。"

"可是……"

"你就不要管那么多了。"欧阳风华打断陈曦的话，"都是成年人，而且都是单身的，即使发生点儿什么也很正常，你以为每个人都像你这样保守？"

"也许吧……"陈曦点点头，苏娆和龙七经常说她太过于保守古板，现在欧阳风华也这么说，可能她是真的想多了……

"走吧，我看主人很忙，一时半会儿没时间打招呼，你给她留个言就好。"

"嗯。"

两人上车没多久，陈曦就接到了董董的电话——

"陈曦，你在哪儿呢？"

"我走了，刚才看你忙就没有打扰你。"

"怎么走了？龙七知道你来了，不知道多高兴，正在到处找你。"

"我感冒不太舒服，就先走了。祝你瓷婚快乐，礼物我给你放前台了！"

"好吧，知道你最近发生一些事，今天能来就不错了。客套话我就不多说了，等以后空了再聚一聚。"

"好。"

"等一下，龙七有话要跟你说。"

"不说了，我开车。"

陈曦直接把电话给挂了。

## 42. 希望他能懂

"你到底是不是真的对龙七没有那层意思？"欧阳风华严肃地问，"我怎么觉得你是在吃醋？"

"神经病，怎么可能！"陈曦毫不犹豫地回答。

"那你挂什么电话？"欧阳风华好笑地说，"龙七是你兄弟，又不是你男人，他玩女人关你什么事？你失落什么？"

"喂，你是律师，说话怎么这么难听呢？"陈曦瞪着她。

"那好吧，我换一种说法。"欧阳风华问，"如果今天龙七带来的不是苏娆，而是别的女人，你还会拒绝跟他通话吗？"

陈曦仔细想了想这个问题，认真地回答："不会。"

"嗯？"欧阳风华很意外。

"以前龙七也带了好多女朋友跟我一起吃饭，上次那个还带到我家里来了，我也没有什么感觉，还劝他好好对待人家。但是说实话，今晚看到他跟苏娆在一起，我真的有一种失望的感觉，说不清楚为什么。"陈曦自己也在思考原因。

"看到兄弟跟闺蜜搞在一起，心里不舒服？"欧阳风华眉头一挑，"这大概就是自己种的白菜被自己家的猪给拱了，心里不爽又不能打不能骂。"

"你这什么比喻？"陈曦白了她一眼，"大概是因为他们俩平时都是在爱情里伤害别人，现在却要互相伤害，让我心里不安吧。我总觉得他们在一起不会有什么好结果，无论是谁受到伤害，我都会难过。"

"拉倒吧，你这圣母心赶紧给我歇了，瞎操心。"欧阳风华没好气地说，"人家老妈子喜欢操心儿女的个人问题，你比老妈子还婆妈，居然操心起朋友的个人问题。我跟你说过多少遍了，每个人都有自己的选择，他们都是成年单身男女，真要是发生点儿什么，也是你情我愿，你瞎操什么心呢？"

"好好好，我知道了。"陈曦连连点头，"开你的车，别啰唆了。"

"我带你去九眼桥喝酒。"

"啊？九眼桥那种地方还是不要去了吧。"

"什么叫那种地方？很正常的酒吧好吗，你别看新闻里说的那样乱七八糟的，那都是意外事件。你刚离婚，应该多出去走动走动，透透气，不然回到家会发霉的。"

"好吧，听你的安排。"

车上，陈曦的手机响了，是龙七打来的电话，她没有接听。

欧阳风华带着陈曦去九眼桥喝酒，陈曦的酒量很不好，喝了半杯威士忌就有些醉醺醺的，手机又有来电，陈曦依然没有接听。

两人玩到深夜十二点，唐笑过来帮欧阳风华开车，陈曦今晚没有回家，住到了欧阳风华家里，半夜手机又响了几次，她已经睡着了。

唐笑伺候完两个女人之后就走了，欧阳风华经常半夜出去泡吧，喝醉了就打电话叫他去代驾，这种生活他已经习以为常，所以一切都是那么娴熟，临走之前还在电饭锅里定时煮了红枣小米粥，等欧阳风华明天早上醒过来的时候就能喝了。

陈曦的手机一直不停地振动，直到完全没电关机，睡得昏昏沉沉的她根本不会想到这个晚上会发生什么。

欧阳风华永远都是活力十足，昨晚喝得烂醉如泥，今天早上依然精神抖擞，一大早就起床洗漱换衣服化妆吃早餐，准备去律所。

陈曦从房间出来的时候已经八点，揉揉眼睛问："你今天还要去律所？"

"今天要去见一个重要客户。"欧阳风华给陈曦倒了一杯牛奶，"我在浴室放了一套新的洗漱用品，给你用的，然后我衣柜里的衣服随便挑来穿，等会儿喝点儿粥，晚上等我回来一起吃饭，我大概四点多能到家。"

"不用了。"陈曦摇摇头，"我得回家了，今天下午要去接星星。"

"那我送你？"

"你去上你的班，我坐地铁回去。"

"好吧，那我等你一起下楼，你去收拾。"

"嗯。"

陈曦的手机已经没电了，回到家充了电才发现昨晚龙七给她打了很多电话，她心里忐忑不安，不知道龙七是不是真的有什么重要的事情。

想了想，陈曦给龙七回了一个电话，手机很久才有人接听，电话那头传来一个慵懒的女人声音："喂——"

是苏娆！

陈曦整个人都僵住了，现在是早上九点半，龙七通常都在睡觉，而且电话那头的声音慵懒疲惫，还带着一种异样的暧昧……

难道昨晚他们？

"喂，喂……"电话那头喂了两声，似乎觉察到了什么，紧张得脱口而出，"陈，陈曦？"

随即，电话就挂了……

听着电话那头传来的忙音，陈曦的心情很复杂，说不上是什么滋味，想起欧阳风华的劝解，最后只是深深地叹了一口气，什么也没有问。

万星星离开家里很多天，今天终于接回家，陈曦陪着她去看了一场电影，又在外面吃了一顿饭，晚上回到家一起洗澡阅读听故事，又聊了一会儿天，十点多才把她哄睡着。

回到自己的床上，陈曦准备处理一下稿子，手机收到微信，是韩风发来的："睡了吗？"

陈曦给她回了一条消息："还没。"

"我刚到上海，明天去香港，你和孩子有没有什么需要的东西？我带给你们。"

这就像是出差的丈夫对妻子说的话，让陈曦心里莫名的温暖。

接着，微信里又发来语音："我是不是问得太唐突了？其实我应该先跟苏娆和佳佳了解清楚你和星星的喜好，然后直接把礼物买回来，这么问你似乎有点傻。"

听到这句话，陈曦轻轻地笑了，用文字回复："不傻……"

后面本来有一大串话，陈曦想要表达自己对于他的这种行为并不反感，而是很欣赏，可后来想想，这么发出来的话不知道是不是太过于刻意了，于是，陈曦就把后面的话全部删除了，只留下了"不傻"两个字。

希望他能懂！

"那就好！我昨天一个人去看了一场电影，不知道你看了没有，还蛮有意思的……"

两人在微信上畅聊两个小时，仿佛有说不尽的话题。

## 43. 感情问题

韩风每天都给陈曦发微信，仿佛总有聊不完的话题。

韩风的生活经验很丰富，陈曦无论是在工作还是生活上遇到的难题，只要跟他讲了，他总能给出很好的处理方案。

他的细心周到体贴让陈曦倍感温暖，渐渐地，她开始习惯他的存在，习惯他每天无微不至的问候呵护，习惯他为她出谋划策、解决一切烦扰，习惯听他的声音、看到他微信头像上多一个红色的标志……

有时候陈曦给他发微信，他很久没有回复，她会有些失落，等到他回复了，她又会欣喜不已……

她不知道这种感觉算不算动心。

万星星好多天不在家，落下不少功课，陈曦这几天都在家里陪她做暑假作业，补习功课，有时间自己也要写些稿子。

最近这段时间，欧阳风华都在忙着处理一个大官司，韩佳佳回家之后一直没有跟陈曦联系。

苏娆和龙七默契地消失了，两人都没有跟陈曦联系，朋友圈都不发了，也不给其他朋友点赞和评论。

陈曦心里明白，他俩肯定发生了关系，大概是不知道该怎么面对她，所以才会选择逃避吧？

其实他们都是她的好朋友，如果是真心相爱，能够好好在一起，陈曦也会祝福他们，但陈曦很担心，他们只是一时冲动。

苏娆虽然现在对龙七痴迷，但热度很快就会被龙七浇灭，因为他们两人都是那种今朝有酒今朝醉的放荡者，谁也不愿意牺牲自己照顾另一个人。

苏娆单方面的热情只能维持一段时间，根本无法长久，他们一旦分手，最后也只能是形同陌路，或者反目成仇，毕竟中国的年轻男女并没有开放到发生过关系还能若无其事地当朋友。

想到这些，陈曦就忐忑不安，可是想起欧阳风华的劝解，她也只能劝自己不要管太多。

欧阳风华说得对，大家都是成年人，每一个人都要为自己所做的一切付出代价，她作为朋友实在不方便干涉，就由得他们去吧。

暑假期间，陈曦几乎无法好好写稿子，每天白天都陪着万星星，总有忙不完的事情，就算万星星偶尔能够自己玩，那点碎片时间，陈曦也无法集中精力写作，只想倒在床上挺尸。

到晚上万星星睡着了，她才有属于自己的时间，撑着一天的疲惫勉勉强强写个一章更新出去，维持着更新。

每天都有读者在书评区抱怨她更新慢，她也只能视而不见。

既然白天的时间无法工作，陈曦就打算利用起来，她带着万星星在小区游泳池报了亲子游泳班，既可以陪伴她，又可以一起学习生存技能。

陪伴和学习两不误，也算是一举两得。

转眼半个月过去，万星星学会了蛙泳和自由泳，陈曦的蛙泳也游得勉勉强强，两人的课时终于上完了，计划着出去旅行，这个时候，韩风从香港回来了。

短短半个月，陈曦和韩风的关系在微信聊天中拉近了一大步，再次相约见面，感觉完全不一样了，昔日拘谨的两个人，现在可以对视而笑，相处起来亲切自然。

韩风在餐厅定了位置，邀请陈曦带孩子一起共进晚餐，可最后陈曦是一个人来的。

"孩子呢？"韩风很意外。

"跟她爸爸去看电影了。"陈曦坐下。

"嗯，是该多走动。"韩风点点头，"大人之间的事情不要影响孩子。"

"我只有两个小时时间，所以吃完饭得尽快赶过去接她。"陈曦轻声说。

"这么急？"韩风有些失落，"我还想着我们去看一场电影呢，最近出的一部电影不错，我朋友写的剧本。"

"下次吧。"陈曦歉疚地说，"今天肯定不行。"

"好吧。"韩风给她倒了一杯水，"其实下次可以带星星一起来，我们一起吃饭，一起看电影，适合孩子看的动画片，我也挺喜欢的。"

"嗯。"陈曦回应了一声，没有多说，其实她是特地找了个借口让万彬带万星星去看电影，因为她很坚定地认为，在她还没有跟一个男人确定关系之前，不能让孩子参与进来，否则以后若是分道扬镳，对孩子则是一种很不好的影响。

两人一边用餐一边闲聊，还像微信上一样有说不完的话题，只是一顿饭还没有吃完，陈曦的手机就响了，是万彬打来的电话，她跟韩风打了个招呼，拿着手机出去接听电话——

"怎么了？"

"这个电影不好看，星星要提前回去，是你来接，还是我送回去？"

"你把电话给星星，我问问她。"陈曦觉得奇怪，什么叫电影不好看？万星星看电影从来没有中场退出，今天也太奇怪了。

"妈妈。"电话那头传来万星星的声音，"我不想看了，我要回去。"

"怎么了？"陈曦急忙问，"是不是不舒服？"

"不是，我就是不想看了。"万星星很急躁，"我现在就要回去，你在小区门口等我。"

说着，万星星就把电话给挂了。

陈曦眉头紧皱，其实终止约会不是什么大不了的事情，在她心中，孩子永远都是摆在第一位，可她总觉得万星星今晚的反应有些奇怪。

难道是万彬在她面前说了些什么？

已经顾不了这么多了，陈曦回到餐厅跟韩风解释："不好意思，我现在得回家了，星星马上要回来，我得回去等她。"

"怎么这么急？"韩风有些错愕，"是不是出什么事了？孩子不舒服？"

"不是。"陈曦不知道该怎么跟韩风解释，"抱歉，我得回去了，晚点微信上跟你说。"

话刚说完，陈曦就拿着包包匆匆离开了……

"陈曦，我送你回去……"

韩风追出去，却只看到陈曦火急火燎的背影，他只得顿住脚步，失落地望着她离去……

## 44. 交朋友的权利

陈曦匆匆忙忙赶回家，在小区门口等了半个多小时，万彬才不紧不慢地带着万星星步行回来，完全没有刚才在电话里的那份急切。

"怎么回事？"陈曦皱眉看着万彬。

"刚才在电话里不是已经跟你说过了吗？"万彬一副不耐烦的语气，"星星不想看电影，觉得没意思，吵着要回家。"

陈曦不想跟他多说，转目看着万星星，万星星嘟着小嘴，板着脸，一脸的不高兴。

"星星，怎么了？"陈曦蹲下来问，"吃晚饭了没？"

"你还管我吃没吃饭？你自己玩得开心就好了。"万星星怒气冲冲地瞪着陈曦。

听到这句话，陈曦大惊，扭头看着万彬。

"别看着我，我什么都没说过。"万彬摊摊手。

"好了，我们回去吧。"陈曦牵着万星星回家，"跟爸爸再见。"

万星星看都没看万彬一眼，一脸怒气的往小区走去。

"到底怎么回事？"陈曦觉得万星星今天很奇怪。

"应该问你自己。"万彬深深地看了她一眼，转身离开。

陈曦快步追上万星星，带着她回了家。

回家之后，万星星就进了自己房间，还把房门关上，不知道在里面干什么。

陈曦走过去开门，发现房门反锁了，她心里燃起一种危机感，立即找来钥匙打开房门，发现万星星裹着被子，趴在床上抽泣。

这是陈曦第一次看到孩子这样，她心里十分恐慌，不知道自己做错了什么，慌忙问："星星，你这是怎么了？有什么事告诉妈妈好不好？妈妈很担心你。"

万星星不说话，哭得更伤心。

陈曦急了："你是不是受欺负了？你快告诉妈妈！"

万星星从枕头里抬起小脸，泪眼模糊地看着她："妈妈，你最爱的人是谁？"

"什么？"陈曦不明白万星星为什么突然问自己这个问题，她想起跟万彬刚离婚的那会儿，万星星也曾这么问过她，当时她回答说最爱的人是万星星，可万星星却说："妈妈，你最爱的人应该是你自己，因为你只有爱自己了，才能更好地去爱别人。"

当时陈曦十分感动，时隔多日，万星星又再次问起这个问题，陈曦心里却是忐忑不安……

"你最爱的人是那个叔叔。"没等陈曦回答，万星星就激动地怒喊，"你每天晚上都跟他聊微信，你以为我睡着了，听不见？其实并没有，我都听着呢。"

陈曦愣住了，她原本不想让万星星知道自己跟韩风的事情，所以处处都很小心，没想到万星星还是知道了。

陈曦低估了一个七岁孩子的心思，她以为万星星不懂大人之间的感情问题，没想到她什么都明白。

同时，陈曦也忽略了离婚给孩子带来的伤害，当初离婚时，万星星那么理解她，让陈曦十分感动。

离婚之后，她们母女的生活跟之前几乎没有什么变化，所以陈曦一直以为不会有什么问题，没想到一些关系的转变还是给万星星带来了无形的伤害。

今天只是她跟韩风的第一次约会，她小心翼翼地保守秘密，不让万星星知道，不希望自己的个人问题影响到万星星，没想到最后还是忽略了万星星的感受……

"你为什么不说话？"万星星哭着质问，"你爱上了别人，以后就不会再爱我了对不对？"

"不是的。"陈曦捧着万星星的脸，耐心地解释，"妈妈承认这段时间经常跟一个叔叔聊天，但妈妈跟那个叔叔只是好朋友，并不是什么爱，就好像你跟你的小朋友会一起玩游戏一起看动画片，你需要小伙伴，妈妈也需要朋友。"

"那你告诉我，你今天晚上是不是跟他一起出去吃饭了？为什么不带我去？"万星星愤愤地问。

"我是跟他一起出去吃饭了，没有带你去是因为大人有大人的话题要聊，就好像有时候你跟你的小伙伴玩游戏，不希望被妈妈打扰，妈妈不也是给你们自由空间了？"

"那如果我不喜欢他呢？你要怎么办？"万星星偏着脑袋问。

"那妈妈问你。"陈曦反问，"如果妈妈不喜欢你的朋友，比如说恺恺，你会怎么办？"

"你为什么不喜欢恺恺？"万星星急了，"他是我最好的朋友。"

"所以呢，我也会这么问你，你为什么不喜欢我的朋友。"陈曦笑了，"如果你说得有道理，并且是对的，那么我也会接受你的意见，以后不跟这个朋友来往了。"

听到这句话，万星星沉默了。好一会儿，她偏着小脑袋问："如果你不喜欢恺恺，并且说出有道理的理由，那我也要接受你的意见，不再跟他玩了吗？"

"星星。"陈曦温柔地抚摸她的头发，"你有你的想法，你喜欢跟谁玩，想要跟谁做朋友，你心里有分寸。而且你是孩子，妈妈是大人，我们想法不一样，妈妈不能以自己的尺度来衡量你，妈妈应该尊重你的决定。除非妈妈很清楚地知道你这个朋友是坏人，否则，妈妈不会干涉你的自由。"

"那……"万星星终于明白了，"我是不是也不应该干涉你？"

"你的意见，妈妈都会慎重考虑，如果你实在不喜欢妈妈的朋友，妈妈会考虑跟他们的友谊要不要持续下去，但是妈妈希望你尊重妈妈，也给妈妈一些空间，就像妈妈永远都给你交朋友的权利。

"你看，妈妈从来不会让你只跟学习好的同学玩，你喜欢跟谁玩，那是你的自由，妈妈什么时候管过你？

"还有，就算以后妈妈真的喜欢上一个人，也不会影响你在妈妈心中的地位，你要知道，你是妈妈的孩子，是独一无二的宝贝，是任何人都无法代替的！"

听到这些话，万星星扑到陈曦的怀里，紧紧抱住了她，好一会儿，她抬起小脸说："妈妈，对不起，以后我也会尊重你交朋友的权利！"

## 45. 最好的方式

陈曦给万星星煮了她喜欢吃的面条，给她洗头发洗澡，给她讲故事，等她睡着的时候，已经晚上十点半了。

陈曦回到房间，电话在响，是韩风打来的，她挂断电话，用文字回复微信："孩子刚刚睡着。"

"抱歉，吵到孩子了吗？"韩风也回文字。

"没有，我在自己房间。"陈曦关掉手机所有声音。

"你还好吗？家里是不是出了什么事？"

"没事，就是孩子要回来了，家里没有人，所以我只得提前回家。"

"没事就好。其实下次真的可以把孩子带出来一起吃饭，孩子喜欢吃什么我就安排什么，还可以找一个适合小孩的主题餐厅……"

"我要去洗澡了，你早点休息，晚安！"

陈曦发完这句话，放下手机去了浴室。

她打字的时候看到韩风的头像旁边的正在输入，知道他还有话想说，可她没有给他机会，她不知道这份冷漠会不会让他受打击，她心里有些不安，可是对万星星的愧疚感还是战胜了这份不安……

虽然她并不觉得自己交往朋友是什么错，但她还是对孩子有一种愧疚感，今晚万星星的话让她感触很深，她必须好好想想以后该怎么应对这样的事情。

洗完澡出来，陈曦看了手机，韩风撤回了三条微信，还有两条："是不是我做错了什么？""抱歉，我说太多了，晚安！"

陈曦可以想象到韩风的忐忑不安以及小心翼翼，也许他输入了很多很多字，有很多疑惑想要弄清楚，可最后他都删掉了，怕惹她不高兴，怕自己失礼，最后就全部删除，只留下这两句话，等待她的回应。

陈曦打了一行字："你没有做错什么，是我没有处理好……"

话没说完就删除掉，重新打了一句"别胡思乱想，我明天联系你"。

又删了，拇指放在屏幕上，却不知道该说些什么。

想了想，最终陈曦还是什么都没有说，直接退出对话框，打开欧阳风华的名字："睡了吗？"

"没有。"欧阳风华难得回复这么快，"这么晚找我，有事？"

欧阳风华很了解陈曦，她是一个耐得住寂寞的人，没事不会随便找人聊天，通常这个时间，她都是敷着面膜，看看书，听听音乐，准备睡觉，毕竟第二天还有一大堆事情等着她。

"不知道该怎么说……"陈曦打了一排句号，代表自己复杂的心情。

很快，欧阳风华的电话就打过来了，陈曦吓了一跳，急忙拿着手机走到阳台上接电话，还把声音压得很低："你怎么打电话过来了？"

"星星还没睡？"

"睡了。"

"睡了你担心个毛，小孩子的瞌睡没有那么容易醒。"

"好吧。"陈曦走过去看了看小房间，万星星睡得很沉，她安心了些，走到阳台躺在摇椅上讲电话，"你平时不玩手机的，每次给你发微信，你都是很久才回复。怎么今晚这么有空？"

"我今天认识了一个有趣的人，在跟他聊微信，正好你发过来，所以就秒回了。"

"有趣的人？是男的吧？"

"嗯，一个很有趣，也很有本事的男人，是我的偶像。"

"哟，你难得这么称赞一个男人，太阳从西边出来了。"

"凡事都有例外的嘛。除了我老爸之外，我最敬佩的人就是他了。"欧阳风华的声音有一种轻松喜悦的感觉。

"真难得！"陈曦心里明白，欧阳风华一定是对那个男人动心了，这是个好兆头，不过陈曦并没有多说，感情这种事如同美酒，自己在心里慢慢酝酿就好，不必急着拿出来分享解析，除非出现问题。

"说说你吧，今晚跟韩风的约会不太顺利？"欧阳风华问。

"你怎么知道我跟他约会？"陈曦很意外，她并没有告诉任何人。

"韩风发了朋友圈，虽然很含蓄很委婉，但我一眼就认出来那是你常去的餐厅，不是跟你约会还会是谁？"

"好吧……"陈曦叹了一口气。

"看来真的不太好。说说！"

"情况是这样的……"陈曦把整件事情的经过告诉欧阳风华，包括万星星和她的对话。

听完这些，欧阳风华反问："你现在什么心情？"

"怎么说呢？"陈曦想了想，"有些沉重，有些不安，也有些愧疚……"

"愧疚就不必了，你没有做错任何事。陈曦，以前苏娆老爱骂你道德婊，这话虽然难听，但有时候你真的有些过于用传统道德来束缚自己。一个离婚女人跟单身异性接触是再正常不过的事情，而且你从一开始就考虑得十分周到，为了照顾孩子的感受，为了避免自己的感情对孩子造成不良影响，你每一步都走得小心翼翼，这还不够尽职尽责吗？一般人根本就做不到这一点。"

"可是……"

"你先听我把话说完……我知道，你因为离婚的事情已经对孩子心存愧疚，现在孩子因为你个人的感情问题受到了小伤害，所以你内心不安，甚至拒绝跟韩风靠近。

"可是你想过没有？你这样做就是对孩子负责了吗？你这是在逃避问题。正如你自己所说，每个人都有交朋友的权利，你不会干涉孩子的交友原则，现在你是要让孩子干涉你了吗？

"你跟孩子讲的那些道理很对，你的教育方式很赞，这一切你都做得很好，为什么还要让自己心里背着包袱呢？你应该放开一些，勇敢地去接触那些值得你交往的异性朋友。

"你要明白，你的人生不是孩子的附属，你应该有自己的人生。你不仅仅是一个母亲，你首先是一个独立的个体，你需要朋友，需要爱情，你不可能一辈子单身，总有一天你会遇到一个愿意照顾你、保护你的人。

"万星星总得面对那一刻。当然前提是这个男人得对你和孩子好，还得跟你的孩子和睦相处。但你都不去接触，又怎么会遇到合适的男人？"

## 46. 生活的变化

听到这些话，陈曦沉默了，欧阳风华说的这些道理她都懂，其实她并不是退缩，她只是在想，应该用什么样的方式才能更好地权衡两者之间的关系。在想好解决方案之前，她不知道该怎么面对韩风……

"好吧，对于孩子的教育问题，我不太懂，恐怕帮不了你。但我相信你一定可以解决好，你是一个好母亲，也是一个聪明的女人！这点小问题难不倒你。我只是希望你对自己好一点，不要给自己太多束缚！"

"我知道了，早点休息。晚安。"

"安。"

挂断电话，陈曦躺在床上想了许久，终于想通了一些事情，知道接下来该怎么做了……

小孩子忘性大，万星星睡一觉起来什么都忘记了，一大早自己睡醒了就去开网络电视搜《蜡笔小新》来看。陈曦睡得迷迷糊糊的，听见蜡笔小新在唱大象歌，一咕噜翻起来，跑过去关电视，然后跟万星星讲了一大堆的道理，教育她不可以看这个动画片。

万星星小嘴一撇，不屑地说："妈妈，你不要把我当小孩子，我已经七岁了，是二年级的学生，我懂得男生女生之间的差异。我是不会学习蜡笔小新的，我只是喜欢看他天天很开心的样子。"

听到这句话，陈曦哑口无言，她忽然觉得自己真是太不称职了，万星星什么时候懂得这么多道理，她浑然不知……

这段时间，陈曦天天在家陪孩子，欧阳风华继续忙碌，龙七和苏娆继续玩消失，倒是韩佳佳给陈曦打了个电话，说她已经从重庆回来了，在一家证券公司当文员。

韩风又出差了，这次是去横店，他写的剧本要开拍，他得去跟剧组半个月。他依然每天给陈曦发微信，将自己所有的生活细节都跟陈曦分享，每天吃些什么，穿什么衣服，处理什么样的工作，还有在剧组遇到的一些有趣的事情都会告诉她。

两人总有聊不完的话题，只是比起以前那些风花雪月的浪漫情怀，现在更多的是聊些现实生活，比如孩子的教育问题，比如工作问题，比如将来的打算……

到目前为止，陈曦与韩风三观一致，对未来的规划一致，甚至对孩子的沟通和教育问题也一致！陈曦觉得，等到韩风再次回来的时候，她已经可以试着让万星星跟他接触接触了。

　　大概是因为快要步入恋爱的原因，陈曦开始在意自己的外貌。她年轻的时候清纯美丽，有很多追求者，婚后很快就怀孕了，生完万星星身材并没有太大变化，几个月就瘦了下来，那时候身材还不错，皮肤也好。只是后来，生活的操劳在她脸上增加了很多岁月的痕迹，肤色暗沉偏黄，略微有些松弛，还有很多斑点，身材也有些走形，春秋冬季的时候穿上衣服看不出来，一到夏天，肥肉就无法遮掩地钻出来。

　　以前她从来不在意这些，但是现在，她开始注重打扮了。不过光是打扮还不够，还需要有一个完好的身材。于是，陈曦办了一张健身卡，还请了个私教，每天除了陪万星星游泳做作业之外就是去健身，日子过得十分充实。经过半个月的锻炼，陈曦感觉自己的精气神得到了一定的改善，只要继续坚持下去，她的身材就会恢复从前那样苗条紧绷……

　　转眼就到了八月，万星星一直吵着要出去旅行，说是老师布置了假期游记，要把暑假期间旅游的事情记录下来，到下学期开学的时候看看谁写得最精彩，如果她没有去旅行就写不出来，写不出来就完成不了暑假作业，完成不了暑假作业就会被老师批评，被同学们嘲笑……

　　陈曦一听这些就头疼，她们小时候哪有什么旅行游记？每年春游，全班同学一人背一书包零食，到离学校一公里的山上郊游放风筝就是旅行了，那种记忆对孩子们来说已经很难得很开心了。

　　陈曦当然知道，多带孩子出去走走也是好的，让孩子多见见世面，将来才会成为有远见的人。

　　只是学校这种规定未免让她感到疑惑，如果遇到那种工薪阶层的家庭呢？且不说有没有经济条件带孩子去旅行，万一夫妻两人都要上班，哪里有时间？

　　但是转念一想，能够上得起这所小学的，家庭条件都不差。

　　万星星他们班上起码有三分之一同学的妈妈都是家庭主妇，专职带孩子辅导孩子作业，就这样还经常发朋友圈抱怨，说累死累活。

要知道现在学校有太多事情需要家长配合，一个忙于工作的家长根本就没有时间辅导孩子，到最后就是工作做不好，孩子的作业也辅导不好，两头都出问题。

比如万星星，她班主任语文老师、数学老师、英语老师已经好几次找陈曦谈话了，说万星星的作业做得一塌糊涂，字写得十分难看，二年级了，二十六个英语字母到现在都默写不出来……

每次陈曦就像一个做错事的孩子，连连点头应是，说自己会好好辅导孩子，让孩子尽快跟上节奏。

其实她心里就在想，二年级的孩子学业就这么重，至于吗？

以前她初中才开始学习英语，小学四年级都认不了多少字，数学更是只会一百以内的加减法，考试考到80分就兴高采烈。

现在万星星都已经可以像大人一样阅读没有拼音的书籍，千以内的加减法基本没有问题，乘除法虽然还不能完全掌握，但是她已经很努力了。

平时测试考试90分上下浮动，每次都被老师说拖班级后腿，期末考试开了挂一样，语文考了100分，数学99，英语90，还要被英语老师数落，为什么语数进步那么大，英语就不可以？家长是不是不重视英语？

当时陈曦实在是忍无可忍，笑着说："对不起，Lily老师，我觉得我们家星星的成绩已经非常优秀了，完全超出了我的期望值，说实话她现在掌握的英语单词量比我还多，还能基本对话，我除了thank、sorry、shit之外啥都不会说……"

当时老师气得脸都绿了……

## 47. 案 例

陈曦打算等到八月中旬带万星星去泰国旅行，现在东南亚这些小国家旅行比国内性价比高，特别是在暑假这种旅行高峰期，两个人去一趟泰国也就七千多块，去三亚等地方反而更贵。

虽然这么想有些过于实际，似乎失去了旅行的意义，但是现在的陈曦不得不精打细算了，毕竟她有五十多万的漏洞没有填满，想想就头疼。

离度假还有九天，陈曦带着万星星出去购物，买各种方便凉快的衣物，准备去泰国的时候可以穿。

万星星是个懂事的孩子，帮陈曦挑选衣物，一副小大人的模样，服装店的销售员夸赞不已。

母女俩选了很多衣服，准备去附近的甜品店吃点东西休息一下，万星星忽然大喊："苏苏阿姨。"

陈曦顺着她指的方向看过去，真的是苏娆，她跟两个女孩一起逛街，提了几大袋衣服，有说有笑。

"苏苏阿姨好久都没来找你玩了，之前她一个星期要来好几次呢，原来是有新朋友了。"万星星装模作样地感慨，"原来大人也喜新厌旧，我还以为只有小孩才会这样。"

"每个人都会有很多朋友，这个没空就跟那个玩，很正常的，这不叫见异思迁。"

"可我希望我的朋友能够一直跟我好。"万星星嘟着小嘴，"之前罗月月天天找我玩，现在她都跟赵小涵玩，都不来找我了，我都没朋友了。"

"你不是还能跟恺恺玩吗？"陈曦笑着问。

"恺恺是男生，不能跟我一起玩过家家，也不跟我玩娃娃，而且就他一个人都不好玩。"万星星一脸的委屈。

"那你就要多交一些朋友呀，你们班上不是有很多同学都住在我们小区的吗？你有空就多找他们玩，有好吃的好玩的都跟他们分享。"

"……"

陈曦虽然这样教导万星星，但是自己心里其实也有些失落。

她还以为苏娆是因为龙七的事情无法面对，将自己封闭起来了，现在看来，苏娆还是像以前一样过得有滋有味，只是不想见她罢了。

其实陈曦早就料到会有这么一天，有些关系一旦发生了变化，就会产生隔阂，再也回不去了……

晚上欧阳风华打电话来提醒陈曦尽快跟万彬办理房产手续，她这次接的官司就是离婚夫妻财产纠纷，昔日枕边人现在对簿公堂，连十岁的孩子都要出庭作证。

陈曦问了一下具体情况，欧阳风华简单地解释："离婚协议分割好了财产，男方补偿女方三十万，房子孩子归男方，女方在三个月之内协助他办理房产过户手续，然后男方再把钱给她。可是一个月的时候，女方以急用钱为由让男方先把三十万转给她，现在一年时间过去了，女方一直拖着不肯配合男方去房管局办理手续，男方多次沟通无果，只好把她告上法庭。"

"这女人为什么不肯配合男方办手续？"陈曦不解地问，"既然离婚协议书上都已经写了房子归男方，那在法律上就代表跟她没关系了，她死拖着不办手续也没用。"

"法律上房子是男人的，但是房产手续没办好，男人就不能买卖房子，也就无法置换。另外，这些手续没办好，钱又给了，任谁心里都不踏实。"

"可是这个女人到底出于什么理由不肯去办手续？她是不是有苦衷？"

"能有什么苦衷？她就是想拖着这个男人。当初是男人一定要离婚，女人死活不肯离，两人是法院判离的，女人到最后都不甘心。"

"男人为什么要离婚？"

"说起来这个男人也挺可怜，农村出来的穷孩子，拼命工作，三十出头，长得像四十多岁，自己开了两家洗车店，天天亲力亲为，这大热天的皮都晒掉一层，女的好吃懒做，什么都不管，孩子都是男方父母带的，女的每天出去打牌，输了不少钱，长此以往，男人忍无可忍，所以坚决离婚！"

"唉，这个世界上也不全是渣男，渣女也挺多的。"

"言归正传，你一定要尽快跟万彬把房产手续给办了，还有，房产手续没办之前，千万千万不要给他钱，懂吗？"

"我想给也给不了啊，我哪有钱！"

"不跟你废话了，明天先去银行把按揭还了，毕竟房子有按揭就无法分割财产。不过银行那边走程序要两到三周，等到他们程序走完，你还要去房管局办手续，在原来的房产证上去掉万彬的名字，换成现在最新的不动产证。算起来你前前后后最少两个月才能把所有手续办好。"

"这些手续听起来就很麻烦。"陈曦觉得头疼，"恐怕要跑很多次才行。"

"是的，少一样资料你就得再跑一次，所以去之前一定要把所有证件带齐了，包括孩子的户口本和离婚协议书。"

"知道了。"

挂断电话，陈曦的心情不免有些沉重，离婚的时候就是去民政局办了一下手续，虽然两个人都已经坚定不移地要离婚，但是在那种地方，心里还是有些难过。

原本以为离就离了，除了每次接送孩子之外，她不会跟万彬有什么交集，可是现在看来，手续没有办完之前，他们恐怕还会有很多碰面的机会。

深夜，陈曦躺在床上，盯着手机，犹豫了一下，给万彬发了一条微信："我明天去银行办手续，大概两到三周就能办好，到时候麻烦你跟我去一下房管局把手续办了，然后我会把钱转给你。"

很久，万彬才回复："很忙，没空。"

"不是现在，是两到三周，估计要到八月底。"

"这几个月都忙。"

"那你什么时候有空？"

"不知道。"

"……"

看到万彬这样的态度，陈曦心里十分不安，她想到了欧阳风华那个案例，想着万彬会不会也像那个女人一样拖着她？

不过万彬还没有拿到那笔钱，他怎么也拖不了太久吧。

可是这样拖来拖去有什么意思？

婚都已经离了，财产分配也都达成协议，木已成舟，什么都无法改变，早点儿解决掉不是很好吗？

## 46. 男人的心思

陈曦正胡思乱想，欧阳风华发来微信："你跟万彬约个时间一起去房管局，这件事千万不能拖。"

"刚才跟他说了，他说没时间。"陈曦把万彬的截图发给她。

欧阳风华马上打来电话："我告诉你，陈曦，他就是想拖着你。你天天问，问到他给出一个准确时间为止！还有，明天马上就去银行走程序，一天都不要再拖。"

"我知道，我是打算明天去银行。不过，你说他拖着我，应该不会吧？我钱都没给他，难道他就不在乎那一百万？"

"一百万重要还是房子重要？你那房子现在已经值两百多万了！再说了，按照我的经验，离婚之后的半年内，所有被迫离婚的那个人都不甘心，他总要想出一些办法来搞搞你。比如拖着你，不配合你办手续，故意给你添堵，这就是一种心理发泄！我今天不是已经跟你讲过那个案例了吗？"

"我知道。"陈曦很平静，"你放心，我知道该怎么处理，我只是觉得万彬不至于这样，他拖着我干什么呢？我近几年之内不打算置换房子，也不打算再婚，我又不着急。反倒是他，房子和钱都在我手上，一百万拖个一年，利息都不少，他就不心疼吗？如果他真的处于一种心理发泄，故意报复我，我无所谓的，按正常程序走呗。"

"好吧，还是你比较淡定。既然你想得这么清楚，我也就不瞎操心了，但是陈曦，你千万千万切记，无论发生什么事，你都不能把那一百万提前给他，否则你就完蛋了。到时候他不配合你办房产手续，你就算起诉他，打官司也得耗个一年半载，烦都烦死你。"

"我知道，太晚了，早点睡！"

挂断电话，陈曦的眉头紧紧皱起来，其实她还有些不安，就好像苏娆常说的那句话，她根本就是死鸭子——嘴硬，要说一点儿都不担心是假的，她只是不想让欧阳风华担心，所以才故作淡定罢了。

第二天陈曦就带着万星星去银行办理提前还款的手续，发现当初买房的时候，中介把她买房时的贷款方式弄错了，以至于利息比她预期中多了两万多。

陈曦又要回家去翻当初的合同，还要打电话去银监会投诉，折腾了两天什么手续都没有办妥，最后她在网上查询资料，发现这种问题不好解决，而且要拖很久，只好自认倒霉，去银行办理了提前还按揭款的手续，然后等着银行那边走程序。

银行的回答跟欧阳风华说的一样，大概要两到三周。

接下来，陈曦每天都会提醒万彬，银行已经在走程序，等他有空就告诉她，他们一起去房管局办理手续。

万彬根本就不回复她。

直到第五天，万彬终于给陈曦打了个电话，陈曦有些惊喜，还以为他想通了，要跟她去办手续，可他只字不提这件事，只是说星星的奶奶很想她，明天来接她去奶奶家住几天。

陈曦在面对亲情的时候总是容易心软，想着她跟万彬离婚已经对万星星造成了伤害。她娘家人都不在成都，身边没有什么亲戚，家里总是冷冷清清，万星星感觉不到家庭温暖，也感觉不到亲情的呵护，要是跟奶奶也疏远了，那就更孤单了。

更何况，大人之间的关系不能影响孩子，她跟万彬虽然离婚了，但万彬和他的家人跟孩子还是血浓于水的亲人，亲人想见孩子，她总不能拦着吧。

于是，在征询了万星星的意见之后，陈曦同意万彬把她接走了。

家里一下子清静下来，陈曦花了点儿时间把各种手续弄清楚，想着等银行手续走完，她好一次性去房管局把手续给办了……

还有一件事情很重要，陈曦现在还了房子的按揭，只剩下四十多万，根本就不够钱给万彬，她必须尽快凑到一百万。

陈曦开始忙得焦头烂额，根本没有时间跟韩风聊天，他每次发微信过来，她都是简单地回应几句，然后就说要忙了，晚点聊，然后就没有然后了，总是忙着忙着就忘记……

这天下午，陈曦正抱着电脑跟网站编辑谈书的事情，忽然传来门铃声，她觉得奇怪，走过去看看猫眼，居然是韩风，她连忙打开门："韩风，你怎么回来了？"

"抱歉，有些唐突。"韩风忐忑不安地看着她，"方便进来吗？"

"快进来。"陈曦打开房门，发现韩风拖着一个行李箱，怀里还捧着一束花，"送给你的。"

"呃……"陈曦非常意外，"怎么还买花。"

"不知道你喜欢什么花，就随便买了。"韩风有些不好意思，"我一下飞机就直接来了。"

"你之前不是说要下周才回成都的吗？怎么提前回来了？"陈曦好奇地问。

"那边的事情结束得早，所以就提前回来。"韩风放下行李箱，深深地看着她，"其实我是因为心里不踏实，想回来当面跟你谈谈。"

"什么？"陈曦愣住了，不明白他为什么突然说这种话。

"陈曦……"韩风鼓起勇气说，"上次约会是我没有考虑周到，弄得你和孩子都不开心，我很抱歉，这段时间我一直在反思，也在学习该怎么跟孩子相处，希望你可以再给我一个机会！"

听到这话，陈曦心头一颤，原来是因为这段时间她没有怎么理会他，让他误以为她已经不打算跟他交往了，所以他才会心神不宁，提前赶回来见她。

"陈曦……"

"你想多了。"陈曦连忙解释，"我这段时间为了房产手续的事忙里忙外的，可能忽略了你的感受，但我并没有其他想法。"

"呃……"韩风怔了一下，终于回过神来，"原来是这样。"

"先不说这些了，你这风尘仆仆的，一定很累吧？"陈曦帮着韩风将行李箱放好，给他倒了一杯水，"先喝点水。"

韩风接过水一饮而尽，把水杯伸过去："我还能再要一杯吗？"

"当然可以。"陈曦又给他倒了一杯。

韩风一口气喝完这杯水，这才稍微缓过来："渴死我了。"

"你晚饭吃了没有？"陈曦问，"没有我去给你做饭。"

"今天一天都没吃东西。"韩风一脸委屈，"饿死了。"

"你可真行，这么大的人了还不懂得照顾自己。"陈曦马上去厨房给他做饭，"你先休息一下，我给你煮抄手，马上就好。"

## 49. 不越雷池半步

陈曦给韩风煮了一大碗抄手，还调制了他喜欢的酱料。

韩风赞不绝口，不停地感叹："好吃，太好吃了。"

"这是我自己包的。"陈曦在旁边削水果，"你慢点吃，没人跟你抢。"

"你太能干了，还会自己包抄手。"韩风由衷地感叹，"真的很好吃，跟外面馆子里的完全不一样。"

"平时我都是一个人在家，懒得做饭，所以就包点抄手。"陈曦将削好皮的水果切成小块放在水晶盘子里，再放上叉子，"等会吃完抄手可以再吃点水果，我就煮了十个，也不知道你够不够。"

"够了。"韩风看着摆放在水晶盘里的水果就像一朵花儿似的，心里更是动容，"一直知道你很能干，现在才知道你不仅仅是能干，还很贤惠。"

"不过是一碗抄手一盘水果而已，怎么就扯上贤惠了？"陈曦轻轻地笑了，"说真的，你要是不够的话，我再去给你煮点面条？"

"够了。"韩风将碗里的面汤都喝光了，"真好吃！"

"看来你真的饿坏了。"陈曦有些愧疚，"你这样匆匆忙忙赶回来就是为了……"

最后那个"我"字，她没有说出口。

"我是担心你因为上次那件事不理我了。"韩风叹了一口气，"我还以为自己不会再为一个人失魂落魄，没想到……"

听到这句话，陈曦怔住了，这算是一种告白吗？虽然认识才短短几月，但她和韩风却是相见如故。

经过这段时间的相处，他的温柔细腻已经深深地打动了陈曦的心。

只是之前两人一直都没有挑明，然而现在，韩风终于正式说出来了，这到底是脱口而出，一时冲动，还是情到深处？

陈曦不知道……

她只知道自己的心跳得很快，很快……

"抱歉，我，我好像有些唐突了……"韩风有些慌乱无措，"我刚才是想说，我，那个……"

他支支吾吾地说了很久都没有说出个所以然来。

陈曦听得面红耳赤，慌忙转移话题："我去洗碗。"

然后，她就借口拿着东西去了厨房……

韩风往自己额头上拍了一巴掌，在心里责骂自己太傻，明明刚才就已经脱口而出了，为什么后来不借着胆子表白，反而还要给自己找借口，弄得好像那些话是说错了一样。

这下陈曦会不会多想？

陈曦一边洗碗一边想着刚才那些事情，总觉得韩风后来那支支吾吾的话好像是想解释自己是一时冲动、脱口而出，这个念头浮现在脑海，她不免有些失落……

正想着，韩风走进厨房："我来洗吧。"

"不用，就一个碗，我已经洗好了。"陈曦没敢抬头看他。

"好吧。"韩风应了一声，观察着陈曦的脸色，试探性地问，"我看现在时间还早，要不要出去看场电影？"

"看电影？"陈曦没想到他忽然提出这样的建议，"不用吧，我还有很多稿子没处理好呢。"

"也好，最近好像都没有什么好电影。"韩风附和着他的意思，"那我跟你一起码字？"

"很晚了，你不回去吗？"陈曦脱口而出，说完之后心里有些懊悔，其实现在才七点多，星星不在家，她完全没有必要这么着急赶他走。

"呃……"韩风很尴尬。

"你别误会，我不是赶你走，只是……"陈曦本来想改口，但还是过不了自己那一关，"其实我觉得这样不太好，我刚离婚这大晚上的收留一个男人在家……"

她一边说一边想着欧阳风华和苏娆的话，觉得自己就是在用道德束缚自己，不要说离婚一个月，就算只离婚一天，她也是自由身，完全感情自由，想做什么就做什么，为什么要想那么多？

她又不是为了别人的眼光而活。

虽然陈曦也在心里责怪自己的固执古板，但转念一想，她还是觉得自己应该慎重，多接触多了解，不想发展得太快。

"好吧，我明白。"韩风有些失落，"那我，我先走了……"

说着，他失魂落魄地往外走，陈曦跟着出去送他，看他提着行李箱劳累奔波的样子，她有些于心不忍："你现在是要回家吗？要不要我开车送你？"

"其实我明天一早就要赶飞机回横店。"韩风终于说出实情，"这边离机场比较近，我回家反而折腾，如果你不肯收留我的话，那我就在附近找家酒店住下。"

"啊？"陈曦听他这么一说就有些愧疚，"你时间这么急，为什么还要回来？"

"为了见你一面。"韩风自嘲一笑，"其实我也觉得自己有些疯狂，活了几十年第一次这么任性。"

陈曦微微低着头，不敢看他的眼睛，心里却扑通扑通乱跳。

"我可以睡沙发，保证不越雷池半步。"韩风做出发誓的样子，"我发誓！"

"可是……"陈曦还想说什么，看到他一脸可怜的样子，她有些心软了，改口说，"好吧……"

"太好了。"韩风欣喜若狂。

"我陪你去看场电影，然后在附近找一家酒店。"陈曦忽然来了个大转折，"就在电影院对面有一家酒店还不错。"

"呃……"韩风的心一下子跌入了谷底。

"这已经是最大限度了。"

尽管有些心软，但陈曦还是不愿意打破原则，毕竟她是一个三十多岁的过来人，不是那种十几岁二十出头的小姑娘。她很清楚，男女之间的那点事就是这么开始的，男人最先都会说保证不越雷池一步，可是只要两个人深更半夜共处一室，场面就无法控制了……

她不想那样。

"好吧。"韩风无奈地妥协，"走吧。"

"行李可以放我家，明天早上我送你去机场，不枉你特地回来一趟。我给你拿个小包，你把今晚要换洗的衣物带上吧。"

"好。"韩风收拾东西。

这时，陈曦的手机忽然响了，是苏姹打来的，但响几声就挂断了，陈曦没有理会，准备去帮韩风收拾行李，这时，韩风的手机也响了，陈曦居高临下，正好看见来电显示，居然是苏娆！

"喂！"韩风接听电话，不知道苏娆在电话那头说了句什么，他的神色有些闪烁，拿着手机去了阳台……

陈曦心里一紧，眉头紧紧皱起来。

## 50. 苏娆出事了

韩风在阳台上讲了好几分钟电话，这几分钟对陈曦来说是莫大的煎熬，她不明白，苏娆为什么会给韩风打电话？她更不明白，韩风接苏娆的电话为什么要避开她去阳台上接？

这大晚上的，苏娆能有什么事找韩风？

还有，韩风今晚临时从横店回来，除了她，应该没有人知道。苏娆这个时候给他打电话，是不是代表知道她的行踪？她为什么会知道？

许许多多的疑问在陈曦脑海里翻滚，让她心乱如麻……

"陈曦！"韩风终于打完电话了，匆匆走过来，"我要急事要出门一趟。"

"什么急事？"陈曦尽量让自己显得平静。

"一个朋友出了点儿事。"韩风的脸色有些凝重，"我得过去看看。"

"我跟你一起去。"陈曦马上拿车钥匙。

"不用不用，我自己去就行了，你一个女人跟着去太危险了。"韩风一边说一边往外走。

"我可以开车送你，现在不好打车。"陈曦心里十分不安，难道是苏娆出事了？

"真的不用，那朋友你都不认识……"韩风脱口而出。

听到这句话，陈曦顿住了动作，他居然撒谎骗她！

"你就在家休息吧，我办完事马上回来找你。"韩风似乎非常着急，"等我回来。"

"好！"陈曦扬起唇角，假装什么都不知道。

韩风走了，陈曦看着紧闭的家门，心里很不是滋味，她不知道这到底是怎么回事，苏娆是不是真的出事了，亦或者说，这只是韩风编造的谎言。

说实话，当初苏娆跟龙七睡了，她心里是有些怪怪的，但远不如现在这么强烈。

如果苏娆真的出了什么事，在绝望无助的时候找到韩风，陈曦不会责怪她，她愿意跟韩风一起去帮助她，但她真的不明白，韩风为什么要瞒着她？

陈曦已经许久没有这种酸酸的感觉了，她失魂落魄地坐在沙发上，翻出未接来电，犹豫了一下，还是给苏娆拨过去，但是对方没有接听。

陈曦心里更是怒火中烧，她的电话不接，却给韩风打电话，苏娆到底安的是什么心？

韩风离开半个小时，陈曦在家里来回走动，坐立不安，她犹豫着要不要给龙七打个电话问问苏娆的情况，或者给欧阳风华打个电话，让她帮忙分析一下……

手机在手上捏着发紧，眉头紧紧绷着。

陈曦犹豫了很久，最终还是没能忍住，给欧阳风华打了一个电话。

陈曦不想让自己犯错误，所以，每次遇到什么破事的时候先跟欧阳风华商量，至少在她脑子发热的时候，欧阳风华可以骂醒她。

可惜电话没有人接听……

陈曦连续打了两次，还是没有人接听。

大概又是去泡吧了吧。

陈曦十分失落，瘫倒在沙发上，心里乱成一团，她实在是忍不住，给韩风发了一条微信："情况怎么样了？见到你朋友了吗？她出什么事了？"

韩风没有回复。

陈曦心里更乱。

她脑子里莫名其妙地闪过苏娆躺在韩风怀里的画面，心里一阵一阵揪着的疼……

她打开微信查看苏娆和龙七的朋友圈，并没有什么新消息。

什么线索都打探不到，她觉得她快要抓狂了。

就在这个时候，欧阳风华的电话打过来了，陈曦马上接听电话："风华……"

"苏娆出事了。"欧阳风华的语气十分冷静且冷漠，"被人扒光衣服，泼了一身鸡血，打一顿丢在春熙路，上百人围观，不知道被拍了多少照片视频！"

"什么？"陈曦震惊得目瞪口呆，"怎么会这样？谁干的？"

"不知道。"欧阳风华冷冷地说，"问她她死活不肯说，也不哭，现在在医院处理呢。"

"在哪家医院？我马上过来。"陈曦急忙去拿包。

"你别过来了。"欧阳风华有些气恼，"她死活不肯让你知道，居然还把韩风叫过来救急，我刚才赶过来的时候，她正躺在韩风怀里瑟瑟发抖呢，这算是怎么回事？她可真是的，韩佳佳气得抓狂，我给她留点面子，毕竟她现在这个鬼样子了。不过她真的很奇怪，有事找你就好了，居然找韩风？真是什么男人都要勾搭一下。"

"你先别生气。"陈曦现在反倒平静了，"我问你，你和韩佳佳也在医院吗？你们是怎么知道的？"

"韩风给韩佳佳打电话，韩佳佳给我打电话，于是我们俩就来了。你给我打电话的时候我正在洗手间，出来准备给你回电话，结果韩佳佳先打过来了。韩佳佳那丫头倒是善良懂事，叮嘱我先别告诉你，我们俩先去看看什么情况再说。所以我到现在才给你回电话。"

"把地址发给我，我现在过来。"陈曦心急如焚，"我已经进电梯了，马上拿车。"

"陈曦……"

"我们姑且不提韩风。苏娆是我朋友，她有事我不能不管。"

"好吧。"欧阳风华把地址发给了陈曦，"你慢点开车，注意安全。"

"我知道了。"

"等一下，韩佳佳要跟你说话。"

"喂，曦姐。刚才欧阳律师跟你讲的话我都听见了。我知道你现在要过来，我就是想跟你说一下，风叔跟苏娆肯定没有什么暧昧关系，要不然他不会让我过去。他刚刚从你家楼道出来就给我打电话，他说苏娆好歹是你朋友，出这么大的事向他求救，他不管说不过去，要是管吧，他一个男人不方便，传出去也麻烦，所以叫上我一起。你可千万别误会他。"

"我知道。"陈曦很平静，"现在不是讨论这些的时候，最重要的是苏娆没事，等我过去再说吧。"

"好好好。对了，还有一件事。"

"什么？"

"风叔说他不是故意瞒着你的，因为苏娆再三在电话里强调不要让你知道，还说如果让你看到她现在这个样子，肯定会鄙视她，所以风叔才……"

"我知道了。"

挂断电话，陈曦的心情很复杂，正如她所说的那样，这个时候她没有心思争风吃醋，只希望苏娆没事。

到现在她都不知道苏娆为什么会被人弄成这样，不过肯定跟男人逃不了干系……

## 51. 关键时刻想到的人

陈曦火急火燎地赶到医院，正好在楼下碰到龙七。

龙七从车上下来，看见陈曦，掉头就想逃，陈曦怒喝："龙七，你是准备这一辈子都不见我？"

龙七顿住脚步，回头怯怯地看着她："我怕你还生我的气。"

"你逃跑就不生气了？"陈曦想知道苏娆现在的情况如何，"别废话了，先上去看看苏娆吧。"

两人一前一后往医院走去，龙七像个做错事的孩子跟在她后面。

进了电梯，里面没人，陈曦才开口问他："这件事跟你有没有关系？"

"我根本就不知道发生什么事了。"龙七回答得很快很果断，"我刚刚从酒吧出来，看到韩佳佳的留言就马上赶过来了。"

"这就奇怪了，不是你，那是谁？"陈曦眉头紧皱，"她最近不是跟你在一起吗？就算得罪人，应该也是你身边那些莺莺燕燕。"

"什么叫跟我在一起？"龙七急忙反驳，"我天天忙着筹备比赛的事情，根本没空理她。算起来除了上次在峨眉山之外，我们就没再碰面。"

"所以呢？"陈曦冷冷瞪着他，"你这是把人家睡了就想甩掉？"

"这件事……"龙七似乎想要解释什么，却又不知道该怎么说。

这时，电梯开了，两人只得先结束谈话，走出电梯。

韩佳佳见到陈曦，连忙迎过来，可是看到陈曦身后的龙七，她马上就脸色大变："龙七，你还是不是男人？你不是说你要追曦姐的吗？现在又把苏娆给上了。还搞出这么多事，真他妈恶心。"

"韩佳佳，你闭嘴。关你屁事！"

"你……"

"行了。"陈曦皱眉低喝，"这里是医院，你们俩别闹了。"

两人互瞪了一眼，没再争吵。

"苏娆怎么样了？"陈曦问。

"其实打得没有多严重，就是皮外伤，只是被人在大庭广众之下剥了衣服，还被泼鸡血，这真是一种侮辱，她心里肯定难受。医生说她不愿意见我们，所以我和欧阳律师都没进去。"

"韩风呢？"陈曦瞟了一眼，病房外没有看到韩风的身影。

"他在里面。"韩佳佳皱着眉，"也不知道苏娆安的什么心，居然让他进去。"

陈曦没有说话，心情却有些复杂，苏娆和韩风的关系什么时候这么亲近了？她竟浑然不知……

"韩风？"龙七也觉得奇怪，"苏娆叫他进去干什么？"

"这就要问你了。"韩佳佳没好气地说，"你的女人你自己不管，现在她老缠着我叔叔，真有意思！"

"谁说她是我的女人了？别乱说。"龙七矢口否认。

"全世界都知道，还需要有人说吗？"韩佳佳把医药费的单子塞给龙七，"欧阳律师给她垫付的，麻烦你还给人家。"

"喂，你……"龙七气得脸色铁青。

韩佳佳厌恶地瞪了他一眼，愤愤离去。

"陈曦，你来了。"这时，欧阳风华从洗手间出来了，"没什么好看的，我准备回去。哟，龙七终于现身了？我还以为你不来了呢。"

"我下去缴费。"龙七跟陈曦打了声招呼，准备下楼。

"费用我已经缴了，你把钱还给我就行。"欧阳风华冷傲地说，"毕竟是你女人，还是因为你弄成这样，她的医药费你应该承担。"

"什么意思？"龙七疑惑地问，"什么叫因为我弄成这样？这关我什么事？"

"龙七，你要是个男人就不要推卸责任。"欧阳风华怒了，"我赶过去的时候，那几个女人一边打苏娆一边骂她勾引男人，还叫她以后离龙七远一点儿，这些话我听得清清楚楚，难道这还不足以说明一切？"

听到这句话，龙七沉默了，想了想，他问："那几个女人长什么样？你听到她们的名字了吗？"

"不知道，当时情况很混乱，我和韩风顾着救苏娆，没留意这些。"欧阳风华冷冷瞪着他，"龙七，你自己在外面惹下的风流债不要连累女人，这太不道德了！"

说着，欧阳风华就进了电梯，"陈曦，苏娆大概也不想见你，你跟韩风说两句话就下来吧。我在车上等你！"

188

"好！"陈曦应了一声，回头看着龙七，"你不打算说点什么吗？"

"我真的不知道这件事。"龙七神色凝重，"不过我会查清楚，给你一个交代！"

"你应该给苏娆交代，不是我。"陈曦深深地看了他一眼，走到病房外敲门。

很快，有人打开房门，是韩风。

看到陈曦，韩风有些慌乱，就好像出轨的男人被妻子捉住，紧张得语无伦次："陈曦，那个，我，我是……"

"她怎么样了？"陈曦显得十分平静，其实心中已经怒火中烧，韩风的慌乱紧张让她气恼。

"呃……"韩风一句话都说不清楚。

陈曦推门走进去，韩风忐忑不安地站在一边，就像一个做错事的人。

苏娆原本靠坐在床上，见到陈曦进来，马上钻进被子里背对着她。

陈曦冷眼看着她，心情如同五味杂陈、复杂难言，既心疼苏娆的处境，又恨铁不成钢，她在心里告诉自己不要生气，可还是忍不住责骂："为什么不听我的话？现在好了？落得这样的下场！"

苏娆一听这话就哭了，裹在被子里低泣。

韩风见她哭了，连忙说："陈曦，你别这么说她了，她现在都已经很难过了……"

"她怎么了？她不该说吗？"韩佳佳愤怒地打断韩风的话，"风叔，你到底是站在哪一边的？曦姐才是你女朋友好吗？你大半夜跑来照顾苏娆，现在还为了维护她指责曦姐，你脑子进水了？"

"佳佳……"

"还有你。"韩佳佳压抑许久的怒火已经燃起来了，指着苏娆破口大骂，"你为什么要给风叔打电话？你不会给你男朋友龙七打电话吗？还有你平时勾搭的那些男人，随便拉一个都能帮忙，为什么非要勾搭闺蜜的男朋友？有意思吗？"

## 52. 重新考虑

"佳佳，你太过分了！"韩风严厉地呵斥韩佳佳，"苏娆是受害者，你怎么能这样责骂她？一个人在生命受到威胁的时候，会向所有能够想到的人求助，这不是什么错。"

"她能在那个时候想到你，也是不容易！"陈曦忽然补了一句。

气氛一下子就僵持住了，韩风也愣住了，他现在才意识到事情的严重性，连忙解释："陈曦，你别误会，我只是……"

"苏娆，好好休养。"陈曦留下这句话，转身就走了。

"陈曦。"韩风连忙追出去，这才发现龙七一直站在门外，两个男人对视一眼，目光充满敌意，但是什么都没有说，一个出去，一个进来。

"陈曦，你是不是生气了？你别误会……"

韩风跟在后面解释，话还没有说完，陈曦就进了电梯，他没能跟上去，急得连忙去按旁边的电梯。

韩佳佳怒火中烧地低喝："风叔，你脑子是不是坏掉了？苏娆跟你什么关系，你要这样护着她？你喜欢的人到底是谁？"

"我喜欢的人当然是陈曦，正因为我喜欢她，她的朋友出事，我才不能不管……"

"拉倒吧你，苏娆出事，就算找不到男人帮忙，她也可以直接找陈曦，她找你算是怎么回事？分明就是想勾引你。"

"你真是不可理喻，我懒得跟你说。"

韩风心急如焚地冲进电梯，韩佳佳连忙跟上去。

陈曦很愤怒，但她不想在人前失控，所以刚才在极力控制自己的情绪。

欧阳风华的车停在楼下等她，陈曦上车坐到副驾上，欧阳风华皱眉问她："韩风没跟你一起下来？"

"他为什么要跟我一起下来？"陈曦满是怒意，"他又不是我什么人。"

"这件事是苏娆的问题。"欧阳风华提起苏娆就脸色暗沉，"她真是可笑，出了事不找自己男朋友，不找其他朋友，居然找闺蜜的男朋友，我就没见过这种女人。"

"她找他帮忙问题不大，关键是刻意瞒着我。"陈曦心里十分压抑，"我真的不明白她怎么想的。"

"怎么想的？龙七不理她，她没有男人可以勾搭了，所以就找韩风呗。"欧阳风华没好气地说，"之前我给龙七打电话，他就说从峨眉山回来之后一直都没有跟苏娆联系。而且那些女人打的时候也在说她对龙七纠缠不清，人家龙七不搭理她，她天天跑到酒吧去找他……"

"算了，不想理会这些事。"陈曦疲惫地托着额头，"对了，你们好像都知道龙七和苏娆的关系？"

"呵呵。"欧阳风华冷冷的笑了，"峨眉山第二天，她的朋友圈就发了床照……"

"什么？"陈曦十分震惊，"这种事还能发朋友圈？"

"她当然不是发艳照，就是她穿着男人衬衫坐在阳台上喝咖啡的自拍照，虽然用的美颜相机，背景有些模糊，但也能看到身后凌乱的床……还写着，金诚所至金石为开，有情人终成眷属！"

说到这里，欧阳风华冷冷地笑了：

"头一天晚上看到她跟龙七在一起，第二天早上发这种朋友圈，而且之前在单身狗聚会上她还对龙七说过这句话。这还不够明显吗？"

"我没有看到她的这条朋友圈，从那天之后，我看她和龙七一条朋友圈都没有发过，也没有在我朋友圈点赞评论，我还以为她觉得不知道怎么面对我，现在想想，可能她把我分组屏蔽了吧。"

"我早就说过，苏娆这个人不值得深交。"

"算了，不想说这些了，走吧。"

"我先打电话问问韩佳佳要不要跟我们一起走。"欧阳风华拿出手机准备给韩佳佳打电话，却发现韩风匆匆跑了出来，后面紧跟着韩佳佳。

"你跟韩风吵架了？"欧阳风华盯着韩风，"说实话，韩风可能有些热心过度，但他也是因为苏娆是你朋友，所以才……"

"我没说他来帮忙是错的，我只是不理解他为什么要瞒着我。"

"他都追出来了，给他一个解释的机会吧，看看他怎么说。"

欧阳风华打开车窗。

韩风快步跑过来："欧阳律师，我能上你的车吗？正好我也要去陈曦家。"

欧阳风华看着陈曦。

"他行李在我家。"陈曦没有看韩风。

"上来吧。"欧阳风华将车门锁打开，韩风和韩佳佳从后面上车。

"怎么你不用管苏娆了？"欧阳风华冷嘲热讽地问，"她还躺在病床上呢，这个时候正需要你的照顾。"

"欧阳律师，我今天过来帮忙纯粹是出于朋友道义，没有别的意思，你们不要误会。"韩风焦急地解释，"我平时都是这样的，哪个朋友有难，只要一个电话，我都会义不容辞。"

"苏娆什么时候成为你朋友了？"欧阳风华启动车子开出去，"如果我没记错的话，你跟她也就见过一两次面吧？噢，如果你们暗中约会过，就当我没说。"

"我怎么会……"

"欧阳律师，风叔不是这种人。"韩佳佳急忙帮韩风解释，"虽然他今晚的行为也让我很生气，可他就是一个热心肠，平时他那群哥们儿有什么事，他也是跑得比谁都快。"

"你都说是哥们儿了，他跟苏娆是哥们儿吗？"欧阳风华没好气地说，"韩风，你说你是怎么想的？你要真是出于朋友帮忙，我能理解，可你为什么要刻意瞒着陈曦？你是看苏娆楚楚可怜惹人疼吗？"

"不是不是，真的不是。"韩风急了，"当时苏娆给我打电话的时候哭得很厉害很慌乱，以我的经验她肯定是出大事了，而且她开口就说不要让陈曦知道，她不想让陈曦看到她狼狈不堪的样子，我也不想让陈曦担心，所以就……"

"所以就瞒着我？"陈曦终于说话了，"韩风，你这样的行为在我看来很不坦诚！"

"陈曦……"

"算了。"陈曦不想再说下去，"我觉得我们没有必要讨论这个问题，或许我们都需要一点儿时间清静清静，重新考虑这份关系。"

"什么意思？"韩风脸色大变，"你这是要……"

"拿了行李就回家吧，我不送了！"

## 53. 注孤生

听到陈曦这句话，三个人都震惊了！

欧阳风华和韩佳佳也为陈曦打抱不平，也对韩风的行为举动感到生气，可是他们没有想到事情会这么严重。

韩风怔了好久才回过神来，整个人都慌了，一句话都说不出来。

"曦姐，你这是要跟风哥分手吗？不会吧？就因为这么点儿小事……"

"好了，佳佳。"陈曦打断韩佳佳的话，"我接个电话！"她接听电话，"龙七，什么事？！"

"我想跟你解释一下……"

"你把事情弄清楚了吗？"陈曦根本就不想听龙七解释，"如果弄清楚了，麻烦你处理好这件事，不要祸害别人。本来你和苏娆之间的事我不想管，可你们是因为我而认识的，她现在弄成这样，我怎么也有点责任，所以就当我唠叨几句吧。

"今天她受了这么大的侮辱，这对女人来说是很大的伤害。还有，今天韩风及时赶去，才没把事情闹大，万一他没去呢？万一闹出人命呢？你这辈子良心能过得去吗？"

"陈曦，我知道今天这件事我有责任，我会处理好的，但我想解释在峨眉山的那天，其实我……"

"那件事与我无关。"陈曦打断他的话，直接把电话给挂了。

欧阳风华看了她一眼，没有说话，韩佳佳却忍不住说："曦姐，今天这件事要怪就怪苏娆，不关风叔的事，你可不能……"

"好了，佳佳。"欧阳风华打断她的话，"你让她静一静吧，有什么事回头再说。"

韩佳佳只得闭嘴，气恼地瞪着韩风，真是恨铁不成钢。

韩风眉头紧皱，什么都没有说。

韩风拿了行李就走了，临走之前对陈曦说了句"对不起"。

韩佳佳本来想在陈曦面前说说好话，可是看到陈曦情绪不好，她只好借着送韩风的理由一起离开了。

欧阳风华给自己和陈曦各倒了一杯水，忍不住说："你会不会太不近人情了？这件事韩风虽然有错，但也不至于就这样判人家死刑啊。"

"也许吧。"陈曦苦涩一笑，"我很讨厌被人欺骗，当韩风欺骗我的时候，我当时心里就凉了。你不知道那一个多小时我是怎么过来的，就像一个怀疑丈夫出轨的女人，满心猜疑，无数种可能性都在脑海里千帆过境。那种感觉很糟糕，我已经很久很久没有过……"

"这说明你很在乎他。"欧阳风华皱着眉，"其实你已经喜欢上他了，所以你更不应该这么轻易放弃。"

"我觉得自己被欺骗被愚弄，我很讨厌这种感觉。"陈曦可笑地说，"一个人在失落无助的时候第一个想到的肯定是自己生命中最重要的人，就算苏娆一时之间联系不上龙七，她也可以联系我，她跟我这么多年的朋友了，交情算是最深的，以前她有事可没少麻烦我，为什么这次会求助韩风？只能说明他们平时经常联络，恐怕韩风每晚跟我聊微信的同时也会跟她聊。"

"苏娆的人品我不予评论，但韩风应该不是这种人。"

"如果他不是这种人，为什么要瞒着我？你是没看到，刚才在病房，我就刚开口责骂了苏娆一句，他马上护着她，好像生怕她受到半点儿委屈。风华，说实话我不是那种铁石心肠的人，当我知道苏娆出事的时候，我已经顾不上吃醋，心里只想着她安不安全，我见到她那个样子，我也很心疼，还有些恨铁不成钢，所以我才责骂了她一句，可韩风马上就跟我急了……"

"你呀，这是气糊涂了。我看韩风对你挺上心的，他怎么会对你急？可能是觉得跟你关系亲密，是一家人，所以就叫你不要责骂苏娆……"

"欧阳风华，你怎么老是护着他？你到底站在哪一边？"

"好好好，我不说这个了。看来那个人说得对，再聪明能干的女人在爱情面前就会情绪化，大多数女人处理感情问题都是走心，而不走脑子。"

"感情这种事原本就是走心的。感情没有道理可讲，当我心里感觉到被忽视被欺骗，会产生隔阂，产生了隔阂，也就无法继续下去了。"

"感情都是磕磕碰碰的，哪一段感情不是吵吵闹闹、分分合合？难道从相识相恋就可以直接白头到老？你生气归生气，但也不能动不动就分手啊。就这么点小事你就放弃人家，那你真的只能注孤生了。"

听到这话，陈曦沉默了，她也在反思，自己是不是太决绝……

"还有，你当着我和韩佳佳的面说得那么难听，一点儿都不给人家韩风留面子，我当时都惊呆了，我就有些女权主义，也够强势霸道的，可我都不会对我有好感的男人这样说话。我现在想起万彬当初在警局说你从来不考虑男人的面子和自尊，我当时觉得那是他的借口，现在想来，他说的也并非都是错的。"

欧阳风华向来快言快语，也只有她敢这么对陈曦说话。

陈曦没有说话，回想起当时的情况，她当着两个女人的面对韩风说"拿了行李就回家吧，我不送了"，这种话好像真的太嚣张太过分了。即使是真的有什么想法，她也应该单独跟他说。

这是韩风脾气好，如果换了其他男人，恐怕当场就炸了。

"陈曦，其实我们都是情感病人，在爱情这种事情上或多或少都有些性格缺陷。你知道你的问题在哪里吗？你太过于在乎自己的自尊，一旦你的自尊受到一点点侵害，你就会强烈地反弹，以一种极端决裂的方式去处理问题。就像一只刺猬，一旦失去安全感就会竖起身上的刺，刺痛别人！"

欧阳风华走后，这些话还反复在陈曦脑海中回荡。

这一夜，她辗转反侧，难以入眠，一直在反省自己。

深夜一点，韩风发来一条微信："对不起，又惹你生气，我仔细回想今天的事情，觉得最大的错误就是不该瞒着你，是我考虑不周，但我真的不是故意欺骗你的，更不希望这种事影响我们的关系。"

看到这个，陈曦有些心软了，准备回复点什么，却又不知道该如何说起……

## 54. 重情重义

苏娆的事件闹得很大，上了成都当地的新闻头条。

事故发生在成都人流最密集的地方春熙路，而且还是周末晚上，人流拥挤，随便出点什么事故都会被无限量扩散。

苏娆被人剥光衣服、泼了狗血，当街痛打……

事发当时被围观群众拍下照片、视频，各种传播，急速扩散，才两天的时间就已经弄得人尽皆知。

苏娆所在的医院被记者围攻，很多记者找上门去采访她。

现在外面一致流行的传言说苏娆是小三，还有离谱的说法是她勾引前男友的父亲，被以前的准婆婆带人殴打……

龙七在医院差点跟记者打起来，苏娆被迫转院。

陈曦一大早接到苏娆母亲的电话，苏妈妈在电话那头哭得很伤心，几乎是哀求陈曦一定要帮帮苏娆。

陈曦虽然心里对苏娆有气，但也不能坐视不理，当即就给认识的媒体朋友打电话，想把这个新闻给压下去，只是那些记者都说事情已经传开来了，现在压不下去，除非当事人亲自出面说清楚事情的真相。

陈曦想了想，打电话跟欧阳风华商量，欧阳风华很意外："我不是说了叫你不要再管苏娆的事情吗？你怎么还管啊？你都因为她跟韩风分手了，还不够吗？"

"不管怎么样，总归是朋友一场，我总不能见死不救，这些年我有事的时候，她也没少帮我，上次那些胖女人在我家门口闹事，不也是她出面救我吗？"

"唉……"欧阳风华深深地叹息，"陈曦，我该怎么说你呢？

"这件事不管处理得怎么样，以后我跟苏娆都会保持距离，但是现在，我必须帮她。"

"好吧。我想想办法。"欧阳风华有些无奈，"网络作家是不是都像你这样意气用事？"

"这不叫意气用事，这叫重情重义！写东西的人大多数都是感性的，况且我们总是宅在家里，朋友不多，难得有几个朋友，都很珍惜。"

"可你现在已经是名家了，你在文学界都有一定的地位，你的交际圈子档次也应该提上去。我知道你出身草根，从底层一步一步爬起来，所以才会接触到各种等级形形色色的人，但是人往高处走，你在不停地进步，就应该淘汰掉不适合你的朋友，重新交往更优秀的朋友。这是人性的基本规则。"

"嗯，你说得很对。我以后大概真的会在无形中这样做，可是不管今天还是以后，苏娆遇到困难，只要在我力所能及的范围里，我都会帮她。因为在我最失落无助的那些年，都是她一路陪着我走过来。做人不能忘本，我不能因为她的一次错误就否定了她从前的付出。即使我们的思想差异越来越大，以后可能不会再走得这么亲密，甚至可能不再是朋友，但我还是会帮她！"

听到这些话，欧阳风华沉默了，许久许久，她无奈地叹息："好吧，大概就因为你这样，我才会那么欣赏你。"

"我已经动用所有人际关系，看看能不能压制这个新闻，目前作用不大，我想知道，从你律师的角度去看，这件事应该怎么处理？"

"我还没有处理过这种案子，不过我可以请教一个人，他应该能够给我一些有用的建议。"

"好的，有消息马上通知我。先挂了。"

"等一下。"

"嗯？"

"陈曦，我提醒你，帮人归帮人，你不能把自己给套进去，有些不该动用的关系就不要动用了，有些人情一旦欠下就不好还了。"

"我知道了。"

挂断电话，陈曦给龙七打电话，龙七的手机直接关机。

她看了看时间，早上十点，这家伙该不会还在睡觉吧？

事情紧急，陈曦顾不了那么多了，又给龙七的室友刘骏打电话，刘骏倒是很快就接了："曦姐。"

"刘骏，你看到龙七了吗？"

"他早晨七点才回来，刚刚睡下，您是不是有什么急事找他？如果不是特别特别着急，还是让他睡一会儿吧，他都好几夜没睡了。"

陈曦沉默了几秒："等他醒了，让他给我回个电话。"

"好。"

陈曦一整天都没有心思写稿子，扑在网上处理苏娆的事情，忙得午饭都忘了吃。

下午两点，门铃声响了，陈曦打开门一看，龙七一身潮牌，提着两大袋子外卖走进来："还没吃午饭吧？一起。"

"你怎么知道我没吃午饭？"陈曦给他倒水。

"我还不了解你吗？操尽天下心，朋友有难，你最着急，只要事情没有解决好，你就会忙得废寝忘食帮她们解决。"

"既然你都知道，那我也不用拐弯抹角了。打陈曦的那个女人到底是谁？跟你有什么关系？这件事现在弄成这样，你打算怎么解决？"

"先吃饭。"

"你先回答我的问题。"

陈曦十分坚决。

龙七不理她，自顾自地拿出东西摆在桌子上："你不吃饭，我不说。"

"你……"陈曦很恼，可她知道龙七的倔脾气，想了想，也不急于这一时，于是去厨房拿了餐具过来，两人一起用餐。

龙七知道陈曦的喜好，打包的都是她喜欢吃的自贡菜，很辣，辣得两人眼泪直流，四罐啤酒喝完了都不爽，龙七又跑楼下去买啤酒。

一顿饭吃了大半个小时，酒足饭饱，陈曦一边收拾一边追问："现在可以说了吧？"

"急什么？切点水果来吃。"龙七去冰箱里找水果。

"龙七，你想死吗？"陈曦怒了，"你说不说？"

"好好好，说说说。"龙七见她翻脸，也有些虚了，"那个女人叫莫莉，是一个酒吧的老板，她喜欢我，但我跟她没什么，不过就是偶尔陪她喝喝酒，吃吃饭，聊聊天，她就对外宣称是我的女人。现在看到苏娆纠缠我，她心里怒火中烧，先是在酒吧警告了几次，苏娆不听劝，于是她就下手了。我先申明，这件事我也是刚刚才弄清楚，我之前真的不知道她会这么做。"

## 55. 第二次聚会

"你要是真的跟那个女人没什么，她怎么会做出这种事？"陈曦眉头紧皱，"喝酒吃饭聊天也是会产生感情的，你要是不喜欢她，对她没意思，最好跟人家保持距离，不然迟早要玩出火来。"

"我知道。"龙七点点头，"所以我现在已经辞演了，以后不在她那里演出。"

"那个女人是单身吗？"

"呃……"龙七眼神闪烁，"好像是吧。"

"什么叫好像？"陈曦脸色大变，"你连人家是不是单身搞不清楚，就跟人家勾勾搭搭，你知道这样有多危险吗？"

"她跟她老公分居了，但是还没有正式离婚。"龙七索性说出真相，"可是她单不单身跟我有什么关系？我又没碰过她。"

"你没碰过她，她就找人打情敌？"陈曦简直无语了，"龙七，你把我当傻子呢！"

"陈曦，在你心中我就是这么滥情的男人？什么女人都上？"龙七眉头紧皱，"好吧，即使我真的不着调，你也应该知道，我这个人做事向来都是敢作敢当。如果我真的做了，怎么可能会否认？"

听到这句话，陈曦沉默了，的确，龙七有很多毛病，可唯一的优点就是敢作敢当……

"那个女人控制欲很强，她做出这种事我也很无语，所以我已经跟她保持距离。"

"你没找她谈谈吗？万一她以为你是因为苏娆才离开她，她会不会变本加厉地报复？"

"我跟她说了，她听不听得进去，我就不知道了。这个女人很麻烦，我都躲着她。"

"好吧。现在问题是苏娆被媒体骚扰，她的名声都毁掉了，现在外面传得沸沸扬扬，说得很难听，你是不是应该出门澄清一下？"

"澄清什么？她又不是名人，能受多少影响？过一阵子自然就冷却了。"

"所以你就打算置之不理？这种事情会把人逼得精神崩溃的，她万一想不开得忧郁症怎么办？"

"像她这样自我的人，不会得忧郁症的。"

"你……"

"陈曦，我知道你重情重义，可你根本就没有必要对苏娆这么好，你知道她在背后都怎么说你吗？她说……"

"好了，我自己来处理吧。"

陈曦知道苏娆的德性，没事就喜欢在背后说说别人的坏话，她身上那么多故事点，苏娆不拿出去说就奇怪了。

至于苏娆说了些什么，陈曦并没有兴趣知道，她只想帮苏娆这一次，就当是还她一个人情。

龙七看来是不想管苏娆的事情了，他为她出了医药费，请了护工照顾她，就已经算是仁至义尽了。

后来他没再出现过。

陈曦晚上接到欧阳风华的电话，欧阳风华说她的朋友答应帮忙处理这件事，让她不要担心。

陈曦追问要怎么处理，欧阳风华就说，她那位朋友是法律界的翘楚，有非常广泛的人际关系，运筹帷幄的处事能力，这么点小事对他来说就是小儿科。

欧阳风华从来不说大话，既然她都这么说了，陈曦相信她朋友一定能够处理好。

果然，不出三天时间，所有关于苏娆的新闻就被压制下来，那些记者也不再骚扰她了。

之前的新闻链接都已经打不开了，那件事情似乎完全没有发生过，一切都归于平静。

陈曦打电话给欧阳风华表示感谢，还问该怎么答谢她的那位朋友才好，欧阳风华说不用了，等到适合的机会再介绍给她认识。

陈曦也就没有多问了，只觉得这个人在欧阳风华的心里一定占有很重的分量。

这阵子各种忙碌起来，大家联系很少。

自从那天之后，韩风就没有再跟陈曦联系过，连一条微信都不曾发过，陈曦偶尔看到他在韩佳佳的朋友圈点赞，她会特地去留个言，以此来吸引韩风的注意，希望韩风能主动跟自己说句话，可他始终没有。

后来陈曦忍不住发了几条朋友圈，韩风也没再像之前那样给她留言关怀，也没有点赞，他似乎完全看不见似的，可陈曦明明看到他有跟其他人互动。

韩佳佳给陈曦发过几次微信想要替韩风说说好话，陈曦都避重就轻地回应了几句，表面毫不在意，其实心里十分失落。

她觉得，韩风根本就没有她想象中那么喜欢她，要不然他不会这么轻易放弃……

欧阳风华最近特别忙，陈曦每次给她打电话，发微信，她都是简单两句话就挂了，然而，她偶尔一条朋友圈却透露了一些微妙的信息，她恋爱了。

从她简单几句话中可以看出她对那个恋爱对象十分崇拜、仰慕，似乎能够跟他进一步发展对她来说就是最幸福的事情。

还有韩佳佳，最近朋友圈都在晒各种美食、电影和游玩场所，看来她也有交往的对象了。

陈曦感受着她们的喜悦，为她们感到高兴，而每每夜深人静的时候，她一个人在家，百无聊赖地翻着微信朋友圈，又会觉得十分孤独。

似乎都已经找不到可以聊天的人了……

听说苏娆出院了，大概是那件事对她打击很大，她最近低调得很，再也不闹腾了，朋友圈也很清静。

一天傍晚，唐笑给陈曦发了一条微信，说是之前约定好一个月一次的单身狗聚会时间快到了，问她还要不要聚。

陈曦不知道该怎么回答，距离上次单身狗聚会只有一个月时间，这一个月发生了很多事情，大家的关系都发生了一些变化，再次见面，恐怕气氛会非常尴尬吧？

还不如不见。

陈曦正准备推辞，唐笑就把当初那八个人拉到一个微信群里商量聚会的事情，韩佳佳第一个回应说赞成，秦少辉接着附和，随即，欧阳风华也说同意，龙七紧接着回应要来，就连隐匿许久的苏娆也回应说会准时到场。

只剩下陈曦和韩风了，陈曦盯着小群的对话框，等待韩风的回应。

许久，韩风终于发话："正好我今晚回成都，明天我来安排地方！"

"太好了，风叔，我今晚不吃饭了，明天好好享用你的大餐。"

韩风发了个大红包："大家都要来哦！"

陈曦抢了红包，正式冒泡："我准时到！"

## 56. 没心没肺

短短一个月，陈曦和苏娆、龙七、韩风之间的关系产生了微妙的变化。聚会还没开始，大家心里就已经有些紧张了，不知道今晚会不会出现什么问题。

约好六点钟相聚，欧阳风华五点半在群里发消息说要带一个人来，要晚一点儿到，让大家先吃饭不用等她。韩佳佳八卦地问是不是男朋友，欧阳风华发了个笑的表情，没有否认也没有承认。

陈曦准备开车出门，苏娆给她打来电话，她犹豫了一下，还是接听了："喂！"

"陈曦，我能坐你的顺风车过去吗？正好，我想跟你谈谈。"苏娆怯怯地问。

陈曦顿了几秒，还是不忍心拒绝："好吧，我过来接你。"

"不用，我已经在你家楼下小区门口了，我给星星带了点东西，先拿过来给你，你等我一下。"

"好。"

苏娆给万星星买了一套芭比娃娃，是正版的，估计好几百，这次看来真是下了血本。

陈曦向来不喜欢说客套话，就简单地说了句"谢谢"。

聚会的地方在龙泉山庄，离陈曦家二十多公里，要走三环，不堵车的话大概半个小时，不过周五的晚上多半都是堵的。

陈曦瞟了苏娆一眼，发现她气色比自己想象中要好多了，精神也很好，化了精致的妆容，头发也做了一下，一身衣服稍微有些过于隆重，但也算是好看的。

相比之下陈曦就穿得比较简单，一条七分牛仔裤，一件黑色紧身短T恤，腰上稍微漏了一小圈出来，披散着自然微卷的大波浪，化了淡妆，红唇，再配一副金色耳环，成熟性感，优雅知性。

苏娆毫不掩饰地打量她，眼中满是嫉妒："这才大半个月没见，我怎么觉得你漂亮好多了？腰腹瘦了一大圈，整个人气色都好了很多，还有啊，你这衣服看上去好像很普通，但是穿在你身上怎么就这么好看呢？"

"上次在医院才见过，你说得好像不认识似的。"

陈曦心里有些无语，她还以为苏娆因为上次那件事要跟她道歉什么的，现在看来，这女人完全没有一点点愧疚之情，反而一直在暗中跟她较量。

"当时我没脸见你。"苏娆想起那件事，心里有些愧疚，"陈曦，这阵子我一直想找你，却又不知道该怎么说，我怕你骂我。今天趁着大家见面，我正式向你道歉，那次我不该叫韩风来，我没想到你会那么介意，其实我当时真的是特别特别无助，我那帮狐朋狗友平时说得很好，一到关键时刻没有一个人愿意帮我，我实在是走投无路，这才找韩风帮忙。"

"你可以找我。"陈曦冷冷地说。

"我怎么敢找你，之前因为龙七的事情，你都不理我了……"

"所以你就找韩风？"

"当时情况那么紧急，我就只有找他了，毕竟他是唯一一个肯借钱给我的人，我觉得跟他开口，他肯定会答应……"

"什么？"陈曦整个人都震住了，"你还跟他借钱？"

"就是从峨眉山回来的第二天，我妈妈突然脑梗昏迷住院，我那点钱没两天就花光了，我找遍了所有能找的人，都没有一个人肯借给我，除了韩风！我就试着跟他提了一下，没想到他就给我转了五万块过来，我非常感激，他真的是一个好人，但我们俩之间没有什么，除了那次之外，我没有跟他聊过，对了，后来他问了我一次，问你喜欢什么花，就这一次说了几句话……"

苏娆噼里啪啦地说了一大堆，陈曦已经没有兴趣听下去了，其实她早就已经原谅韩风，现在更是完全想通了，苏娆求人的时候那个百折不挠的精神不是一般人能够抵抗得住的，就连她都会心软，怎么能要求韩风铁石心肠？

而且当时情况紧急，韩风根本就没时间考虑，只好先去把人救了再说，是她想得太多了。

"还有啊。"苏娆继续解释，"那天我让他瞒着你，并不是我跟他有什么见不得人的关系，而是我没脸面对你……"

"好了。"陈曦打断苏娆的话，"这件事已经过去了，不用再提了。"

"我就知道你不会生我的气。"苏娆喜出望外，"陈曦，我们都这么多年朋友了，你应该了解我的，我知道你喜欢韩风，我怎么可能勾搭他呢？

至于龙七，从一开始你就不喜欢他，而且那天我也问过你了，所以……"

"龙七的事情你不需要向我解释。"陈曦并不想听，"那是你们之间的事，与我无关。"

"好。"苏娆点点头，"你这么说我就放心了。不过我知道，我的事情你帮了不少忙，我听韩佳佳说，你还动用了很多人际关系，总之要谢谢你，真的。"

"以后自己保重，不要再犯傻了。"陈曦叹了一口气，"这件事我根本搞不定，全靠欧阳和她的朋友帮忙。"

"嗯嗯，等会儿我当面跟欧阳道谢。对了，欧阳是不是谈恋爱了？她今天要带来的是男朋友吗？"苏娆很是兴奋，一脸八卦的样子。

"我真是奇怪。"陈曦疑惑地看着她，"发生那么大的事情，我生怕你得忧郁症，可你现在就像个没事儿的人一样。"

"受了那么大的侮辱，要说一点儿都不伤心那是不可能的，这阵子我都痛苦得想死，天天以泪洗面，每当我伤心难过的时候，我就想起你……"

"想起我？"陈曦很意外，难道是自己的坚强勇敢让她重拾信心？

"是啊！"苏娆一本正经地说，"我想起你当初被人闯进家里泼尿，跟我这侮辱差不多啊，可你还是勇敢地面对，你那么骄傲的人都能屈能伸，我又有什么理由不笑着活下去？"

## 57. 意外来客

韩风这个老干部安排的地方就是比较有特色，在半山腰建筑的一个中式古典庄园，到处都是葱葱郁郁的树林，老远就闻到酒香。

陈曦停车的时候遇到一辆宝马，副驾驶上的苏娆一眼就认出来：

"是我表哥的车。"

"他也来了？"陈曦都快要把这个人给忘了，上次秦少辉就不言不语，几乎没有什么存在感，虽然加了微信，但他没有跟陈曦说过一句话，也很少发朋友圈，所以陈曦对他印象不深。

"韩佳佳都来了，他能不来吗。"苏娆随口说。

"什么？"陈曦听出端倪，正想着，宝马的车门打开，韩佳佳从车上下来。

"佳佳怎么会在他车上？"陈曦仿佛明白了什么，"难道……"

"韩佳佳没跟你说？"苏娆有些意外，"她和我表哥在交往。"

"啊？"陈曦十分惊讶，她还真是一点儿风声都没收到过。

"我也是前两天才知道的。"苏娆下车跟韩佳佳他们打招呼去了。

陈曦把车停好，韩佳佳走过来帮她打开车门："曦姐。"

陈曦瞟了一眼秦少辉，试探性地问："佳佳，你坐秦少辉的车来的？"

"嗯，他去接我的。"韩佳佳羞涩地点点头。

"好。"陈曦微微一笑，心里已经明白了，什么都没多说，招呼大家一起去餐厅。

秦少辉探出头来跟大家打了个招呼，然后说："我去停车，你们先上去。"

"停这里也可以。"陈曦说。

"不用管他，我们先上去吧。"苏娆拉着陈曦离开。

韩佳佳跟秦少辉说了两句话，也跟了上来。

陈曦回头看了一眼，发现秦少辉把车开走了，好像是要停到山下去。

陈曦感到很疑惑，明明已经停好了，为什么又要停到下面去？

"韩佳佳，你跟我表哥发展得怎么样了？"苏娆很八卦。

"现在才刚开始，就是吃吃饭看看电影。"韩佳佳大大方方地回答，随即故意问，"苏娆，你怎么没坐龙七的车过来？"

"我有事找陈曦，所以就坐她的车。"苏娆早有准备，"倒是你，现在没住陈曦那里，该不会是住我表哥那里了吧？"

"说什么呢！我住宿舍，你以为每个人都像你一样随便？"

"喂，韩佳佳，你怎么说话的？我怎么随便了？"

"你那还不叫随便？才多久就把人家龙七勾搭上床了，还想来勾搭我叔叔，幸好他没上你的当。"

"你……"

"好了，你们不要老是一见面就吵架。"

三个女人一边聊天一边来到餐厅，不一会儿，其他人都陆陆续续到了，三辆保时捷一字排开，十分引人注目。

陈曦的车买得早，一辆别克昂科拉，十几万的小SUV，就这么扎在中间，似乎有些格格不入。

"陈曦，你什么时候也换一辆保时捷？你看他们都是保时捷，你的昂科拉摆在中间太Low了。"苏娆随口说。

"Low什么Low？这种事有什么好攀比的？不管什么车，还不是一样开？遇到堵车，奥拓和劳斯莱斯都要堵在路上。"

"呵呵，如果都是你这么想，那我表哥，你男朋友，为什么还要把车子停到下面去？还不是因为他害怕被人比较，没面子？人都是有尊严的。你以为都像你一样没脑子？"

"你……"韩佳佳哽了一下，气恼地说，"那又怎么样？秦少辉好歹是靠自己工作挣钱买的车，总比龙七骗女人的钱强吧？"

"你说谁骗女人的钱了？你不知道不要胡说八道。"

"我说得不对吗？他跟那个酒吧老板娘勾勾搭搭，骗了人家几十万，付了车子首付，整天开着911到处晃，实际上连房子都没有，到现在还租房子住，根本就是爱慕虚荣。"

"你给我闭嘴……"

两个女人吵得翻天覆地，这一次，陈曦没有劝架，她盯着不远处的停车场，脸色十分暗沉，韩风带了一个女人过来！

算起来不过就几天时间没有联系，他身边就有人了。

真快！

陈曦心里忽然就好像堵着一块千斤重的石头，异常沉重。

韩风似乎察觉到有人正在看他，抬头看过来，陈曦马上移开目光，转身去了洗手间，她不停地对自己说，要镇定，镇定，不管心里怎样翻江倒海，也不能表现出来。

绝对不能！

外面的两个人不再吵了，韩佳佳忽然尖叫："那个贱人怎么来了？"

"什么？"苏娆对于所有八卦都有着天生的敏感直觉，"我靠，韩风居然带了个女人来，他不会这么快就移情别恋吧？"

韩佳佳什么都没有说，怒气冲冲地跑了出去。

"喂……"苏娆喊了一声，随即去找陈曦，"陈曦，陈曦，韩风带了个女人来，你快出来看看。"

"……"洗手间的陈曦紧紧闭上眼睛，心里堵着一口恶气，如果不是苏娆，她和韩风至于弄成这样吗？这死女人到现在都不知道自己的问题，还在这里瞎起哄，真是够了。

"我靠，打起来了，韩佳佳为了给你出气，快要跟那个女人打起来了。"苏娆忍不住跑出去看热闹。

陈曦连忙出来，她了解韩佳佳的性格，那丫头很重义气，万一真的为了给她出气跟人家打起来，那也太难堪了。

"贱人，你跑到这里来干什么？"

外面传来韩佳佳的怒骂声。

"这里又不是你开的，我不能来吗？"那女孩毫不示弱。

"你马上给我滚。"

"我就不滚。"

"你……"

"佳佳别闹了。"韩风拉着韩佳佳，"这么多人看着，你这是干什么呀。"

"我干什么？我还没问你呢，你把她带过来干什么？你脑子坏掉了？"

"我……"韩风刚要说什么，陈曦就从屋子里走出来了，平静地说，"佳佳，别闹了，我们聚会没有说不能带人，而且今天是韩风做东，他想带谁就带谁。"

"曦姐，你知道她是谁吗……"

"你要是听我的，就不要再闹了。"陈曦十分严厉地呵斥韩佳佳，随即微笑对那个女孩说，"欢迎你！"

## 58. 稳住大局

"谢谢！"那女孩勾唇一笑，挽着韩风的手臂往餐厅走去。

"你给我放开……"韩佳佳正要发作，韩风抽出自己的手，深深地看了陈曦一眼，然后就跟着走进了餐厅。

"陈曦，你可真大度。"苏娆压低声音，也压抑着激动的心情，"我看韩风不会那么容易变心，说不定他就是故意找个女人来气你。你不要怕，跟那小贱人斗下去，我们都支持你！"

"神经病！"韩佳佳翻了个白眼，怒气冲冲地对餐厅吼道，"韩风，你给我出来。"

"别闹了！"

陈曦觉得非常难堪，她努力让自己装作落落大方、优雅从容的样子，就是不想让人看出她对韩风的感情，毕竟他们之间什么都没有发生过，严格来说都不算开始过，韩风有自己的选择权利，若是她在这时争风吃醋，真的很丢脸。

她不想丢脸。

"曦姐，你听我说，这个女人……"

"不管她是谁，跟我们没有关系。"陈曦打断韩佳佳的话，"佳佳，我知道你是为我好，但是真的没必要。你就让大家安安心心吃完这顿饭吧。"

"虽然我不是很赞成陈曦当缩头乌龟，但这样大吵大闹好像真的没什么作用。"苏娆发表意见，"其实我们可以暗斗的，这个我比较在行，等会儿我来收拾那个小妖精。"

"苏娆……"

"龙七上来了，我先去找他。"苏娆看到龙七上楼来，马上就跑开了。

陈曦看着不远处的停车处，欧阳风华挽着一个男人走上来，人都要到齐了，她回头对韩佳佳说："欧阳和她朋友也上来了，你真的别闹了。"

韩佳佳没有说话，气鼓鼓地走进餐厅，正好跟韩风撞了个正着。

"佳佳……"

"别跟我说话。"韩佳佳愤怒地瞪了韩风一眼，大步走进餐厅。

韩风吁了一口气，走到陈曦身边解释："陈曦，其实那个……"

"你不用跟我解释，我们只是普通朋友。"陈曦看都没看他一眼，说完这句话就下去接欧阳风华了。

韩风看着她的背影，眉头紧紧皱起来……

"陈曦。"欧阳风华远远跟陈曦打招呼，"这是我朋友鞠啸东！"

"你好！"陈曦不动声色地打量鞠啸东，跟她想象中完全不一样，这个男人看起来十分普通，既不高大也不帅气，甚至有些苍老，年纪保守估计也有四十多岁，戴着眼镜，斯斯文文的样子，唯一的特点就是那双眼睛看上去炯炯有神，闪烁着智慧的光芒。

"你好。"鞠啸东跟陈曦握了握手，还好，他声音很好听。

"上次苏娆那件事就是他帮忙摆平的，平时工作中他也教我很多。"欧阳风华今天穿得特别有女人味，头发弄成卷翘的弧度，配一件红色紧身长裙，突显了妙曼的身材，就连说话的语气也温柔许多。

"上次那件事真的要谢谢你。"陈曦十分感激，"我之前就跟风华说要请你吃饭，她说你很忙……"

"别客气，风华的朋友就是我的朋友。"鞠啸东笑道，"外面风大，我们进去聊。"

"好，请。"陈曦一直在暗中观察这个男人，他到底有什么样的魅力，让欧阳风华这么骄傲的女人为他神魂颠倒。

"龙七在后面。"欧阳风华向陈曦使了个眼神。

"噢，你们先进去，我过去看看。"陈曦心领神会，欧阳风华第一次带喜欢的男人见朋友，自然是不希望有任何闪失，苏娆和龙七在下面拉拉扯扯，不知道会不会出事。

不过欧阳风华并不知道，楼上也有一大堆麻烦等着她，韩佳佳随时有可能把韩风带来的那个女人给撕碎。

陈曦今天也真是见鬼了，自己的醋坛子已经翻江倒海，还得为欧阳风华掌控大局。

反正今天有她在，她绝不允许出现什么意外，影响到欧阳风华。

陈曦一边下去找龙七和苏娆，一边给秦少辉发微信："你停好车了吧？快点到餐厅稳住佳佳。"

"佳佳怎么了？"秦少辉马上回语音过来。

"她正在跟韩风发脾气，欧阳带了朋友过来，我希望大家能够和和气气地吃完这顿饭，不要闹事情。"

"懂了，我马上上来。"

陈曦刚听完秦少辉的语音，就看到他箭一般往上跑，她连忙催促："你盯着佳佳，别让她闹事，我去找龙七苏娆。"

"好。"

陈曦来到停车场，远远就听见龙七对苏娆低吼："苏娆，从一开始我就说过我不会喜欢你，拜托你不要纠缠我行不行？"

"你怎么可能不喜欢我？你不喜欢我怎么会跟我上床？"

"我都说那天晚上的事情是个误会，你怎么就是不听？"

"什么叫误会？就因为你喝多了？"

"我的意思是，我那天……"龙七的话说到一半就哽住了，似乎不知道该怎么接下去。

"那天怎么了？你说啊。"苏娆怒气冲冲地质问，"那天你喝多了，把我给上了，所以你现在是提起裤子就不认账？"

"拜托，什么叫把你给上了？你说得好像是我强迫你一样，现在姑且不提那天到底有没有发生过，就算真的发生这种事，那也是你情我愿，大家都是成年人，有什么玩不起的？"

"OK，我接受这样的说法，可你为什么还要躲着我？"

"你是什么年代的人？难道睡一觉就要约定终生吗？苏娆，我看你不像是这么保守的人吧？"

"我……"苏娆被他说得哑口无言，她的确不是。

"以后各走各的，相见还是普通朋友，麻烦你不要再给我打电话发微信，更不要去我住的地方和上班的地方找我，很烦的你知道吗？要是下次再有哪个女人揍你，我可真不管了。这次给你垫付医药费完全是看在陈曦的面子上，我早就警告过你不要缠着我，不要跟红姐斗，你偏不听，还在她酒吧闹事，她没整死你算不错了！"

"龙七你……"

"陈曦！"龙七看到陈曦，连忙走过来，"你怎么在这里？穿这么少冷不冷？"

## 59. 理直气壮

龙七一边说一边脱下外套想要给陈曦披上，陈曦后退半步避开他："你们之间的事情我不想管，我是过来提醒你们，欧阳和她朋友已经到了，今晚这个聚会，我希望大家和和气气的，谁都不要闹事，不要让欧阳难堪。"

"没问题，你说什么就是什么。"龙七马上回答。

陈曦看着苏娆："你觉得呢？"

"呵呵。"苏娆阴阳怪气地笑了，"龙七都说了，你说什么就是什么，我还能怎样？"

"苏娆……"

陈曦正要说话，龙七忽然低喝："苏娆你有病吧？说话这么阴阳怪气的？没人欢迎你来，你要是不高兴可以走。"

"我为什么要走？"苏娆似笑非笑地看着陈曦，"我今天是来看好戏的。"

陈曦错愕地看着苏娆，怀疑自己是不是听错了？

"什么意思？看什么好戏？"龙七听得一头雾水。

"你现在是我男朋友，应该跟我一起上去。"苏娆拽着龙七往上走。

"喂，放开。"龙七想要甩开苏娆，可是苏娆死死抱着他的手不肯放开，两人拉拉扯扯，苏娆低声跟龙七说着什么，龙七很快就安静下来……

陈曦看着苏娆的背影，心里忽然有一种陌生感，她知道苏娆有很多毛病，但都是无伤大雅的小问题，对于她，苏娆向来都是重情重义的朋友。

可是刚才苏娆说那句话的时候笑得很冷很陌生，已经完完全全变了味道，她那句"看好戏"意有所指，仿佛是要来看陈曦和韩风的好戏？

陈曦在心里说自己想多了，她相信苏娆不是这种人，可是苏娆的冷笑反复在脑海里浮现，让她感到心寒……


陈曦最后一个回到餐厅，发现气氛怪怪的，每个人的表情都很凝重。

"怎么了？"陈曦有些忐忑不安，她都已经提醒大家不要闹事，这才多久，该不会又出状况了吧？

"陈曦过来坐我这边。"欧阳风华拍拍旁边的位置。

陈曦走过去坐下，发现鞠晓东不在，马上低声问："鞠先生去哪儿了？"

"他出去接电话。"欧阳风华瞟了一眼门口,转目盯着韩风身边的女孩,"韩风你可以呀,这么快又换女朋友了,还这么年轻,我看起码比你小二十岁吧。"

"咳咳。"韩风十分尴尬,"她不是……"

"我93年的。"那女孩打断韩风的话,笑容可掬地看着欧阳风华,"比韩风小十三岁,姐姐把我说得这么年轻,我真荣幸!"

"哎,别乱叫。"欧阳风华眉头一挑,"我可不喜欢给人当姐姐。"

"好的,欧阳律师。"女孩见惯了大场面,十分淡定自若,"还没自我介绍,我叫楚莉莎!"

"楚莉莎……"陈曦喃喃着这个名字,好像有些耳熟。

"不错啊,韩风,撩妹有一套。"龙七故意打趣韩风,"大叔配萝莉,现在正流行。"

韩风眉头微微皱着,沉默不语。

韩佳佳一句话也没有说,只是盯着韩风,似乎在等他发话。

"呵呵……"楚莉莎笑了笑,对候在旁边的服务员招呼道,"把我带来的那两箱酒拿过来,红的白的各开五瓶。"

"好的。"服务员马上去办。

"今天是韩风做东,大家别客气,想吃什么随便点,我带了一箱茅台,一箱拉菲,你们看看还要喝点什么?"楚莉莎一副女主人的姿态。

"这么快就已经可以当家做主了?看来你们发展得很快呀。"欧阳风华在为陈曦打抱不平。

"欧阳……"陈曦在桌下拍拍她,示意她不要说了。

"我怎么觉得你们都不喜欢我呢?"楚莉莎好笑地问,"我做错什么了吗?"

"你什么都没做错。"苏娆忽然发话了,"你只是出现得不是时候。"

"什么意思?"楚莉莎疑惑地看着她。

"看来韩风没跟你讲清楚,他跟陈曦……"

"苏娆！"陈曦打断苏娆的话，急切地低喝，"不要说了。"

"原来你们说的是这个。"楚莉莎饶有兴趣地看着陈曦，"我知道这件事，不过韩风他……"

"够了！"韩佳佳实在是看不下去，指着她怒喝，"楚妖精你贱不贱？你不在重庆守着老韩，跑这里来发什么疯？"

"什么？"欧阳风华愣住了。

陈曦恍然大悟，原来这个楚莉莎就是老韩那个女朋友。

"韩风前几天回重庆的时候失魂落魄的，老韩很担心他，我就过来看看到底是何方神圣让他这样神魂颠倒……"楚莉莎摊了摊手，好笑地说，"谁知道你们全都把我当成他女朋友，我也不想反驳，正好趁着这个机会看看她……"

楚莉莎指着陈曦，"到底在不在乎韩风！"

"玩够了吗？"韩风终于发话了，眉头紧皱，"今天有客人在，不要再闹了。"

"我没有闹啊，你看我一直都是和和气气，笑容满面，给足你面子，倒是她们冷言冷语，每句话都针对我。"楚莉莎白了他一眼，"不过韩风，你现在可以放宽心了，你女朋友还是在意你的。"

韩风看向陈曦，陈曦的脸一下子就红了。

"陈曦是吧？"楚莉莎直截了当地说，"韩风是老实人，你可别伤害他。"

"你什么意思？"欧阳风华十分不悦，"把我们陈曦说得好像是随便玩弄人家感情的人。"

韩佳佳马上说："曦姐不是那种人，不过风叔也是无辜的，上次那件事要怪就怪苏娆。"

"跟我有什么关系？"苏娆可笑地摊摊手，"我又没勾搭韩风，只不过在性命攸关的时候向他求助而已，这也有错？要我说，一个女人如果连这点事情都容不下的话，要么她根本就不爱这个男人，要么她肚量太小。"

"苏娆，你居然还敢说风凉话？"韩佳佳不可思议地看着苏娆，"要不是因为你，他们怎么会弄成这样？"

"我怎么了？"苏娆理直气壮，"我做错什么了？我是勾引韩风了？还是介入他跟陈曦？你们可真有意思。我生命攸关，向人求救有错吗？就算韩风是个陌生人，我也可以向他求助吧。陈曦作为我闺蜜，难道就不应该把我的安危放在第一位吗？居然为了这么点儿小事吃醋生气。到底谁无情无义？还需要我说吗？"

## 60. 女人的尊严

听到这些话，陈曦简直是目瞪口呆，哑口无言。她什么样的泼妇悍妇没见过，不管遇到多么不讲道理的人，她都不曾有这种无言以对的感觉，可是现在听到苏娆这番话，她真的不敢相信自己的耳朵。

"苏娆，你真是可笑。"欧阳风华彻底怒了，"你那是生命攸关吗？你是自己犯贱被打，你想求助可以找你男朋友龙七，找陈曦，找我们都行，你找韩风，还让韩风瞒着陈曦，这本来就是你的问题，你居然还如此理直气壮。"

"陈曦被人当小三追上门去泼尿殴打的时候，是我奋不顾身冲过去救她的，那个时候你们怎么不说她犯贱才被人打？"苏娆毫不示弱。

"你居然敢这么说曦姐？"韩佳佳怒气冲冲地说，"你明明很清楚那件事是人家弄错了，曦姐又不是真的小三！"

"难道我就是了吗？"苏娆的声音哽咽了，"我也不是真的小三，我也很冤枉，为什么你们就要骂我犯贱？"

"你……"

"苏娆，你出了事，大家都积极主动地帮助你，但你的处事方法的确有问题，你不承认也就算了，现在还反过来辱骂陈曦，实在是太过分了。你难道不知道自己在网上已经声名狼藉，要不是陈曦坚持要我帮你，你现在都成过街老鼠了，还能坐在这里指责她？你真是太忘恩负义了！"

"你们帮我平息网上的事情，我很感激。但这并不代表我理亏，我到现在都不明白陈曦那天为什么要生气，看到我那个样子，她居然还有心思争风吃醋，我也是醉了。如果反过来，她出了事向龙七求救，我肯定不会跟她闹脾气。"

"那能一样吗？龙七是她兄弟，你跟风叔有什么关系？"韩佳佳非常生气。

"我跟韩风没关系，就算不是朋友，也是个认识的人，我向一个认识的人求助有错吗？为什么就要被你们说成这样？"苏娆依然理直气壮。

"你闭嘴。"龙七忽然怒喝，"滚！"

"你……"苏娆的眼泪一下子就掉出来了，楚楚可怜，好像所有人都在欺负她。

"没有错！"这个时候，韩风忽然说话了，一副严肃认真的态度，"你向我求助，没有任何错！"

瞬间，气氛变得僵硬……

感觉刚才欧阳风华、韩佳佳说的话全部都被否定了，就连陈曦这个人也被韩风给否定了。

"风叔，你这是在干什么？你到底在哪一边的？"韩佳佳急了，"你怎么到现在还护着苏娆？"

"我只是就事论事。"韩风深深地看着陈曦，"其实苏娆说的没错，作为她的朋友，在那种时候应该担心她的安危，而不是胡乱猜疑、无理取闹。"

"你说我胡乱猜疑、无理取闹？"陈曦简直不敢相信自己的耳朵。

"韩风，你吃错药了？你居然这样说陈曦？"欧阳风华也觉得不可思议。

陈曦强忍着心中的怒火，冷冷地笑："好，既然你都这么说了，那就当是我无理取闹吧，是我弄错了自己的身份，以后你们俩的事情一概与我无关！"

说着，陈曦起身就要走……

"陈曦。"欧阳风华连忙拉住她，"你走什么，要走也是他们走。今晚我来买单，我来做东，跟他们没有关系。"

"欧阳……"陈曦正要说话，鞠啸东刚好拿着手机走进来，"人都齐了吗？"

"齐了，准备上菜了。"欧阳风华不想让他知道刚才的争执，毕竟自己第一次带他来见朋友，如果发生这样不愉快的事情，他肯定会觉得她的人际圈有问题。

为了照顾欧阳风华的感受，陈曦只得重新坐下。

韩风皱眉看着她，似乎为自己刚才的行为感到抱歉。

楚莉莎起身招呼服务员上菜，忙里忙外的活像一个女主人，不过因为她的身份已经落实，没有人再排斥她。

大家都为了欧阳风华努力维持气氛，只有苏娆，委屈得像个孩子。

"苏小姐这是怎么了？"鞠啸东诧异地看着苏娆。

"没什么。"苏娆楚楚可怜地抹着眼泪。

"她有病，我带她去看医生，你们慢慢吃。"龙七实在是坐不住，拽着苏娆就走了。

自始至终，秦少辉都没有说一句话，也没有帮过苏娆半句，就像一个局外人，静静地坐在旁边喝茶，就连苏娆走了，他也没有起身。

"早就该滚了。"韩佳佳忍不住低骂。

"咳咳。"楚莉莎干咳两声，低声提醒，"你就别火上浇油了，好好吃饭。"

"要你管？"韩佳佳愤愤地瞪着她。

楚莉莎撇了撇嘴，没有说话，招呼大家喝酒吃菜。

鞠啸东似乎看出了什么不对劲，不过他什么都没有问，开了几个无伤大雅的小玩笑，很快就把气氛调动起来了。

韩佳佳和楚莉莎还有欧阳风华都跟他聊得不亦乐乎，就连向来寡言少语的秦少辉也参与到话题之中，只有陈曦和韩风是沉默的。

陈曦对韩风刚才公然支持苏娆的行为耿耿于怀，心里很不舒服，找了个借口去洗手间。

韩风马上跟上去。

鞠啸东看了他们一眼，继续跟大家聊天，他是一个擅长掌控大局的人，轻易就能够将局面控制起来，调动所有人的注意力，全都以他为中心。

而且他幽默风趣，总是能够让人开怀大笑，还善于关注每一个人的感受，气氛很好。

欧阳风华就这么托着下巴凝望着他，心里、眼里，满满都是崇敬和仰慕。

餐厅的洗手间在外面，穿过一条红木走廊就到了，陈曦在走廊被韩风拉住："我想跟你谈谈。"

"有什么好谈的？"陈曦冷冷一笑，"你刚才不是已经表明态度了吗？"

"也许我们观点不一样，但我觉得这种小事不应该影响我们之间的感情。我只想告诉你，我帮助苏娆纯粹出于道义，而且为了避嫌，我第一时间就叫佳佳赶过去，我觉得我真的足够尊重你。如果一定要说有什么错，那应该就是我急着去救人，对你撒了谎。不管怎么样，这件事让你不开心，我可以向你道歉，但这不能成为我们分手的理由！"

"我们都还没开始，谈何分手？"陈曦可笑地看着他，"还有，我觉得观点不一致这个问题就已经很要命了，以后会有更多的矛盾，所以，我们根本不适合交往！"

## 61. 阅人无数

这场聚会别别扭扭，大家都在为欧阳风华撑场子，谁都没有提前离开，但是欧阳风华很清楚，陈曦已经撑得有些艰难了，所以饭后的娱乐全部取消，大家就这么散了。

韩佳佳一直想要给韩风和陈曦做和事佬，却没有说话的机会。

韩风借口去买单，都没有送陈曦。

欧阳风华担心陈曦，一直看着她开车离去。

韩风出来的时候跟他们打了个招呼，准备上车，欧阳风华忍不住把他拉到一边质问："你到底是怎么想的？"

"什么怎么想的？"韩风面无表情。

"你对陈曦到底是几个意思？"欧阳风华急了，"就为了苏娆，你们俩真的准备散了？"

"呵呵……"韩风苦涩一笑，"用陈曦的话来说，我们俩还没开始，不存在散不散。"

"可是……"

"鞠先生在等你。"韩风打断欧阳风华的话，"上车吧。"

说着，韩风就先上了车……

欧阳风华也只好离开，从车窗看到韩风开车离去，她忍不住感叹："都说女人心海底针，我看男人的心思才是真的捉摸不透。"

"两个自尊心太强、过于追求完美的人在一起，始终会出问题的。"鞠啸东忽然说了一句。

"什么？"欧阳风华很意外，"你看出什么了？"

她什么都没有跟他说，他似乎看穿了一切。

鞠啸东淡淡一笑："韩风和陈曦有暧昧，因为苏娆的原因闹别扭，在场的人几乎都站在陈曦这边，这么看来，苏娆应该是个不讨喜的角色。不过恕我直言，韩风既然站在苏娆那一边，说明你的朋友陈曦也有些问题。"

"陈曦有什么问题？她已经做得够好了。"欧阳风华有些激动，"我从来没有遇到过一个像她这么重情重义、坚守原则的人。"

"有时候太过于坚守原则并不是好事。特别是在爱情里面，过于坚守原则，只能说明她把自尊和个人感受看得比那段感情重要，这对男人来说是一种致命的挫败感！"

听到这句话，欧阳风华沉默了，好像真的是这样，要说韩风对苏娆有意思，那是不可能的，可他为什么要在这个时候公然说苏娆没错？其实他只是在借用这种方式表达自己的立场，说来说去，他是觉得自己没有做错，不应该受到陈曦的指责。

"还想不通？"鞠啸东笑了，"其实你们争论的那个话题并没有什么对错之分，那个苏娆也不是什么罪大恶极，不过就是在出意外的时候向闺蜜男朋友求助而已，这有什么大不了的呢？至于弄成这样吗？"

"你怎么知道这些？"欧阳风华惊愕地问。

"你们争论得那么激烈，我在外面想不听见都不行，我只是为了不让你尴尬，故意装作不知道而已。言归正传，当然，女人很介意闺蜜跟自己男朋友走得太近，出现这种情况，很多女人都会不爽。男人也一样，如果兄弟私下接触自己的女人，男人也会不痛快，但韩风和苏娆又不是背地里勾搭，不过就是求助而已，一个感情成熟的女人不会因为这么点小事就跟男人分手！"

"你是在说陈曦感情不成熟？"欧阳风华皱眉。

"对。虽然她结过婚生了孩子，但是可以看出来她的感情经验很少，说直白一点儿就是没经历过什么男人，而且骨子里传统保守，所以处理感情的事情有点不太成熟。

"如果她稍微圆滑一点儿，即使心里不舒服，也不要表露出半点生气不悦，事后再跟那个男人沟通，然后防着这个闺蜜就好了。如果这个男人下次再犯，她就可以把他踢出局了。这样即显得大方得体，又不会闹矛盾。你看她现在弄得，失去感情，失去闺蜜，还显得小家子气，何必呢？"

"你说得很对。"欧阳风华无奈地苦笑，"其实那天陈曦跟韩风提出分手的时候我就觉得她太冲动了，可是后来想想，能够在感情里保持理性头脑的人，肯定是阅人无数、历尽沧桑！"

"嗯，你说对了。"鞠啸东笑着点头，"所以我一开始就说了她没什么恋爱经验。"

"那你呢？"欧阳风华深深地看着他，"你这么懂，是不是……很有经验？"

"那当然。"鞠啸东直言不讳地说，"我都活了四十多岁，没经验才奇怪。"

"那你经历过多少女人？"欧阳风华脱口而出。

"你真的想知道答案？"鞠啸东挑眉一笑。

"算了，你还是不要说了。"欧阳风华马上转移话题，"我不想找不痛快！"

"哈哈……"鞠啸东大笑，"书上都把爱情写得很美好，但现实都是残忍的。虽然情商占有一部分原因，但经验都是经历得来的！看得出来，陈曦和韩风都是没多少感情经历的人，所以他们才会被这点小事给难倒。如果换成是我……"

"换成是你，你会怎么做？"欧阳风华很好奇。

"很简单，我一开始就不会瞒着陈曦，我会直接告诉她，然后再单独去帮忙，等回来了再跟她说明整件事情的经过，事情就解决了！"

"对，韩风错就错在隐瞒。不过他当时第一时间叫了佳佳一起过去，也算是避嫌了。"

"韩风不够圆滑，不过也恰巧可以说明他是个实在人，过于圆滑老练的男人，陈曦根本就hold不住，陈曦看上去好强，其实很单纯，不过这也刚好可以说明她是一个好女人，反而更讨男人喜欢。"

说到这一句的时候，鞠啸东的唇角扬起浅浅的弧度。

"你该不会是看上陈曦了吧？"女人通常都是敏感的，欧阳风华也不例外。

"放心，我虽然喜欢猎艳，但还是有原则的。"鞠啸东勾唇一笑，"我只是在告诉你，你这个朋友陈曦不缺男人缘，很多成功男人都喜欢她这一款，成熟迷人，骨子里还有一股傲气，再配上她这种特别的职业，很容易让男人产生兴趣！"

## 62. 男人的自尊心

"你可真是个老江湖。"欧阳风华心里很酸。

"嗯。"鞠啸东毫不隐瞒，"我好像跟你说过，我阅女无数，当然，我从来不勉强不欺骗，都是你情我愿，女人跟我在一起无论是精神、肉体还是物质都会有很大收获！"

"你真坦诚。"欧阳风华握着方向盘的手在发紧。

"我喜欢你，把你当自己人，所以才坦诚。"鞠啸东暧昧地凑近她，"风华，情感拉锯不好玩，要想活得潇洒就应该随性一点儿！"

"你想说什么？"欧阳风华有些紧张。

"去你家还是去我家？"鞠啸东的热气吹到欧阳风华的耳朵里，撩起酥麻酸软的感觉。

欧阳风华有一刹那的迷惑，但是想到他刚才说的那些话，她还是清醒过来："我想去看看陈曦！"

陈曦回到家，坐在沙发上看着空空荡荡的屋子，心里无比失落。

其实这些天，陈曦一直在反省，她觉得自己上次的确有些冲动，不该为了那么小的事情发脾气，更不该当着韩佳佳和欧阳风华的面叫韩风走。

可是经过这些天的思考，她已经放下那天的事，心里完全想明白了。

今天出发去龙泉山庄的时候，她还在想，要怎么才能打破僵局跟韩风和好如初，没想到后来会发生那样的事情……

现在想到韩风当着大家的面公然支持苏娆，她心里就像堵着什么似的，那一刻，不光是欧阳风华和韩佳佳的话被他一口否定了，就连她这个人也完完全全地被他给否定了。

她觉得自己就像个笑话！

也许在他心中，他们俩根本就没有什么关系，她没有资格没有权利生气，是她逾越了自己的分寸……

这些想法如同一块石头压在心里，让她感到十分沉重，快要喘不过气来。

"叮！"正胡思乱想着，手机收到微信，陈曦打开一看，是苏娆发过来的，先是几段长达六十秒的语音，然后就是几张截图。

陈曦没有耐心听那些语音，直接打开截图，是苏娆和韩风的微信聊天记录，时间就在几分钟之前——

"韩风，在吗？我想跟你谈谈？"

"在。"

"真的很对不起，我没有想到会弄成这样。那天我找你帮忙是因为我实在找不到人了，那一刹那我只想抓住一根救命稻草，我觉得你人好，我向你求助你一定会答应的，所以就给你打电话了。

"我之所以让你瞒着陈曦是不敢面对她，因为龙七的事情，我们俩已经闹僵了，我不想让她看到我那个狼狈不堪的样子，可我真的没有想过要欺瞒她。

"后来她生气了，我觉得很委屈，但我不想失去她这个朋友，所以我今天特地坐她的顺风车去龙泉山庄，想要在路上跟她解释清楚，本来路上我们俩已经和好了，但我没有想到欧阳和韩佳佳会在饭桌上说我。

"当时我也是忍不住，所以就反驳了，但我并不是针对陈曦，而且我根本没有想到你会为我说话，当时我就觉得一桌子终于有一个人站在我这一边，我没有多想，可是刚才韩佳佳打电话把我骂了一顿，说你和陈曦彻底分手了，都是因为我，我真的觉得特别愧疚。"

"你没有做错，不用愧疚。"

"你这么说我心里更难受。我一直觉得你和陈曦很般配，现在你们俩因为我而分手，我……"

"你弄错了，我们分手不是因为你，是因为她的自尊。"

"什么？"

"你在饭桌上有一句话说得特别对，你说一个女人如果连这么点儿小事都要计较的话，只能说明她不够爱那个男人。"

"我当时是在气头上，说话口无遮拦，你不要放在心上，其实陈曦是很喜欢你的……"

"这个时候我们就不要再自欺欺人了。如果她喜欢我，她就不会因为这么点小事抓住不放。那天晚上，她当着佳佳和欧阳风华的面就让我拿行李走人，当时我都惊呆了。

"我一直以为她是性情温婉的人，没有想到她翻脸那么快，说实话我从来没有受到过这样的轻视，当我拿着行李从她家里离开的时候，我觉得自己已经完全没有自尊心了。"

"陈曦有时候脾气上来了就会说狠话，但她只是刀子嘴豆腐心……"

"这段时间我没有找她，我也想让彼此冷静下来好好想想，但同时，我又控制不住自己的心，其实我很没有出息，我还是想着她，所以我单独找了唐笑，让他出面组织这场聚会，其实我就是想找借口见见她。今天来之前，我一直都在想，用什么样的方式跟她化解矛盾，没想到最后还是弄成这样。"

"当时你就不应该帮我，反正我都受她们排挤惯了，让她们骂一骂也没什么，你帮了我，反而让陈曦心里不舒服。"

"我并不是帮你，我只是在为我自己申诉，我就不明白，我去救人怎么就错了？之前被她那样对待一次已经够了，现在还要当着这么多人的面数落，有意思吗？"

"呃……原来是这样。"

"还有，陈曦看到楚莉莎的时候，没有丝毫的吃醋，反而一脸的高高在上，不屑一顾，这说明她心里根本就没有我！"

"不是这样的……"

"行了，不说了，我跟唐笑在外面喝酒。我最后说一次，这件事你没有做错，我跟陈曦分手也不是因为你，你不用愧疚！"

看完截图里的内容，陈曦百感交集，她的确没有想到当时自己随口说出来的一句话会对韩风造成这么大的伤害，她想起以前万彬每次跟她吵架的时候都说她总是高高在上的样子，不把别人放在眼里，从来不顾及男人的自尊心……

那时候她总觉得是他无理取闹，现在她才明白，有时候说者无心听者有意，她的一些行为语言，真的会伤害男人，只是她自己却浑然不知。

一瞬间，陈曦觉得很迷茫，她觉得自己就是一个感情巨婴，根本就不懂得怎么恋爱……

## 63. 鬼迷心窍

这天晚上，欧阳风华并没有来找陈曦，她只是找了个借口避开鞠啸东而已。

她对鞠啸东的着迷不只是一点点，他越是坦诚直接，就越是显得有魅力，让她无法抗拒。

但至少目前，她还有自控能力。

陈曦的单身狗生涯终究是没能结束，就这样与爱情擦肩而过。

欧阳风华第二天来找陈曦，陪她出去吃饭逛街，陈曦没有她想象中那样伤心难过，一如既往的平静淡然，完全不像一个失恋的女人。

倒是欧阳风华有些心不在焉，一直想着要不要跟陈曦聊聊鞠啸东的事情，她感觉自己就像鬼迷心窍了一般，为这个男人神魂颠倒、无法自拔，几个小时没跟鞠啸东说话她就浑身不自在。

可是理性清楚地告诉她，鞠啸东有毒，靠近他就是在引火自焚。

她想要有一个人可以骂醒她，提醒她。

可是想到陈曦才刚刚跟韩风分手，她不想在这个时候伤她的心。

晚上两人在吃纸上烤鱼，陈曦想起一件事，忽然问："对了，唐笑昨天怎么没去？他可是召集人。"

"嗯，他临时有事就没去。"欧阳风华毫不在意。

陈曦没有说话，她心里很清楚，唐笑哪里是临时有事，他是心里有事。

第一次聚会的时候，陈曦就看出来了，唐笑暗恋欧阳风华，可欧阳风华似乎浑然不知，以前唐笑在背后默默守护她，现在她有了鞠啸东，他自然要保持距离。

"陈曦。"欧阳风华实在是忍不住了，拿着手机沮丧地问，"你说一个男人如果从来都不主动找你，是不是代表他不喜欢你？"

"鞠啸东没回你微信？"陈曦瞟了一眼她的手机。

"我已经给他发了三条微信，每隔一个小时发一条，他一直都没回复。"欧阳风华眉头紧皱，"你说他是不是在开会呀？"

"看来你真的很喜欢他。"陈曦深深地看着欧阳风华，"鞠啸东到底有什么魅力？把你迷成这样？"

"你不知道，他是我们律政界的翘楚，打官司百战百胜，在全国都排得上名号的，找他打官司的全都是大人物，他出庭的时候浑身都在发光，我两年前就是因为看了他的一场官司才决定留在成都的。还有，他的知识量丰富到就像一本百科全书，凡是我不懂的东西，只要请教他，他都可以对答如流。我现在能够跟他交朋友，觉得自己好幸运好幸运！"

"你要分清楚崇拜和爱情是两回事。"陈曦很淡漠，"而且，你不知道有一样东西叫百度吗？"

"那能一样吗？"欧阳风华不悦地皱眉，"你好像不太喜欢他？"

"这个……"陈曦想了想，婉转地说，"我只是觉得他配不上你，你那么优秀，应该找个更好的。"

"什么样的才是更好的？"欧阳风华反问，"年轻帅气有钱？"

陈曦沉默了片刻，说："好吧，爱情这种东西真说不清楚，你喜欢的就是最好的。"

"那就对了。"欧阳风华眉开眼笑，"我就是喜欢他！不仅喜欢他，还崇拜他，仰慕他，这种感觉一般小鲜肉身上找不到的。"

"嗯。"陈曦点点头，一脸认真地说，"像鞠啸东这种中年男人，事业有成，财势雄厚，人生经验丰富，能说会道，幽默风趣，而且温柔体贴，的确让女人无法抗拒。可是这样的男人，要么非单身，要么红黄蓝绿橙知己一大堆，你只是其中一个，要让他为你放弃一片森林，难如登天！"

"他肯定是单身。"欧阳风华马上说，"这个我弄清楚了，他离异，有一个儿子在北大读书。"

"他儿子都读大学了？"陈曦有些意外，"那他到底哪年的？"

"72年，四十五岁。"欧阳风华丝毫不介意，"比我大15岁，我觉得很好啊，成熟稳重又懂得疼人。"

"好吧。"陈曦微微皱起眉头，她知道，恋爱中的女人智商为零，即使是欧阳风华这样的女人也不例外，她现在这么喜欢鞠啸东，别人说的话她根本听不进去。

"他回我消息了。"欧阳风华拿着手机欢呼雀跃，"他刚才果然在开会，他约我晚饭。"

"你已经在吃了……"

"我不吃了，我现在过去找他。"欧阳风华马上放下餐具，"陈曦，我去洗手间补补妆，然后就要走了，你吃你的，我来买单。"

说着她就急急忙忙拿着东西去了洗手间……

陈曦顿时失去了胃口，拿出手机百无聊赖地刷着微信。

苏娆给她发了几个语音，她懒得听，点开韩风的头像，忍了又忍，终于还是忍着没有给他发消息，继续吃东西，这个烤鱼是变态辣，辣得胃里像火烧一样，也许这样，她心里能够痛快一点儿。

欧阳风华从洗手间出来，跟陈曦打了个招呼就火急火燎地走了。

陈曦一个人吃烤鱼，心情不免有些失落，这时手机响了，龙七发了几条语音消息，她接上耳机打开听——

"陈曦，我知道你跟韩风闹掰了，也知道昨天苏娆给你发了一堆截图，韩风好像说你没有顾忌他的自尊心，说你不够喜欢他？以我对你的了解，你现在肯定心里堵得慌，想着自己是不是哪里做得不好、做得不对。

"你这个人没别的毛病，就是没事儿喜欢自省，以前对你那个渣前夫就是这样，就算他做得再过分，你还总是检讨自己。你呀，老是用圣人的标准来要求自己，对别人犯的错却总是包容体谅！

"我说你这样累不累啊？

"说实话，韩风这人吧，还行，没什么大毛病。他出于好心去帮人，也没做错什么，这件事换作我来看，也不是什么事儿。可是陈曦，你也没有错啊，即将成为男朋友的人瞒着你去帮助其他女人，你耍点小脾气怎么了？这太正常了吧？"

## 64. 凄凄七夕

"如果换作是我，我就不会这样对你，我跟你这么多年哥们儿，你对我说话可比对他的态度恶劣多了，你挖苦我、打压我的那些话也挺伤自尊的，有时候我也很生气，但也没跟你绝交啊，因为我是真心喜欢你，珍惜你。

"说到这里你明白了吗？每个人都有缺点，你也不例外，你的问题就在于对自己要求高的同时，也对别人要求严苛，说实话，你的那些要求一般人都做不到！

"你会生气会闹别扭是再正常不过的事情了，如果对方因为这样放弃你，那只能说他不够爱你，你犯不着为了这种事去愧疚自责！懂吗？"

"知道了，谢谢你！"

陈曦难得这样认真地回复龙七，她之前都不知道，原来他这样了解她，比她自己更了解。

他说的话句句在理，针针见血，既肯定了她的问题，同时也开解了她，让她连日来阴霾密布的心情豁然明朗起来。

陈曦忽然就醒悟了，她顿时明白，原来有些人有些事，真的不能深究，特别是感情，哪有那么多的道理可讲，哪有那么多的对错要分，只不过是个人的感受和情感，孰重孰轻罢了……

转眼暑假就快要过去了，万彬发来消息让陈曦明天去接万星星，陈曦一口答应下来，刚回复完微信，韩佳佳就打电话问她明天有没有时间一起吃晚饭。

陈曦正想问明天是什么日子，看见朋友圈很多单身狗在哀号，这才知道明天是七夕情人节。

她在心里感叹着时间过得真快，同时也为韩佳佳的用心良苦而动容，这么长时间以来，韩佳佳一直都没有放弃撮合她和韩风，估计明天这个晚饭也是有预谋的。

陈曦心里想着这会不会是韩风的意思？上次那个聚会，也是韩风暗中找唐笑来安排的，也许……

可是很快，她就给了自己答案，如果他真的有心，应该自己来邀请她，为何还要假借他人之口？

更何况，她都已经答应要去接万星星了。

"已经有安排了，你好好玩，下次空了我们几个女生一起聚聚。"

陈曦这么回复韩佳佳，同时她想起苏娆曾经对她的评价，过于追求完美，终究是很难找到幸福的……

陈曦淡淡一笑，其实她什么道理都懂，不过她只想做自己。

这阵子，大家都忙着经营各自的爱情，欧阳风华和鞠啸东，苏娆和龙七，韩佳佳和秦少辉，他们都在接触交往的阶段，通过这个七夕，应该会确定关系吧？

陈曦在心里为他们祝福，希望一切顺利，而她自己却选择了独处。

陈曦一大早就开车去接万星星，见到了万星星的奶奶。

一个靠着拆迁有了几套房子，有社保有医保，所以优越感很强的老太太，她在陈曦面前永远都是一副趾高气扬的样子，好像陈曦嫁到她们家就是几辈子修来的福分，对陈曦从来就没有一个好脸色。

后来陈曦实在是受不了，于是努力赚钱搬出去住，一个人带孩子，一个人处理家务，还要写稿子挣钱。

而那个时候万彬已经开始不着家，陈曦忙得焦头烂额，每次因为这些事情跟他争吵的时候，他就说她是自找的，住在乡下有他妈妈帮着做饭搞卫生，她可以轻松很多，偏偏要铆足了劲儿搬到城里去，自己搞不定又要怨天尤人。

老太太也说陈曦眼高手低，攀比心重，不安分，总之提起她就一肚子火，对这个媳妇儿是一千一万个不满意。

离婚的时候老太太是不知道的，没吵没闹也没干涉，现在大概是知道了，对陈曦更加恨之入骨，当着孩子的面就说她把这个家给毁了，把万彬和孩子都毁了……

陈曦一句话都没说，牵着万星星准备上车，老太太突然抱着万星星号啕大哭，陈曦吓了一跳。

就好像世界末日要来了，万星星这一走，以后就再也不会回来了……

街上的人纷纷前来围观，特别是那些老大爷老太太，还没有弄清楚情况就开始发出义愤填膺的声讨："年轻人欺负老人可不行啊。"

"做人媳妇要懂得孝道，不然枉为人。"

"自己也是为人母，怎么能做出这种事情？"

陈曦简直无语。

这小区都是拆迁户，住户基本都是以前一个村的，互相之间都认识，陈曦好歹在这里住了五年，大家都知道她，从前这些大爷大娘就喜欢指手画脚："这外地媳妇真走运啊，嫁到我们这里来，不愁吃不愁穿。我们这块儿可是风水宝地，拆迁分了那么多房子，一辈子都衣食无忧。你们看看，她都不用出去工作。"

其实陈曦怀孕的时候就在写稿子，为了避免辐射，还用纸笔在信纸上写，然后传到电脑上去，后来生万星星耽误了几个月，等到万星星三个月的时候，她又开始写稿子，从来就没有间断过。

只是陈曦不用像其他人一样朝九晚五地上班，更不用像楼上楼下隔壁邻居的媳妇那样在附近的工厂上班，她也没有向那些不熟悉的人提起过她的工作。

所以，很多人都以为她不用工作，靠着老公和婆婆的拆迁金过日子……

今天镇上赶集，周围围满了人，所有人都在指责陈曦，不分青红皂白先批评一通再说。

刹那间，陈曦变成了一个千夫所指的人，万星星吓得大哭，陈曦没有理会那些人，想要带着万星星上车离开，老太太却死死抱着万星星不肯撒手。

陈曦隐忍的怒火就要爆发了，这个时候，万彬从人群中走出来，用力掰开他妈的手，把万星星抱上车，对陈曦低喝："上车滚！"

陈曦连忙上车，只想尽快带着万星星离开。

"你这个没用的东西，你把我孙儿还给我，还给我，不要让那个女人把我孙儿抢走……"老太太扒着车门不肯撒手。

"够了，别闹了，你还嫌不够丢人现眼吗？"万彬用力拽开她，对围观的人大吼，"看什么看，有什么好看的？都给我滚开！"

那些人叫骂着让开了，陈曦开车离去，车窗关上之前，她还听见万星星的奶奶在怒骂："陈曦，你这个女人太狠毒了，万彬对你那么好，处处维护你，你还把他扫地出门，你会遭报应的……"

陈曦没有听下去，从后视镜里看着万星星。

万星星泪如雨下，却蜷缩在安全座椅上，一声不吭。

陈曦鼻子一酸，眼睛就红了，心里如同针扎般难受。

万星星被吓坏了，亲情的改变已经在她幼小的心灵蒙上一层阴影，现在却还要在众目睽睽之下受到这样的惊吓，这对她来说就是一种折磨。

陈曦不知道万星星是因为受惊过度，还是不想让她担心，总之看到女儿这个样子，她的心都要碎了……

她一直以为离婚也可以和平相处，没必要成为仇人，毕竟他们之间还有个孩子，没想到现在居然会弄成这样。

终究是她太天真了，有些关系一旦破裂就不可能和平相处。

路上韩佳佳给陈曦打了电话，陈曦没有来得及接听，也没有心思理会这些。

这一天，陈曦都在陪着万星星，用心去安抚她。

万星星泪眼模糊地问："妈妈，其实挨骂的人是你，你为什么一直在安慰我？应该是我安慰你才对。"

"这点事情不算什么，妈妈没关系。"陈曦微笑着抚摸万星星的头发，"星星，妈妈只想保护你，不让你受到伤害。"

"都怪我不好，我不应该去奶奶那里。"万星星十分愧疚，"如果我不去奶奶那里，你就不用去接我，也就不用挨骂了。"

"你别这么想。"陈曦捧着万星星的脸，温柔地说，"你奶奶对我有些误解，所以才会那样对我，更何况，我现在跟你爸爸分开了，跟你奶奶就没有任何关系。但你不一样，你和她有血缘关系，这份亲情是永远都无法割舍的，她今天之所以会那么做，就是因为舍不得你，害怕失去你，虽然她的行为有些极端，可她没有坏心。"

"可是她伤害了你。"万星星哭着说，"我不想要任何人伤害你。"

陈曦的眼泪在眼眶里打转，可她努力将泪水逼回去，尽量让自己的声音听起来平静："对，她是伤害我了，可她没有伤害你，我可以怪她，你不能。"

"反正以后我都不想去她那里了。"万星星抹着眼泪，"那几天我住在她那里，她天天抱着我哭，一天哭几次，动不动就说你把爸爸赶走了，还说你狠心。我不喜欢听到这些话。"

"我知道了。"陈曦搂着万星星，"现在是一个过渡阶段，她还没有接受现实，等过了这段时间就好了。"

"呜呜，我不要，不要这样……"万星星扑在陈曦怀里伤心地低泣。

陈曦轻轻拍着她的肩膀，心里十分愧疚。

她一直以为，她和万星星早已习惯没有万彬的生活，只要她和万彬都能为孩子考虑，离婚就不会对孩子造成太大影响，可是现在她才发现，她想得太天真了。

她可以让自己做得更好，却无法控制别人。

如果万星星的奶奶能够开明一些，依然像以前那样对孩子，对陈曦不需要太好，客气尊重就行，那么她们之间还是能够和睦相处，孩子也愿意常回去看看她。

可是现在事情弄成这样，万星星以后就不愿意回去了，老太太得不偿失……

手机在响，龙七打电话过来，陈曦直接挂了，拍拍万星星的肩膀哄她睡觉，然后去收拾卫生，洗衣服，准备午餐。

今天发生的事情，陈曦表面上装作一切都不在意，但心里其实很难受。

虽然陈曦出身于一个普普通通的家庭，甚至家里还有些重男轻女，可是从小到大，她都没有做过什么家务，反而是嫁为人妇之后学会洗衣做饭带孩子。

从前十指不沾阳春水的她，学会做一手川菜，好几次炒回锅肉的时候都被热油溅伤了手，切菜切到手指头更是家常便饭。万星星出生之后她就没有吃过一顿热饭，每次都是等到婆婆吃完了抱着孩子，她才能吃饭，到那个时候饭菜都冷了。

万彬大男子主义，他母亲的思想还停留在封建社会，总觉得媳妇娶回家就要相夫教子伺候婆婆，再加上她年轻守寡，把儿子当成全世界，所以陈曦在这个家里就像是一个外人。

现在回头想想，陈曦都不知道那几年是怎么过来的，傍晚打开电灯都要被婆婆骂浪费电，晚上洗澡洗头发也要被骂娇气浪费水……

这样的生活，陈曦依然熬过来了，依然对那个家兢兢业业、呕心沥血地付出，每一次婆婆生病都是她带她去医院，每一次婆婆的换季衣服都是她给买的，她对万彬对他母亲对那个家可以说是毫无保留的付出，可是这些付出现在全部都被否定了。

婆婆从来不曾考虑自己儿子有什么错误，把所有问题都怪罪在陈曦身上，不顾她的尊严和颜面，当着孩子的面对她百般羞辱辱骂。

真是让人痛心……

更痛心的是伤害了万星星！

孩子是无辜的，她不应该受到这样的惊吓，不应该看到人性最丑陋的一面，在心里留下阴影。

"叮铃铃——"手机在响，是万彬打来的电话。

陈曦接听了："喂！"

"星星怎么样？"万彬问。

"睡着了。"陈曦很冷漠，"我觉得你有必要好好跟你妈妈沟通一下。"

"她心疼孩子，心疼我，这是人之常情。"万彬依然是这样的老态度，"下次你不要去接了，不要跟她见面，就不会有矛盾。"

"什么叫下次？"陈曦怒火中烧，"星星今天被吓到，哭了一天，你知道这对她来说是多大的伤害吗？我告诉你，短时间内，我不会让她见你妈。"

"你什么意思？"

"就这个意思，你自己考虑。"

陈曦直接挂了电话，心里燃着一团火，万彬每次都是这样，跟他沟通真是辛苦。

又有电话打进来，是韩佳佳打来的，陈曦没有接听，她现在心烦意乱，什么事都不想理会，也就不会知道，她错过了什么……

## 65. 韩风出事了

临睡前陈曦看了一下日历，今天是农历七月初七，阳历八月二十八号，还有三天就要开学了。

陈曦早就答应要带万星星出去旅行，却一直没有兑现，趁着最后这三天时间，她打算带她去峨眉山爬山看日出，就当是散散心，收拾好心情准备迎接开学。

这段时间发生了很多事，陈曦跟万彬离婚，又认识韩风，虽然生活看似没有发生什么变化，但心境已经不同了……

经过昨天的事件，陈曦才深刻意识到自己忽略了万星星的感受，她觉得有必要单独跟孩子待几天，好好跟她沟通沟通，应该怎样面对过去和未来。陈曦关掉手机，开车带万星星自驾游。

第一天先是去了乐山，坐游轮看乐山大佛，吃当地美食，在乐山住了一晚上，第二天睡到自然醒，开车去峨眉山，下午在峨眉院子逛了逛，然后开车去半山酒店，第二天凌晨五点起床去看日出……

陈曦放下一切，全心全意陪着万星星。

万星星忘记了所有不愉快，玩得很开心。

凌晨，两人一起在山顶看日出，陈曦指着从天际缓缓浮现的霞光对万星星说："星星你看，日出好美哦，我们四点钟起床，五点钟站在这里等日出，虽然很冷很困很累，但是现在看到这幅美景也值得了，对不对？"

"对。"万星星被眼前的美景所震撼，伸出手仿佛就能触到那一片霞光，"日出真的好美哦，我第一次看到这么美的景色呢，感觉我现在在天上。"

"任何绚丽的东西都需要我们付出努力才能看到，比如我们大半夜爬到这里，在这个过程中，我们需要静下心来慢慢等待，就算遇到什么障碍也要勇敢面对……"

陈曦以一种朋友的心态跟万星星交流，敞开心扉谈天说地，对过去的看法，对未来的期待，约定好无论发生什么事都要一起勇敢面对，保持乐观积极向上的心态。

万星星感受到了陈曦的用心良苦，下山的时候，她抱着陈曦的脖子说："妈妈，你别担心，不管遇到什么事，我都不会害怕，因为有你在！"

"嗯嗯。"陈曦紧紧搂着万星星，在心里暗暗发誓，无论以后发生什么事，她都要以孩子为重，永远把孩子放在第一位！

三十一号中午从峨眉山回来，陈曦又开始忙着跟万星星一起检查暑假作业，准备开学需要用的文具等用品，下午两人把家里卫生收拾了一下，准备出去吃饭看电影，用轻松愉悦的心情迎接明天的开学。

陈曦正在换衣服收拾打扮，外面传来敲门声，万星星从猫眼里看了一下，对陈曦喊道："妈妈，是一个陌生叔叔。"

"不要开门。"陈曦十分警觉，穿好衣服走过来查看，居然是唐笑，她马上打开门，"唐笑，你怎么来了？"

"打你电话一直关机，所以就找来了。"唐笑脸色沉重，"韩风出事了，你去看看他吧。"

"什么？他出什么事了？"

陈曦带着万星星上了唐笑的车，车上，唐笑跟陈曦说起这几天的事情。

七夕那天晚上，韩风出了车祸，多处挫伤，右腿骨折。

这几天，韩佳佳、欧阳风华、唐笑给陈曦打了很多电话，一直无法联系上她，苏娆已经到她家里来找了三次，唐笑想着万星星明天就要上学了，她们今天肯定会回来，所以晚上就来家里敲门试试，终于把陈曦找到了。

"他好端端的为什么会出车祸？还这么严重？"陈曦心急如焚地问，"他该不会是喝了酒吧？"

"他没有酒驾。"唐笑避重就轻地说，"开车出意外很正常，你别想太多。"

陈曦心里忐忑不安，他是不是因为跟她分手的事情心神不宁，所以才会出车祸的？

"你手机充好电没？"唐笑提醒。

"还在充。"陈曦打开手机，刚输入密码，手机就响个不停，几十条微信闪出来，大多数都是他们单身狗群里的人发来的，还有三条是韩风发来的——

"晚上一起吃个饭吧，我约了佳佳和秦少辉！"

"你真的这么不想见我？"

"……"

陈曦看了时间，马上问唐笑："他是什么时候出车祸的？"

"七夕下午。"

"几点钟？"

"大概就是五点多吧，我接到电话的时候是六点。"

陈曦心头一颤，韩风给她发微信的时候正是下午五点，那个时候她正在给万星星做晚饭，因为心情不好，万彬又老是发微信来打扰她，所以她就把手机给关掉了。

现在想想，韩风那天出车祸十有八九跟她有关，她心里更是愧疚。

"别胡思乱想。"唐笑看出了陈曦的心思，安抚道，"车祸是意外，谁也不想发生的，而且韩风也没有生命危险，我们就是觉得他心里惦记着你，所以才花这么多心思把你找来。再说了，就算你们不能在一起，大家也是朋友，朋友出事，你也应该来探望一下的嘛。"

"好，我知道了。"

陈曦心里十分难受，她总觉得有些愧疚，如果自己当时能够理智成熟一些，不要选择逃避，而是正面跟韩风回应，也许就不会发生这样的事情。

"妈妈，他们说的人是谁？"万星星忽然问。

陈曦愣了一下，才想起自己从来没有跟万星星交代过韩风的存在，万星星就只认识她的几个女性朋友，男的除了龙七之外，一个都不认识。

陈曦想了想，简单地跟万星星解释："他们都是我的朋友，开车的这位唐叔叔是欧阳阿姨的助手，现在在医院生病的那个韩叔叔是佳佳姐的叔叔……"

万星星一听这两个男人是欧阳风华和韩佳佳的朋友亲人，很快就接受了。

到了医院，已经晚上六点半，陈曦和万星星都还没吃晚饭，万星星喊着肚子饿，陈曦给她买了一个面包一盒牛奶拿着吃，然后就跟着唐笑匆匆来到住院部找韩风。

路上，陈曦如履薄冰，心乱如麻，不知道待会儿要怎么面对韩风……

## 66. 相亲对象

万星星似乎看出了陈曦的忐忑不安，仰着小脑袋问："妈妈，你好像有些紧张？"

"妈妈没事，妈妈只是担心朋友的伤势。"陈曦平复自己的心情，不想让万星星多想。

"欧阳这几天也在找你，我跟她说一声吧。"唐笑给欧阳风华打电话，"欧阳，我找到陈曦了，现在在医院电梯里，嗯，马上上去。"

"啊？不会吧。"

欧阳风华似乎在电话那头说了些什么，唐笑马上乱了，"我知道那个女孩，她不就是来探望韩风的吗？怎么变成在这里照顾他了？我昨晚来的时候她都不在。"

"不会吧，相亲对象？"

"那现在，现在怎么办？"唐笑复杂地看了陈曦一眼，掩着话筒低声说，"好好好，都是我的错，我应该事先问问你，可陈曦已经在住院部电梯里了，而且我觉得事情没有你说的那么严重……"

"这倒也是，可是……"

"好吧。"唐笑把手机递给陈曦，"欧阳要跟你说话。"

陈曦皱眉接过手机，电梯门就开了，电梯里很多人往外挤，陈曦牵着万星星，根本就没办法听电话，只得对电话那头的欧阳风华说："风华，我在电梯里，等一下。"

走出电梯，电话已经挂断了。

"陈曦。"唐笑追出来拦着陈曦，"我有一件事想跟你说……"

"什么？"陈曦隐约觉得不对劲，"刚才我听你和欧阳讲电话说到什么女孩，是什么意思？"

"那个，就是……"

唐笑的话没有说完就顿住了，陈曦怔怔地看着前方，一个温婉文静、长发飘飘的女孩扶着韩风从病房出来，韩风的右腿打了石膏，整个人都倚在女孩身上，两人低声交谈，十分亲密。

唐笑捂着额头，暗自低骂自己的失策，他真是热心办坏事，早知道就应该跟欧阳风华商量一下，不该贸然带陈曦过来。

"风叔，你怎么又跑出来了？医生说你现在应该卧床休息，不要急着走路……"韩佳佳焦急的声音在看到陈曦的时候愕然顿住，"曦、曦姐……"

大家都显得十分错愕、慌乱、紧张，就好像做错了什么事。

包括韩风！

他慌忙将自己的手臂从那女孩怀中抽出来，却因为站不稳，差点摔倒。

那女孩连忙扶着他，韩风想要避开，她却紧拉着他不放，还气恼地低喝："你干什么呢？想摔死吗？"

陈曦看着他们两人亲密无间的样子，心里一阵酸涩。

"妈妈……"万星星拉拉陈曦的手，"你怎么了？"

"没事。"陈曦挤出笑容，客气地问候，"韩风你没事吧？听说你出车祸，所以，我来看看你。"

"没事，小伤。"韩风还是抽出了自己的手臂，扶着墙壁向陈曦走来，"这几天一直联系不上你，你是不是出什么事了？"

"我陪孩子去了一趟峨眉山，手机关机了。"陈曦就像跟一个普通朋友在交谈，"今天下午才回到家，然后，然后……"

韩风每走近一步，陈曦的心跳就加快一个节拍，他越来越近，她就越来越紧张，紧张到有些语无伦次。

"我刚才去陈曦家里找她，告诉她你的事，她就说过来看看你。"唐笑连忙解释。

"噢……"

"进来坐吧，别在外面站着。"那个女孩再次上前扶着韩风，并且热情地招呼大家，"来，请进。"

"小妹妹，进来坐，阿姨给你拿水果吃。"

俨然一副女主人的姿态！

唐笑和韩佳佳都十分尴尬，甚至有些不知所措。

这个时候，陈曦的手机响了，是欧阳风华打来的，她牵着万星星走到一边去接听电话："风华！"

"陈曦，你先别进去，等我一下，我正在过来的路上。"

"我见到韩风了，还有……"陈曦不知道该怎么说那个女孩的身份。

"还有谢菲菲吧？那是韩佳佳的爸爸带来介绍给韩风的女朋友，好像是他公司的日语翻译。"

"挺好的。"陈曦很平静，刚才那女孩走近的时候，她仔细观察了一下，年轻漂亮文静，估计也是个九零后，这样的女孩应该更适合韩风吧。

"这几天，谢菲菲就一直在这里照顾韩风，温柔体贴，殷切主动，头两天我还天天过来看他，介于这姑娘在，今天我就没来了，没想到唐笑这个二货居然问都没问过我，就把你给带来了。"

"我知道了……"陈曦的心情十分低落，但她努力装作不在乎的样子，"本来就是普通朋友嘛，他出了事，过来看看也是应该的，我一会儿就回去了。"

"陈曦，我之所以跟你说这个，是想让你知道现在的形势，不是让你退缩，你要是对韩风有感情你就应该争取。这才四天时间，我就不信韩风真能对她产生什么感情。

"你不知道，韩风出车祸那天一直叫着你的名字。我们几个急疯了，不停地打你手机，韩佳佳特地跑去你家找你，可惜找不到。要是你那时候在，你们俩肯定就和好了，不对，应该是感情更进一步。

"不过现在也不迟，人在生病受伤的时候会特别脆弱，特别需要有人照顾，这个时候，你要是能够陪在他身边，他肯定会感动，你们俩就可以……"

"我为什么要这样做？"陈曦眉头紧皱，"作为朋友，看到他受伤我也很同情怜悯，可我不想在这种时候用这样的方式去感动人家，让我倒追男人，我做不到。"

"你这思想太古板了吧？"欧阳风华有些气恼，"你也不想想你之前出事的时候都是谁照顾你的？人家韩风接到电话马上就赶过来了，为你安排一切，在病房陪着你。还有啊，你家门锁坏了，你又不肯让他住在家里，他就在门外守了你一夜。现在他出事了，你照顾照顾他怎么了？这又不是什么丢脸的事情。"

陈曦被她说得哑口无言。

"风叔你别乱跑，风叔！"

"陈曦！"

## 67. 不像好人

"你别乱动。"陈曦急忙低喊，然后对电话那头的欧阳风华说，"我先挂了。"

"我马上就到，万事等我来了再说，你千万不要赌气。"

"知道了。"

挂了电话，陈曦连忙牵着万星星走向韩风："你跑出来干什么？弄到脚怎么办？"

"我看你迟迟没进来……"韩风有些局促，好像做错了什么事。

陈曦心里有些动容，这说明他还是向着她的。

"星星，你认得我吗？"韩风正式跟万星星打招呼，"我叫韩风！我给你寄了串串珠的玩具，还有那套圣诞闪光套装，还有那套沙画工具，不知道你喜不喜欢？"

"你就是给我寄礼物的叔叔？"万星星知道那些喜欢的礼物就是眼前这个叔叔寄的，顿时十分高兴，"我同学都说我的礼物很特别，他们都没有玩过，看到我的礼物之后，马上回家去淘宝上搜索，现在他们买玩具都学我。"

韩风给万星星买这些礼物花了很多心思，都是平常不容易见到的，还很有趣，万星星十分喜欢。

"呵呵，你喜欢就好。"韩风摸摸万星星的头发，"真是对不起，一直想要找个合适的机会正式跟你认识，没想到第一次见面，我就受伤了。"

"没关系，等你好了可以请我吃冰淇淋。"万星星很乖巧，"祝你早日康复。"

"谢谢。"韩风笑着点头。

看到这一幕，陈曦十分欣慰，她没有想到韩风和万星星的第一次见面会这么和谐，也没有想到在这样的形势之下，韩风依然这么照顾她的感受。

也许是她想多了，那个谢菲菲是单方面的主动，他并没有变心。

韩佳佳眼见着形势好转，连忙说："曦姐，这几天我们没有联系上你，风叔都急坏了。"

"我带星星去峨眉山了，手机关机。"陈曦十分愧疚，"韩风，对不起，如果知道你出事了，我肯定第一时间赶过来。"

"没关系。"韩风并不介意，"我只是担心你的安危，你们没事就好。"

"韩风，水果洗好了，快带你朋友进来吧。"谢菲菲热情地招呼，还走过来扶韩风。

"呃……"韩风有些尴尬，不知道该如何是好。

"那个，菲菲呀，我跟你说点事。"韩佳佳想要拉着谢菲菲出去谈谈，这时，一个洪亮的声音传来："这么多人，真热闹！"

陈曦回头看去，一个光头走过来，臂弯里携着楚莉莎。

这光头大概四十多岁的样子，一米七几的个子，颇有几番霸气凌然的气魄，长得一副土匪样子，怎么看都不像好人。

万星星吓得躲到陈曦身后去，怯怯地望着光头男。

"韩总，您来了。"谢菲菲殷切地打招呼。

"老韩，你怎么来了？"韩佳佳眉头一皱。

"我来看我兄弟。"老韩的目光扫过韩风受伤的腿，落在陈曦身上，不由得眉梢上扬，眼睛一亮，"你就是陈曦？比我想象中漂亮！"

"说什么呢。"韩风十分警觉，"别乱开玩笑。"

"这就说句话，你至于吗？"老韩白了韩风一眼，对身边的楚莉莎使了个眼色。

楚莉莎马上说："菲菲，我带了些东西，放在车里忘记拿了，你跟我一起去拿一下吧。"

"好。"谢菲菲连忙跟着楚莉莎去拿东西。

"都站在这里干什么？进去。"老韩一句话，所有人都进屋了。

陈曦发现老韩的目光一直在自己身上流转，感觉很不自在。

"老韩，你看什么呢？"韩佳佳毫不客气地低喝。

"小朋友饿了。"老韩倒是转得很快，指着万星星，亲切地问，"晚上没吃饭吧？光吃面包和牛奶可不行。"

万星星拿着没吃完的面包和牛奶躲在陈曦身后，根本就不敢跟老韩说话。

"你们没吃晚餐？"韩风马上问，"这都快七点了。"

"本来想出去吃饭的，这不是赶着过来看你嘛。"唐笑解释。

"这怎么行……"

"这可不行。"老韩的话盖过了韩风的声音，"佳佳，带孩子出去吃点东西。"

"老韩……"

"佳佳，麻烦你了。"陈曦知道老韩是故意支开大家，大概是有话要跟她谈吧。另外，她也不想万星星在这里，要不是因为家里没人，事情又紧急，她根本就不会带万星星来，这样的场合，这样的情况，对孩子来说并不是好事。

"好吧。"韩佳佳向来都比较听陈曦的话，哄着万星星出去吃饭，万星星倒也听话，只是走到门口的时候忍不住问，"佳佳姐，那个土匪是你爸爸？"

"啊？土匪？"韩佳佳都愣住了。

"就是那个光头啊，看起来好像坏人。"

"噗，哈哈哈哈哈哈哈哈哈……"韩佳佳大笑。

"哈哈哈……"老韩自己都忍不住笑了。

"你瞧瞧你，都吓到孩子了。"韩风低骂。

"没办法，谁叫老子长得一张野兽脸。"老韩丝毫不介意，还自嘲地说，"刚才在楼下停车，保安见到老子连连叫大哥，老子吼了一句，叫什么大哥，叫爸爸！那保安当场吓傻了，一句话都说不出来，哈哈哈。"

"这样吓人家好吗？"韩风见惯不怪，"还不是为了在你家莉莎面前显威风。"

"妈的，你再拆台，信不信老子把你另外两条腿也给打瘸了？"老韩挥着拳头。

"两条腿？"唐笑愣了一下，"嘿嘿"地笑起来。

"咳咳咳。"韩风的脸嗖的一下就红了。

陈曦没有听明白，但也知道不是什么好话。

"陈曦是吧？"老韩转移话题，一本正经地自我介绍，"正式认识一下，我叫韩建国，韩佳佳的亲爹，韩风的亲堂哥，在重庆做生意。"

他说话的时候向陈曦伸出手，一脸的认真。

陈曦礼貌性的跟他握了握手。

他冲陈曦笑道："我知道我闺女之前经常住在你家，给你添了不少麻烦，你给她很多帮助和教导，对此表示感谢！"

"不用客气。"陈曦微微一笑，"佳佳也经常帮我。而且我们是好朋友，互相照顾是应该的。"

"不管怎么样，这份恩情我是记住了。以后你有任何吩咐，招呼一声就行，我一定义不容辞。"

## 68. 霸气凌然

陈曦觉得老韩的言行举止怎么看都像是那种江湖人士，不像个生意人。

"喝水。"老韩给陈曦倒了一杯温开水。

"谢谢。"陈曦接过水，发现老韩给唐笑也倒了一杯水，弄得唐笑受宠若惊，连连道谢。

"小伙子，抽烟吗？"老韩问唐笑。

"谢谢，我不抽烟。"唐笑怯怯地回答。

"我抽。"老韩掏出钱包递给唐笑，"麻烦你去帮大哥买包烟。"

"啊？"唐笑愣了一下才反应过来，"我马上去，不用您的钱，我这儿有。"

"别废话，拿着。"老韩将钱包塞在唐笑手里，"快点。"

"哦哦哦。"唐笑不敢违抗老韩的意思，拿着钱包匆匆忙忙跑开了。

现在病房里就只剩下韩风，老韩，还有陈曦。

陈曦已经做好了心理准备，看看老韩葫芦里到底卖的什么药。

老韩喝了一口水，坐在椅子上，开始进入正题了："陈曦，你收留我家丫头，照顾她、教导她，我很感激，以后你要是有什么事情需要帮忙，我一定义不容辞。

"但是一码归一码，我这兄弟是个实诚人，没多少恋爱经验，这都老大不小了，感情的事情都拎不清楚。我看他挺喜欢你的，但你好像对他并不上心，他这心里七上八下的，搞得还出了车祸……"

"行了老韩。"韩风急忙打断老韩的话，"我自己的事情自己解决，你别捣乱。"

"闭嘴。"老韩恶狠狠地瞪着他，"要不是你差点弄出人命，我他妈还会特地跑过来管你？多大点儿事儿，你搞成这个鸟样。"

"你说话能不能文明一点儿？好歹现在是个正经生意人。"韩风都急了，"这里有女士呢。"

"咳咳。"老韩干咳几声，整理了一下形象，"陈曦，我没把你当外人，所以说话直接了点儿，你别介意哈。"

"您到底想说什么？"陈曦微微一笑。

"嘿嘿。"老韩笑了笑，"我就是想说吧，您要是喜欢我兄弟，那就好好跟他在一起，要是不喜欢呢，您直说，我这边大把的女人，随随便便给他介绍一个条件都不差。"

"老韩你闭嘴，别说了。"韩风急得都想从床下跳下来捂住老韩的嘴。

陈曦心里有些恼怒，这韩建国也太嚣张了，把她当什么了？

"我们陈曦随便勾勾手指头，一大堆优秀男人排着队来追她。"忽然一个熟悉的声音传来，陈曦回头一看，心里窃喜："欧阳，你来了。"

"嗯，时间正好。"欧阳风华随手将包包和外套丢在沙发上，坐在陈曦身边，冷眼打量着老韩，"刚才在楼下碰到唐笑那二货，了解了一下情况，您是韩佳佳的爸爸对吧？"

"对……"

老韩刚吐出这个"对"字，欧阳风华就接了一句，"叔叔好！"

老韩愣住了。

"韩佳佳是我们的朋友，她管我和陈曦叫姐姐，那我们当然要叫你叔叔了。"欧阳风华向老韩伸出手，"您可是我们的长辈！"

"我是韩风的大哥……"

"我们跟佳佳比较亲。"欧阳风华笑颜如花，"自然要按照佳佳的辈分来算。"

老韩眯着眼睛，嘴角勾起一抹弧度，缓了缓，风度翩翩地跟欧阳风华握手。

"叔叔，您刚才说的那些话我都听清楚了。"欧阳风华接着刚才的话说，"我早就想找韩风谈谈，正好双方亲属都在，我们就打开天窗说亮话吧。您刚才说韩风实诚，我也想告诉您，我们陈曦可是个才貌双全的好女人，她要是想找男朋友，招招手就有一个团的人来排队，不劳您费心。"

"你这是说我多管闲事？"老韩不爽了，"姑娘，你大概是误会我的意思了，我可没有看轻陈曦的意思，相反，我很欣赏她，我只是提醒她……"

"你应该提醒你兄弟。"欧阳风华毫不客气，"优柔寡断，婆婆妈妈，像个男人吗？"

韩风摸摸鼻子，尴尬地低下头。

"欧阳……"陈曦拉拉欧阳风华的衣袖，示意她不要这么刻薄。

"他怎么就婆婆妈妈优柔寡断了？"老韩有些气恼，"我从来都没有见到他对一个女人这样用心。"

"用心用错方向也是枉然。"欧阳风华没好气地说，"拥有的时候不好好珍惜，还当着众人的面给她难堪，现在你这个好大哥又给他介绍了一个女朋友，我们还能说什么？"

"那个女孩是我公司的日语翻译。"老韩也不客气，"我确实是带过来介绍给他的，你们也看到了，人家年轻漂亮有学识，对我兄弟殷切着呢。"

"你到底想说什么？"欧阳风华有些生气了。

"事情不是很简单吗？"老韩摊了摊手，"我兄弟为了陈曦一条腿都快要废掉了，她要是有点良心的话，就应该留在这里照顾他，她要是不照顾，那人家菲菲可就要照顾了。"

"你……"

"老韩你别说了行吗？"韩风都急了，"人家陈曦每天都要写稿子，还要照顾孩子，哪有时间照顾我？你不要在这里添乱了。"

"现在你生病了，她都无法调整时间照顾你，那么以后她还能为你做什么？如果她真的忙到这个分上，我只能说她现在还没有调整好自己的生活，还没有做好准备跟一个男人开始一段感情。要知道，任何一段关系都不可能是单方面的付出，必须是双方的，要不然肯定维持不了多久，与其这样，还不如趁早放弃。"

"你……"

"我们回来了！"外面传来楚莉莎的声音。

"明天星星就开学了，白天我能过来。"陈曦马上表态，她觉得老韩最后这句话说得有道理，虽然老韩说话过于直接，不太好听，但话糙理不糙。

"真的？"韩风喜出望外。

"这就对了。"老韩勾唇一笑，扭头对楚莉莎说，"公司有个大合同需要菲菲回去帮忙，你带她先走。"

"啊？现在？"楚莉莎有些错愕。

"对，现在。"老韩很霸气，"去车里等我。"

"可我们才刚上来……"楚莉莎的话还没有说完，看到老韩的眼神，马上改口，"好，我知道了。韩风，这是老韩带给你的东西，我放这儿了。"

## 69. 现实残酷

"韩总，我走了谁照顾韩风呢？"谢菲菲担忧地问。

"我给他安排了医护，你不用担心。"老韩并没有说出实情。

"哦。"谢菲菲不太想走，求助地看着韩风，希望他能说句话。

"这几天辛苦你了。"韩风十分客气，"等我病好了一定好好答谢你，既然公司需要你，你就回去工作吧，在这里照顾我太委屈你了。"

"不委屈……"谢菲菲觉得现在才委屈。

老韩眉头一皱，楚莉莎马上说："好了，菲菲，你先跟我回去。"

"哦。"谢菲菲怯怯地看了老韩一眼，然后依依不舍地对韩风说，"韩风，那我先走了，明天有空再来看你。你记得按时吃药！"

"好。"韩风点头。

谢菲菲离开的时候深深地看了陈曦一眼，眼神充满敌意。

陈曦眉头一皱，看来谢菲菲已经明白了什么。

楚莉莎和谢菲菲走了，老韩找来护士，让她们多安排一个护工过来照顾韩风。

"陈曦，粗活脏活让护工去做，你就过来陪陪韩风好了。"

"这位欧阳律师，我这人做事干脆利索，从来不拖泥带水，我已经表示我的诚意了，你看到了？"

"看到了。"欧阳风华笑了笑，"不过我觉得感情这种事应该顺其自然，别人不好多加干涉。"

"你放心，我没有那么多闲工夫。"老韩挑眉一笑，"我就是看到兄弟办事拖泥带水干着急，给他助力，你不也是一样？"

"那可不一样，我只是保护我姐妹不被人欺负。"欧阳风华一点儿都不跟他客气，"既然事情都安排好了，那我们就先走了。"

"这就要走了？"韩风依依不舍地看着陈曦，"多待一会儿吧，佳佳和星星还没回来。"

"我去楼下找她们，顺道就回家了。"陈曦看看手表，"都快九点了，星星明天还得上学呢。"

"也对。"韩风能够理解，"那你早点儿回去吧，以自己的事情为主。"

"嗯，我明天跟你联系。"陈曦叮嘱了几句，跟老韩道别，然后就跟欧阳风华一起离开了。

老韩送她们出去。

电梯门关上，欧阳风华就忍不住吐槽："这个老韩可真是自以为是，前两天韩风刚住院的时候，他一进来就凶神恶煞地质问韩风是谁撞的，还说要把那肇事者找出来弄残，一副黑社会老大的架势，把人家医生护士都吓坏了，而且一口一句老子老子，说他是做生意的我真不信。"

陈曦倒是不以为然："我听佳佳说他以前好像也是从部队出来的，还有一个不小的军衔，后来受伤退伍回来开公司。其实老韩这人吧，比较讲义气讲原则，爱憎分明，就是样子长得有点凶，然后说话处事强势惯了，所以才会给人不好的印象。"

"你倒是很理解他。"欧阳风华不悦地皱眉，"他那样说你，你都不生气？你平时的个性哪里去了？"

"当时听了是不舒服，我也正想反驳，这不你刚好来了吗？"陈曦笑道。

"那是。"欧阳风华很得意，"我可不能让你被欺负了。"

"其实他说的也不无道理。"陈曦忽然就认真起来，"韩风受伤这么严重，如果这个时候我都不能调整好时间照顾他，说明我根本就没有做好准备开始一段新的感情。两个人在一起必须要互相照顾，单方面的付出无法长久。或许我正好可以趁这个机会好好审视一下我们到底适不适合长久发展。"

"你这么考虑也是对的。"欧阳风华点点头，"而且你之前出事，韩风也竭尽全力地照顾你，你就当是回报他吧。"

陈曦带万星星回到家已经九点半了，伺候孩子洗澡上床，然后准备好明天早餐要用的食材，十一点，陈曦才可以休息，手机收到很多条微信，有好几条是韩风发来的。

韩风很认真地跟她解释谢菲菲的事情，大概意思就是他对谢菲菲没有什么乱七八糟的想法。老韩向来强势惯了，他的安排没有人能够忤逆，如果韩风强行让谢菲菲走，那就是为难谢菲菲，所以韩风只好接受。

不过老韩一早就给韩风请了一个护工，所以这几天贴身照顾的事情都是由护工做的，谢菲菲只是陪着他到处走动走动，因为他的腿受伤不能直立行走，所以看起来会比较亲密……

陈曦接受了韩风的解释，她觉得两个人如果要在一起就必须要绝对的信任对方，她从来就不认为韩风是那种朝三暮四的风流男人，他既然这么解释了，肯定就是真的。

这天晚上，两人用微信聊了很久，打字累了，后来就直接视频。

韩风言语间多了几分暧昧，一直强调等着陈曦明天去医院，还让她帮他带手机充电器，说他那个充电器有些问题，有时灵有时不灵，如果她不去，他的手机恐怕就要关机了。

陈曦心里清楚，他是期盼着她能够去陪伴他。

两人聊到一点多才睡，陈曦实在是累得不行了，放下手机很快就睡着了。

似乎刚刚才闭上眼睛，闹钟就响了，陈曦硬撑着起床准备早餐，伺候孩子穿衣洗漱，吃早餐上学。送到学校门口看到家长都在门口排队等待，她一问才知道今天还要开家长会。

她懊恼自己的记性，居然把这么重要的事情给忘了，想着给韩风发个微信告诉他晚点过去，才发现手机已经没电了，昨晚聊天把电用完了，实在太困就没有来得及去充电，直接睡着了。

现在也没地方去找充电器，只能先去开家长会。

开学之际，学校要叮嘱的事情很多，在操场上排排站队听校长、主任轮番讲完话之后又要去班上听班主任、数学老师、语文老师讲话……直到十一点四十分才结束。

陈曦跟万星星告别，匆匆忙忙赶回家，先把手机充电，然后洗衣服，简单地收拾了一下卫生，煮了点面条吃，就已经一点半了。

手机开机，十几条微信都是韩风发来的，先是叮嘱她路上小心，后来问她什么时候到，要不要等她吃早餐，过了一会儿又问她是不是有事要晚一点儿来，再后来直接问她为什么关机，发生什么事了……

他的焦急，体现得淋漓尽致！

## 70. 注孤生

陈曦即心疼又愧疚，马上给韩风回电话。电话响了很久才接听，不是韩风，而是一个女孩的声音："你好！"陈曦愣住了，怎么回事？打错了？

"陈曦姐姐对吗？我是谢菲菲。"女孩声音很好听，"韩风在做检查，不方便接电话，您今天要过来吗？您到哪儿了？要不要我下楼来接您？"

"不用，我还没出发。"陈曦心里如同五味杂陈，却强作镇定，"你，不是回公司了吗？"

"是回公司了，成都分公司在高新区，不过中午加上午餐有两个半小时的休息时间，我就过来看看韩风，顺便给他带点东西。姐姐您什么时候过来？我从医院坐地铁回高新区得倒两个站，加起来要一个小时呢，等会儿就要走了。"

谢菲菲的语气很亲热，就好像在跟一个好朋友聊天，陈曦却做不到，她甚至不知道该怎么接话。

"姐姐，姐姐……"

"你待会儿让韩风给我回个电话吧。"陈曦挂断电话，拿着手机，心情复杂难言，她有些懊恼，不知道谢菲菲今天为什么还会过去，是不是韩风让她去的？

谢菲菲那么大方，陈曦倒显得小家子气。

陈曦写过很多强悍的女人为了保卫家庭，时刻保持高贵优雅的姿态，即使面临小三的挑衅也能应对自如，可是现在面对这么简单的状况，她倒是被对方弄得措手不及，连句话都说不清楚。

平时那个强悍勇猛的她哪儿去了？

她自己都想不通……

或许在爱情面前，她就是一个缺乏安全感、缺乏自信的巨婴吧。

陈曦心乱如麻，瘫在沙发上，不知道该不该去医院。

手机一直都没有动静，直到快三点了才响起来，来电显示是韩风，不知道接听之后会不会又是谢菲菲的声音。

陈曦犹豫了一下，终于还是接听了："喂！"

"陈曦，你来了吗？"韩风的声音有些虚弱。

"还没有。"陈曦酸酸地问，"谢菲菲走了？"

"嗯？"韩风愣了一下，连忙解释，"不是我叫她来的，她自己过来的，我一直在等你。"

"现在呢？她人呢？"陈曦问。

"下去买东西了。"韩风倒是老实，"她说等你来了再走，你什么时候来？"

陈曦没有说话，接触这么久以来，她欣赏的就是韩风的实诚，但现在气恼的也是他的实诚，这种时候，他真的有必要这么坦诚吗？

谢菲菲这句话分明就带着一种挑衅，他难道听不出来？居然老老实实地转告陈曦。

如果换成其他人也就罢了，苏娆、欧阳风华，甚至韩佳佳都不吃她这一套，你挑衅，我偏偏要跟你斗到底。

但陈曦不是。

陈曦是一个把尊严看得比什么都重要的女人，她不喜欢在爱情里跟人争风吃醋，她觉得如果那个男人足够喜欢她，就应该为她摒弃一切障碍，坚定不移地选择站在她这一边，而不是让她跟其他女人争。

"陈曦，你听见我说话了吗？"韩风追问。

"我不过去了。"陈曦终于说话了，"现在都已经三点多了，我等会儿还要去接孩子。"

这是事实，但其实在接到这个电话之前她已经考虑好了可以把万星星带到医院去辅导作业，然后陪着韩风一起用了晚餐再回来，反正上次万星星对韩风的印象很好，现在也可以趁着这个机会培养一下感情。

可是现在，她直接拒绝了。

韩风让她置身于竞争之中，她的选择是退出。

她觉得让她去跟其他女人竞争就是一种侮辱！

"啊？你今天不过来了？"韩风非常失落，"可你昨天不是说……"

"我没想到今天有这么多事，上午一直在开家长会，今天的稿子也没写……"陈曦的话还没有说完，电话那头就传来谢菲菲温柔如水的声音，"韩风，我买了水果，你想吃哪一种？"

"随便。"韩风回应了一句，对电话里的陈曦说，"陈曦，你真的不来？你家离我这边挺近的……"

"不来了。"陈曦打断他的话。

"那明天呢？"韩风又问，"明天你来吗？"

"明天再说吧。"陈曦直接把电话给挂了，挂完之后她心里又堵得慌，不知道自己这么做到底是对还是错，但是很快，她就坚定下来，她觉得，如果韩风足够喜欢她，就会果断拒绝谢菲菲的照顾，他没有拒绝，只能说明他不够坚定。

她为什么还要放下尊严去照顾他？

她在脑海里想象着，同样的事情，如果换成另外三个女人，她们会怎么办？

如果是欧阳风华，肯定毫不示弱，即使心里也会有她这样的想法，也不会把那个男人拱手让人；如果是苏娆，必然会迎难而上，在爱情的世界里，她就是一个无所畏惧的勇士；如果是韩佳佳，应该会先跟男人发脾气大闹一场，然后义无反顾地赶过去抢夺自己的主权。

大概只有她陈曦，选择不战而退。

如果她们三个知道这件事，欧阳风华一定会恨铁不成钢地说她尽，然后跟她讲一大堆道理，即使不想要，也不能让别人抢了去；苏娆一定会说她是个过于理性的冷血动物，对韩风根本就不上心……

陈曦正在胡思乱想着，闹钟响了，她该出门去接万星星了。

去学校的路上，陈曦还在想着这件事，想它的对与错，分析利弊，权衡左右，都觉得自己这么做既冲动又任性，可最后，她还是决定就这么着了。

爱情这种事，从来就不是讲道理的。

陈曦晚上辅导万星星做作业的时候发了脾气，万星星的作业做得乱七八糟，老师点名批评的几个孩子里面又有她。

陈曦看着就来气，吼骂着纠正错误，万星星不服气，跟她顶了几句嘴，母女俩就这么对吵起来，陈曦在万星星屁股上甩了几巴掌，万星星哭着要打电话报警，说她家暴。

陈曦沮丧极了……

晚上欧阳风华给陈曦发微信，问她在医院跟韩风处得怎么样，陈曦忍不住把今天发生的事情告诉欧阳风华，欧阳风华只回了五个字"你啊，注孤生"！

## 71. 爱情逃兵

陈曦想了一晚上，欧阳风华那句话是什么意思，自己是不是做错了什么？是不是这样不对？还有，韩风现在好点儿了没有？谢菲菲还在医院照顾他吗？许多许多的疑问反复在脑海里闪现，让陈曦心乱如麻……

第二天早上，陈曦还是决定去一趟医院。

家里卫生没做，衣服没洗，就连早餐的餐具都还泡在洗碗池里，陈曦丢下一大堆烂摊子，把万星星送到学校之后马上坐地铁赶去医院。

现在正好是上班高峰期，陈曦在地铁里挤成狗，自从成为自由职业者之后，她就没有这样的体验了，她想，一个人为了爱情到底可以做到什么程度？像她这样抛下所有家事，挤着高峰期，大老远跑去看望一个男人，大概就是最大的极限了吧。

陈曦想着这个时间韩风应该还没有吃早餐，特地在医院楼下的餐厅买早餐上去，其实她早已经饿得饥肠辘辘。

八点四十，医院住院部的电梯挤满了人，陈曦小心翼翼地护着早餐，好不容易到了八楼，从电梯出来，她额头都渗出了汗水。

此刻住院部很热闹，人来人往，陈曦来到韩风的病房，病房里居然没有人，她准备拉个小护士问问，却听见洗手间传来韩风的声音："你先出去吧，我自己来。"

"你自己怎么来？我不扶着你，你会摔倒的。"

"可是……"

"哎呀，我都不介意，你一个大男人害什么臊。来，我帮你脱裤子。"

"不不不，不用了，我自己来，你转过身去……"

"好吧。"

听到这些声音，陈曦都惊呆了，这是韩风和谢菲菲，他们俩居然……

"请问你找谁？"身后传来护士的询问声。

洗手间的门有响动，那两个人快要出来了，陈曦有些不知所措，慌里慌张地往外走，不小心撞到护士，手中的热豆浆洒了护士一身，护士气恼地怒骂："你这人怎么回事？烫死我了。"

"对不起……"陈曦仓皇逃出去，身后传来韩风的呼唤声，"陈曦！"

陈曦没有回头，她觉得自己根本就不应该来。

仓皇逃进电梯，陈曦看到韩风拖着受伤的腿追出来，谢菲菲跟在旁边扶着他："你别乱跑，你的腿还伤着呢。"

"陈曦……"电梯门快要关上的时候，韩风摔倒在地上，陈曦冷眼看着他，并没有出来，谢菲菲马上冲过去扶住他，"韩风你没事吧？"

韩风抬头看着陈曦，只看到她一脸冷漠和满眼怒火。

接下来的几天，陈曦都没有再去韩风那里，韩风也没给她发消息，甚至一句解释的话都没有，两个人就这么冷下来。

这阵子大家都各忙各的，很少在群里聊天，陈曦几乎都不怎么上微信了，有时候打开朋友圈看看，没有什么大动静。

半个月之后的一天，韩佳佳发微信跟陈曦说，韩风明天出院，问她要不要去一趟医院。

陈曦很果断地回了两个字"不去"。

从那件事之后，陈曦已经看清楚了，韩风不适合她。

欧阳风华那天随口怼老韩的一句话是说对了，韩风在感情问题上优柔寡断、拖泥带水，抵抗不住诱惑，立场不坚定，这样的男人，根本就无法信任。

虽然心里偶尔还是会想起他，但是陈曦已经很明确地决定远离他了。

陈曦开始忙碌起来，之前的钟点工不愿意做长期保姆，所以她只好联系家政公司重新给她找一个保姆，每天白天在家负责一日三餐等所有家务，但是不需要住家。

家政公司很快就找到了，第二天就带着那个保姆过来面试，陈曦当时正忙着接电话谈合同的事情，简单的招呼了几句就让保姆先打扫卫生。

等到陈曦接完电话，准备跟保姆和家政公司的人聊聊的时候才发现这个保姆有些眼熟，可她却怎么也想不起来，于是询问："我怎么觉得你有些眼熟？我是不是在哪里见过你？"

"呵呵。"保姆不好意思地笑笑，"上次在医院我们住一间病房，你忘了？"

"噢！"陈曦这才想起来，那次她重感冒发烧，却被捉奸军团误会成小三泼尿，随后昏迷住院，苏娆和韩风在那里照顾她，遇到隔壁病床的一对母子，十几岁的儿子对母亲很不尊敬，动辄吼骂，后来孩子父亲来了，当着孩子的面就要打这女人，是韩风上去阻止了……

人生总是奇妙，没想到会在这样的情况下遇到她。

"真是缘分！"陈曦由衷地感叹着，当时因为这个女人的事情，她心里颇多感慨，还跟韩风聊了很多，现在想想，不过一个多月的时间，却已物是人非。

"我一直记得您呢，您老公对您真好，能够在这样的家庭服务是我的荣幸。"女人由衷地感叹。

"呃……"陈曦有些尴尬，这个女人把韩风当成她丈夫了，顿了顿，陈曦解释，"上次你在医院看到的那个男人不是我先生，是我朋友。我离异了，目前家里就我和孩子两个人住。"

"啊？"女人愣了一下，慌忙改口，"是我弄错了，不好意思。"

"没关系，你叫什么名字？"

"何桂芝！"

"好的，何姐，我刚才看了一下，你做事情挺利索的，再加上我们这么有缘分，我决定就请你了，以后咱们就是一家人，和睦相处……"

"好的好的，谢谢陈老师。"

"以后你直接叫我名字就好了。"

"那怎么行？你是我老板，我怎么能直呼其名呢。"

"行吧，你喜欢怎么称呼都行。"

事情就这么落实下来，陈曦当场跟家政公司签了合同，何桂芝就从今天开始工作了。她做事情的确很利索，把家里收拾得整整齐齐，干干净净，还有一手好厨艺。

其实陈曦自己的厨艺也很好，只是她实在是太忙了，每天午餐都是随便应付一下，现在何桂芝来了，她的生活也就可以得到改善。不过午餐的时候，万彬忽然打了一个电话过来……

## 72. 死性不改

自从上次七夕事件之后，陈曦就没有跟万彬联系了，现在他忽然打电话过来，陈曦有些意外，拿着手机到阳台去接听电话："喂！"

"那一百万，你什么时候给我？"万彬很直接。

"房产证的手续还没办，办好就给你，你什么时候跟我去办手续？"陈曦谨记欧阳风华的叮嘱，一定要先办房产手续才能转钱给万彬，而且越早办手续越好，她之前都已经催促过他，可他一直拖着她，现在主动打电话问她，恐怕是缺钱了。

"你银行那边的事情办好了吗？你安排好，我随时都可以配合。"

"那我落实一下，给你打电话。"

"好。星星呢？"

"在上学。"

"噢，对。那我等你电话。"

"好。"

挂断电话，陈曦马上打电话去银行落实手续问题，银行那边早就把程序走完了，她随时都可以去房管局删除名字。

陈曦马上给万彬打电话，两人约定明天早上九点半去房管局办手续，万彬再次确认："是不是手续办完了就给我打钱？"

"我问了一下，手续办完之后要七个工作日才能拿到新的房产证，也就是现在的不动产证，等我拿到了，马上给你转账。"

"好。"

陈曦脑海里有一个念头闪过，万彬这么急着用钱，该不会是遇到什么事了吧？

但是转念一想，他们已经离婚了，即使他真的遇到什么事也与她无关。

第二天早上，陈曦把万星星送到学校就直接去了房管局，把所有手续都弄清楚了，只等万彬本人过来办理。

原来房管局还特地有一项业务就是办理离婚删减名字的，陈曦排队领资料都排了十几分钟，可见现在的离婚率有多么高。办手续的时候陈曦排了很久的队，都快到她了，万彬还没来。

前面有一个男人在办理，也是前妻没来，工作人员很严肃地说："你前妻没来，办不了手续，必须要本人到场。"

"不是，您看看离婚协议书上都写得清清楚楚房子归我了，我什么证件都齐全的，您就不能通融一下吗？"

"抱歉，我们得按照规章制度办事，房子手续是大事，我们也没办法，你必须要让她本人到场，还要带上身份证原件。"

"可是……"

"下一位！"

工作人员公事公办，那个男人哭丧着脸，走到一边打电话，愤怒地吼骂："你都已经跟别的男人好了，还不来给我办手续，你这不是坑我吗？"

"对，房子是我在住，离婚协议书上是写清楚了，可是你不来办手续我就没办法卖房子，我妈得癌症了，我得卖房筹钱给她治病。"

"你来不来？"

"你不来我杀了你全家！"

"他妈的要死一起死！"

男人气得把电话摔了出去，抱着头蹲在地上号啕大哭。

旁观者唏嘘不已，一个瘦瘦的男人气恼地怒骂："女人没一个好东西！"

陈曦下意识地回头看去，排得整齐的队伍里，几个女人齐唰唰地瞪着他，眼神都能把那个瘦男人给掐死。

瘦男人仰着头，一脸的理直气壮、宁死不屈。

陈曦看看那个哭泣的男人，心里不免有些同情，想着他老婆也是狠心，毕竟是同床共枕那么多年的人，好聚好散不好吗？何必要这样为难人呢？

随即，她又有些惶恐不安，万彬该不会临阵退缩了吧？

"喂，你办不办手续？"一个低喝声传来，打断了陈曦的思绪。

陈曦回过神来，这才发现到自己了，可是万彬还没来，她只得说："我前夫还没到，让后面的人先办吧。"

陈曦退到一边去，后面那对前夫妇先办理手续，男的说："你看到了吗？一个不来，一个故意拖延时间，只有我这么善良，一大早就跑过来陪你办手续。"

女的感动得热泪盈眶："我现在才知道社会的现实，知道你的好。"

"好有什么用？你嫌弃我不够浪漫，没有生活情趣，像木头一样……"

"可是你诚实可靠啊。"

"诚实可靠就是没出息，一辈子就开两家肥肠粉店，说出去都拿不上台面。"

"可是你赚的钱都交给我，这辈子我都没上过班，天天打麻将，你也不嫌弃我。"

"那个男人比我年轻比我英俊……"

"可他舍不得为我花钱。我都因为别的男人跟你离婚了，你还把房子给我……"女人"呜呜"地哭了。

"唉，别哭了……"男人给她擦眼泪，"这么多人看着呢。"

"你们俩到底办不办手续？"工作人员催促，"不办就走开一点儿，别耽误后面的人，我们这儿忙着呢。"

"你吼什么？没看到我们在说话吗？"男人护着女人，生怕她受到一点儿委屈。

女人感动不已，抱着男人说："我不离婚了，不离了，我们回民政局复婚去。"

"真的，你说真的吗？"

"真的真的，这辈子再也没有一个男人像你对我这样好了。"

然后两人就抱着离开了……

陈曦惊呆了，这人生变化也太快了，才几分钟时间，她就看了两场戏……

"喂，你还办不办？"后面排队的人问陈曦。

陈曦只好再次让开，万彬还没来。

"你干脆等你前夫来了再重新排队吧。"工作人员说。

"好。"陈曦望了望入口，万彬还没来，她走到一边去给他打电话，电话响了很久才接通……

"喂！"万彬的声音睡意蒙眬，很显然，他还在睡觉。

陈曦一下子就炸了，怒骂道："万彬，你不是说了今天早上九点半要来房管局办手续的吗？你看看现在几点了？还在睡觉？"

电话那头安静了一会儿，懒洋洋地回应："睡过头了，我现在过来。"

"现在已经十点半了，你快点，要不然等到十二点工作人员要下班的……"

"知道了。"

万彬挂断电话。

陈曦火冒三丈，她想着早点把手续办了，早餐都没有吃，一大早匆匆忙忙赶过来，忙里忙外地把所有程序都走完了，就等着万彬露个脸，他居然还在睡觉……

他这种德行真是一辈子都改不了……

# 单 身 狗

[下]

夜神翼 著

四川文艺出版社

**图书在版编目（CIP）数据**

单身狗 / 夜神翼著. —— 成都：四川文艺出版社，
2018.10

ISBN 978-7-5411-5147-7

Ⅰ. 单… Ⅱ. ①夜… Ⅲ. ①长篇小说 – 中国 – 当代
Ⅳ. ①I247.5

中国版本图书馆CIP数据核字（2018）第222672号

DANSHEN GOU

# 单身狗

夜神翼　著

责任编辑　　彭　炜
封面设计　　赵海月
内文设计　　史小燕
责任校对　　蓝　海
责任印制　　唐　茵

出版发行　　四川文艺出版社（成都市槐树街2号）
网　　址　　www.scwys.com
电　　话　　028-86259287（发行部）　　028-86259303（编辑部）
传　　真　　028-86259306

邮购地址　　成都市槐树街2号四川文艺出版社邮购部　　610031
印　　刷　　四川五洲彩印有限责任公司
成品尺寸　　145mm×210mm　　1/32
印　　张　　17.5　　　　　　字　　数　　490千
版　　次　　2018年10月第一版　　印　　次　　2018年10月第一次印刷
书　　号　　ISBN 978-7-5411-5147-7
定　　价　　59.80元（全二册）

# 目录

## 73. 不敢看对方

陈曦一直等到中午十二点，万彬还没有来，她中途给他打了三个电话，十一点的时候他说"来了"，十一点半他说"在路上"，结果十二点钟，工作人员下班了，他还没到。

陈曦饿得胃疼，气得肝痛，整个人就像一个快要爆炸的气球，这个时候谁惹她就死定了。

偏偏有人撞到枪口上，韩风的电话打进来，陈曦已经做了好几个深呼吸调整好情绪才接听："喂！"

"陈曦，你忙吗？什么时候有空？我想跟你谈谈。"

"你想谈什么？"

"你还在生我的气？其实上次那件事……"

"你不用解释了，我不想听。"

"好吧，我好像总是在惹你生气。"

"你还有什么话要说吗？没有的话我挂了。"

"我觉得见面谈可能会好一些，你在家吗？我来找你？"

"你不要来找我！那个谢菲菲不是很好吗？年轻漂亮有学识，还对你那么温柔体贴热情，不像我，一个离了婚的女人还带着个孩子，怎么配得上你？"

"你不要说这种话，我从来没有这么想过。"

"那你还跟她勾勾搭搭纠缠不清？"

"我没有，是她来照顾我，我总不能赶人家走吧？再说了，你自己说要来照顾我，最后却没有来……"

"那你就可以接受别人的照顾？韩风，你已经有两个护工了，没有女人照顾你，对你献殷勤，你会死吗？"

"你说话能不能不要这么难听？"

"我说话就是这么难听，你不想听可以滚！"

"……"

双方沉默，气氛一度陷入冰点。

许久，韩风终于开口说话了："陈曦，你根本就不爱任何人，你心里只有自己！"

然后，他就把电话挂了。

听到电话那头传来的忙音，陈曦知道，她和韩风彻底完了。

其实也不算是完了，是还没开始就已经结束了！

陈曦不知道自己为什么每次面对这种事情都要这么冲动，好像有一股怒火憋在心里，必须要发泄出来，要不然就会爆炸。

其实话刚刚说出口，陈曦就后悔了。

她这种一吵架就说狠话的毛病是在万彬那里带过来的，至今都没能改变过来。

她为万彬付出那么多，万彬却对她伤害那么深，所以每一次吵架，她就会在无形之中用恶毒的语言来发泄自己的怨恨；而韩风不一样，她并没有为韩风付出什么，韩风也没有欠她什么，他根本无法承受这份怨恨怒火……

陈曦心里如同五海翻腾，百般不是滋味……

她不停地想着韩风跟谢菲菲的暧昧关系，回想着那些画面，在心里强行说服自己这个男人不可靠，不值得信赖，她根本就没有必要为他伤心难过。

可是心里一抹酸楚涌上来，她还是掉下了眼泪。

这个时候她想起老韩说的那句话，她现在还没有调整好自己的生活，没有做好准备迎接一段新的感情，就连欧阳风华说的那个封闭期都没有过去，她的内心都是踌躇不前的，怎么能敞开心怀接纳另一个男人？

或许最大地问题就在这里吧？

又或许，她根本就不懂得什么是爱。

陈曦一个人走在房管局附近的小巷子里，想要找点儿吃的填饱肚子，脑海里闪现着韩风的身影，她努力让自己不要去想，眼前的正事还没办好，她没有资格想那些乱七八糟的事。

房管局两点钟才上班，她三点半得赶回学校接孩子，路上还有一个小时，所以，她必须要让万彬在两点钟准时到房管局把手续给办了。

陈曦一边走一边给万彬打电话，打着打着，忽然听见身后传来熟悉的手机铃声，回头一看，正是万彬！

他在路边的一家冷串串店里，一边接电话一边喝啤酒一边吃饭，吃得狼吞虎咽，电话里讲的都是工作的内容，大致就是有客户在催他快点到店里去处理一批货，他急躁地说："等一下，老子早餐没吃，饿得要死，先吃口饭，等会儿还要去办点事，两点半左右回来……"

啤酒合着米饭一起吞下去，说着说着他就呛到了，不停地咳嗽。

如果换作是往常，或者说是在十几分钟韩风打那个电话之前看到这一幕，陈曦一定会大发雷霆，直接走过去掀了万彬的桌子！

妈的，你让我饿着肚子等了一上午，现在却一个人躲在这里吃东西，这要是不掐死你，怎么能发泄心头之恨？

这换作谁都不能忍！

可陈曦却莫名的发不起脾气来，她就站在外面，这么静静地看着万彬，居然满腹悲哀。

陈曦想起他曾经说过，为了不被她压在脚下，他必须要拼命工作超越她，可是无论他怎么拼命，似乎总是赶不上她的脚步。

她不知道这是他的心理托词，还是真心话，只是后来他迷失了初衷，为了事业，他连家都不管不顾了……

"吃饭吗？"串串店的老板出来招呼陈曦。

"嗯？"陈曦回过神，走进店里，万彬正好抬头看到她，一口啤酒喷出来，不停地咳嗽。

"认识的吗？"老板问。

"嗯。"陈曦点头，"给我加一套餐具吧。"

"好。"

"你，你怎么知道我在这里？"万彬有些心虚，"我不是故意拖延时间，实在是昨天晚上睡得太晚了，今天起不来……"

"为什么不接我电话？"陈曦质问，"什么情况你总得跟我说一声吧？害我一个人在那里傻等。"

"我不是怕你发脾气吗？"万彬眉头紧皱，"你每次发起火来不骂几个小时不罢休的，到时候我连饭都吃不成。"

陈曦没有说话，这时候老板拿了餐具过来，陈曦加了一点菜，坐在他对面吃起来，她也是饿了，埋头专注地吃东西。

万彬瞟了一眼，轻声问："你是不是没吃早餐？"

陈曦没理他，咽下口中的东西才说："吃完饭我们就过去等着，他们两点钟上班，办完手续我还得赶回去接星星。"

"好。"万彬点点头，埋头吃菜。

两人再也不看对方，各自默默吃东西。

后来陈曦发现，原来离婚之后的两个人根本就不敢看对方！

## 74. 没人要的孩子

吃过午饭才一点多，陈曦和万彬一前一后地走到房管局，等到上班时间，第一个掐着点儿把事情给办了。

房管局的人说七个工作日之后可以拿到新的不动产证，陈曦算了一下，除去周末还有九天时间，她跟万彬约好九天之后拿到证件就给他转账。

可她现在能够拿出来的就只有二十多万了，她必须要在几天之内筹到八十万给万彬！

这是难题，但陈曦却信誓旦旦地承诺，九天后一定会把一百万打到万彬的账户上。

然后两人各自离开，走到转角的时候，陈曦回头看了他一眼，他上了一辆计程车，朝着相反的方向离去，就好像他们的人生从此以后就要分道扬镳，各自远走了。

陈曦想起离婚那天，万彬拖着行李箱离开的背影，那么孤寂而又那么决绝，想必在这场婚姻里，受伤的并不是她一个人，他也深感痛心吧？

再想着刚刚跟韩风结束了那段还没有开始的恋爱关系，陈曦心里十分难过，还有一种前所未有的挫败感，她觉得自己一定是差劲透了，所以身边的男人才会一个一个远离。

至少，她是不懂得如何处理男女关系，这也是一种莫大的缺陷。

陈曦坐地铁回家，下午两点半的地铁四号线空空荡荡，她的心里却满是愁绪，目光空洞地发呆，万彬和韩风的身影反复在脑海里闪现，许许多多的往事一起涌上脑海，混乱如麻……

手机收到微信，陈曦打开看看，是微信运动提示，今天走了四千多步。看着安静的微信界面，想不起多久没有人找她聊天了，心里空落落的，真是孤单。

百无聊赖的刷朋友圈，忽然看到几乎从来不发朋友圈的万彬发了一条："当初发誓闯出一番事业证明给她看，可是到最后，却因为忙于事业失去了她！"

下面附上一张她的背影照片，就是刚才她从房管局离开时的背影，他什么时候偷偷回头看她，给她拍了一张背影照片，她竟浑然不知。

陈曦盯着照片，看着这句话，眼泪忍不住掉下来……

或许他们离婚的真正原因并不仅仅是因为他忙于事业，还有很多很多原因，可是以前从来不承认自己有半分错误的他，现在却懂得反省了，这大概也是一种成长吧。

陈曦不知道万彬到底反省了多少，只是他这番感慨，总是让人看着心酸。

人总是要这样，非要等到失去才后悔。

可惜后悔就意味着失去。

陈曦掐着点赶回家，在地铁站遇到一个人在警报铃响的时候往里冲，结果给卡在那里了，弄得地铁停了几分钟，她心急如焚，再这么耽误下去要来不及接万星星了。

最后地铁正常运营，陈曦几乎是一路盯着手机，数着时间，等到了站，她一个箭步冲出去，一路奔跑着赶去学校。

不知道是当妈之后都变得小心翼翼，还是离婚之后更加没有安全感，前几天陈曦看了一部韩国电影，一个母亲因为在路上出了车祸，没有来得及赶去学校接孩子，学校老师也没管，孩子一个人步行回家，结果在路上被变态杀人狂骗走了……

现在各种新闻都是小孩子出事的消息，陈曦一点儿都不敢怠慢，每天晚上跟万星星讲故事的时候都要给她讲讲安全事项，要学会保护自己。

地铁站离学校九百多米，陈曦一路飞奔，跑到学校门口的时候，班上其他孩子都已经走光了，万星星板着脸，瘪着小嘴，靠在围墙上四处张望，见她来了，眼泪马上夺眶而出。

"星星妈你终于来了，我刚准备给您打电话呢。"班主任杨老师一直陪着万星星。

"不好意思，杨老师，我出去办事，来晚了。"陈曦气喘吁吁地道歉。

"没关系，谁都有个突发事件。"杨老师十分理解，"其实刚才冰冰妈说帮你一起把星星接回去，你们不是住在同一个小区吗？可是星星不愿意，非要等你过来接。不过你也别担心，我会等到每个家长顺利接到孩子才走的。"

"谢谢。"陈曦很感动，却没有多说什么客套话，不知道是不是因为今天发生了很多事，她有些百感交集，情绪十分低落。

杨老师大概是察觉到陈曦的脸色不对，将她拉到一边低声说："星星妈，我听冰冰妈说了你家的事情，你别太难过，一个人带着孩子可能是会难一些，但没有什么坎儿是过不去的，如果有什么需要帮助的，我们都会尽力帮助你。"

"我没事，谢谢你，杨老师。"陈曦笑了笑，"我先带星星回家了，有什么事我们在微信上交流。"

"好。"

陈曦带着万星星回家，万星星一路低着头不说话，陈曦观察她的脸色，轻声道歉："星星，今天妈妈出去办事了，有点突发事件，所以没有及时赶回来，妈妈向你道歉，你不要生气好不好？"

万星星不说话，埋头向前走。

陈曦弯腰低头一看，万星星居然在流泪，陈曦马上蹲下来拉住她："星星，别生气了，妈妈以后再也不会迟到了。"

万星星瘪嘴忍了好一会儿，终于还是忍不住哭起来："冰冰当着全班同学的面笑话我，说我爸爸妈妈离婚，说我是一个没人要的孩子。"

## 75. 必须做点什么

听到这句话，陈曦整个人都怔住了，她想过离婚多多少少会给万星星带来一些伤害，可她们母女俩早就已经习惯没有万彬的生活，所以这种伤害对她们来说并不会很大，可是现在她才发现，她的想法太天真了。离婚所带来的后患如同药物的副作用，正在随着时间的推移缓缓弥漫散开，一点一点地伤害着万星星。

"妈妈，他们说我以后就没有爸爸了，他们说爸妈离婚的孩子都是不完整的，是不是真的？"万星星哭着问。

"不是，不是的……"陈曦眼眶红了，可她强忍着不让自己的眼泪掉下来，并且扬起笑脸，温柔地对万星星说——

"星星，我不知道那些小朋友都是怎么说的，但你要相信爸爸妈妈，离婚只是我们两个人之间的关系发生了变化，你和爸爸的关系并没有任何改变，他还是会像以前一样爱你，等他有空了就会回来看你陪你。而妈妈，也会给你更多的爱！"

"你们以后就是仇人了吗？"万星星又问。

"你怎么会这么问？"陈曦很痛心，不知道那些孩子到底跟万星星说了些什么，她连忙说，"妈妈和爸爸不会成为仇人，我们只是不再做夫妻了，但我们还是朋友，因为我们有一个共同的结晶就是你啊！"

"真的吗？"万星星眼泪汪汪地看着陈曦。

"当然是真的。"陈曦笑着说，"今天妈妈就是跟爸爸一起去办事情了，只是我们以后不能住在一起了。这种关系要你长大之后才会明白，但是你要相信妈妈，妈妈不会骗你，也不会伤害你。"

万星星扑在陈曦怀里，哭着说："我以后再也不跟冰冰、云云玩了，她们太讨厌了，在班上到处说你和爸爸打架的事情，还说你们都被警察带走了。"

陈曦眉头紧皱，难怪刚才问她和万彬以后是不是仇人……

她想起那天晚上万星星生病住院，她实在忙不过来就让苏娆帮她看着孩子，后来去医院就把这件事告诉了苏娆，苏娆忍不住发了一条朋友圈。云云妈也就是白倩看到了朋友圈，还特地打电话过来问她，她当时承认了，让白倩帮她保密，白倩满口答应，没想到却在孩子面前说这些。

小孩子的思想都是简单的，如果不是有大人在她们面前说过什么，她们根本就不可能会知道，也不会到处乱传。而且，如果只是云云一个孩子说，就只能说明白倩是在自己家里讨论了这件事，但现在连冰冰也知道了，恐怕白倩没少在外面嚼舌根。

晚上做饭的时候，韩佳佳给陈曦打了个电话，问她是不是跟韩风彻底分手了，陈曦直言不讳地回答说"是"，后来又补充了一句"其实谈不上分手，我们俩根本就没有开始，也没发生过什么"。

"不会吧，这是为什么呀？你们怎么会弄成这样？"

"佳佳，我在做饭，待会儿还要给星星辅导作业，先不跟你说了。还有啊，这件事到此为止，不要再去做无谓的劝导了，我们都是成年人，也是过来人，懂得怎么选择自己的人生。你这样两头劝真的没必要，反而给大家增加负担。"

"可是……"韩佳佳还想说些什么，终究还是收了口，"好吧，我知道了。"

挂了电话，陈曦就忙着把菜下锅，然后煮汤……

争分夺秒的忙碌生活让她根本就没有时间多愁善感，缅怀过去，无论万彬还是韩风，对她来说都是过去式了。

吃晚饭，收拾卫生，陪孩子练琴，阅读，伺候孩子洗澡睡觉，然后给孩子讲故事，把今天白天的事情隐射到故事里，让她明白父母离异只是各自选择了不同的生活，对她来说并没有什么影响……

等到万星星睡着，已经晚上十点了。

陈曦急忙打开电脑写稿子，每天的更新要在当晚十二点之前完成，否则就会算到第二天。

手机微信响了几下，陈曦没有心思查看，直接把手机放在沙发上，然后去书房写稿子。

虽然早就整理好大纲，并且在昨天就知道今天应该要写些什么，可是当陈曦打开电脑看着文档的时候，脑海还是一片空白，她写不出来。

夜深人静的时候，那些她以为不会在乎的思绪涌上心头，让她心乱如麻……

万彬的感伤，韩风的分手，这些并不是最重要，最重要的是万星星。

她在学校被人嘲笑了，今天只是第一天，明天还会不会有同学继续嘲笑万星星？

陈曦也从童年时期过来，她很清楚同学之间的嘲讽会给一个孩子带来多大的心理阴影，她不能让万星星继续受到伤害。

可是，她应该怎么做呢？

总不能直接找到冰冰和云云的家长指责人家吧？这样只会把事情变得更严重更恶劣。

以前万星星还小的时候，陈曦没有什么体会，直到万星星上了小学，她才深刻体会到同学家长之间的关系，还有老师之间的关系对孩子的成长也会起到一定的影响。

这两年，陈曦一个人带着孩子生活，难免会遇到突发事情，她在这里无亲无故，少有的几个朋友也都有自己的家庭，总不能每次都随叫随到，更何况他们都没有孩子，对于万星星，他们根本就没时间照顾。

所以入学之后，陈曦就努力地跟同学家长搞好关系，平时读者或者合作网站给她寄的礼物，她都会拿出来跟同学家长们一起分享，每一次出去采风旅行，她都要带一些特产给几位经常联系的家长。这样你来我去，自然也有几个关系好的家长朋友。而其中最好的就是妮妮妈妈。这妮妮妈妈也是单亲，在税务局当一个不大不小的领导，父母也住在小区，两人都是退休老干部，有丰厚的退休金和养老保险，还有足够多的时间可以帮她照顾孩子，所以妮妮妈相对来说比陈曦自由轻松许多。

## 76. 用心良苦

之前班上几个同学妈妈组织带孩子出去玩的时候，陈曦跟妮妮妈妈交流了一下，两人三观一致，对生活、对家庭、对夫妻关系，还有孩子的教育意见都很相近。

有时候她们遇到什么急事也会互相委托对方帮忙带一下孩子，一来一往就成了好朋友。

陈曦当即在微信上给妮妮妈发了一条消息："在吗？"

很快，妮妮妈就回应了"在"，"我听妮妮说，你和星星爸爸离婚了？"

"看来现在全班都知道了。"

"有两个孩子在班上取笑星星，妮妮也在场，回来还跟我哭，说她之前也被同学这样取笑，现在轮到星星了。唉，我之前居然都不知道……难怪那阵子她都不想去上学。你说遇到这种事情到底应该怎么办？我们自己教育孩子要恭谦礼让，可管不住别的孩子尖酸刻薄啊。你说那些家庭到底是怎么教育孩子的？小小年纪就学着嘲笑别人，挖苦别人，好玩吗？"

"看来这种事对孩子来说真的会造成很大的阴影，我觉得我必须做点什么！"

"你要怎么做？"

"明天你就知道了。"

这个晚上，陈曦没有写小说，而是写了一篇软文《让孩子学会善良，是人生的第一堂课》。

她找到一个开新媒体公司的朋友莫烦将这篇软文发到微信公众号上去，莫烦正在为找不到好稿子而发愁，这会儿有精品软文送上门来，他自然欣喜不已，当即就打电话让手下的编辑配上图片发了出来。

这个微信公众号原本就是写一些关于家庭教育的软文，平时都是公司旗下的编辑负责编写，道理十足，却并不感人。这次是一个情感作家写出来，情感丰富很多，发出去之后粉丝们纷纷留言，都说十分感人，比起以前发的那些硬道理，这个更能够触动人心。

但是这个微信公众号总共才十几万粉丝，陈曦在自己书里打了个广告推广这片软文，同时在微博等平台一起推广，最后给教育局工作的读者朋友留言，请她看看这篇软文，如果合适的话就用教育局的公众号推送给学校，特别是给星星所在的小学。

第二天早上，陈曦把万星星送到学校之后回到家打开电脑查看，那篇软文已经有两万多的阅读量了，点赞和精选留言也不少。

陈曦正在翻阅留言，电话就响了，新媒体公司的朋友莫烦欣喜若狂地说："陈曦，你昨天给我发的软文真的太经典了，我十一点半让公司编辑发出来，这才一夜的时间，现在已经两万多的阅读量了，要知道这个公众号总共才不到十万粉丝，平时是不可能有这么多阅读量的，有很多还是我自己刷上去的。"

"这一条你不用刷，我来给你引流量，我也想看看，到底我能够引到多少流量。"

"啊？"莫烦激动不已，"陈曦，以前我那么讨好你，让你偶尔抽空赏我两篇千字软文你都不肯，现在不仅主动给我稿子，还帮我引流量，这是为什么？难道被我的倾国倾城的美貌给折服了？"

"别闹了，这件事关系着我家星星！"

"跟孩子有关？到底是怎么回事？该不会是星星在学校遇到冷暴力了吧？"

"先不跟你说，我估计教育局的朋友该给我打电话了，晚点再找你。"

"等一下，我们先谈谈报酬吧，你知道我公司刚开没多久，资金有限，你这大作家给我引流量，你该不会狮子大开口吧？我跟你说，要钱没有，要肉体有一条，反正我还没结婚，你要不要……"

"行了，别贫了，我给你做的一切都是免费的，不需要你牺牲色相。"

"可是……"

莫烦的话还没有说完，陈曦就把电话给挂了，莫烦是陈曦去年认识的朋友，一个很上进很努力的小男人，好像有一个两地分居的女朋友，两人感情很好。

陈曦跟他来往得少，偶尔朋友圈互动一下，也就是点赞留言之交，不过对他的人品是信得过的，所以这次才会找到他。

电话挂断之后，教育局的读者朋友陶园就打电话过来了，激动地说："陈曦，我今天早上把你那条软文转发到朋友圈去，好多人评论点赞转发，连我以前的老校长都转发了。教育局的公众号经常要推出这样的软文，关于家庭教育，关于孩子心理健康问题，之前都是让负责管理公众号的老师编写，基本上就是做做形式，没几个人愿意看，我自己的亲戚朋友都不转发。但是你这条推广出来可不得了，现在都上万条阅读量了，要知道我们教育局的公众号总共才几万粉丝呀，还是让学校通知家长们关注的，这样算起来，几乎有五分之一的家长都看了。"

"那太好了。你们可以跟各大学校说一声，让校方通知老师，老师再通知家长去看看，也许会有感悟呢。"

"我正有此意。我打电话就是问问你，你这篇文章要收多少钱的稿费？我可是你的老读者了，你所有的书我都看过了，我知道你那些网络小说很畅销，都是以字论钱的，我看了一下你这个两千多字，要收多少钱呀？我好给上面报账。"

"不用的，免费给你！但是你要注明不能转载，署名权不能改。"

"我知道，署名权是你的笔名，圈外的人没几个知道，我肯定不会改动，这个你放心。"

"好。"

挂断电话，保姆何桂芝正好做了早餐，陈曦一边吃早餐一边找到几个微博大V朋友转发这条软文，那几个朋友很爽快地答应了。

现在，陈曦只需要静静地关注事态动向。

早餐之后陈曦就关掉网络安静地写稿子，三点十分，她准备去接万星星放学，这才打开网络，微信上百条留言，都快要爆掉了，她无视其他消息，直接打开莫烦发来的消息。

很好，阅读量已经十万+了！

## 77. 对症下药

这篇帖子不仅仅在微信公众号的阅读量达到了十万+，微博上的转发量也有十几万，二十多万点赞，几万条留言……

这条帖子火了！

帖子的主要内容就是讲述一个单亲母亲和自闭倾向孩子之间的感人小故事，母亲每天为了生活奔波劳累，在人前永远都是笑容满面，可她的孩子好像不会笑。不仅如此，孩子的学习成绩很差，每次都是全班倒数第一，而且不爱说话，也不跟其他小朋友玩，每天都闷在家里。妈妈想要跟孩子谈谈，孩子却总非常抵触。妈妈担心孩子在外面受到了伤害，于是带孩子去医院检查，结果身体一切正常，没有任何问题，也没有受到任何侵害，医院建议她带孩子去看心理医生。心理医生说孩子受到了心理创伤，所以才会把自己封闭起来，建议妈妈找出原因，对症下药。妈妈费尽心思，还找老师调出教室的监控录像，原来班上有几个同学经常嘲笑她的孩子，对孩子各种冷暴力，给孩子造成了极大的心理阴影……

看似寻常的故事在陈曦的笔下写得真实感人，细腻的文字触动着每一个读者的心，特别是那些有孩子的家长，都会留意自己的孩子有没有在学校遇到冷暴力、受到侵害，同时也会教育孩子要做一个善良的人，不要伤害别人。

正想着，学校班级群里就有新的消息，陈曦打开一看，正是班主任杨老师在发这篇帖子，并且在群里发公告通知所有家长阅读，很快就有家长反映说早就看到了，很感人……然后几个家长就在群里讨论这个帖子。

陈曦没有多看，现在是放学时间，家长们都在去学校的路上，准备接孩子放学，聊不到几句就要断了，还是校门口更热闹。

　　陈曦换了鞋，拿着手机就出门了，不一会儿到达学校门口，放学点已经挤满了学生家长，大家都在等着自己的孩子出来，也有一些是托管班的老师。

　　毕竟有一部分家长都得朝九晚五的工作，没有办法三点半就来接孩子放学，而他们家里也没有老人可以帮忙带孩子，所以只能把孩子放在托管班。

　　学校每一个班级都有自己指定的放学点，家长在这里等着老师把孩子们带出来，然后再接走孩子。

　　陈曦来到万星星所在班级的放学点，几个专职主妇妈妈已经在这里等候，其中就有冰冰妈妈和云云妈妈。她们跟另外几个家长聊天，说的都是自己家的孩子怎么怎么优秀，钢琴考级过了，跳舞也准备去考级，准备再去学而思报奥数和英语等等的话题……

　　其中一个家长忽然说："你们有没有看到杨老师发的那个帖子？"

　　"什么帖子？什么时候发的？是布置了什么任务吗？"

　　"听说是教育局让学校转发的，讲的是关注孩子心理健康问题的。"

　　"噢，我们家冰冰肯定没有心理健康问题，她开朗着呢。"

　　"我家云云也没有，一天到晚活蹦乱跳的，怎么会有心里健康问题？"

　　"不仅仅是自己没有问题，也不要给别人带来问题。"妮妮妈忽然说了一句，"那帖子的名字叫《让孩子学会善良，是人生的第一堂课》，有些孩子自己是吃不了亏，老是嘲讽挖苦其他同学，给其他孩子造成心理阴影，小时候尖酸刻薄，长大后就会内心恶毒，变成社会毒瘤的。"

　　"我们家冰冰是乖孩子，她不会这么做的。"

"我们家云云也是……"

"那可不一定，有些孩子在家里一个样子，在学校又是另一副样子。"妮妮妈向来心直口快。

"哟，妮妮妈，你这是说谁呢？"冰冰妈脸色不太好了。

"就是，我怎么觉得你是话里有话？"云云妈冷笑着问，"该不会是指桑骂槐吧？"

"我……"

"孩子都是纯真善良的，都没有问题。"陈曦忽然接了一句。

"对。"云云妈马上回应，"还是星星妈妈有文化有素养，作家就是不一样。"

"星星妈？你今天这么早？"几个家长跟陈曦打招呼，陈曦平时因为写稿子，总是掐着点儿才匆匆赶过来，今天居然提前来了，大家都有些意外。

"家里现在请了保姆，所以我时间比较宽裕。"陈曦随口说。

"你都请保姆了？"冰冰妈十分八卦地问，"请保姆可要不少钱，一个月多少工资？"

"三千多吧，不住家。"陈曦回答。

"三千多也是一笔不小的开支呢，好些人一个月的工资都才三千块。"另外一个家长羡慕地说，"看来星星爸爸工资不低呀。"

"都离婚了还给你支付保姆钱？不会吧？"冰冰妈脱口而出。

云云妈推了她一下，她才意识到自己说漏了嘴，满脸尴尬。

"什么？星星妈妈你离婚了？不会吧？"另外几个家长都十分惊讶。

"人家的隐私，不要多问了。"妮妮妈眉头紧皱，作为过来人，她很理解在这种场合被人追问这种事是什么感受。

"对，我离婚了。"陈曦倒是十分坦然，"这不是很正常的事情吗？我不觉得有什么丢人的。"

"对对对，现在这个社会离婚不是什么大不了的。"几个家长连连附合。

"就是嘛，这个也没什么好遮掩的。"冰冰妈松了一口气，还以为自己刚才说漏嘴，陈曦会生气。

"我从来就没有想要遮掩，只是我自己的事情没有必要公告天下。"陈曦深深地看了她一眼，转目看着白倩，"云云妈，你说对吧？"

"对，对。"白倩有些尴尬，那件事除了她之外，班上没几个人知道，陈曦又不是傻子，自然知道是她告诉冰冰妈的。

"接回刚才的话题吧。"陈曦转回正题，"那篇帖子我也看了，正如我刚才所说，孩子都是单纯善良的，没有什么坏心，但是校园暴力是如何产生的呢？自然都是家长带来的隐患。俗话说得好，父母就是孩子的镜子，父母喜欢嚼舌根，孩子就会学着嚼舌根；父母喜欢动用暴力，孩子就喜欢惹是生非；父母尖酸刻薄，喜欢嘲讽挖苦人，孩子自然也会有样学样……所以，刚才妮妮妈妈说得太对了，我们不仅不能让自己的孩子受欺负，也不能让孩子欺负别人，否则……恐怕等不到长大，孩子就已经成为毒瘤了，迟早是要被割掉的！"

## 78. 完美解决

陈曦这番话得到了大家的一致认同，几位同学家长纷纷表示认同，妮妮妈趁机强调："所以说，我们都要管好自己的孩子，让他们学会包容、懂得善良，不要随便嘲笑同学。"

"对，说得没错。"所有家长都在附和。

白倩和冰冰妈沉默不语，脸色不太好看，她们心里都明白是怎么回事，昨天那两个孩子在班上嘲笑戏弄万星星，回去还跟她们炫耀了，她们并没有把这些放在心上，反正不是自己的孩子受欺负。

如今才意识到事情的严重性，不是意识到孩子这么做是错的，而是发现陈曦不好惹。

这时，各班老师带着孩子们排队出来了，家长们结束话题，翘首以盼。

万星星所在的二年级十二班排在队伍后面，前面其他班级的孩子陆续被家长接走，老师对家长们强调回去记得看群里发的那个家庭教育的帖子。

家长们都表示回去一定看，然后纷纷对自己的孩子教育："在学校一定要跟同学和睦相处，可不能学着嘲笑人、讥讽人？知道吗？"

"嗯嗯嗯，知道了，妈妈。"

"不管其他同学是什么样的家庭，过着什么样的生活，是不是有什么跟我们不一样，我们都不能取笑别人，要做一个善良的孩子。知道吗？"

"知道了，可是我们班的晓晓就喜欢取笑别人呢，昨天她还取笑诗韵说她爸爸是卖猪肉的……"

"你可千万不能这样。"

"看来学校很重视啊。"妮妮妈有些激动，"在群里就已经发了通知，现在还当面叮嘱。"

"这是好事，这么大的事情必须要重视起来，希望我们班不要有那种尖酸刻薄的孩子……"

"是啊是啊……"

听着家长们的对话，冰冰妈和云云妈脸色一阵白一阵紫，一句话都不敢说。

不一会儿，十二班的同学也出来了，家长们都忙着接孩子，冰冰妈和云云妈接了自己的孩子就准备走，班主任杨老师提醒大家回去记得看那个帖子，一个孩子忽然大声说："冰冰和云云在学校最喜欢说人家坏话，嘲笑同学，欺负同学了。"

"对，上次云云笑话我爸爸是瘸子，可是我爸爸的腿是在08年

'5·12'大地震的时候救人才弄成那样的，他是军人。"

"冰冰还嘲笑我妈妈有银屑病……"

"她们俩就喜欢嘲笑同学，上次还说我胖得像猪一样……"

同学们你一言我一语地申诉着，班主任杨老师婉转地说："云云妈、冰冰妈，回去看看帖子吧，好好想想，然后跟孩子多多沟通。"

"知道了，杨老师。"

云云妈和冰冰妈的脸色青一阵白一阵，拽着孩子就走了，一路走还一路教训自己的孩子，结果孩子就说："妈妈，这些话都是从你嘴里说出来的呀，我只是学着说而已。"

"闭嘴。"两个女人狼狈不堪地走了。

陈曦勾唇一笑，回头看着万星星，万星星仰着小脑袋看着她，眼睛里满是崇拜。

陈曦跟杨老师打了招呼，带着万星星回家，走到没人的地方，万星星忽然问："妈妈，那篇文章是你写的吧？"

"嗯？哪篇？"陈曦一时之间没有反应过来。

"《让孩子学会善良，是人生的第一课》。"万星星完完整整地说出了这个标题，"作者夜神，不就是你吗？我知道你的笔名。"

"嘘——"陈曦看看周围，"不要让那些人知道这是妈妈写的。"

"为什么？"万星星问。

"做人要低调。"陈曦随便找了个借口。

"好吧。"万星星小大人似的说，"你不想让人知道，我不会说出去的，但是你先告诉我，为什么要写这篇文章？是为了不让我在学校被人嘲笑吗？"

"嗯。"陈曦点点头，简单地说，"妈妈要保护你，同时也能为其他的孩子做点事。"

"妈妈，你真的好厉害。"万星星有些小激动，"今天老师在班上说了这件事，她没有点名批评谁，但是我看到云云和冰冰都惭愧地低下了头，我想，她们以后都不会再这么做了。以后不仅是我，其他小朋友也不会再有这样的遭遇了，之前妮妮被人嘲笑的时候躲在角落哭，今天她跟我说，她很开心呢。"

"那就好。"陈曦十分欣慰，"星星，以后无论遇到什么不开心的都要告诉妈妈，妈妈一定会保护你，不让你受到任何伤害！"

"知道了。"万星星十分感动，"妈妈，以前你总是让我好好学习写作文，我都不明白为什么，现在我懂了，原来文字的力量这么大，你写一篇文章就能够改变一件事。以后我也要好好学习写作文，也许我也可以用我的文章改变世界。"

"你能有这样的认识，妈妈很高兴，可是你怎么知道那篇文章的内容？老师讲给你听的？"

"老师在白板上放出来让大家阅读的，我看完之后才发现笔名是夜神，就知道那是你写的。"

"你什么时候知道妈妈的笔名的？"

"早就知道了，书桌上有那么多你出版的书呢。"

"好吧，你长大了。"

"妈妈，谢谢你，你好棒！"

"乖！"

陈曦一路跟万星星交谈，从万星星的话语和表现可以看出来，她对妈妈多了一份崇拜和感激。

孩子在成长的过程中会遇到很多很多事情，永远都不可能一帆风顺，很多孩子在学校受到欺负和伤害的时候都不敢告诉家长，那是因为他们害怕得到的是家长的忽视和责骂。

万星星将自己的心情说出来就已经很勇敢了，陈曦不能辜负她的勇敢，考虑了很久，终于想到一种合适的方式解决掉这个问题，不仅仅保护了万星星，还能很大程度上杜绝以后再发生这样的事情，同时也增加了母女之间的感情，另外还有两个收获就是帮助了别人，并且，也让万星星明白文字的力量……

## 79. 鞠啸东约见

深夜，万星星睡着了，陈曦终于有自己的时间，一大堆微信没有回复，她没有时间理会，简短地给莫烦和陶园发了几段语音表示感谢，然后看看帖子的评论，大多数人都表示认同她的观点，并且从故事中得到了启发……

陈曦感到很欣慰，关掉网页准备写稿子，忽然无意中发现韩风发了一条朋友圈，只有四个字"岁月静好"，下面的配图是一个妙曼的背影，女孩围着围裙在厨房忙碌着，暖色灯光下，气氛温馨而暧昧。

深红色的紧身长裙，自然柔顺的长发，陈曦一眼就认出来，这个背影是谢菲菲！

陈曦的心仿佛被什么尖锐的东西狠狠扎了一下，莫名的酸涩，她忽然想起之前欧阳风华说的一句话，男女分开之后，男人三天就会在朋友圈晒女朋友。

算起来离他上次打电话过来正好三天，还真是准时！

陈曦的唇角勾起嘲讽的冷笑，心里却在发紧的疼，她以为自己根本就不在乎，反正她跟韩风都还没有开始，不过就是错过一段错误的感情罢了，没有什么大不了的，根本就不值得伤心。

这几天，她不是也没有伤心难过吗？

她根本就不在乎，一点儿都不在乎……

陈曦在心里反复这么对自己说，可是嘴角的笑容却很快就僵化了，心里涌现一股浓浓的酸楚，眼睛莫名就红了。

分开那天，陈曦来不及伤心难过，她以为自己根本就不在乎韩风，直到现在才知道，原来那不过是自以为。

这一夜，陈曦辗转反侧，难以入眠，脑海里满满都是韩风的身影，还有那些他们在一起的场景，她翻阅他们之前的聊天记录，看着那些深情的对话，心里波涛汹涌，复杂难言，好几次都编写好了一句话，想要问问他是不是已经跟谢菲菲在一起了，或者找个借口跟他说句话，可是始终没有发出去。

她知道，她不应该打扰他。

当初是她自己主动放弃，现在他已经找到了女朋友，她又何苦去打扰他？

最后，陈曦还是忍住没有打扰他，放下手机，逼迫自己睡去。

一段感情的错过总是让人伤感的，不过书上都说了，失恋的伤痛最多维持五天，更何况是陈曦这种每天忙得像陀螺一样的人。

她在家里宅了三天，除了买菜和接送万星星之外，哪儿都没去，万星星不在家的时候，她也写不出东西，抱着电脑发呆，抑或翻阅她跟韩风的对话记录，反复纠结要不要给他发一条微信，哪怕是一句问候的话，或者一个表情也好，只要能够引起他的注意也好。

可是最终，理智还是战胜了一切。

自尊心，始终比爱情重要！

时间就这么一天一天过去，很快就到了陈曦取房产证的时间，当初办理手续的时候，陈曦怕自己事情太多忘记了，所以给自己设定了备忘录，提前一天提醒。

然而陈曦是彻彻底底地忘记了，事到临头才知道着急，现在她全部身家就只有二十多万，还有一天时间，她要到哪里筹到八十万，凑齐一百万给他？

陈曦这一天就像是热锅上的蚂蚁，急得团团转，平时她觉得自己遇到事情总能够解决，可是直到现在她才知道自己也有无能为力的时候。

长这么大，她从来没有问人借过钱。

从小到大，她就是一个很有计划的人，以前刚刚开始参加工作，不管赚多少钱，她都能够存一部分以备不时之需，而且她对物质没有太多的欲望，所以钱总是够花的。

现在突然缺这么多钱，她感到十分茫然，她的朋友就那么固定的几个，欧阳风华虽然表面上看起来风光无限，但陈曦知道她根本就没有赚什么钱，因为一种情怀，专门打离婚官司，而离婚官司根本就是不赚钱的。

欧阳风华已经把自己之前在美国赚的老本都花得差不多了，车子房子还是她老头子给她买的，所以要她一下子拿出八十万也是不可能的。

其次就是龙七，那小子就更不用说了，直到现在连房子都没有，凑够几十万付了车子的首付，每个月赚的钱就是还车贷，然后生活开销之外就所剩无几，根本就是一个标准的月光族，不要说八十万，八万块他都拿不出来。

苏娆和韩佳佳就更不用提了，两个小孩子，毫无积蓄。

其他就是微信好友，现实中都很少交流，根本不可能问他们借钱。

陈曦心急如焚，不知道该怎么办才好，心情抑郁的时候忍不住发了一条朋友圈"以为自己很强大，没想到也有无能为力的时候"，很快就有几十条评论，都在问她怎么了，她统一回复"缺钱，缺一百万"。

有一个人回复了她一句"加油"，还有另一个人回了一句"怎么可能？你有的是钱啊，富婆"……

然后就没有然后了……

陈曦看得心灰意冷，她早就知道微信上的友谊是虚幻的，不实际的，根本就不可能起到任何作用的，只是到现在才亲身体会到深刻意义。

真正遇到有事的时候，能够帮助你的人没有几个，或者说根本就没有。

陈曦知道只能靠自己了，她开始整理自己以前的作品，发现有几本书已经版权到期了，现在可以重新卖第二次，她当即联系到之前签约的公司了解解约程序，算起来前前后后至少需要三个月。

可是她明天就要去拿房产证，按照约定的日期，她必须要在这几天之内把钱给万彬，而且他看起来很着急的样子，她也不能拖着他。

陈曦愁绪万千，心急如焚，在阳台来回走动，完全乱了头绪，就在这个时候，她接到了一个陌生电话……

"你好，陈曦，我是鞠啸东，我想跟你见一面，晚上有时间吗？"

## 80. 爱不爱她

陈曦愣住了，好一会儿才反应过来，戒备地问："你，你找我有什么事吗？"

"如果三两句话能够说清楚，那就不需要见面了。"鞠啸东的声音很好听，并且风度翩翩，"你好像很紧张？不用担心，我没有恶意，我只是看到你的朋友圈，知道你缺钱，想帮帮你。"

"你要借钱给我？"

"如果你愿意的话，我无所谓，不过有更好的方式可以帮到你，不需要借钱。所以要见面谈。"

"我想知道是什么方式？"陈曦很固执。

"我认识一家不错的影视公司，跟他们提了一下你的书，他们表示很有兴趣，正好这几天他们在成都。"

"他们想买我的影视版权？"

"买不买要见面谈谈再说，我只是律师，不是作家，具体的你自己谈。"

"好的，我明白了。"

"今晚六点钟吧，地址我稍后发给你……"

"等一下。"陈曦打断他的话，"你约我见面，风华知道吗？"

"我要做什么，没有必要向她汇报，就这样吧，要开会。"

说着，鞠啸东就把电话给挂了。

陈曦听着电话那头传来的忙音，心里很乱，这个时候，她就像在大海里迷失的人，只要有一根救命稻草，她就想抓住，而且她明天就要去拿房产证，除了鞠啸东那里，她都已经没有其他机会了。

可鞠啸东是欧阳风华的男朋友，陈曦觉得跟他私下见面都是一种道德败坏的事情。

陈曦犹豫了一下，给欧阳风华打了个电话。

欧阳风华没有接听，不知道是不是在忙，陈曦给她发了一条微信："忙完了给我回电话，急事。"

微信刚刚发完，陈曦就收到了一条短信，是鞠晓东发来的晚餐地址，就在市中心的一家西餐厅。

现在已经四点半了，如果要准备去赴约的话，陈曦现在就得准备，要知道三十多岁的女人，如果不换衣服不化妆，那就真的没法出门。

陈曦盯着手机，等待欧阳风华的回信，可是她一直都没有回微信也没有回电话。

陈曦想了想，先去洗头发换衣服化妆，想着要见闺蜜的男朋友，陈曦弄得休闲简单，妆容也很淡……

正在化眼妆的时候，陈曦终于接到了欧阳风华的电话，一个箭步冲过去接听："欧阳。"

"刚才在出庭。怎么了？什么事这么急？"电话那头传来开车门的声音。

"呃……"陈曦听着她的语气，似乎完全不知道鞠啸东约她的事。

"嗯？"

"我都不知道该怎么跟你说……"陈曦犹豫了一下，还是打算直接说，"刚才鞠啸东给我打电话，说晚上想约我见面……"

"他约你？"欧阳风华反应很大。

"他说知道我缺钱，想跟我谈谈，又说认识的一家影视公司对我的书有兴趣。不过，我没有加他的微信。我也没有跟他交换联系方式，我都不知道他怎么知道我的电话号码。"

"他要想知道一个人的电话号码很容易。"欧阳风华倒是很平静，"他知道你缺钱的事情是我说的，早上我随口提了一下，没想到他那么上心。"

"你跟他说了我缺钱的事情？"

"我想起你这两天就要去房管局拿房产证，也该到时候给万彬钱了，还说你现在拿不出这么多钱，随口问问他有没有什么好办法，看来他是把我的话放在心上了。"

"原来是你叫他帮我的。"陈曦松了一口气，"我还说呢，我从来没跟他私下联系过，他怎么会突然这么热心……"

"也许他的热心不一定是因为我。"欧阳风华忽然又说了一句，"而是因为你。"

"啊？"陈曦心里一惊，她这是什么意思。

"放心。"欧阳风华笑了笑，"你跟苏娆不一样，我相信你！"

"我问过他，约我见面的事情有没有跟你商量……"

"他应该会跟你说，他的事情没有必要向我汇报。"

"呃……"

"行了，既然他约你，你就去吧，在钱这方面，他有的是办法。"

"难道你不介意？"陈曦眉头紧皱，"其实我很忐忑，要不然……"

"要不然什么？"

"要不然你跟我一起去吧。"陈曦终于说出自己的顾虑，"如果他是公事公办想帮我借钱，利息合理的话我可以接受，你也可以帮我做个见证。"

"他又不是放高利贷的，怎么会帮你借钱？还有，如果他只是纯粹的想要帮你，为什么要瞒着我？"

"……"陈曦无言以对，这些问题她又何尝不知道，就因为知道，所以才想要让欧阳风华跟她一起去。

"我不方便跟你一起去，你自己去吧，我相信你！"

"可是……"

"别担心。鞠啸东这个人我还是很清楚的，就算他真的有什么小心思，如果你不愿意，他不会勉强你。"

陈曦沉默了几秒，问："你们两个，已经确定关系了吧？"

"什么叫确定关系？"欧阳风华反问，"发生关系是有，但是没有对外公开，以后会不会持续发展也说不清楚。"

"我知道了。"陈曦没有多言，"那我先过去看看。"

"嗯。"

挂了电话，陈曦的心情有些复杂，虽然欧阳风华极力让自己显得平静淡然大方，但实际上，她的嫉妒还是无法掩饰地泄露出来了。

女人的第六感很灵，陈曦知道，欧阳风华对此很不高兴，却因为她的坦然无法生气。

陈曦觉得自己不应该见鞠啸东，可她又不想错过这次机会，该怎么权衡？她想了许久，给莫烦打了个电话："晚上有空吗？跟我去个地方。"

"陈大作家发话，必须有空。"

"假装成我男朋友。"

"啊？好吧。"

欧阳风华坐在车上，心情久久不能平静，七夕那晚，她跟鞠啸东发生了关系，她以为这就是确定交往了，可鞠啸东却提出要隐瞒他们之间的关系，不想让任何人知道。

虽然欧阳风华心里不舒服，但还是同意了，毕竟都是一个行业的，公开了确实不好。

只要欧阳风华不找他，他就不会主动找她，两人就这么不冷不热不温不火地发展着，她每天都会怀疑他是不是真的爱她，可是每到晚上他热情如火地爱着她的时候，她又说服自己去相信！

然而现在，她又开始怀疑了……

## 81. 谈 判

欧阳风华现在后悔了，她觉得刚才陈曦邀请她一起去赴约的时候，她就不应该拒绝，应该跟着一起去，看看鞠啸东到底想要干什么。

陈曦的坦然让她无法不故作大方，但是在爱情面前，哪个女人真的能够做到无所谓？反正她做不到。

现在她只想去看看鞠啸东约了陈曦到底要做些什么，却找不到合适的理由。

想了想，欧阳风华给陈曦发了一条微信："你们约了在哪里见面？"

发完之后她就撤回了，觉得自己这样做真的很二。

但是很快，陈曦就回了一条消息，直接把鞠晓东发给她的地址截图发给欧阳风华，还说了一句："你要来吗？"

"不来，我就是随口问问，好了，我开车。"

欧阳风华这么回了一句，却下了车，打了一辆计程车赶去鞠啸东和陈曦见面的地方。

陈曦坐在莫烦车的副驾驶上，看着微信里欧阳风华的聊天记录，心情十分复杂。

她特别不喜欢男朋友跟闺蜜纠缠不清，当初就是因为韩风跟苏娆走得太亲近，她才会对韩风不满，后来一连串的问题也就出来了，所以现在陈曦很理解欧阳风华的心情，虽然她没有像苏娆那样在背后搞小动作，并且遮遮掩掩，但是鞠啸东瞒着欧阳风华约她见面，总归是有些不妥。

欧阳风华不高兴也是情有可原。

其实最好的方法就是她们一起去见鞠啸东，这也是陈曦给欧阳风华打电话的目的，只是没想到欧阳风华会拒绝，陈曦只好带上莫烦。

这个时候，陈曦不禁在想，如果换位思考，今天她处在欧阳风华的位置，会怎么处理这件事，大概也会跟欧阳风华一样吧。

其实在爱情面前，女人都会变得矫情！

不知道鞠啸东是不是了解过陈曦的情况，特地约在今天见面。

周五下午放学的时候，万彬就把万星星给接走了，周一早上直接送她去上学，每周只有在这个时间里，陈曦是自由的。

莫烦一路上都在追问陈曦今晚是什么饭局，约见的是什么人，陈曦避重就轻地解释了一下，莫烦很聪明，笑着点头："行，我知道该怎么做了。"

"总之你就当一个安静的吃货好了，少说话多吃东西。"陈曦对这种事情并没有什么经验，"不过为了让他们相信你是我男朋友，记得稍微体贴细心一点儿。"

"知道了，你就放心吧。"

市中心向来都不好停车，莫烦找了很久都没找到停车的地方，陈曦看着时间已经有些来不及了，焦急地说："你找个地方停一下，我先上去，你停好车就上来。"

"也好，你赶紧上去吧，迟到了可不好。"

莫烦靠边停车，陈曦下车匆匆上楼，她是一个很有时间观念的人，没有意外情况，坚决不会迟到。

来到包厢，鞠啸东正坐在主位接电话，见到陈曦来了，对她挥挥手，然后对电话那头的人说："OK，就这么办吧。"挂断电话，他笑容可掬地看着陈曦，"你挺准时的。"

"鞠总来得更早。"陈曦的态度客气有礼。

"这么见外？"鞠啸东挑眉一笑，"我以为我们是朋友！"

陈曦心头一惊，这话好像有些暧昧。

"请坐。"鞠啸东指了指自己旁边的位置。

"我坐这边就好了，我朋友在下面停车，等会儿上来。"陈曦坐在他对面，补充道，"不好意思，我忘了告诉你，我带了个朋友过来，你不介意吧？"

"不介意。"鞠啸东倒是爽快，"想喝点什么？"

"白开水，谢谢。"陈曦对服务员说。

"好的。"服务员给她倒了一杯温开水。

鞠啸东做了个手势，服务员就离开了，包间里只剩下他和陈曦两个人，陈曦莫名觉得紧张起来，浑身不自在。

"你好像很怕我？"鞠啸东好笑地看着她，"你该不会以为我要潜规则你吧？"

"呃……"陈曦愣住了，"我们又不是一个行业的，你怎么潜规则我？"

"问得好。"鞠啸东摊了摊手，"既然你都知道这个道理，还有什么好怕的？你就那么不相信欧阳的眼光？"

他这句玩笑，一下子就将尴尬僵硬的气氛化解了。

陈曦紧绷的心情顿时就轻松下来，微微呼了一口气。

"放松点，别害怕。"鞠啸东对她笑笑，还准备说些什么，外面传来了敲门声，服务员带着一个中年男人走进来，那男人身后还跟着一个穿着知性的年轻女人，拿着文件包，看起来应该是他的秘书。

"鞠律师！"

"王总！"

鞠晓东和那个男人握手打招呼，然后对陈曦介绍："这就是华宇影视公司的王总，这位是他的秘书小张。王总，小张，这是陈曦。"

"陈作家晚上好。"王总似乎很了解陈曦，热情地打招呼，"你的《单身狗》我看了，写得真不错。"

"谢谢王总。"陈曦心中窃喜，华宇影视公司她是听说过的，有很多优秀的作品，她认识的几位知名的作家朋友都跟他们签约了影视版权。

"我们边吃边聊吧。"

"好。"

几个人一边喝茶一边聊着网络小说影视改编的事情，王总对陈曦的作品表现出了浓厚的兴趣，说这部小说切合社会热点，故事性强，人物鲜活生动，非常适合改编影视剧，还问了陈曦的心理价位。

"我觉得，一百……"

"王总。"鞠啸东忽然打断陈曦的话，颇是随意地问，"王总，华宇影视最近拍的几部剧快要上映了吧？"

"是啊，有三部武侠剧，两部都市剧准备在卫视黄金档热播。"

"听说有一部都市剧也是根据网络小说改编的，改编费达到八位数了？"

"呃……"王总看了陈曦一眼，笑道，"的确是花了高价，毕竟原著作者是国内一线作家，而且前面已经有好几部作品改编了影视版权。"

"王总，你是资本方，考虑问题比较周全，但是以我的个人观点来看，最近这两年网络小说改编的热播影视剧并不是什么一线作家的作品，相反，他们本来名不见经传，作品改编之后才有名气，这足以说明作品本身胜过一切。陈曦的作品我是看过的，非常具有影视改编价值。"

"那是当然，就因为有价值，我才特地改签机票跟陈曦见一面。"王总对陈曦笑笑，"陈曦，我是很有诚意的。"

"原来王总还改签了机票。"陈曦十分意外，也有些感动，"真的不好意思，耽误了您的时间。"

"所以，你刚才说的一百是指……"

"我……"

"作为你们双方的朋友，我非常希望你们能够合作成功。"鞠啸东再次接话，"王总，你是买方，还是应该拿出诚意，开个合理的价格嘛。"

鞠啸东说到最后那句话的时候，深深地看了陈曦一眼。

陈曦马上就明白了，鞠啸东是觉得她的价格报得太低了，一直找机会帮她提价格，而她却浑然不知。

不过王总也是个厉害角色，一开始就让她开价，还表达了充分的诚意，先让陈曦感动，就不好意思加价了，实际上，这种交易谁先开价谁就处于下风。

"咳咳。"王总干咳两声，似笑非笑地看着鞠啸东，"我还以为鞠律师跟我关系比较好，现在看来，你对陈作家倒是更好啊。"

鞠啸东给王总倒了一杯白酒，笑道："你这个上市集团的老总，有的是资金，人家陈曦只是个弱不禁风的女人，在你面前可是弱势群体。"

"你看你这话说得……"

"我觉得吧，大家都是朋友，也不是纯粹的谈生意，就直接一点儿吧。"鞠啸东建议，"陈曦没有什么经验，王总你先开个合适的价格，陈曦如果觉得合适，你们就可以签了。"

"对对对。"陈曦连忙说，"我对这方面的确没有什么经验，王总，不如您开个价格吧。"

王总想了想，说："去年是IP热潮，今年热度已经过了，价格有所回落，公司也囤积了不少版权。说实话，现在我们购买的版权都不会开到很高价格了，只不过陈作家是韩大编剧力推的，而且作品的确还可以……"

"等一下。"陈曦打断王总的话，"王总，你刚才是说有人推荐我……"

"咳咳……"鞠啸东干咳几声，向王总使眼色。

王总有些尴尬，但话已经说出口，也没法圆回去。

"你说的韩大编剧，该不会是……"陈曦试探性地问，"韩风吧？"

鞠啸东眉头一皱。

"没错，是韩风向我推荐你的书。"王总索性说出真相，"韩风让我瞒着你，可我不觉得这个有什么好遮掩的，再说了，他只是推荐，能不能合作还得看我们谈得怎么样。"

陈曦没有说话，心里已经乱成一团麻，韩风为什么要帮她？他不是已经跟谢菲菲在一起了吗？

"陈作家，我不妨直接跟你说吧，现在我们购买版权都有定额，价格太高的话我也没办法，刚才鞠律师说的那本书是去年买下的版权，你也知道，去年是版权IP元年，公司愿意花大价钱去购买知名IP，但是现在市场价格已经理性了……"

"王总，韩风是什么时候向你推荐我的书的？"陈曦只关心这个问题。

王总顿了一下，回答："第一次推荐的时候大概是两个月前，后面几次见面也都提到过，其实韩风算是一个比较淡漠的人，在圈子里很少跟同行互动，这么多年也是第一次给我推荐作者作品，既然他开口了，我自然会重视，仔细看了你的书之后觉得还不错，趁着这次来成都跟他谈剧本合作的事情，就顺便见见你。"

"那么……"陈曦看着鞠啸东，"你又是……"

鞠啸东抿了一口茶，不紧不慢地说："我跟王总是多年的好朋友，前天在饭局上遇到韩风，他就拜托我安排你和王总见面，所以就有了今晚的饭局。其实我跟韩风并不熟，之所以会答应他的请求，也是觉得你的作品和人品都不错。"

"这个不重要。"王总觉得这件事并不值得在意，"现在你就说说你想不想卖影视版权吧？如果想的话，你的心理价位是多少？"

"我……"陈曦想起鞠啸东刚才的建议，说，"王总，你是买方，还是你出个价吧。"

王总看了鞠晓东一眼，很果断地说："八十万！"

陈曦刚才就想说一百万，话都说到一半顿住，但是王总估计已经听到了，现在肯定不会再给她加价，减掉二十万是想跟她留一个讨价还价的余地。

鞠啸东没有说话，只是深深地看着陈曦。

陈曦微微皱眉，王总真是个聪明的生意人，按照她之前的报价往下压二十万，就算她要坚持，估计也只能按照原来的报价一百万拿下，不过以鞠啸东的意思，这个版权应该可以卖到不止一百万。

"现在这个价格真的已经很高了，我也是很有诚意想要买你的版权，要不然也不会特地改签机票多留半天来见你……"

王总企图说服陈曦。

陈曦抬目看着鞠啸东，鞠晓东端着茶杯喝茶，悄悄做了个二的手势，示意她提到两百万。

陈曦正要开口说话，手机忽然收到微信，是万彬发来的："明天我陪你一起去房管局拿不动产证，拿到了陪你去银行转账，我急需要用钱，明天一定要收到钱，没问题吧？"

看到这条微信，陈曦心里有些慌，她没时间了，今晚就必须要筹到八十万。

"其实这个价格真的不低了，我们现在给出的标准就是这个数额，如果你觉得合适的话，我们现在就可以签合同，如果不行，那我也很为难……"

"王总……"

鞠啸东正准备说话，王总抢先说："鞠律师，我们也是多年的老朋友了，你也知道，我就是个副总，很多事情不是一个人就能说了算，我也要交差的。陈作家已经有自己的打算，还是让她自己给我谈吧。"

## 82. 过于坚守原则

鞠啸东眉头一皱，正要说什么，陈曦忽然问："王总，如果签合同的话，今天可以到账吗？"

王总愣住了，没想到她居然会这么问。

鞠啸东抬手托着额头，十分无语。

"我急需要用钱，如果今天可以到账的话，八十万就八十万，不过得是税后。"陈曦已经不想再耽误时间，也不想周旋了，在她看来，只要能够把万彬这笔钱凑齐，她就阿弥陀佛了。

"没问题。"王总马上拿出合同递给陈曦，"你签了合同，我马上转账。"

"好。"陈曦拿过合同看都没看，直接签了名字，然后把身份证递给王总，"需要拿去复印对吗？"

"对。"王总接过身份证交给秘书，秘书立刻去复印，在这期间，王总给陈曦倒了一杯茶，笑道，"陈作家果然干脆利落，我最喜欢跟这样的人合作了。"

"的确干脆利落。"鞠啸东已经不想说话了，"我去洗手间，你们慢聊。"

合同很快就签好了，王总的秘书要了陈曦的银行账号等信息，两人饭都没吃就急匆匆地走了，说是今晚汇款，最迟明天到账。

包间里就只剩下鞠啸东和陈曦两个人，陈曦有些不自在，给莫烦发了一条微信问他什么时候来，他没回复，她准备打电话，鞠啸东忍不住问："作家都这么单纯吗？"

"嗯？"陈曦愣住了。

"你是真傻还是假傻？"鞠啸东好笑地看着她，"我费尽心思给你抬价格，你居然还答应八十万把版权卖给人家？"

"呃……"陈曦有些尴尬，"我看王总并不打算加价，我怕狮子大开口，他直接就不要了，所以……"

"谈生意就是你来我往，不讨价还价怎么叫谈生意？他既然都已经改签机票过来跟你见面，就说明他很想买你的版权。你刚开始说一百万，我就觉得低了，所以急忙打断你的话，绕了一个大圈子给你抬价，我还以为你看懂了，让王总先开价，还示意你开两百万，没想到你居然傻乎乎地答应他的八十万报价……我真是无语了。"

"我急需要用钱。"陈曦有些尴尬，"不好意思，辜负了你的好意。"

"急需要用钱也不需要这样啊。"鞠啸东一副恨铁不成钢的样子，"你要实在是缺钱，我可以借给你，但是你多花点耐心，多用几分钟时间，就可以谈下两百万的合同，这里里外外相差一百多万，你得写多少稿子才能赚回来？"

"你就那么自信两百万他一定能答应？"陈曦眉头一皱，"我怎么觉得比较悬呢？"

鞠啸东无言以对。

"还是要谢谢你，特地安排这么一个饭局帮我引荐。"陈曦客气地说，"今晚这顿饭我请吧。"

"你是故意的吗？"鞠啸东皱眉看着她，"因为不想欠我人情，所以就答应了他的八十万？"

"呃……"陈曦很意外，没想到居然被他看出来了，其实主要还是因为她急着想要解决这个问题，另外，她真的不想欠鞠啸东人情，这关系原本就很微妙，如果再亏欠人情，那就说不清楚了。

"看来我说得没错。"鞠啸东无奈地笑了，"欧阳说你是个极其注重道德原则的女人，我还以为她有些夸张，现在看来，她说得一点儿都没错。"

"欧阳是我最好的朋友，希望你好好对她。"陈曦微微一笑，"对了，我来之前给她打了电话，本来想叫她跟我一起来的，可她觉得没必要，还说绝对信任你……"

"行了。"鞠啸东打断她的话，"我还有事，先走了。"

他起身离开，走到门口的时候，正好跟风风火火赶来的莫烦撞上，鞠啸东原本就不爽，这会儿眉头已经皱成了一团麻。

"对不起，对不起。"莫烦连连道歉。

鞠啸东正要发作，陈曦喊了一声："莫烦，你怎么现在才来？"

"实在是找不到车位，我只好停到另一条街道，然后步行过来。"莫烦解释了一下，指着鞠啸东问，"这位就是你朋友？"

"这是鞠律师，欧阳的朋友。"陈曦走过来介绍，"鞠律师，这是莫烦，我的朋友。"

"嗯。"鞠啸东礼貌地回应，"我还有事，先走了，你们慢慢吃。"

"鞠律师……"莫烦还想说什么，鞠啸东直接离开了，他看着他的背影，低声问陈曦，"怎么回事？他脸色不太好。"

"我可能是把他给得罪了。"陈曦捂着额头，"我今晚好像有些犯二。"

"什么情况？"莫烦十分好奇，"就这么一会儿，发生什么事了？"

"还一会儿？这都大半个小时了，人都已经走光了。"陈曦没好气地说。

"啊？都走了？"莫烦睁大眼睛，"我这个冒牌男朋友还没出场呢！"

陈曦瞪了他一眼，找服务员换了个两人位置点了餐，两人边吃边聊，将今晚的事情告诉莫烦，莫烦听了摇头苦笑："陈曦，不是我说你，你做事也太保守了。人家鞠律师好心好意帮你，你却像防贼似的防着他？有必要吗？"

"也没有你说的那么夸张吧。"陈曦说这句话其实有些没底，"我只是在跟他保持距离，毕竟他是欧阳的男朋友，我不想有什么误会。"

"都是谈公事，能有什么误会？"莫烦好笑地问，"你们女人是不是考虑事情都喜欢绕几圈？男人有时候就是纯粹地帮你一个忙，或许他只是对你不反感而已，再加上韩风拜托他，他就做个顺水人情，根本就没有企图。"

"如果是这样，为什么要隐瞒欧阳？刚开始我只是有些不安，为了避免引起不必要的误会，特地给她打了电话，听得出来她很不高兴，所以才处处小心，而且他一直很强势地帮我抬价，王总已经有些不高兴了，我可不希望他因为我跟老朋友闹翻，搞得我欠他多大的人情。"

"他毕竟不是商人，而是律师，还是一个特别有地位的律师，全国那么多人求着他呢，他做事强势直接也是在所难免的。但他肯定有分寸，只要你顺着他的意思去做，应该能谈到多一倍的价格。还有，欧阳不高兴是她的事，你又没有做什么对不起她的事情，何必想那么多？"

"欧阳是我最好的朋友。"陈曦的态度十分坚决，"我不希望她不高兴。"

"好吧……"

## 83. 捉摸不透

鞠啸东上车，正准备离开，忽然从后视镜里看到一个熟悉的身影——欧阳风华！

她从一辆计程车上下来，急冲冲地想要去大厦，大概是看到了他，又慌里慌张地躲到一个广告牌后面……

但鞠啸东还是看见了！

鞠啸东的眉头紧紧皱了起来，紧盯着欧阳风华所在的地方，好一会儿才移开目光，什么都没有说，开着车子就走了。

欧阳风华从广告牌后面探出头，看着鞠啸东的车开走，心里忐忑不安地想，鞠啸东刚才有没有看到我？我真的应该沉住气，才等了一个小时就那么着急地下车去找他，如果我一直坐在计程车里，他就不会发现我了。

不过也好，至少他是一个人下楼的，没有跟陈曦一起下来，没有后续的约会，那就证明他们没有发生什么。

为了确保万无一失，欧阳风华给陈曦发了一条微信："事情谈得怎么样？"

很快，陈曦的电话就打过来了，欧阳风华马上整理好情绪，走到一边安静的地方接听电话："喂。"

"欧阳，我刚刚跟那个影视公司签约了。他们明天一早就给我打钱，然后我就可以把钱给万彬了。"陈曦很开心地将这个消息告诉她。

"这么快就谈好了？当场签约的？"欧阳风华有些意外。

"是啊。"陈曦跟欧阳风华说起这件事情的详细经过，欧阳风华根本就不想听，打断她的话问："你现在在哪里？"

"还在餐厅，跟莫烦一起吃饭。就是那个做新媒体公司的朋友，我跟你提起过。"

"你把他一起带去的？"欧阳风华这会儿才回过神来。

"是啊，你没有时间陪我，我只好带上他。对了，鞠啸东已经走了，这件事真的很感谢他，等你们什么时候有空，约个时间，我请你们俩吃饭。"

"他没跟你们一起吃饭？"

"没有，他先走了，我跟莫烦在一起。"

"好的，那你慢慢吃，我先去忙了。"

挂断电话，欧阳风华长长地松了一口气，现在终于放心了，她已经可以确定陈曦跟鞠啸东之间没有发生任何暧昧关系，她觉得很惭愧，自己怎么能不信任陈曦呢？陈曦还特地带个异性朋友去谈事情，坦坦荡荡，她却跑到这里来盯梢，实在是不应该。

欧阳风华打了一辆车回公司，路上给鞠啸东打电话，鞠啸东没有接听，她想他应该是在开车不方便接电话，于是给他发微信："我今晚有点事在处理，现在来你家。"

发这条微信的时候，欧阳风华的心情有些雀跃，她似乎觉得鞠啸东已经经过了她的考验，是一个完全值得托付终身的人。

她不禁开始期待稍后的见面，打电话给正在加班赶文件的唐笑，让他把她存放在公司酒柜里的几瓶好酒拿到车库。

唐笑追问这么晚了要酒干什么，欧阳风华直接把电话给挂了，她满脑子都是鞠啸东。

欧阳风华匆匆忙忙回到公司，来到地下车库，唐笑提着两瓶红酒倚靠在柱子上发呆，听到她的高跟鞋声音，他回头，脸上已经扬起了笑容："刚才去哪儿了？怎么不开车？"

"出去一趟。"欧阳风华打开车锁，随口说，"东西丢车上吧，文件赶完了吗？"

"还没有。"唐笑把红酒放在副驾驶，不放心地问，"你这是要去哪里？"

　　"你管我？"欧阳风华瞪了他一眼，"回去继续赶文件，今晚必须要弄出来。"

　　然后她就启动了车，唐笑只好退开，看着她开车疾驰而去，他的眼神十分黯然，他当然知道她要去哪里，今天下午开她的车出去谈事，车载导航里最近输入的地址就是鞠啸东家，这个月，她晚上基本都在他家里过夜……

　　欧阳风华打开音乐，一路疾驰，向鞠啸东家里开去。

　　现在已经晚上十点了，虽然没有吃晚饭，胃有些不舒服，但是爱情的力量让她心情愉悦，播放器里放着李宗盛的《鬼迷心窍》，她觉得自己就是已经鬼迷心窍了，为了鞠啸东！

　　她从来没有这么爱一个男人！

　　还有五公里就到鞠啸东家了，欧阳风华想着他今晚没有吃晚饭，绕道去了另一条街道，特地买了鞠啸东最喜欢的酱板鸭，还有一些小菜，店主正在打包，她就在车里等着，鞠啸东忽然发来微信，是一段语音。

　　欧阳风华喜出望外，打开一听，不由得愣住了。

　　"我临时有事去上海，不在家。"

　　欧阳风华眉头紧皱，马上给鞠啸东打电话，电话响了很久才接听，鞠啸东的声音听起来很平静："喂！"

　　"怎么突然要去上海？之前也没听你说。"

　　"我的事需要向你汇报？"鞠啸东反问。

　　欧阳风华愣住了，莫名的心慌，刚才IFS楼下，他该不会是看到她了吧？

　　"呵呵……"鞠啸东轻轻笑了，补充道，"临时决定的。"

　　"噢！"欧阳风华心里松了一口气，看来并没有看到什么，只是鞠啸东习惯了霸道强势而已，现在语气都已经缓和下来了。

　　"你现在应该还没出发吧？我送你去机场。"欧阳风华连忙说，"刚好我打包了你喜欢吃的酱板鸭，还带了两瓶好酒，你可以带到上海去喝……"

"不用了。"鞠啸东打断欧阳风华的话，"我在机场，马上登机。"

"不会吧？你这么快就到机场了？离开才多久……"

欧阳风华脱口而出，话说到一半愕然顿住，她说漏嘴了。

气氛一下子变得僵硬，电话两头都是死一般的寂静，欧阳风华的心跳得很快，脑子里一片混乱，完了完了，这下就算没看到也会怀疑了。

"早点休息，挂了。"鞠啸东出奇平静，说完这句话就把电话给挂了。

欧阳风华听着电话那头传来的忙音，心里七上八下，他没有质问，也没有表现出任何不悦，而且以他的性格，这大概也算不上冷漠，所以，他到底知不知道她跟踪他的事？

她无法肯定。

他真是一个捉摸不透的男人……

## 84. 恋爱中的女人

欧阳风华一个人回家，车子里除了那两瓶红酒之外还有一大堆吃的，食物的香味刺激着她的胃。

中午草草用餐，晚上饿着肚子，现在胃痛如刀搅，可她却不想吃东西，心里，脑海里，满满都是鞠啸东。

她在想，他是不是真的看到了她，知道她去盯梢，心里不舒服，所以刻意避开她？或者说，他是真的有急事，临时去了上海？

如果是前者，他为什么一句都不问，而且说话语气那么平静？

如果是后者，他之前为什么没有跟她说？而且时间也对不上？

欧阳风华满腹疑问，心乱如麻。

深夜，欧阳风华依然满脑子都是鞠啸东，给他发了很多微信——

"飞机起飞了吗？几点钟到上海？"

"一路平安！"

"到了记得给我回个电话。"

"已经深夜一点半了，应该到上海了吧？"

"啸东，你到了吗？"

"……"

鞠啸东一条都没回复，欧阳风华忍了又忍，还是忍不住在深夜两点半的时候给他打电话，手机是通的，没有人接听。

欧阳风华没敢继续打，也不敢给他发微信，却一夜未眠。

陈曦也是一夜未眠，老盯着手机看，等着那八十万快点到账，可是等了又等，第二天早上八点，钱还没到账，她得起床洗漱收拾然后去房管局了。

房管局那边很难停车，陈曦挤着早高峰的地铁赶过去，一路上都盯着手机，焦灼地等着那笔钱到账，可是九点钟了，当她赶到房管局，钱还没到账。

万彬今天没有迟到，还提前五分钟在这里等着陈曦，见面第一句话就问陈曦："钱准备好了吗？"

"呃……"陈曦一时语塞，不知道该怎么回答。

"还没准备好？"万彬眉头紧皱，"你昨天是怎么说的？"

陈曦解释："昨天我已经筹到钱了，对方说这笔钱今天早上一定会到账，可我现在还没收到，不知道是不是银行的流程比较慢，可能晚一点儿就到了。"

"你确定今天能到吗？"万彬追问。

"应该没有问题。"陈曦马上说，"我合同都签了，而且他们明确地许诺我今天一定会到账的。"

"好吧。"万彬没再多说，"那你收到钱记得转给我。"

"一定！"陈曦点头。

万彬转身离开，陈曦错愕地喊道："你就走了？房产证还没拿呢。"

"拿房产证你自己就可以，不需要我到场。"万彬头也没回。

陈曦看着他的背影，心情有些复杂，其实她之前也知道取房产证不需要他到场，但他一再表示要过来跟她一起取房产证，再一起去银行转账，她也就不好拒绝。

以前万彬从来不操心这些事情，甚至有些迷糊，但是这一次，他既然知道这个情况，看来是做了准备工作，或者是，他学会成长了，因为没有人可以指望。

同时从另一个角度去看，也可以说明，他非常急着要得到这笔钱。

上午十点半，陈曦顺利地拿到了房产证，手机还没有收到收款信息，她怀疑是不是通知短信缓存，还特地跑到附近的银行查看，的确没有收到钱。

她忐忑不安，在微信上问王总，王总没有回复，她只好先回家，找出昨晚签的那份合同，马上打电话到对方公司询问，没有人接听。

陈曦开始乱了，该不会是遇到骗子公司了吧？

正想着，欧阳风华忽然打来电话，她马上接听："欧阳。"

"你在哪儿？出来吃个午饭吧。"欧阳风华的声音有气无力，十分疲惫。

"你这是怎么了？生病了？"陈曦担忧地问。

"没有，昨晚一夜没睡。"欧阳风华叹了一口气，"你要是方便的话来我家，我们去吃楼下那家日料，见面聊。"

"好，我现在过来。"

陈曦打了车去找欧阳风华，见面的时候，她吓了一跳："欧阳，你这是怎么了？脸色这么难看？"

"昨晚一夜没睡，还喝了一瓶酒，现在胃很不舒服。"欧阳风华十分消极沮丧。

"是不是发生什么事了？"陈曦忐忑不安地问，"你该不会是跟鞠啸东吵架了吧？"

"他要是能跟我吵架，我就阿弥陀佛了。"欧阳风华叹了一口气。

"到底什么情况？"陈曦急了，"该不会是因为昨天的事吧？欧阳，你可别误会，他就是帮我做中间人引荐一下，而且这件事是韩风拜托他的。"

"韩风？"欧阳风华很意外，"什么意思？"

"事情是这样的……"陈曦把整件事情的经过详细告诉欧阳风华，包括中间谈价格的小插曲。

欧阳风华听了之后更是惭愧："我真不应该以小人之心度君子之腹，我应该相信你和啸东，居然还跑去盯梢，他一定是看到我了，所以才不理我。"

"什么？"陈曦愣住了，"盯梢？"

欧阳风华十分惭愧，把昨晚的事情告诉了陈曦，包括后来鞠啸东的冷漠态度等详细情况……

听完之后，陈曦沉默片刻，感慨地说："我忽然想起苏娆出事的那天晚上，类似的情况发生，我的处理方式很不成熟，而现在，你也……"

"两件事情的性质完全不一样。"欧阳风华打断陈曦的话，"陈曦，与苏娆相比，你坦荡多了，从一开始就跟我说清楚情况，并且邀我一起去，是我自己不去，后来又把事情弄成那样，真是自己作死。"

"只能说恋爱中的女人智商为零，你也没什么错，就是太在乎他了。"陈曦叹了一口气，"不过现在说这些也没有意义了，我觉得你还是找他好好谈谈吧。"

"他现在根本就不理我，我怎么谈？"欧阳风华十分沮丧，"他一定是嫌我作嫌我烦了。"

"其实我觉得你太不淡定了。"陈曦理性地分析，"也许他未必知道什么，也许是真的临时有急事要公办呢？你不是说他平时也很忙的吗？"

## 85. 为爱痴狂

"平时就算他再忙也不会不回我电话的。"欧阳风华一直盯着手机，"我给他发了十几条微信，几条短信，他一条都没有回复，我打了三个电话，他都没接。"

"他昨晚十点多去机场，到现在不到一天的时间，你至于急成这样吗？"陈曦语重心长地劝道，"风华，从我认识你到现在，就没有见到你这么失控，你平时处变不惊的魄力哪里去了？不要说他未必看到你了，就算真的看到又怎么样？这又不是什么大不了的事情，解释清楚就好了，我看鞠啸东为人很成熟，肯定不会跟你计较的。"

"是吗？"欧阳风华心里很乱。

"我先叫吃的吧。"陈曦叫来服务员点餐，其实她也是心事重重，华宇的王总到现在也没有联系上，钱也没到账，她很着急。

"陈曦，要不你找个借口给啸东打个电话？"欧阳风华突发奇想，"我真的很担心，他一直没跟我联系，会不会是出什么事了？"

"我给他打电话，合适吗？"陈曦有些犹豫。

"你打吧，你刚才不是说那家影视公司还没给你汇钱吗？就借着这个借口给他打个电话问问，让他帮你联系一下。"欧阳风华期待地看着陈曦。

陈曦想了想，点头答应："那好吧。"

然后，她拨通了鞠啸东的电话，并且直接打开免提，让欧阳风华可以听到他在说什么。

电话响了好久，在快要断线的时候接听了，那头传来鞠啸东磁性的声音："陈曦？"

"不好意思，鞠律师，打扰了，我有点事情想找你帮忙，你现在方便接电话吗？"陈曦客气有礼。

"方便，说吧，什么事？"

"就是，昨晚不是跟华宇公司签了影视改编合同吗？他们答应马上转账，还说今天早上就会到账，可我到现在也没有收到钱，我给那个王总发微信，他没有回复，打合同上的电话也没有人接听。我有些担心，所以就想问问你……"

"你没有王总电话？"

"没有，我只有他微信。"

"这么重要的合同，你连他的电话都不留一个？"

"呃……我看微信也能联系上，而且合同上有电话，所以……"

"合同上应该是座机号码。"

"是的。"

"那是公司电话，照理说应该有人接听的，除非你打得太早了。"

"九点多……"

"这家公司肯定是没有问题的，要不然我不会做这个推荐人，而且他们也不敢在我面前耍花样，那不是找死吗？"

"对，我也是这么想的。"

"一般签合同都有一个付款周期，很少当时汇款当时到账的，不过王总既然已经答应你了就应该要做到。这样吧，我给你一个他的手机号码，你直接打电话去问他，如果他含糊不清或者有意推托，你就告诉我，我再出面。"

"好的，谢谢你。"

陈曦已经准备挂电话了，欧阳风华马上拿起自己的手机编了一句话给她看，"问问他在哪里。"

陈曦马上问："对了，你最近在成都吗？我想找个时间请你和欧阳吃顿饭，感谢你的帮助。"

"我是我，她是她，不要混为一谈。"

"呃……"陈曦十分尴尬，欧阳风华的脸色很不好看。

"先打电话问问吧，有事再联系我。"

"好的，谢谢。"

陈曦正准备挂电话，忽然听见电话那头传来一个女人娇媚的声音："啸东，可以走了吗？"

"先挂了，拜拜。"

"拜！"

电话挂断，欧阳风华的脸色已经十分难看，陈曦安抚道："可能是他朋友，你不要太敏感了。"

"朋友？有时间跟朋友约会，没时间回我的电话？他连你的电话都能接，为什么不接我的电话？"欧阳风华已经无法淡定了，"他昨晚一定是看到了，他这是在故意报复我。"

"欧阳，你不要激动，两个人在一起就应该相互信任，也许他是去谈公事，等他办完事情就会主动联系你的。"

"办什么公事要带一个骚女人？"欧阳风华激动地怒喝，"他答应我不会再跟这个女人来往，转眼就食言。"

"呃……"陈曦错愕地看着欧阳风华，"你知道那女人是谁？"

"我一听就听出她的声音，鞠啸东的一个客户，做红酒生意，老是勾引他。"欧阳风华嫉妒表情扭曲，"上次当着我的面约他，我就应该亮明身份。"

"当时鞠啸东是什么态度？"陈曦问。

"他还能有什么态度？笑而不语呗。"欧阳风华越说越生气，"他从来都是不主动不负责不拒绝，同时跟好几个女人搞暧昧，我只不过是睁只眼闭只眼罢了。"

"那你还跟他在一起？"陈曦觉得不可思议，"这种起码的忠诚都没有。"

"他说会为我试着改变的。"欧阳风华的声音都有些哽咽了，慌乱无措地拿起手机给鞠啸东发微信，连发了几条还是没有回复，她再也坐不住了，"不行，我要去找他，他肯定没有离开成都。"

"欧阳……"

陈曦正想劝劝欧阳风华，她拿起手机和车钥匙就往外跑。

"欧阳，欧阳……"陈曦跟在后面追出去，却被服务员叫住，"您好，你们点的菜已经做好了，您还要吗？"

"帮我打包。"陈曦从钱包里拿出几张钱丢给服务员，"我晚点回来拿，够不够？"

"够了，谢谢。"

陈曦追出去的时候，正好看见欧阳风华的车疾驰而去，她今天限号没开车，想要叫一辆出租车跟着追出去，却发现附近根本就没有出租车，她急忙用手机软件打车，却又不知道目的地，只能眼睁睁地看着欧阳风华的车开离视线。

车速很快，那女人疯了！

陈曦心急如焚，马上给唐笑打电话："唐笑，欧阳情绪有些失控，说是要去找鞠啸东，你知道鞠啸东公司在哪里吗？"

"怎么回事？"唐笑急忙问。

"说来话长，你快点告诉我地址吧，我现在打车跟上去看看。"

"她应该不会去鞠啸东公司，应该是去家里，我马上过去。稍后把地址发给你。"

"好。"

## 86. 爱情是什么

欧阳风华一路疾驰，闯了几个红灯，开车来到鞠啸东家，位于成都东边的一个高档小区，直接把车开了进去。

这段时间她经常出入这里，鞠啸东帮她准备了门禁卡和停车位，所以她出入自由。

欧阳风华有一个预感，鞠啸东肯定在家，他就是故意避开她。

一定是！

十三楼，电梯一层一层上升，欧阳风华的脑海里全都是鞠啸东和那个女人在一起缠绵欢爱的情景，激动得手都在发抖。

此时此刻，她就像一个被人抛弃的糟糠之妻前来捉奸，心里满满都是愤怒，所有的理性都已经荡然无存。

电梯上升的过程，那些想象已经让她内心的怒火熊熊燃烧。

来到鞠啸东家里，欧阳风华直接用指纹打开了密码锁，推开门准备进去，一眼就看到门口鞋架子上的红色高跟鞋！

欧阳风华愣住了，怔怔地看着这双高跟鞋，它随意地丢在架子上，放在鞠啸东的皮鞋上，就好像男女苟合的姿势，让欧阳风华的脑海里涌现清晰的画面……

似乎此时此刻，鞠啸东和那个女人就在她面前激情缠绵。

怒火又再一次燃烧起来，欧阳风华激动得浑身发抖，盯着卧室门，拳头握得咯吱作响，脑海里有个声音反复在叫唤：冲进去，冲进去，将那对狗男女捉奸在床……

房间里传来悠扬的音乐声，那是鞠啸东喜欢的钢琴曲。

欧阳风华知道他在家，跟那个女人一起。

音乐声跌宕起伏，就像男女激情欢爱的节奏。

欧阳风华脑海里的情景越来越清晰，越来越明确，心如刀割，可她却没有勇气向前迈出一步，不敢走过去证实真相，不敢面对这个残忍的现实……

"是不是有人进来了？"房间有女人的声音传来。

"不会。"鞠啸东脱口而出，随即又说，"我去看看。"

欧阳风华马上慌了，本能地跑出去，手忙脚乱地按电梯，还好电梯很快就下来，她冲进电梯，抬头看着鞠啸东家的大门，她忘了关门，但是幸好，他没有追出来。

欧阳风华失魂落魄地走出小区，保安跟她打招呼，她都没有听见，直到一个人冲过来拉住她，喊她的名字，她才回过神来，抬头，怔怔地望着眼前的人，忽然就掉下眼泪："唐笑，他骗我，他没有去上海，还把女人带回家，他骗我。"

她的声音在颤抖，整个人也在颤抖，眼泪如同断了线的珠子不停地滑落……

幸好今天是素颜，不会花妆。

唐笑伸手扣着她的后脑，将她按在肩上，低声说了一句："他配不上你！"

他的声音是哽咽的，累积了许久的怨愤，只化成这一句话。

欧阳风华埋在唐笑肩膀上泪如雨下，过往的路人都在看她，她死死咬着唐笑的肩膀，逼自己忍住不要哭出声音。

这是她最后仅有的自尊。

陈曦从车上下来，看到的就是这幅情景，她大概明白了。

欧阳风华这场似是而非的爱情，要结束了。

她和韩风，欧阳风华和鞠啸东，终究都是走不长的。

爱情究竟是什么，陈曦不懂，当初欧阳风华爱上鞠啸东的时候，她就觉得这个男人很危险，后来见面，她更加确定自己的判断，并且提醒欧阳风华不要陷得太深。

可欧阳风华还是飞蛾扑火般陷进去了。

残忍地说，陈曦早就料到这个结局，但是她除了几句劝解之外，什么都没有做，因为她知道，爱情如同逆流而行，你越阻挡，她反而越勇敢，更何况，人有时候真的需要亲自犯错才会吸取教训，学会成长。

陈曦和唐笑把欧阳风华送回家，本来想着陪她，可她说想要一个人静一静。

唐笑像往常一样，给她熬了粥，炒了小菜，冰箱里塞满了各种现吃的食物，然后才跟陈曦一起离开。

走到门口，唐笑低声说："陈曦，你还有事要办，先回去吧，我怕她出事，等会儿再走。"

"好。"陈曦点点头，"有什么事随时跟我联系。"

"知道了，赶紧回去吧，星星快要放学了。"

"对，那我先走了。"

陈曦又迟到了十几分钟，万星星小嘴嘟得老高，一脸的愤怒。

杨老师也不再像之前那样有耐心了，无奈地建议："星星妈妈，要不您就把星星放在托管班吧？我们班至少一半的孩子都放在托管班，放学之后托管班的老师会直接接孩子过去，给孩子吃点心，辅导作业，然后吃晚饭，你六点钟左右过来接孩子就行了。您看现在每天三点半放学，您工作又忙，每天都赶不及来接孩子，我这边事情也多，还有那么多孩子需要看管，万一出什么差错……"

"我知道了，谢谢杨老师，我会尽快做好安排。"

"好的，辛苦了。"

万星星受委屈，闹别扭，陈曦再也没有往日的耐心慢慢哄她，把她狠狠教训了一顿，责令她必须自己好好完成作业，然后就一个人去了书房。

听见万星星在外面哭，陈曦更是心烦气躁，她觉得欧阳风华的事情多少有些因她而起，她感到很歉疚，而且华宇影视公司的稿酬还没打过来，也没有跟她联系，她心急如焚。

现在已经四点多了，再不跟他们联系，他们又要下班了，如果今天解决不了，不知道得拖到什么时候。

陈曦翻查微信，鞠啸东早就把王总的电话发过来，她看到鞠啸东的名字，想着他把欧阳风华伤成那样，心里就来气，可现在不是意气用事的时候，陈曦准备先跟王总联系。

正准备拨打电话，忽然一个号码先打过来了，正是王总。

陈曦马上接听："王总。"

"陈作家，抱歉抱歉，之前公司出了点急事耽误了，现在才跟你联系。"

"没关系，王总，我的稿费还没收到……"

"稿费的事情是这样的，其实昨晚我从餐厅离开之后就打电话给公司财务让她给您汇款，可是她告诉我，因为财务总监出国考察，所有超过三十万的款项都得等总监回来签字才能汇款，如果有特例，就得找总裁签字……"

## 87. 不要打扰

"找总裁签字？您不就是总裁吗？"

"我是副总，权力差远了。"

"……"陈曦心里一股无名怒蹿上来，气恼地说，"王总，您一个副总裁，不可能连一笔稿费都做不了主吧？如果您做不了主，昨天晚上为什么要答应我？我那么着急敲定这件事，一口价格都没跟您还，不就是想要马上拿到现钱吗？现在您又跟我说这么多理由？"

"是是是，这是我的疏忽，您别生气，先听我说……"王总似乎有什么难言之隐，想了想，解释道，"反正都是自己人，我也不怕跟您说实话。那个财务总监是总裁的小老婆，虽然职位在我之下，但是骄纵惯了。我现在已经在跟总裁联系，请他帮我签字，尽快解决你的事情，你给我几天时间好吗？"

"多久？"陈曦根本就不想听他多说。

"七天。我亲自去找总裁，七天之内一定让您收到钱。"

"如果收不到呢？"

"这个……"王总一时语塞。

"如果七天之后没有收到钱，我们就解约。"陈曦十分果断，"我能够理解偶然的意外事件，但是这么大一家公司，如果不能及时解决问题，还反复失信于人，也不会有愉快的合作，我宁愿解约。"

"您先别激动。七天之后我一定让您收到钱，如果收不到，我也会给您一个说法。"

"说法？"陈曦听到这个关键词，感到很可笑，"如果收不到就直接解约好了，还要什么说法？"

"陈曦，其实合同上的付款时间是三十天，这才一天呢，您也太着急了……"

"王总，你说这话是什么意思？"陈曦一下子就怒了，"是你自己答应马上打款，不是我逼你的……"

"对对对，我是答应了，所以我现在已经在竭尽全力地解决这个问题。这说明我已经拿出了我的诚意，我也是一个信守承诺的人，请您相信我好吗？"

王总虽然每句话都很有礼貌，但语气已经有些不耐烦了，大概他从来没遇到一个像陈曦这样公然怼他的作家，毕竟在这种合作上，作家也是要靠资本吃饭的。

陈曦深吸一口气："好，现在我们就不多说了，我等你七天，希望七天之后能够顺利收到版权改编费！"

"我一定尽力而为，我也希望我们合作愉快！"

"就这样吧，不打扰你了。"

陈曦挂了电话，心里依然怒火中烧，王总说得客气，但根本就没有什么底气，如果他很肯定七天之后能汇款，就不会提到合同，也不会一口一句尽力而为。

说到底，他就是在给自己留一条后路，万一做不到，也可以拿合同出来说话。

鞠啸东说王总那边如果找借口推脱就马上跟他联系，可是现在他跟欧阳风华闹成那样，陈曦不可能找他帮忙。

至于韩风这个推荐人，毕竟跟华宇合作这么多次，如果问问他，也许他也能给出一些好的建议，但是陈曦也不能跟他联系。

陈曦不敢把全部希望都寄托在这个合同上了，可是，她要怎么才能在这么短的时间里筹到钱？

　　她已经答应万彬今天就要把钱转过去，现在该怎么办？

　　正想着，万彬的电话就打过来了，陈曦看着来电显示，不免有些心虚，想了想，做了个深呼吸，接听电话："喂！"

　　"四点多了，五点钟银行就要下班，自动柜台转不了这么大的数额。"万彬的语气很平静，似乎只是在提醒她一个问题。

　　"对不起。"陈曦十分惭愧，"合作公司出了点状况，影视公司那边刚给我打电话说要推迟一个星期再汇款。"

　　万彬没有说话。

　　陈曦继续说："我今天实在是没办法凑齐这笔钱，现在我只有二十一万，我先给你转二十万过去，剩下那八十万一个星期之后无论如何我都会转给你。如果你不放心的话，我可以把房产证放在你那里，等你收到钱再还给我。"

　　万彬依然沉默，许久都不说话。

　　陈曦等着他回应，心里惶惶不安，以前他发脾气，她都是跟他对着吵，可这一次是她理亏在先。

　　"你要是不能接受，我也可以把车抵在你那里。"陈曦又补充道，"我会尽快凑到钱的。"

　　"既然没有这么多钱，当初为什么要答应我？"万彬终于说话了，依然很平静，这是他以前都不曾有过的平静。

　　"我……"答案当然是她迫切地想要摆脱他，跟他离婚，已经顾不上那么多了，但是这个时候，陈曦无法回答。

　　"算了。"万彬大概是看懂了陈曦的心思，却不想说破，"你不需要先转我二十万，毕竟你和星星也需要生活，手上没钱不行。我不逼你，但我急需要用钱，你尽快给我。"

　　说完，万彬就把电话给挂了……

　　陈曦心里很不是滋味，当初是她坚持要离婚，也是她亲口答应给他一百万的补偿，还承诺拿到房产证就给钱，可现在她食言了。

第一次食言。

虽然生活中很多人都已经习惯食言，习惯一拖再拖，习惯为自己找借口，但是陈曦不习惯，她从来就没有过这样的行为，她向来都是说一不二，说到做到。

深夜，陈曦安顿万星星睡下，自己却辗转反侧，难以入眠，为这笔钱发愁，同时也在担心欧阳风华。

正想着，微信忽然收到一条消息，居然是韩风发来的。

陈曦的心莫名地揪紧了，马上进入微信查看。

"你已经跟华宇签约了？"

陈曦想了想，他是谈公事，不存在其他意图，交流一下也没什么，于是回复："是的，昨晚签的合同。"

"多少钱？"

"八十万。"

"低了！不过既然已经签了合同就算了，下次记得把价格抬高一些。对了，我跟他们合作一般是三个工作日收款，你的问题应该可以解决了。"

陈曦不知道该怎么回复他，他应该只知道她跟华宇签约，并不知道其他内情，更不知道他们拖欠稿费的事情。

陈曦一直没有回复，韩风的头像旁边显示正在输入，似乎打了很多字，但是过了好一会儿，只发了一句简单的话："早点休息，晚安。"

陈曦很想告诉他现在的情况，问问他该怎么办，可是最后，她只发了一句："谢谢你，晚安。"

还是保持距离吧，他都已经有女朋友了，就不要打扰他的生活。

## 88. 他没那么重要

　　早上，陈曦给欧阳风华打电话，没有人接听，她给唐笑打电话，直接提示关机。

　　陈曦十分担心，一大早把万星星送到学校之后就开车去了欧阳风华家。

　　路上，陈曦还给他们俩发了几条微信，两人都没有回复她，她脑海里闪过各种可能性，担心他们出事，加快车速赶过去。

　　从电梯出来，看到眼前的情景，陈曦怔住了……

　　唐笑抱着膝盖坐在地上，靠着墙壁昏昏入睡，他昨晚应该是在这里守了一夜。

　　陈曦站在原地，就这么看着唐笑，心里如同五海翻腾，百般不是滋味。她想起韩风，那天晚上她家的门锁坏掉了，他也是这样在门外守着她，一整夜。

　　因为韩风一直都没有正面回应这个问题，陈曦并不是完全确定，所以感动也并不强烈，但是现在换一个局外人的身份看唐笑，她忽然就酸了鼻子，红了眼。

　　原来有些爱情细水无声，默默无闻，只是他们从未觉察到而已。

　　唐笑对欧阳风华的守护，才是真正的爱情！

　　唐笑抬起头来，眯着的眼睛看着陈曦，好一会儿才回过神来："陈曦？你来了。"

　　他的声音嘶哑得不像话，脸色很难看。

　　陈曦走过去："你在这里守了一夜？"

　　"我怕她出事。"唐笑扶着墙壁想要站起来，"啊！脚麻了。"

陈曦连忙扶着他，现在凑近才发现他有些不对劲："你脸色好吓人，是不是感冒了？"

"可能是昨晚受凉了。"唐笑鞠着身子倚在墙边，半晌都直不起腰来，很显然，他不只是腿麻了，腰也很不舒服。

"先进屋休息一下。"陈曦伸手去按门铃。

"不要。"唐笑急忙拉住她，"她刚睡着，别打扰她。"

"好吧，那我先带你去医院。"陈曦扶着唐笑走进电梯，"你怎么知道她刚睡着？"

"从昨晚到现在，家里一会儿传来哭声，一会儿传来噼噼砰砰的响声，肯定是在砸东西，半小时前才安静下来，应该是睡着了。"唐笑的腿到现在还是僵着的，站不直，可见他保持这种姿态已经很久了。

陈曦心情复杂，没有说话。

陈曦带唐笑来到附近的诊所，唐笑高烧39度，打了针之后，她叫了一辆车让他回去好好休息，然后再去找欧阳风华。

按了门铃好久都没有人回应，陈曦不想吵到欧阳风华，却又担心她出事，只得试着给欧阳风华发微信："风华，我在你家门口，如果你没有睡着的话开开门，我看看你。""风华，你还好吗？"

连发了好几条，欧阳风华都没有回应，陈曦急了，继续敲门，就是这时，门开了，欧阳风华打开门，全身上下就裹着浴巾，头发还在滴水。

"你这是……"陈曦完全愣住了。

"刚才在洗澡。"欧阳风华拉开门，"进来吧。"

陈曦跟着进屋，家里乱成一团，地上一大堆破烂，仔细一看，居然是Prada、LV的新款包包，被剪得乱七八糟，全变成了垃圾，真是暴殄天物。

"这些都是鞠啸东送给我的。"欧阳风华淡淡地解释，"我之前想着要不要给他还回去，后来想想，没必要那么矫情，还是毁掉比较好。"

陈曦轻轻叹了一口气，不知道该说些什么。

欧阳风华莞尔一笑："别担心，我没事，我们出去吃饭吧。"

"好，我陪你。"陈曦帮她收拾屋子。

"别收拾了，明天钟点工会来收拾。"欧阳风华往洗手间走去，"想喝什么自己拿，我去把自己整理整理。"

"嗯。"陈曦看着她的背影，心里满是怜悯，再强大的女人在爱情面前都会变得柔弱，欧阳风华也不例外。

欧阳风华从卧室出来，陈曦吓了一跳，她精心打扮，衣着靓丽，妆容精致，还戴上了前不久新买的香奈儿首饰和LV手包，就连口红的颜色都是艳丽的中国红。

"你这是……"

"约了鞠啸东吃午饭。"欧阳风华对着镜子拨弄头发，"你今天没化妆，穿得也很随意，要不要去收拾一下？用我的东西。"

"等一下……"陈曦整个人都乱了，"你刚才说，你约了鞠啸东吃饭？我没听错吧？"

"没有。"欧阳风华回头冲她一笑，"你的合同是他介绍的，钱还没到位吧，他这个中间人就应该负责到底。"

"欧阳……"

"你干吗这么紧张？"欧阳风华笑了，"我没事，真的！鞠啸东对我来说只是一个过客而已，他没有那么重要，我们从来就不算是正式的男女朋友关系，也没有谈过恋爱，没有什么大不了的。"

她说得如此随意，表现得如此淡然，仿佛她真的毫不在意，可是她咬唇的时候，把刚涂的口红弄花了。

欧阳风华似乎下定决心要去见鞠啸东，还说已经跟他约好了，并且她见面的由头是陈曦的合同，所以，陈曦不得不去。

欧阳风华约的地方是IFS一家泰式餐厅，带着陈曦来到餐厅包间，她又开始补妆，明明化了妆才半个多小时，一路上没吃东西也没喝水，口红一点儿也没花，但她还对着镜子化口红补粉底。

陈曦皱眉看着她，心里忐忑不安，她不知道欧阳风华为什么要把鞠啸东约出来，是出于报复心理找鞠啸东麻烦，还是真的想向鞠啸东证明自己一点儿都不在乎他？或者是，她根本就不打算放弃，还想找个重归于好的借口？

想起昨天发生的事情，陈曦忍不住问："昨天你去鞠啸东家，是不是发生了什么？你们吵架了？"

"没有。"欧阳风华收起口红，"我们没有见面。"

"那你……"

"陈曦。"欧阳风华打断陈曦的话，把口红递给她，"你今天没化妆，就连BB霜都没擦，脸色看上去好差，要不要涂点口红？显得有气色一些。"

"不用了。"陈曦根本就没有心思，"我去一下洗手间。"

她起身准备去洗手间，正好，鞠啸东走了过来，一如既往的温文尔雅，面带微笑，没有半点不自然，仿佛昨天的事情没有发生过。

## 89. 女人的天性


陈曦拍了拍欧阳风华的肩膀，告诉她鞠啸东来了。

欧阳风华抬头看到鞠啸东，身体僵了一下，慌忙移开目光。

陈曦知道欧阳风华并不像自己说的那么淡定，心里叹息，她这又是何苦呢。

陈曦去洗手间，把空间留给欧阳风华和鞠啸东，让他们俩单独谈谈。

鞠啸东迎面走来，大大方方地跟陈曦打招呼："嗨！"

"我去洗手间，欧阳在那边。"陈曦指了指欧阳风华。

"好。"鞠啸东点点头，走过去坐到欧阳风华对面的位置上，还像之前那样亲切地跟她打招呼，"怎么，今天没有案子要处理？"

欧阳风华抬目看着鞠啸东，就像在看一个完全不认识的陌生人，他为什么这么淡然？一点儿愧疚之情都没有？他应该知道，自己的谎言被拆穿了。

陈曦回来的时候，鞠啸东姿势优雅地靠坐在椅子上，默默品着咖啡。

欧阳风华不停地喝水，两个人都没说话，气氛十分僵硬。

直到陈曦走过来，欧阳风华仿佛才有了底气，拉她坐下，然后直截了当地说："那个合同是你介绍给陈曦的，对方说当天转账，可是她到现在都没有收到钱。"

"嗯。"鞠啸东点点头，没有回应她，而是问陈曦，"你跟王总联系了吗？"

"联系了。"陈曦把王总的情况告诉鞠啸东，然后补充道，"这件事我自己就可以解决的，其实不用麻烦你……"

"这不叫麻烦。"欧阳风华打断陈曦的话，"他介绍的他就应该负责到底。"

陈曦微微皱眉，没有说话，虽然她很不情愿这么做，并且知道欧阳风华在赌气，但她还是得站在欧阳风华这边。

"这样吧。"鞠啸东倒是干脆利索，"你把你的账号发我，我先把那八十万转给你，等你收到钱再还给我。"

"啊？"陈曦十分错愕，"这怎么行？你好心帮我引荐，我怎么能让你垫付钱？"

"没关系。"鞠啸东微微一笑，"你不是急需要用钱吗？八十万对我来说不是什么大数目，我就当是帮朋友。"

"真的不用……"

"陈曦，你不是急着要还钱给万彬吗？"欧阳风华再次打断陈曦的话，"既然人家有心帮你，你就收下，更何况，他原本就应该负责。"

"欧阳……"陈曦眉头紧皱，"这样不好。"

"有什么不好的？"欧阳风华冷冷一笑，"他给别的女人买一双高跟鞋都几十万，垫付给你就当是做好事。"

"可是……"

"她说得对。"这一次是鞠啸东打断陈曦的话，他深深地看了欧阳风华一眼，对陈曦说，"我的手机号码你知道，直接把银行信息发给我，我马上转给你。"说完他站起来，"没别的事我先走了！"

"等一下。"欧阳风华叫住他。

鞠啸东回头："还有什么事？"

欧阳风华微笑地看着他，微微挑眉："孙太太的离婚案，我打算接了。"

"你知不知道自己在做什么？"鞠啸东的脸色变了，"故意跟我作对？"

"就当是吧。"欧阳风华勾起唇角，"你怎么想都行。"

"你很幼稚。"鞠啸东眉头一皱，"男欢女爱，你情我愿，好聚好散，这样有意思吗？"

"呵！"欧阳风华冷冷地笑，"你说得好像我在纠缠你似的，我可什么都没做，不过就是公事公办而已。"

"欧阳风华，你用点脑子。"鞠啸东低喝，"你觉得你打官司能打得过我吗？你接这个案子，跟我对着干，最后只会输得很惨，到时候连这种没钱赚的离婚官司都没人找你。"

"你怎么知道我一定会输？"欧阳风华还是不服气，"你教了我那么多东西，还告诉我那么多内幕，我完全可以赢你。"

"你……"鞠啸东气得脸色铁青。

"欧阳，你冷静点。"陈曦现在才知道事情的严重性，低声对欧阳风华说，"公是公，私是私，不能混为一谈。"

"你别管。"欧阳风华低声说了一句，抬头看着鞠啸东，"鞠啸东，我欧阳风华不是那种死缠烂打的女人，你不喜欢我，想要跟我分开，你可以直接说，可你居然欺骗我、背叛我，既然如此，那就要付出代价。"

"先玩花样的人是你，不是我。"鞠啸东冷冷地说，"既然你都不真诚，我也没有必要对你认真。"

"你……你什么意思？"欧阳风华怔住了。

鞠啸东并不想把话说穿："没什么意思，你要接那个官司就接吧，反正最后身败名裂的也不是我，我话已至此，你自己用脑子想想。"

"可是……"

"而且，从一开始我就对你说过，我们只是床伴关系，玩不起就不要玩，你这样只会让我更厌烦。"

"你……"欧阳风华气得浑身发抖。

"你的朋友，比你坦荡。"鞠啸东看了陈曦一眼，转身离开。

"鞠啸东，你王八蛋！"欧阳风华激动地怒骂。

鞠晓东没有理会她，径直离开。

欧阳风华绝望地跌坐在位置上，再也没有了刚才的斗志，沮丧而绝望。

陈曦深深地叹了一口气，什么都没说，坐到对面位置上，让她多一点儿空间。

欧阳风华抱膝坐在沙发椅上，将脸埋在臂弯里，不想面对任何人。

陈曦就这么看着她，静静地陪着她。

两个小时过去了，欧阳风华的情绪终于稳定下来，伸手在桌上摸索着什么，陈曦递给她一叠纸巾，她接过去低头擦眼泪擤鼻涕，过了一会儿，抬头问陈曦："我的妆花了没？"

"噗——"陈曦失声笑出来，"化妆品不是大牌就一定好，我用的睫毛膏和眼线防水的，上次哭一天眼妆都没花。"

"真的？什么牌子？推荐给我。"欧阳风华马上问。

"我家里还有新的，送给你。"陈曦扬起唇角，"饿不饿？先叫东西吃。"

"不在这家吃，这家环境好，东西难吃，我们去吃自贡菜，爽一下。"

"楼下就有一家，走吧，我请客。"

## 90. 飞蛾扑火

两个女人换了家餐厅，叫了很多自贡菜，辣得眼泪鼻涕一起流，还吃得不亦乐乎。陈曦一直给欧阳风华夹菜，关于刚才的事情只字不提。

欧阳风华忍不住问："陈曦，你为什么不骂我？至少也说说我，我刚才那么二逼，我自己都觉得好丢脸。"

"有什么好骂的。"陈曦怜悯地看着她，"你什么都懂，什么都明白，只是不甘心罢了，这样折腾一下也好，把心里的怨恨发泄出来，也知道他的真实想法，就能彻底死心了。"

听到这些话，欧阳风华忽然就笑了，好像听到了世界上最好笑的笑话，越笑越厉害，笑个不停，火辣辣的跳水鱼呛得她不停地咳嗽，眼泪掉下来，不知道是因为辣的，还是难过……

可她还在笑。

陈曦心疼不已，却没有拆穿她，还配合着说："真是太辣了，服务员，再来一瓶冰镇雪碧。"

"来，先喝口茶，别呛着了。"

欧阳风华喝了一杯茶，终于缓过来："陈曦，你知道吗？昨天我在鞠啸东家里看到一双红色高跟鞋，他骗我说去上海，然后就把那个女人带回家了……"

说着说着，她又开始流眼泪，却没有哭出声音……

"你听到他刚才说的话了吗？他说男欢女爱，你情我愿，好聚好散，玩不起就别玩，他的意思是，我们只是玩玩而已，玩玩而已，他从来就没有对我认真过，从来没有……"

陈曦不知道该怎么安慰欧阳风华，只是看到她这样伤心难过的样子，心里将鞠啸东骂了个底儿朝天。

午饭后，欧阳风华对陈曦说："你回去吧，还要赶着去接星星，可别再迟到了。"

"时间还早，来得及，我先送你回家。"陈曦打开车门，"愣着干什么？上车呀。"

"我要去拿我的车，停在鞠啸东家的小区了，昨天忘记开回来。"欧阳风华晃了晃车钥匙，"没有车不方便。"

"可是，如果我送你去鞠啸东那边，可能就来不及接星星了，他在东边。"陈曦看了看时间，"要不你把车钥匙给我，我明天去帮你拿，或者过两天让唐笑去。"

"你就别折腾了，我拿了直接去律所。"欧阳风华安抚她，"你放心，我不会再跟他闹了，就像你说的，我只是不甘心，想要一个说法罢了，他都已经把话说得很清楚了，我不会再胡思乱想的。"

"真的？"陈曦还是有些不放心。

"要不然呢？你觉得我还能做出什么事情来？"欧阳风华好笑地问，"难道冲到他家里去把他给阉了？犯法的事情我不会做，丢面子的事情我也做不出来。况且他也没什么错，一开始他就告诉我，我们之间就是一种成人游戏，你情我愿，谁也不干涉谁，等到一方玩腻了，也就可以和平分开了。现在是我玩不起，所以就这么结束吧。"

"唉……"陈曦叹了一口气，不知道该说些什么才好。

"你放心，我是一个律师，我有理智的。"欧阳风华拍拍她的肩膀，"我叫的专车来了，我先走了，晚点联系。"

欧阳风华上了一辆本田车，陈曦看着她的背影，心里很不是滋味，陈曦知道，欧阳风华并没有自己说的那么淡然，她有多爱鞠啸东，就有多伤心。

只不过是出于尊严强撑着罢了。

之前在咖啡馆里，她提到几十万的高跟鞋，大概就是在试探鞠啸东跟那个红酒老板娘的事情，鞠啸东没有否认，所以，她就开始出击了。

只是鞠啸东的反击也毫不客气，一字一句都刺痛了她的心，终于还是彻底把她给伤了。

陈曦当时一句话也没有说，不是不想为欧阳风华出头，只是觉得，欧阳风华真的需要认清楚真相，才能够彻底清醒过来！

欧阳风华上了车，忍不住泪如雨下，刚才当着陈曦的面，她一直控制着情绪，现在没有熟人，她再也忍不住了。

鞠啸东那些话反复在耳边回荡，每一个字都像一把刀子扎在欧阳风华心上。

是啊，从一开始他就说得冠冕堂皇，男女关系不要弄得太复杂，喜欢就在一起，先走肾再走心，一旦不合适了就和平分手，好聚好散，玩得起就玩，玩不起就不要招惹他。

欧阳风华一直都知道自己是在飞蛾扑火，可她还是义无反顾，就连陈曦的提醒都听不进去，所以现在出了事情，她都没脸在陈曦面前哭。

这个时候，欧阳风华真的觉得，爱情这种东西，还是不碰为好。

都说单身狗孤单寂寞冷，却也不会尝试到这种失恋后肝肠寸断的滋味，到底哪一种更苦？体会过的人才知道。

陈曦感慨万千，欧阳风华那么聪明那么冷静的人，为什么遇到爱情会变成这样？当初她跟韩风出问题的时候，欧阳风华还说她不够理智，还教她怎么处理才能守护爱情。

可是现在事情到了他们自己身上，又变得更加糟糕了。

陈曦不禁在想，如果她处在欧阳风华的位置，她会怎么做？或许，从一开始她就不会跟鞠啸东在一起，明明知道这是错误的，明明知道这个男人不真诚，为什么还要飞蛾扑火？

正在胡思乱想，鞠啸东打来电话，陈曦眉头一皱，接听电话："喂！"

"我刚才给王总打电话了解情况，然后跟他公司的总裁谈了一下，他答应签字，24小时之内你会收到那笔钱，现在，我也算是帮人帮到底了。"

"谢谢。"陈曦态度认真严谨，"关于这件事，我很惭愧，是我自己没有处理好，最后还要你来负责，不管怎么样，我欠你一个人情，以后如果有机会一定还给你。但是关于欧阳的事情，我觉得你实在是可恶，她对你一片真心，你却这样伤害她。"

"感情的事情都是你情我愿，鞋子合不合脚只有自己知道，外人了解多少？总之我问心无愧，任何一个女人跟我在一起的时候，无论精神、肉体，还是物质上，都会有很大收获，我没有亏欠她。"

## 91. 我们很好，不劳您费心

"什么叫精神、肉体、物质上没有亏欠？那感情呢？"陈曦激动地质问，"难道你对她从来就没有感情？从一开始就只是玩玩而已？"

"当然不是。"鞠啸东倒是坦然，"在一起的时候很开心，感情也是有的，怎么说呢？至少我跟她在一起的时候是真心的，现在发现不合适了，就希望好聚好散。"

"什么叫不合适？明明就是你移情别恋。"陈曦十分恼怒，"你欺骗她，还把别的女人带回家，你这样做不仅不尊重她，也不尊重你自己。"

"我没有骗她，我的确去了一趟上海，只不过在机场跟客户见面签了合同就直接飞回来。伍媚昨天的确在我家，不过我们没有发生什么，她就是来找我谈合作的，对于一个跟我在事业上十分契合的朋友，我没有拒人于千里的理由。"

"谈合作需要在家里谈吗？你这理由未免太牵强了吧？"

"随便你信不信。"鞠啸东没有什么耐心，"我知道欧阳风华昨天到我家了，鬼鬼祟祟地推开门，又心虚地逃跑，就像那天晚上在仁恒置地楼下盯梢一样，她这种行为不仅幼稚，还很矫情，让我很讨厌。所以我也懒得跟她解释。"

"鞠啸东……"

"我不知道你们女人的友谊是不是都那么脆弱，朋友之间没有信任感，但我很讨厌别人不信任我，无端地怀疑我。总之我们已经结束了，如果你为她好，最好劝她不要接那个官司，那个孙太太是个疯子，圈里没人愿意替她打官司，欧阳风华如果真的接了，肯定是自毁前途。"

"这件事我会先弄清楚，如果真的是你说的这样，我知道该怎么做。"

"好，那就这样吧。"

"谢谢你，再见！"

"对了，最后有一句话，我想送给你。"鞠啸东补充道。

"请说。"

"你的这件事，韩风花了不少心思，我之前觉得你们格格不入，现在觉得，你们其实是同类人，一样的认真执拗！我说完了，祝你好运！"

说完这句话，鞠啸东就把电话给挂了。

陈曦摘下蓝牙耳机，看着前方，心情很复杂，她一开始就觉得鞠啸东不是一个值得依靠的男人，或许他也说不上很坏，但是那种三观跟她格格不入。

她一直都认为爱情是神圣不可侵犯的，一旦爱上就要用心对待，而不是把爱情当作宣泄情欲的方式，过于的随便轻浮，伤人伤己。

不管他跟那个女人之间有没有不齿的关系，陈曦都觉得，欧阳风华不能再跟他纠缠不清了……

时间会证明一切，错误的，就应该终止！

陈曦刚到学校，又接到唐笑的电话。

唐笑的声音沙哑得不像话，忐忑不安地问："欧阳怎么样了？我给你们俩发微信，你们都不回复。"

"我在开车，没有看微信。我中午陪她吃了午饭，这会儿赶回学校接孩子，她去拿车了，还说跟着就去律所，我看她状态挺好的，应该没事。"

"拿车？她去哪里拿车？"

"她的车停在鞠啸东家的小区，她打了个专车过去把车开回来。"

"天啊，你怎么能让她一个人去？万一她撞见鞠啸东怎么办？以她个脾气，肯定要出事的。"

"不会的，我们上午一起见了鞠啸东，已经把话说清楚了，她现在很清醒。"

"什么？你们上午还一起去见鞠啸东了？"唐笑反应很大。

"你不用这么紧张，当时我也在场，他们俩就是把话说清楚，正式地分手，以后谁也不纠缠谁，这不是很好吗？"

"可是……"

"你就别操心了，好好休息吧。我不跟你说了，学校这边人很多，我先停车。"

"好吧。"

挂断电话，陈曦在心里感慨，欧阳风华怎么就没有察觉呢？真正深爱着她的人就在她身边啊，唐笑对她才是真心的，无论发生什么事，他都无怨无悔地守护她，不离不弃，这一点真的难能可贵。

如果欧阳风华跟唐笑在一起，那不就是皆大欢喜了吗？

可惜爱情这种事从来就没有如果，也没有好不好，对不对，只有爱与不爱。

晚上十点多，陈曦准备入睡的时候，手机来信息收到了八十万，她喜出望外，鞠啸东确实有实力，几个电话事情就给解决了。

想着这件事是鞠啸东出面解决的，还是有必要跟他说一声，于是陈曦给他发了一条微信："钱收到了，谢谢你！"

同时，王总也发来微信："收到钱了吧？财务一个小时之前刚转过去。"

"收到了，谢谢王总。"

"应该的，早点休息，过几天找你详细谈谈这个合作项目的事情。"

"好。"

陈曦想了想，又给韩风说了一下："我收到华宇的版权费了，谢谢你。"

过了很久，韩风才回复："谢我什么？"

"听说是你跟华宇集团推荐我的书，这件事你帮了不少忙，所以谢谢你！"陈曦回复。

对方没有马上回应，但上面看到正在输入四个字。

陈曦一直盯着手机，等了好几分钟都没有等到他的回话。

陈曦心里乱成一团，想着韩风是不是也在纠结应该说些什么？

其实，她也有很多问题想要问他，比如他跟谢菲菲之间到底是不是已经确定在一起了？

她从来没有正面问过，他也没有正面提过，也许中间存在着什么误解呢？

抱着一丝侥幸，陈曦又发了一句话："你和谢菲菲还好吗？已经确定关系了吗？"

发完之后，陈曦就后悔了，马上撤除。

微信这个功能真是很好，覆水能收，少了很多不必要的麻烦。

不过很快，对方就发来了一段语音，陈曦马上打开听，一个娇滴滴的声音传来……

"陈姐姐，我和韩风很好，谢谢您的关心。另外，韩风让我转告您，他之所以会推荐您的书给影视公司，只是因为辜负了您的一片真心，觉得对您有些亏欠罢了，没有别的意思，您别误会！噢，对了，我和韩风快要结婚了，到时候给您发请帖，希望您能来。"

## 92. 拿得起放得下

听到这段话，陈曦只觉得头皮发麻，起了一身的鸡皮疙瘩。

"谢我什么？"原来这句话是谢菲菲说的，她不知道情况，故意套陈曦的话，然后……

现在已经是深夜十点四十，这个时间他们俩还在一起，这关系已经不需要多说了。

其实前些天韩风就发了一条朋友圈，说什么岁月静好，配图就是谢菲菲在他家里做饭的照片，气氛浪漫温馨，十分暧昧。

那个时候陈曦就应该认清他们的关系已经不同一般了，居然还抱着一丝侥幸，以为韩风对她念念不忘，原来一切都是她的幻想。

陈曦的唇角扬起嘲讽的弧度，在心里对自己说，好了，一切都结束了，彻底结束了！

陈曦删掉韩风的微信、电话号码，删掉所有关于他的一切。

她决定从现在开始放下过去，重新开始。

感情这种事有时候很薄情，说来就来，说走就走。

陈曦和欧阳风华都失恋了，更确切地说是还没恋上就已经结束了。

欧阳风华经过这次事件之后仿佛一下子成长了许多，重新开始投入忙碌的工作，也开始接受一些追求者的邀请，时不时与异性朋友出去看场电影，吃个晚餐，每一次都会发朋友圈，故作暧昧。

她有什么心事都喜欢跟陈曦聊，每一个追求者都会跟陈曦说起，但总是寥寥几句话，并没有聊得太深刻，陈曦默默听着，不发表意见，只说她开心就好。

后来有一天，欧阳风华终于忍不住问她："陈曦，你就不怕我吃亏上当？半句提醒也没有，也不给我任何意见。"

"你比谁都清楚自己想要什么，在做什么。这些约会对象其实你都是不喜欢的，他们只不过是你用来慰藉失恋的解药罢了，有个人陪着，你不至于胡思乱想，也不至于空洞寂寞。更重要的是，你可以发发朋友圈向鞠啸东证明自己也是有人约的。"

"呃……原来你早就看穿我了。"

"不仅仅是我看穿了，鞠啸东也会看穿，他那么精明，有什么不明白？"

"所以，我还是在自讨没趣？"

"我不反对你交往异性朋友，相反我觉得这样挺好的，至少你有了对比，有了挑选的经验，以后也能够更加明确自己的择偶标准，更何况，有个人陪你解解闷儿，总比你一个人在那里胡思乱想要好多了。只是……"

说到这里，陈曦顿了顿，语重心长地说："只是我觉得你真的没必要刻意发朋友圈。隔三岔五跟不同的异性朋友约会，并不是什么好事，不了解你的人会以为你私生活比较乱，了解你的人只会心疼你，以为你受到什么打击。而鞠啸东，如果他真的关心你，在乎你，早就找你了，根本不需要你用这些东西来刺激他……"

"我知道了。"欧阳风华打断陈曦的话，低沉地说，"我明白，我都懂！其实我也没有不死心，我早就已经放下他了，真的，我只是……只是……"

她"只是"了几遍，都没有想出合适的词语，或许，她也不知道自己是一种什么心理状态，不甘心，不服气，还是不死心？

"我问你一个问题吧，你诚实回答我。"

"什么？"

"如果现在给你一个机会，让你去求鞠啸东复合，成功率是百分之八十，你愿意去吗？"

"废话，好马不吃回头草，更何况是一棵被人弄脏的草，我死也不去。"

"真的？"

"当然是真的，我是一个有尊严的女人。"欧阳风华有些生气了，"陈曦，你怎么会问这样的问题？你应该很了解我……"

"那好，我再问一个问题，如果鞠啸东现在回来求你，你会原谅他，并且跟他重归于好吗？"

"不会。"欧阳风华回答得很干脆，"其实你问的这些问题，我都曾经想过，就算他回头来找我，我也不会要他了。那天他对我说的那些话，我都记得很清楚，并且他对待这件事的态度让我很心寒，他连一句解释都没有，就直接跟我分手了，还说玩不起别玩，这说明他从来就没有把我当成女朋友，他只是玩玩而已。"

"嗯。你什么都明白。"陈曦欣慰地点头，"其实你并没有自己想象中那么爱他，你只是不甘心被欺骗罢了。但有些事情，既然发生了就当作是买个教训吧，不要执着于输赢成败，没有意义。"

听到这些话，欧阳风华沉默了，许久许久，她才开口说话："好吧，我忽然觉得心里那块石头放下了。陈曦，谢谢你。"

"你能想通就好了。"陈曦十分欣慰，"当然，有优秀的异性朋友还是可以接触着，但不要为了接触而接触。"

"我知道了。"欧阳风华叹了一口气。

"其实你什么都明白，只是过不了自己那一关。"陈曦有些感慨，"不过欧阳，你这么优秀，值得拥有更好的。"

"是啊！"欧阳风华的声音有些哽咽了，"唐笑也是这么说，他说鞠啸东配不上我！"

"其实唐笑他……"

"对了陈曦，你跟韩风已经彻底断了吗？"欧阳风华突然转移话题，"昨天晚上我看到他发的朋友圈，好像要结婚了。"

"不知道，也许吧。"陈曦心里酸楚，表面上却十分淡然，"他也这么大了，找到一个喜欢的，早点结婚也没有什么不好的。"

"是跟那个谢菲菲？"欧阳风华觉得不可思议，"他们才认识一个多月啊。"

"这跟时间长短没有关系，也许他们就是对方等待的那个人呢，呵呵。"陈曦轻轻地笑了。

"我都不知道该说你是比我洒脱，还是比我会装。"欧阳风华有些心酸，"算了，不说这些。今晚出来喝酒吧，我觉得跟你在一起，比跟那些男人约会舒服。"

"今天周几？"陈曦看了看时间，"今天不行，我要陪孩子，明天吧，明天晚上她爸爸来接她，我可以好好陪你。"

"好，那我明晚来接你，我去吃饭，然后去小酒馆喝酒聊天。"

"行。"

## 93. 人生不易

挂了电话，门铃声响了，陈曦打开门，是保姆何桂芝，前几天她家里有事请了几天假，陈曦忙得团团转，今天终于可以上班了。

何桂芝提着两大袋子东西风尘仆仆地站在门口，笑嘻嘻地说："小陈，这是我从老家带来的红薯和核桃，还有一些菜，都是自己种的。"

"这么多？"陈曦招呼，"快进来吧。"

"袋子有点脏，等会儿我再收拾。"何桂芝把两编织袋东西拖进厨房。

陈曦发现她脚上的鞋子还沾着泥土，大概是刚从乡下回来就直接上这儿了，还来不及回家。

陈曦准备关门，发现外面还有一个大大的编织袋，于是走过去准备帮何桂芝拿进来。

何桂芝看到了，连忙阻止："小陈别管了，这是我的衣服，我今天下了火车就直接过来了，没来得及回家，袋子有些脏，放在家里碍眼，就放外面吧，反正不值钱，也没人要。"

"这有什么碍眼的？"陈曦直接把东西提进来，"都是自己人，不用这么见外，再说了，我也没那么讲究。"

"小陈，你人真好，谢谢你。"何桂芝红了眼。

"这只是微不足道的小事。"陈曦连忙安慰，"何姐，都是自己人，不用这么计较。"

何桂芝低着头，哽咽地说："刚才在地铁上，我的袋子不小心擦到一个小姑娘的裙子，小姑娘很生气，指着我骂了很久，我说给她擦干净，她还踢了我一脚。"

"太过分了。"陈曦十分恼怒,"这是什么人啊?太不像话了。"

"刚才我在楼下遇到一个老太太,她怀疑我是小偷,不让我进来,还骂我。"何桂芝的眼泪掉下来,"我知道我这身衣服很脏很乱,实在是让人看着碍眼,其实我应该换身衣服再赶路的,我是觉得带这么多东西,在火车上挤来挤去的也会弄脏……"

"你别这么说。"陈曦怜悯地看着她,"我不觉得你这身衣服有什么问题,不用理会那些人,他们是素质低,不是你的错。"

"你真的不嫌弃我吗?"何桂芝眼泪汪汪地看着陈曦,"我今天在路上一直都在后悔,我应该换身衣服再出门的……"

"真的没事,你别胡思乱想了。"陈曦拍拍何桂芝的肩膀,"每年过年我回老家帮爸妈干活也是这么穿的,这不是什么问题。不过,你下次不用赶得这么着急,从老家坐火车过来得多累啊,直接就来上班太辛苦了,下次可以先休息两天再说,我也不急于这一时。"

"不用不用,反正我闲不住的。"何桂芝连忙说,"小陈,谢谢你,谢谢你不嫌弃我。我,我先干活儿了,你工作吧。"

"好。"陈曦看着何桂芝忙碌的背影,心里有些感慨,其实何桂芝平时也是一个讲究人,每次来她这里都是穿得整整齐齐干干净净,生怕被人嫌弃。今天大概是真的太赶时间,再加上带的行李太多,她的衣着才会显得有些邋遢,居然就一路被人指手画脚地羞辱,心里肯定很难过。

陈曦真是不明白,每个人活着都有自己的不容易,为什么有些人总喜欢践踏别人的自尊来突显自己的高贵?

下午,陈曦忙着处理稿子,何桂芝收拾完卫生就下去倒垃圾,过了一会儿,陈曦忽然听见楼下传来骂骂咧咧的声音,好像就是二楼那个独居的老太太。

这要是换作平时,陈曦就不会凑热闹,但她听见何桂芝的声音,连忙走到阳台去查看,果然,何桂芝抱着腿倒在楼下的草坪上一脸痛苦,那个老太太站在旁边指着她破口大骂。

陈曦仔细一看,何桂芝好像还受伤了,她马上放下电脑下楼。

刚走出单元楼，一只比特犬就冲过来冲着陈曦龇牙咧嘴地叫唤，陈曦认出这就是上次咬伤她的那只狗，当时韩佳佳也在场，气得把狗一脚踢飞，老太太当场倒在地上打滚儿耍赖，陈曦跟她撂了狠话拉着韩佳佳走了，后来还自己去处理伤口。

"你不讲道理，是你的狗咬伤我，你还骂我。"

"你要是不惹贝贝，它会咬你吗？明明就是你先欺负我家贝贝。"

"我没有欺负你家狗，我没有……"

"你闭嘴，穿成这样，鬼鬼祟祟的，肯定是小偷，刚才我就不让你进去，你还死皮赖脸地闯进去，你跑到我们小区来肯定是想偷东西，是我们家贝贝发现了才会咬你的，我要让保安把你抓起来。"

"你……"

"够了！"陈曦大步走过去，怒气冲冲地对那老太太说，"这是我们家的钟点工，什么小偷？无凭无据地胡说八道，我可以告你诽谤！"

"原来是用人。"那老太太丝毫都没有感到愧疚，继续说，"难怪弄得像乞丐一样。"

"你……"

"马婆婆，请你说话讲点口德好吧。"陈曦十分恼怒，"人家钟点工怎么了？靠自己的劳动力吃饭，你凭什么瞧不起她？凭什么侮辱她？"

"你怎么知道我姓马？"马婆婆戒备地瞪着陈曦。

"上次你的狗咬伤我，我都没跟你计较，但是不代表我不会防着你。我在业主群里了解过，你家的狗特别喜欢咬人，在这小区里都已经咬了好多人了，你每次都不讲道理，反咬人家一口，大家看你是个孤寡老人，都不跟你计较，你不要得寸进尺。"

"谁是孤寡老人了？"老太太对这个词十分敏感，"我女儿出国了，我儿子开洗车店的，生意做得可大了。"

"我知道，你儿子叫马涛嘛，我有他的电话号码，我现在就打给他，让他来评评理。"陈曦拿出手机就要打电话。

"等一下，别打。"马婆婆立刻阻止。

"怎么不打？你不讲道理，又不负责任，我也不能把你怎么样，当然得找你儿子出来解决问题，上次我在物业查到你家的资料，已经跟你儿子联系过了，他说你家的狗再犯事就直接给他打电话，他来解决。"

"不不不，不要打。"马婆婆慌忙拉着陈曦，"我可以赔偿，不要给我儿子打电话。"

"那就请你先给何姐道歉。"陈曦指着何桂芝，"诚诚恳恳地向她道歉，然后带她去打狂犬疫苗！"

## 94. 可悲的女人

马婆婆大概是真的很不想让儿子知道这件事，当下就跟何桂芝道了歉，然后对陈曦说："我这会儿要回家做饭了，我孙子今晚要来吃饭，你们自己去医院吧。"说着，马婆婆就掏出三百六十块递给何桂芝，"我之前带人打过狂犬疫苗，就是这么多钱。"

何桂芝看着陈曦，陈曦点了点头，她才接过钱，还说了声"谢谢"。

"马婆婆，我知道你一个人住有些孤独，养条狗也是为了陪伴，可你得把狗看好吧，出来要系好链子的，不然这狗老是咬到人，伤到人，你也麻烦的。还有啊，拜托你不要每次都反咬人家一口，把责任怪罪别人身上，做错事勇敢承认有那么难吗？你不仅不承认错误，还要侮辱受害者，如果换成脾气暴躁的人，可不会像我这么客气……"

"好了好了，行了。"马婆婆根本就听不下去，"我是怕耽误我儿子时间才不跟你们计较，你算老几啊，敢教训我，真是有病。"

说着，马婆婆就带着她的狗走了……

陈曦很是无语，但也没心思跟她计较，当即先把何桂芝扶起来："你在这里等一会儿，我去拿车钥匙，带你去医院。"

"不用了，不用了。"何桂芝连忙拒绝，"就这么点小事不用看医生，我小时候在老家经常被狗咬都没事的。"

"这怎么行呢？"陈曦都惊呆了，"我跟你说，这种事可马虎不得，很多狂犬病都是隔了很多年才会发作的，这个针是一定要打的。"

"可是家里的活儿还没干完呢。"何桂芝愁眉苦脸地说，"而且星星马上就要放学了，你就不要管我了，我先去把事情做完，然后晚点自己去医院。"

"家里收拾得差不多了，你直接去吧。你提醒我了，我马上就得去接星星，这样，你先跟我上去处理一下伤口，顺便拿东西，等会让我给你叫一辆车，你自己去医院，记住，这个病马虎不得，一定要看医生。"

"好吧。"何桂芝眼睛红红的，"小陈，你对我真好，比我家里人对我都好。"

"都是自己人，互相照应是应该的。"

陈曦扶着何桂芝上楼，让她把裤脚挽起来，给她处理伤口，何桂芝说衣服太脏，一直推脱着不肯让她处理。

陈曦急了，把何桂芝按在凳子上坐下，捞起裤脚要给她上药，却发现她腿上有一道一道的伤痕，像是被什么东西抽打过，皮开肉绽，触目惊心。

陈曦把裤腿往上捞，两条腿全都是这样的伤痕。

"我，我自己来就好了。"何桂芝手忙脚乱地放下裤腿。

陈曦马上追问："这是怎么回事？"

"碰，碰伤的。"何桂芝低着头，不敢看她的眼睛，"我在老家帮家里人干农活，不小心……"

"怎么可能是碰伤？这样的伤势一看就是用荆条抽打的痕迹。"陈曦一眼就看穿了，"是你老公打的吧？"

"不是……"

"是你自己说，还是我报警？"陈曦十分严厉，"你要知道，你是我雇用的钟点工，你身上有伤，如果追究起来，我是要负责任的。"

"不会的不会的，这又不关你的事，怎么会让你负责任呢？"何桂芝慌了，"这是我自己弄伤的，跟你没关系。"

"你说不说？"陈曦有些气恼，"你要是不肯诚实交代，我只好解雇你了，我可不想惹麻烦。"

"我……"何桂芝看到陈曦生气，不得不说出真相，"是我老公打的。"

"他为什么要打你？"陈曦激动地问，"出手这么重，他怎么下得去手？"

"其实这是前两天的事，我妈妈生病了，我想回老家看望她，我老公不肯，我们吵了一架，他就动手了，现在伤口已经快要好了……"

"好什么呀，都打了几天还这个样子，可见当时有多么严重。还有，母亲生病了回家探望是理所当然的事情，他凭什么打你？"

"他喝醉了就这样。"何桂芝的声音很低。

"这种人还留着干什么？早就应该跟他离婚了。"陈曦气得发抖。

"离什么婚啊，孩子都这么大了。"何桂芝苦涩一笑，"就这么将就着过下去吧，以后他年纪大了就打不动了。"

"你……"陈曦简直无语，只得转移话题，"身上还有没有其他伤？"

"没了。"何桂芝摇头，"就是腿，他用钢筋抽我，说要把我的腿打断，让我以后不要到处乱跑……"

"这种事你就不应该容忍他，容忍了第一次就会有无数次，上次他当着我的面都敢打你，背地里肯定对你更狠，你可不能姑息他了。"

陈曦想起那次在医院，何桂芝的老公就是当着陈曦和韩风的面对何桂芝动手，韩风出面阻止，何桂芝还护着她老公。

"我知道，上次在医院其实我就很惭愧，可是当着孩子的面，我不能让他父亲受伤害。"何桂芝快要哭了，"小陈，你是个好人，我发誓我不会给你惹麻烦的，请你相信我，不要赶我走，我好不容易找到这份工作，我儿子还在读书……"

"行了，我不会解雇你，你放心吧。"陈曦感到十分无奈，"何姐，我知道每个人处境不一样，想法也不一样，也许我的观点你不会认同，但我还是要劝你一句，家暴是原则问题，你容忍一次两次就要容忍一辈子，现在他是拿钢筋抽你的腿，下次呢？他会不会把你打死打残？谁都说不准。"

"不会的，他还是有分寸的。"何桂芝十分肯定，"最多就是打一顿，不会打死打残，毕竟他还要靠我养家呢，要是把我打死了，他和儿子靠什么吃饭。"

"……"陈曦再次无语。

何桂芝挤出一丝笑容："小陈，谢谢你这么关心我，时间不早了，你也该去接星星了吧，我把活儿干完就去医院。"

## 95. 不同的人生

"不用了，你现在就去医院。"陈曦从钱包里拿出五百块塞给何桂芝，"这些算是我私人给你的医药费，不算在工资里，你拿去看医生吧。"

"这怎么好意思……"

"别说了，去吧。"陈曦给何桂芝叫车，"车子马上就到了，我把车牌号发到你手机上。"

"好吧。"何桂芝收下钱，拖着她那一大袋子衣服离开。

陈曦看着何桂芝的背影，脑海里回荡着那句话"就这么将就着过吧，等他年纪大了就打不动了……最多就是打一顿，不会打死打残，毕竟他还要靠我养家呢，要是把我打死了，他和儿子靠什么吃饭。"

为了不离婚，真的什么都能够容忍吗？

这就是中国传统女人的悲哀，自己给自己画地为牢。

陈曦下楼去接万星星的时候又遇到了马婆婆，她在自家的阳台上打电话，情绪十分激动："你说过今天要带琪琪来我这儿吃晚饭的，怎又不来了？"

"看什么电影？电影有什么好看的？到我这里可以看电视。"

"我不管，你们说好的就必须要来，我都买了好多菜了。"

"明天明天，每次都说明天，从上个月推到这个月，还想推到什么时候？"

"不行，就今天，今天你们一定要……"

"喂，喂，喂喂喂！"

大概是对方挂断了电话，马婆婆号啕大哭。

家里的狗狗不停地乱叫着往她身上蹭。

陈曦快步离开，之前对马婆婆的厌烦和憎恶忽然又烟消云散了，其实都是可怜人，马婆婆的过分敏感和敌对情绪其实是因为长期一个人生活造成的怪癖，她在孙子面前大概也是温柔慈爱的吧。

每个人都有自己的软肋，有自己的苦楚，只是有些人自己消化，有些人会对身边的人发泄，而马婆婆身边已经没有人了，所以她把自己的压力对陌生人发泄出来。

陈曦接到万星星之后直接去了银行，把那笔钱全部转给万彬，备注说明离婚财产分割。

陈曦顺便给万星星办了一张金卡，将万星星以前收到的压岁钱全部存进她卡里，然后办成一种儿童理财产品。

回家路上，陈曦告诉万星星："除了衣食住行和学习用品之外，妈妈不会再给你任何钱，等你长大了就要自己工作养活自己。这张卡里的压岁钱是你的财产，你可以自由分配。"

万星星非常高兴，觉得自己也是一个财产自主的人了，还说等妈妈过生日，就用卡里的钱给她买礼物。

陈曦感到十分欣慰。

晚上，万彬打电话说收到钱了，陈曦当时正在做饭，随口回应："收到就好，我已经扣除了第一年的抚养费，你从明年开始给抚养费就行了。"

"你不是说要一个星期吗？怎么才三天就凑到钱了？"

"正好事情处理好了，对方公司提前把钱打过来，所以我就有钱了。"

"那你现在还有钱吗？"

"什么意思？"

"我是想问，你和孩子的基本生活还能保障吧？这笔钱可不是小数目，你全都给了我，自己还有钱用吗？"

"我还有一点儿，应付到下个月发稿费是没有问题的，你不用担心。"

"好吧，如果星星有什么事，记得给我打电话。"

"我知道。"

挂断电话，陈曦晃了一下神，刚才万彬的语气里似乎透露着担忧？是不是要了这么多钱良心有愧？还是担心孩子的生活质量变差了？

陈曦每天给万星星辅导作业就像是火山爆发，今天也不例外，又把万星星骂哭了，她自己也是气得半死。

万星星读二年级，还有很多学习知识跟不上，老师经常给陈曦发消息，让她好好辅导万星星的作业，要不然每次考试都在最后几名，孩子会产生自卑心理。

陈曦想了想，决定给万星星请个家教老师，她在微信上联系了一个川大教授朋友，拜托他帮忙找个乖巧勤奋品学兼优的女大学生，那位朋友很爽快地答应了。

第二天，朋友就给她介绍了一个家教老师，陈曦看了对方的资料，让她过来试一节课，感觉还不错，就直接定下来了。

这女孩读大四，长得乖巧可爱，最重要的是很温柔很有耐心，万星星很喜欢她。

陈曦感觉自己又少了一桩事情，家里的家务有人处理，孩子作业也有人辅导，她现在自由多了，拖了那么久的稿子终于可以好好完成。

给了万彬那一百万之后，陈曦真的是一贫如洗，卡里就剩下一万多块钱周转生活。这两个月因为离婚的事情，她都没有好好码字，所以下个月的稿费也没有多少钱。

如果家里不发生什么大事，这点钱还能勉强维持生活，如果有什么事情急需要用钱，她就完蛋了，所以她得好好写稿子。

陈曦把家里的事情全部安排妥当，她每天的任务就是好好写稿子。可是不知道是不是因为最近发生很多事，她的灵感有些枯竭了，根本写不出东西，有时候写出来，回头一看又不满意，很快就删掉了。

陈曦觉得自己应该出去走走，可是孩子在家，她又不敢走远，生活就这么被束缚着，创作得不到发挥，让她感到十分苦恼。

终于熬到周末，万彬接走了万星星，陈曦发微信约欧阳风华出去吃火锅，欧阳风华一拍即合："我正准备给你打电话呢，你收拾一下，我马上来接你，今晚吃饭唱歌酒吧一条龙，我请客。"

"好，我今晚住你家了。"

"没问题，带内衣就行，其他的用我的。"

"行。"

陈曦穿了件小黑裙，披散着大波浪卷发，化了淡妆，配上那套刚买的香奈儿首饰，浑身都散发着女人味。

欧阳风华看到她，眯着眼睛说："小贱人，越来越会打扮了，迷死一群男人。"

## 96. 找个地缝钻进去

"出来透透气，对男人没兴趣。"陈曦坐在副驾驶上，打量着欧阳风华，"你这是什么情况？才十天不见，妆也不化了，头发也不打理了，还穿着修身小西装，虽然这身衣服很知性，但是去唱歌不太合适吧，上面还印着你们律所的LOGO呢。"

"这不是刚从律所出来吗，来不及收拾。"欧阳风华一脸疲惫，"最近接了一个大案子，可把我累死了，等会儿吃了火锅回家打扮，免得一身火锅味儿。"

"对哦，早知道我也不化妆了，吃完火锅再打扮，你个心机婊。"

"没事，到我家再陪着我折腾一番。"欧阳风华打了个哈欠，"好困，昨晚一夜没睡。"

"这么累还去浪，回家休息吧。"

"回家也睡不着，我最近老是失眠，趁着明天不上班，今天好好放松一下，回家才能睡个好觉。"

"好吧，随你怎么安排，我都陪着你。"

这个城市说大不大，说小也不小，但有时候缘分偏偏就很奇妙。

吃火锅的时候遇到了韩风和谢菲菲，陈曦当场僵住了，她以为自己早就已经放下，心里毫无波澜，可是看到他们亲密无间的样子，她的心还是揪紧了。

"愣着干什么？过去坐。"欧阳风华拉着陈曦走进去坐下。

这个位置就在韩风和谢菲菲的斜对面，但是中间隔着红木雕花屏风，如果他们不仔细看的话，根本不会发现欧阳风华和陈曦。

欧阳风华点好菜，给陈曦倒了一杯果汁，低声问她："你该不会现在还对韩风念念不忘吧？"

"怎么可能。"陈曦故作淡然，"我们本来就没什么。"

"我问你一个问题，你老实回答我。"欧阳风华趴在桌子上，把声音压得很低，"你跟韩风……有没有发生关系？"

"废话，当然没有。"陈曦喝到嘴里的果汁差点喷出来，"我们连手都没牵过好吗。"

"真的假的？"欧阳风华十分震惊，"你们俩都交往那么久了，而且约会好几次，居然都没有……"

"那不叫交往吧，就是聊聊微信。"陈曦回忆过去，"我们单独约会两次，加上我生病的时候他来照顾我，也就三次。"

"那也够了，你们俩天天聊微信，聊了两个多月，彼此之间已经足够了解了，而且那时候你们那么喜欢对方，居然都没有发生什么，我不信。"

"真的没有。"陈曦急了，"我可以发誓……"

"好了好了，我相信你！"欧阳风华觉得好笑，"你这个人啊，太古板了。"

"那你还追问我。"陈曦有些气恼，"说了没有就没有。"

"既然什么都没有发生过，那你更不必伤心了。"欧阳风华好笑地说，"你又没吃亏。"

陈曦没有说话，是啊，她跟韩风之间什么都没发生过，她何苦要自寻烦恼，根本就没必要。

"真亲密，我看他们俩肯定睡了。"欧阳风华一脸八卦地看着韩风和谢菲菲。

陈曦回头看过去，谢菲菲半个身子都依在韩风身上，小鸟依人，温柔如水。

这时，韩风和谢菲菲的桌边又来了两个年轻漂亮的女孩，打扮得时尚潮流。

谢菲菲坐到韩风旁边去，双手抱着他的胳膊，动作十分亲昵。

三个女孩相谈甚欢，韩风笑容可掬，却不怎么说话。

谢菲菲一直跟两个小姐妹介绍韩风的职业，说韩风是有名的大编剧，将来也会自己做导演。那两个女孩满脸崇拜，还问韩风可不可以介绍她们去当演员。

谢菲菲满口答应下来，两个女孩对她吹捧不已，谢菲菲笑得合不拢嘴，还当着两个小姐妹的面亲了韩风一下，两个小姐妹笑着打趣，韩风的表情却不太自然。

陈曦没有看下去，给自己放调料，还问欧阳风华："你要不要蚝油？"

"我看他们长久不了，韩风跟谢菲菲在一起的时候浑身不自在。"欧阳风华还看着那边。

"你从哪儿看出人家不自在了？"陈曦白了她一眼，"而且那是人家的事情，你就别八卦了，赶紧放调料，上菜了。"

"陈曦，我问你。"欧阳风华凑过来问，"如果韩风现在向你走过来，说他喜欢的人一直都是你，想要跟你重归于好，你会接受他吗？"

"不会。"陈曦回答得十分干脆，"他们都已经同居了，我还要他干什么？我又不是回收站，想来就来，想走就走。"

"你怎么知道他们同居了？"欧阳风华打破砂锅问到底。

"那天……"陈曦正要解释，忽然听见有人说到她的名字，她下意识地回头看去。

"他们好像在说你。"欧阳风华也听见了。

"韩老师，我们看不懂军事小说，比较喜欢看言情小说，你认识一个叫夜神的作者吗？我很喜欢看她的书呢。"谢菲菲的一个小姐妹刚才在追问。

"是啊，我也喜欢，前两天在贴吧看到她的书卖了影视版权，好像要拍影视剧了，不知道是不是真的。"

"听说她也是成都人。"

"韩风，你要是认识的话就介绍给她们呗。"谢菲菲根本就不知道陈曦的笔名，也就不知道自己的姐妹追捧的偶像正是她的情敌。

"认识。"韩风淡淡地回应，"就是陈曦。"

"噗——"谢菲菲一口西瓜汁喷出来，呛得不停地咳嗽。

"怎么了？"两个小姐妹连忙拿纸巾给她擦拭。

韩风似乎察觉到了什么，抬头看过来。

陈曦慌忙回过头去，放低身子，猫在座椅上，生怕被他看见。

"他看见我了。"欧阳风华倒是大大方方，还朝韩风挥手打招呼，又低声对陈曦说，"你缩着干什么？当乌龟吗？"

"太尴尬了。"陈曦焦急地说，"你挥什么手啊，快放下。"

"尴尬个屁呀，你又没做错什么。"欧阳风华恨铁不成钢，"是他见异思迁，另觅新欢，你是受害者。"

"我们俩都没开始，他有选择的权利，谈不上见异思迁吧。"陈曦眉头紧皱，"好了，你别说了，万一被谢菲菲听见不好。"

"晚了，他们走过来了。"欧阳风华似笑非笑地看着前方。

## 97. 从来就没有爱过

"这么巧啊，陈姐姐。"谢菲菲远远地跟陈曦她们打招呼，"欧阳律师也在呢。"

"是啊，真巧。"欧阳风华大大方方地回应，"韩风，好久不见。"

韩风是被谢菲菲硬拉过来的，整个人都不自在，甚至都不敢看欧阳风华和陈曦，面对着欧阳风华的招呼，他只是僵硬地笑笑。

欧阳风华在桌子下面踢了陈曦一下，陈曦只得硬着头皮，扬起笑脸跟他们打招呼："嗨！"

她跟韩风的眼神对视的一刹那，两人都像触电般马上移开。

彼此都心跳加速，谁都不敢再看谁。

"你们什么时候来的，我都没看到呢。"谢菲菲年纪虽小，心理素质却很强大，一直笑容满面，十分热情，"陈姐姐，我们才刚开始吃，要不凑一桌吧，我去要个包间。"

"不用了。"陈曦马上回绝，"我们一会儿还有其他安排，早点吃完早点走。"

"不急于这一时吧。"谢菲菲坐在陈曦身边，亲密地揽着她的肩膀，"陈姐姐，我和韩风早就想请你吃饭了，一直没找到机会，今晚正好遇到，相请不如偶遇，就给我个面子呗。"

"我……"

没等陈曦开口说话，谢菲菲忽然又补充了一句，"除非你还在怪韩风选择了我。"

气氛顿时就变得僵硬难堪，陈曦的脸色一下子就变了，感觉自己好像被谢菲菲扇了一巴掌，尊严全无。

"菲菲，你胡说什么。"韩风低喝。

"我说得没错啊，你本来就……"

"你们在说什么？我怎么听不懂呢？"欧阳风华打断谢菲菲的话，好笑地看着韩风，"韩风，她说你选择她是什么意思？难道你还有其他选择？"

"我……"韩风慌乱不安，不知道该怎么回答。

"对了，你还没介绍。"欧阳风华托着下巴，笑眯眯地看着谢菲菲，"这是你女朋友吗？"

韩风眉头紧皱，看了陈曦一眼，没有说话。

"韩风……"谢菲菲气得脸色铁青，韩风当着别人的面完全不照顾她的感受，也不给她面子。

"请让一让。"服务员过来上菜。

陈曦不想让韩风难堪，趁机转移话题："我们的菜上齐了，你们要一起吗？"

"好啊。"谢菲菲也不客气，直接对服务员说，"服务员，加两副餐具。"

"好的。"服务员马上去。

"韩风，愣着干什么，坐呀。"欧阳风华拍拍自己旁边的位置，"对了，谢菲菲，叫上你那两个小姐妹一起吧。"

"她们就不必了……"

"你们就这么把人家晾在一边不好吧。"欧阳风华笑容可掬地看着谢菲菲，"而且我刚才好像听见她们说是陈曦的粉丝啊，还想认识陈曦。怎么你们过来的时候都没跟她们说陈曦是谁吗？"

谢菲菲的脸色青一阵紫一阵，十分难看。

"你们还有事，就不耽误你们了。"韩风终于说话了，"我们先走了，慢慢吃。"

然后，他转身就走，似乎都忘了谢菲菲还在这里……

"韩风，等等我。"谢菲菲连忙追上去。

"呵！"欧阳风华看着她的背影，嘲讽地冷笑，"居然敢挑衅你，也不看看你是谁，你可是我欧阳风华的姐妹。"

陈曦"扑哧"一声笑出来，无奈地叹了一口气，随即又真诚地看着欧阳风华："风华，谢谢你。"

"傻不傻吧你，你可是我最好的朋友，我能让你受欺负？"欧阳风华得意扬扬地挑着眉，"不过话又说回来，我看韩风对你还没死心，他刚才压根儿就不敢看你。那小妖精挑衅你的时候，他的眉头都快要拧成一团麻了。"

"他是怎么想的我不知道，但我对他已经完全没有想法了。"陈曦很平静。

"真的？"欧阳风华狐疑地看着她。

"说实话，刚才他们走过来的时候我是紧张慌乱，忐忑不安，可是后来经过谢菲菲这么一闹，我反而坦然了。"陈曦回头看着韩风的背影，唇角扬起浅浅的弧度，"错过的，大概就是错的！"

欧阳风华看着陈曦，回味着这句话，心里有些触动，是啊，凡是错过的爱情，总有它的道理……

欧阳风华担心陈曦的心情受到影响，一路上都在观察她的脸色，可是陈曦真的很平静很淡然，完全没有什么情绪的波动，路过一家水果店，还叫她停车，下去买了两只柠檬，回家弄成柠檬喷雾喷喷衣服，要不然火锅味会一直留在身上。

两个女人回家之后又是一番打扮，换上外套，然后就去KTV唱歌。陈曦是比较喜欢唱歌的，性情含蓄的她只有在唱歌的时候可以尽情释放自己。欧阳风华五音不全，唱歌不好听，但也喜欢跟着吼几句，发泄情绪。

两个女人喝着啤酒，唱着歌，玩得不亦乐乎。

本来开开心心的，陈曦忽然收到一条微信，是韩风发来的："原来你从来就没有爱过我！"

看着这条微信，陈曦笑了，笑得很苦涩很无奈。

她不知道韩风为什么会发这条微信，不知道他在想些什么，不知道是不是谢菲菲拿了他的手机在给她发消息，她根本就不敢回复……

她甚至在想，自己到底有没有爱过韩风？

回头想想，她也不知道该如何回答，喜欢是肯定有的，但是爱，她自己也不知道。

"怎么了？韩风给你发微信了？"欧阳风华拿过陈曦的手机一看，呵呵地笑了，"陈曦你知道吗，我好嫉妒你，韩风到现在还会给你发这样的消息，说明他是真心爱着你的。鞠啸东那个王八蛋，从那天起就没有再给我发过微信了，我有时候手痒犯贱忍不住给他发一条消息，他都没有回复我。可见他才是真的，从来从来就没有喜欢过我，从来没有，从来没有……"

欧阳风华一直重复着这句"从来没有"，一声比一声高，喊着喊着就哭了，哭得很伤心。

陈曦心疼地搂着她，拍拍她的肩膀，想要给她一点儿安慰，却不知道该说些什么才好，她只好沉默，因为她也想哭，却不想让眼泪掉下来……

## 98. 九眼桥

深夜十二点，两个女人从KTV出来，陈曦有些累了："我们还是回去休息吧，这都十二点了，我好困。"

"说好要去酒吧呢，回什么家？今晚我们不醉不归。"

欧阳风华甩着她的LV包包在路边拦车，她已经喝了很多啤酒，微微有些醉了。

陈曦虽然没喝多少，但也有些晕乎乎的，她很想回去休息，可是又拗不过欧阳风华，只好陪着她。

很快，欧阳风华叫了一辆计程车，拉着陈曦上车："去九眼桥酒吧。"

司机从后视镜里颇有深意地看了她们一眼，掉头往九眼桥开去。

欧阳风华醉眼迷离地看着窗外，醉醺醺地说："陈曦，你说爱情到底是他妈的什么东西？爱的时候幸福得要死，恨不得把命都给对方，不爱的时候形同陌路。"

陈曦很心疼，她知道，欧阳风华还是放不下鞠啸东。

其实这种放不下倒不是因为欧阳风华有多爱鞠啸东，只是那种被抛弃被欺骗的感觉让她有一种前所未有的挫败感，而且，鞠啸东分得太干脆利落，不留余地了，这让欧阳风华受到了莫大的屈辱，觉得自己从未被爱过。

所以她才会那么的不甘心。

"妈的，老子好心塞……"

欧阳风华喝多了，絮絮叨叨地说个不停……

"我今天在微博上看到一个帖子，苏格兰一个老太太活了109岁，长寿秘诀就是保持单身，离男人远一点儿，她说比起带给人快乐，男人的麻烦事儿太多了，哈哈哈，她说得太对了，我真应该早点看到这个帖子，以后再也不找男人了，一个人活得潇潇洒洒，多好啊……

"找什么男朋友，是手机不好玩，还是酒不好喝？为什么要找男朋友受虐？

"鞠啸东真不是东西，估计这会儿，他正搂着伍媚激情缠绵呢，早就把我忘得一干二净了。

"妈的，都说大叔成熟稳重事业有成，可以呵护你照顾你，但事实上，他们身边的女人也是多如繁星，你要想跟他保持持久关系，就得过五关斩六将，打小三斗小蜜，累都累死你。还是小鲜肉好，以后我找男朋友就找小鲜肉，单纯专一，最重要的是洁身自好，不会像鞠啸东那样招蜂引蝶，搞三搞四……

"其实很多好男人追我的，为什么我就偏偏看上鞠啸东了呢，我真是眼瞎。

"陈曦，以后你一定要提醒我，不要再上男人的当了，就算鞠啸东跪下来求我，我也不会原谅他。

"我是不是想多了？他根本就不会求我，如果他对我还有一点点心思，也就不会到现在都不出来找我了。

"陈曦，我是不是很傻？"

陈曦不知道该说些什么才好，终究是一句话都没有说，只是伸手将欧阳风华搂在怀里，轻轻拍拍她的肩膀，给她安慰。

"咳咳。"计程车司机干咳几声，小心翼翼地说，"原来是失恋了，妹子你长得这么漂亮，又有气质，不怕没人要，天下好男人多的是，不要想不开啊。"

"什么想不开？"陈曦听这话有些怪怪的。

"这个……"司机从后视镜里看着她们，语重心长地劝道，"九眼桥那种地方，你们还是不要去了，两个妹子喝得酩酊大醉去九眼桥，万一明天上新闻了，我的车也跟着火了。"

"噗——"陈曦差点一口老血喷出来，九眼桥自从出现某个新闻之后，名声都坏掉了，现在人们只要一提到九眼桥就像提到几年前还没扫黄的东莞，固定了印象。

事实上，九眼桥就是有几家还不错的酒吧，有一些服务不错的KTV而已，哪里会天天出现桃色新闻。

"这么晚了，还是回家休息吧，我看你朋友已经醉了，你们这样很危险的。"司机师傅好言好语地劝着，"两个女人大半夜跑那里去，很危险的。"

"谁说我喝醉了？我没醉。"欧阳风华听得烦躁，"你这个师傅怎么回事？我又不是不给你车钱，你啰唆什么？"

"好好好，我不说了。"司机师傅不敢招惹欧阳风华，连忙闭嘴，乖乖开车。

"人家也是好心劝导。"陈曦打了个呵欠，"我真的好困，不如我们……"

她的话还没有说完，手机就响了，是苏娆打来的电话，她十分意外："这都几点了，苏娆怎么还给我打电话？该不会是出事了吧？"

"开免提，我听听。"欧阳风华说。

陈曦接听电话，并且打开免提："喂!"

"陈曦，韩佳佳在九眼桥喝醉了，跟人打起来，你快去看看吧。"苏娆十分焦急。

"啊？"陈曦愣了一下，连忙问，"怎么回事？"

"具体……我也不知道，反正就是跟人闹起来了，挺麻烦的。我没有她爸爸的电话，打韩风电话又没人接，所以只好找你了。"

"可是……"

"她在九眼桥MUSE酒吧，你赶紧去看看吧，要不然你通知韩风也行。"

"苏娆……"

"赶紧去吧，叫上欧阳风华一起，对了，记得带上银行卡。我还有事，先挂了。"

苏娆匆匆忙忙挂断电话，陈曦听着电话那头传来的忙音，总觉得有什么不对劲。

"苏娆很奇怪啊，你不觉得吗？"欧阳风华有同样的感觉，"她慌里慌张的，显然不对劲。韩佳佳跟她向来不和，有事就算不找韩风，也会直接找你，怎么也不会找她呀。"

"我也是这么想的。"陈曦拨打韩佳佳的电话，"我先打个电话问问。"

"开免提。"欧阳风华提醒。

"嗯。"

韩佳佳的电话打了很久才有人接听，不是韩佳佳，而是一个男人的声音。

"喂，曦姐，我是秦少辉。韩佳佳跟人打架了，我拉都拉不住……"

"真出事了？"陈曦心里一惊，"你们在哪儿？"

"九眼桥MUSE酒吧，您能来一趟吗？"

## 99. 四万八

秦少辉那边很吵，听不太清楚，陈曦直接说："我在路上，马上就到，你稳住佳佳，别让她出事。"

"好好好，您快点来啊，带上银行卡，可能要付一笔钱。"

"知道了。"

"多少钱？"欧阳风华突然问了一句。

"四万八。"秦少辉下意识地回答，"先不说了，我去拉住佳佳，您快点过来吧，我们就在洗手间这边。"

"好。"

挂断电话，陈曦催促司机快点，欧阳风华却冷静地分析："四万八，我看他们花了不少钱啊，这是叫你去买单呢。"

"不管怎么样，先去看看再说吧。"陈曦很担心韩佳佳，"他们该不会是遇到酒托被人宰客吧？"

"你个没见识的女人。"欧阳风华一脸鄙视，"MUSE酒吧生意火爆，每天的客人挤都挤不进去，还需要酒托？"

"说得也是。"陈曦眉头紧皱，"难道是佳佳乱花钱把卡刷爆了？"

"我说你一个作家，怎么也要出来多见见世面，老宅在家里怎么写东西？不要太排斥酒吧，不要以为这就是下三烂的地方，清者自清，你本人正直，谁能扳弯你？再说了，你们不是经常讲一句话吗，创作要源于生活又要高于生活，你都不去体验，怎么有灵感有素材？"

"好了，这都什么时候了，你还给我上课。"陈曦心急如焚，"我忽然想起一个问题，佳佳平时跟苏娆关系不太好，她有什么事会直接找我，怎么会找苏娆呢？"

"我看应该是那个秦少辉让苏娆来找你的。"欧阳风华一眼就看穿了，"在这种酒吧一晚上花掉几万块很正常，点几瓶洋酒就差不多了，秦少辉就是一个上班族，能有多少钱？他指望着韩佳佳买单，韩佳佳估计钱不够，被人数落嘲笑了几句，然后就闹起来了呗。"

"你推测得有道理。"陈曦点点头，"多半是这样！"

"秦少辉这人我一直不喜欢，你别看他不言不语的，心机可深着呢。龙泉山庄那次你记得吧？他很刻意地讨好韩风，还想加鞠啸东的微信，鞠啸东巧妙地回避了。还有啊，我看他和韩佳佳的朋友圈互动，七夕情人节那天，他给韩佳佳送了一束花一盒巧克力，韩佳佳就回赠了他一部苹果7手机。他还拿着那部手机拍照发了朋友圈，说是女朋友送的，很幸运能够找到这样的女朋友什么的，反正甜言蜜语说得头头是道，把韩佳佳哄得团团转……"

"你的意思是，秦少辉爱慕虚荣？"

"不仅爱慕虚荣，还很有心计，我估计他一早就知道韩佳佳家里有底子，才会接近她。说穿了，秦少辉跟苏娆一个德行，两人都想攀高枝儿。"

"不会吧。"陈曦不愿意相信这个事实，"虽然我对他没多少印象，但也希望佳佳能遇到好男人。"

"韩佳佳终究是太年轻了。"欧阳风华郑重其事的提醒，"陈曦，我告诉你，你刚刚给了前夫一百万，你现在已经没钱了，等一下你可不要去当什么冤大头，替人家支付那四万八。"

"我还真是没钱。"陈曦眉头紧皱，"我现在卡上全部家当就九千多块，还得用到下个月发稿费。"

"所以叫你不要当冤大头。"欧阳风华冷笑道，"你要搞清楚，在这种场合花的钱那不叫借钱，人家会认为你是过来请客的，从潜意识里就觉得那是理所当然的，不会还给你。"

"嗯，你说得对。"陈曦自然知道这个道理，"可是如果……"

"没有如果。"欧阳风华强势地打断陈曦的话，"我知道你讲义气，重友情，可是你要弄清楚，韩佳佳是个成年人，她要为自己的行为负责，况且她又不是一个人去的，她跟男朋友一起，她自己没能力承担，还有秦少辉呢，这种事难道不是男人承担吗？凭什么让你去解决？"

"……"陈曦顿时哑口无言，沉默了半晌，点头道，"行，我有分寸。这不事情还没弄清楚吗？等会儿弄清楚了再说。"

"呵！"欧阳风华冷冷地笑，"苏娆也是把你当作冤大头，就指望你来给钱。陈曦，你什么都好，就是有点滥好人，什么狗屁垃圾都当朋友，你迟早要吃亏。"

"行了，我知道了。"

终于到了MUSE酒吧，陈曦和欧阳风华从人群中挤进去，找到了秦少辉和韩佳佳他们，韩佳佳一身酒气，面红耳赤，披头散发，衣衫不整，脸上还有一个赤红的巴掌印。

但是跟她打架的女经理也没落着好，脸上脖子上都有很多抓痕，衬衣被扯破了，皮鞋都掉了一只。

几个保安把他们一群人团团围住，指着秦少辉的鼻子警告，十分钟之内没人过来付款，他们就要用自己的方法解决问题，秦少辉吓得直哆嗦，慌忙说马上就有人来给钱。

旁边站着七八个年轻男女，一脸鄙视地瞪着秦少辉，其中一个女孩阴阳怪气地说："秦少辉，你不是说你女朋友是富二代，身家上亿吗？现在区区几万块的单都买不起，还出这么大的洋相，丢死人了。"

"就是。"另一个年轻的男人也说，"没钱装什么大头？还特地请我们来玩儿，叫我们随便点，我他妈还没怎么点单呢，你就搞成这样，丢人现眼的，恶不恶心吧。"

"你们别这样，今天是少辉生日。"另外一个穿着白裙的女孩说，

"大家都是来为他庆祝生日的，他女朋友也说了她买单，让我们随便玩儿随便点，他只是转达女朋友的话而已，他也是受害者。"

"对对对。"秦少辉连忙附和，"佳佳说今晚她安排，我也没想到会弄成这样……"

看到这一幕，陈曦和欧阳风华对视一眼，心里什么都明白了，看来韩佳佳真是遇人不淑，可怜这丫头醉得一塌糊涂，现在还迷迷糊糊的，估计根本就没听清楚秦少辉他们的话，也不知道自己被人当成了冤大头。

## 100. 冤大头

陈曦想要上前解救韩佳佳，欧阳风华马上拉住她，示意她再等等。

秦少辉十分着急，又给陈曦发了一条微信："曦姐你到了吗？还有多久？"

陈曦没有回复，拉着欧阳风华躲在围观的人群后面，她现在冷静下来，也觉得应该先搞清楚局面。

保安烦躁的吼秦少辉，秦少辉的朋友们也在催他……

"你通知的人怎么还没来？到底来不来？"

"反正这事儿跟我们没关系，让我们先走吧。"

"就是，你们要买单，留下他们俩就行了，我们只是跟着来玩儿的。"

秦少辉的那几个朋友纷纷提出抗议，一个个都想摆脱关系。

那白裙女孩还指着韩佳佳说："你们把她留下来嘛，给她家里人打电话，让人来赎她就好了，少辉也是被骗的，让他跟我们先走吧。"

"废话少说，一个都不许走。"酒吧保安冷喝。

"喂，你不是说了有人要来付钱的吗？怎么到现在还没来人？"

"快了快了，她朋友很快就来了，刚才打电话就说在路上。"秦少辉连忙回答。

"朋友？朋友来了能解决问题吗？这可不是一笔小数目。"保安吼道，"你马上给她家人打电话。"

"我不知道她家人的电话。"秦少辉很苦恼，"我给她叔叔发微信语音，没人接。"

"那就给你家人打。"保安很不耐烦。

"这……"秦少辉不敢说话。

"又不关他的事，为什么要给他家人打电话？"那个白裙女孩马上出来为秦少辉说话，"是韩佳佳说要买单的。"

"那是他女朋友。"那个保安也是忍不住了，"而且过生日的人也是他，怎么就不关他的事了？"

"可是今晚的聚会是韩佳佳张罗的呀，她自己要带我们来这种地方，还点那么贵的酒……"

"行了行了，你就别废话了。"保安不想再听下去，"我不管你们谁的责任，还有五分钟，五分钟之内还没人来买单，我们就要按照规矩来办事了。"

听到这句话，那帮人都慌了，一个个都催着秦少辉："秦少辉，你怎么回事啊，不是说有人来买单吗？怎么现在还没来？"

"你要丢人现眼不要连累我们。"

"就是，大家好心好意来为你庆祝生日，你把事情搞成这个样子。"

"还说你女朋友是富二代，骗子还差不多。"

"你快点想想办法。"

"你搜搜韩佳佳身上还有没有银行卡，刚才那张卡怎么就不行呢？你再试试啊。"

那帮人你一言我一语，秦少辉手足无措，根本不知道该怎么办。

"我来。"那个白衣女孩急了，上前在韩佳佳身上到处搜。

陈曦再也看不下去了，一个箭步冲过去推开白衣女孩："滚开。"

白衣女孩被她推倒在地上，十分恼怒，正要开口大骂，秦少辉马上激动地拉住陈曦："曦姐，你终于来了。"随后他又对那些保安说，"我朋友来了，她会买单的。"

"你是过来买单的吧，一共四万八，谢谢。"保安经理把单据递给陈曦。

陈曦正准备接过来看看，欧阳风华马上打开她的手，上前一步拦在陈曦面前，笑道："大哥，我看你是搞错了，我们过来接朋友的，买什么单呀，我们刚刚挤进来，又没在这里消费，凭什么买单。"

"什么意思？"那保安经理愣了一下，抓住秦少辉的领口怒喝，"你他妈耍我。"

"不是不是，我没有……"秦少辉慌了，"曦姐救我。"

欧阳风华向陈曦使眼色，示意她不要意气用事。

陈曦什么都没说，先扶起韩佳佳。

韩佳佳醉得不省人事，而且还挨了打，整个人迷迷糊糊的。

陈曦想想觉得有些不对劲儿，如果韩佳佳一开始就醉成这样，哪里来的力气跟人打架？既然都跟人打了一架，那就说明她之前还是清醒的，那么现在为什么搞成这样？

而且，韩佳佳也把那个女经理打得不轻，为什么他们只字不提赔偿的事情？

欧阳风华也发现了这个问题，她扫了一眼周围，发现韩佳佳脚边有两个空酒瓶子，还有一些呕吐物，马上就明白了："你们给她灌酒了？"

"她不买单，还敢闹事，我们当然要给她点颜色看看。"那个打架的女经理怒气冲冲地说，"她也打我了，我们俩就算扯平了。"

"岂有此理！"陈曦怒火中烧，"怪不得她迷糊成这样，你们是想害死她！"

"先带她去医院。"欧阳风华十分警觉，马上掏出律师证，"我是律师，如果你们对我朋友下药了，那这件事就闹大了。"

"我们是打开门做正经生意的，不会做那种事情。"保安经理倒是很冷静，"给她灌酒是小惩大诫，但是没给她下药，你们大可以带她去医院检查。"

"我一定会的。"陈曦冷冷瞪了他一眼，扭头质问秦少辉，"为什么佳佳弄成这样？你毫发无损？"

"曦姐，我一直拉着佳佳让她不要闹事，不要打架，我也挨了几下……"

"是吗？"陈曦嘲讽地冷笑，"你连发型都是整整齐齐的，衣服一点儿都没皱，你还挨了几下？隔空打牛呢？"

"呃……"秦少辉哑口无言。

"你可真是个男人，遇到事情就把女朋友往外推，还想让我来给你买单！"陈曦咬牙切齿地怒吼，随即指着秦少辉对那保安说，"你们也知道，开生日聚会的人是他，来参加聚会的人都是他朋友，要买单要赔偿你们找他。"

说着，她就要带韩佳佳走……

"等一下。"保安经理拦着不让她们走，"这女孩也是当事人，你说带走就带走？"

"你想怎么样？"陈曦迎着他的目光。

"你们之间的纠葛我不管，你要不是来买单的，就请自便，人给我留下。"保安经理倒算是客气，"我们打开门做生意，也是讲道理的，这姑娘是客人之一，而且买单的时候是她主动过来刷卡，结果卡被冻结刷不了，她打了个电话，好像是跟家人吵起来了，我们的客户经理说了几句，她就动手打人，你现在说把人带走就带走，不合适吧！"

## 101. 剩下一块七不用找了

"好。"陈曦冷笑着点头，"既然你们要讲道理，那我就给你讲道理。你们的客户经理跟我朋友是互相斗殴，两人都吃了亏，刚才她也说就当是扯平了。至于消费问题……"

陈曦扫了一眼秦少辉那些朋友，"加上秦少辉和韩佳佳一共九个人，四万八是吧，欧阳算算人均多少。"

"5333.3！"欧阳风华一秒口算得出答案。

"OK。"陈曦点头，"人均5333.3，我朋友这份我来付！"

"微信，支付宝，刷卡，你们选。"欧阳风华十分有默契，"给你们5335，剩下一块七不用找了。"

"呃……"那些人面面相觑，没想到陈曦她们会来这一招。

"这事我不能做主，我得问下老板。"保安经理到一边去打了个电话，很快就回来，"带她们刷卡。"

"哦。"女经理只得带欧阳风华去刷卡。

付了钱，欧阳风华过来跟陈曦一起扶着韩佳佳离开，陈曦郑重其事地说："我先带我朋友去医院检查，如果她身体没有大碍，我们也不会追究，如果有什么问题，我一定不会就此罢休。"

"呵，如果真有什么问题，我会这么好说话？"保安经理笑了，"我们老板说了，很欣赏你们二位的仗义，也不想为难女人。"

说着，他让开道路，"请吧！"

陈曦跟欧阳风华对视一眼，扶着韩佳佳离开。

秦少辉那些朋友都急了："这不关我的事，她都能走，我们为什么不能走？"

"人家付了钱，你们要付完你那份钱，你们也可以走。"保安经理说。

"我……"那些人哑口无言，只得把矛头指向秦少辉，"秦少辉，你请我们来的时候可是说好了你女朋友请客的，没说要AA制，要是早知道这样，我就不来了。"

"就是啊，没钱还要装逼，现在又让我们AA，你太恶心了吧。"

"你赶紧把剩下的单买了，你们就可以走了。"保安经理对秦少辉说。

"我没钱啊。"秦少辉都快要哭了，"曦姐，欧阳律师，你们帮帮我吧。"

"我们可不是做慈善的，就算做慈善，也不会施舍给你这种人。"欧阳风华毫不留情面。

"不用理他，我们走。"

陈曦看都不想看秦少辉一眼，两人扶着韩佳佳离开。

秦少辉焦急地呼喊："曦姐，你就算不管我和佳佳的关系，看在苏娆的面子上也要帮帮我啊，苏娆说你会帮我的。"

欧阳风华翻了个白眼："苏娆那个小贱人。"

陈曦加快脚步，只想尽快离开。

"秦少辉，现在该怎么办？你女朋友都走了，把我们押在这里算是怎么回事？我他妈真是倒了八辈子血霉才会交你这样的朋友。"

"他妈的，从这里出去之后我们就绝交，真他妈晦气。"

"你赶紧把钱付了，让我们走人。"

"我真的没钱，你们不要逼我了。"秦少辉的声音带着哭腔，"我给我表妹打电话，她一定有办法。"

"喂，苏娆，苏娆，快来救我……"

走出酒吧，陈曦的手机就在不停地震动，是苏娆打来的。

欧阳风华看到来电显示，马上说："不要接，她要救她表哥就自己解决。"

陈曦挂断电话，叫了一辆专车送韩佳佳去医院。

路上，陈曦的手机响个不停，刚开始是苏娆打的，后来就是韩风打来的，她正准备接听电话，欧阳风华直接把手机拿过去，并且打开免提："喂！"

"陈……你不是陈曦。"韩风一下子就听出不是陈曦的声音。

"你耳朵倒是挺厉害的，这样都能听出来？"欧阳风华冷笑。

"原来是欧阳律师！"韩风松了一口气，"陈曦呢？跟你在一起吗？还有佳佳，她怎么样了？"

"呵。"欧阳风华十分冷漠，"你是因为韩佳佳的事情才打电话过来的，我还以为你对陈曦念念不忘呢。"

"我……"

"别闹了。"陈曦拿过手机，对韩风说，"我们在车上，佳佳被人灌了很多酒，现在已经醉得不省人事，我们准备带她去医院检查。"

"怎么会弄成这样？"韩风十分焦急，"你们去的是哪家医院？我马上过来。"

"我们……"

陈曦正准备回答，电话那头传来一个娇嗔的声音："韩风，你在跟谁讲电话呢？我喊你几遍你都没听见，让你帮我把浴巾拿过来。"

欧阳风华听不下去，直接把电话给挂了："绿茶婊，真他妈恶心。"

"你干吗挂电话？"陈曦眉头一皱，"人家是在问正经事，他毕竟是佳佳的叔叔。"

"你怎么能无动于衷啊？"欧阳风华像看着怪物一样看着陈曦，"你没听见那女人在叫韩风拿浴巾吗？这都凌晨两点了，说明他们刚刚滚完床单。"

"关我什么事？"陈曦十分冷漠，"又不是我男人。"

"呃……"欧阳风华感到很不可思议，"陈曦，这一点我必须像你学习，拿得起放得下，太干脆利落了。"

陈曦扬了扬唇角，问司机师傅："师傅，你刚才说离我们最近的那家医院叫什么来着？"

"空军医院，离九眼桥就两公里，马上就要到了。"

"好的，谢谢。"陈曦在微信上把医院地址发给韩风。

"你太淡定了。"欧阳风华由衷地感叹，"如果我能够像你这样对鞠啸东，他肯定也会对我念念不忘，男人就是贱骨头。"

欧阳风华的话刚说完，手机就响了，是唐笑打过来的。

陈曦忍不住感叹："忘记鞠啸东吧，最爱你的人就在你身边。"

"你是说你吗？"欧阳风华挑眉一笑，同时接听电话，"喂！"

"欧阳，你没事吧？我听秦少辉说你们出事了。"

"放他妈的屁，老娘好端端的出什么事？出事的是他。"

"呃……"

"我告诉你，无论秦少辉怎么求你，你都不要理他，他就不是个男人。"

"我不管他，我只关心你，你在哪里？你没事吧？"

"都说没事了，你真啰唆……"

## 102. 真心，假意

欧阳风华对唐笑完全没有耐心，直接把电话给挂了。

陈曦不禁责备："你怎么这样对唐笑？他也是关心你。"

"我就看不上他这副婆婆妈妈的样子，不像个男人。"欧阳风华一脸不耐烦。

"你觉得什么样的才是男人？"陈曦反问，"像鞠啸东那样不把你放在眼里的就男人了？一个真男人不是要多么冷酷多么有个性，而是遇到事情有担当。你哪次出事，唐笑不是冲在前头？反观鞠啸东，说分就分，连一句完整的交代都没有，他才不是个男人。"

欧阳风华被陈曦的话堵得哑口无言。

陈曦语重心长地说："欧阳，唐笑对你情深义重，你应该好好珍惜。"

"什么意思？"欧阳风华愣住了，"你是说他喜欢我？"

"你该不会到现在还没发现吧？"陈曦十分惊讶，"瞎子都看得出来。"

"呵！"欧阳风华冷笑，"那我大概是个瞎子，我就没看出来。"

"……"陈曦无语了。

车子到了医院，陈曦和欧阳风华扶着韩佳佳来到医院检查治疗。

陈曦让欧阳风华看着韩佳佳，自己去挂号缴费，弄完之后准备上楼，忽然有人叫住了她，她回头一看，居然是唐笑："你怎么来了？"

"欧阳的手机关机，打你电话没人接，发微信也不回，我只好问韩风，韩风说你们在这里，我就直接赶过来了。"唐笑十分焦急，"现在是什么情况？你们都没事吧？"

"没事，先上楼……"

陈曦一边往楼上走去，一边跟唐笑说明情况。

唐笑听完之后松了一口气："没事就好，我还以为欧阳跟人打起来了，她那爆脾气，一点就炸。"

"她没事。"陈曦颇是随意地说，"你还挺关心欧阳的。"

"必须的。"唐笑下意识地回答，随即又补充道，"她是我老板嘛，不对她好对谁好。"

"噢。"陈曦点头，"原来是这样，我还以为你喜欢她呢。"

唐笑的脚步顿了一下，脸色明显慌了："你，你怎么突然说这些？难道欧阳说了什么？"

"她什么都没说。"陈曦微微一笑，"我自己的感觉而已。"

"噢！"唐笑试探性地问，"那她有没有在你面前提起过我？"

"你希望她提到什么？"陈曦眉头一挑。

"呃……"唐笑一时语塞，不知道说些什么。

"呵呵……"陈曦轻轻地笑了，"喜欢一个人就要勇敢说出来，勇敢去追求，傻子才暗恋！"

听到这句话，唐笑怔住了，好一会儿才回过神来，急忙追上陈曦："陈曦，你说欧阳会喜欢我吗？"

"我又不是她，我怎么知道？"

"我……"

"别婆婆妈妈的，如果你不说，就一点儿机会都没有，说了反而还有一点儿机会。"

"那你会支持我吗？"

"当然支持，我看好你！"

"谢谢。"

两个人上楼，欧阳风华居然靠在座椅上睡着了，唐笑马上脱下外套盖在她身上，闻到她一身酒气，唐笑眉头一皱："她喝了不少吧？"

"在KTV喝了一打啤酒。要不你先带她回去休息吧，这里有我就行。"

"也好。"唐笑叫醒欧阳风华，"欧阳，欧阳……"

"干吗？"欧阳风华半梦半醒，十分烦躁，"别吵我。"

"陈曦，你来帮忙把她弄我背上。"唐笑弯腰蹲在欧阳风华面前，"我背她下去。"

"你能行吗？"陈曦不太放心，唐笑一米七出头的个子，那么瘦弱，欧阳风华的体重跟她差不多，他能背得动她吗？

"没问题的，来吧。"唐笑催促。

陈曦把包放在一边，然后把欧阳风华扶到唐笑后背上，唐笑背起她，踉踉跄跄往电梯口走去。

陈曦看着他的背影，感觉到他的吃力和坚持，心里不禁有些动容，唐笑明明知道欧阳风华和鞠啸东的事情，还是这样坚持不懈地守护她，这份感情真的很难得。

如果欧阳风华喜欢的人是唐笑，或许她们会很幸福吧？

可惜，以陈曦对欧阳风华的了解，她恐怕很难喜欢上唐笑……

医生说韩佳佳就是喝得太多了，只能催吐洗胃，然后输液，不过经过检查，她除了脸上有一个巴掌印，脖子和手背上有抓伤痕迹之外，并没有受到其他的伤害。

陈曦微微松了一口气，看来事情还没有那么严重，是她们想多了。

成都这段时间气候变幻无常，生病住院的人很多，韩佳佳住院都已经没有床位了，被安排在走廊的病床上休息，陈曦只能在旁边的硬板椅子上坐着陪床。

现在凌晨三点半了，韩风还没来。

陈曦看了看时间，他打电话的时候是凌晨一点五十，离现在快两个小时，他住的地方离这家医院不过五六公里，大半夜不堵车，也就十几分钟的事情，他居然到现在都没过来，电话微信短信也没有一个，他这个叔叔到底还在不在意韩佳佳的死活了？

也有可能是，她被女朋友缠住了，脱不了身？

陈曦想到这个，嘴角扬起一抹冷笑，之前想到这个问题，她心里就酸涩难言，堵得慌，现在她渐渐地没有感觉了……

看来她远远高估了自己对韩风的感情。

正在胡思乱想，陈曦的手机忽然响了，是一个重庆的电话号码，陈曦接听电话："喂！"

"陈曦，我是韩建国，韩佳佳的爸爸，我刚听说我女儿出事了，你在她身边对吧？你们现在安全吗？现在是什么情况？她有没有生命危险？"

"不严重，没有生命危险，你别担心。"陈曦马上回答，"我们在医院，很安全。"

"那就好。"韩建国松了一口气，"我正在赶往成都的路上，如果方便的话，麻烦你跟我说说今晚发生的事情。"

"好的，情况是这样的……"

陈曦把她所知道的一五一十地告诉老韩。

老韩听完之后，咬牙切齿地低喝："秦少辉那个王八蛋，居然敢这么对我女儿，我要让他死得很难看。"

## 103. 粗犷的石头

"呃……"陈曦听得很悬乎，老韩这是要干什么？

"陈曦，谢谢你救了我女儿，我又欠你一个人情，废话我就不多说了，再过三个小时我就到成都，到时候当面向你致谢。"

"别客气……"陈曦的话还没说完，电话就挂断了。

老韩做事就是这样风风火火，陈曦心里隐隐不安，不知道他是不是真的要去找秦少辉算账。

秦少辉那种人，教训一下是可以的，但是如果弄出人命就不好了。

陈曦有些担心，如果这个时候韩风在这里，还能劝劝他大哥，可他到现在还没来。他也真是有意思，就算跟她没关系了，自己侄女的死活都不管了吗？

陈曦犹豫着要不要给韩风打个电话，想了想，她还是放弃了。

他又不是不知道韩佳佳的情况，也不是不知道韩佳佳在哪个医院，他自己不肯来，她在这里干着急算是怎么回事儿？

再说了，唐笑、老韩都是通过他知道的韩佳佳的情况，说明他根本就没睡，既然没睡，怎么也该过来看看吧？

随便他吧，反正韩佳佳现在很安全，他来不来是他的事情，陈曦不想干涉。

凌晨四点了，陈曦一夜未眠，身体有些扛不住。

三十岁之前偶尔熬夜工作倒是不算什么，自从跨过三十岁这个坎儿之后，身体就大不如从前了，根本撑不住。

夜深了，医院冷飕飕的，陈曦摩擦着手臂，在走廊里来回走动，希望老韩能够早点来。

"石先生。"一个声音传来，"这就是韩佳佳。"

"陪同她的人呢？"一个浑厚的声音传来。

陈曦回头一看，眉头皱起来，这男人的气魄有点像老韩，但是比老韩多了几份邪气，五官鲜明，眼睛微微凹陷，带着一种从骨子里透露出来的禀冽野性，一看就不像个好人。

"是你吧？"男人盯着陈曦，"佳佳的朋友，叫……陈曦？"

"我是陈曦，你是？"陈曦戒备地看着他。

"石磊！"男人向陈曦伸出手，"韩建国的兄弟。"

陈曦怯怯地跟他握了握手，心想老韩怎么这么多兄弟？这个又是什么来头？

"佳佳怎么样？没事吧？"石磊打量着韩佳佳。

"没事，就是喝多了……"

陈曦的话还没有说完，那个护士就接过她的话说，"酒精中毒，已经洗胃了，等输完液睡一觉，明天就能醒过来。"

"好。"石磊点点头，"安排两个看护过来照顾。"

"行，我马上去安排。"那护士走开了。

陈曦觉得奇怪，这护士是石磊的熟人吗？怎么这么听他的话？

"熟人。"石磊指着护士，简单地解释，"我经常来这家医院。"

"哦。"陈曦点点头。

"我看你脸色不太好，先回去休息吧，这边不用担心，我已经安排好了。"

"那个……"陈曦不太放心，"老韩应该已经在路上了，我先打个电话问问他到哪儿了。"

"你觉得我是骗子？"石磊眉头一挑。

"呃……"陈曦有些尴尬，这么直接的人，她还是第一次见。

"能理解。"石磊拿出手机打电话，"老韩应该没跟你说过我。"

"嗯。"陈曦应了一声，发现他的手机居然是十多年前的老款诺基亚，只能打电话发短信的那种。

"我！"石磊的电话接通了，"我在医院，安排好了，你跟这娘们儿……"石磊脱口而出，说一半哽住，瞟了陈曦一眼，改口道，"你跟陈曦说一声，不然她以为我是骗子。"

电话那头大概是在笑，石磊低喝："笑个屁啊，老子哪里像坏人了？"

陈曦翻了个白眼，在心里说，你哪里都像坏人。

"来，电话。"石磊把手机递给陈曦。

陈曦接过电话"喂"了一声，那头传来老韩的声音："陈曦，石头是我兄弟，他就在成都军区，所以先过去看看。现在有他安排，我就放心了，辛苦你了，回去休息吧。"

"那好吧。你大概还要多久到？"

"我快了。我知道你一夜没睡，你先回去休息，等佳佳醒了，我会亲自登门拜谢。"

"别客气，回头联系。"

"好。"

挂了电话，陈曦把手机还给石磊："那我先走了，这里交给你了。"

"等一下。"石磊回头看了看护士台那边，"等他们安排的人来了，我送你回去。"

"不用不用。"陈曦连连摇头，"我打个车就行了……"

"这大半夜的，一个女人多危险？更何况你为了救我侄女在这里守了一夜，我怎么能让你一个人离开？"

"我……"

"行了，你坐着休息一会儿，我五分钟之后过来。"石磊快步往护士台走去，走了几步还回头叮嘱，"等我！"

陈曦眉头一皱，想着该怎么脱身，她才不想让这家伙送自己回家。

这时，护士过来给韩佳佳拔针，陈曦连忙问："已经输完了？"

"输完了。"护士收拾好东西准备离开。

陈曦看了看医生办公室，石磊还没出来，她对护士说："你能在这里看着她吗？她叔叔马上就过来，还请了两个医护，我得先走了。"

"你是说石先生吧？"那护士一听就明白了，"他打过招呼了，说这是他侄女，我们都会好好照顾的，你放心。"

"那就好，我先走了。"陈曦匆匆离开，生怕石磊追上来。

下楼的时候陈曦才发现已经凌晨四点了，夏末的夜晚有些凉，她连打了几个喷嚏，一直打不到车，正在发愁，一辆牧马人开了过来，石磊从车上下来，绕过来打开副驾的门："上车。"

"不用了，我已经叫到车了。"陈曦不想上他的车。

"什么车？"石磊盯着她。

"滴滴专车。"陈曦说。

"好。"石磊关上车门，"等你的车来了我再走。"

"呃……"陈曦愣住了。

"不会撒谎就不要撒谎。"石磊白了她一眼，"上车！"

"我……"

"是你自己上，还是我把你拽上去？"石磊已经有些不耐烦了，"我们军人不会乱碰女人，你怕个蛋啊。"

"呃……"陈曦错愕地看着他，怀疑自己是不是听错了，长这么大，第一次有人这么跟她说话。

"真矫情！"石磊的眉头微微皱起来，"我要真是坏人，会对你这么客气？我送你回家就是出于责任心，你不用像防贼一样防着我。"

他说话很快，仿佛不想多浪费一秒的时间。

听到这些话，陈曦觉得自己不好再拒绝了，之前她觉得三更半夜让一个初次见面的男人送回家不太好，现在看来，自己好像想多了。

"来！"石磊一手拉着车门，一手护在陈曦头顶。

陈曦被他这个小动作触动了，看起来这么粗犷的男人，居然这么细心。

石磊正准备上车，忽然看到什么，顿住了动作。

陈曦顺着他的目光看过去，是韩风的车。

开车的人是谢菲菲，韩风坐在副驾上。

车子停下，谢菲菲和韩风下车向这边走过来，谢菲菲十分殷切地跟石磊打招呼："石头哥，你也在呀。"

"佳佳出事，我当然得来一趟。"石磊回答的时候跟韩风碰了一下拳头，很显然，两人很熟。

陈曦正犹豫着要不要下车，谢菲菲已经发现了她："哎呀，这是陈曦姐姐呢，刚才看到石头哥那么体贴细心地替一个女孩开车门，还以为是你女朋友呢。"

韩风盯着陈曦，眉头微皱。

陈曦准备开门下车，石磊三两步走过来打开车门，陈曦看了他一眼，下车走过去，大大方方地跟韩风、谢菲菲打招呼："你们怎么现在才来？"

　　"我……"

　　"我身体不舒服，韩风一直陪着我，所以弄到现在才出门，不好意思，你辛苦了！"谢菲菲抢在韩风前面回答。

　　陈曦扬了扬唇角，没有说话，身体不舒服还化妆喷香水，应该是心里不舒服吧？

　　"陈曦姐姐，没想到你跟石头哥也认识，这个世界真小。"谢菲菲的关注点在这里，"石头哥可是个黄金单身汉，而且还是……"

　　"你们什么时候认识的？"韩风忽然问。

　　"我们……"

　　"好了。"石磊打断陈曦的话，避重就轻地回答，"佳佳一个人在上面，你们赶紧上去吧。我先送陈曦回家，晚点过来。"

　　"这里有我们，石头哥你不用急，想什么时候回来都行。"谢菲菲笑容满面。

　　"那就辛苦你们了。"陈曦客气了一句。

　　"不辛苦，应该的，你们快回去休息吧。"谢菲菲这话说得很暧昧，"石头哥，好好照顾陈曦姐姐。"

　　陈曦什么都没说，转身上车，石磊像之前那样很自然地帮她开车门，护着她的头，等她上车坐好，关上车门，再绕到驾驶室那边上车。

　　启动车准备开出去，石磊忽然凑过来，陈曦吓了一跳："干什么？"

　　"安全带。"石磊的手绕过她的腰，拉过安全带替她系好。

　　陈曦松了一口气，下意识地抬头看去，谢菲菲和韩风都看着他们，谢菲菲笑容满面，韩风脸色难看，转身就走了。

　　石磊睎了他们一眼，把车子开出去。

　　陈曦想着韩风刚才那个眼神，心里有一种复杂的感觉。

　　"你是个作家？"石磊忽然问。

"嗯？"陈曦诧异地看着他，"你怎么知道？"

"还真是你。"石磊勾唇一笑，"之前听说韩风找了个作家女朋友，还为那个女人出了车祸，我还在想是什么女人那么有魅力呢……"

"你大概误会了。"陈曦淡漠地解释，"我跟韩风没有正式在一起，我不是他女朋友。"

"也就是说，他只是追你，没追上？"石磊好奇地问，"那你们发展到什么程度了？"

"男人也这么八卦？"陈曦眉头一皱。

"我看韩风对你还没死心。"石磊好笑地说，"当着女朋友的面直勾勾地看着你，眼神已经出卖了他的心。"

"不关我的事。"陈曦有些气恼。

"地址。"石磊问。

"嗯？"陈曦一下子没反应过来。

"你家地址。"石磊又问了一遍，"样子看着挺机灵的，怎么反应这么慢。"

"喂，你……"陈曦气得语塞，但是懒得跟他吵，随后把地址告诉他。

石磊打开音乐，放着李宗盛的专辑《既然青春留不住》，《山丘》《给自己的歌》《十二楼》，全都是陈曦喜欢的歌，他跟着音乐哼着歌，声音浑厚低沉，很好听，音准也很好。

陈曦不知不觉就忘了烦恼，沉浸在音乐中。

很快就到家了，停好车，石磊走过来开车门，陈曦下车，真诚地说了声"谢谢你"，准备进去，却发现石磊跟在后面，她又开始戒备起来，"你跟着我干什么？"

"送佛送到西。"石磊甩着车钥匙，"很多罪犯都潜伏在小区里，现在正是犯罪的好时间。"

"你……"陈曦气不打一处来，"这是故意吓唬我吗？"

"吓唬你有什么好处？"石磊白了她一眼，"如果我想动你，刚才在车上就行了，还需要到你家里作案？"

"你……"陈曦发现自己根本说不过他，不过他话糙理不糙，他应该不会有坏心。

两人进了小区，石磊把她送到楼下，那只比特犬又从树林里冲出来要咬陈曦，陈曦吓得尖叫，石磊马上把她护在身后，对着那只狗瞪了几秒，那只比特犬好像看到什么可怕的东西，惊慌失措地跑掉了。

"走吧。"石磊护着陈曦往单元楼走去，一只手放在她背后，但是没有碰到她。

陈曦莫名地想起那次在医院，韩风也是这样护着她，不过韩风是内敛低调，而石磊是直接坦然。

石磊一直把陈曦送到家门口："那只狗是业主的？"

"嗯。"陈曦点头，"楼下老太太的，经常跑出来咬人，上次还把我的腿咬伤了。"

"以后不会了。"石磊随口说。

"什么？"陈曦没明白他这话的意思。

石磊并没有接这个话题，而是叮嘱道："好了，回去洗个热水澡，喝杯热牛奶，关掉手机好好睡一觉。"

"嗯，谢谢。"陈曦微笑点头。

"终于笑了！"石磊笑了。

## 104. 那只狗


洗澡的时候，陈曦想起石磊最后那句话"终于笑了"……

大概是她整个晚上都心不在焉，愁眉不展，最后临别前对他展露笑容，他有感而发吧。

陈曦真的很累了，洗个热水澡，随便吃了点东西，倒在床上就睡了。

手机已经断电关机，陈曦一觉睡到第二天中午十二点，起床洗漱，打开冰箱看看，还有前阵子包的抄手，于是往锅里烧水煮抄手。

昨晚临睡前把手机接上了充电器，现在已经充满电了，陈曦开机，很多微信跳出来，唐笑问："陈曦，你还好吗？电话打不通，欧阳很担心你，你看到回个电话给她吧。"

然后还有一大堆就是苏娆发来的微信，几十条语音，还有一些文字，陈曦大略扫了一眼，好像是秦少辉出事了，她想起昨晚老韩说的那句话，他该不会是真的对秦少辉做了什么吧？

陈曦忐忑不安，连忙打开语音……

"陈曦，怎么样了？你们到酒吧了吗？

"我听说是韩佳佳请一群朋友去玩，结果没钱买单，还跟人打起来了，我说这韩佳佳也真是的，没钱还装什么土豪啊？不对呀，她应该有钱的，我听说她爸在重庆的公司做得挺大的，她怎么会没钱呢？是不是她爸爸把她的卡停掉了？

"陈曦，我刚才问了一下秦少辉，原来真的是韩佳佳的卡被停掉了，估计是她跟老头子闹别扭，所以老头子镇压她，不过他们都是一家人，这也不是什么大事。你应该有老韩的电话吧？要不你给老韩打个电话，让他把韩佳佳的卡解锁吧，这样事情就解决了。

"你们到哪儿了？我表哥一直在催我，那边肯定出事了，我刚才问了一下，现在大半夜没法解除冻结的银行卡，四万八不是个小数目，我知道你现在没钱，你是不是跟欧阳风华在一起？要不你让欧阳风华先把钱垫上吧，等老韩把韩佳佳的卡解锁了，她肯定会把钱还给你的。

"陈曦，你救到人跟我说一声。

"陈曦，你救了韩佳佳，为什么不连秦少辉一起救了？你明明知道他是我表哥，你怎么能见死不救？你怎么能这么狠心？你到底有没有把我当朋友？难道我在你心目中还比不上一个韩佳佳？我跟你多少年的朋友了？韩佳佳跟你才认识多久？

"陈曦，你太狠了！我对你那么好，为你做那么多事，你每次有难都是我陪在你身边，现在你却这样对我，我记住了！

"我表哥被酒吧的人打得奄奄一息，剥光衣服丢到九眼桥上，被一大堆人拍了照，还上了新闻。现在的结果你满意了吗？这全都是你造成的。"

这条语音消息下面有几张照片，就是秦少辉狼狈不堪的模样……

"陈曦，从今天开始，我们不再是朋友！"

听到这些话，陈曦无语了，试着给苏娆发一条消息，居然被拉黑了。

陈曦感到十分心塞，真的搞不懂，为什么苏娆会这样理解这件事？

明明是秦少辉利用韩佳佳，他就应该自食恶果，她怎么还反过来怪她呢？

不过转念想想，秦少辉毕竟是苏娆的表哥，他出事，苏娆心里肯定不好受。

陈曦给苏娆打电话，没有人接听。

想了想，陈曦又拨通了欧阳风华的电话，不一会儿，电话就接通了，欧阳风华的声音十分慵懒："喂！"

"你还在睡觉？有没有打扰你？"

"没事，我睡醒了，只是赖床不想起来，你还好吗？昨晚我在半路上醒过来，得知唐笑把我带回家，让你一个人在医院，我就把他骂了一顿，但我实在是太困，就先回来了……"

"没关系，我让他带你回去的。"

"我早上醒来的时候给你打了电话，你电话关机，你还在医院吗？"

"早就回家了，昨晚手机没电，我刚刚充了电，收到很多苏娆发来的消息，一股子怨气，要跟我绝交，还把我拉黑了。"

"嘿，那要恭喜你了，终于摆脱这个瘟神。"

"欧阳……"

"别怪我说话难听，我觉得她真的不适合做朋友，她这个人自私自利，唯利是图，迟早有一天要为了利益和男人伤害你。"

"你别这么说她，她不是这种人。"

"陈曦，我告诉你，这件事你没有做错，不需要去跟苏娆解释什么，在这种紧要关头，你越解释，她越来劲儿，到头来别搞得好像真的是你错了一样。"

"知道了。我去看看佳佳，你休息吧。"

"我也要去医院，我们在医院会合。"

"好。"

陈曦收拾了一下，出门去医院，从电梯出来，她看到二楼的马婆婆像丢了魂儿似的到处找东西，逢人就拉着问："你看到我家贝贝没有？它昨天晚上跑出去就没回来。"

"没看到。"

"不知道。"

"你家狗那么喜欢咬人，找不到更好。"一个年轻男孩说。

"你，你居然这么说，我家贝贝肯定是被你抱走了，你还我贝贝，还我贝贝。"马婆婆拉着这个年轻男孩不放手。

"你拽着我干什么？我还要去上班呢，别耽误我时间。"年轻男孩十分气恼，却又不敢碰马婆婆，"放手！"

"我不放，一定是你抱走了我家的贝贝，肯定是你。"马婆婆不依不饶。

"我没有……"年轻男孩焦急地解释，"谁要你家那只蠢狗？放开我。"

"不放，你跟我去公安局……"

陈曦快步走出单元楼，跟保安简单地说了一下情况，保安马上过去给男孩解围。

今天周一，陈曦的车限号，她叫了一辆滴滴快车，司机已经打电话过来催促了，陈曦一边往外走一边在想马婆婆家的狗是怎么失踪的。

莫名就想起一个人，石磊！

昨天晚上他送她回家，那只比特犬差点咬到她，幸好石磊保护她，后来他问那是谁的狗，她随口说是楼下的，以前还咬过她，他说了一句"以后不会了"，当时他的眼睛微微眯起来，闪着寒光。

## 105. 雷厉风行

陈曦心里莫名不安，正在胡思乱想，手机忽然响了，是一个陌生号码，陈曦接听电话："喂！"

"我是石磊，你醒了？身体还好吗？没事的话我来接你。"

"啊？"陈曦愣了一下，错愕地问，"你怎么知道我的手机号码？"

"想知道就能知道。"石磊言简意赅，"收拾一下，我快到你小区门口了。"

"什么？"陈曦一下子就慌了，"你来干什么？"

"还钱给你，顺便带你去见见我大哥，他想当面答谢你。"

"我正准备去医院看佳佳呢，我会当面跟老韩谈的，就不麻烦你了……"

"我已经到了。"石磊打断她的话，"是你出来，还是我进去？"

"……"陈曦傻眼了，这个石磊，不过才认识一天而已，却霸道得让她无法拒绝。

"不回答？"石磊完全没有耐心，"那我进来了，反正我知道你家。"

"不用……"陈曦被他逼得没有办法，"我叫了滴滴，车子都已经在大门口等我了。"

"行，门口见。"石磊直接把电话挂了。

陈曦感到十分无奈，拿着手机，忐忑不安地走出小区。

石磊一身迷彩服，戴着墨镜，双臂环胸站在大门口，高大挺拔的个子赫然屹立，嘴角叼着一根烟，浑身上下都透露着一种冷傲狂野的霸气。

引得几个保安全神戒备。

陈曦硬着头皮走过去。

石磊掐了烟蒂，向陈曦伸出手。

"干吗？"陈曦吓了一跳。

石磊很自然地摘下她手腕上的布袋："什么东西装这么大一包？"

原来他是要帮她提东西，陈曦心里的戒备放下来："佳佳的衣服，一直放在我家，我想着她这两天在医院可以用到。"

"嗯，走吧。"石磊转身往车子走去。

陈曦跟在他身后，引得过往的行人都纷纷看过来，她回头看了一眼那些保安，他们大概是松了一口气，都散开了。

陈曦心想，跟这家伙一起，会不会也被当成坏人？

正胡思乱想，陈曦忽然撞到一堵"墙"上，她抬头看去，原来是前面的石磊忽然停下了脚步，这家伙好高啊，陈曦穿了高跟鞋，还要抬起头才能看见他的后脑勺。

"发什么呆？"石磊的声音传来，"上车。"

他拉开车门，像昨晚那样护着她的脑袋，等她上了车，再关上车门，坐到驾驶室。

"完了，我叫了车的。"陈曦的手机响了，是滴滴司机打过来的。

石磊直接拿过她的手机，接听电话："师傅，下单的客户有人来接，不需要坐你的车了，钱会照常付给你，你记得结算就好。"

"啊？呃……"

没等对方回应过来，石磊直接把电话给挂了，手机塞到陈曦手里，"安全带。"

"人家没弄清楚吧，我还是再打电话说一下……"

陈曦的话还没说完，石磊就直接凑过来给她系安全带，她吓得贴在座椅上，屏住呼吸，一动都不敢乱动。

"人脑子没那么笨。"石磊懒得多说。

陈曦看到手机上的软件显示正在行驶中，也就没有在意。

车子开出去，石磊随手将一个袋子递给陈曦。

"什么？"陈曦打开一看，居然是一大袋子钱，她惊呆了，"这是干什么？"

"这里是十万块。"石磊看着前面，"佳佳说昨晚酒吧的费用大概四五万，再加上医药费和其他七七八八的钱，凑个整数给你。够不够？"

"呃……"陈曦十分无语，"没这么多，昨晚在酒吧就花了五千多块，然后住院费交了四千，加起来还不到一万，而且是我朋友欧阳垫付的……"

"随便吧。"石磊打断她的话，"你跟你朋友看着分。"

"什么？"陈曦像看着怪物一样看着他，"这是什么意思？"

"两个女人大半夜冒险救了我大侄女儿，费时费神费力还花了钱，我拿点钱补偿加答谢，这不是很正常的事情吗？"石磊一口气说完，还白了陈曦一眼，"你这个女人，防备心太重，矫情得很。"

"呃……"陈曦一时语塞，缓了缓，把钱还给石磊，"这些钱你收回去吧，昨晚的花销撑死一万，等会儿我让我朋友算一下，花了多少，你给她就是了，她也要去医院看望佳佳。我们跟佳佳是好朋友，她有事，我们当然要帮忙，怎么能要你的酬劳？"

"你真不要？"石磊扭头看着她。

"不要。"陈曦摇头。

石磊没说什么，接过那袋钱，随手丢在后座上。

陈曦无语了，这可是十万块！

"你没吃午饭吧。"石磊问。

"还没。"陈曦下意识地回答，随后又马上说，"不用麻烦了，我们直接去医……"

"打电话叫上你那个朋友，一起吃了午饭再上去。"石磊打断陈曦的话，"然后，给你三分钟考虑吃什么。"

"呃……可是……"

"别啰唆。"石磊根本不给陈曦说话的机会，直截了当地说，"现在老韩和他的小女朋友，还有韩风跟那个什么菲菲都在医院，你去尬聊？"

"好吧。"陈曦马上给欧阳风华打电话，"有人要请我们吃午饭，说吃了饭再去医院。"

"谁？男人？"欧阳风华的直觉十分敏感，"该不会是韩风吧？"

"不是他。"陈曦看了石磊一眼，有些尬尬的解释，"这个，我都不知道该怎么跟你说……"

"韩建国的兄弟，石磊，三十九岁，一米九三，长得不太精致，看起来不像好人，但绝对是个正儿八经的军人。粗犷的雄性动物，但对女性绝对尊重！"

石磊一口气做完自我介绍，陈曦呆呆地看着他，忘了自己在讲电话。

"扑哧。"电话那头的欧阳风华忍俊不禁，"这人真有意思！"

陈曦扯了扯唇角，笑不出来。

"在哪儿吃饭？"欧阳风华笑着问。

"还不知道，我等会儿把地址发给你。"

"好。"

## 106. 跟孙子一样

挂了电话，陈曦用美团搜索吃饭地点，石磊直接说："你告诉我想吃什么就好了。"

"随便吧。"陈曦脱口而出。

"行，我安排。"石磊干脆利落，"地址是实业街……你发给她！"

"哦。"陈曦马上照办。

"这就对了。"石磊的唇角勾起满意的弧度，"听话的女人才讨人喜欢。"

"……"陈曦无语了，这男人真的是给点儿阳光就灿烂。

"昨晚上没看清楚，现在发现……"石磊打量着陈曦，"你长得还挺好看的。"

陈曦眉头一皱，忽然想起马婆婆家的狗，马上问："对了，昨晚那条狗不见了，该不会是你……"

"你不是说它咬你吗？给你解决了。"石磊随口说。

"什么？"陈曦惊愕的睁大眼睛，"你，你怎么解决的？你该不会是……"

"当然是先奸后杀。"石磊脱口而出。

"噗……"陈曦差点吐血。

"哈哈哈，这就真的叫日了狗了。"石磊被自己的话逗得哈哈大笑。

"这个……你该不会是把那条狗给……给杀了吧？"陈曦感到毛骨悚然，"就因为它冲我叫了几声，你就……"

天哪，如果真是这样，这个男人的内心是有多么暴虐凶残，说不定就是一个隐藏的罪犯。

石磊没有正面回答，嘴角勾起一抹邪恶的坏笑："怕不怕？"

"你……"陈曦起了一身的鸡皮疙瘩，"停车，停车。"

"你还真怕了？"石磊好笑地看着她。

"你到底有没有……"陈曦的问题还没有问完，电话就响了，是物业打来的，她连忙接听电话，"喂。"

"陈姐，我是物业的小王。"

"小王，什么事？"

"你等一下，我让陈警官跟你说。"

"警官？"

"你好，我是金沙片区的民警陈强，是这样的，你楼下那位马婆婆早上找狗的时候拉着九楼的业主小赵询问，两人发生了争吵，后来不知道怎么马婆婆摔倒，把腰扭伤了，保安已经叫了救护车把她送到医院，现在她儿子怀疑是小赵把她推倒了，双方纠缠不清，就报了警，小赵说你当时从旁边路过，还说你能证明他没有推马婆婆，所以我让物业给你打电话，想要证实一下，你当时有没有看到小赵推马婆婆？"

"当时马婆婆着急寻找她的狗，逢人就问，其他人就说没看到，小赵随口说了一句她家的狗喜欢乱咬人，找不到也是好事，马婆婆就生气了，拉着小赵理论，两人起了争执，但是我离开的时候并没有看到马婆婆摔倒，也没有看到小赵推她，至于她后来是怎么摔倒的，我并不知情，我建议你们调出监控看看。"

"好，我明白了。那就这样，谢谢你的配合。"

"等一下。"

"还有什么需要补充的吗？"

"是这样的，因为我怕他们一直纠缠，于是走出单元楼就跟保安说了这件事，让他们去处理，当时值班的保安好像是小刘和另外一个新来的，具体情况，你们可以问问他。"

"我们已经问过了，当时小刘因为看到了马婆婆家的狗，就去帮她追狗，所以小刘也没有看到。"

"啊？"陈曦十分惊讶，"狗找到了？"

"对，已经找到了。不过那狗回来之后就跟变了一个人似的，浑身脏兮兮的直哆嗦，再也没有攻击力了，还有些胆小，马婆婆的儿子怀疑那不是他家的狗，只有等马婆婆回来才能确定。"

"这么奇怪……"

"嗯，你还看到了什么？"

"没有。"

"好的，那就这样，谢谢你的配合。"

挂断电话，陈曦疑惑地问："你不是说把狗处理了吗？可是刚才警察跟我说狗已经找到了。"

"你希望我处理？"石磊挑眉坏笑，"那我今晚就把它……"

"不不不，我不是这个意思。"陈曦慌忙解释，"我的意思是，虽然那只狗喜欢咬人，但也不是什么疯狗，就是马婆婆不爱给它拴绳子，其实规范一下就好了，毕竟是一条生命，不要痛下杀手，太残忍了。"

"你放心，我没那么变态。"石磊淡淡回应。

"可是，刚才警察说那只狗回来之后就跟变了一个人似的……"

"狗还能变成人？"

"我的意思是那只狗转性了，之前很有攻击力，见到人就追着叫唤，可是现在很胆小，而且浑身脏兮兮的，也不知道到底是不是马婆婆的狗……"

"肯定是她的狗，假一赔十。"

"那你到底对那只狗做了什么？"

"第一，成都军区有军犬训练基地；第二，我在大学选修的是动物学。"石磊言简意赅地回答。

"啊？大学还能选修动物学？"

"这是你能听懂的名词。"

"到底什么意思？你这是在忽悠我呢？"

"我的毕业论文是《论战场环境对动物行为的影响及衍生追溯》……"

"越说越离谱，吹牛不打草稿。"陈曦觉得他根本就是在瞎编乱造。

"以你的智商理解不了很正常。"石磊勾唇一笑，"算了，反正现在没事，给你科普一下吧。我论文主攻的就是军犬和搜毒用的猪，警戒用的鹅，还有对付潜水员的海豚，比人好用多了。"

"……"陈曦惊呆了，"真的假的？我听都没听说过。"

"经过训练的海豚在360米以外就可以发现敌方的潜水员，然后悄悄接近目标；还有，猪对毒品的敏感程度超乎想象的高，所以缉毒刑警都用训练之后的猪来破案……"说到这里，石磊看着目瞪口呆的陈曦，不禁觉得好笑，"你这表情好像是发现了新大陆啊，你要不相信，现在就可以用手机搜一搜，看我有没有骗你。"

陈曦马上用手机搜索，很快就出来相关新闻，她激动不已："原来是真的。”

“当然是真的，跟个娘们儿吹什么牛。”石磊白了她一眼，得意扬扬地说，“再凶猛的警犬我都能搞定，更何况是一条比特犬？以后这条比特犬见了你就跟孙子一样，你再也不用害怕了。”

## 107. 风风火火

石磊带陈曦来到一家私房菜馆，在一个高档小区里，装修得温馨别致，像回到家一样，进门就有围着围裙的漂亮姑娘帮忙拿外套，温柔地招呼：“石先生，您的包厢已经准备好了。”

“嗯。”石磊带着陈曦走进最里面的包厢，姑娘们给他们准备好上等的熟普，“石先生，菜品已经准备好了，是三个人对吗？”

“四个人。”石磊吩咐。

“好的，我马上通知厨房。”

服务员走了，陈曦好奇地问：“还有人要来？”

“你朋友应该带了个人。”石磊将杯子里的茶一饮而尽，又给自己倒了一杯，好像很渴。

“啊？你说欧阳带了人？我怎么不知道？”陈曦十分惊讶。

“你可以证实一下。”石磊忙着喝茶。

陈曦给欧阳风华打电话，很快就接通了……

“陈曦，我们快到了。”

“你们？你跟谁？”

“唐笑啊，他非要跟着一起来。”

“呃……”陈曦看了石磊一眼，对欧阳风华说，“我下去接你。”

“不用，这家餐厅我来过，我们自己上来就行。”

"好。"

挂断电话，陈曦好奇地问："你怎么知道我朋友带了个人？"

"你跟她通电话的时候，旁边有男人声音。"石磊随口说。

"呃……"陈曦觉得不可思议，"我怎么没听见？"

"声音很轻，就问了一句，左转？很显然，那个男人在开车。"

"也许是滴滴司机呢。"

"司机会自己导航，没必要打扰通电话的乘客，更何况那语气很亲呢。"

"你观察得真细致。"陈曦半信半疑，这家伙真的这么神？

不一会儿，欧阳风华和唐笑就上来了，欧阳风华进来的时候还笑容满面，想着陈曦这么快就有一个绯闻男友了，为她高兴，可是看到石磊，欧阳风华的脸色马上就僵住了。

唐笑把陈曦拉到一边，低声问："这该不会是昨晚闹事的酒吧来找你算账了吧？"

陈曦哭笑不得，还没开口解释，石磊就过来主动打招呼："你们好，石磊！"

"你好，你好。"唐笑连忙跟他握手。

"你就是刚才电话里的那个人？"欧阳风华向来天不怕地不怕，可现在看到石磊都有点不安，"跟我想象中不太一样。"

"没关系，很快就习惯了。"石磊已经见怪不怪，"请坐。"

四人入座，先品茶，陈曦说起韩佳佳的情况，还简单地介绍了一下石磊。

欧阳风华好奇地问："石先生，你是做什么的？"

"退役军人，现在有份工作，勉强养活自己。"石磊随口说。

"勉强养活自己还来这么贵的餐厅？"欧阳风华眉头一挑，"这里最低人均消费都要388，这一顿下来可是一千多了。"

"这家餐厅消费不高吧？"石磊淡淡地说，"每一道菜都是真材实料，有与众不同的特色和过人之处，如果你来过，应该能够体会出每一种味道都是经过细细推敲过的杰作。"

"呃……"欧阳风华愣住了，"你好像很内行啊。"

"还行。"石磊给陈曦加了一杯茶，"这是手炒的熟普洱，虽然不名贵，但味道绝对地道，尝尝。"

"谢谢。"陈曦品了一口茶，"确实不错。"

"石先生，你到底是做什么工作的？"欧阳风华对这个问题很执着。

"正经工作。"石磊随口说。

"既然是正经工作那有什么不能说的。"欧阳风华更加好奇，"又不是特工。"

"你这是在相亲？"石磊眉头一挑。

"呃……"欧阳风华无语了，扭头看着陈曦。

陈曦摊了摊手："他就这样。"

"好了好了。"唐笑打圆场，"欧阳你也真是的，像查户口似的，这还是初次见面呢。"

欧阳风华瞪了他一眼，端起茶杯喝茶。

"对了，这个给你。"石磊将一个袋子放在桌子上，转到欧阳风华面前。

"什么？"欧阳风华打开袋子一看，里面都是钱，她跟陈曦一样震惊，"这什么情况？"

"你来解释吧。"石磊对陈曦说了一声，然后起身离开，"我去厨房看看。"

"喂，你……"欧阳风华看着石磊的背影，觉得这男人太没有礼貌了。

"事情是这样的……"陈曦简单地跟欧阳风华解释了一下，"他意思是不能让我们花钱，你算算昨晚花了多少，跟他说一声就好了。"

"这人做事可真是简单粗暴。"欧阳风华对石磊没有多少好感，"大老粗一个，陈曦，这种男人不适合你，他要是撩你，你可得抗住了。"

"你想哪儿去了，我们才认识一天。"陈曦白了她一眼，"快算算吧，昨晚的钱都是你垫付的。"

欧阳风华大概地算了一下，正好石磊进来了，她就说："昨晚在酒吧和医院一共花了8980。"

"自己拿。"石磊手里端着一个石锅，里面还在沸腾。

欧阳风华懒得跟石磊客气，从袋子里了拿了一叠钱出来，抽出十张，然后找回二十块钱放回袋子里，转过去给石磊："你数数。"

"这些都可以给你们，你们确定不要？"石磊问。

"什么跟什么。"欧阳风华完全蒙住了。

"他意思是给我们的补偿和奖励。"陈曦就跟个翻译一样在解说，"在车上就拿给我了，让我拿去跟你分。"

"呃……"欧阳风华笑了，"真是简单粗暴，有个性。"

"要不要？"石磊有些不耐烦，"要就赶紧拿走，别挡着上菜。"

"谢了。"欧阳风华勾唇一笑，"虽然你有钱，但我们也不缺钱，帮朋友还要拿酬劳，这种事我们干不出来。"

"OK。"石磊随手将那袋钱拎起来甩到一边，然后把滚烫的石锅放在桌子上。

"怎么你还要亲自上菜？"陈曦好奇地问。

"他们太忙，我帮着打打下手。"石磊又出去帮忙。

## 108. 老 板

"这人好奇怪啊。"欧阳风华怎么看石磊怎么别扭，"长得一副土匪的样子不说，行事作风风风火火，简单粗暴，这是收保护费的吗？"

"别这么说。"唐笑低声提醒，"他是老韩的兄弟，应该不是坏人。"

"老韩看着就不像好人，他能好到哪里去？"欧阳风华脱口而出。

"别说了……"陈曦急忙提醒，"他马上就要进来了。"

"进来怎么了……"欧阳风华的话还没说完，门就开了，石磊一手端着一个盘子走进来，冷冷地说："在背后说人坏话会长痔疮的。"

"噗——"欧阳风华一口茶喷出来，呛得不停地咳嗽。

"你怎么这么说话？"陈曦轻声责备石磊，"太不文明了吧？"

"在背后说人坏话就文明了？"石磊白了她一眼。

"没事吧。"唐笑拍拍欧阳风华的后背，还抽了一张纸巾给她擦嘴，"有没有烫着？"

"没事，咳咳……"欧阳风华还在咳嗽。

"好了，先吃着吧。"石磊把菜摆在桌子上，"其他菜等会儿再去抢。"

"抢？"陈曦怀疑自己听错了。

"这家私房菜馆以前服务挺好的，怎么今天没人招待我们？"欧阳风华觉得奇怪。

"可能生意太忙了吧。"陈曦倒是没有在意。

"私房菜馆生意都不会很忙，他们的客户都是预约的，厨师每天只准备那么多食材，多了都不接待。"唐笑说。

"这样啊？"陈曦扭头看着石磊，"你是不是没有预约？"

"嗯。"石磊点点头，"临时决定。"

"没有预约应该不接待吧。"欧阳风华觉得奇怪，"有一次，我早上给他们打电话预约晚餐，他们都不同意，说食材来不及准备。"

"也许石先生是常客，有优待呢。"唐笑笑着说。

"嗯，我经常来这里。"石磊随口回答。

"我以前也经常来。"欧阳风华品了一口茶，"这茶还是老味道，很好喝，这家的小妹服务还是挺好的，菜品也不错，就是那个老板吧，脑子估计有点儿毛病。"

"咳，咳咳。"石磊被茶水呛到了。

"为什么？"陈曦好奇地问。

"上次我带朋友来吃饭，提前七天预约，厨房给我精心准备了一些好菜，等到上菜的时候，他居然抢了我三道菜。"欧阳风华气不打一处来，"你说这老板脑子是不是有毛病？"

"啊？老板抢菜？"陈曦十分惊愕。

"像这种高级的私房菜馆，有些特色菜的食材市面上是买不到的，需要提前好几天预约，他们才好做准备。那次我预定的几道菜食材就非常稀有，都是山珍，他们都已经准备好了，我兴致冲冲地带着朋友来品尝，结果老板就一句想吃了，直接把我那两道特色菜给抢走了，虽然后来给我补了其他的菜，还免了我的单，但我在朋友面前失了面子，还是很生气，我叫他们老板出来理论，那老板吃完就走了，后来我就再也没来这家餐厅吃饭了。"

欧阳风华一口气说完这些，满是幽怨。

"老板抢客户的菜，还真是奇怪。"陈曦说。

"其实开私房菜馆的都不差钱，老板都很文艺范，装逼嘛，就这样。"唐笑说。

"没错。"欧阳风华冷冷一笑，"所以我说这个老板，要么就是富二代，拿着老爹的钱胡乱挥霍；要么就是煤矿老板，年轻的时候黑心钱赚够了，现在跑来开一家私房菜馆赚亲朋好友的钱。"

"对对对，应该是这样。"唐笑连连点头。

"不会吧。"陈曦倒是比较客观，"抢客人预订的菜是不太好，可是你刚才也说这家餐厅的菜品不错，而且我看这装修布置，真的很花心思，门口那个黑板上还有老板亲笔画的暖心漫画，说明这家店的老板是用心经营这家餐厅的，怎么可能是开来骗钱的呢？会不会有什么误会呢？"

"能有什么误会呀……"欧阳风华话还没说完，外面就传来了敲门声。

石磊回应："进来。"

服务员推门进来，将几个果盘和冷菜端上桌子，弱弱地对石磊说："石先生，您可以出来一下吗？"

"有什么事就这里说。"石磊看了欧阳风华一眼，"都不是外人。"

"噢，那就好。"那服务员松了一口气，直接把桌上的两份热菜给端了，气恼地说，"老板，这是隔壁客人预订的菜，您怎么又给抢了呀？您老是抢客人的菜，客人会生气的。"

"噗——"欧阳风华一口茶喷出来，全都喷在唐笑的脸上，两人无比的狼狈。

陈曦目瞪口呆地看着石磊，怀疑自己是不是听错了。

"我饿了，我先吃，让胖子重新做一份。"石磊用指关节敲着桌子，"放下，老子从昨天下午到现在什么都没吃，"

"老板。"那服务员气得跺脚，"是您自己定的规矩，私房菜馆必须提前预约才有位置，您老是突然袭击带朋友来吃饭，还抢客人的菜，这怎么行嘛。"

"别啰唆了。"石磊盯着那两道菜，眼睛都快要燃起火了，"你先弄点儿其他菜应付，等我吃饱了，亲自下厨给他们做几道特色菜，这可是千载难逢的机会。"

"可是……"

"闭嘴。"石磊彻底没了耐心，"放下！"

服务员嘟着嘴，不得不把菜放下，向陈曦她们鞠了一躬，然后急匆匆地出去了，关门的时候对其他同事说："到了饿狼嘴里的肉是抢不回来了，赶紧想办法跟客人解释吧，对了，老板说等他吃饱了亲自下厨给客人弄两道菜作为赔偿。"

"我就知道会这样。"那服务员已经见怪不怪了，"老板一个月不发两次疯就不是他了。"

"呃……"唐笑反应过来，怯怯地看着石磊，"你，是这家店的老板？"

"不好意思，让你们失望了。"石磊似笑非笑地说，"我既不是富二代，也不是赚了黑心钱的煤矿老板。另外，我脑子没毛病，智商可以入驻门萨俱乐部！"

## 109. 粗中有细

唐笑捂着额头，简直想找个地缝钻进去。

欧阳风华也十分尴尬，却依然嘴硬："我又没说错，哪有当老板的抢客人的菜？"

"别说了。"陈曦在桌下踢了她一下。

"嗯，我就这个德行。"石磊也不否认，"饿了，开吃。"

"吃饭吃饭。"陈曦连忙打圆场。

石磊像个没事儿的人似的，完全不生气，还热情地招呼："今天来得突然，没有准备，先将就着吃点，等会儿再弄几道菜。"

"这已经很丰盛了。"唐笑客气地说。

"其实你也没必要抢其他客人的菜，让厨房做点简单的菜不就得了？"欧阳风华很不理解。

"等你饿个一天一夜再说这话吧。"石磊给他们盛好饭，还用公筷给陈曦夹了一块鱼，"招呼不周，等下次有空亲自下厨做几道好菜给你们尝尝。"

"别客气。"陈曦觉得石磊其实并没有那么讨厌，不管在什么时候，他都不会忘记照顾别人，这种能够将细节做到极致的人，已经很少见了。

欧阳风华不好意思再说什么，默默用餐。

唐笑体贴地给她夹菜。

石磊大概是真的饿了，连续吃了三碗米饭，喝了一碗汤，这才缓过来："你们先吃，我去一下厨房，很快回来。"

"好。"陈曦回应。

石磊匆匆忙忙走掉了，房门关上，欧阳风华松了一口气："这顿饭吃得可真压抑，看他争分夺秒的，我都不好意思吃。"

"说明人家很重视，这么忙还要请我们吃饭。"唐笑倒是很客观，"而且他这里的菜确实做得很好。"

"他去厨房干什么？该不会真的去做饭吧？"陈曦很好奇，"看他那样子可不像个厨师。"

"估计是吩咐厨师做吧，我也觉得他不会做饭。"欧阳风华说。

三个人吃完了饭，石磊还没来，欧阳风华看了看时间："两点了，我晚上还有个饭局，不能在这里耽误太久，我们先去医院吧。"

"也好。"陈曦点头，"我去跟石磊打个招呼。"

"好。"

这家餐厅的厨房比包间还大，白色墙壁白色灶台，纤尘不染，灯光亮如白昼，一个年轻帅气的小厨在旁边摆盘，一个厨师装扮的胖子在窗前观摩，主厨的正是石磊！

石磊脱了外套，挽起袖子，娴熟地颠勺，锅里不知道是什么菜，散发着诱人的香味，让人垂涎欲滴。

一米九几的个子在灯光下显得更加的高大挺拔，野兽派的气魄，怎么看都不像厨师，但是他做菜的时候却浑身散发着一种独特的魅力，仿佛整个人都温柔了起来。

陈曦倚靠在门框上，就这么看着石磊，仿佛在欣赏一种艺术。

收锅放盘，一气呵成，摆上干冰之后，云雾萦绕，这道菜就像一条腾飞在火焰之上的神龙，看着赏心悦目，心生敬畏，还散发着诱人的香气。

石磊放下锅，做了个手势，服务员把菜端了出来。

陈曦连忙避让到一边，一直目送那道菜进了对面包厢。

"是什么菜？"陈曦好奇地问。

"飞龙在天。"石磊说。

"这名字好听。"陈曦继续追问，"是鱼吗？"

"对，一种很稀有的野生鱼，下次做给你吃。"石磊在洗手，"怎么？吃好了？"

"嗯。"陈曦点点头，"你忙吧，我们先去医院。"

"等我五分钟。"

"好吧。"陈曦回头看了一眼，欧阳风华他们还没出来。

"看什么？"石磊拿起一把长长的西瓜刀向陈曦走来。

"你……要干什么？"陈曦吓了一跳。

石磊的唇角勾起一抹邪恶的坏笑，一步一步靠近。

陈曦连连后退，正好抵在门上，她转身想跑，他的一只手忽然撑在她肩膀一侧，另一只手的大刀就架在她腰边。

"别乱来。"陈曦吓得脸色苍白。

"送给你！"石磊的手上不知怎么就变出一朵晶莹剔透的玉兰花。

陈曦愣了一下，接过花仔细一看，居然是雪梨雕刻出来的。

他是什么时候弄好的，她都不知道。

"不用怕，我这里不卖人肉。"石磊继续削水果。

胖厨师在旁边给他递水果，小厨拿了一个大大的紫色水晶盘端在他面前，他每削好一个水果就放在盘子里，不一会儿，一盘繁花似锦就出来了。

全都是用水果削成的花儿，美不胜收，还散发着清新的香味。

陈曦看得眼睛都直了："你手工太好了。"

"这不算什么，以后有机会让你见识更多好东西。"石磊摘下手套，"走吧。"

"手艺不错啊。"欧阳风华把刚才那一幕都看在眼里。

石磊抬头瞟了她一眼，淡淡回答："还行。"

欧阳风华开了车，石磊就懒得开车了，四个人坐她的车去医院，路上，欧阳风华忍不住问："听说这家餐厅有好几家分店？"

"在成都就三家。"石磊在看手机。

"其他城市还有？"唐笑随口问。

"嗯。"石磊并不想多提这个话题，扭头对陈曦说，"谢菲菲说你有个女儿？"

陈曦皱眉点头："对，怎么了？"

"我有一家儿童主题餐厅，下次带女儿来玩，她肯定喜欢。"石磊微笑地看着陈曦。

"谢谢。"陈曦没有多说，不明白谢菲菲为什么要跟石磊说这些。

欧阳风华从后视镜里看了他们一眼，唇角勾起浅浅的弧度。

到了医院，老韩、韩风、楚莉莎、谢菲菲都在。

陈曦远远就听见老韩在怒喝："你脑子是不是进水了？那种吃软饭的男人你还要来干什么？他是死是活跟你一点儿关系都没有，以后你必须跟他划清界限。"

"韩建国你瞎嚷嚷什么？"韩佳佳愤怒地吼道，"现在事情还没弄清楚，你凭什么说他是吃软饭？我只是想见他一面，把事情当面说清楚，有那么难吗？"

## 110. 我的女儿自己教训

"别废话了，我不会让你见他。"老韩说起那件事就火大，"那个秦少辉，自己过生日，居然让女朋友花钱安排，还带一群尖酸刻薄的朋友去蹭吃蹭喝，出了事又让女朋友出头，他跑去当缩头乌龟，他就不是个男人。"

"要不是你把我的卡停掉了，我至于弄得那么狼狈吗？"

"我不停掉你的卡能行吗？你说说你这一个月刷了多少钱？三十八万，我再不停掉你的卡，你还想被男人骗多少钱？"

"你的钱不给我花，要给谁花？"韩佳佳怒气冲冲地质问，"你想留给楚妖精花？"

"韩佳佳……"

"佳佳，你怎么这样说？"楚莉莎气恼地反驳，"你爸爸也是心疼你关心你才会停掉你的卡。还有啊，我在帮你爸爸打理公司，我花的是我自己的工资……"

"你给我闭嘴！"韩佳佳打断她的话，"什么时候轮到你说话了。"

"你……"

"韩佳佳，你够了，别太过分了。"老韩很生气。

"佳佳，别闹了。"韩风也说了一句。

"韩建国，你休想把你这些财产都留给楚妖精，你别忘了，当初你发家致富的资金都是我妈给的，没有我妈，你能有今天吗？我妈死了，我也是你财产的唯一继承人，我想怎么花就怎么花……"

"韩佳佳！"老韩大发雷霆，冲过去就要打韩佳佳，被韩风死死拽住，"老韩别冲动。"

"韩佳佳，你真是太过分了，居然这样跟你爸说话。"楚莉莎十分气恼，"你爸爸辛辛苦苦打拼这么多年，他靠的是自己的能力，跟其他人无关。"

"这里有你说话的份吗？你算老几啊？"韩佳佳一点儿都不给她面子。

"我是你爸的女朋友，马上就是你后妈了。"楚莉莎也不示弱。

"呵，后妈？"韩佳佳嘲讽地冷笑，"韩建国就是玩玩你，你以为他会娶你？他要是真想娶你，我就把他给阉了。"

"你……"

"我打死你这个不孝女。"老韩快要气得心肌梗死。

"这是什么情况？拍电影呢？"石磊带着陈曦走进来。

"石头哥你们终于来了。"谢菲菲看到石磊，就像看到了救星，"快劝劝他们吧。"

"行了，都别闹了。"石磊劝道，"佳佳，老韩虽然一身毛病，但是对你这个女儿是绝对疼爱的，他停掉你的卡，只是怕你被人骗。"

"他被人骗的钱还少吗？"韩佳佳冷冷地笑，"给楚妖精买几个包都不止几十万了，现在我花点钱就停我的卡，害得我那么狼狈，还美其名曰为我好？鬼才信呢。"

楚莉莎一听就怒了："韩佳佳，老韩给我买包怎么了？我是他女朋友，他给我买包天经地义，倒是你，一个女孩还倒贴钱给男人，真是贱到骨子里了。"

"闭嘴。"韩佳佳扑过去就要打楚莉莎。

"啪"的一声，耳光响亮，所有人都愣住了。

老韩突然给了楚莉莎一巴掌，打得楚莉莎措手不及。

韩佳佳都惊呆了，她万万没有想到老韩居然会这么做。

所有人都震住了，老韩刚才还跟韩佳佳吵得不可开交，楚莉莎明明是站在他这边的，他怎么……

"你，你打我？"楚莉莎的眼泪夺眶而出，"你居然打我？"

"我的女儿，我可以打可以骂，别人不可以。"老韩丝毫没有悔恨之意，"下次我教训我女儿，你最好不要插嘴。"

"你……"楚莉莎激动得浑身发抖，"韩建国，我死心塌地跟你这么多年，你居然这样对我？你王八蛋！"

她甩着包在老韩身上打了几下，哭着冲出了病房。

"莉莎……"谢菲菲喊了一声，却不敢追出去。

"出去看看。"韩风低声说。

谢菲菲怯怯地看着老韩，不敢动。

"快去。"韩风推了她一下，她见老韩没有反对，这才追了出去，路过陈曦身边，她的步伐停顿了，有些犹豫，似乎不太想去。

"快去，万一出事可就麻烦了。"石磊低喝。

谢菲菲这才跑了出去。

"老韩你也是的，怎么能动手打女人呢？"石磊低声责备。

"你现在满意了？"老韩冷眼瞪着韩佳佳，"每次我找个女人，你都要跟我闹，你老子我孤独终生，你就满意了是不是？"

"你找女人跟我没关系。"韩佳佳冷言冷语地说，"我没想让你为我妈守一辈子寡，但是你不要碰我身边的女人，那会让我觉得很恶心。"

"老子……"老韩气得脸都绿了，扬起手就要打韩佳佳。

"行了行了。"石磊拦住他，"你昨晚一夜没睡，回去休息吧，这里交给我来处理。韩风，带老大回去。"

"老韩，走，去我那里休息一下。"韩风连拉带拽地把老韩给弄了出去，路过陈曦身边的时候低声说，"帮忙劝劝佳佳。"

"嗯。"陈曦点头。

"咳咳……"欧阳风华干咳两声，"我下午还有事，我就先走了。佳佳，我改天再来看你。"

没等韩佳佳回应，欧阳风华就拉着唐笑溜了。

这种气氛，谁都不想多留。

房间里只剩下石磊、陈曦，还有韩佳佳。

石磊让护士出去，顺便把房门关上。

陈曦给韩佳佳倒了一杯温开水，轻声问："好些了吗？还有没有哪里不舒服？"

"好多了。"韩佳佳的声音有些哽咽，嘴唇动了动，却没有说话。

大概是想对陈曦表达感激，可是刚刚发生这样的事情，她心里波涛汹涌，如鲠在喉，连话都说不出来。

石磊也不多话，默默把地上踹翻的椅子扶起来，然后收拾着凌乱的房间。

沉默片刻，陈曦轻声说："其实，你爸爸真的很疼你，你不知道，昨晚他给我打电话的时候有多紧张多担心……"

"我不想听这些。"韩佳佳打断陈曦的话，拉着她问，"曦姐，我想知道少辉怎么样了。我今天给他打电话，他一直不接。"

## 111. 各取所需

"你知不知道昨晚发生什么事了？"陈曦眉头紧皱，"你不记得吗？"

"我记得，昨天是少辉生日，我说帮他庆祝，然后他约了几个朋友一起去MUSE酒吧玩，本来玩得挺开心的，后来买单的时候，我的卡刷不了，那个收银员冷言冷语，当时我喝多了，就跟那个收银员吵了起来，后来就打起来了，再后来的事情，我就不记得了……"

韩佳佳回忆着昨晚的事情，眉头紧皱——

"对了，我跟那个女经理打架，本来她一直处于下风，后来来了几个保安把我按住，给我灌酒，当时我感到十分恐惧，可是后来我就不省人事了。"

"他们灌你酒的时候，你那个男朋友和他的朋友在干什么？"石磊问。

"他们……"韩佳佳仔细回想，神色有些复杂，顾左右而言他地说，"当时局面很混乱，酒吧人多势众，他们被拦在一边了。"

"秦少辉和他的朋友，一共八个人，就没有一个冲上去？"石磊追问。

"哎呀，石头叔，当时我都被人按住了，我哪里知道这些。"韩佳佳有些烦躁，"少辉肯定是想救我的，只是没有机会。"

陈曦看得出来，其实韩佳佳自己都没有底气，大概她现在想起来，也发现当时秦少辉并没有奋不顾身，甚至可以说是没有竭尽全力去救她、保护她。

但她还在自欺欺人，总觉得自己当时迷迷糊糊，也许他有拼命救她，只是她自己没有看见而已，她心里有太多侥幸。

"好。"石磊也不多说，直接按了呼叫铃，"你想见他是吧？我带你去。"

"你干什么？"陈曦不知道他想做什么。

"石先生，有什么事吗？"一个护士走进来。

"帮她把针拔了，我要带她出去一趟。"石磊指着韩佳佳。

"好的。"那护士走进来，"记得去办公室签一份临时出院协议。"

"好。"石磊往外走。

"你真要带她出去？去哪里？"陈曦跟着追出去。

"她不是想见秦少辉吗？就让她见见呗。"石磊一边说一边打电话，"把我的车开到医院来，对，军区医院。"

"你进去帮着给她换下衣服，我一会儿就来。"石磊回头对陈曦说了一句，然后就去了医生办公室。

陈曦皱着眉，心里忐忑不安，也不知道他要搞些什么，但事已至此，也只好听从他的安排了。

韩佳佳拔了针，换好了衣服，稍微洗漱了一下，看着镜子里憔悴的自己，她很没有自信，拉着陈曦问："曦姐，你有没有带化妆品？我想化个妆，我脸色好差。"

"我只带了口红。"陈曦从包里拿出口红给她。

韩佳佳对着镜子画口红，弄着头发，陈曦站在旁边，就这么看着她，心里满是怜悯，从这些细节都可以看出来，韩佳佳对秦少辉是动了真情的，等她知道真相，心里一定会很难受吧？

咚咚咚。外面传来敲门声，石磊在问："好了没有？"

"好了。"陈曦牵着韩佳佳走出去。

石磊看到韩佳佳红红的嘴唇，眉头微微皱起来，但也没说什么，只是把自己身上的外套脱下来披在她身上："别着凉了。"

"石头叔，我不冷。"韩佳佳不想穿。

"我知道你嫌不好看，等会儿下车你再脱下来，现在先穿着。"石磊一眼就看穿了她的心思，"走吧。"

"嗯。"

进电梯，韩佳佳就由衷地感叹："石头叔，老韩那么多兄弟当中，你是最通情达理、善解人意的，既不像老韩那么放荡蛮横，也不像风叔那样温温吞吞，办事干脆利落，还拎得清，我最崇拜你了。"

"呵呵。"石磊冷冷一笑，嘀咕了一句，"希望你等下也会这么说。"

陈曦听见了这句话，心里更是不安，他到底想做什么？

"什么？"韩佳佳没听清楚。

"你在韩风面前也是这么说的吧？老韩那么多兄弟，你跟韩风最亲。"石磊看了陈曦一眼。

"风叔是看着我长大的，小时候，他就经常带我一起玩，而且我们有血缘关系，我跟他亲也很正常嘛，不过现在不是了……"韩佳佳想到这件事就一肚子怒火，"自从他跟谢菲菲在一起之后，我跟他的关系就变了，现在我都不爱搭理他。"

"为什么？"陈曦眉头一皱，"这是他自己的个人感情，怎么会影响你们的关系？"

"曦姐，你真的不在意？"韩佳佳疑惑不解地问，"你要是还喜欢风叔，我帮你把他追回来。"

"不不不。"陈曦连连摇头，"我跟韩风本来就没什么，他有选择的权利。"

"你是真的不在意风叔，还是斗不过谢菲菲？"韩佳佳急了，"我知道那女人心机很深，你这么实诚，肯定玩不过她。"

"你可歇了吧。"石磊终于忍不住发话，"陈曦根本就不屑于玩心计抢男人，像她这种浑身都是刺的高傲女人，就算男人匍匐在她身下追求她，她都要考虑对方是不是真心，够不够爱她，怎么还会在别的女人嘴里抢食儿？"

听到这席话，陈曦有些意外，她没有想到才相识的石磊居然还有些了解她。

"也对。"韩佳佳点点头，义愤填膺地说，"我也觉得曦姐是不够喜欢风叔，要不然也不会轻易放弃，真是便宜了谢菲菲。谢菲菲跟楚妖精是一伙儿的，她们都在处心积虑地勾引成功男人，为的就是一劳永逸。谢菲菲之所以能够跟风叔在一起，肯定是使了手段的，我早就看穿了。"

"你就别瞎操心了。"石磊好笑地说，"你老爸和韩风都不是善茬儿，他们能那么容易被女人骗吗？就算那两个女人真的在背后玩了点小心机，他们也是心知肚明，只不过看破不说破罢了。男女之间不就是那么点破事儿吗？各取所需，一个愿打一个愿挨，男人最多就是花点钱，享受的是女人的青春和美丽，相比之下，女人付出的反而更多。"

## 112. 小惩大诫

"果然是老司机。"韩佳佳打趣地说,"老韩说你是他兄弟当中最有女人缘的,看来真没说错。"

"我是尊重女性,从不乱来。"石磊暧昧地看着陈曦,"能够入我法眼的女人真不多。"

陈曦心事重重,并没有留意到石磊的眼神,倒是韩佳佳一眼就看穿了,连忙说:"石头叔,曦姐可是我最好的朋友,你别乱来。"

陈曦这才反应过来,戒备地看着石磊。

"嘿嘿!"石磊坏坏地笑了笑,什么都没说。

车子向熟悉的地方开去,韩佳佳忐忑不安地问:"石头叔,你这是要带我们去哪里?"

"案发地点,情景再现。"石磊说。

"什么?什么意思?"韩佳佳愣住了。

"你要带我们去MUSE酒吧?"陈曦马上就明白了,"现在去干什么?难道秦少辉还在那里?"

"去了你们就知道了。"石磊懒得啰唆。

三个人来到MUSE酒吧,现在是下午三点半,酒吧还没有开业,工作人员在摆货,为晚上的狂欢做准备。

门口四个保安打着哈欠聊天,似乎是在讨论昨晚的事情,忽然有个人指着前方惊慌地说:"那……那个人又来了!"

其他三个人抬头一看,脸色马上就变了,慌里慌张用对讲机呼叫。

"不用怕,我今天不打人。"石磊大步上前,"叫你们老板出来,我跟他商量点事儿。"

"这这这……"那几个保安如同老鼠见了猫，一个个神色慌乱，话都说不清楚。

"五分钟，必须见到人。"石磊也不废话，直接走进了酒吧。

陈曦站在原地，踌躇不前。

"曦姐不用怕，有石头叔在，天塌下来他都能顶着。"韩佳佳似乎早已见怪不怪，十分有底气，拉着陈曦跟着走进了酒吧。

大概是倒班，酒吧里面没几个人认识石磊，有一个酒保还上前招呼："先生不好意思，我们晚上七点才开业。"

"我是来找人的，你不用管我，忙你的去。"石磊径直走进了包厢。

"这好像是我们昨晚玩的包厢。"韩佳佳有些激动，"石头叔叔，你是来替我解气的吧？"

"昨晚已经解气了。"石磊坐在沙发上。

"你到底要干什么？"陈曦眉头紧皱，"如果要闹事，我就先走了，我七点之前必须回家。"

"待会儿办完事我送你回去。"石磊看了看手表，按了呼叫铃，"想喝点什么？"

"昨晚你教训他们了？"韩佳佳兴奋地问，"怎么教训的？"

"你希望我教训谁？"石磊反问，"跟你打架的那个女经理，还是保安？"

"当然是……"韩佳佳想了想，说，"反正欺负我的人全都得教训。"

"那个女经理虽然打了你，但她也没落着好，人家都快被你扯成秃子了，而更何况是你先动的手。"石磊没好气地说，"至于那几个给你灌酒的保安，我自然是以其人之道还治其人之身，给他们灌几瓶二锅头，一个个都趴下了，这会儿不知道在哪里躺着呢。"

"干得好！"韩佳佳差点跳起来，"石头叔叔，我最崇拜你了。"

"少来。"石磊拍拍旁边的位置，"安安静静地坐着。"

韩佳佳乖乖坐在他身边："可你不是要带我去见少辉吗？怎么跑这

里来了？"

"先给你看一样东西，你再决定要不要去找他。"

石磊说话的时候，包厢的门开了，一个保安打开门，后面跟着几个服务员，端着各种好酒饮料，果盘小吃，放在桌子上。

最后，一个手臂包着夹板的男人走进来，弯着腰，怯弱地问候："石先生！"

"怎么？手没事吧？"石磊靠在沙发上，笑容可掬地看着他，"我给你的医药费够不够？不够的话……"

"够够够，够了。"男人连连点头，"我老板正在赶来的路上，不知道您还有什么吩咐？噢，对了，这些都是我们这里最好的酒，您还需要什么尽管说，我马上让人去准备。"

"你要喝什么？"石磊问陈曦。

"啊？"陈曦还没回过神来，怔了一会儿回答，"矿泉水。"

"我要喝冰镇可乐……"

"你就歇了吧，病还没好喝什么可乐？"石磊瞪了韩佳佳一眼，对那保安经理说，"都拿走，给我三瓶矿泉水。"

"是是，马上。"男人连忙让服务员拿了一箱矿泉水过来，还说，"这些酒水果盘就留着吃吧。"

"拿走。"石磊很不耐烦。

"是。"男人连忙做手势，示意他们把东西都拿走。

陈曦观察了好一会儿，终于认出来："你不就是昨晚那个……保安经理？"

"呃……是啊，呵呵。"男人笑得十分尴尬，昨晚他西装革履，仪表堂堂，现在胳臂被人打折了，脸还打得像猪头一样，整个人都走了形，要想认出来的确不容易。

"废话少说，昨晚我让你准备的录像都调出来了吧？放给我侄女儿看看。"石磊催促。

"准备好了，我现在过去准备，稍等片刻。"

"快点。"

保安经理匆匆离开，韩佳佳好奇地问："什么录像？"

"昨晚那件事你还要追究？"陈曦眉头紧皱，"其实佳佳也有不对，你把相关的人惩罚一下就好了，不用再闹下去了吧？"

"是啊，我不想再追究了。"韩佳佳也表态，"反正给我灌酒的那几个人你都已经教训过了……"

"伤害你最深的那个人，我还没惩罚。"石磊打断韩佳佳的话，意味深长地说，"这件事还没完。"

"是谁？"韩佳佳有些懵了，"还有谁伤害我了？难道昨晚我喝晕了之后，有人趁机打了我？或者是……轻薄了我？"

"等下你就知道了。"石磊没有多说。

陈曦已经明白了石磊的打算，或许，这是让韩佳佳死心最好的方式。

不一会儿，那个保安经理就来了，拿着一个电脑，打开视频播放器，播放的正是昨晚韩佳佳他们醉酒之后闹事的摄像，将整件事情的经过全部拍了下来……

## 113. 渣男

从韩佳佳他们一伙人走出包厢到最后被陈曦、欧阳风华带走，整个过程都被拍下来，因为切分了三个摄像头，被多角度拍摄，于是电脑上也有三个界面，但是连贯起来，事情就一目了然了。

陈曦昨晚来的时候，事情已经成为定局，她并不知道前面发生了什么，现在看到视频更是心寒……

一开始韩佳佳去买单的时候，秦少辉就在朋友面前吹嘘自己女朋友多有钱多有钱，还搂着韩佳佳一起去收银台，后来韩佳佳的卡刷不了，几番折腾都买不了单，他的脸色就变了，原本揽着韩佳佳肩膀的手放了下来。

不过韩佳佳那时候已经喝得醉醺醺的，再加上周围吵吵闹闹，她根本就没有在意，估计没看到视频之前，她都不记得那些事。

后来那个柜台女经理嘲讽韩佳佳，还把韩佳佳的卡丢她脸上，韩佳佳火了，一个酒瓶子甩过去，没有砸到女经理，但已经引发了战争……

韩佳佳跟那个女经理打起来，秦少辉也曾上前劝架，不过很快就被韩佳佳给甩开了，再后来那个白裙女孩把他拉到一边，似乎劝他不要掺和，免得被殃及。

而这个时候，来了几个保安，把韩佳佳给按住了，秦少辉和他的朋友们慌忙退到一边去，唯恐避之不及……

韩佳佳被人灌酒的时候不停地呼救挣扎，秦少辉也曾犹豫着要不要上前去解救她，可最终，他还是没有过去，拿着手机想要报警却被保安阻止威胁。

随即，韩佳佳被灌得人事不省，推到角落里，还有人上前打了她几巴掌，秦少辉只是扭过头去假装没有看见，他的朋友不停地催促他快点找人过来处理，他就不停地打电话……

再后来陈曦和欧阳风华来接韩佳佳，整个过程，韩佳佳都看在眼里。

看完视频，了解完整件事情的全部经过，韩佳佳彻底惊呆了，她以一个局外人的身份看这件事，是是非非一目了然，就连自欺欺人的机会都没有。

她怔怔地望着屏幕，一句话也说不出来，心情如同五海翻腾，百般不是滋味……

陈曦很想劝劝她，却不知道该怎么开口。

"好了，可以拿走了。"石磊做了个手势，"这视频拷给我一份，其他的销毁吧，不要外传。"

"好，没问题。"保安经理连忙照办，很快就把视频传给石磊了。

"谢了，我今天找你就是说这件事，现在麻烦你先回避一下。"石磊说。

"好。"那保安经理看了韩佳佳一眼，拿着电脑离开，还不忘记把门关上。

"怎么样？现在还要见那个男人吗？"石磊直截了当地问。

"你为什么要让我看这些？"韩佳佳抬头看着石磊，眼中满是愤怒，"你是想跟楚莉莎一样嘲笑我吗？"

"你还想自欺欺人？"石磊眉头一皱，"刚才看得还不够清楚？"

"我看到了，少辉还是很想来救我的，他只是被白璐璐那个贱人拉住了，身不由己而已……"韩佳佳激动得发抖，"我不管，我要见少辉，我要他亲口跟我说清楚。"

"佳佳……"

"你不用劝她。"石磊打断陈曦的话，冷冷地说，"你要见他是吧？来，我带你去。"

韩佳佳坐在沙发上不动。

"走啊，还愣着干什么？"石磊直接把韩佳佳拽起来。

"石磊，你干什么？"陈曦错愕地看着石磊。

"不到黄河不死心，我就让她看看秦少辉到底是个什么东西。"石磊把韩佳佳往外拉。

"我不去了，不去了……"韩佳佳忽然就哭了。

"好了，别闹了。"陈曦推开石磊。

韩佳佳跌坐在沙发上，双手捂着脸，号啕大哭。

陈曦怜悯地看着她，很是心疼，却又不知道该怎么劝她。

石磊实在是看不下去了，气恼地说："韩佳佳，你长了脑子，有分辨能力，那个男人值不值得你去爱，你心里很清楚。

"没错，老韩说都不说一声就私自停掉你的卡，这事儿是办得不仗义，可你也要明白，花女人钱的男人根本就不是个男人。

"更何况，秦少辉不仅花你的钱，等你遇到困境的时候他就当缩头乌龟，这种最他妈无耻了。"

"石磊的话虽然说得难听，但是很有道理。"陈曦叹了一口气，"佳佳，我也不多劝你了，你自己好好想想吧。"

石磊送韩佳佳回医院，安顿好之后又送陈曦回家。

路上，陈曦担忧地问："佳佳会不会出事？她刚才一直都很沉默，我觉得以她的个性，应该不会轻易罢休。"

石磊没有说话，手机在振动，他拿起来接听电话，并且打开免提："怎么样？"

"你猜得果然没错，韩佳佳跑出医院了，打了一辆车，不知道要去哪里，我正跟着她。"

"盯紧了，保护她的安全，没事不用露面，如果有事，你也不用客气。"

"好，知道。"

挂断电话，石磊微微提速，陈曦焦急地问："怎么回事？佳佳去哪里了？"

"还用问吗？肯定是去找秦少辉。"石磊回答。

"不会吧？她都看到全部过程了，秦少辉那样对她，她还去找他干什么？"陈曦无法理解。

"没有当面说清楚，她始终不甘心。"石磊冷冷一笑，"这不都是你们女人的德行吗？"

"你……"陈曦懒得跟他争执，想到韩佳佳现在的处境，她很不放心，"你知道佳佳在哪里吗？赶紧过去看看啊。"

"你不是七点之前一定要回家的吗？"石磊扭头看着她，"要回去带女儿吧。"

"家里有保姆和家教老师，我可以让她们晚点走。"陈曦拿出手机给何桂芝打电话，"赶紧去吧，我担心佳佳出事。"

"好。"

韩佳佳来到秦少辉家，在单元楼下的垃圾桶里看到自己的衣物用品被人丢弃，她心里一紧，怒气冲冲地上楼，在地毯下面找到钥匙，准备开门，忽然听见家里有人说话："少辉，我早就说过韩佳佳是骗你的啦，装什么富家小姐，其实都是在欺骗你的感情……"

"哼！有什么感情？我也不过是在玩玩她而已，反正被我上了那么多次，我也不吃亏。"

## 114. 没打够

听到这句话，韩佳佳激动得浑身发抖，双手紧握成拳，钥匙在掌心扎得生疼……

"现在怎么办？酒吧的人把我们几个的手机全部没收了，让你三天之内还钱。"

"我也不知道怎么办，本来想去找韩佳佳，可苏娆说我现在去是自取其辱，陈曦和欧阳风华那两个女人肯定跟韩佳佳说了什么，还有韩佳佳的家人估计也来了……"

"那怎么办？这么大一笔钱，要怎么还呀。"

"韩佳佳有些东西在我这里，好像有个包蛮值钱的，我拿去奢侈品二手店看看能不能卖掉……"

"那个女人都是假富二代了，她的包肯定也是假的。"

"我开始也这么想，可苏娆告诉我她家里有钱肯定是真的，只不过她跟她爸爸关系可能不太好，被老头子停了卡，我想应该不会有错，这几个月，她为我花了不少钱……"

"呵呵，这个女人也真够可悲的，只能用钱来换取爱情。她要不是能为你花钱，你还会跟她在一起吗？"

"当然不会，她脾气臭得要死，还有严重的公主病，没钱谁伺候她？"

"反正以后不要理她了，这样，你把包找出来，我拿去卖，我知道哪里有那种奢侈品二手店。"

韩佳佳再也听不下去了，打开门闯进去，举起一张椅子就冲了过去："秦少辉你这个王八蛋，我杀了你——"

石磊在路上接到电话说韩佳佳打起来，他一点儿都不意外，只是叮嘱道："不要让佳佳吃亏，必要的时候就出手。"

"好，我知道。"

挂了电话，他的唇边扬起浅浅的弧度，不仅不着急，反而还挺欣悦。

陈曦心急如焚的追问："现在什么情况？佳佳跟秦少辉打起来了？"

"估计是看见秦少辉家里的那个女人了。"石磊淡淡地说，"从酒吧离开之后，那个女人就一直住在他家里，佳佳这个傻丫头过去肯定会撞见。"

"呃……"陈曦怔怔地看着他，"你怎么什么都知道？"

"事发之后以最快的速度调查清楚所有相关事宜，包括秦少辉后面的行踪和动向，这是常规。"石磊看了看手表，"打一架也好，让佳佳彻底死心。"

"一开始你就知道佳佳会去找秦少辉，可是你没有阻拦，借口送我回家，其实就是想让她有机会逃离医院，还特地派人暗中保护她的安全，因为你知道秦少辉家里有个女人，佳佳撞见之后肯定会大闹一场，然后彻底对秦少辉死心……"陈曦不可思议地看着石磊，"所以一切都在你的掌控之中？你到底是个什么样的人？"

"你不必把我想得太复杂。"石磊淡淡地说，"部队里学过侦察，这些都是下意识的行为，掌控全局是习性，并不是心机。"

"但愿如此。"陈曦喃喃自语，她从来没有接触过这样的男人，不得不说石磊真的很有本事，还有一种前所未有的神秘感和骨子里的霸气，处理事情雷厉风行，掌控能力让人信服，是一个做大事的人。

可是，也正因为他这样的能力，让她感觉莫名的恐慌，甚至是有些不安，觉得这个男人太危险。

石磊并不着急，慢悠悠地来到秦少辉家所在的小区，韩佳佳刚好从电梯出来，披头散发，衣衫不整，满头大汗，一看就是刚刚大干了一场。

"佳佳，你没事吧？"陈曦惊愕地问，"有没有受伤？"

"那两个贱人伤得更严重。"韩佳佳咬牙切齿地说，"要不是被人拉住，我一定打死那个王八蛋。"

"呃……"

"东西都拿下来了。"一个胖子从电梯出来，身上大大小小挂了十几个袋子，"你看是这些吗？"

"全部给我拿回去，一个都不要留给他。"韩佳佳怒气冲冲地说，"想要变卖我的东西拿去还钱，门儿都没有。"

"怎么回事？"陈曦一头雾水。

"好了，别问了。"石磊似乎预料了一切，完全不觉得惊讶，拉着韩佳佳上车，"回医院。"

"等一下。"韩佳佳又想起了什么，拉着石磊说，"石头叔，那王八蛋的车是我帮他买的，你帮我拿回来，我不能让他捡便宜。"

"写的谁的名字？"石磊问。

"他的。"韩佳佳脱口而出，"当时我什么都没想，他说如果有一辆车就可以带我到处兜风，所以我就帮他置换了这辆宝马，不过因为我的卡有限额，所以是分期付款，他的旧车抵了四万多块，可我首付就有二十三万。"

"这件事交给我，先回医院吧。"石磊连拉带劝的将韩佳佳哄上车，对那个胖子吩咐，"送她回医院，好好安顿。"

"哦哦。"胖子把东西一股脑儿丢在后座，然后上了驾驶室。

韩佳佳坐在副驾驶，有些失魂落魄。

陈曦十分担忧，忐忑不安地问："佳佳你想开点，别生气了。"

"我不会让他好过的，不会让他好过……"韩佳佳咬着牙，不停地重复这句话，"敢骗我，我要让他付出代价。"

"佳佳……"陈曦还想说什么，车子启动开了出去。

"不用担心，胖子在，不会有事的。"石磊倒是很淡定，"我上楼去看看，你是在车上等我，还是一起上去？"

"一起上去吧，我也想知道秦少辉到底几个意思。"

"好。"

两人一起从电梯上去，远远就听见女人的怒骂声："秦少辉，她把你家都砸了，把我们俩打成这样，你就这样算了？你还是不是个男人？"

"我当然不会就这么算了，但我们也不能报警啊，我已经颜面无存了，再报警就更加没脸见人。"

"那你说现在怎么办？总不能白白让她给打了。"

"你放心，我一定不会就此罢休……"

"看来还是没打够啊。"石磊一脚踢开大门，慢悠悠地走进去，"佳佳下手太轻了，你这个渣男还能在这里乱吠，幸好我上来了，看看还有没有什么可以补救的。"

他一边说一边摩拳擦掌的逼近秦少辉，一把椅子拦在前面，他一脚踢过去，椅子飞起来砸到墙上，摔得四分五裂……

## 115. 霸道男人

秦少辉和那个女孩吓得面无人色，浑身发抖。

眼看着石磊就要逼近了，秦少辉战战兢兢地求饶："你，你别乱来，我要报警了。"

"我们刚才已经报警了。"那个女孩比较聪明。

"没关系，刚好警察来了可以送你们去医院。"石磊一把抓起秦少辉的衣领，将他提起来，"花女人钱，还这么忘恩负义的男人，你说我应该怎么处置才好呢？"

"不要，放开我，放开我……"秦少辉不停地挣扎。

石磊抓着他的衣领，将他拖到阳台上，将他整个人都提起来往楼下推……

"不要——"陈曦惊恐地尖叫。

那个白璐璐吓得瘫在地上，秦少辉嘴巴张得大大的，连话都不会说了。

秦少辉上半个身子都悬在阳台护栏上，十九层，只要石磊松手，他就会掉下去摔得血肉模糊。

"这么贱的人，还是不要活在世上了。"石磊危险地眯着眼睛，"不如就送你一程，让你早登极乐吧！"

说着，石磊就要松手……

"不要不要。"秦少辉都吓哭了，"求求你放过我，我再也不敢了，不敢了……"

"什么？"石磊眉头一挑，"什么不敢了？"

"不敢招惹韩佳佳，不敢了。"秦少辉哭着说，"只要你放过我，你让我做什么都行。"

"真的什么都行？"石磊一脸认真地看着他，"我可能会对你提出很过分的要求哦？"

"真的真的，您说什么我都照办。"秦少辉连连保证，"求求你先放我下来。"

"行。"石磊将秦少辉放下来，粗暴地甩在楼道上，一脚踩在他身上，"佳佳给你买了一辆车是吧？把车卖了，她的钱还给她。以前的事情就算了，以后要是让我知道你再纠缠佳佳，我一定废了你。"

说着，石磊就抬起脚，要往秦少辉身下踩……

"我答应你，答应你。"秦少辉二话不说就答应了，"我以后保证不招惹韩佳佳，我发誓，如果我再招惹他，就让我碎尸万段，不得好死。"

"这就对了。"石磊冷冷一笑，"限你七天之内把车卖了，把佳佳的钱还给她，一天都不要给我耽误，否则，你知道后果！"

"是是是，我知道了。"秦少辉连连点头，不敢有丝毫怠慢。

石磊见目的已经达到了，转身离开……

陈曦呆若木鸡地待在原地，还没反应过来，石磊抓着她的手腕，便拉着她离开。

进了电梯，好一会儿，陈曦才回过神来，惶恐不安地问："你知不知道你刚才那样有多危险？一个不小心，秦少辉就会掉下去摔死，到时候你就成杀人犯了。"

"放心，我有把握。"石磊勾唇一笑。

"你刚才是故意吓唬他吗？"陈曦又问，"万一他不低头怎么办？你真的要把他推下去？"

"出了事就躲在女人背后的男人，能有什么骨气？胆小如鼠，随便吓吓就反了。"石磊淡淡地说，"倒是你，胆子怎么这么小？脸色都变了。"

"看你一身戾气，我怎么知道你是不是真的会下毒手？"陈曦捂着心脏，"幸好没事，要不然我也算了帮凶了。"

"在法律意义上，你也不算帮凶，怎么都不会跟你扯上关系，你就放心吧。"

电梯门打开，石磊拉着陈曦走出去，这时候陈曦才意识到他拉着她的手，慌忙挣脱。

石磊回头看着她："你就这么怕我？"

"男女授受不亲。"陈曦一本正经地说。

"呵！"石磊忍不住笑了，"你真可爱。"

石磊赶在晚上八点之前送陈曦回家，下车的时候，他看了看时间，说："今天应该不会有狗咬你了，到家了给我发一条微信。"

"什么？"陈曦愣了一下，"我没有你微信吧。"

说话的时候，石磊直接拿过陈曦的手机，还拉着她的手，将她的大拇指按下去，手机就解锁了，然后他自己用她的手机扫了他的微信二维码，加上了微信。

　　这一系列动作一气呵成，就在几秒之间就搞定了。

　　陈曦还没反应过来，石磊就把手机塞到她手上："现在有了。"

　　"呃……"陈曦怔怔地看着他，"还可以这样？"

　　他真是打开了她的新世界大门，她从来没有遇到一个男人可以用这样的方式来加女人微信的，而且，这行为在石磊看来就是那么的稀疏平常，仿佛就是告别时挥挥手那么简单。

　　"还不走？舍不得我？"石磊挑眉坏笑，"我不介意车震……"

　　他最后那个字刚说出来，陈曦就逃也似的下了车，快步往小区大门跑去……

　　"呵呵……"石磊看着陈曦慌乱的样子，不禁笑了。

　　陈曦回到家，还有些心有余悸，但是因为万星星还在练琴，她也没有心思想其他事情了，先跟何桂芝和家教老师打了招呼，等她们离开之后，陪万星星练了会儿琴，然后照顾她洗澡睡觉，自己再去洗漱。

　　一切都忙完已经晚上十点半了，陈曦敷着面膜躺在床上，感觉手机在震动，打开一看，居然是石磊给她发视频，她吓了一跳，慌忙把视频转换为语音，然后接听了："喂！"

　　"你还活着？"石磊冷冷地问，"我还以为你被野狗拖走了。"

　　"什么……"陈曦眉头紧皱。

　　"不是叫你回家给我发个消息的吗？你下车到现在已经过去了两小时四十分钟。"

　　"我回家要先照顾孩子的，刚刚才忙完。"陈曦脱口而出，说完之后又觉得不对，自己为什么要给他解释这些？而且她有什么义务要给他汇报行踪？

　　"我到家了，这四个字发一条微信只需要两秒钟，你要是用语音，就只需要一秒，能影响你照顾孩子？"

"喂，你……"

"行了。"石磊打断陈曦的话，"念在你是初犯，我不跟你计较，下次不要了。"

"什么？"

"很晚了，敷完面膜早点休息。晚安。"

石磊说完这句话，直接把电话给挂了。

陈曦愣愣地看着手机，好一会儿才反应过来，这男人也太奇怪了吧？什么叫念在她是初犯，不跟她计较，下次不要再犯？这些话好像是对女朋友说的吧？

这个念头从脑海里闪过，陈曦吓了一跳，糟糕，他该不会是对我有意思吧？千万不要，这种男人，我可降不住。

## 116. 危险男人

陈曦以为韩佳佳的事情算是告一段落了，没想到很快又有新的故事发生……

韩佳佳出院那天，不知道从哪里找来一群朋友，开着一队豪车浩浩荡荡的前往MUSE酒吧，车队在酒吧门口依次排开，将门前那条街堵得严严实实。

一身耀眼皮衣的韩佳佳带着那群小伙伴儿气焰嚣张地进了酒吧，订最好的包厢，点最贵的酒，还跑到舞台上撒钱，引得在场的男女疯狂哄抢，欢呼尖叫。

一群男人把她抬到舞台中央，奉为女神。

听说那天晚上，韩佳佳足足挥霍了三百多万！

有人把那个场景拍下来传到网上，欧阳风华看到了，马上发给陈曦。

深夜十点半，陈曦还在写稿子，打开视频一看，唇角勾起无奈的苦笑，给欧阳风华发起语音通话："这可真是比小说还要精彩。"

"算是给你找到题材了。"

"唉，我不明白佳佳为什么要这么做，事情都过了，这样闹有意思吗？"

"人有时候就是为了争一口气，韩佳佳从小到大娇生惯养，哪里受得了这样的委屈？秦少辉那边她是出气了，也发泄过了，但MUSE酒吧还没有啊，那天晚上她被那么多人羞辱，被灌了酒，还被打了，当时多少人围观呀，她肯定想要想办法出口恶气，那些人不都怀疑她是假富二代吗？她现在就挥霍给他们看看。"

"何必呢？石磊已经帮他出气了，MUSE酒吧的人现在看到他就跟老鼠见了猫一样。"

"那能一样吗？别人为她出头哪有她自己发泄来得痛快？"

"好吧，我是不太理解那些小女孩的想法，我觉得这么做真的挺幼稚的，花三百多万就为了出一口恶气。这笔钱用来干什么不好？"

"那是，三百万可不是一笔小数目。不过话又说回来，这件事可以看出老韩还真的是有点财力，随随便便让韩佳佳挥霍三百万。三百万我得打多少官司才能挣回来？我平时还以为我自己花钱厉害，现在才觉得，我跟韩佳佳一比真的是小巫见大巫。"

"好了，这些事情没有什么好比的，佳佳还小不懂事，做事情比较冲动任性。这件事她没跟我商量，要是我知道，我一定会好好劝劝她。"

"你还是省省吧，每个人成长都有一个过程，你作为过来人是看得明白，可她不明白呀？你跟她讲道理，她也不一定能接受，毕竟人生都是要自己亲自去体验去经历的。"

"好吧……"陈曦叹了一口气，"也许你说得对。"

"对了，那个石磊是不是在追你？我查了一下，他那个餐厅好像还做得挺大，就我知道的在全国就有二十多家分店，我看他财力还蛮雄厚的，又是单身，也比较有主见，不像韩风那样左右摇摆，优柔寡断，照理说条件还不错，可是他这个人吧，我总觉得不简单，应该是个有故事的男人，当然，这种男人很吸引女人，也很危险，我觉得你这种小羊羔降不住他，所以劝你慎重。"

"慎重什么呀，我跟他什么都没有，而且已经很多天没有联系了。"

"不联系是最好的，我觉得你以后就算要找男朋友，也是找那种老实本分，踏踏实实过生活过日子的，这种男人太危险了，不适合你。"

欧阳风华正在说话的时候，陈曦就收到了一条微信，就是石磊发过来的——

"老韩说明天请你和你那位律师朋友吃饭，算是答谢你们上次帮助佳佳。另外也想请你帮忙劝劝佳佳这丫头，她最近因为失恋性情大变，整天在酒吧里泡着，挥金如土，老韩怕她这样下去会出事。你知道我们几个爷们儿说的话她根本就不听，我听老韩讲，佳佳比较听你的话，所以这件事就拜托你了。"

看到这条微信，陈曦没有多想，回了一条："我试试！"

随后，石磊就把时间地点发过来给她："我明天晚上来接你。"

"不用了，我跟风华一起过去。"

"好吧，你可以带上孩子，我安排的餐厅有儿童游乐区，她应该会喜欢。"

"明天周末，孩子会去她爸爸那里，我自己过去，谢谢。"

"喂，喂！"电话那头，欧阳风华在呼唤，"人呢？"

"在呢。"陈曦回应，"刚才回了几条信息。"

"跟我讲电话还心不在焉的。"欧阳风华有些不高兴，"回谁的信息呢？"

"石磊。"陈曦把石磊邀请他们吃饭的时候告诉她，"你去吗？"

"去啊，为什么不去？好歹我们费那么大的劲儿帮韩佳佳，老韩答谢我们是应该的。我先告诉你啊，我最近穷疯了，如果老韩在餐桌上给我们一人包一个大红包，我可是要收下的。"

"呃……上次石磊给你钱，你都没要，怎么现在这么饥渴？那高傲清冷的骨气哪儿去了？"

"石磊是石磊，我帮的又不是他女儿，他给钱，我当然不能要，再说了，他一点儿诚意都没有。老韩可不一样，他给的好处我收得心安理得，再说了，韩佳佳一晚上挥霍三百万，给我们一点小小奖励算什么？"

"行行行，你看着办吧，我只能代表我自己，不能代表你。"

挂了电话，陈曦继续整理稿子，刚打了几个字，石磊又发来一条微信："别熬夜写稿子了，伤身伤神，早点睡！"

看到这句话，陈曦的唇角扬起浅浅的弧度，回了一条："你怎么知道我在写稿子？"

"猜的！对了，我最近在看你的代表作《一爱倾城》，不错哦，还有点意思。"

"嗯？你在看我的书？"陈曦十分意外。

"对啊，女主蓝翼根本就是你的缩影嘛，性格一模一样。"

"我有那么聪明吗？"

"跟我比是差了点儿，但是在其他人面前还凑合。不过说真的，你这本书写得真不错，结局虽然遗憾，却也切合了主题……"

"……"

后来陈曦就一个字都没写，光顾着跟石磊聊天了，她感到很意外，石磊居然很认真地阅读了她的书，分析得头头是道，很多细节记得比她还清楚。

## 117. 老板娘

陈曦以为自己跟石磊不会有共同语言，可是聊起来才发现石磊还蛮了解自己的，而且两个人之间很有共鸣。

石磊看似霸道粗犷，却有温情细腻的一面，而且十分幽默，让陈曦感到温暖的同时还有一种轻松愉悦的感觉。

两人不知不觉聊了很久，陈曦晚了几秒回复，石磊就说："困了吧？早点睡，明天见。"

"好，晚安。"

"晚安，好梦。"

第一次交流就这么结束，陈曦关掉手机屏幕，心里有一种特别的感觉，莫名就想起以前跟韩风聊天的事情，跟韩风聊天她会觉得很温馨，但是跟石磊聊天，她却有一种轻松愉快的感觉。

就算是结束了，她的唇角还勾着浅浅的弧度。

一夜好梦，睡得很香。

早晨醒来，陈曦又开始了一天的忙碌，送孩子上学，处理各种琐碎家事，下午挤出时间写了点稿子，万星星就放学了，等到家教老师给她辅导完作业，万彬就过来接孩子。

此时已经是六点半，离约定时间迟到了半小时，陈曦早知道自己不能准时赶过去，五点半的时候就跟石磊和欧阳风华打了招呼，让他们先见面，等她忙完了再过去。

等到万彬把万星星接走，陈曦稍微打扮了一下，收拾好东西出门，一边走一边打车，可这个时候是高峰期，一直都打不到车子，陈曦正着急呢，忽然听见三声车喇叭声，她下意识地抬头看去，居然是石磊。

红色牧马人停在小区门口，应该是等了有一会儿，车顶都有一层薄薄的银杏叶子，他今天穿着黑色风衣，比起之前那种吊儿郎当的样子要多了几分成熟的感觉。

不知道是不是心理问题，这种衣着看着帅气很多。

"上车。"石磊从车上下来，打开副驾驶的门。

"你什么时候来的？"陈曦上了车。

"等了十五分钟。"石磊递给陈曦一瓶水。

"谢谢，我正好渴了。"陈曦接过水咕噜咕噜喝了半瓶。

"真可怜。"石磊摇头感叹，"你这是有多忙啊，连口水都没时间喝。"

"还好吧，其实现在已经比以前好多了。"陈曦回过神来，疑惑地问，"对了，你来接我，老韩那边怎么办？"

"老韩又不是小孩子，也不是女人，还需要我管吗？"石磊说。

"你没去餐厅？"

"去了，欧阳风华和老韩都在餐厅，吃着点心聊着天。"石磊说话的时候看了看手表，"这会儿佳佳应该也过去了。"

"佳佳没跟老韩一起过去？"

"没有，她在外面住，自从上次吵架之后，老韩给了她一张没有上限的卡，她天天就在五星级酒店里住着，晚上到处浪。"

"那她会过来吗？"

"我让胖子去接她，绑也要绑过来。"

"她知道我要来吗？"

"知道。"

"那她应该会来。"

两人就这么一路聊着天儿，来到了石磊所说的餐厅。

陈曦还以为是上次那家餐厅，到点儿才知道不是，这家餐厅在一个别墅区里，看上去就是一个家用别墅，却是一家高消费的私房餐厅，一共就七桌，石磊安排的位置在楼上包厢里，他带着陈曦进来，每桌客人都跟他打招呼，有好几个人问："这是新女朋友？"

石磊似笑非笑地看着陈曦，不承认也不否认。

陈曦一脸尴尬。

两人上楼，服务员跟着后面上菜，一边上楼一边跟石磊打招呼："老板，这个老板娘好漂亮。"

"嗯嗯，这个老板娘有气质。"

听到这些话，陈曦感到十分无语，刚刚对石磊产生的好感现在全都烟消云散了，原来他这么滥情的，不知道带多少女人来过这里，也不知道有过多少个老板娘。

石磊并不打算解释，只是笑而不语。

两人来到包厢，老韩跟欧阳风华聊得正欢，见到他们来了，老韩伸长脖子看着后面："佳佳呢？没跟你们一起来？"

"我问问。"石磊给陈曦拉开椅子，然后走到阳台上打电话。

陈曦被他这个小动作弄得有些心乱，都说细节打败爱情，特别是陈曦这种性格细腻的女人就非常在意细节上的东西，她所有认识的男人当中，就只有石磊能够把这一点做到极致，无形之中就会触动她的心。

但她却在心里提醒自己，不要对他动心，这种男人太危险。

"陈曦，你怎么了？脸色有些不对劲。"欧阳风华轻声问。

"没事。"陈曦回过神来，端起水杯喝了一口水，眼睛却看着阳台上的石磊。

欧阳风华察觉到这个细节，眉头微微皱起来。

"陈曦，待会儿佳佳来了，你一定帮我好好劝劝。"老韩对陈曦说，"她的情况，石头应该跟你讲了吧？"

"嗯，跟我说了。"陈曦点点头，"我会尽力试试跟佳佳沟通，不过我会用我的方式。"

"好好好，现在只有你的话她能听得进去了。"老韩一脸愁容，"我都拿她没办法，花钱是小事，我就怕她出事，万一她有什么三长两短，我怎么对得起她死去的妈？"

"你别太担心了，佳佳其实很懂事，可能就是因为这件事受了打击，一时有些迷失，稍微劝导一下就好了。"

"希望如此。"

陈曦发现老韩一脸憔悴，眼睛里满是血丝，看上去十分疲惫，看来这次为了韩佳佳的事情也是操碎了心。

"在路上闹起来了。"石磊回到包厢，说了一句，"我过去一趟。"

"她又在搞什么？我跟你一起过去。"老韩马上跟着站起来。

"你不要去了，你要去了事情会闹得更严重。"石磊很果断，"陈曦你跟我一起去。"

"好。"

陈曦连忙起身，跟着石磊一起去找韩佳佳。

"你们在这里等着，我保证半个小时之内把她带过来。"石磊拉着陈曦快步离开，"快点。"

"发生什么事了？"陈曦忐忑不安地问。

"韩佳佳跟楚莉莎打起来了，胖子搞不定，那家伙办事真不靠谱，也不早点跟我说，早知道我就自己去接了。"

## 118. 不会再要她了

石磊带着陈曦赶到兰桂坊附近，远远就看见路边围满了人，她还以为出了车祸，下车才发现是韩佳佳和楚莉莎在打架。

楚莉莎带了好几个人围殴韩佳佳，幸好有胖子帮着对付那些人，韩佳佳跟楚莉莎扭打在一起，两个女人的衣服都被扯破了，头发也被扯掉了不少。

陈曦下车准备过去，石磊一把将她拽回来按在车里："在车上等我。"

话音刚落，他就冲了过去……

人群挡住了视线，陈曦看不清楚细节，但隐约看到石磊很快就稳住了局面，就几分钟的工夫，围观群众都散去了，楚莉莎也带着她的人气急败坏地走了。

石磊把韩佳佳揪上车，韩佳佳的情绪还十分激动，怒气冲冲地骂个不停，陈曦看到她鼻子在流血，连忙给她递纸巾："怎么搞成这样？"

"楚莉莎那个贱人，居然敢找人打我。"韩佳佳咬牙切齿地说，

"石头叔，把她做了！"

"闭嘴。"石磊低喝，"小丫头片子，做什么做？"

"我都被她打成这样了，你难道不帮我出头吗？你还是不是我叔叔？"

"是你叔叔就要为你杀人放火？我看你脑子是进水了吧？"

韩佳佳哽了一下，气恼地说："我没说叫你杀人放火，就是把她给我狠狠教训一顿。"

"我看她也没占到什么便宜，你就歇了吧。"石磊启动车子开出去。

"你也被那个狐狸精迷住了吧？居然还帮着她说话。"韩佳佳气得口无遮拦。

"韩佳佳，那是你老爹的女人，我能打她主意吗？"石磊眉头一皱，"你被人打傻了？"

"你……"

"佳佳，别闹了。"陈曦劝道，"我知道你现在在气头上，但楚莉莎怎么也是你爸爸的女朋友，你这么闹也没用，这件事先回去跟你爸爸商量一下，让他去沟通处理吧。"

"商量什么？有什么好商量的？那个老王八蛋还不是护着楚贱人？"

"那是你亲爹，哪有人叫亲爹王八蛋的？"石磊严肃地低喝，"韩佳佳，老韩就是太惯着你了，你才敢这样有恃无恐。"

"你们都是楚贱人那一边的，停车，我要下去。"韩佳佳一句话都听不进去，拍着车窗要下车。

"佳佳，你别闹了，这样很危险。"陈曦急忙劝道，"有什么事我们到餐厅再谈。"

"我不想见那个老王八蛋，停车。"韩佳佳非常生气，不停地拍打车窗，"石磊你停不停车，不停车我要跳车了。"

"你跳！"石磊根本就不受威胁，"跳下去不会摔死，就摔断你一双胳膊腿儿，省得你以后再到处乱跑。对了，要是摔破相更好，老韩就不担心你再被男人骗了。"

"你……"韩佳佳气得怒火中烧，对着石磊的座椅靠背踢了几脚，却没有再嚷嚷要跳车了。

石磊懒得理她，继续开车。

陈曦很想劝劝韩佳佳，却不知道该从何劝起，韩佳佳的脾气发起火来六亲不认，她的话根本就起不到作用。

终于来到麓山别墅区的私房菜餐厅，停好车，韩佳佳打开车门就要跑，石磊一把揪住她，把外套脱下来套在她身上，拽着她往后门进去。

"放开我，放开我。"韩佳佳不停地挣扎。

"如果你想引来一群围观者看看你狼狈不堪的样子，那就尽管大声叫。"石磊冷冷地笑。

这一招很管用，韩佳佳马上不叫唤了，乖乖被他拖上楼。

陈曦快步跟在后面，石磊时不时回头看她一眼："小心台阶。"

"怎么搞成这样？"老韩早就在门口焦急地等待，看到韩佳佳，马上拉着她进了包厢，"怎么回事？你真是一天都不让我省心，这又是在哪里闹事了？"

"你应该问问你的好女人。"韩佳佳没好气地说，"楚莉莎那贱人嚣张了，居然敢带人来打我，要不是你惯出来的，她有这个胆子吗？"

"你说什么？"老韩怔住了，"是莉莎？"

"要不然呢？你以为是谁？"韩佳佳愤怒地推开他的手，"韩建国你可真能干呀，找个女人回来对付亲闺女，你干脆跟我脱离父女关系好了，以后再跟楚莉莎生个二胎，你们一家三口其乐融融，何必让我留在这里碍眼？"

"你说够了没有？"老韩气得脸色铁青，却一句话都没有解释，只是扭头问石磊，"真的是楚莉莎？"

"嗯。"石磊点点头，"带了三个人，都是有备而来，要不是胖子在，佳佳不知道得吃多少亏。"

"有胖子在，我还不一样吃亏了？"韩佳佳很不服气，指着自己头上说，"你们眼睛都是瞎的吗？看不见我受伤了吗？"

"你给我闭嘴。"老韩怒喝，"怎么跟你石头叔说话的？"

"行了，别吵吵了。"石磊眉头一皱，对老韩说，"你跟楚莉莎什么情况？"

"已经分手了，估计是心里不平衡。"老韩脸色阴沉，"我已经给了一大笔分手费给她，没想到她……"

"你们分手了？"韩佳佳很意外，"真的假的？"

"还不是因为你。"老韩十分无奈，"在女人和女儿之间，我当然是选择女儿。"

听到这句话，韩佳佳沉默了，刚才的嚣张气焰渐渐退散。

"所以她这是不甘心，才来找韩佳佳报复？"石磊问，"你给了她多少分手费？"

老韩看了韩佳佳一眼，回避这个话题："我先去给她打个电话，太过分了。"

"现在别打了。"石磊说，"这个时候都在气头上，除了说狠话说气话之外还能怎样？"

"佳佳，先去洗手间整理一下吧。"陈曦拉着韩佳佳去了洗手间。

石磊这才低声对老韩说："你给了楚莉莎多少分手费？"

"三百万。她跟了我一年多，我为她花了不少钱，这三百万就当是另外给她的，我觉得很对得起她了，她刚开始哭着喊着不肯分手，我也有些心软，可是发生今天这件事，我肯定不会再要她了。"

## 119. 他的过去

"找个时间跟楚莉莎好好谈谈吧，女人的事情要处理干净，不要留下后患，省得麻烦。"

石磊说这句话的时候，陈曦刚好从洗手间出来，不禁眉头一皱，心里隐隐有一种复杂的感觉。

"看来石磊先生也是个老江湖啊。"欧阳风华从外面走进来，"这话一听就经历过很多女人，处理起来也是手到擒来。"

"一个四十岁的男人，要是没经历过几个女人，那如果不是同性恋，就是有毛病。"石磊根本就不避讳这个问题。

"这话真熟悉。"欧阳风华勾唇一笑，深深地看着陈曦，"鞠啸东也曾说过这句话。"

欧阳风华的意思陈曦知道，她是说，石磊跟鞠啸东一样靠不住。

"好了，石头，你帮我招呼陈曦和欧阳，我带佳佳去医院看看。"老韩还是很担心韩佳佳，"那丫头满脸是血，也不知道伤到哪里没有。"

"都是些皮外伤，应该没有大碍。"石磊说。

"那也要检查一下，不然我不放心。"老韩敲了敲洗手间的门，"佳佳，你好了没有？"

韩佳佳从洗手间出来，已经洗干净了脸上的血，露出红肿的脸颊和额头上的伤口，老韩心疼不已："走，我带你去医院。"

"你真的跟楚莉莎分手了？"韩佳佳问。

"真的真的。"老韩急了，"以后我不找女人，行了吧？只要你乖乖听话，不要给我闹事，老子就阿弥陀佛了。"

"我没有说不让你找女人，只是你……"

"算了，不说这个，先跟我去医院。"老韩拉着韩佳佳要走，韩佳佳甩开他的手，"去什么医院？就是流了点鼻血，额头被那贱人的高跟鞋弄破了而已，都是皮外伤。"

"可是……"

"肚子饿了。"韩佳佳坐在餐桌前，拿起筷子吃凉菜。

"你这丫头……"

"先吃饭吧。"石磊拍拍老韩的肩膀，"不是什么重伤，吃完饭再去医院也不迟。"

老韩叹了一口气，跟着坐在韩佳佳旁边。

石磊招呼陈曦和欧阳风华坐下，然后按了呼叫铃，让服务员上菜。

私房菜做得很精致，但今晚大家都没有什么胃口，除了韩佳佳。

韩佳佳的脸肿得像猪头一样，可是吃东西吃得特别香，好像饿了很久似的。她刚刚还暴跳如雷，现在却悠然自得，心情大好。

大概是听说老韩跟楚莉莎分手了，她胃口也好了。

可是其他人看到她脸上的伤，怎么都提不起胃口，特别是老韩，一直眉头紧皱，愁容满面。

这种气氛，大家都没有胃口，欧阳风华几次想要开口说先走，可是想到老韩今天是办的答谢宴，万一再像上次石磊那样拿出一袋子钱酬谢她们呢？所以，她就算吃得味如嚼蜡，也坚持留下来。

陈曦也没什么胃口，时不时给韩佳佳夹菜："吃慢点儿，没人跟你抢。"

"曦姐，好久没吃到你亲手做的饭了，我还是觉得你煮的东西最好吃。"韩佳佳狼吞虎咽地说，"石头叔这里的东西我都吃腻了。"

"你要是乖呢，可以去我家住两天，我给你做饭吃。"陈曦心疼地看着她，"我看你最近应该是没有好好吃东西，有一顿没一顿的，这样对胃不好。"

"嗯嗯。"韩佳佳嘴里装满了东西，还不忘点头，含糊不清地说，"既然老韩都已经跟楚莉莎分手了，我也就没有什么心结了，等我伤好了，去给你带带星星，然后就跟老韩回重庆。"

"真的？"老韩一听这话，激动不已，"你真的要跟我回重庆？"

"当然是真的。"韩佳佳点头，"不过我不会帮你管理火锅店，你的新媒体公司我也不去，我已经有工作了。"

"什么工作？"老韩马上问。

"我开了一个直播号，打算直播教人化妆和衣着打扮。"韩佳佳一想到这个就很有成就感，"我第一次直播就有一万多人在线看，人气很高的。"

"什么乱七八糟的？"老韩反应很大，"现在搞直播的都是一些卖弄风骚的女人……"

"什么卖弄风骚？你到底懂不懂啊？"韩佳佳一下子就炸了，"这相当于美容搭配师，是正儿八经的工作。"

"少废话，反正我不同意……"

"你……"

"好了好了，别吵了。"石磊打断韩佳佳的话，对老韩说，"工作的事情回去再商量吧，佳佳都已经答应跟你回重庆，你就别提那么多要求了。"

"可是……"老韩还想说什么，石磊向他使眼色，他就没有再说话。

原本说好的答谢宴，结果一顿饭吃完了，老韩都没有提起上次的事情，也没有说过什么答谢的话，最后老韩急着送韩佳佳去医院，石磊表示送陈曦和欧阳风华回家，陈曦刚想说什么，欧阳风华就答应了。

石磊像往常一样打开副驾驶的门，然而陈曦却和欧阳风华一起上了后座的位置，他看了她一眼，什么都没说，关上门，绕过去上了驾驶室。

路上，三个人都比较沉默，石磊接了个电话，简单地说了几句就挂断了，从后视镜里对陈曦说："韩佳佳明天跟她爸爸回重庆。"

"挺好的。"陈曦点点头，"我看她应该想通了。"

"难说。"欧阳风华冷冷一笑，"这丫头年轻气盛，恐怕还有得折腾。"

"成长的路就是这样，希望她快点长大。"

陈曦有些感慨，她想起自己的青春，似乎也没有这样疯狂过，大概是因为没有后路可以退，她总是活得小心翼翼，理性多过于感性，做任何事都只问应不应该，而不是想不想做，从来没有任性冲动过。

"年少轻狂也是一种资本，要是年轻的时候都不张狂，到老了就张狂不起来了，一辈子活得小心谨慎，人生就没有意思了。"石磊随口说，"所以佳佳这样也不是什么坏事，人总是要经历之后才会学会成长。"

"看来你经历不少啊。"欧阳风华故意试探，"对了，石磊，你都三十九岁了，不会还没结过婚吧？"

"当然结过婚。"石磊直言不讳地说，"我有个儿子。"

## 120. 单身狗万岁

听到这句话，欧阳风华和陈曦都怔住了，她们感到十分意外，没想到石磊还有这样的过去，更没有想到他会这样坦白。

"很意外吗？"石磊从后视镜里看着陈曦。

"不是……"陈曦有些尴尬，不知道为什么，她觉得她们好像做错了什么，无意中揭露人家的隐私。

石磊没有说话，专注地开车，直到车子开到欧阳风华家楼下，石磊停好车，过来打开车门。

"陈曦，去我家吧。"欧阳风华拉着陈曦一起下车。

"这么晚了，你不回去？"石磊看着陈曦。

"我女儿今晚不在家，我不急着回去，在欧阳家待会儿。"陈曦知道欧阳风华故意拉她下车，就是为了避免她跟石磊单独相处，"谢谢你送我们回来，再见。"

"再见。"石磊心知肚明，但是没有说破。

陈曦跟欧阳风华一起上楼，刚进电梯，欧阳风华就忍不住说："石磊肯定对你有意思。"陈曦还没来得及回应，她又补了一句，"这个男人太危险，你可千万得小心。"

"你对他印象似乎不太好。"陈曦觉得欧阳风华好像一直都很排斥石磊。

"怎么说呢？"欧阳风华仔细想了想，"虽然石磊跟鞠啸东性格不一样，但我总觉得他们看女人的眼神是一样的，有一种看待猎物的感觉，似乎女人对他们来说就是可以捕获的猎物。说实话，爱情这种事吧，真的不应该太步步为营，喜欢就在一起，不喜欢就分开，这样挺好的，可是陈曦，你那么保守传统，根本就输不起，一旦你对一个男人动了情，并且付出了，最后又不能在一起，你肯定会受到伤害的。"

"对，我的确输不起。可我跟石磊没什么，我们总共也没见几次面……"

"你就不要回避了。"欧阳风华打断陈曦的话，"女人喜欢一个男人是藏不住的，也许你对石磊还没到那种喜欢的程度，但肯定是有好感的。"

"我哪有。"

"不要狡辩，我一眼就能看出来。"

回到家，欧阳风华开了一瓶红酒，跟陈曦一边品酒一边聊爱情聊人生聊男人。

陈曦生活中其实有些沉闷，不太善于也不太喜欢表达自己，她跟欧阳风华在一起的时候永远都是忠实听众，听欧阳风华讲一些离婚案例，讲那些离婚的男男女女为了争家产争得头破血流，曾经亲密无间的爱人后来形同仇人。

每次说到这些，欧阳风华就摇头感叹："爱情是他妈的什么东西？全都是假的，骗人的，也许只有两个人第一次上床的时候才有那么一点激情感情，后来剩下的要么是欲望，要么就是互相利用……

"陈曦我告诉你，男人没有几个靠得住的，我要是你，我以后就不结婚了，你说你自己能挣钱，能养孩子，还能把日子过得很好，何必要再找个男人来掺和？你还得给他做饭洗衣服，就算你有钱请保姆，也难免会有矛盾，对了，如果对方没有孩子，你还得给他生孩子，如果对方有孩子，你们俩的孩子还要发生矛盾……

"反正单身挺好的，我是不会再谈恋爱了，实在寂寞空虚冷了，我就在网上找个男人聊天解解闷儿，或者找个男人一夜情，哈哈哈……

"单身狗万岁！"

深夜一点半，欧阳风华终于醉醺醺地睡着了，倒在沙发上，指尖还挑着高脚酒杯，剩余的红酒倒在雪白的地毯上，染成一朵鲜红的花。

陈曦轻轻取走酒杯，给欧阳风华盖上毯子，然后把屋子整理了一下，再轻手轻脚地离开，她还是习惯回家睡。

打了一辆专车回去，路上，司机劝道："女孩子半夜喝这么多酒不安全，少喝点吧。"

陈曦微笑地说了声"谢谢"，其实她没喝多少，她酒量不好，喝两杯红酒就醉醺醺的，更何况她还在欧阳风华家里喝了蜂蜜水，醒了醒酒才下楼。

不过这司机也是一片好心，陈曦心领了。

一路上，陈曦看着灯火辉煌的街道，想着欧阳风华的话，心里有些感慨……

其实她知道，欧阳风华是因为感情受了伤才会说出这样的话，这世上，哪个女人不渴望真挚的爱情？不过是因为对爱情绝望了，才表现得毫不在意罢了。

而人的本性，又习惯用自己的观念去左右身边的人，欧阳风华也不例外，她对石磊不看好，所以一再提醒陈曦小心石磊，也一再防止石磊接近陈曦，却忽略了陈曦本身的感受。

如果这样的事情换在韩佳佳那种年轻懵懂、涉世未深的女孩身上，恐怕观念就会受到影响，但陈曦已经是一个思想成熟的女性，她很清楚自己想要什么，适合什么，该怎么选择自己的人生和爱情，所以她不会被左右。

但她和欧阳风华有一个共同观点，都觉得石磊是一个危险的男人，所以，他今晚给她发了两条微信，她都没有回复。

她觉得，应该跟他保持距离。

这个周末过得很平静，没有任何事情发生。

欧阳风华带着律所的同事去郊外自助烧烤，约陈曦一起去，陈曦拒绝了，在家里埋头写稿子。

周日晚上九点多，万彬还没送万星星回家，陈曦给万彬打电话，可是电话一直打不通。

陈曦心急如焚，准备开车去万彬公司，这时候，一个陌生电话打过来，陈曦接听电话，一个男人说是万彬的同事，帮忙送万星星回家，已经到了小区门口。

陈曦马上飞奔出去接万星星，陈曦从来没有见过这个男人，大概三十多岁，衣着朴素，看上去毫无朝气，提着一个袋子，领着万星星站在门口等待，看到陈曦来了，他简单地交代："万总有事来不了，让我把星星送回来。"

"他有什么事？"陈曦心里燃着一团火。

"呃……"那男人似乎不知道该怎么回答。

## 121. 血脉亲情

那个男人想了想，说："我也不清楚，具体原因你自己问万总吧。"说完他就走了。

陈曦火冒三丈，觉得万彬太不负责任了，连一句交代都没有，就这样把孩子交给一个陌生男人送回来。

正在这时，万彬打来电话，陈曦马上接听电话，劈头盖脸就是一顿臭骂："万彬，你要没空陪星星你就直说，我可以自己带她，你把她接过去又不管，现在就交给一个陌生男人送回来，你到底有没有一点儿责任心？"

电话那头的万彬没有说话。

"说话啊，你死了？"陈曦暴跳如雷。

"不要骂爸爸了，爸爸生病了。"万星星忽然大喊。

"什么？"陈曦愣住了。

"爸爸住院了，所以才让他公司的同事送我回来。"万星星忽然大哭起来，"你就知道骂他，问都没问清楚就骂他。"

听到这些话，陈曦有些愧疚，连忙问万彬："你，你怎么了？"

"我没事，你先照顾星星吧。"万彬的声音听起来很虚弱。

"好吧。"陈曦挂断电话，蹲下来给万星星道歉，"星星对不起，妈妈不知道爸爸生病了。而且爸爸事先都没有跟妈妈说清楚，妈妈看到一个陌生叔叔送你回来，担心你的安全，所以才会发脾气。"

"爸爸今天下午突然肚子疼，疼得很厉害，然后就叫救护车去医院了。"万星星哭得很伤心，"我从来没有见到爸爸那么难受的样子，爸爸还不让我们告诉你，怕你担心。"

陈曦很愧疚，安抚道："星星别怕，爸爸不会有事的，每个人都会生病，看医生就好了。"

"你当然说得轻松，你根本就不知道爸爸工作有多么辛苦，他每天饭都吃不好，睡觉也睡不好，所以才会生病的。他那么辛苦的工作都是为了我，为了这个家，可你居然抛弃他，我恨你。"

万星星哭着吼完这句话，还用小拳头在陈曦身上打了两下，然后就跑了。

陈曦看着万星星的背影，整个人都惊呆了。

她还清楚地记得，离婚的时候万星星说只要妈妈开心，她就会开心，还说妈妈要懂得先爱自己，才能够更好地爱着她。

可现在，是什么改变了她？

这两天星星在万彬那里一定是发生了什么事。

万彬到底生什么病了？是不是很严重？

陈曦忽然想到万彬急着要那笔钱的事情，他该不会是得了很严重的病，急需要医药费吧？

想到这里，陈曦心里十分愧疚，马上给万彬发了一条微信："你在哪家医院？到底是什么病？"

万彬没有回复，陈曦急急忙忙赶回家，发现星星把自己锁在房间，她敲了敲门，星星没有回应。

陈曦很担心，找来钥匙打开房门，发现星星躲在被窝里哭，陈曦走过去轻声询问："星星，你爸爸生什么病了？严重吗？"

万星星不说话，还在哭。

"妈妈不是给你戴了电话手表吗？你有事为什么不给妈妈打电话？妈妈可以去接你。星星，不要哭了，有什么事就跟妈妈说，如果你爸爸遇到什么困难，妈妈还可以帮助他。"

听到这句话，万星星才掀开被子，抽泣地说："我很担心爸爸，不知道他现在怎么样了。"

"好了，你别哭了。"陈曦替万星星擦眼泪，"你知道爸爸在哪家医院吗？"

"我不知道那家医院叫什么名字，但是我今天在那里遇到阳阳妈妈了。"

"阳阳妈妈是省医院的护士长，这么说你爸爸应该是在省医院。你知道他在哪个病房吗？"

"不知道，我刚到医院，爸爸就让马叔叔送我回来，不让我留在那里。"

"这样吧，我问问阳阳妈妈，看她知不知道情况，你现在乖乖地洗脸睡觉好吗？明天还要上学呢。"

"我想去看看爸爸，没有看到爸爸，我睡不着。"

"妈妈先问清楚再说。"

"好。"

万星星说的阳阳是她的同班同学，陈曦知道这位家长在省医院工作，平时她们偶尔会在朋友圈互动，也会在家长群聊几句，算不上多好的交情，但也算是个熟人。

陈曦当即给阳阳妈妈打了个电话，询问万彬的情况，阳阳妈妈说不是她负责的，不知道具体情况，不过可以帮忙查查万彬在哪个病房。

陈曦当即道谢，过了十几分钟，阳阳妈妈就发来微信，说万彬在泌尿科79号病床。

陈曦一听就愣住了，泌尿科？万彬什么时候有这种毛病了？

"星星妈，我还在值班，就不跟你多说了，你有空就过来看看吧，先这样了哈。"

阳阳妈妈把电话挂了。

陈曦用手机百度搜了一下，泌尿科包括很多种疾病，比如肾病之类的，不过也说不清楚，万一是男科问题呢？带着孩子过去总归不好。

陈曦现在大概明白，万彬为什么急着让人把孩子送回来，可能真的是有什么难言之隐吧。

想了想，陈曦找个借口哄万星星睡觉，现在已经十点多了，万星星也的确是累了，澡都没洗，含着眼泪就睡着了。

陈曦一夜未眠，用手机搜索所有关于男性泌尿科的有关疾病，担心万彬得了什么大病，就算他们现在不是夫妻了，曾经也同床共枕十多年，她不希望他出事。

第二天早晨，万星星醒来第一句话就问陈曦："妈妈，你问了吗？爸爸怎么样了？他的病严不严重？"

"不严重，只是小问题，妈妈等会儿把你送到学校就去医院看他。"

"那我们快点吧，我可以早点儿去学校。"

万星星心里惦记着爸爸，向来拖拖拉拉的她今天特别自觉，自己刷牙洗脸换衣服吃早餐，还催着陈曦早点儿去学校。

在学校门口道别的时候，万星星还叮嘱陈曦："妈妈，你要告诉医生，给爸爸打针的时候轻一点儿，爸爸会疼的。"

"妈妈知道了，你放心吧。"

陈曦心里有些触动，终究是血浓于水，不管她们的关系发生什么变化，万彬和万星星的血脉亲情始终都不会改变。

## 122. 万彬的自省

周一陈曦的车限号，她挤着早高峰地铁来到省医院看望万彬。

医院永远都是人流最密集的地方，陈曦早餐都顾不上吃，一路辗转找到泌尿科住院部万彬所在的病房，却忐忑不安地站在病房外面，犹豫着要不要进去。

就在这个时候，里面传来声音："79号床的病人呢？"

"应该下楼了吧，刚才我听到他接电话，好像是去接他母亲了，他母亲不知道怎么坐电梯。"

"这年头还有人不会坐电梯？"

"可能年纪大了吧，农村老太太有些是这样的。"

"好吧，待会儿他上来了记得给他继续输液，他炎症比较严重，需要先输液消炎，观察两天再说，如果炎症退下来了再安排超声波碎石，你好好观察着。"

"好。"

接着，巡房医生就带着助手出来了，陈曦连忙上前询问："医生，我想问问79床的万彬得的是什么病？"

"你是哪位？"医生问。

"我是他……"陈曦顿了一下，脱口而出，"亲戚。"

"他马上就要回病房了，你自己问他吧，我不方便透露病人信息。"医生比较戒备，也有可能是比较忙。

"医生你就告诉我吧。"陈曦急了，拦住医生说，"其实我是他前妻，他生病的事情瞒着我，我不方便当面问他，可是家里孩子担心，所以我就过来了解情况。"

医生听到这些话，有些犹豫。

"万彬，1980年12月15日生，身份证号码是××××，户籍所在地是……"陈曦一口气说完万彬的身份信息，"医生您看，如果我不是他前妻，怎么会知道他的详细信息？"

"好吧。"医生终于动容了，"其实他就是得了肾结石，也不是什么见不得人的病，而且也不是很严重，只要消炎，然后超声波碎石，再住院几天就没有大碍了，只不过发作起来会很痛倒是真的，所以以后得多加注意，我看你也是个有情有义的人，多关注一下吧。"

说完医生就走了，一边走一边嘀咕："现在的年轻人怎么那么喜欢离婚，明明还有感情离什么婚啊！"

陈曦感到无语，她关心万彬的生死也不代表就对他有感情，或许亲情还是有的，但爱情早就没有了。

"叮！"电梯门开了，陈曦回头一看，万彬和他母亲提着大包小包从电梯里走出来，她慌忙躲到一边去，生怕他们发现。

"我就说那个女人没人性，好好的日子不过，非要离婚，自从你们离婚之后，你就老是生病，前几天刚刚感冒，现在又生病住院，全都是她造成的。"

"你烦不烦啊，天天唠叨唠叨，我生病跟陈曦有关系吗？这也能扯到她身上？"

"你到现在还护着她，你忘记她对你多绝情多狠心了？都说一夜夫妻百夜恩，她还报警抓你，害你留了案底，你就不恨她吗？"

"你别提这些事了行不行？烦死了。早就叫你不要来，你非要来。"

"好好好，我不说了，不说了，你别生气，你这病就是被陈曦那个坏女人给气出来的。"

"你还说？"万彬一下子就火了，"你到现在还不明白？都是因为你，陈曦才跟我离婚的。"

"你，你说什么？"

"你看看我身边那些同龄人？哪个不是夫妻俩忙着奔波事业，父母帮着带孩子？你帮过我们吗？现在电视里整天都在教育年轻人要孝顺，还说带孩子是我们自己的事情，老人没有义务帮我们带孩子做家务。可是谁又理解我们的压力？我们要还房贷车贷，要付高额学费养育孩子，那就得拼命工作，一般的双职工家庭哪里还有时间精力带孩子？而且学校还布置那么多任务需要家长配合完成，我们的工作竞争越来越激烈，在外面累得像狗，回到家又要忙着处理家事，辅导孩子。我们到底有几双手几个脑袋？新闻里老是说我们这些父母辅导作业会暴跳如雷，其实不是我们没有耐心，也不是现在的学习有多难，而是因为我们的压力太大了，我们需要顾及的事情太多太多了，所以才会容易爆发。我们用双手拼命工作的时候就没有办法陪伴家人，陪着家人就没时间去奋斗。我们到底要怎么做？你看我那些同学，他们俩口子加起来赚的钱都没有我一个人多，可是他们就能过得其乐融融，为什么？因为有人为他们分担压力，他们的父母帮他们带孩子，料理家务，夫妻之间少了压力自然矛盾也就少了。你呢？从来不愿意帮陈曦分担家务，一天到晚就知道挑她的毛病，她又要写稿子挣钱又要做家务，还要带孩子，天天忙得要死，累得要死，还要被你挑刺被你骂，自然就脾气暴躁，跟你关系处不好。我夹在中间左右为难，也就懒得回家，终于她也受不了了，自己买房出来住，好了，然后她心里就更不平衡了，事情她一个人全部做完了，还要自己买房买车，开始嫌弃我没用了，我们不出问题才怪。现在我们终于离婚了，你也不用整天看她不顺眼，我都以为耳根子能清静清静，可是你还要找她麻烦，还在星星面前说她妈这样不好那样不好，害得星星晚上一个人躲在被子里哭。你以为这样是为我好？你以为这是在为我出气？你错了，你只会让我感到更压抑更痛苦。现在星星根本就不愿意来我这里，她昨天跟我说，她周末来我这儿只是因为陈曦平时太辛苦了，她到我这里来过周末，陈曦就能放放假，休息一下，可是因为你总是在她面前说她妈妈的坏话，她很难过，所以下周不会再来了。"

　　"星星怎么会这样想？我那么疼她，把什么好吃的都留给她……"

　　"够了。"万彬打断母亲的话，心力交瘁地说，"妈，现在年代不同了，现在的孩子不缺好吃的，不是你把好吃的留给她就是对她好，不是你盲目维护我就是为我好。你到底懂不懂？"

### 123. 人生的对与错

"我不懂，我到底做错了什么？"老太太哭得很伤心，"我守寡养大你，辛辛苦苦供你读书，把你培育成才，自己舍不得吃舍不得穿，把所有好东西都留给你，我就见不得我儿子受别的女人的气，所以才会一心一意地维护你，我怎么就错了？"

"你没错，是我错了……"万彬无奈地叹息，什么都不想再说了，拖着沉重的步伐，一步一步往病房走去。

"你是被那个女人迷昏了头，总是怪你妈不好，她都已经抛弃你了，你还护着她。"老太太跟在后面哭诉，"到现在你还不明白吗？这个世界上，真正疼爱你关心你的人就只有你妈，你每次遇到事情，还不是只有我照顾你？那个女人在哪里？

"你现在自己都当父亲了，你还不知道为人父母的心吗？我跟你说，星星之所以说出那种话，肯定是她那个恶毒的妈教的，她妈不让她来你这里，所以才那么跟她说，下次我见了星星一定好好跟她说说，千万不要信她妈的话。"

"万彬，万彬，你等等我呀……

"你这病就是陈曦引起的，她整天不让你回家，不跟你过夫妻生活，所以你的肾才会出问题，说来说去都是那个女人不好，当初就不应该娶她……"

老太太絮絮叨叨地说个不停，万彬一句话都没有回应，他大概已经听到麻木了，他知道，母亲那些老旧陈腐的思想早就已经根深蒂固，根本无法改变。

这些话，他听得耳朵都起茧子了，就当她在念经吧。

陈曦在角落里看着万彬消瘦的背影，心里很不是滋味，她一直以为万彬什么都不懂，什么都不明白，现在才知道，其实很多事情他心里是有数的。

也许他刚才说的话有些片面，只指出了他母亲的问题，没有检讨自己的不足，但他终究还是有所醒悟的，也许他早就明白，他们之间走到这一步有太多太多原因，并不全是因为她的放弃……

只是，他从来就没有在她面前承认过罢了。

也许倔强，是他最后的自尊。

陈曦仓皇而逃，没有去见万彬，甚至害怕被他们母子发现，说来奇怪，她明明没有做坏事，却有一种做贼心虚的感觉。

陈曦不知道自己是怎么离开的，电梯里，有个北方阿姨温柔地劝导："姑娘，不要伤心，在这栋楼住院的又不是什么绝症，都可以治好的，你亲人不会有事的。"

"谢谢阿姨。"陈曦向阿姨道谢，才发现自己不知什么时候早已泪流满面。

陈曦擦掉眼泪，深吸一口气，走出电梯，快步离开。

这一路，陈曦心里如同波涛汹涌，复杂难言……

有些电视电影，包括陈曦写的小说里，总会把善恶演绎得十分极端，按照那些套路，就应该把万彬渲染得罪大恶极，出轨、家暴、谋取财产的渣男，现在应该是要得癌症，受到命运的惩罚，真是大快人心……

但事实上，万彬其实没有那么坏，他不过是一个普通人，他有一身的缺点，不懂得经营家庭，不懂女人的心，不懂得情感交流，不懂处理问题，遇到事情只会逃避。

他甚至有些自私、有些顽固、有些暴躁，发脾气的时候就会情绪失控，酿成大错，所以才会把事情弄成这样，导致这场婚姻悲剧收场。

电视电影里小说里的极端手法是为了让故事更精彩，但现实生活中，善与恶，黑与白，其实没有那么明确的界线，人们大多时候都在边界上游走……

万彬终归没有偏离太多轨道，总归也不算是个坏人吧。

所以，陈曦并不恨他，反而希望他的生活能够好起来……

走在大街上，看着人来人往，车流如水，陈曦感到很迷茫，她想起很多过去的事情，过去的生活……

陈曦并没有觉得自己一路走来有什么亏欠，相反，她问心无愧，对万彬，对这个家庭，她尽心尽力付出了。

其实当初结婚的时候，父母百般反对不是没有道理的，万彬的单亲家庭，他们两家跨省的距离都是问题。

她不远千里、背井离乡远嫁到成都，几乎与父母断绝了来往，生活环境和人情习性的区别，这之间的种种矛盾都会在无形中变成压力，成为她和万彬婚姻的负担。

她忽然想到一个问题，如果当初她有现在这样成熟的心境，大概就会明白，婚姻不仅仅是两个人的问题，而是两个家庭的问题。

也许，她就不会结婚，也不会走错这一步了……

但人生，没有错，又哪来的对呢？

## 124. 后患无穷


晚上，万星星回到家，焦急地询问陈曦："妈妈，爸爸到底生的什么病？严重吗？"

"不严重。我问过医生了，医生说只是小问题，过几天就能出院了。"

"可我还是很担心爸爸，我想去医院看看他。"

"你先给爸爸打个电话，如果他觉得方便的话，我们再去医院看他好吗？"

"好。"万星星拿着陈曦的手机，给万彬发视频。

万彬正坐病床上吃水果，状态还挺好的，看到万星星，他很高兴："星星。"

"爸爸，你还好吗？疼不疼？"

"不疼，只是小问题。你放学了？今天的作业做完了吗？"

"你怎么每次都是这样？一开口就问我作业做完没有。"

"呃，那你的作业难不难，会做吗？"

"唉……"万星星无奈地叹了一口气，"真拿你没办法，作业不难，会做。"

"那就好。"

父女俩在视频聊天，聊得不亦乐乎。

陈曦默默地去了书房，不出现在镜头范围内。

万彬是个爱面子的人，既然他不想让她知道他生病的事情，那可能是觉得这种事情没有什么好提的，或是觉得，即使她知道了也不会担心他，反而显得他现在过得不好，都是因为没有她的原因。

陈曦打开电脑写稿子，耳朵却在仔细听着万星星跟万彬的对话，想知道万彬现在的情况如何。

从通话中可以看出万彬的精神状态已经好很多了，声音有力，语调也很轻松，就是不知道他是不是在万星星面前故意佯装的。

不过那个医生也说了，他这不是什么大病，经过几天的治疗和调养就没事了。所以陈曦安慰自己不要太担心。

视频对话之后，万星星跳着过来跟陈曦说："妈妈，爸爸没事了，我看他气色挺好的，他说打两天针就能出院了，还说周末带我去玩呢。"

"没事就好。"陈曦微笑点头。

小孩子就是天真无邪，万星星很快就忘记了烦恼，开始做作业、练钢琴。

一切又归于平静，大家各忙各的事情。

这天半夜十一点多，陈曦睡得迷迷糊糊，忽然接到欧阳风华的电话，她睡意蒙眬地"喂"了一声，电话那头的欧阳风华问："你睡了？"

"嗯，刚睡着，怎么了？"

"你听说韩佳佳的事情没？"

陈曦愣了一下："佳佳不是跟老韩一起回重庆的吗？"

"是啊，连夜赶回重庆，你知道为什么吗？"

"佳佳不是看到老韩跟楚莉莎分手了，然后想通了，就跟他一起回重庆了吗？发生什么事了？"

"我再问你，这几天石磊有没有联系你？"

"没有。"想到这件事，陈曦还有些小失落，之前石磊每天都要找她聊天，她都习惯了，可是自从那天之后，他就像消失了一样，算起来已经七八天都没跟她联系了，难道真的出了什么事？

"欧阳，到底发生什么事了？"

"我还不太确定，刚才苏娆奇奇怪怪地跟我说了一些话……"

"她说什么了？"

自从那天晚上，韩佳佳和秦少辉在酒吧出事之后，苏娆就把陈曦拉黑了，后来她们再也没有联系，陈曦也没有主动找她，倒不是因为真的要绝交了，只是陈曦觉得自己没有做错，可能过一段时间，苏娆自己想通了就会回来找她，毕竟她们也不是有多大矛盾。

"我跟苏娆都很久没联系了，她刚才忽然私聊问我韩佳佳怎么样了，我说你自己不知道吗？过了一会儿，她又说她表哥秦少辉是个混蛋，还说那天晚上的事情是她太冲动了，不应该怪我们。说实话我真的很讨厌她，本来不想理她的，可她又说她对不起韩佳佳，我就忍不住问了一句，你到底想说什么？然后她就说，韩佳佳应该是怀孕了，不知道现在怎么样了。"

"什么？"陈曦惊呆了，"怀孕？"

"对呀，我也觉得很奇怪，我还警告苏娆不要胡说，我说我们那天送韩佳佳去医院都没发现她怀孕，苏娆说：'那好吧，可能是我弄错了'。后来我也没理她，但我想起这阵子韩佳佳都没有音讯，连朋友圈都没发，前几天我给她发了一条微信，她也没回，我当即试着给韩佳佳打了个电话，提示关机，我就觉得有点问题……"

陈曦的心被揪紧了，她这几天也给韩佳佳发了几次微信，韩佳佳都没回复，这样看来，恐怕真的有问题。

"我在想，那天老韩送韩佳佳去处理伤口，是不是就发现韩佳佳怀孕了，然后才连夜带她回重庆的，我记得当时石磊接电话的时候，对方说了好久，他就回了一句话：'我等会儿打给你，冷静点。'随后，他又跟我们说韩佳佳准备跟老韩回重庆，我们都感到欣慰，想着韩佳佳懂事了……还有啊，石磊把我们送到小区之后，也没多说什么，很快就离开了，我留意到他开车很快，我还以为他是因为我把你强行留在我家而不高兴，现在想想，可能是急着去医院处理事情……"

"有可能……"陈曦喃喃自语地低吟。

"这个事情我也不能肯定，毕竟都是我们的推测，我想来想去，心里觉得不安，虽然我和韩佳佳也谈不上特别的喜欢，但不管怎么样，你和她的交情在那里，如果她真出了什么事情，你会难过的，所以我觉得有必要跟你说一下。"

"我马上打电话问问石磊。"

"好吧，你确认一下。但是陈曦，我提醒你，一定要冷静，如果韩佳佳真的怀了秦少辉的孩子，老韩搞不好要弄死秦少辉的……"

"先弄清楚再说吧。"

"等一下，苏娆又发消息过来了，我先看看。"

"好。"

"苏娆说，她实在忍不住了，还是告诉我真相吧，她说秦少辉已经失踪好几天了，而且老韩的人已经找到她，想调查秦少辉的行踪……"欧阳风华的声音都变了，"怪不得苏娆会跟我说这些，原来她是感到了危险，她害怕，所以才对我们服软，想让我们保护她。"

## 125. 成长的代价

"陈曦，如果真是这样，事情恐怕要闹大了，我看以老韩和石磊的脾气，说不定真会弄出人命来，这可是犯法的！你还是不要掺和了，反正跟我们没有关系。"

"你别着急，我先打电话问一下石磊到底怎么回事。"

"也好，弄清楚情况再说，但是陈曦我警告你，你千万千万不要去掺和，这个事情如果是真的，老韩肯定不会放过秦少辉，万一他们做出什么违法犯罪的事情，把我们牵扯进去可怎么办？"

"我知道了。"陈曦挂断电话，随即给石磊打电话，响了很久才有人接听，石磊的声音传来："这么晚了，你是遇到危险了，还是想我了？"

"我没事。"陈曦直截了当地说，"我是想问一下，佳佳已经回到重庆了吗？她还好吧？"

"挺好的。"石磊回答。

"真的？"陈曦表示怀疑，"你该不会有事瞒着我吧？"

听到这句话，电话那头的石磊沉默了，过了一会儿，他问："你是不是听说了什么？"

陈曦见石磊这么问，心里已经凉了半截，看来传言是真的："我听说，佳佳她，她……"

陈曦"她"了半天，还是没好意思把那句话给说出来。

"对，她怀孕了。"石磊倒是直言不讳。

"什么？"陈曦惊呆了，居然是真的……

"那天老韩带她去医院做伤口处理的时候，发现她有呕吐症状，担心她受了内伤，就让人给她验血全方面检查，没想到她居然是怀孕了，孩子就是秦少辉那个王八蛋的！为了保护佳佳的名声，老韩不想让太多人知道，当晚就把佳佳给带回了重庆，还没收了佳佳的手机，避免她再跟秦少辉联系。"

"这件事你为什么不跟我说呢？"

"老韩不想让任何人知道，再说了，跟你说又能怎么样？你能做什么？"

"唉……"陈曦深深地叹息，"那佳佳现在怎么样了？"

"还能怎么样？当然是打掉，趁着现在胎儿还没成型，早点流掉，对谁都好。"

"佳佳同意吗？"

"她不同意能怎么样？难道还要生下来？她也真是不长脑子，都是成年人了，做那种事居然不让男人戴套。"

"你说话能不能不要这么露骨？那是你侄女！这种事要怪就怪男人好吗？又不是佳佳的错。"

"我也是一时在气头上。"

"秦少辉这个王八蛋简直太可恶了。当初就不应该让苏娆把他带到聚会上来，这样他就不会认识佳佳了。"

"就算没有秦少辉，也会有其他男人，佳佳不吃一次亏，永远都不长记性。"

"唉……"陈曦除了叹息，也不知道还能说什么。

"对了，你是怎么知道这件事的？"

"是秦少辉的表妹苏娆跟欧阳说了，然后欧阳告诉我的。"

"果然，女人的传播功力很强啊……"

"现在佳佳怎么样了？"

"昨天已经做了手术，现在在家里躺着呢，这个事情你也要提醒一下你那什么朋友，不要在外面瞎传播，对女孩子声誉不好。"

"我知道了，我会跟她们说的。还有一些事情，我想问问你。"

"说。"

"那个秦少辉，她表妹说他失踪了，该不会是你们……"

"怎么，你给我打这个电话的目的是为了这个？"

"当然不是，我主要是关心佳佳，但我也担心你们做出什么极端的事情，那毕竟是犯法的，现在可是法制社会。"

"你放心，我是军人出身，我比谁都懂法律，比谁都守规矩，我肯定不会做犯法的事。"

"你不会做？你那天差点把他给丢下楼了。"

"吓唬一个人渣不算犯法吧？再说了，对付秦少辉那种人渣，必须得讲究一些手段，难道我还要跟他坐下来讲道理？"

"好了，行了，我不跟你争论，我只想知道秦少辉现在在哪里，是不是你们把他抓走了？"

"我倒是想把他抓过来狠狠揍一顿，可那王八蛋估计是被我吓怕了，当天就跑了。老韩应该还在派人调查他的下落，找出来也是出出气，肯定不会用什么极端的犯罪手段去对付他，你不用担心。"

"唉……"陈曦的心情十分沉重，韩佳佳这样的女孩子，表面上看起来叛逆不羁，其实内心很单纯，她若是投入一段感情，就很容易认真，所以她才会在爱情里受到伤害。

"行了，这么晚了，你早点睡吧。你也不用为佳佳难过，哪个女孩子年轻的时候没爱过一两个人渣？佳佳那丫头经历过这种事情也算是成长了，她以后会带眼识人的。另外，你不用担心我们会做什么犯法的事情，我有一百种方法，既可以整治别人，又不会触犯法律。"

"好啦，知道了。"

"睡吧，晚安。"

陈曦挂断电话，随即打开微信，看到欧阳风华发来的微信消息："问清楚了记得给我回电话。"

同时，陈曦的微信通讯录里有人加她，是苏娆。

陈曦接受了苏娆的交友申请，苏娆马上给她发来语音，陈曦接听了，苏娆直截了当地说："陈曦，欧阳应该已经跟你说了韩佳佳的事情吧？"

"简单说了一点儿，你应该更了解情况吧？"

"其实秦少辉早就跟我说韩佳佳每天早上呕吐的事情，我就怀疑韩佳佳怀孕了，让他带韩佳佳去检查一下，秦少辉说买个验孕棒回来测试，后面我就没管了。没想到第二天他们就跑去酒吧嗨，然后还出了事。

"这几天，有人到处找秦少辉，还找到我这里来了，我才知道韩佳佳真的怀孕了，唉，我心里也挺愧疚的，我觉得很对不起韩佳佳，如果当初不是我把秦少辉带去聚会，他们就不会发生这些事了。"

## 126. 传染幸福

"你恐怕不只是让秦少辉认识了韩佳佳这么简单吧？你还让秦少辉认识到韩佳佳的家产，还鼓励他去追她……"这些话，陈曦在心里默念了一遍，却没有说出来，事到如今，说这些已经没有意义了。

经过这么多事情，她跟苏娆之间的关系已经变了，再也不能像以前那样无话不谈。

"陈曦，你怎么不说话？你是不是还在怪我？我知道那天晚上我骂你，把你删掉是我不对，我当时很生气，因为我觉得你没有给我面子，没有看在我的分上救我表哥，可怪只怪我当时没有认清秦少辉的真面目，现在我已经明白了，秦少辉根本就不是个东西，你没救他是对的……"

"那件事已经过去了。"陈曦打断苏娆的话，"我刚才给佳佳的叔叔打了电话，佳佳已经把孩子打掉了，这件事就到此为止吧，老韩的意思是希望我们不要外传，以免损伤佳佳的名誉。另外，关于你表哥，我只能说，韩家的人都很理智很讲道理，我相信他们不会做出犯法的事情，其他的我也不好多说了。"

"那你能不能跟他们说一下，这件事与我无关，叫他们别找我了？"

"他们可能只是想在你这里找找线索，不会对你怎么样，你不用害怕。"

"可是陈曦……"

"好了，很晚了，你早点休息吧，晚安。"

陈曦挂了语音通话，给欧阳风华打去电话，把整个事情的经过告诉欧阳风华。

欧阳风华听完之后深深地叹了一口气："唉，石磊说得也对，哪个女孩子年轻的时候不经历几个人渣啊，这都是成长的过程，韩佳佳经历这些事情之后就会长记性了。既然石磊说他不会做犯法的事情，那我觉得应该就没什么问题吧，作为朋友，我们的提醒已经到位了，接下来就算真的要发生什么也跟我们无关，你不要再掺和了。"

"我知道。你早点睡，晚安。"

这一夜注定无眠，陈曦想起初见韩佳佳时的情景，她还是那么纯真的一个女孩，现在遭遇这种事情，将来她还会相信爱情吗？

陈曦感到很迷茫，鞠啸东，秦少辉，这些鲜活的例子让陈曦对爱情产生了怀疑，她真不明白，为什么他们这么不尊重爱情？在他们眼里，爱情到底是什么？

真的只是一时的刺激，或者是改变命运的踏脚石吗？

"早点睡，不要胡思乱想，这个世界上，好男人还是比较多的。"

石磊忽然发了这样一条微信，陈曦看了，唇角微微上扬，关了手机，安心睡觉，是啊，她应该相信，这个世界上还是好人比较多，世界阳光灿烂，只是偶尔会有下雨天而已。

几天后，陈曦收到莫烦的电子请帖，感到十分惊讶，她马上给莫烦发微信："你真的要结婚了？"

"收到请帖了？我给你打电话。"

莫烦给陈曦打来电话，说起他结婚的事情，语气里透露着掩饰不住的幸福："七年异地恋，终于修成正果，我的爱情长跑就要结束了，正式步入婚姻的殿堂！"

"你这话说得这么顺溜，莫不是统一对外的台词吧？"陈曦打趣道。

"哈哈哈，我今天打了几十个电话，一时说顺嘴了。"莫烦大笑，随即感慨道，"陈曦，我们认识好多年了，你是我最好的异性朋友，我经常跟燕子提起你，她也很想认识你，所以，真诚的期待你能来参加我的婚礼。"

"好，我一定来。"陈曦满口答应，"莫烦，真为你感到高兴，祝福你。"

"谢谢。"莫烦也很感慨，"说实话，七年异地恋，熬得好辛苦，我都不记得她跟我提了多少次分手，能够走到这一步真不容易，其实两个月前我们都已经分手了，一直没有联系，可我心里放不下她，这不上个星期她生日，我鼓起勇气飞到北京去找她，在长城单膝跪下向她求婚，她喜极而泣，终于答应我了。那一刻我才明白，她并不是不爱我，也不是真的想离开我，她只是很需要我的陪伴，所以……我决定婚后就去北京，跟她一起生活。"

"去北京？那你的公司怎么办？"

"这家公司一直处于亏损状态，放弃也没什么可惜的，而且我早就做好了准备，在北京找到一份还不错的工作，准备脚踏实地从头开始，而且北京那么多资源，我相信我可以做得更好。"

"你家人同意吗？"

"同意啊，他们很支持我。幸好这些年，我们也存了点钱，再加上双方父母的支持，我们在北京亦庄买了一套房子，虽然不大，但也够生活了。"

"真好！"

"好了，我还有很多电话要打，就不跟你多说了，记得一定要来哦，可以带上你那几位闺蜜朋友。"

"好。"

挂断电话，陈曦心里还萦绕着满满的幸福，有时候，朋友的幸福也会感染你。

这一天，陈曦的心情都很好，她给欧阳风华打电话，邀请她一起去参加婚礼，欧阳风华毫不犹豫地答应了："最近这半年都在走霉运，过去沾沾喜气也好。"

"嗯！"陈曦感慨万千地说，"我总觉得，幸福是会传染的，你知道吗，前阵子我一直在为佳佳的事情闷闷不乐，今天接到莫烦的电话，我的心情一下子就好起来了，不光是因为他要结婚了，而是他话语中透露的那种幸福，让我很感动，让我相信这个世界上是有真爱的，让我对未来充满了期待。"

"期待……"欧阳风华喃喃着这个词，"是啊，是应该有所期待，这样人生才会有盼头，这不，国庆节快到了，双十一也不远了，我天天被人嘲笑单身狗，心里多少还是有些酸溜溜的，而且，鞠啸东好像又换新女朋友了，前天在IFS吃饭遇到他，还给女朋友买LV……其实，我也应该脱单的，找个男人解解闷也好……"

说着说着，欧阳风华的声音就变得低沉，陈曦正准备劝劝她，电话那头传来一个熟悉的声音，"解闷可以找我啊，我举双手报名！"

是唐笑。

"滚！"欧阳风华一个字就打发了他。

"好吧，滚之前我得先把咖啡放下，你的南山，不加奶，一颗糖，已经调好了。"

## 127. 网 恋


陈曦听着唐笑的话，忍不住说："欧阳，其实你有没有发现，真正爱你的人就在你身边？"

"我知道，你嘛！"欧阳风华坏笑，"实在不行我们就拉拉吧，我们俩兴趣相投，爱好一致，志同道合，简直就是天生一对。"

"唉……"陈曦见她油盐不进，懒得多说，"算了，我继续码字。"

爱情这种东西就是这么奇怪，那个人再好，再爱她，她若是没有感觉，那就真的没有办法。

对于爱情，欧阳风华永远都忠于自己的感受，她不喜欢的，她看都不会多看一眼；不像陈曦，谁对她好，谁能拿捏她的心，她就有可能对谁动心……

离莫烦的婚礼还有一个月时间，陈曦想赶在婚礼之前完结手头这本书，所以每天都在赶稿子。

石磊几乎每天都会给陈曦发微信，陈曦原本是不想理他的，一心想要跟他保持距离，可他总有办法挑起她的好奇心，让她不得不跟他聊下去。

比如说发来一张新菜的照片，附上一句话"猜出菜名有奖！"

陈曦看着就觉得很好奇，忍不住去猜想，基本上她是猜不出来的，然后他会嘲笑她一通，再告诉她这道菜的原材料是什么，还说看到她朋友圈，星星的肠胃好像不太好，可以用药膳来改善这个问题，话题就这么引出来了……

有时候石磊会用一种刺激性的语言逼着陈曦冒泡，比如发来一句："饼子，你在干什么呢？出来聊两句。"

"你发错了吧？谁是饼子？"

"你呀。"

"……我什么时候变成饼子了？"

"这个名字适合你，好听又解馋。"

"你啥意思？为什么给我取这个外号？"

"七天之后告诉你。"

"……"

网聊了七天之后，石磊直接给陈曦发来视频，陈曦不小心就接了，石磊对着镜头大喊："哎呀呀，我靠，脸好大，像饼子一样。"

"……"

陈曦总算明白，这个饼子的外号是怎么来的啦。

"嘿嘿。饼子素颜还蛮好看的。"

陈曦翻了个白眼："别闹，没事发什么视频呀。"

"想你了呗，看看你在干什么。"石磊一边走路一边看着她，"你平时在家就这副样子呀，不错不错，不食人间烟火，居家必备型。"

"呵呵……"陈曦忍不住笑了，"你好好走路吧，别摔着了。"

"你这是在关心我？是不是爱上我了？"

"你脸皮真厚。"

"那是，原子弹都打不破。"

两人聊天其实也没有什么营养可言，扯来扯去就是这些废话，用石磊的话就是打情骂俏，但他真的能够让陈曦笑起来。

后来石磊隔三岔五就给陈曦发视频，有时候万星星在家，陈曦就直接把视频给挂了，回复一条："孩子在家，晚上再聊。"

"我靠，搞得像偷情一样。"

"……"

石磊幽默风趣，陈曦每天都会被他逗得哈哈大笑；石磊生活生存经验丰富，陈曦不管遇到什么事情都喜欢跟他说，他先是吼着教训她又傻又笨，长这么大也不知道是怎么活下来的，然后会教她怎么处理问题；石磊好像还很懂女人，有时候陈曦买衣服，打开视频，他会简单粗暴直接地告诉她该怎么挑选："左手那件针织衫，裤子配一条牛仔九分裤，小白鞋，耳环换一对简单的……"

就算陈曦去参加文学网站的年会，他都能给她完美的建议，"不要把自己弄得像圣诞树一样，就弄一件小黑裙，你胸太小了，加两对胸垫进去，把肩膀和脖子也擦擦粉，不要跟脸上的颜色产生差异，项链换一条，你把你项链拿出来我看看，行了，就第一条，别废话了，赶紧换上衣服去化妆……"

两人的关系就这么维持在聊天的状态，直到有一天，石磊忽然就消失了，整整两天都没找陈曦，期间陈曦忍不住找了他两次，他都没有回复。

陈曦很失落，之前她还以为自己可以很好地控制感情，直到现在才发现，她已经习惯石磊的存在了，虽然他们从那天晚上之后就没有再见面，可是他以网络的方式参与了她的生活。

一个月，三十天的陪伴，已经触动了陈曦的心。

她不得不承认，她对他动心了。

可是现在，他却这样不负责任地消失了，她感到很失落，失望，甚至在怀疑他接近她的初衷，是不是因为寂寞无聊找个人逗乐子？

她不知道……

第三天，石磊还没找陈曦，陈曦忍不住给他发了一个表情，他依然没有回应。

陈曦心里失落极了，一整天都闷闷不乐，她打算找欧阳风华出来吃饭，换个心情，这段时间欧阳风华不知道在忙些什么，也没有约她。

正准备给欧阳风华打电话，唐笑忽然发来微信："这个周末有没有时间？一起吃个饭吧，带上星星。我请你们吃山顶火锅。"

"你是不是有什么事？"

陈曦向来不喜欢跟朋友的异性朋友走得太近，除了唐笑，他们之间的话题永远都是欧阳风华，唐笑要么不找她，每次只要一找她就是因为欧阳风华。

"没事……"唐笑回了两个字。

陈曦知道有问题："没事就不去了，我正好有安排。"

"好吧，其实是因为欧阳最近一直忙着约会，除了工作时间，我都见不到她，所以想找个借口见见她。"

"约会？"陈曦听到了这个关键词，"她跟谁约会？"

"一个男人。"

"废话，约会当然是跟男的。"

"就是有个小男人在追她，刚开始她不理会，后来经不住那家伙的死缠烂打，所以就……"

"小男人？"

"91年的。"

"哈！欧阳居然没跟我说。"

陈曦觉得有意思，原来欧阳风华正在跟一个91年的小男人交往，不得了。

"她连你都没说，看来是长久不了，估计就是玩玩而已。"唐笑窃喜。

"正好明天她要跟我一起去参加婚礼，我跟她聊聊。"

## 128. 温柔体贴


"对，你跟她好好聊聊，那小子肯定是骗她的，这种男人毛都没长齐，怎么会真心喜欢她？"

"至少人家敢追呀。"陈曦话里有话。

"呃……"

"喜欢就勇敢去追，要不然在旁边看着干着急？"

"我怕说出来连朋友都没得做了。其实我很清楚，她看不上我，我现在这样陪在她身边，每天都能看到她，就心满意足了。"

"既然如此，她交往男朋友，你也没什么好伤心的呀，为她祝福吧，反正你还是一样可以当她助手，一样每天见到她。"

"不是，我不是这个意思，我……"

"承认吧，其实你根本就不满足于守护她，你想跟她在一起。"

"好吧。"唐笑终于说出实话，"大概就只有你看出来了。"

"明眼人都看得出来。"陈曦忍不住说，"唐笑，我看你也不像那种思想保守的人，你的爱情观应该是蛮开明客观的，之前还撮合我跟韩风、苏娆和龙七，怎么事情到自己身上就这么畏首畏尾？"

"唉……"唐笑深深地叹息，"我是对自己没有信心，说穿了，我在欧阳面前有些自卑，她就是一个女王，从来对我就是不屑一顾，我觉得……"

"就算失败也无所谓，大不了继续当朋友呗，可是如果连尝试的勇气都没有，那就太悲哀了。"

听到这句话，唐笑沉默了许久才回复："你说得对……"

"很晚了，不说了，明天我问问欧阳，你自己看着办吧。"

谈话结束，陈曦还为唐笑感到可惜，说实话，她也清楚欧阳风华不会喜欢唐笑，可唐笑如果永远都不跨出那条线，恐怕他也无法过自己那一关，与其纠结一辈子，还不如鼓起勇气黇出去尝试一次。至少不会让人生留下遗憾。

周五，万彬来接万星星，自从他生病之后到现在，整整一个月没来接孩子，早几天就说好了要来接万星星，陈曦本来打算带万星星一起去参加婚礼的，这下也好，她可以跟欧阳风华好好聊聊。

晚上七点多，万星星吃完晚饭，做好作业，自己收拾好东西，万彬就打电话过来了，刚好家教老师要下楼，万星星就背着背包跟她一起下去，临别前对陈曦问："妈妈，下周学校组织的亲子活动，我可以邀请爸爸参加吗？"

"当然可以。只要你愿意，你可以邀请任何人，这是你的自由。"

"好，那我正好跟爸爸商量一下。"

"嗯，去吧。"

送走了万星星，陈曦就接到了欧阳风华的电话："收拾好了吗？我快到了。"

"刚送走星星，我换一件衣服就下来。"

"记得带化妆包，我忘记带了，护肤包和首饰盒倒是带了，你可以不用带。"

"好。"

陈曦简单地收拾了一下，匆匆下楼去跟欧阳风华会合。

前两天陈曦才看清楚邀请函，原来莫烦的婚礼在巴中举行，距离成都三百五十多公里的一个城市，开车需要四个小时。

这也没办法，谁叫陈曦已经答应了呢，正好万星星现在去她爸爸那里，今天晚上开车过去，周日下午回来，时间还来得及。

陈曦带了换洗衣物和用品，还有一些零食饮料，担心欧阳风华晚上没有好好吃饭，上车之前又买了两个面包，准备上车，手机忽然响了，是石磊发来的视频通话。

陈曦心跳加速，消失三天，他终于出现了，她曾经失落、不安、生气，可是现在看到他发来的视频通话，她只有欣喜，顾不上是用流量，马上接通。

"你在外面？在哪儿？"石磊在车上。

"准备跟欧阳一起去巴中参加婚礼。"陈曦一手拿着手机，一手把东西放在欧阳风华车上，"你这几天去哪儿了？怎么突然就消失了？"

"去了一趟上海，处理点事。你跑巴中参加什么婚礼？"

"一个挺好的朋友。"

"已经在车上了？"

"嗯。"

"那好，你去吧。巴中挺远的，你们开车小心点，车子加满油再上路，如果用手机导航，记得一路插着充电线，对了，开车太累的话就换着开，一路上都有服务站，不用急着赶路，反正你们今晚到了也很晚，还有，如果你们的车没有安装ETC，记得带好现金，出远门，这些准备工作要做好，以免在车上慌了神，车都不知道怎么开了，本来女司机就容易晃点。"

"知道了，这些准备工作都做好了。"

"孩子呢？也带着？"

"没有，孩子在她爸爸那里。"

"那还好，如果带着孩子，开这么远的车，你又得多做些准备工作。对了，你买点零食饮料矿泉水之类的，万一路上肚子饿呢？"

"都买了。"

"那行了，去吧，有事随时给我打电话。"

"好。你已经回到成都了？"

"是啊，刚下飞机，车停在机场，我准备开车去找……"石磊顿了一下，接着说，"行了，你朋友在等你，你赶紧去吧。"

"好，你开车注意安全。"

挂了视频通话，陈曦心里还有点失落，好不容易石磊回来了，她又要走了。

"没想到石磊这么体贴。"欧阳风华由衷地感叹，"一口气说那么多细节，我都没考虑到，而且他想都没想，脱口而出，说明这不是装的。"

"当然不是装的，他本来生活能力就很强。"陈曦系好安全带。

"看来你们最近交流挺多啊。"欧阳风华笑了，"还有啊，我发现他看似粗犷，其实心里还很细腻。你听出来没有？他肯定是准备开车过来找你，知道你都已经上我的车了，他不想让你心里有负担，所以没说出来。"

"是吗？"陈曦十分诧异，"我倒是没留意。"

"当局者迷旁观者清。"欧阳风华随口说。

陈曦马上拿起手机给石磊发微信："你刚才是准备来找我吗？"

"这会儿反应过来了？"石磊用语音回复，"你不走？那我马上来你家。"

## 129. 我马上过来，等我

"不是不是……"陈曦连忙回复，"我们已经上三环了，这个婚礼是一定要去参加的。"

"好吧，空欢喜一场。"

"你回去好好休息，等我回来。"

"嘿嘿，你这话有暗示呀，等你回来可以一起睡吗？"

"你……"陈曦羞得脸都红了。

"哈哈哈，你害羞了。"

"你讨厌，不准开这种玩笑。"

"我是流氓我怕谁。"

"别闹了，好好开车吧。"

"行，你注意安全，有事随时给我打电话。"

"嗯。"

"真是甜蜜呀。"欧阳风华忍不住笑道，"陈曦，我算是看出来了，你之前根本就不喜欢韩风。"

"什么？"陈曦愣住了，欧阳风华怎么忽然就提起韩风了？

"你跟韩风在一起的时候很平静，几乎没有什么激情，但你现在跟石磊在一起，眼睛好像会发光，浑身上下都透露着恋爱的气息。"

"什么呀，哪有你说的那么夸张。"陈曦有些不好意思。

"也许你自己还没发觉，正常，这是初期，过一阵子就更明显了……"

"懒得跟你瞎扯。"陈曦忽然想起唐笑的托付，试探性地问，"对了，你最近有没有什么状况？有男人追你吗？"

"当然有啊，像我这种美若天仙的女神，没男人追就奇怪了。"

"那你有看上的吗？"

"最近有个91年的小屁孩，感觉还不错，正接触着呢。"

"什么样的？快跟我说说。"

"中医世家，开了几家中医馆，白天穿上白大褂一副文质彬彬的样子，晚上跟我去泡吧，那叫一个狂野，哈哈哈……"

"是你把人家带坏了吧？"

"不是，我们在酒吧认识的，当时我吐得很难受，他递给我一杯白开水，后来还送我回家，在我家住了一晚上……"

"我靠，你这是一夜情啊！"

"我都以为是，可他没碰我，在我家沙发上睡了一夜，第二天还给我做早餐，他说他第一次去酒吧就遇到我了，嘿嘿……"

"真的假的？这小子吃素的？"

"那倒不是，现在他已经对我垂涎三尺，巴不得把我给吃了，只是我吊着他，不让他轻易到手，嘻嘻。"

"如果他第一天晚上不是身体不行，那说明他还是有风度的嘛，没有乘人之危。"

"那当然，我们这样的女人也算是有社会阅历了，看人还是看得准的，这小子起码比鞠啸东单纯多了。"

"找个时间约出来，我帮你看看。"

"没问题，从巴中回来我安排，顺便把你的石头也一起叫上。"

"嘿，你现在不反感石磊了？以前你可是再三叮嘱叫我跟他保持距离的。"

"说实话刚开始我是觉得他很危险，所以老跟你唠叨，但现在看到他对你这么用心，我也就打消念头了，而且，我认识你到现在，你从来没有像现在这样容光焕发，之前跟韩风暧昧的时候都没这样……"

"……"

车里开着音乐，车子行驶在高速公路上，她们一路畅谈，谈着彼此新接触的恋情，两个女人都有些心花怒放。

果然爱情是生命的源泉，女人必须要有爱情才会有活力。

这个夜晚真是美好，音乐声、笑声回荡在车里，两个女人都很开心，然而人生总是不完美的……

忽然，欧阳风华的帕拉梅拉就出了问题，也不知道是怎么了，就这么停下来没办法开了，好在欧阳风华还算冷静，在最后关头把车子滑到应急车道上，而且深夜车辆不多，要不然后面的车来不及避让肯定会出事。

"怎么办？要报警吧？"陈曦拿着手机下了车。

"我还是第一次遇到这样的事情，这车子买了没多久，怎么就出问题了？"欧阳风华往车轮上踢了一脚，"妈的，破车。"

"再好的车都会出问题，你就别生气了，赶紧想办法处理吧。"陈曦焦急地说，"我还没遇到过这样的事情，应该打哪个电话？110吗？对了，你是不是应该打开应急灯？"

"我也不知道啊。"欧阳风华拿着手机打电话，"关键时刻一个人都联系不上，那两个王八蛋是死了吗？"

"你跟谁打电话？"陈曦问。

"孟悦，我男朋友，还有唐笑。"欧阳风华还在不停地拨打电话。

陈曦无语了，这个时候，欧阳风华不是打电话报警，也不是打应急救援电话，而是给男朋友打电话，果然，大多数女人在生存技能方面其实还是有所欠缺的。

正在这时，石磊发来视频通话，陈曦马上接听——

"快到了吧？"

"车子坏在路上了。"

"什么？"石磊眉头一皱，"高速路上？"

"嗯。"

"出事故没有？人有没有事？"

"没事，周围都没车，就是突然坏了开不动。"

"人没事就好说，车子是不是停在应急车道上？你们人在哪里？"

"车子是在应急车道上，我们俩在车旁边，就是应急车道的护栏边。"

"你现在冷静，照我说的去做。"

"好。"

"马上打开车子危险报警闪光灯，打开示宽灯和尾灯，把警告标志放在来车方向150米的地方！"

"好。"陈曦马上照做。

"现在，把镜头对着护栏外面晃一下，我看看周围环境。"

"嗯。"

"护栏外有树林，你们翻到护栏外面去，不要走远，也不要太靠近高速公路，这样比较安全，除了手机和水，不要带任何繁重的东西。"

"好。"

"好了，现在你们安全了，把地址定位发给我。"

"啊？"

"刚才跟你说话的时候，我已经下楼到地下车库了，我现在赶过来。"

"可是……"

"闭嘴，马上发定位。"

"哦。"陈曦发过去了。

"照顾好自己，注意安全，等我过来。另外，如果我没记错的话，你朋友的车是保时捷帕拉梅拉？"

"对。"

"行了，我会通知救援队过来给你们处理车，不过你们那个地方荒郊野外的，估计我比他们还要先到。"

"你真的要来？"

"要不然呢？"

## 130. 速战速决

挂断视频通话，陈曦心里有些感动，这里离成都两百多公里，大半夜的，她一句话，石磊就直接赶过来了！

"妈的，孟悦那个王八蛋，关键时刻就找不到人。"欧阳风华非常愤怒。

"可能他已经睡了呢。"陈曦安慰道，"毕竟现在都十一点多了，石磊是因为刚刚从外面回来……"

"哪有那么早睡？他平时十二点多还跟我聊微信。"欧阳风华酸溜溜地说，"还不如你的石磊靠谱！"

正说着，她的手机就响了，正是孟悦打来的，她马上接听："喂，你刚才为什么不接电话？"

"洗澡？好吧。"

"没到，车子坏在路上了，没出车祸，不知道为什么，就是突然开不动了。"

"打电话了，陈曦的男朋友说他来处理，他已经在路上了。"

"什么叫那就好？我们现在的处境好吗？我们站在护栏外面，随时都有可能会有危险的。"

"……报个屁的警啊，算了，你睡觉吧，拜拜。"

欧阳风华直接把电话给挂了，对着手机怒气冲冲地说："妈的，完全没有执行力，我说了半天，他还问东问西，居然还建议我报警，你看你家石磊，你话还没说完，他已经到停车库了，直接主动干脆利落地过来救你，这才是男人。"

"每个男人性格不一样嘛。"陈曦劝道，"如果把石磊给你，你要吗？"

"呃……"欧阳风华这下子哽住了，她也是风风火火说一不二的人，跟石磊那样霸道强势的男人根本就无法相处，可能说不到两句话就要吵起来，然后当街打起来，想到这里，她连连摇头，"这么想，我还是比较喜欢我的孟医生。"

话音刚落，孟悦就打电话过来了，欧阳风华让电话响了一阵子才接听，直接打开免提，冷冷地问，"干吗？"

"我已经在车上了，你把位置发给我。"孟悦的声音斯斯文文的很好听。

"什么？"欧阳风华愣住了，"你要过来找我？"

"嗯。"孟悦认真地回应，"本来想着你朋友的男朋友已经过去了，而且问题也解决了，我去了也没什么用，可是你说害怕，我觉得我就应该过去一趟，就算只是陪陪你也好啊。"

"嘻嘻，这就对了。"欧阳风华马上眉开眼笑，"我马上把地址发给你，你开车小心点，注意安全。"

"知道了。"

挂断电话，欧阳风华把地址发给孟悦，然后笑嘻嘻地对陈曦说："刚才我们还商量着什么时候见一面，看来这次要在巴中聚会了，嘿嘿。"

"刚才还在生气呢，现在好了？"陈曦打趣地说，"对了，他们俩来了怎么安排呀？我让莫烦给我们安排一个房间。"

"我不介意四人混住。"欧阳风华挤眉弄眼地坏笑。

"别闹了。"陈曦瞪了她一眼，用手机搜索巴中市区的酒店，"我看看我们住的那家酒店还有没有房间，给他们订两间。"

"不要。"欧阳风华马上阻止她，"陈曦，你这脑子真是缺根筋呀，两个男人为了我们大半夜不远百里赶过来救驾，多好的机会，当然要趁机增进感情了……"

"什么意思？"陈曦没懂她葫芦里卖的是什么药。

"笨蛋。"欧阳风华干脆直接说了，"男人要试试才知道能不能继续交往，现在是个好机会，不要错过，不管你和石磊怎么样，反正我今晚是打算跟孟悦睡。"

"噗——"陈曦差点一口老血喷出来，"不会吧，欧阳，你们才认识一个月不到。"

"什么年代了？"欧阳风华白了陈曦一眼，"现在年轻人谈恋爱都是速战速决，再说了，这种事就是情到浓时情不自禁，哪有那么多规矩，按部就班就没意思了。"

"呃……可是这样你们就更要订房间了呀……"

"傻瓜，这种事应该让男人来做，我现在订好房间就显得太刻意了。"欧阳风华坏坏地笑。

"好吧。"陈曦拿她没办法，"那我给石磊订一间，你们俩的事情你自己安排。"

"你跟石磊不是接触得挺好的吗？难道不打算更进一步？"欧阳风华意味深长地问。

"我们没那么快。"陈曦还在网上找房间，"糟了，我们住的那家酒店没房间了，巴中就只有一家五星酒店，其他都很一般，不知道他们住不住得惯。"

"先别管了，你就是个操心的命，让他们自己处理。"

"好吧。"

夜风有些冷，刚开始陈曦和欧阳风华兴致勃勃地聊男人，后面两个女人就抱着胳膊原地哆嗦，伸长脖子看着车来的方向，希望石磊和孟悦快点来。

石磊果然办事神速，两个小时就到了，一路飞奔。他停好车，下来查看了欧阳风华的车，居然就这么给弄好了，直接对欧阳风华说："弄好了，上车吧。"

"可以开了？"欧阳风华觉得很不可思议，"是什么问题？"

"稍后再说吧，高速上不要逗留太久。"石磊把外套脱下来披在陈曦身上，"你上我的车。"

"我……"陈曦有些尴尬，看着欧阳风华。

"去吧去吧。"欧阳风华倒是看得开，"重色轻友是人之常情。你们先走，我留在这里等孟悦。"

"什么？"石磊眉头一皱。

"她男朋友。"陈曦解释。

"高速公路上不宜久留，前面十三公里就有一个服务区，把车开到那里等。"石磊完全是命令的语气，"上车，马上！"

"喂，你……"欧阳风华不吃他这一套。

"他说得对。"陈曦倒是觉得石磊很明智，"在这里等的确不安全，我们还是去服务区等吧。"她凑过去在欧阳风华耳边低声说，"刚才你不是还说要上洗手间吗？"

"也对。"欧阳风华早就憋坏了，"那你上我的车，到服务区等孟悦来了再说。"

"行。"陈曦笑了，欧阳风华平时自强独立，但她终归是个女人，也有缺乏安全感的时候。

"行了，赶紧上车。"石磊再次催促。

"嗯。"

 131. 挤一挤吧

三人开车来到服务区暂作休息，顺便等孟悦，因为担心孟悦开车不安全，欧阳风华也没给他打电话，就发了一条微信通知他，他们在服务区等他。

石磊拿来两杯热奶茶给陈曦和欧阳风华："这里没什么好吃的，将就喝点热饮，暖和一些。"

"谢谢。"陈曦发现石磊看起来有些憔悴，眼睛满是血丝，她不免有些愧疚，"你刚下飞机，还来不及休息就跑过来帮我，一定很累吧？"

"没事。"石磊看了看手表，"我估计那位还得有一会儿才能赶过来，把车开去加点油吧。"

"对对对，我差点忘了，快没油了。"

等了一个多小时，孟悦才到，陈曦看到他，不由得眼前一亮。

以前陈曦以为龙七是她认识的异性朋友当中最帅的一个，现在看到孟悦，觉得龙七的地位一下子就岌岌可危了。

龙七的衣着打扮总是时尚潮流，其实很给形象加分，哪怕长得不算特别好看的，只要那么穿也会显得很帅气。

但是孟悦却是一个实实在在的帅哥，一身浅色休闲装，斯斯文文，干干净净，笑起来有一个酒窝，就像冬天的一缕阳光，夏天的一缕清

风，只是微微一笑，就能够让人感觉特别舒服。

"怎么现在才来呢？"欧阳风华嘴上嗔怪地说着，却快步迎上去挽住了孟悦的手臂，"路上都安全吧？"

"安全，我开车比较稳，也不敢超速。"孟悦看着欧阳风华一脸风霜的样子，不禁有些心疼，"等急了吧？"

"没事。"欧阳风华整个人都依在他身上，特别的亲密，"我给你介绍一下，这是我朋友陈曦，这是她……朋友，石磊。"

欧阳风华顿了一下，想着陈曦都没有承认石磊是男朋友，所以只能这么介绍。

"你们好。"孟悦跟他们打招呼。

"上车吧，早点到巴中，现在都已经十二点过了。"

石磊向来都不浪费时间，拉着陈曦上了他的车，他的习惯很好，不管在什么时候什么地方都一样细腻，为陈曦打开车门，护着她的头，等她上车了，他才绕到驾驶室上车。

欧阳风华看到这一幕，嫉妒死了，一双眼睛愤愤地瞪着孟悦，其实孟悦也很暖，已经为她拉开帕拉梅拉的车门了，正准备转身上自己的车，被欧阳风华这么一瞪，整个人都愣住了："怎么了？"

"你上我的车。"欧阳风华命令。

"那我的车怎么办？"孟悦错愕地问。

"这里可以停车，我们回来的时候再取。"欧阳风华嘟着嘴，"你看看人家都一起，我们还分开走。"

"好吧好吧。"孟悦拿她没办法，"我去把车挪一个位置，然后跟停车场管理员交代一声，你等我一下。"

欧阳风华这才笑逐颜开。

陈曦从后视镜里看到这一幕，忍不住笑道："女人呀，一旦谈恋爱就会变成小孩子，再强大的女人都一样。"

"那你有没有变成小孩子？"石磊忽然问。

"我啊，我现在都变成低能儿了。"陈曦笑道，"以前我什么事情都要亲力亲为，每天都有操不完的心，比如说今晚吧，要不是有你，我就只能报警，然后今天晚上就别想睡了……但是给你打了个电话，我就只需要听从你的安排就好，什么都不用管，呵呵……"

"嗯，恭喜你，恋爱了！"石磊勾唇一笑

"什么？"陈曦一时没反应过来。

"自己想想，你之前说了什么？"石磊循循善诱。

"我……"陈曦仔细想了想，马上就明白了，羞得脸都红了，"我不是那个意思。"

"我是啊。"石磊倒是大方坦然，"你说的嘛，女人一旦恋爱就会变成小孩子，你自从认识我之后就变成小孩子，这就证明你恋爱了。"

"我……"

"虽然我没有人家长得帅，但还是很实用的。"石磊一本正经地说，"你都这么大的人了，应该明白帅不能当饭吃，像我这种十项全能的男人，永远都不会让你操心，不会让你累，更不会让你掉眼泪，考虑一下！"

"呃……"陈曦心里愕然，石磊这算是告白吗？

莫烦给陈曦打电话，询问她到巴中没有，陈曦说快到了，然后自己跟朋友另有安排，让他别操心，照顾好新娘和其他亲友，莫烦说考虑到她带着朋友，所以给她安排了一个套房，让她去了酒店直接登记。

挂了电话，陈曦给欧阳风华发微信，问她怎么安排，欧阳风华用语音回了一条消息："我已经定好酒店了，跟孟悦出去住，明天的婚礼也不去参加了，等会儿下了高速，你到我车上把东西拿下去，嘿嘿。"

陈曦无语了，这家伙倒是雷厉风行，说了今晚要睡男人就要睡男人，把她一个人晾在一边，现在她该怎么办？

"怎么了？"石磊颇是随意地瞟了她一眼。

"那个……"陈曦想了想，避重就轻地说，"我参加婚礼的酒店房间订满了，我朋友就给我安排了一间房，我给你在其他酒店订个房间吧，委屈你一晚。"

"欧阳律师他们应该不跟你去了吧？"石磊问。

"呃……你怎么知道？"陈曦很好奇，她刚才听语音的时候明明是用听筒，而且放小了音量，石磊应该听不见才对呀。

"你朋友不是给你安排了一间套房吗？"石磊又说，"套房一般就是两张床，我不介意将就一晚上。"

"这怎么行？"陈曦反应很大。

"怎么不行了？"石磊一本正经地说，"我大老远赶过来救你，你还想让我露宿街头不成？有你这么忘恩负义的吗？"

"我不是说了给你订酒店吗？"陈曦急了，"我现在就给你订。"

"行，你订吧，反正我不住五星以下的酒店。"石磊似乎很好说话，"钱我自己出。"

"整个巴中市就只有一家五星级酒店，因为有婚宴，所以已经全部订满了。"陈曦眉头紧皱，"我刚才不是跟你说了吗？"

"所以咯，今天晚上我只好跟你挤一挤。"

## 132. 一张床

"你套路好深啊。"陈曦无语了，"我怎么觉得绕来绕去都在你的陷阱里？"

"行了，不逗你了。"石磊打了个哈欠，"我已经三天三夜没合眼，现在只想睡觉，不会对你怎么样的，你就放心吧。"

陈曦见他真的疲惫不堪，不免有些愧疚："你这么累还亲自跑过来？其实你打电话叫救援的人就好了，剩下的事情我们自己会处理的。"

"行了，别啰唆了。"石磊懒得多说，"老夫身经百战，不会这么容易被累垮的，之所以说这个就是想让你放心，我虽然不是什么好人，但也不至于强迫女人，除非……"

他的唇角勾起一抹邪恶的坏笑，"你自己愿意！"

"……"陈曦无语了，这家伙，什么时候都不忘记耍贫嘴。

两人一路聊到下高速，在路边等着欧阳风华和孟悦，大概等了十几分钟，他们终于来了。

石磊帮陈曦把行礼拿到自己车上去，欧阳风华把陈曦拉到一边低声说："记得戴套啊，可别中招。"

"你……"陈曦羞得面红耳赤，"胡说八道什么呢？你以为我像你呀。"

"我怎么了？"欧阳风华眉头一挑，"食色，性也，两个单身男女，情投意合，从灵魂升华到肉体，这不是很正常的事情吗？我都禁欲两个多月了，今晚终于可以解放咯。"

"小声点，人家都要听见了。"陈曦简直想找个地缝钻进去。

"听见就听见呗，反正是孟悦主动提出来的。"欧阳风华回头朝孟悦抛了个媚眼，拉着陈曦苦口婆心地说，"陈曦，你呀，有些事情不要太压抑自己了，你看你没离婚之前就跟万彬分居两年多了，到现在算起来快三年都没性生活吧？后来跟韩风谈的事情也没发生什么，你何必这么压抑自己呢，你跟石磊你情我愿，该发生就发生，不要太克制自己……"

"行了行了，别说了。"陈曦实在是听不下去了，"快上车吧，孟悦在等着你呢。"

"好吧，自己把握。"欧阳风华跟石磊打了个招呼，然后就上了车。

"还愣着干什么？走吧。"石磊催促陈曦。

陈曦上了车，发现座位下面多了一个袋子，马上说："这不是我的东西呀，这是欧阳的吧？"

"她给你的。"石磊说。

陈曦打开一看，都是些零食，可下面还有……几盒避孕套，她的脸一下子就红到了耳根，慌忙将袋子塞到座位下，生怕石磊看见。

"噗——"石磊忍不住笑了，"你都是当妈的人了，还这么害羞？不就是避孕套吗？有什么不好意思的？有备无患，这是好事。"

"不，不，不是的……"陈曦紧张得语无伦次，"我根本就不知道欧阳为什么要给我这个……"

"这才是真正的朋友。"石磊由衷地感叹，"支持你做任何让你心情愉悦的事情，还考虑到你的安全问题，多好啊。"

"别说了。"陈曦双手捂着脸，羞涩得说不出话来。

"可是……"石磊忽然想到一个重要问题，"你们之前根本就不知道我们要来，为什么会准备避孕套？"

"呃……"陈曦也反应过来了，"对哦。"

"看来这个欧阳律师不简单啊。"石磊摇头感叹，"随时在车里准备避孕套的女人，嘿嘿，性子外放狂野，也不知道小孟受不受得了。"

"欧阳是好女人。"陈曦马上为欧阳风华辩解，"可能，可能这是孟悦带来的呢，又或许，是他们刚才在服务区买的。"

"你看看这购物袋，伊藤洋华堂的，里面还有一张小票，如果我没猜错的话应该是今天在她家附近商场买的。"石磊说。

陈曦在里面翻了一下，果然找到一张购物小票，正是今天下午三点十分在欧阳风华家附近的伊藤洋华堂买的，她傻眼了，欧阳风华买这些干什么？另外，石磊怎么知道这些？

"其实很正常。"石磊勾唇一笑，"欧阳律师早就想好了，最近要跟小孟来一场完美的车震，所以才准备这些东西。你看他们刚才都没往市区里开，直接上光雾山了。"

"噗，不是吧？"陈曦觉得不可思议。

"你要不信，明天自己问她。"

石磊话音刚落，陈曦就收到了欧阳风华发来的微信——

"我们在去光雾山的路上，明天就不跟你会合了，我想了想，虽然我跟莫烦不熟，但他终究也邀请了我，我应该给个份子钱，所以给你转账过去，你帮我给莫烦，代替我祝他新婚快乐！"

随即，欧阳风华就转账666过来，陈曦收下红包，回复："我会转告莫烦。可是，这个时候你们去光雾山干什么？"

"嘿嘿，你说呢？"欧阳风华回了这句高深莫测的话。

陈曦抬头看着石磊，他的唇角勾着一抹坏笑，这家伙全都猜中了！

来到巴中费尔顿凯莱大酒店，陈曦和石磊顺利的办理了入住。

石磊背着陈曦的背包，拿着房卡上楼，陈曦跟着后面，低头走路，紧张得手心都出汗了。

"饿不饿？要不要吃点东西？"石磊倒是大方自然。

"不用。"陈曦根本就不敢看他。

石磊扭头看着她，好笑地说："你好像很紧张啊？"

"不知道那个套房是什么样的。"陈曦拿着房型图，却怎么也看不明白，"是两个房间，还是……"

"一个房间。"石磊打断她的话，笑眯眯地说，"一张床！"

"什么？"陈曦惊愕地睁大眼睛，"不会吧？"

"你好歹也是个知名作家，该不会没住过五星级酒店的行政套房吧？"石磊笑容满面，"基本上都是卧室一张两米二的大床，客厅有书桌书柜和沙发……"

"那不行。"陈曦慌了，"我们现在去换一个房间。"

"刚才问过，他们已经没有房间了。"石磊按了电梯按钮，"你自己不也确认了吗？"

"我找莫烦，也许他可以让亲友跟我们调换一下。"陈曦准备给莫烦打电话。

"现在都凌晨两点半了，你确定要打扰新郎？"石磊走进电梯，一手挡在门上，好整以暇地看着陈曦，"还不进来？"

## 133. 同处一室

"不行就去别的地方住，我怎么能跟你……"陈曦的话还没说完就被石磊拉进电梯，她马上慌了，"你要干什么？"

"闭嘴。"石磊直接按了十九楼。

电梯里很安静，安静得都能让陈曦听见自己心跳的声音，而从石磊身上隐隐传来的男人气息，犹如攻城略地的彪悍骑兵一般，不由分说地掠过了她的鼻端。

全然不由自主地，陈曦明显地感觉到了自己心跳在加速，脸颊也有了隐隐约约发热的感觉，也都不知是不是太长时间没喝水的缘故，她开始不自觉地加快了吞咽唾沫的速度，就像是……

就像是初夜来临之前一样！

慌乱地摇了摇头，陈曦努力让自己脑子里骤然涌起的古怪念头退散，可是看着急速上升的电梯，她顿时觉得心脏跳动的速度越发的加快了几分："要不你住吧，我去楼下做SPA。反正都这么晚了，我就不睡了。"

"顶着熊猫眼参加婚礼是不礼貌的。"石磊揽着她的肩膀，强行将她带出电梯。

"我还是出去找地方住吧……"陈曦还在试图说服他，"一个房间两个人住太挤了。"

"没关系，我不介意。"石磊打开房门，将陈曦推了进去，随即关上房门。

陈曦傻了，这家伙该不会是想霸王硬上弓吧？

"先去洗澡。"石磊把陈曦的背包放在卧室。

"我我我，我赶稿，今晚就在客厅码字……"陈曦根本就不敢进卧室，"你，你去睡吧。"

"你自己进来，还是我把你扛进来？"石磊盯着她，"要不然我帮你洗？"

"你……"陈曦刚要说话，石磊就向她走了过来，她吓得连连后退，"喂喂喂，你，你别过来……"

石磊看到陈曦紧张害怕的样子，唇角勾起邪恶的坏笑："你就这么怕我？"

"石磊，你不要这样……"陈曦紧张得语无伦次。

"别紧张，我会很温柔的。"石磊一步一步向她逼近。

陈曦转身就跑，石磊一个箭步冲上去抓住她，直接把她甩到背上扛起来，转身就往卧室走去……

"放我下来，放我下来……"陈曦双腿乱蹬，不停地挣扎。

石磊把陈曦甩到床上，陈曦还没反应过来，他就压了下来，陈曦闭着眼睛惊恐地尖叫，双手推着他的肩膀，以为自己就要被XXOO，可是好一会儿，他都没有继续动作，也没碰她，她睁开眼睛，发现他双手撑在她肩膀两侧，好笑地看着她。

"你……"陈曦正要说话，石磊就退开了，在衣柜里拿了一床被子往客厅走去，"我睡沙发，你要是害怕，可以反锁门，还是不放心的话，放一把椅子挡在门后面，椅背靠墙，一般人撞不开。"

陈曦坐起来，怔怔地看着石磊。

他把被子丢沙发上，然后拿了一瓶水坐在沙发上一口气喝完，扭头看着她，挑眉坏笑："看着我干什么？想邀请我去床上睡？"

陈曦一个激灵跳下床，迅速跑过去把卧室的门关上、反锁，想了想，又搬一把椅子抵在门后……这是石磊刚才教她的方法！

一切搞定，陈曦这才松了一口气，安安心心地去洗澡……

她太紧张，身上都汗湿了，只想好好冲个澡。

石磊看到陈曦这一连串的反应，唇角勾起一抹无奈的苦笑，抱着枕头躺在沙发上，喃喃自语地说："我有那么可怕么？"

大概是真的太累了，他很快就有了睡意，眼皮越来越沉重，忽然，浴室传来一个声响加上尖叫，他马上警觉地睁开眼睛，箭一般地冲了过去……

陈曦刚刚洗完澡，出来的时候滑倒了，一丝不挂的倒在地上，十分狼狈，她扶着墙壁想要站起来，可是浑身都疼，而且脚踝好像裂开了一样……

"怎么搞的？"石磊忽然冲进来。

"啊——"陈曦捂着自己的敏感部位，惊慌失措地尖叫，"出去，出去——"

石磊也不废话，扯下一块浴巾走上前去裹着陈曦，然后抱起她大步走出去，将她放在床上："有没有哪里受伤？"

陈曦用被子裹住自己的身体，这才指了指右脚。

石磊检查了一下，发现她的脚踝扭伤了，他眉头一皱，马上打开柜子在冰箱里拿出一些冰块，用毛巾包起来给陈曦敷脚："其他地方呢？有没有哪里伤到？"

"应该没有。"陈曦摇摇头。

"那行，你自己按着。"石磊把陈曦的手按在冰袋上，转身往外走，"好好按着冰袋，不要乱动。"

"你去哪儿？"陈曦脱口而出。

"刚才还把门反锁，生怕我进来，现在又怕我走了？"石磊白了她一眼，"一会儿就回来。"

然后，他就离开房间了……

陈曦一个人坐在床上，头发还在滴水，身上裹着浴巾被子，焦急地等待着石磊，正如他所说的，几分钟之前她还处处防着他，生怕他靠近，可是现在，她又迫切地希望他早点回来……

她甚至在后悔，觉得自己刚才不应该那样对待他，其实他不过是吓唬吓唬她，根本就没有想要轻薄她的意思，把她扛到床上就抱着被子出去了，还教她怎么反锁门，是她自己以小人之心度君子之腹……

等等。

她明明都已经把房门反锁了，还拿椅子抵住了，为什么他还能进来？

陈曦抬头看着房门，椅子在旁边，门也没有被撞坏的痕迹，他是怎么做到的？

她百思不得其解……

可是很快，陈曦就不再想这个问题了，她开始想，刚才石磊冲进浴室的时候有没有看见什么？是不是把她都看光了？

天啦……

想到这些，陈曦不由得面红耳赤，简直想找个地缝钻进去。

正在胡思乱想的时候，外面忽然传来脚步声，陈曦知道是石磊回来了，马上心跳加速，手足无措，想着自己现在是不是很狼狈，慌忙整理头发浴巾被子……

## 134. 晚 安

"不是叫你不要乱动吗？你瞎折腾什么？"石磊走进房间，手里拿着几个瓶子，也不知道装的是什么液体，当着陈曦的面开始调配起来。

"这是什么？"陈曦怔怔地看着他。

"能让你的脚好起来的东西。"石磊眼皮都没抬，调制好之后就坐在床边给陈曦抹药，"忍着点，我下手重，开始会有点疼。"

"哦。"陈曦应了一声。

石磊把药倒在手上，开始给陈曦擦药，果然，他的手劲儿很大，搓得陈曦的脚火辣辣的疼，陈曦死死咬着下唇，忍着不叫出声音，可是眼泪已经在眼眶里打转。

"痛就叫出来。"石磊看了她一眼。

陈曦没说话，强忍着疼痛摇头，示意不疼。

"真是倔强。"石磊没再多说，很快就按完了，拉着陈曦上下检查，"还有没有其他地方受伤？"

"没有。"陈曦一开口，声音都是颤抖的，她真的很疼。

"一会儿就不疼了。"

石磊拨了拨陈曦湿漉漉的头发，起身去浴室拿来吹风机给她吹头发。

216

陈曦紧紧裹着被子，生怕自己春光外泄，说来也奇怪，刚才还痛得快要断掉的脚踝现在居然真的不疼了，她试着动了动，只是有些发麻。

　　"不要乱动。"石磊忽然低喝，"你的脚虽然没有伤到骨头，可是肌肉扭伤，需要好好处理，以后每天用药酒擦伤口，连续一周就能完全好了。"

　　"哦。"陈曦点点头，疑惑地问，"你去哪里买到药酒？这里这么偏僻，附近好像也没有药店和医院。"

　　"正因为这样，酒店才会设有简单的医药房，找点药不是什么难事。"石磊说。

　　"还有个问题……"陈曦十分好奇，"刚才我明明把房门反锁了，还按照你说的，用椅子抵着门，可你为什么还能进来？"

　　"以你的智商很难跟你解释清楚。"石磊并不打算跟她多说，打开吹风机，继续给她吹头发。

　　陈曦没有再说话，紧紧裹着被子，不敢抬头看他，心却扑通扑通乱跳。

　　他的动作有些笨拙，却很专注，一只手拿着吹风机，另一只手在她发间轻轻拨动着，偶尔触碰到她的耳朵，撩起一种奇怪的感觉。

　　好一会儿，头发终于吹好了，石磊从衣柜里拿出浴袍递给陈曦："把湿掉的浴巾取了，换上这个。"

　　然后，他就背过身去喝水……

　　陈曦扭头看着他，才发现他上身只穿了一件军绿色的背心，全都汗湿了，拿着一瓶矿泉水咕噜咕噜地喝着，大概是真的渴了。

　　经过刚才的事情，陈曦也没有之前那么防备了，躲在被子里换上浴袍，发现被子枕头湿了一大片，就是因为刚才她头发在滴水，情况紧急，谁都没有留意到这个问题。

　　石磊起身去客厅，很快，抱着被子和枕头回来。

　　陈曦慌了："你……"

　　"下来。"石磊抱着陈曦下地，"单脚站一分钟没问题吧？"

　　"没问题，可是你……"

陈曦的话还没说完，石磊就开始忙碌起来，把湿掉的被子枕头拿开，换成他自己的被子和枕头，铺好之后再抱陈曦上床，为她垫好枕头，还在床尾放一个枕头，让她受伤的脚可以放在上面，舒服一点儿。

一切都安排完毕，他又去烧了开水，给陈曦兑了一杯温开水递给她："把水喝了，关灯睡觉。"

然后，他就抱着湿漉漉的被子和枕头去了客厅……

陈曦看着他的背影，于心不忍："被子和枕头都是湿的，你怎么睡？要不打电话让客服送一套过来吧。"

"你知道现在几点吗？凌晨三点，再折腾下去，真的不用睡了。"

石磊从地上捡了一个靠垫当枕头，把被子湿的那一头朝脚边，准备这样将就着睡了。

"你这样会感冒的。"陈曦很不忍心，也很愧疚，"你去浴室拿一条浴巾把湿掉的地方隔起来吧。"

"心疼我？"石磊眉头一挑，"要不我上床跟你一起睡？"

说着，他就要起身……

"不行！"陈曦急了，拿了一个靠垫就向他扔过来。

石磊看也不看单手抓住了丢回去："别闹了，关灯睡觉，你明天还得参加婚礼。"

"哦！"陈曦关了灯，却睡不着，心里复杂难言。

沙发边的落地灯开着，有暖暖的光芒，照着沙发上的石磊，他大概是真的累了，一动都不动，应该是睡着了吧？

陈曦翻了个身，侧躺着，就这样专注地凝望着石磊。

他看起来就是一个蛮横粗犷的男人，说话做事雷厉风行、干脆利索，所有需要拐弯抹角的行为在他看来都是多余的。

他的外形看上去并不养眼，不像龙七、孟悦那么帅气，也不如韩风那样斯文清秀，甚至还没有万彬好看，他就是一个野兽派男人，身上有一种与生俱来的霸气，让人望而生畏，敬而远之……

可偏偏就是这样一个男人，重情重义、温柔体贴、细腻到极致，每一次陈曦遇到大大小小的困难，他都会及时出现在她身边，救她于水火，为她解决所有问题。

而她却对他处处防备，这让她万分愧疚。

"你再看我，我就把你吃掉……"

黑夜里忽然响起这个声音，幽幽冷冷，把陈曦吓了一跳。

石磊睁开眼睛，眼睛在黑暗中闪闪发亮，就这么直勾勾地盯着陈曦。

陈曦像个做贼心虚的孩子，慌忙躲进被子里。

石磊单手撑着头，笑眯眯地看着陈曦："要不要我过来？"

"你……"

"别纠结了，我未婚你未嫁，发生点什么也很正常，你怕个毛啊！"石磊挤眉弄眼的坏笑，"放心，我会很温柔的，保证不让你疼……"

"滚！"陈曦还想丢枕头砸他，可是发现手边没东西可丢了。

"真不愿意啊？"石磊嬉皮笑脸地问，"真的真的不愿意？"

"不愿意！"陈曦回答得很大声很果断，"真是不该同情可怜你，给点阳光就灿烂，不理你了。"

她转过身去背对着他……

"呵呵呵……"石磊轻轻地笑了，声音变得温柔起来，"睡吧，晚安！"

## 135. 你喜欢我

大概是石磊的"晚安"让陈曦感到心安，又或许是她太累了，不一会儿，她终于睡着了，睡得很沉。

夜里迷迷糊糊做了一个梦，梦见她跟石磊在海岛上度假，两人亲密无间，就像一对深爱的情侣，发生许多浪漫温馨的小故事……

早晨被电话吵醒的时候，陈曦的唇边还衔着甜蜜的笑容，缓了缓神，拿起床头柜上的手机接听电话："莫烦！"

　　"不好意思，陈曦，吵醒你了吧？"

　　"没事。"陈曦翻了个身，看着客厅的沙发，心里一惊，石磊不见了。

　　"昨天晚上招呼亲戚，都没有去接你，真是不好意思，你住哪个房间？我和燕子过来找你，顺便给你拿点吃的。"

　　"不用不用，这个时候你们应该准备婚礼仪式了，来找我干吗？耽误时间。"陈曦看了一下，已经快十点了，"我准备起床了，等会儿宴会厅见。"

　　"我就是知道你没起床，肯定也没吃早餐，所以过来给你送点吃的，你是我最好的朋友，我也没好好招待你，带燕子过来跟你打个招呼是应该的。"

　　"真的不用，现在新娘应该要化妆换衣服了，别耽误时间……"

　　"没事没事，她很早起来，已经弄好了，你快告诉我，你在哪个房间……"

　　"我……"

　　"醒了？"忽然，一个男人的声音传来，打断了陈曦的话，她抬头一看，石磊从洗手间出来，大概是刚刚洗完澡，身上还在滴水，全身上下就围了一条浴巾……

　　陈曦慌忙扭过头去，不敢看他，脸都红到了耳根。

　　"这么早跟谁讲电话？"石磊往床边走来。

　　"你先去把衣服穿上。"陈曦急得脱口而出。

　　"咳咳……"电话那头，莫烦干咳几声，似笑非笑地说，"原来是不方便啊，那我就不打扰了，等会儿一定要把男朋友带来，我认识认识，嘿嘿。"

　　"等一下，莫烦，不是你想的那样……"

　　陈曦的话还没有说完，电话就挂断了，她无语了，这下可真是跳到黄河也洗不清。

石磊走过来掀开被子，弯腰抱起陈曦，陈曦吓了一跳："你要干吗？"

"洗脸。"石磊抱着陈曦往洗手间走去。

"放我下来，我自己可以。"陈曦十分紧张。

石磊根本就不理她，将她轻轻放在洗手台前："受伤的脚放毛巾垫上。"

陈曦下意识地照做，然后，发现洗手台上的牙膏牙刷都已经准备好了，她的洗漱包，化妆包也放在旁边备用，她愣愣地看着石磊："这是……你准备的？"

"不然呢？这屋子里还有第三个人吗？"石磊好笑地看着她。

"谢谢。"陈曦十分感动，都说细节打败爱情，在这方面，他真的做得太好了。

"行了，快点洗漱，我去换衣服。"石磊出去了，"洗好了先来吃早餐，吃完早餐再化妆，快点，我饿死了！"

"哦。"陈曦乖乖地回应，声音是前所未有的温柔乖巧。

陈曦对着镜子揉脸上的洁面乳，忽然从镜子里看到石磊背对着她站在床尾换衣服，直接把身上的浴巾扯掉，整个人一丝不挂……

陈曦慌忙低下头，不敢再看镜子，这家伙，真是太不讲究了。

"洗好了叫我。"石磊的声音传来，陈曦抬头瞟了一眼，发现他已经穿好衣服，端着两个盘子去了阳台，她松了一口气，连忙洗好脸，随便涂了点护肤霜就过去了。

她也饿了。

昨晚陈曦都没发现这房间还有阳台，十九楼，可以俯瞰酒店周围的景色，清风拂面，阳光明媚，心情都变得轻松愉快。

圆桌上摆放着一份三明治，一份水果沙拉，还有三块漂亮精致的蛋糕和两杯热牛奶。

见陈曦跛着脚走出来，石磊眉头一皱，马上过去扶着她："不是让你洗好了叫我吗？怎么自己就出来了？万一再扭到脚怎么办？"

"我只是受伤了，又不是残废，再说了，这才几步路。"陈曦坐在沙发上，"你从哪里弄的早餐？这个时候还有吃的吗？"

"你不知道可以点餐吗？"石磊把热牛奶递给她，"将就着吃点吧，现在只有这些东西最快。"

"嗯，等会儿就要吃午饭了，随便吃点东西垫垫肚子就好。"陈曦真是饿了，拿起三明治就大吃起来。

"慢点儿吃，没人跟你抢。"石磊宠溺地看着她，"真奇怪，所有人都说你精明能干，独立坚强，我怎么觉得你就是个长不大的小女孩呢。"

"是啊，我在你面前就是个低能儿，什么都不懂，什么都不会，呵呵……"陈曦冲他傻笑。

"说明你喜欢我。"石磊笑容可掬地看着她。

"噗——"陈曦差点一口牛奶喷出来。

"不要不承认。"石磊递给她一张纸巾，"女人只有在自己喜欢的人面前才会变成低能儿，要不然，她比妈都成熟。"

"胡说八道！"陈曦嘴上不承认，心里却在问自己，她是真的喜欢上石磊了吗？其实，她对他真的有一种奇怪的感觉，她不知道这是不是喜欢，但至少，她喜欢跟他在一起……

吃了早餐，换衣服化妆，从房间出来的时候已经十一点半了。

陈曦有些着急，催促着快点赶去宴会厅，免得耽误了婚礼开场。

石磊二话不说就抱起她，大步往电梯走去。

"你干吗？快放我下来，被人看到多不好意思。"陈曦羞愧不已，周围来来往往的住客都在看着他们。

"闭嘴，脚受伤了还这么多废话。"石磊低喝。

陈曦知道拗不过他，只得安静闭嘴。

进了电梯，里面一个人都没有，石磊就给她整理头发，看到一根白头发，帮她拔了下来："年纪轻轻就有白发了，你说你脑子整天胡思乱想些什么？"

"老了。"陈曦接过白发，不由得有些感伤，"岁月不饶人。"

"所以赶紧找个人嫁了，不要浪费生命。"石磊挑起她的下巴，让她看着他，"看到别人结婚，你就不羡慕？"

陈曦心头一颤，怔怔地看着他，他这话是什么意思？该不会是一种暗示吧？

## 136. 接到捧花

网上有一种传言，单身狗最好不要参加婚礼，会伤心伤感，从而感叹人生悲凉孤独寂寞冷……

陈曦早就做好了各种心理准备，尤其身边有石磊的陪伴，她觉得自己应该不会感伤才对，可是当她看到一对新人互相宣誓，交换戒指的时候，心里还是感慨万千。

她想起自己当年跟万彬结婚的情景，仪式很简单，一切从简，她的娘家人因为反对这门婚事，都没有来参加婚礼，可她还是一意孤行，就为了肚子里的小星星。

现在想来，当年的自己到底是有多么幼稚啊，真是为了结婚而结婚，难怪后来会是悲剧收场……

"是不是很感慨？"石磊忽然凑近她，"相似的场景，总会让人触景生情。"

"没有啦。"陈曦眼神闪烁，端起茶杯喝水，掩饰自己的心虚。

"做人就要向前看。"石磊颇是随意地说，"过去都是为将来做铺垫。"

"对了，你是为什么离婚的？"陈曦好奇地问。

"谁告诉你我离婚了？"石磊眉头一皱。

"你不是说你结过婚，还有个儿子吗？"陈曦心里忐忑不安，莫非他还是已婚人士？

石磊没有说话，端起酒杯喝酒。

陈曦知道他在回避，也就没有继续追问，只是心里很不舒服，原来他根本就没有离婚，也不是什么单身人士，那他为什么还要来招惹她？

婚礼正在进行，陈曦收回心情，为两个新人祝福。

燕子要准备丢捧花了，所有单身狗都围了过去，一个两个兴奋不已，等着抢捧花，也就可以很快走进婚姻的殿堂。

有几个认识陈曦的人起哄让她上去抢，陈曦笑着摇头，不想去凑热闹，她刚刚从一段错误的婚姻里走出来，还不想那么早步入下一段婚姻，更何况，她现在连正儿八经的交往对象都没有。

不过台上台下真的很热闹，要是欧阳风华在，这会儿大概早就挤到前面去了。

"想不想要？"石磊问陈曦，"捧花挺漂亮的。"

"的确很漂亮，香槟色玫瑰是我最喜欢的花。"

陈曦看着台上，新娘子背过身去，已经准备丢捧花了，莫烦在冲陈曦招手，示意她过去抢捧花，她笑着摆手，但眼睛却看着那个捧花，还是很想知道最后那个幸运儿是谁。

石磊深深地看了陈曦一眼，扭头看着台上。

随着激烈的音乐声响起，新娘子开始丢捧花了，大概是莫烦早就跟她打了招呼，她很用力地把捧花往陈曦这边丢，可惜陈曦并没有站到台下去，距离是个问题。

捧花以一个完美的抛物线弧度丢过来，眼看就要被别人抢走，石磊忽然一个箭步上前，纵身一跃，准确无误地接住了捧花，然后，当着所有人的面，把花献给陈曦："哪，你喜欢的香槟玫瑰！"

"哇——"全场一片哗然，所有人都在鼓掌起哄。

"你干什么呢？"陈曦羞得面红耳赤，"这么多人看着……"

"你说你喜欢，所以抢来给你。"石磊简单粗暴地说，"要不要？

不要我丢了。"

"你……"陈曦连忙接过捧花，这是在婚礼上，要是真把捧花给丢了，岂不是让一对新人难堪？

"在一起，在一起。"

全场都在鼓掌恭喜陈曦和石磊，还以为石磊是借机表白。

陈曦简直想找个地缝钻进去，石磊要是已婚人士，她这台阶可怎么下来啊！

莫烦牵着新娘子走过来激动地问："陈曦，你还没给我们介绍呢，这位就是你男朋友吧？叫什么名字？"

"石磊。"石磊大方主动地跟他们握手打招呼，"恭喜你们，新婚快乐！"

"谢谢，谢谢。"莫烦把燕子介绍给陈曦，然后拉着石磊喝酒聊天。

燕子是一个温柔甜美的北京女孩，跟陈曦寒暄了几句之后，也给陈曦敬酒，祝福陈曦和石磊早日修成正果。

全桌的人都给陈曦和石磊敬酒祝福，陈曦虽然尴尬，但也不方便解释澄清，倒是石磊坦然自若，接受得理所当然。

午宴之后，大家自由活动，莫烦安排得很周到，酒店里的娱乐设施全部都包下来了，亲友们拿着代金券就可以去享受。

陈曦全然没有兴趣，准备回房间，刚刚站起来，一只手就从后面扶住了她，她扭头一看，正是石磊："你不是去洗手间了吗？"

"又不是掉下去，总得回来的吧。"石磊扶着陈曦往电梯走去，"你打算什么时候回去？"

"本来跟欧阳约好了今天出去玩一下，明天早餐后再返程，现在她都不在，我看我可以早点回去了。"陈曦的态度很冷淡。

"也好，那你跟主人说一声，我们上去收拾东西就退房。"石磊按了电梯按钮。

走进电梯，陈曦拿出手机给莫烦发微信，用语音说她和石磊要先走一步，让他招呼客人不用管他们。

电梯到了，石磊还想扶着陈曦，陈曦却避开他，径直走了出去，他仿佛没有在意，还跟在后面问："你刚才午饭没吃多少，等下要不要再去吃点什么？我知道市里有一家餐厅还不错……"

"不用了。"陈曦在手包里找房卡。

"你是哪根筋不对？"石磊终于忍不住了，"我做错什么惹你不高兴了？"

"没有。"陈曦终于找到房卡，打开房门走进去。

"我前妻是个医生，2008年5月15日，在汶川去世。"石磊忽然说。

陈曦顿住脚步，回头，错愕地看着他。

"她是军区医院的医生，参与震区救援，余震来的时候，她来不及躲避……"石磊简单地解释，"当时儿子刚满周岁，这些年一直由我妈妈带着在上海生活，所以我老往上海跑。"顿了顿，石磊补充道，"我不想提起这件事，所以刚才你问我，我没有说清楚，但我不是那种已婚了还出来勾搭女人的混蛋。"

"对不起……"陈曦很愧疚，她误会他了，还勾起了他的伤心事。

## 137. 一个吻

"我以为我不需要解释你都会懂，可你居然怀疑我。"石磊白了她一眼，"人与人之间起码的信任呢？"

"对不起，我不是有心的……"陈曦非常惭愧，"我没想到会是这样，我以为……"

"你以前被已婚男人骗过？"石磊好奇地问。

"没有。"陈曦摇摇头，她倒还真没有这样的经历。

"那你的防备心怎么这么强？"石磊眯缝着眼睛，疑惑地看着她，

"缺乏安全感？"

"行了，我都道歉了。"陈曦不想继续这个话题。

石磊忽然捏住陈曦的下巴，将她的脸扳过来看着他，郑重其事地说："跟我在一起，你没有必要防备什么，也许有些事情我不愿意提起，但我永远都不会骗你！还有……"他凑近她，暧昧而直接，"像昨天晚上那种情况，你完全不必害怕，如果我真的想对你怎么样，你防也防不住！"

"你……"陈曦刚要说话，他忽然就吻住了她的唇，她惊愕地睁大眼睛，整个人都僵住了，心脏扑通扑通乱跳，就在陈曦缓神的时候，石磊已经退开了，"就像这样！"

陈曦怔怔地看着他，整个人都呆住了。

"行了，你坐在沙发上休息。"石磊往洗手间走去，"我去收拾你那些瓶瓶罐罐。"

陈曦看着石磊离开的方向，脑海里一片空白。

他吻她了。

他居然吻她！

记不清有多少年没有被吻过，结婚生子之后不要说接吻，就连夫妻生活都很少有，这种被亲吻的感觉陌生得好像是另一个世纪的事情，这个吻生涩得就像是陈曦的初吻……

心脏狂热地跳动着，久久不能平息。

石磊为陈曦收拾好所有行李，扶着她下楼，乘电梯直接到地下停车室，正准备上车，莫烦打来电话，焦急地问："陈曦，我刚刚才看到你发的微信，你在哪儿？"

"在负二楼停车场，我知道你很忙，就没有当面跟你打招呼，你不用管我，先去招呼客人吧，我今天直接回成都了。"

"你等我几分钟，我马上过来。"

莫烦说完就把电话挂了，陈曦只好等着他。

很快，莫烦和燕子就来了，提着大包小包的礼品和特产，硬是塞到石磊车上，燕子拉着陈曦表达感激之情，莫烦把石磊拉到一边去聊了一会儿。

告别的时候，莫烦跟陈曦拥抱了一下，两人都祝福对方幸福。

车子开出酒店，陈曦好奇地问："莫烦刚才跟你说什么了？"

"他说你又霸道又强势，还像刺猬一样对人充满防备，让我多多包容你。"

"不会吧？不可能，莫烦怎么会这么说我？"

"原话当然不是这样，不过意思差不多啦。"

"他肯定说我坚强独立惯了，比较有主见，然后因为受过伤害，所以心里有所防备，让你多多照顾我的感受……"

"你还挺聪明的嘛！"

"当然。所以，你怎么回复他？"

"我说他不了解你，其实你又温柔又乖巧又可爱，还有一颗少女心，只是不太懂得照顾自己，所以我会好好照顾你！"

"噗，你说的人是我吗？"

"当然，在我面前的你就是这样的！"石磊笑了。

陈曦忽然觉得他长得也没有那么凶恶了，阳光下的他，还是满顺眼的……

陈曦的脚扭伤，行动不便，她自己倒是没有什么大事，反正在家就是写写稿子，家务事都有保姆何桂芝来做。

石磊留了药给陈曦，让她每天按时擦拭，仔细叮嘱一番就回家了。

陈曦在家里休息了一天，第二天周日晚上，万星星回来了，陈曦跟何桂芝商量，让她这几天早点过来做早餐送万星星上学，何桂芝十分为难："我每天早上骑电瓶车送我小儿子上学，去了学校再过来你这边，刚好九点钟，如果提前过来，我小儿子就没人送了。"

"噢，对了，我忘了你还有个小儿子。"

陈曦知道何桂芝的小儿子今年六岁，刚刚上小学，大儿子，也就是上次在医院看到的那个男孩十三岁，已经上初中了，何桂芝每天勤勤恳恳，就是为了供两个孩子读书。

家里没有老人帮忙，何桂芝也不容易。

陈曦不忍心为难她，只好另外想办法："那好吧，我看看有没有同学家长帮忙送一下，要不然我就只能自己送了，大不了早点起床。"

"对不起啊，帮不上忙。"何桂芝十分愧疚，"如果是以前都还好说，可以让我老公接送，可是最近我老公去攀枝花做工了，家里就我和孩子。"

"知道了，我自己解决。"

陈曦打算找那几个平时跟自己交好的同学家长，请她们帮忙送万星星去上学，这时，石磊发来视频："吃饭没有？"

"吃了，你在干吗？"

"我应该跟你说过，我餐厅的蔬菜水果都是有机农场提供的，今天过来拿货，你喜欢吃什么菜？明天我给你送点过去。"

"不用了，怪麻烦的。"

"不麻烦，反正我明天早上都要去你家。"

"啊？来我家干什么？"

"你的脚扭伤了，没人照顾怎么行？还有，孩子谁帮你接送？"

"……"陈曦愣住了，她正在为这件事发愁，他就已经为她考虑好了，她什么都没说，他是怎么想到的？

"我知道你家里请了保姆，不过保姆应该没有那么早到吧？孩子早上几点钟上学？"

"八点二十之前必须到校。"

"你家到学校步行二十分钟够吗？"

"够了，我刚才想着要不让孩子自己去上学呢，她知道路线的。"

"虽然这么大的孩子是要培养独立，可是你们那里车辆太多，不安全。就这么决定吧，明天早上我七点半带着早餐过来，你让孩子起床自己洗漱，七点四十吃早餐，八点钟我送她上学。"

## 138. 一家三口

"可是……"

"行了，早点休息，别熬夜，每天晚上十点之前必须睡觉。"

"我……"

"十点钟我再发视频过来查岗！"

随即，视频就被挂断了，陈曦怔怔地看着手机，这家伙，总是习惯性地安排她所有的事情，可奇怪的是，她并不讨厌呢。

并不仅仅是因为他安排得很好，还有一个很重要的原因——向来习惯孤军奋战的陈曦，无论遇到什么困难，哪怕再苦再累也得咬牙坚持，因为她从来都没有后路可以退，可是现在，有一个人为了陈曦撑起一片天，无论她遇到什么事，都有一个人为她顶着，让她不再孤独无助。

这样的感觉，真好！

一个女人不管有多么强大，终究还是有疲惫的时候，陈曦独自一人撑了那么久，早就撑得很辛苦，但她还是咬牙坚持，从不曾跟任何人说，不敢懈怠丝毫，所以万彬从来就不知道体谅她。

但是石磊，即使陈曦从来没跟他透露丝毫，可他却很懂她，从来也不多说多问，只会默默地为她分忧解难，处理所有琐碎事宜，这份心意让陈曦十分感动。

第二天，陈曦早早起来叫醒万星星，督促她刷牙洗脸换衣服，万星星看到陈曦的脚崴了，懂事地说："妈妈，你的脚受伤，就不用送我了，我可以自己去上学。"

"你可以吗？"陈曦看了时间，已经七点半了，石磊还没来，他是不是不来了？如果他有事来不了，她就得另想办法。

咚咚咚。这时，外面忽然传来敲门声，陈曦跛着脚过去开门，正是石磊：“七点半，时间刚刚好。”

“你真的来了。”陈曦十分欣喜。

“我从不食言。”石磊提着大包小包走进来，先把早餐放在餐桌上，然后跟万星星打招呼，“小星星，早上好！”

“妈妈，他是谁？”万星星看着陈曦。

“呃，他……”陈曦有些紧张，不知道该怎么解释。

“我是你妈妈的朋友，因为你妈妈的脚扭伤了，所以我来帮忙送你上学。”石磊弯下腰，大大方方地跟万星星打招呼，“我叫石磊，你可以叫我石头！”

“石头！”万星星一听这称呼就乐了，“是地上的石头吗？”

“对，就是那个石头。”石磊笑眯眯地看着她，“所以我可以叫你小星星吗？”

“可以。”万星星点头。

“我给你做了早餐，放在桌子上了，你洗好脸就去吃。”石磊说完就去了厨房，把带来的菜放进冰箱。

陈曦看他忙里忙外的，想要帮帮忙，石磊却说：“别在这儿杵着了，跟孩子一起去吃早餐。”

“你吃了吗？”陈曦问。

“吃了。”石磊冲她笑笑，“我每天早上五点钟起床，你以为像你，这么懒。”

“我哪有……”

“哇！”客厅里传来万星星的惊呼声，“这些熊猫好可爱，还会打滚儿，像动画片里的小熊猫一样，好可爱好可爱，可以吃吗？”

“都是面粉做的小包子。”石磊从厨房出来，“你尝尝看。”

“你做的？”陈曦看到桌子上精致的熊猫面点，感到十分意外，“商场里有很多这样的面点，可是都没有你做得精致呢。”

“那是当然，也不看看我是谁。”石磊打开另外两个保温盒，倒了两碗南瓜粥，还有两碟小菜，"一人一碗粥，三只小熊猫，还有……"

他又从保温盒里拿出两只可爱的小兔子，"这个是鸡蛋做的，补充营养！够不够？"

"够了够了，能吃完就不错了。"陈曦坐在餐桌前，跟万星星一起吃早餐。

"好吃好吃，太好吃了。"万星星欢呼雀跃，"我从来没有吃过这么好吃的包子，哇呜，先咬掉熊猫屁股，然后咬掉熊猫的脑袋……好可爱！"

陈曦看到万星星这么开心的样子，感到十分欣慰，记不清楚有多久，万星星都没有这样高兴了。

吃完早餐，陈曦习惯性地给万星星检查书包，石磊拍拍她的肩膀，对万星星说："小星星，自己的事情要自己做，吃完早餐整理书包，检查清楚有没有什么东西忘记带了，然后就可以出门了。"

"平时都是妈妈帮我收拾的。"万星星嘟着嘴。

"那你妈妈有没有漏过东西？害你在学校被老师批评？"石磊问。

"有啊有啊。"万星星连连点头，"前天她忘记带我的数学练习本，害我被老师批评了。"

"嗯。"石磊坐在万星星对面，认真地说，"因为这是你自己的作业本，你妈妈并不清楚你要带哪些东西，所以才会漏掉，如果你学会自己收拾书包，就不会有这样的事情发生了。"

万星星想了想，马上跳起来整理书包。

"以后自己的事情要自己做，养成好习惯，还有哦，你妈妈已经很辛苦了，要懂得体谅妈妈！"石磊递给万星星一朵漂亮的小花，"因为你乖乖听话，所以这朵花奖励你。"

"这是什么？"万星星接过花，仔细瞧着，"能吃吗？"

"尝尝看。"石磊笑了。

万星星咬了一口："哇，好甜啊，是苹果，不对，是梨子。"

"苹果和梨子的结合。"石磊揉揉她的头发，"喜欢就好，放学回来还有新的惊喜。"

"谢谢石头叔叔。"万星星很高兴，"以后欢迎你经常来我家做客。"

"嗯，这个星期，我每天早上都会来给你做早餐。"石磊直起腰，"收拾好了吗？可以走了，还有一只小熊猫带在路上吃，不然要迟到了。"

"好的，马上。"

石磊带着万星星离开了，临走之前叮嘱陈曦："吃完早餐在沙发上休息，餐具等我回来收拾。"

"我……"

"听话。"石磊轻轻捏捏陈曦的脸颊，"我很快回来！"

陈曦看着石磊和万星星离开的背影，心里十分感动，这一幕曾经在她脑海里出现过无数次，一家三口其乐融融，多么温馨幸福……

## 139. 开开心心

石磊把万星星送到学校之后，又回来给陈曦准备午餐。

陈曦看着他在厨房忙忙碌碌的，有些不忍心："其实你不用这么麻烦的，保姆马上就要来了，她会做饭的。"

"她做的饭有我做的好吃吗？"石磊头也没抬。

"没有。"陈曦摇头，唇边的笑容都暖到心底了，其实她很享受这种被照顾的感觉，至少有十年都没有人在家里给她做过饭了。

石磊准备好午餐的食材，何桂芝就来了，看到午餐都准备好了，她有些不好意思，石磊让她安心收拾卫生，然后去卧室给陈曦擦药。

陈曦的脚今天已经不再疼了，但行动还是不方便。

石磊说这个药酒要坚持擦一个星期，今天是第二天，还有五天，在她的脚完全好起来之前，他都会过来照顾她和万星星。

一个上午转眼就过去了，石磊十一点半就做好午饭，陈曦看着满桌子丰盛的菜肴，不禁赞叹："你这是在给我设宴吗？三个人弄这么多菜。"

"看你瘦不拉几的，需要补充营养。"石磊摘下围裙，"本来想陪你吃午餐，可是刚接到电话，农场那边有点事，我得过去一趟，你好好吃饭，我明天早上再过来。"

说着，他拿起一块排骨塞进嘴里，匆匆忙忙就走了，陈曦跛着脚去送他，他挥挥手，"回去吃饭，晚上十点之前必须睡觉，不许熬夜。"

"知……"陈曦正要说话，石磊突然回头，在她额头烙下深深的一吻，陈曦僵住了，还没反应过来，他就走了，进电梯之前还回头冲她邪魅一笑，一脸的得意。

陈曦站在门口，久久没有回过神来，心脏扑通扑通地乱跳。

石磊总是这样霸道强势，桀骜不羁，加起来偷吻她两次了，如果换成其他人，恐怕她会觉得是一种无礼，可是对他，她却没有半分讨厌……

这大概，就是真的喜欢上了吧。

"我看这个石先生挺好的。"何桂芝的声音从身后传来，打断了陈曦的思路，她回过神来，进了屋子，关上门。

"女人嘛，再能干也得找个依靠，石先生的样子看着粗犷，但是性格细腻，还懂得心疼人照顾人，真是难得。"何桂芝扶着陈曦到餐桌前坐下，"对了，石先生是做什么的？"

"做点小生意。"陈曦简单地说。

"做生意好啊，经济好。"何桂芝像是打开了话匣子，说个不停，"他拿了好多菜过来，都是你和星星喜欢吃的，各种各样的新鲜蔬菜就不说了，还有鸡肉牛肉，听说都是有机农场拿回来的，对了，还有一盒土鸡蛋……

"石先生做的菜真精致，比我做的好多了，快来尝尝吧。哎呀，我都不好意思下筷子，这么精致的菜，我一个保姆跟着吃，太不好意思了……"

"没关系，就是做给我们俩吃的，你坐着一起吃饭吧。"

"那就谢谢了。"

"陈曦，我觉得石先生真不错，你要好好珍惜啊。有个男人，总比孤儿寡母强，虽然我在你家做事，但也代替不了男人啊……"

"好了，吃饭吧。"

陈曦给何桂芝夹菜，想让她安静点儿，但何桂芝还是说个不停，一个劲儿地劝陈曦要珍惜，说一个离婚的女人带个孩子不容易，最终还是要找到一个依靠。

陈曦笑而不语，大概是境遇不同，她接触异性朋友，从来就不曾考虑什么依靠问题，她不需要依靠任何人，一样可以让自己跟孩子活得很好。

只是听何桂芝说了这么多，她心里不免开始衡量她和石磊之间的种种可能，他们现在应该算是在接触的阶段了，还算不上正式交往，不过目前来说，她对他的感觉还是蛮好的，不知道以后会怎样，顺其自然吧。

万星星晚上回家第一件事就是问陈曦："石头叔叔走了没有？"

陈曦告诉她已经走了，但是第二天早上还会来。

万星星十分期待，不知道第二天早餐还会有什么惊喜。

"星星，石先生临走之前交代我把这个交给你。"何桂芝将一个粉红色小盒子递给万星星，"这是他亲手给你做的，你看看喜不喜欢。"

万星星接过盒子打开一看，里面的三只小企鹅，旁边还做成了冰雪世界，她激动不已："这是什么？"

"石先生给你做的冰淇淋。"何桂芝笑着说，"他做的时候我在旁边看着，本来想学学，可惜学不会，这个真是太精致了，都是用水果做的。"

万星星舔了一下，笑得眼睛都合不拢了："好好吃，但是我尝不出来是什么味道。"

"多吃一口不就尝出来了。"陈曦笑着说。

"不要，这个太可爱了，我舍不得吃。"万星星捧着小盒子爱不释手，"我要拿给我同学看。"

"去吧。"

"好久没看到星星这么开心了。"何桂芝由衷地感叹。

"是啊。"想起这个问题，陈曦感到很惭愧，自从她跟万彬离婚之后，万星星就整天闷闷不乐，虽然表面看来，她们的生活并没有发生什么变化，可孩子还是有心理落差，只是没有表达出来罢了。

今天石磊的出现给了万星星意外惊喜，看到她这么开心，陈曦也很高兴。

晚上十点，万星星已经睡了，陈曦正在书桌前整理稿子，手机忽然响了，是石磊发来的视频，陈曦接上耳机，接通视频："怎么了？"

"你在干什么？"石磊问。

"我……"

"还在写稿子？"石磊很严肃，"我是怎么跟你说的？"

陈曦这才想起石磊的叮嘱，晚上十点之前必须睡觉，她连忙解释："我白天写的稿子还没修改，现在修改了传上去，一会儿就好。"

"要多久？十分钟够不够？"

"差不多吧。"陈曦莫名地有些怕他，就好像做错事的孩子担心被老师数落。

"我十分钟之后打给你。"

"我……"

陈曦还没来得及说话，视频就被挂断了，她马上抓紧时间整理稿子。

## 140. 你又不是我爸爸

其实陈曦早就可以弄好的，只不过刚才在刷微博看新闻浪费时间，自由职业者的通病就是拖延症，不过现在，陈曦被石磊逼得不敢再拖延了。

十分钟之后，石磊又发来视频通话，陈曦接通就说："正在关电脑。"

"这就对了。"石磊很满意，"我不是控制狂，也不打算干涉你的工作和生活，但你身子恢复之前，最好别让我的努力白费！"

"知道了。"听到这些话，陈曦的唇边扬起温柔的弧度，虽然他很霸道很强势，但她就是愿意听他的话，她也不知道为什么。

"好了，现在去洗澡，小心点儿别滑倒了。"

"嗯。"

陈曦洗澡的时候发现浴室里多了一个防滑垫，她很奇怪，这是什么时候添置的，她居然完全不知道，今天何桂芝一天都待在家里，没有出去买东西，来的时候也没带东西，难道是石磊买的？

睡到床上已经十点半，陈曦给石磊发微信："睡了吗？"

"没有。想我了？"

"浴室里的防滑垫是你买的？"

"对。你的脚扭伤了，这不是怕你摔倒吗。"

"谢谢你。"陈曦心里涌上一股暖流，声音都温柔许多。

"那就做我女朋友吧。"石磊忽然冒出一句。

"啊？"陈曦怀疑自己是不是听错了。

"呵呵。"石磊轻轻地笑了，没有继续刚才的话题，而是改口说，"好了，早点睡。"

"嗯，晚安。"

挂了电话，陈曦心里还有些乱，石磊刚才那句话是认真的吗？如果是，他为什么没有接着说下去，而是结束了话题？如果不是，那他对她无微不至的照顾又是为了什么？

第二天早晨，陈曦刚刚起床，门外就传来了敲门声，她连忙去开门："这么早。"

"今天现场给你们做早餐，会好吃一些，所以早点过来。"石磊又是提着大包小包的东西，眼睛盯着陈曦，"昨晚没睡好吧？都有熊猫眼了。"

"我去洗脸。"陈曦低着头躲进浴室，除了万彬，她好像没有这样出现在其他男人面前。

石磊在厨房里忙碌起来，准备做一顿丰盛的早餐。

"石头叔叔来了？"万星星难得主动起床，外套都没有穿就"咚咚咚"地跑到厨房来看石磊，"早上好！"

"早啊，小星星。"石磊冲她笑笑，"快去穿衣服，别着凉了。"

"你在做什么？面条吗？"万星星很好奇。

"是啊，手工面条。"石磊正在和面粉，"要不要一起做？"

"可以吗？那我马上去。"万星星迅速回房间穿衣服，然后洗漱，"妈妈你别挡着我，我要快点儿弄完去跟石头叔叔一起煮面条。"

"平时不见你这么积极。"陈曦难得见到万星星早上这么有精神，平时她都是不够睡，叫都叫不醒，起来了也是懒洋洋的，而且早上经常闹情绪发脾气，哪里像现在这样活蹦乱跳的。

万星星根本不搭理陈曦，迅速洗漱完毕跑到厨房去了。

陈曦正准备收拾她的毛巾牙刷，万星星又"咚咚咚"地跑回来了："给我，我自己收拾。"

"真是太阳打西边出来了，今天这么乖，还自己收拾东西。"陈曦很意外。

"石头叔叔说自己的事情要自己完成，我要做到，他才让我一起做早餐，还教我做冰淇淋和熊猫包子。"

万星星很认真地收拾好东西，然后跑到厨房去找石磊。

女人总是麻烦些，护肤程序很多，过了好久才收拾好自己，来到厨房。

万星星正在用水果刀把擀好的面皮切成一根一根的面条，石磊在炒酱料，两个人一边忙碌一边闲聊，气氛十分融洽。

不一会儿，三大碗香喷喷的手工面就端上餐桌了，还有三杯鲜榨果汁。

大概是因为自己亲手参与了，万星星的胃口特别好，吃得也很开心。

陈曦看到万星星开心，自己也开心。

"慢慢吃，时间还早。"石磊帮万星星把面条搅拌均匀，"我给你装了一壶果汁，带到学校去喝，你记得要在午餐之前喝完，放久了会变质。"

"嗯嗯。"万星星乖乖点头。

"对了，你刚才说的事情可以告诉妈妈了！"石磊颇是随意地提起。

"什么事？"陈曦马上问。

"我们班家委会组织一个亲子活动，要去野外体验生活……"万星星说。

"什么时候？"陈曦问。

"就是这个星期五。"万星星不高兴地嘟着嘴，"老师在QQ群里发了通知，你没看到吗？"

"呃……"陈曦的确没看，自从有了家教老师之后，她就把所有学习问题交给老师，很少再去关注那些消息。

"你整天就知道忙忙忙，都不管我。"万星星发脾气。

"不可以这样跟妈妈说话。"石磊十分严肃，"每个人都有自己的任务，你的任务是学习，妈妈的任务是工作，如果妈妈没有好好工作，就没有收入，没有收入就没办法养家，也就没办法养育你了。"

"可是全班同学都要去，难道就我不去吗？"万星星快要哭了，"爸爸的身体还没完全好，不能参与，妈妈的脚又扭伤了，我参加不了了。"

"妈妈陪你去。"陈曦马上说，"今天周三，说不定到了周五，妈妈的脚就好了。"

"我们是要爬山，还要在山上进行家庭亲子比赛，你的脚受伤了，怎么玩嘛。"万星星的眼泪掉下来，"而且，就算你去了，我们也是只有两个人，人家都是爸爸妈妈一起去的。"

"要不……"

"我陪你们去。"石磊忽然说。

"啊？"陈曦错愕地看着他，"这……不好吧。"

她和他还没有确定关系，让他到家里来照顾万星星已经很不合适了，现在又要一起去参与学校的活动，这不等于公开了吗？要是以后他们俩没在一起，那些同学家长会怎么看万星星？

"人家都是爸爸妈妈一起去，你又不是我爸爸。"万星星毕竟是一个七岁的孩子，已经开始懂事了。

## 141. 习惯依赖

"噢，这样啊。"石磊点点头，微笑地问，"那你们班上应该也有爸爸妈妈分开的孩子吧？他们是怎么安排的？"

万星星想了想，说："我也不知道，但我知道他们都要去。"

"那你考虑一下，要不要我去。"石磊并没有多说，"反正我去的话，无论什么游戏比赛，都会让你得第一名。"

"真的假的？"万星星的眼睛已经在发光了。

"在野外生活要体力好，你石头叔叔我是特种兵出身，就算同时背着你和你妈妈都能跑几公里，还有啊，无论是什么样的环境，我都可以给你们找到吃的，还能把有限的食材做成好吃又好看的东西，到时候你就等着其他同学流着口水排队羡慕吧……"

"别在小孩子面前吹牛。"陈曦低声提醒。

"不是的，石头叔叔真的好厉害的。"万星星激动不已，"昨天早上他送我上学的时候，遇到一只小奶猫不知怎么爬在树顶上，眼看就要掉下来摔死了，他一下子就飞到树上把小奶猫救下来了，当时周围好多人都给石头叔叔鼓掌呢。"

"啊？我怎么不知道这件事。"陈曦十分惊讶。

"昨天晚上我一回来就跟你说，你说你在忙，叫我别打扰你。"万星星白了她一眼。

"所以呢，你要不要我跟你一起去？"石磊好整以暇地看着万星星。

"嗯嗯，当然要啦。"万星星连连点头，"就这么定了！"

"星星，妈妈都还没说话呢，你怎么就决定了？"陈曦急忙阻止。

"你不是说过吗，这是我自己的事情，我可以做任何决定。"万星星一本正经地说，"这是我学校的活动，邀请嘉宾当然是由我来做主了。"

"说得没错。"石磊点头。

"那，到时候你同学们问你石头叔叔是谁，你怎么回答？"陈曦对这个问题很伤脑筋。

"这个……"万星星看着石磊。

"实话实说就好了。"石磊毫不介意。

"嗯，我就说他是石头叔叔，是我妈妈的朋友，也是我的朋友。"万星星大方坦然，"老师没说不能邀请朋友，我带着朋友去参加野营，没有问题呀。"

"这就对了。"石磊笑了，随即低声对陈曦说，"孩子的世界很简单，你不要把那些复杂的问题加在她身上。"

"好吧……"陈曦想想也是，只要万星星开心就好了，何必要管别人怎么看？她又不是活给别人看的……

周四早晨，石磊照样早起过来给陈曦和万星星做早餐，这次是他和万星星一起包饺子，虽然万星星包得不怎么好看，但是因为有了参与感，吃起来还是很开心。

早餐之后，石磊照例送万星星去上学，然后将一大堆东西搬到家里来，陈曦好奇地问："这些是什么？"

"帐篷，吊床，睡垫之类的野外生存工具……"石磊一边收拾东西一边说，"我说你这个妈是怎么当的？孩子的活动，你是完全不知情啊。"

"呃，不是说了周五参加吗？还有什么需要准备的？"

"老师让家长自己准备帐篷和生活工具，到时候再玩游戏赢食材。"

"我还真不知道这些，这几天在赶稿子。"

"行了，你不用管，我全都安排好了，你只需要带上自己的用品就行了。"

"我自己需要带什么？"

"我说你长这么大都是怎么活下来的？还照顾孩子，你没笨死就不错了。"

"呃……"

"要在外面住一夜，你看看要不要带换洗衣物，洗漱用品，最起码你得给孩子准备一套备用衣物，万一她玩游戏弄湿弄脏衣服了呢？"

"好好好，我知道了，这就去准备。"陈曦连忙去收拾衣服，还感叹不已，"其实以前我都能把生活上的事情安排得很好的，不知道最近怎么了，变得好低能。"

"可不就是因为我嘛！"石磊十分得意，"你开始依赖我了，所以就变笨了。"

"可能是吧。"陈曦扭头看着石磊，发现他正冲她笑，她的脸一下子就红了，低下头继续收拾东西，不敢看他。

陈曦搬椅子想要拿柜子上面的东西，石磊走过来，直接就帮她拿下来了："是这个盒子？"

"嗯。"陈曦想要接过盒子，可他却忽然举高，她够不着，下意识地回头看他，"给我……"

"小矮子。"

一个抬头一个低头，两人的唇就这么不经意间碰到了，陈曦僵住了，睁大眼睛错愕地看着石磊，石磊先是愣了一下，随即，居然深深地吻了下来……

他的吻温柔细腻，如同呵护花瓣上的露珠，带着真挚的情感。

陈曦紧张得发抖，身体紧绷得如同一触即发的弦，一动都不敢乱动，就连呼吸都小心翼翼，可是，她并没有推开石磊。

石磊的吻渐渐变得深入，气息也粗重起来，陈曦感觉到了危险的火焰，心里一慌，猛地推开他。

石磊猝不及防，怔怔地看着她："怎么了？"

陈曦面红耳赤地低着头，慌里慌张地走出房间，她还没有做好心理准备。

"咳咳！"石磊干咳几声，轻声说，"我，先回去了，明天早点过来。"

然后，他就快步往外走，走到门口的时候又想起什么，回头对陈曦说，"明天早上八点钟就要在学校门口集合，统一坐大巴车过去，你们今晚早点睡！"

"嗯。"陈曦应了一声，目送他离开，大门关上，她终于松了一口气，抬手抚摸自己的唇瓣，想着刚才那个吻，心跳依然狂乱。

其实到了现在，她很清楚自己已经喜欢上石磊了，可她还是不敢迈出那一步，大概，她还需要时间来沉淀过去吧。

晚上万星星回家拉着陈曦叽叽喳喳地说个不停，她十分期待明天的野外郊游，兴奋得像一只小麻雀，还用陈曦的手机给石磊发视频通话，两人聊得很开心。

看到这一幕，陈曦很欣慰，看来万星星真的很喜欢石磊，这是一件好事吗？

## 142. 穷屌丝

万星星晚上兴奋得睡不着，老想着第二天的野外郊游，叽叽喳喳地跟陈曦说个不停，陈曦哄得自己都快要睡着了，她还没睡着，还要给石磊发微信，提醒他明天早点过来。

结果石磊直接发来视频："小星星，现在已经快十一点了，如果你还不好好睡觉的话，明天就起不了床，起不了床就会耽误出发时间，而且，睡眠不足状态不好，玩也玩得不痛快，游戏互动环节也会失去水准。你忍心看到精心准备这么久的活动失败吗？"

"不忍心……"万星星回答，"可是我睡不着。"

"关灯，闭上眼睛，一会儿就睡着了，不信你试试？"

"好！"

挂断视频，万星星就乖乖地钻进被子里去，陈曦吻了吻她的额头，给她盖好被子，然后关灯离开，回到自己房间睡下，打了个哈欠，石磊发了一条微信过来："星星睡了？"

"睡了。"陈曦回复，"我哄了那么久她都不睡，你几句话就搞定了。"

"哄小孩子也要讲方法的。"

"我跟你说的话都差不多的，可她就是不听我的。"

"威信不够！"

"……"

"好了，早点休息，再不睡明天又是熊猫眼。"

"嗯，晚安。"

放下手机，闭上眼睛，陈曦的脑海里满满都是石磊的身影，唇边扬起甜蜜的弧度，这种感觉真好，有一个人关心疼爱，心都会变得柔软了。

大概是睡晚了，第二天早晨，母女俩都睡得很沉，直到敲门声把陈曦吵醒，她迷迷糊糊睁开眼睛，拿起手机一看，七点二十了！

陈曦心里一惊，急忙起床，披上睡袍去开门。

石磊黑着脸："我敲门敲了十几分钟，电话打了十几个，你要是再没反应，我就要破门而入了。"

"对不起，我睡过头了。"陈曦揉着眼睛。

"赶紧把孩子弄起来，去洗漱换衣服。"石磊催促，"幸亏我今天把早餐都准备好了。"

"嗯嗯。"陈曦急忙叫醒万星星。

万星星一听时间晚了，马上从床上跳起来，母女俩在浴室里忙着洗漱，石磊把早餐摆放在餐桌上，对陈曦说："你们弄完了就吃早餐，我先把东西搬到车上去。"

"不是说集体坐大巴车吗？"陈曦问。

"全班四十多名同学都要带帐篷和用品，大巴车放不下的，家委会征集五名家长开自己的车帮忙运输帐篷，如果有什么突发事件，自己有车也可以及时处理，然后我就用你的名义报名了！"

"呃……为什么我不知道？"陈曦完全不知情。

"你当然不知道了，你就忙着写稿子。"万星星白了她一眼，"石头叔叔跟我商量过了，我同意的。"

"这……"

"行了，别啰唆了。"万星星学着石磊的语气说话，"我们得抓紧时间，不然会迟到的。虽然我们是开自己的车，但也要跟上大部队。"

"星星说得没错，不过你可不能用这种语气跟你妈妈说话。"

"哦，知道了。"

石磊和万星星你一言我一语的，十分默契，陈曦在旁边一句话也接不上。

吃完早餐，陈曦就在找自己昨天装好衣物用品的背包，石磊正好回来："东西全都放到车上去了，你们俩弄完就可以下去了。"

"我的背包呢？"陈曦问。

"都说全部放车上了。"石磊在洗手，"拿上你的手机下楼，可以走了。"

"耶，出发咯。"

石磊今天开了一辆皮卡车，便于拉货，后面的货厢里堆着满满的帐篷。

石磊先是开车去跟大巴车会合，然后跟另外四辆车一起打头阵，往目的地开去。

万星星刚开始很兴奋，吵闹着说个不停，可是很快就抵不住疲倦，在安全座椅上睡着了。

石磊开车很快很稳，他今天还是穿着迷彩服，戴着墨镜儿，很酷的样子，陈曦也穿了一身牛仔套装，方便野外出行。

陈曦打开微信群，想看看家长们商量今天的行程安排，结果大家都在议论家委会的家长们开的四辆豪车，什么卡宴、路虎、悍马，还有人开了一辆GMC房车……

"这几位家长平时都很低调，没想到这么厉害。"

"是啊是啊，我们班就是厉害，之前隔壁班的搞活动，五辆带头车里面也就一辆卡宴，我们班的车队全都是豪车。"

"也不全都是，只有四辆车是。"这个家长说完这句话很快又撤掉了。

陈曦知道她的意思，五辆车里四辆都是豪车，只有石磊开了一辆脏兮兮的雪佛兰皮卡，灰尘扑扑，车上还贴了难看的蓝白条，看着就是平时拉货的小破车。

随后又有一个家长随口说："用这些豪车装帐篷实在是浪费，我都不忍心把我家的旧帐篷放上去，怕弄脏了他们的车。"

"是啊是啊，刚开始君君爸爸让我把东西放他车上，我一看，居然GMC房车，一百多万的豪车呢，我哪儿好意思，后来我就把东西放在星星爸爸车上了。"

"对，万星星爸爸开的那辆车倒是最实在，可以装好多货……"

"你们搞错了，那不是星星爸爸，那是星星妈妈的朋友。"

"是男朋友吗？"

"那就不知道了，咳咳……"

"今天天气真好，我们还是聊聊别的吧。"

很快话题就转移了，大家开始聊着活动事宜，还有人狂刷表情，把刚才的对话给刷上去。

大概是陈曦从来不在这个群里冒泡，那几个家族直接忽略了她的存在，所以刚才才会肆无忌惮地讨论，也有可能是上次陈曦弄那个家庭教育帖子得罪了她们几个，所以她们趁机挖苦……

当然，还有一个原因是陈曦离异了，一个人带着孩子生活，而且还没有一个正儿八经的工作，所以在某些女人眼里就是话题了。

### 143. 万能的石头

这些女人根本就不懂网络作家这个行业，她们就觉得陈曦在家写点东西能挣多少钱？还能撑起一个家庭的开支？

陈曦没有一个稳定工作，还要养孩子，恐怕在外面有不正经的男女关系，依附男人才能生活。

今天这个石头，大概是临时备胎，穷屌丝，所以被陈曦找来跑跑腿当苦力的。

当然这些非议，陈曦都是明白的，她写了这么多书，也算是了解人生百态，虽然她自己不在意，但很多世俗的东西都是难以避免的。

陈曦懒得看下去，放下手机，回头看看万星星，她睡得很香，手里还拿着零食，口水都流到下巴上了。

陈曦的唇边扬起温柔的弧度，看着孩子，心总是柔软且温暖的。

不过想到同学家长之间的那些流言蜚语，陈曦的心情又被破坏了，她倒是无所谓，但是这些话一旦传多了，就会伤害星星，她应该怎么处理？

"不要为了没发生的事情纠结。"石磊忽然说。

"嗯？"陈曦错愕地看着他，"你知道我在纠结什么？"

"我又不是傻子。"石磊瞟了一眼后视镜，确定万星星已经睡了，才说，"单身女人是非多，特别是你这种自由职业，难免会有长舌妇说三道四。"

"你怎么知道？你听到什么了？"陈曦追问。

"我能听见什么？我这种自带杀气的人，谁敢在我面前嚼舌根？"

"那……"

"好了，别胡思乱想，休息一下，还有两三个小时才到呢。"

"嗯。"

车队在路上休息的时候，一大群家长围着那四辆豪车，热情不已，还有人给他们拿水拿吃的，石磊他们"一家人"拖着最多货，做事情也最多，却是无人问津。

陈曦带着万星星去上洗手间，又听见两个女性家长在说三道四，猜测着石磊的身份，陈曦心里很不舒服，现在她有些后悔让石磊来了，名不正言不顺地惹人口舌，万一让星星听见又要难过了。

石磊买了一箱矿泉水放在车上，顺便把车子开去加油，其他家长聊得不亦乐乎，就是没人搭理石磊，倒是那个开房车的家长主动过来跟石磊打招呼，还问他的车是哪里买的，石磊随口说："朋友送的。"

"这个车……"

"石头叔叔。"

那个家长本来还想说些什么，万星星回来了。

"准备出发了，我去加油。"石磊似乎不想多说。

"好，稍后到了营地再聊。"那个房车家长对石磊很尊敬，跟陈曦打了个招呼，然后就回车上了。

"君君爸爸跟你说什么？"陈曦问。

"就是打个招呼。"石磊打开车门，护着母女俩上车，"保温箱里有吃的，看你想吃什么，随便拿，这里有水。"

"谢谢石头叔叔。"万星星终究是个孩子，开开心心地吃着东西。倒是陈曦，心事重重。

石磊看了她一眼，也没多说什么，专注地开车。

万星星现在没瞌睡了，兴致勃勃地跟陈曦讨论亲子游戏的事情，石磊还教了她一些技巧，说接下来的游戏他们肯定能赢。

陈曦心不在焉地看着窗外，没有参与话题，心里被那些流言蜚语弄得很郁闷。

一上午的时间都耗在路上了，终于到了露营地。

家委会的家长花了很多心思才找到这里，很大一片草地适合露营，旁边有一片树林是亲子活动公司做好的真人CS营地，另外一边还有一片果园。

大家到了目的地之后，先是分小组，班上一共四十个同学，分成五组，每组八个家庭，然后以组为单位先去扎营，最先搭好帐篷的小组奖励食材。

万星星是第五组，口哨吹响之后，所有家长和孩子都急急忙忙跑去自己小组划分的营地开始搭帐篷。

万星星拉着陈曦就跑，差点把陈曦弄得摔倒了，还好石磊及时扶住她："慢点慢点，别着急。"

"快点呀，他们都在搭帐篷了，再这样我们会输的。"万星星十分着急。

这时，阵地传来一片哗然，万星星抬头一看，原来有些家庭的帐篷是那种便捷式的，打开就是搭好的，那一个组就有两个家庭是便捷式帐篷，眼看他们这组赢定了，陈曦他们还没到目的地，万星星十分气恼："妈妈，你就会碍事。"

"不准这样说妈妈。"石磊严肃地低喝，"你妈妈的脚受伤了，你应该照顾她。"

"可是……"

"好了。"石磊打断万星星的话，把矿泉水塞到她手上，"我们的营地在最远的地方，我先过去搭帐篷，你扶着妈妈慢慢走过去，等你们走到了，我的帐篷就搭好了。"

"真的？"万星星十分惊讶，"我们的帐篷也是便捷式的吗？"

"不，我们的是军用帐篷，不过我向来说话算数。"

石磊背着帐篷和用品快步往营地走，还回头对万星星做了个胜利的手势。

"妈妈，我扶你。"万星星扶着陈曦往营地走去，眼睛却跟随着石磊，"你说石头叔叔真的能办到吗？"

"不知道。"其实陈曦并没有什么信心，虽然他们的营地稍微远一些，但是走过去也不过几分钟时间，石磊真的能在那么短的时间里搭好一个军用帐篷？

母女俩搀扶着往前走，一路上看到家长们都在忙碌，其实除了那几个便捷式帐篷之外，一般家庭搭一个帐篷还是需要很多时间的，还有些家庭还在研究说明书，孩子在旁边吵吵闹闹，妈妈责备爸爸事先没有准备好。

"其他家庭都是三个人一起搭帐篷，我们家就石头叔叔一个人做事，妈妈，我们快点过去帮石头叔叔吧。"

"好。"

陈曦和万星星加快速度走到目的地，一大群人都在围着石磊，陈曦和万星星也惊呆了，这才几分钟，他们的帐篷已经搭好了，更重要的是，他们这哪里叫帐篷啊，相比其他家庭的简易帐篷来说，他们这个简直就是宫殿……

## 144. 全能高手

十几个平方米的军绿色帐篷，里面还有一个布制的衣柜，简易桌子，一张大床，还有一个圆形的摇摇床。

"天啦，石头叔叔这是我们的帐篷吗？"万星星激动得快要跳起来，"这个实在是太好了，全班就我们的帐篷最豪华了。"

"空间大，住得舒服点。"石磊拍拍手，对陈曦说，"你们在帐篷里休息，我去帮助其他家庭。"

"我也去。"万星星拉着他的衣角。

"行，那你先拿个椅子给妈妈坐下，妈妈现在是伤员，你要先照顾好妈妈，才能够帮助别人。"石磊趁机教育万星星。

"嗯嗯。"万星星现在对石磊是言听计从。

石磊带来的都是折叠布椅，既不占空间，坐着又舒服。

陈曦坐在靠椅上看着石磊帮其他家庭搭帐篷，真的非常熟练，而且他力气很大，很多需要两三个人配合的事情，他一个人就办好了。

万星星在旁边打下手，给他递工具拿东西，两人配合得十分默契。

很快，这个组的八个帐篷都搭好了，五组取得胜利，全组成员都欢呼雀跃，家长们兴奋不已，孩子们更是激动尖叫不停。

万星星抱着陈曦大喊："妈妈，我们赢了，我们赢了，我们第一名。"

"这全都要感谢星星爸爸。"一个家长感激地说，"要不是他，我们的帐篷到现在还没搭好呢。"

"嘘，他不是星星爸爸。"旁边的家长提醒。

"啊？"那个家长十分尴尬。

"这是我石头叔叔。"万星星大大方方地介绍，"他是妈妈的朋友，也是我的朋友。"

"好好好，我弄错了，不好意思。"那个家长连忙道歉。

"没关系。"石磊随和地笑笑，"好了，小星星，带着同学们去领奖品吧。"

"嗯嗯。"万星星带着另外七个孩子去领奖励，那几个孩子全都围着万星星，还给她封了一个小队长。

万星星十分有成就感，带着同学们取了食材回来，平均分配给每个家庭，孩子们都十分开心，其他小组都羡慕不已。

接着就开始以小组为单位玩亲子摘水果游戏，赢的人才能获得做晚饭的工具，所有人都步行转移到果园那边去。

大部队排着队浩浩荡荡地往果园转移，孩子们一路高歌，家长们欢声笑语，十分热闹。

陈曦的脚扭伤了，走在队伍最后面，石磊看她走得这么辛苦，想要背她，她却执意不肯，坚持要自己走。

石磊只能扶着她，万星星在旁边焦急地催促："妈妈快点，我们都掉队了。"

"要不你们先走吧，反正我去了也帮不上什么忙，这样下去会耽误你们的时间。"陈曦也很着急。

"没关系，让他们先走，我们慢慢来。"石磊小心翼翼地扶着陈曦，"你的脚好不容易好了一点儿，可不能再受伤了。"

"可是……"

"就算我们最后到，我也有胜算的把握。"石磊打断万星星的话，严肃地说，"更何况，胜负在亲人的健康面前根本不值得一提！"

万星星低着头，没有再说话。

"一家三口"来到果园，游戏已经开始了，每个家庭都在拼尽全力摘水果，爸爸在树上摘，妈妈拿个竹筐在下面接着，孩子就把掉在地上的水果捡起来。

老师招呼陈曦和万星星，说这是以家庭为单位的比赛，十分钟之内，哪个家庭摘的水果最多哪个家庭就赢了。

"那我们赶紧去吧。"万星星倒是很机灵，马上就找到了一个水果筐，拉着石磊去摘橙子。

"你坐在这里休息，我们去就可以了。"石磊扶着陈曦在旁边的椅子上坐下，还对带队的老师和辅导员说，"她的脚扭伤了，麻烦你们帮忙照应一下，我和星星参加比赛。"

"好的好的，去吧。"

"快走吧，石头叔叔，只剩下六分钟了。"

几个女老师对石磊赞不绝口——

"星星妈妈，这位石先生对你真好，性格也好，一路任劳任怨的，帮了我们好多呢。"

"我看他身手也很敏捷。"

"是啊是啊，我刚才看到他搭帐篷，真的好熟练呢，太厉害了，他应该是资深户外探险家吧？"

"不是，他是一个退伍军人，生活经验比较丰富。"陈曦微笑地说。

"原来是个军人啊，怪不得这么厉害。"

"他好高啊，有一米九了吧？"

"好像是一米九一。"

"哇，好高好酷。"

"……"

石磊受欢迎的程度远远超过了陈曦的想象，尤其是他在倒计时的时候，直接一手提着一箱橙子一手拎着万星星飞奔回来的气势，更是惊呆了所有人。

这力气，这魄力，只有在电视里才看到过。

最后的结果当然是不容置疑，又是石磊和万星星赢！

其他人摘了很多橙子，一家三口抬回来，路上就得耗费两三分钟时间，那三分钟石磊和万星星可以多摘一些，更何况还有好多人在搬回来的路上就已经超时了，这就淘汰了一大批人，还有一些人搬不动水果，在路上摔倒掉了很多水果，最后重量自然是轻了很多。

石磊完全是仅凭一人之力就赢得了比赛，结果是获得一大桶纯净水，在这样的野外，所有材料资源都很宝贵，这么一大桶纯净水一家人用完全足够了，不仅可以饮用，晚上还可以用来洗漱。

不过石磊把那桶水拿出来给五组的人一起分享，还对大家说，虽然这是以家庭为单位，但他们是一个小集体，所有荣誉应该归大家，五组的人十分感动，全都为他们欢呼。

摘水果游戏之后大家休息半个小时，接着准备后面的游戏。

孩子们尽情地享用着自己摘来的水果，万星星现在正是换牙的时候，啃得很艰难，石磊神秘兮兮地问："想不想喝橙汁？"

"这里有橙汁？"万星星的眼睛在发光。

"去把水壶拿过来，我给你弄。"

"嗯嗯。"

万星星马上去拿她的水壶。

石磊洗了个手，带上一次性手套，将几个橙子剥皮，然后对着杯子用力一捏，一颗橙子就榨成了汁，引来一大群孩子惊呼尖叫："哇哇，好厉害。"

几个橙子下来，一壶橙汁就榨好了。

万星星欣喜若狂，正准备喝，石磊眉头一挑："嗯？"

万星星马上领悟过来，将果汁递给陈曦："妈妈你尝尝。"

陈曦接过来喝了一口，笑着点头："嗯，好喝！好了，你喝吧。"

"嗯嗯。"万星星终于可以喝果汁了，高兴地跳起来，"好喝好喝。"

"可以给我喝一口吗？"其他小朋友都围着万星星。

"这是我石头叔叔亲手给我榨的果汁，你们要喝，叫你们爸爸给你榨去。"万星星一脸的骄傲。

那些小朋友全都找自己爸爸榨果汁，有些爸爸直接拒绝了，有几个爸爸尝试了一下，根本就无法像石磊一样榨出果汁，有一个爸爸手劲还算大，也只能捏出一点点果汁，而石磊用手捏出来的果汁就跟榨汁机榨过的一样干脆。

这时那些家长们才知道石磊的厉害，之前那几个嚼舌根的妈妈也不敢再拿奇怪的眼神看着陈曦了。

一群小朋友围着万星星舔嘴唇，万星星心软，把自己的果汁分享给几个小朋友，不一会儿，一壶果汁就喝完了，万星星巴巴地看着石磊。

石磊刚刚给陈曦披上外套，看到她的小眼神，只好洗了手，继续给她榨果汁，万星星小手一挥："想要喝果汁的都拿着水壶来排队吧。"

这一嗓子喊下去，三十多个小朋友全都拿着水壶排成长队接果汁。

陈曦傻眼了，真是小孩子不懂事，万星星完全不知道榨果汁需要很大力气的，一两壶果汁还可以，三十多壶，她是想把石头累死吗？

陈曦上前想要阻止，石磊却拉住她，低声说："星星好不容易在同学们面前逞能一次，你可不要当众让她没面子。"

"小孩子要什么面子。"陈曦眉头一皱，"你又不是机器，三十多壶果汁榨出来，你手还要不要了？"

"怎么？心疼我了？"石磊勾唇一笑。

"这个时候你还说这个？"陈曦无语了。

"行了，我有分寸。"石磊捏了捏她的脸蛋，"一边坐着休息，今天你就当一个清冷优雅的女神，其他事情交给我。"

"可是……"

陈曦还想说什么，石磊已经开始干活儿了，"小朋友们按照星星的要求排好队，开始榨果汁了。因为下一场游戏快要开始了，所以每个小朋友喝小半壶就好咯。"

"石头叔叔我尝一口就好了，我看到星星喝，我也想喝。"

"石头叔叔多给我一点点吧，我想跟我妈妈一起分享。"

"石头叔叔我就想看看你是怎么用手榨果汁的。"

"石头叔叔加油……"

小朋友们将石磊团团围住，一时之间，他成了最受欢迎的孩子王。

陈曦眼看着石磊变成了"榨汁机"，十分心疼，这样下去，他的手还能使得上劲儿吗？

整整弄了二十多分钟，小半框橙子都快没了，石磊还在忙乎，虽然右手已经很酸很酸，但不得不硬着头皮坚持。

最后还是辅导老师过来把孩子们哄开了，说是下一场游戏马上就要开始，让孩子们各归各位。

不一会儿，孩子们都退散了，临走之前也不忘了谢谢石磊。

石磊就一句话："不用谢我，要谢星星，我是因为她才帮你们榨果汁的哦。"

"谢谢星星。"

收获了同学们的感谢，万星星的脸上满是喜悦，眼睛大放光彩。

平时陈曦比较忙，毕竟一个人兼顾了所有的事情，难免会有些分身乏术，所以对万星星的照顾总不如那些完整家庭来得周到。

万星星原本就比班上的很多同学小，个子也是最小的，学习成绩不太好，所以在学校并没有什么自信，好像在这个班上自己就是可有可无的，可是经过了今天这些事情，她开始觉得自己有存在感了，笑容也变得更加自信起来。

马上就要开展接下来的游戏了，陈曦担心石磊体力不支，想要劝他先休息一下，没想到这次是玩成语猜谜，一家人一个举牌子，一个人比画动作，孩子猜成语。

还好不用体力，这个游戏陈曦可以参加，而且对万星星来说也不是什么特别难的事情，虽然她学习成绩不是太好，可是继承了陈曦的好习惯，喜欢看书，阅读量大，词汇量也很丰富。

陈曦本来想比画动作，可是石磊担心她的脚伤，所以让她举牌子，他来比画，万星星来猜成语，万星星本来有些紧张，可是石磊对她做了个鬼脸，她马上就笑了，轻轻松松地玩游戏。

这个游戏是以小组为单位，万星星所在的第五小组只获得了三等奖，奖品是一颗大白菜，大家依然很开心，几个孩子轮流抱着大白菜拍照，一个个都乐呵呵的，家长们也跟着开心。

后来又是考验爸爸的体力游戏，让孩子坐在背上做俯卧撑，看谁做得多，这个问题当然难不倒石磊，他又是众望所归的第一名，赢了一只鸡。

再后来又玩一个织毛衣的游戏，因为陈曦完全不会，第五组其他几个家庭也发挥失常，所以他们得了最后一名，失去了赢得灶具的机会。

第五组的几个小朋友都十分沮丧，万星星也不太高兴，还怨恨地看着陈曦："都怪你，害我们得最后一名。"

"对……"

"每个人都有擅长的和不擅长的，你妈妈会写故事，其他妈妈会吗？"石磊严肃地说，"没有煤气灶没关系，什么问题都难不倒石头叔叔，我看到山上有一片竹林，等会儿给你们弄竹筒饭吃，对了，那边还有一个小溪，我去给你们抓鱼。"

"真的？"几个孩子马上就兴奋起来，"石头叔叔，我们也要跟你一起去捉鱼。"

"没问题，不过你们要听我的话。"

"我们一定听话。"

玩到下午五点钟，大人孩子都满头大汗，游戏结束了，现在是自由活动时间，按照小组为单位做饭。

不过每组除了一个炒菜的大铁锅和一个煮饭的汤锅之外并没有别的厨具，调料也只有一壶油一包盐。

其他四个小组因为有煤气灶，做饭要容易很多，不过他们没有饮用水，得去一公里之外的地方挑水。

五组还得自己想办法搭灶，还好有石磊在，而且经过几番游戏，大家都很信任他，也非常团结。

石磊让妈妈带着孩子们去捡柴，自己则是带着爸爸们搬石头搭灶台，他对这种事情非常熟练，再加上几个爸爸的帮忙，很快就把灶台给搭好了，妈妈和孩子们也捡了很多柴回来。

石磊再安排两个爸爸去挑水，两个妈妈去洗菜，剩下的人就继续捡柴，顺便看着孩子，他自己则是去了山上。

陈曦拿着那只鸡不知道该怎么办，虽然都已经脱毛并且打整好了，但是要让她剁成一块一块的还是有些难，要知道现在城里买鸡买肉都是切好的，基本上荤菜都不需要自己动菜刀。

"让我来吧。"一个妈妈过来帮忙，"一看就知道你在家里不怎么下厨，十指不沾阳春水。"

"我……"

"她的手是用来敲键盘的，这些粗活让我来做就行了。"石磊抱着一捆竹子走过来。

"哈，石先生真是好性格，可比我家那位体贴多了。"这家长赞叹不已，"不仅包揽了所有事情，还关怀备至。"

"应该的。"石磊把竹子放在桶里。

"你上哪儿弄得这么多竹子？真的要做竹筒饭？"陈曦递了一瓶矿泉水给石磊。

"答应了孩子就要做啊，而且这里有天然素材，做起来也不是什么难事。"石磊接过水咕噜咕噜一口气就喝完了，他还真是渴了。

"休息一下吧。"陈曦看到石磊忙里忙外，自己却帮不上忙，有些惭愧，"有没有什么是我可以做的？"

"有。"石磊回答得很干脆，"给我力量。"

"什么？"陈曦话刚说出口，石磊就在她脸上亲了一下，她愣住了，他却嬉笑着走开，"我带孩子们去溪边抓鱼，你乖乖待着，我们很快回来。"

"哈哈哈，石先生真浪漫。"旁边几个切菜的家长都打趣地笑起来。

陈曦羞得满脸通红，石磊的爱意总是会在无意间透露出来，丝毫不顾及其他人的眼光，而她也从刚开始的小心翼翼到放开心怀，生活原本就不容易，何必要步步为营，让自己过得那么辛苦？

石磊和两个爸爸带着五组的孩子去小溪边捉鱼，小溪清澈见底，溪水不深，但是流水很急。

石磊让那两个爸爸负责照顾孩子们的安全，他则是用树枝和竹子做好的自制鱼叉抓鱼，一叉一个准，引得孩子们不停地鼓掌欢呼。

不一会儿，他们就提着一桶鱼回营地了，其他组的家长看到了也学着去捉鱼，还有人来借石磊的捉鱼工具，石磊大大方方地借给他们。

夕阳西下，炊烟袅袅，各组都开始准备晚餐了。

石磊把鱼和白萝卜熬成鱼汤，再把那只鸡切成小块拌好酱料跟浸泡好的大米一起装进竹筒里，然后把竹筒放在火上烤。

汤锅里熬着萝卜鱼汤，大铁锅里煮着胡萝卜炖牛肉，另一堆篝火上烤着装满鸡肉饭的竹筒，营地里散发出沁人心扉的香味。

现在基本上都搞定了，没有什么事情可做，几个爸爸去捡柴，妈妈和孩子们围着篝火唱歌跳舞。

欢声笑语传遍这片草原。

野外生活无论是工具还是食材都很有限，但是能够利用这些有限的食材做出美味食物就得靠能力了，五组因为有了石磊的加入，什么都领先，就连晚饭也做得别出心裁，引得其他组羡慕不已。

他们去捉鱼的弄了大半个小时都没捉到一条鱼，还有一些小组的饭煮糊了，孩子们气得哇哇叫，责怪他们的爸爸没有石头叔叔那么能干。

五组的小朋友走路都是蹦蹦跳跳的，说话鼻子朝上，满脸骄傲和优越感，特别是万星星，现在她已经成为所有同学羡慕嫉妒的对象。

陈曦因为脚扭了不方便走动，只能坐在原地烧火，看到大家都这么开心，她也露出了灿烂的笑容。

"累不累？"石磊端着一碗鱼汤过来给陈曦，"帮我尝尝味道。"

"嗯。"陈曦喝了鱼汤，赞不绝口，"很鲜美，很好喝，你是怎么做到的？除了盐，葱姜蒜，我们都没别的调味料。"

"新鲜的野生活鱼煮出来味道就很鲜美，放点盐就好了，不需要多余调味料。"石磊伸手擦擦陈曦的脸，"都弄脏了。"

"是吗？"陈曦忙用袖子擦脸。

"没关系，这样也很好看。"石磊捧着她的脸，拇指轻轻抹掉她唇边的污渍，眼睛里满是宠溺。

两人就这样深情对望，陈曦的唇边扬着笑容，那是从心里散发出来的甜蜜与幸福。

"石头叔叔，我也要喝鱼汤。"万星星蹦蹦跳跳地跑过来。

"好，给你盛一碗。"石磊给她也弄了一碗鱼汤，"很烫，小心点。"

"嗯嗯。"万星星接过鱼汤，坐在一边的小板凳上小心翼翼地吹着，好像捧着的是世界上最后一碗粮食，如视珍宝。

"再过十分钟就可以把小伙伴们叫过来吃饭了。"石磊看了看天，"估计晚上会下雨，我们要早点开饭。"

"会下雨吗？我还想看星星呢。"万星星仰望着天空。

"傻瓜，这都是秋天了，就算不下雨也看不到什么星星的。"石磊揉揉万星星的头发，看到不远处有几个小朋友踌躇不前的，似乎想要过来找万星星，却又没有勇气。

"那几个同学好像是来找你的。"石磊拍怕万星星的肩膀。

## 145. 我要结婚了

万星星瞟了一眼，低声说："他们的饭煮糊了，没吃饱，都想过来我们组吃饭，我没敢答应。"

"为什么不答应？"石磊问。

"刚才让你榨果汁，结果所有小朋友都来了，后来我看到你手都累得抬不起来了，如果让这些小朋友过来吃饭，到时候你们就没饭吃了。"万星星想起刚才的事情还有些愧疚。

"几个小朋友，吃不了多少。"石磊笑眯眯地说，"而且我早就预料到有些小朋友想过来蹭饭，所以多做了一些饭菜，可以让他们过来吃。"

万星星看着陈曦，征求她的意见。

陈曦微笑点头："石头叔叔说有多的饭菜，就让他们过来吃吧。"

"嗯嗯。"万星星马上把那几个小朋友叫了过来。

开饭了，香喷喷的竹筒饭、鱼汤、炒蔬菜，小朋友们远远闻到香味都在流口水，好多小朋友都围了过来，包括几个其他组的家长。

事情全部搞定，石磊功成身退，把分饭的任务交给其他家长，自己则是扶着陈曦到一边的餐桌边坐下，再去拿一份竹筒饭和一份鱼汤，随即还把一些东西丢进柴火灶里。

"你刚才丢的是什么？"陈曦好奇地问。

"红薯。"石磊在洗手，"我们搭帐篷赢来的，现在放进去，一会儿就烤熟了，晚上孩子们没吃饱的话还可以加餐。"

"你想得真周到。"陈曦觉得他做事简直是完美，所有别人想到的想不到的他全都能做好。

"尝尝看好不好吃？"石磊把勺子递给陈曦。

"嗯。"陈曦接过来尝了尝，连连点头，"嗯，太好吃了，不仅味道好，还透着一种竹子的清香，米饭和鸡肉都很嫩滑，超好吃的。"

"喜欢就好，多吃点。"石磊抽了一张纸巾替陈曦擦擦嘴，然后坐在旁边，托着下巴看着她吃饭。

"你怎么不吃？"陈曦看着他。

"看着你吃也是一种享受。"石磊将她额前的头发梳理到耳后去，"今天开心吗？"

"开心。"陈曦连连点头，她是真的很开心，好久好久没有这样放松心情了，以前无论大小事，她都要自己一个人硬撑着完成，可是有了石磊，她顿时就变成一个小孩子，只需要好好享受他的照顾，什么都不用操心，什么都不用做。

这种被呵护的感觉，真的很好。

"星星也很开心。"石磊看着人群中的万星星。

"是啊！"陈曦由衷地感叹，"自从你出现之后，她每天都很开心。"

"要对症下药。"石磊微笑地看着陈曦，"不过没关系，这些事以后就交给我好了，你不用操心。"

"石头，谢谢你！"陈曦真诚的感谢。

"你要怎么报答我？"石磊捏着她的下巴。

"啊……"陈曦愣住了，不知道该怎么接话。

"以身相许吧。"石磊笑眯眯地看着她。

"我……"陈曦的脸嗖的一下就红了，眼睛都不知道该看向哪里。

这时，不远处传来音乐声，陈曦和石磊抬头看去，原来是辅导老师放了音乐，万星星带领孩子们围着篝火唱歌跳舞，玩得十分开心。

看到这个情景，陈曦感慨万千，心里有很多话想说，最后却只有两个字："真好！"

"要不要试试就这么过下去？"石磊握着陈曦的手。

陈曦抬目看着他，心跳飞快的加速。

如果说石磊之前的话是试探，那么现在这句就是正式告白了。

"嗯？"石磊深情地看着陈曦，等待她的答案。

陈曦心跳狂乱，脑海里一片空白，不知道该怎么回答。

"不用紧张，让你的心做主。"石磊捧着她的脸。

"我……"陈曦正要说话，手机忽然响了，打破了这个浪漫温情的气氛，陈曦吓了一跳，慌忙在口袋里寻找手机。

"是我的。"石磊接电话，"大哥！

"嗯？人找到了？

"你打算怎么做？

"看来佳佳成熟了，我觉得你应该尊重她的意见，适当地教训一下就好了，没必要把事情做得太绝，毕竟是她曾经喜欢过的人。

"行，你看着办。

"我啊？我跟陈曦在一起。

"嘿嘿，会的。

"我知道，看到谢菲菲的朋友圈了，那是他们的事，我就不多说了。

"行，回头联系。"

挂断电话，陈曦已经猜到大概发生了什么事，她并没有追问，只是看着石磊。

"秦少辉找到了。"石磊如实告知，"佳佳似乎想通了，让老韩不要太为难他。还有，她找了份电视台的编导工作，打算明天出发去长沙，好好磨炼自己。"

"佳佳能够做出这样的决定，我为她感到高兴。"陈曦有些感慨，"她现在还年轻，以后会遇到更好的爱情，不过在那之前，她需要找到自己。"

"对。"石磊点点头，犹豫了一下，说，"还有一件事，韩风和谢菲菲分手了……"

"哦。"陈曦十分淡然，"挺可惜的，不过与我们无关。"

"那么，我们继续回到刚才的话题吧。"石磊迫切地追问，"那个……"

"叮铃铃——"手机铃声再次响起，这次真的是陈曦的手机，她有些尴尬，"我先接电话。"

石磊无奈地点头。

"陈曦陈曦，你在哪儿？"欧阳风华激动地问，"我有一个好消息要跟你分享。"

"什么？"陈曦问。

"我跟孟悦要结婚了。"欧阳风华的声音抑制不住的兴奋，"我们要结婚了。"

"啊？"陈曦惊呆了，"不会吧？这么快？"

"这有什么快的呀，我们在光雾山大战三天，回来之后还继续黏在一起，两个人如胶似漆难舍难分，今天他带我去见他爸妈，两位老人都很喜欢我，然后晚上他就买了戒指在IFS向我求婚……

"陈曦，我觉得我好幸福，快点恭喜我！"

## 146. 收 留

"欧阳，你考虑清楚了吗？你们才认识一个多……"

陈曦的话还没有说完，手机就被石磊抢走了，他打开免提，对着电话那头的欧阳风华说："恭喜你，欧阳律师，你们结婚的酒席我全包了。"

"啊！真的吗？"

"真的，我从不食言，好好庆祝去吧，我和陈曦有点重要事情要谈，回头联系。"

"好好好，不打扰你们了，谢谢！谢谢！"

欧阳风华的每一个语调都透露着兴奋激动，就算电话挂了，那种心情还影响着陈曦。

"我是应该说欧阳遇到真爱了，还是说她太冲动了？"陈曦总觉得不安，"婚姻可不是儿戏。"

大概是经历过失败的婚姻，现在陈曦对这些都特别慎重。

"不要破坏别人的幸福！"石磊认真地说，"欧阳正在高兴的时候，你却说她冲动，叫她重新考虑，这是在给人泼冷水，不道德的。"

"我只是觉得……"

陈曦本来想说说自己对婚姻的看法，但是转念一想，她是经历过失败的婚姻，但欧阳风华没有经历过啊，她不应该把自己的负面心理强加在别人身上。

"没有什么事情是绝对的，不一定闪婚就没有好结果，有些人谈了很多年才结婚，不一样出问题？每个人的人生都需要自己去经历。"石磊关掉了陈曦的手机。

"你说得对。"陈曦现在觉得石磊说什么都很有道理，"可是，你为什么关掉我手机？"

"因为不想再被打扰，我的手机也关掉了。"石磊捧着陈曦的脸，"好了，现在可以回到刚才那个问题了……"

"我……"

"下雨了，下雨了！"

陈曦正要回答，周围传来一阵喧哗，她抬头仰望天空，伸手试了试，还真的下雨了。

石磊无语了，连老天爷都跟他作对……

"妈妈，石头叔叔，下雨了。"万星星拿着竹筒跑过来，"我们快点回到帐篷里休息吧。"

她早就很期待了，那么大的帐篷，让她在同学面前拥有满满的优越感。

"先扶妈妈进去，我把东西收拾一下。"

石磊只好先放下私人问题，先去厨房那边处理后续的事，现在炉子里还燃着木炭，还有一些孩子的竹筒饭没有吃完，材料和厨具也没有收拾，他既然担负了这些责任，就得把事情办好。

家长们纷纷带着孩子回到自己的帐篷，石磊和五组的几个爸爸把东西收拾好，也各回各家的帐篷了。

石磊进来的时候提了两桶热水，对陈曦说："都是干净的水，你和孩子洗洗。"

"雨下得大不大？"陈曦问。

"现在不大，不过待会儿就要下大了。"石磊看了看时间，"一组那几个家庭恐怕有得受。"

"一组？"陈曦想了想，"是白倩她们那组？"

"对，就是云云和冰冰她们那组。"万星星黑着小脸，"她们俩平时老欺负我，她们的妈妈也老是说妈妈的坏话，今天我还听到她们说石头叔叔的车破破烂烂，丢我们班的脸。"

"星星。"陈曦皱眉低喝，示意万星星不要说了，这可是会伤害石磊的自尊心。

"没关系，她们喜欢说就让她们说去呗。"石磊倒是毫不在意。

"石头叔叔，下雨了，帐篷不会垮下来吗？"万星星听见外面的雨声，不免有些害怕。

"我们这个帐篷肯定不会有问题，我在旁边挖了排水沟，做了防雨准备，你安心休息吧。"石磊揉揉万星星的脑袋，低声对陈曦说，"其他家庭的帐篷就说不清楚了。"

"啊？"陈曦觉得他话里有话。

"太好了，那我就放心了。"万星星很高兴。

"我在外面守着，你们换洗好了叫我。"石磊准备出去。

"等一下。"陈曦拿了一把雨伞给他，"淋雨会感冒的。"

"嗯。"石磊的唇角扬起温暖的弧度，她关心他，说明她心里有他。

　　陈曦跟万星星正在洗漱，忽然听见外面传来孩子的哭喊声，随即有一个熟悉的声音传来："石先生，我们的帐篷垮掉了，你能让我们进去避避雨吗？"

　　是白倩的声音，陈曦一下子就听出来了，马上起身准备过去看看，万星星拉住她低声说："妈妈不要去，云云老是欺负我，她妈妈到处说你坏话，刚才我们吃竹筒饭的时候她们还说不卫生，反正不管我们做什么，云云妈妈和冰冰妈妈都要说三道四。"

　　"妈妈知道这些事，我们先去看看再说吧。"

　　"好。"

　　万星星扶着陈曦出去，外面的雨越下越大，白倩牵着云云站在外面，哭丧着脸，不远处，他们家的便携帐篷已经坏掉了。

　　"怎么回事？"陈曦问。

　　"星星妈，见到你太好了。"白倩看到陈曦就像看到了救世主，连忙拉着她，"我们的帐篷坏掉了，让我们进去避避雨吧。"

　　"星星，我好冷。"云云哭着说。

　　万星星看到同学这样，一下子就心软了："进来吧。"

　　"谢谢，谢谢。"白倩倩马上带着云云进去了，看到帐篷里面这么大，她们母女俩都惊呆了，"天哪，你们这哪里是帐篷啊，就像一个蒙古包，什么都有。"

　　"先休息一下。"陈曦看到云云的衣服都淋湿了，马上把万星星的衣服找出来给白倩，"先给孩子换上吧，别着凉了。"

　　"好，谢谢你。"白倩接过衣服，"云云，快跟星星说谢谢。"

　　"星星，谢谢你。"云云轻声说。

　　"不用谢，只要你平时别欺负我就行了。"万星星冷冷地说。

　　"对不起。"云云惭愧地低下头。

　　"云云你以后不许欺负星星了，知道吗？"白倩马上严厉的警告，

"你看星星对你多好呀。"

"以后再也不会了。"云云换上衣服，拉着万星星问，"星星，竹筒饭好吃吗？"

## 147. 患难见真情

"当然好吃了，所有同学都说好吃，还说从来没有吃过这么好吃的饭。"万星星一想起竹筒饭就满脸骄傲，"我今天吃了很多呢。"

"我也好想吃。"云云舔了舔嘴，"我们组的饭半生半熟，难吃死了，我好想到你们这边吃竹筒饭，可是妈妈不让我来。"

"我哪里是不让你来。"白倩连忙解释，"我只是看到那么多人过来五组蹭饭，怕他们不够吃，你这孩子真不懂事。"

"可是我现在肚子好饿。"云云可怜兮兮地看着万星星，"星星，你们还有没吃完的竹筒饭吗？"

"没有了。"万星星摇头，"为了让同学们吃到竹筒饭，我们组的爸爸妈妈都没吃呢，我石头叔叔什么都没吃，还饿着肚子。"

"我找找看有没有什么零食吧。"陈曦在包里翻找着零食。

"这里有刚烤好的红薯。"石磊拿了一盘热气腾腾的红薯进来，还拿了几盒酸奶，"趁热吃吧。"

"哇，烤红薯。"两个孩子马上围过去了。

"小心烫。"陈曦提醒。

"陈曦，谢谢你，真的谢谢你。"白倩十分惭愧，"之前我那样对你，你都没有跟我计较，现在还这样帮我们，刚才我去冰冰妈妈那里求助，她说她们帐篷小，根本就不管我们。亏我平时对她那么好。"

陈曦扬了扬唇角，没有多说。

石磊递给白倩一瓶矿泉水："你们就在这里休息吧，我去叫孩子爸爸过来，他那个帐篷就算弄好了也不能再用，就别在雨中瞎折腾了。"

"好好好，谢谢你。"白倩十分感激，"辛苦了。"

"不客气。"石磊转身离开。

"云云，这个红薯也给你吃吧，我晚饭吃饱了，现在不饿，你多吃点，我帮你剥皮。"万星星照顾着云云。

"谢谢你，星星。"云云十分感动，"我以前那样笑话你，你还对我这么好。"

"笑话别人是不对的，如果别人笑话你，你的心情会怎么样？"万星星反问她，"平时我们看动画片的时候，看到那种老是嘲笑别人的人，是不是也很讨厌？为什么你要做这样的人呢？"

"对不起。"云云哭了，"我错了，我以后再也不这样了。"

"别哭了，知错就改也是好孩子。"万星星给她擦眼泪。

看到这一幕，白倩更是愧疚得无地自容："陈曦，我真不知道说什么好，我真是……"

"其实我们本来就没有什么过节，孩子们在一起学习，我们因此结识，这也是一种缘分。可能在你们眼中，我比较另类独行，但请你相信，我是一个正直善良并且遵守道德伦理的人，我有正规的工作，依靠自己的劳动养活孩子，只是我们生活方式不一样而已。我知道女人都喜欢说说闲话，但有时候这些闲话说多了就会影响孩子，对孩子们造成不好的影响，所以，我希望以后这样的事情不会再发生。"

"我知道我知道，我以后再也不这样了，我发誓！"

不一会儿，石磊带来了老师、辅导员、云云爸爸，还有四五个孩子，孩子们都淋了雨，哭哭啼啼的很是可怜。

"怎么回事？"陈曦问。

"很多帐篷出了问题，除了两个便捷帐篷不防水之外，还有几家的帐篷是因为搭造的时候急于求成，没弄好，所以现在被雨一淋就垮了，而且露营营地没有做排水处理，这样下去，除了我们之外，其他帐篷很快就会被淹掉。"

"现在怎么办？"大家都焦急地追问。

"老师先去通知大家做好防雨准备；辅导员带家委会的爸爸们去开车，大巴车已经开下山，今晚是联系不上了，但我们自己那五辆车可以先过来，那些垮掉的帐篷肯定不能再用了，一部分家庭需要转移；这些孩子暂时就在这里休息吧，爸爸们跟我去做防水处理。"

"好，我们都听你的！"

所有人都照办，每个人都十分信服石磊，唯他马首是瞻。

"没事吧？"陈曦忐忑不安，"你小心点儿，注意安全！"

"放心。"石磊捧着她的脸说，"这里交给你了，我很快回来。"

"嗯。"陈曦点点头，目送他离开。

"星星妈妈，幸亏这次有石先生在，要不然我们真不知道该怎么办才好。"

"是啊，星星妈，这次真的要谢谢你们一家人。"

"还要谢谢星星。"

"大家不用客气。我这里有一些一次性毛巾，你们都拿去给小朋友擦擦头发吧，别着凉了。"

"好好好，谢谢你。"

"弄好之后，小朋友在床上看书睡觉，妈妈们恐怕就要委屈一下了，这里没有那么多椅子。"

"没关系，我们站着就好了，能够避雨就很不错了。"

这一夜虽然遇到了一些意外，但是因为有石磊在，全班的家长都很团结，很快就解决了问题。

雨下到了凌晨，不过因为做了排水准备，大部分帐篷都没问题，一部分家庭因为帐篷无法使用，先行转移。

凌晨两点半，所有问题都解决了，其他家长也各自把自己家的孩子都领回去，石磊回到帐篷里，一身都湿透了，陈曦连忙给他找衣服："快换上，别着凉了。"

"没事，我身体很强壮。"石磊脱下上衣，露出一身的伤疤。

"你……"陈曦看呆了，"这是怎么回事？"

"以前当兵的时候留下的。"石磊轻描淡写地说，"放心，不会影响健康。"

"没事就好。"陈曦给他倒了一杯热水，"叫你过来参加野营，没想到会遇到这么多事，累坏了吧？"

石磊咕噜咕噜喝了水，长叹一口气："累的时候有人倒杯水喝，也是一件幸福的事。"

陈曦看着他，目光十分柔软，因为以貌取人，初见时她对他的印象并不好，可是现在，她却发现他全身上下都散发着光芒，带给她温暖和感动。

这个男人也许长得不够帅气，但他却像一棵参天大树，为她挡风遮雨！

## 148. 有人想见你

"忘记擦药了吧？"这个时候，石磊还是没有忘记正事，"坐下，我帮你擦药。"

"这么晚了，你不累吗？快点休息吧。"

"休想蒙混过关，再累也得给你把药擦了，要不然这只脚什么时候才能好起来。"

"好吧，听你的……"

患难见真情，虽然这个晚上算不上什么大灾大难，但是能够一起经历这样的事情，陈曦和石磊的感情已经更进一步了，他们都没有说破，却在心里认定了彼此。

回程的时候，君君爸爸在家长群里问陈曦要石磊的联系方式，说是想跟石磊讨论车的事，还说石磊那辆看起来破破烂烂的皮卡是2015款雪佛兰Silverad。在中国价值两百多万，而且有钱也买不到。

当时，整个群都炸了，谁都没想到被人鄙视的破皮卡居然才是最低调的豪车，可是石磊居然拿来拉货，而且面对那么多人的嘲弄，他一句都没有解释。

看到群里讨论得沸沸扬扬，陈曦忍不住笑了，是啊，这就是石头，顽固不化，却又坚固刚毅的石头！

回到成都就是国庆长假，石磊去上海，万彬接走了万星星。

陈曦的脚也好得差不多了，难得清静几天，她睡了个懒觉，醒来的时候有好多条微信，都是石磊发来的——

"醒了吗？"

"记得要吃早餐，上次给你包的饺子冰箱里还有，自己煮来吃。"

"中午不要犯懒，给自己炒两个菜，我走之前已经把你的冰箱装满了。"

他的关怀备至让陈曦感到十分窝心，她正准备回微信给他，忽然接到一个电话，韩风打来的。

陈曦愣住了，犹豫了好久，接听电话："喂！"

"陈曦，有没有打扰你？"韩风的声音十分低沉。

"没有。"陈曦轻声说，"有事吗？"

"我想约你见个面，今天有空吗？我们一起吃午饭吧。"韩风小心翼翼地试探。

"好端端的为什么突然约我见面？有事不能在电话里说吗？"陈曦有意跟他保持距离。

"我跟谢菲菲分手了。"韩风叹了一口气，"我现在才知道，之前她用我的手机给你发了一些信息，让你产生误解，其实……"

"这些都过去了。"陈曦打断他的话，"没必要解释。"

"为什么？"韩风似乎觉察到了什么，"你已经有男朋友了？"

陈曦沉默不语。

"是石磊吗？"韩风试探性地问。

"我还有事，先不说了……"陈曦不想跟他说下去。

"石磊不适合你，你才认识他多久？你了解他吗？你知不知道他的暧昧对象都能组成一个连了，你确定要跟这样的男人交往？"

"我自己会分辨，谢谢你。"

陈曦直接挂了电话，她觉得韩风根本就不应该跟她说这样的话，他自己何尝不是一堆问题？可石磊却从来没有在她面前说他半句不好，他凭什么这样诋毁石磊？

陈曦起床洗漱，洗着洗着，却莫名的想起之前石磊餐厅服务员的话……

"这是新女朋友？"

"老板，这个老板娘好漂亮。"

"嗯嗯，这个老板娘有气质。"

照这样看来，石磊身边的女人好像真的不少，要不然，他的员工不可能这么说。

但是很快，陈曦又打消了那些奇怪的念头，在心里告诉自己，不要多疑，不能因为别人的一句话就动摇，石磊的为人怎么样，她心里最清楚，何必要用别人的嘴巴判断？

"叮铃铃——"手机有来电，陈曦擦干手走过去接听电话，"欧阳。"

"陈曦，中午一起吃饭吧。"

"你跟孟悦？"

"他今天有事要忙，我一个人。"

"那可以，我不当电灯泡。"

"我来接你。"

"好。"

几天不见，欧阳风华春风满面，意气风发。

陈曦坐在副驾驶，仔细打量她，不由得啧啧称赞："女人有了爱情的滋润果然不一样，瞧你，现在都嫩出水儿来了。"

"嘿嘿嘿。"欧阳风华得意扬扬的坏笑，"你是不知道，爱情多么美好，我跟孟悦天天晚上黏在一起，就快成连体人了。"

"你们这是同居了？"陈曦打趣地问，"前天不是说要结婚吗？什么时候办？"

"等他忙完这阵子我们就去领证。"欧阳风华想起孟悦就喜上眉梢，"我跟他太契合了，一晚上三次高潮，我太'性福'了。"

"噗——"陈曦喝进嘴里的水差点喷出来，"你这家伙！"

"哎，你跟石磊睡了没有？"欧阳风华兴奋地问，"肯定睡了吧？在巴中的时候……"

"没有。"陈曦白了她一眼，"我们是走心的，你以为像你，走肾。"

"别给我装圣洁。"欧阳风华冷笑，"女人三十如狼四十如虎，你现在正是狼虎之年，要是没点需求，那就有问题了，还有啊，就算你矫情做作，石磊也不是吃素的。"

"行了，别说我了。"陈曦转移话题，"说说你吧，今天特地约我吃饭真的没有企图？"

"当然有企图。"欧阳风华眉头一挑，"有个老朋友想见你。"

"谁？"陈曦十分警觉，"该不会是……"

"韩佳佳。"欧阳风华笑道，"她说明天要去长沙，今天请我们俩吃个饭。"

"佳佳来了怎么不跟我说一声？"陈曦很意外。

"她说给你打电话了，打不通，就直接跟我说了。"欧阳风华叹了一口气，"小姑娘瘦了好多，也不像以前那样活泼了，现在好沉默。对了，老韩也来了，他现在可是一个专职好爸爸，一路护送她去长沙。"

"嗯，见见也好。"陈曦想到韩佳佳，不免有些感慨，"经过那件事，她应该成长了许多，希望她以后的路能越走越顺。"

"有这样一个好爸爸，想不顺都难。"

"噗，你这是羡慕人家有个好爹？你爸爸也不错啊。"

## 149. 成长的代价

两人来到仁恒置地的餐厅，老韩已经在这里定好了包厢，知道女孩子之间有闺房话要聊，跟陈曦和欧阳风华打了个招呼就走了，说晚点来接韩佳佳。

韩佳佳是真的瘦了好多，换了个发型，样子有些变了，见到陈曦就忍不住酸了鼻子红了眼，嘴唇抖动着，似乎有很多话想说，最后却被陈曦一个拥抱弄得嘤嘤低泣。

"别这样，好朋友相聚应该开心点儿。"欧阳风华最受不了这样的气氛。

陈曦替韩佳佳擦掉眼泪，对于过去的事情只字不提，还打趣地说："我减肥那么久，还花钱请教练，一斤都没瘦下去，你倒好，说瘦就瘦。"

韩佳佳"扑哧"一声笑出来，抽纸巾擦擦眼泪："曦姐你什么时候学得这么幽默了？以前你可不会开玩笑。"

"都是跟石头学的。"欧阳风华笑道，"她现在就连说话的语气都像石磊了。"

"呵呵……"陈曦完全不排斥这样的玩笑。

韩佳佳的脸色倒是沉重起来，愧疚地看着陈曦："曦姐，你已经跟石头叔叔交往了？"

"算是吧，怎么了？"陈曦感觉她话里有话。

"对不起，我……"韩佳佳看着包厢洗手间。

这时，洗手间的门开了，韩风从里面走出来，欧阳风华吓了一跳："你什么时候躲在这里的？"

"抱歉，是我让佳佳不要告诉你们的。"韩风有些惭愧，"陈曦，我只想当面跟你聊聊。"

"佳佳，你不是吧？"欧阳风华感到很无语，"你是为了帮韩风才约我们的？"

"不是的……"韩佳佳急忙解释，"我是先约了你们，风叔知道了，就非要来，他又怕曦姐知道不高兴，才让我暂时瞒着你们。"

"可是你也不能这样啊。"欧阳风华急了，"现在陈曦都已经跟石磊交往了，石磊也是你叔叔，你这么做怎么对得起他？"

"刚开始我不知道，现在知道了，我也很为难……"韩佳佳很愧疚。

"算了，见个面而已，又不是什么大不了的事。"陈曦倒是大方自然，"更何况，韩风也是朋友。"

欧阳风华见陈曦都这么说了，也就没有再多说什么，识趣地说："既然这样，佳佳，我们出去点菜，让他们单独聊聊吧。"

"不必了。"陈曦并不想逃避，"都是自己人，没有什么可避讳的。"

"说得也对。"欧阳风华就没再客气，坐下来自顾自地喝茶。

"韩风，坐。"陈曦大方地邀请韩风。

韩风十分尴尬，他本来想单独跟陈曦谈谈，可陈曦并不想跟他单独谈，而且她如此大方自然，似乎已经很清楚地表明立场了。

"风叔，你不是有很多话要跟曦姐说吗？你说吧。"韩佳佳轻声提醒。

韩风沉默了片刻，抬目看着陈曦："我，我就是想说……"

陈曦微笑地看着他，等着他把话说完。

可韩风并没有说下去，他垂下眼睛，叹了一口气："算了，其实你根本就不想听，或许更确切地说，你已经有了自己的选择，无论我说什么都改变不了你。"

"嗯。"陈曦点点头，"你知道就好。"

韩风看到陈曦这么坚定的样子，彻底绝望了，什么都没说，起身就走，走到门口的时候，他回头看着陈曦，似乎想问些什么，可最终，他还是没有问出口。

那句老套的台词已经到了嘴边，就算他不说，大家也都猜出来了。

"你爱过我吗？"

大概，他自己都觉得没有意义吧。

韩佳佳深深地叹息。

欧阳风华无奈地摇头："韩风的优柔寡断是最致命的缺点，他让女人感觉不到安全感，感觉不到坚定的爱情！"

"在爱情面前，应该没有什么优点缺点之分吧。"陈曦微微一笑，"或许，他只是没有遇到他的挚爱，要不然，他也会用尽全力守护！"

"呵！"欧阳风华冷冷一笑，"也许吧。"

她不想落井下石，但她从心里觉得，韩风根本就不懂得如何爱人，他所谓的爱情，全都建立在他自己的感受之下，他最看中的，永远都是他的自尊和立场。

其实陈曦以前也有些这样，但是遇到石磊之后，她就改变了。

所以陈曦会认为韩风只是不够喜欢她而已，如果有一天他遇到一个真心喜欢的人，也会改变的，但前提是，那个人要像石磊一样主动出击。

这样的男人本来就不多，女人就更少了。

但愿韩风会有好运吧！

陈曦并没有因为韩风的出现影响心情，愉快地点了菜，三个女人一边聊天一边吃饭，陈曦大多数时间都在沉默，在职场方面，欧阳风华比她有话语权，她能够给韩佳佳很多宝贵意见。

韩佳佳真的懂事不少，她现在的心思全都在工作事业上，她在陈曦和欧阳风华身上学到很多东西，那就是女人的自强自爱自尊，首先要拥有这些，才能够拥有更好的爱情。

否则，她遇到的都是秦少辉那种等级的男人！

从仁恒置地离开之后，欧阳风华感叹着韩佳佳的成长和韩风的错过，催促陈曦跟石磊快点定下来，陈曦有些心不在焉，她在给石磊发微信。

"陈曦，快看。"欧阳风华忽然惊呼，"那是不是龙七？"

陈曦抬头一看，旁边的街道上，一个高大帅气的男孩搂着一个娇小玲珑的女孩走过，两人十分亲密，虽然只是一个背影，但陈曦很肯定那就是龙七，而那个女孩，不是苏娆。

"龙七有新欢了。"欧阳风华眉头一皱，"苏娆怎么办？"

"龙七从来都不是一个专一的男人。"陈曦叹了一口气，"从一开始我就提醒苏娆了，她就是不听。"

"其实他们俩半斤八两，你就不要为她痛惜了。"欧阳风华倒是看得很淡，"这个世界上，什么事都可以预测，唯独爱情不可以，也许苏娆想要的就是那短暂的幸福呢？"

## 150. 大结局

"不知道她最近怎么样了。"

陈曦忽然就想念苏娆了，虽然她一身毛病，但是对生活对爱情对友情都有着极大的热情，总是像打了鸡血一样的充满激情充满活力，永远清楚地知道自己想要什么。

这就是苏娆，这样的人，活得随心所欲，无拘无束，经常让陈曦羡慕。

可是陈曦知道，这样的她，也是孤独的。

她现在好吗？

好久都没有联系了。

陈曦给苏娆发了一条微信："你最近怎么样？"

"陈曦快看快看。"欧阳风华又在惊呼，并且把车子拐了过去。

陈曦扭头一看，街道上，那个穿着时尚，打扮性感，低头玩手机的女孩，不正是苏娆吗？

而迎面向她走去的却是搂着女孩低头亲密的龙七。

"天哪……"欧阳风华踩着刹车在滑动，"会不会打起来？我们要不要下去看看？可是这里不能停车。"

陈曦的一只手已经放在门把上了，如果他们闹起来，她马上冲下去……

"砰"，龙七和苏娆撞到了一起，两人同时抬头，看到对方，都愣住了。

"完了完了，停这里要罚钱的，算了，罚就罚，反正不扣分。"

欧阳风华正在心里纠结的时候，苏娆忽然嫣然一笑，跟龙七打了个招呼，然后，大大方方地从他身边走了过去。

龙七侧头看了她一眼，搂着怀里的女孩离开。

两人擦肩而过，如同一个普通得不能再普通的朋友。

龙七背对着陈曦的方向，陈曦看不清楚他的表情。

然而，苏娆向着陈曦的方向迎面走来，脸上洋溢着灿烂的笑容，精致妆容，红唇明艳，像一朵娇艳欲滴的红玫瑰。

陈曦看得出来她在流眼泪，不过，那眼泪在笑容下显得特别的晶莹剔透，带着骄傲的自尊。

苏娆抹掉眼泪，低头继续摆弄手机。

很快，陈曦就收到了一条微信："我很好，有空出来喝茶！"

"好！"陈曦回复，她很欣慰，苏娆放开了，韩佳佳成长了，欧阳风华找到了自己的幸福，而她的爱情，也要来了……

"这样挺好的。"欧阳风华感慨万千，"也许大家都会好起来！"

"嗯，都会好起来。"陈曦点头。

"你知道吗？"欧阳风华苦涩地笑了，"昨天晚上，鞠啸东给我发微信了，他说想跟我重新开始。"

"你怎么说？"陈曦很意外。

"欧阳风华深深地叹了一口气："跟他分开之后，我幻想过无数次他对我说这句话，我记得有一次你问我，如果鞠啸东回来找我，我还会不会回头，我很坚定地告诉你不会，其实我在撒谎。不要说他回头找我了，只要他勾勾手指头，我他妈马上就给他跪下。是不是很没有出息？”

说到这里，欧阳风华的声音哽咽了……

"可是我等啊等啊，等到自己的心碎了，我又强行把它粘上，粘上又碎了，他还是没有开口。我向他暗示过，我放不下他，我甚至瞒着所有人去找过他，每一次，他身边都是不同的女人！

"你知道我跟孟悦认识的那天晚上为什么喝醉吗？就是因为我在酒吧撞见鞠啸东亲吻别的女人……

"我真的在他面前连自尊都没有了，现在想起来都好鄙视我自己。

"直到我遇到了孟悦，真正体会到被爱的感觉，我才明白，原来美好的爱情是这样的，我真是不明白自己之前为什么要那么傻那么蠢了，大概是疯了……"

"都过去了。"陈曦递给她一张纸巾，"现在你有了孟悦，要好好珍惜。"

"当然。"欧阳风华重重点头，"刚才我看到苏娆跟龙七擦肩而过，我开始明白你以前说的那句话，错过的，就是错的！是啊，就好像你和韩风，苏娆和龙七，韩佳佳和秦少辉，我和鞠啸东，我们就是错的……现在等待我们的才是对的人！"

"你这么想就对了。"陈曦感到很欣慰，"忘记鞠啸东吧，孟悦才是你的真命天子。"

"嗯。我已经放下了。"欧阳风华长长地叹了一口气。

气氛有些低沉，欧阳风华接了个电话，忽然说："陈曦，我带你去个地方。"

"你不去找孟医生吗？"陈曦单手托着下巴，看着窗外，还沉浸在刚才的感慨之中。

"不用，今天全程陪你。"

"好，反正我今天没事，随便你安排。"陈曦看了看手机，石磊没有回复消息，他大概在忙吧，她又给他发了一条微信："再忙也要注意身体，我等你回来！"

欧阳风华开上了高速公路，陈曦问："这是要去哪里？"

"去一个好地方。"欧阳风华看了一眼手表，忽然问，"陈曦，你爱石磊吗？"

"怎么突然问这个问题？"陈曦觉得她有些怪怪的，"是因为刚才的事情心生感慨吗？"

"有点吧。"欧阳风华的手机收到一条微信，她瞟了一眼，将手机反过来盖住，"你还没回答我的问题呢。"

陈曦想了想，认真地回答："如果你问我喜不喜欢他，我的回答是肯定的。可是问题上升到'爱'这个字眼，我不敢贸然回答，说实话，经历了一场失败的婚姻，我真的有些阴影了，我渴望真挚的爱情，但同时又害怕爱情之后的相处，特别是我们这种有责任有家庭有孩子的人，真的……会有很多障碍。"

"你就是这样，永远都喜欢考虑很多很多没有发生的事情，说得好听点是未雨绸缪，做事有计划有打算；说得难听点就是瞻前顾后，优柔寡断，这样不好，真的！

"到了我们这个年纪，爱情来之不易，还能为一个人心动，为一个人动情，已经很不容易了，更何况你们都是单身，都拥有爱一个人的权利，这原本就是很美好的事情，你非要把那些生活压力加载在上面，会很累的。"

"我知道……所以，我已经不去考虑那么多了，我现在跟石磊发展得挺好的，我很喜欢这样的感觉，我觉得他让我感到特别踏实，特别幸福，从我成年之后，我就一直扮演着一个坚强独立的女强人角色，但是只有他，能够让我变成小女孩！"

"那就好。我这个人吧，有些以貌取人，从第一眼就给石磊贴了一个不好的标签，所以刚开始的时候老是针对他，现在想想真是惭愧。这段时间，他对你所做的一切，我都看在眼里，说真的，我从来没有见到一个男人可以做得这么完美，我挺羡慕你的，也真心地为你感到高兴。"

"你今天真的有点不对劲儿啊。"陈曦疑惑地看着她，"真的是特别地感慨，特别多话，你平时不是这样的。"

"大概是今天发生了太多事，所以就犯矫情了。"欧阳风华笑了。

"别说我了，说说你吧，你跟孟悦真的决定结婚了？"陈曦很好奇，欧阳风华向来稳重，不是那么冲动的人。

"是啊，决定了。"欧阳风华认真地点头，"我才没有你那么多想法，我只知道我现在很喜欢他，很想天天跟他黏在一起，想跟他痛痛快快地上床。其实我对婚姻没有多少兴趣，结婚是他提出来的，他比我保守传统，觉得相爱就要步入婚姻，那些奇奇怪怪的想法我就不管了，反正我知道我现在爱他，他要结婚就结呗，我家人也挺高兴的。"

"真好。"陈曦忽然觉得自己有些过于迂腐了，像欧阳风华这样多好，爱情哪有那么多的利弊需要权衡，喜欢就在一起，不喜欢就分开，洒脱一点儿才能活得自在。

"如果石磊向你求婚，你会答应吗？"欧阳风华忽然问。

"啊？"陈曦愣住了，"你怎么突然问这个？"

"这不是说到结婚的事情了吗？就随便问问呗。快点回答，你会答应吗？"

"太早了吧。我们才刚开始，谈恋爱就好了，结什么婚啊。"

"意思是你愿意做他女朋友？以后跟他合理合规地上床？"

"你怎么老是扯到这些。好好开你的车。"

"哈哈……"

车载音响里放着李宗盛的《十二楼》——

"啊哈，只有爱让人心情舒畅，爱让人兴致高昂……"

爱情，的确是让人向往的美好的东西。

陈曦闭上眼睛，想着石磊，不知道他什么时候回来！

不记得开了多久，欧阳风华打开天窗，一股清新淡雅的花香在空气里流动。

陈曦睁开眼睛，周围居然是一片花海，欧阳风华的帕拉梅拉沿着一条小路一直往前开，一望无际的花田美得让人心旷神怡，不知道通往何处，前面会有怎样的风景等着她们！

"这是去哪里？"陈曦问。

"去你想去的地方。"欧阳风华神秘一笑，加快车速。

陈曦心里惶惶不安，总觉得有什么事情即将要发生，她挺直了腰，期待地看着前方。

音响里换了一首歌，李宗盛的《晚婚》——

> 我在等世上唯一契合灵魂
>
> 让我搽去脸上脂粉
>
> 让他听完全部传闻
>
> 将来若有人跟我争
>
> 他答应不会默不作声
>
> 他能不能能不能
>
> ……

车子在一个美丽的农场停下，周围到处都是农田果园，种着各种各样新鲜的蔬菜瓜果，不远处的草坪上还有一个大大的农家院子，院子里养着家禽，种着蔬菜，银杏树下有个秋千，秋千上缠绕着漂亮的喇叭花。

陈曦不禁想起万星星上个星期写的作文就是《秋千》，作文里的秋千也缠绕着喇叭花……

欧阳风华按了一下车喇叭，下车向那个小院走去。

"等等我。"陈曦连忙下了车，踩着高跟鞋去追欧阳风华，跑着跑着，高跟鞋掉了，她捡起鞋，抬头却不见了欧阳风华的身影，心里不免有些慌乱，提着高跟鞋怯怯的向前走……

走近了，她看到房顶的炊烟，大概有人在做饭。

她继续向前走，喊着欧阳风华的名字："欧阳，欧阳，欧……"

屋里忽然走出一个人，高大挺拔的身影，刚毅英武的样貌，嘴角挑着熟悉的坏坏的笑容，对陈曦展开怀抱："欢迎回家！"

"石头！"